笔意纵横八百里
墨痕点染五十年

陈忠实小说评析

马振宏　编著

本著作获咸阳师范学院学术著作出版基金资助

陕西师范大学出版总社　西安

图书代号　WX24N0933

图书在版编目（CIP）数据

笔意纵横八百里　墨痕点染五十年：陈忠实小说评析／马振宏编著. -- 西安：陕西师范大学出版总社有限公司, 2024.7. -- ISBN 978-7-5695-4462-6

Ⅰ. I207.42

中国国家版本馆CIP数据核字第2024EM6496号

笔意纵横八百里　墨痕点染五十年：陈忠实小说评析
BIYI ZONGHENG BABAI LI　MOHEN DIANRAN WUSHI NIAN：CHEN ZHONGSHI XIAOSHUO PINGXI

马振宏　编著

出 版 人	刘东风
责任编辑	张旭升
责任校对	庄婧卿
装帧设计	锦　册
出版发行	陕西师范大学出版总社
	（西安市长安南路199号　邮编 710062）
网　　址	http://www.snupg.com
印　　刷	西安市建明工贸有限责任公司
开　　本	720 mm×1020 mm　1/16
印　　张	27.5
插　　页	2
字　　数	416千
版　　次	2024年7月第1版
印　　次	2024年7月第1次印刷
书　　号	ISBN 978-7-5695-4462-6
定　　价	138.00元

读者购书、书店添货或发现印装质量问题，请与本公司营销部联系、调换。

电话：（029）85307864　85303629　　传真：（029）85303879

目　录

第十七章　书写三位历史名人逸事的"三秦人物摹写"系列纪实小说 / 407
（2005年—2007年）

第一章　文学创作操练时期所写的作品

（1957年—1973年）

陈忠实，生于1942年农历六月二十二日，西安市灞桥区毛西乡西蒋村人。1950年上小学，1962年7月高中毕业后，从事教学工作。1971年底，离开教育系统，在毛西公社工作。1978年10月，在西安市郊区文化馆工作。1980年4月，在西安市灞桥区文化局、文化馆兼职工作。1982年11月，调入陕西省作家协会，从事专业创作。1985年4月，任陕西省作家协会副主席。1992年2月担任《延河》杂志主编。从2001年12月至2016年4月29日病逝，连续担任第六届、第七届、第八届中国作家协会副主席。

陈忠实的文学创作始于1957年上初二时，当时，刚刚从师范学校毕业的车占鳌老师在第一次作文课上，让学生们自拟题目写作文。陈忠实便把以前写好的两首小诗翻出来修改了一番交上去。这两首小诗并未如陈忠实期盼的那样成为范文。过了一段时间，车老师又让学生们自拟题目写作文。陈忠实仿照赵树理的小说写了一篇2000多字的名叫《桃园风波》的短篇小说，小说取材于他村果园入社时发生的一些事，讲的是农业生产合作社由初级转入高级时，农民的最后一块私有田产——果园被归于集体期间发生的几个冲突事件，书写了时代政治经济变革时代农村的现实生活，受赵树理的影响很大，几个主要人物都有绰号。陈忠实将《桃园风波》交给车老师后，车老师给予很高的评价，光评语就写了两页，得分为"5+"，也就是比满分还好。小说被学生传阅，使陈忠实的自卑和畏怯消失。不久，陈忠实写出第二篇短篇小说《堤》，车老师看后大加赞扬，把他叫到办公室说，西安市教育系统搞中学生作文比赛，你的《堤》被选中了，"想把你这篇作品投给《延河》，你的字不太硬气，学习也忙，就由我来抄写投寄吧"。陈忠实那时还不懂得投稿，并且是第一次听说《延河》。车老师对《堤》精心修改并代为誊抄时，一句一句地征询陈忠实改得合适不合适。①

多年后，陈忠实每次走进《延河》编辑部大院时，都会情不自禁地想起车老师帮他抄写稿子及投稿的事情。

陈忠实上初三时，转到了其他学校，一次，他回到原来学校造访车老师，听到他已调回甘肃老家工作了。当他的第一本小说集《村子》出版后，他曾在赠书名单中加上了车老师，但因为得不到车老师的音讯，所以这个债一直欠着……②

可以说，车老师是陈忠实的第一位文学启蒙者，他不仅帮助陈忠实改稿、投稿，而且还鼓励他广泛阅读文学名著。陈忠实于是阅读了苏联著名作家肖洛霍夫的长篇小说《静静的顿河》，以及国内著名作家柳青、王汶石、刘绍棠、李准等人的农村题材小说。他非常认同柳青的"三个学校"（生活学校、艺术学校和政治学校）的创作经验和创作为人民服务、为社会主义服务的"二为"方向。

1958年，全民诗歌写作运动掀起高潮时，16岁的陈忠实在语文老师的要求下，一口气写出每首四句的五首诗歌，得到老师的褒赞。随后，他把这些诗歌寄给《西安晚报》，该年11月4日，《西安晚报》上发表了其中的《钢粮颂》："粮食堆如山，钢铁入云端。兵强马又壮，收复我台湾。"这是陈忠实公开发表的第一首诗、第一篇文字，体现出鲜明的时代政治经济及文化特征。2001年12月，陈忠实在一篇文章中回忆："一次作文课上，老师让大家写歌颂'大跃进'、人民公社、总路线'三面红旗'的诗歌，我一气写下五首，每首四句。作文本发回来时，老师给我写下整整一页评语，全是褒奖的好话。我便斗胆把这五首诗寄到《西安晚报》去。几天后……我看见了印在我名字下的四句诗。姑且按当年的概念称它为诗吧，尽管它不过是顺口溜，确凿是我第一次见诸报刊的

<hr />

① 陈忠实：《老师帮我第一次投稿》，《华商报》2013年9月6日；邢小利：《陈忠实传》，陕西人民出版社，2015年版；邢小利：《陈忠实画传》，陕西师范大学出版总社，2022年版，第23—24页。

② 陈忠实：《最初的操练》，见《陈忠实文集》（第7卷），人民文学出版社，2015年版，第133页。

作品"。①

1961年，陈忠实在西安市第三十四中学上学时，与同学常志文、陈鑫玉组织了文学社"摸门小组"，创办了文学墙报《新芽》。这个时期，他读了茅盾的《子夜》，巴金的《家》《春》《秋》等长篇小说，还读了肖洛霍夫的短篇小说集《顿河故事》以及李广田的散文等，极大地开阔了文学眼界。1962年7月，他高中毕业后，因高考落榜回村当了民办教师，立志自修文学。1964年12月，他在《西安晚报》的《春节演唱》专栏发表陕西快板1篇。

1965年1月28日，陈忠实在《西安晚报》又发表了快板《一笔冤枉债——灞桥区毛西公社陈家坡陈广运家史片断》（以下简称《一笔冤枉债》），此处摘录部分共赏：

> 竹板打得响连天，
>
> 我给大家说快板，
>
> 别的事情咱不谈，
>
> 说一段新旧社会的苦与甜。
>
>
> 毛西公社陈家坡，
>
> 解放以前穷人多；
>
> 穷人的血汗汇成海，
>
> 陈广运的眼泪流成河。
>
> 陈广运，家里穷，
>
> 父亲终年熬长工。
>
> 吃的稀汤照影影……
>
> 住的烂房看星星。
>
> 有一年，麦稍黄，
>
> 家里没有一颗粮，
>
> 五月的天气特别长。

---

① 陈忠实：《最初的操练》，见《陈忠实文集》（第7卷），人民文学出版社，2015年版，第133页。

一家子饿得拧断肠。

父亲出门去"编圈"
借了地主马雨秀
麦子七斗半。
一斗麦，五升"合"
好比刀子戳心窝。
白纸黑字立文约，
手按指印眼泪落。
收了麦，碾了场
托他五爸去还账。
地主算盘乒乓响，
算罢账来开了腔，
地主说：
"本利还清一笔销，
一会儿我把文约烧，
陈家坡马家村离不远，
今（日）不见面明（日）见面。
兄弟是有名大善人
岂能昧心把你骗？"

他五爸，人厚道，
一听这话迷心窍，
身子一拧走出来，
还清旧债一身轻。

春雷一声得解放，

来了恩人共产党，

打垮地主分田产，

广运从此把身翻。

互助组，农业社，

广运事事带头干。

咱要跟着共产党，

朝着共产主义跑，

愣格跑！

陈忠实回忆，快板《一笔冤枉债》写于1964年的"社教"运动期间，当时毛西公社团委要求各村和中学都要排演宣传"千万不要忘记阶级斗争"的文艺节目，"我所在的农业中学也接受了任务，却犯起愁来，我根本不会排练文艺节目。情急之下，我把当地一位老贫农的家史编成一首陕西快板，找了一位口才和嗓门比较亮堂的学生，演出后颇多反响。很快，这个快板就在《西安晚报》临时开设的《春节演唱》专栏里全文发表了"。①他认为快板"从文艺分类上属于曲艺作品，归不到文学的范畴里来……我真正痴迷、潜心追求的是文学类里的小说、散文以及新诗歌，曲艺从来不是我写作的兴趣"。②《一笔冤枉债》是我们目前看到的陈忠实公开发表的第二个作品，让人们初步看到了他的文学才华。该快板讲述了旧中国地主盘剥农民的历史事实以及新中国成立后，农民积极投身新生活建设的高涨热情，故事叙事清晰，人物形象鲜明，语言通俗，地域特色鲜明，押韵自然，说起来节奏感很强。邢小利说："这是几近标准的当年文艺中流行的描写阶级斗争和歌颂新社会的模式，陈忠实虽是练习写作，但对套路的掌握却毫不走样。"③

1965年3月6日，《西安晚报》发表了陈忠实的诗歌《巧手把春造》：

---

① 陈忠实：《最初的操练》，见《陈忠实文集》（第7卷），人民文学出版社，2015年版，第13页。
② 陈忠实：《最初的操练》，见《陈忠实文集》（第7卷），人民文学出版社，2015年版，第133页。
③ 邢小利：《陈忠实传》，陕西人民出版社，2015年版，第42页。

春雪飞，春风飘。

不见小燕剪柳梢。

不见"迎春"崖畔开，

却见荒山秃岭上，

红旗挥舞人如潮。

利斧斩荆棘，

铁镢把顽石刨。

翻开千年土，

踏得山动摇。

劈石垒堰治穷山，

梯田层层盘山腰。

处处愚公来移山，

多少双巧手把春造。

《巧手把春造》继续反映了时代政治的鲜明特色。

1965年3月8日，陈忠实在《西安晚报》发表了散文处女作《夜过流沙沟》（原题《夜归》），他认为这才是他发表的第一篇真正像样的、正经的文学作品，他在《答读者问》说："第一篇作品的发表，首先使我从自信与自卑的痛苦折磨中站立起来，自信第一次击败了自卑。我仍然相信我不会成为大手笔，但作为追求，我第一次可以向社会发表我的哪怕是十分微不足道的声音了。"[①]1985年2月27日，他说："第一次发表散文《夜过流沙沟》，是较长时期的练笔的结果，是由无数次失败和痛苦所铺垫的道路，终于使我接近了文学殿堂的大门。""这是我的变成铅字见诸报刊的第一篇习作，历经四年，两次修改，一次重写，五次投寄，始得发表。"[②]1986年12月，他说："它（《夜过流沙沟》）给我的喜悦是不言而喻的。然而更重要的是对我的信心的验证。我第一次经过自己的独立的实践使自己相信：没有天才或天分甚微的人，通过不息的奋斗，可以

---

① 陈忠实：《答读者问》，见《陈忠实文集》（第3卷），人民文学出版社，2015年版，第467页。

② 陈忠实：《何谓良师——我的责任编辑吕震岳》，见《陈忠实文集》（第6卷），人民文学出版社，2015年版，第152页。

从偏心眼儿的上帝那儿争得他少赋予我的那一份天资。整个在此前一段漫长的奋斗期——从开始爱好到矢志钻研文学，我一直在自信与自卑的折磨中滚爬。现在，自信第一次击败了自卑，成为我心理因素和情绪中的主导方面。我验证了'不问收获，但问耕耘'这条谚语，进而愈加确信它对我是适用的。"[1]2001年12月，他继续说："在我先是业余后是专业的写作生涯里，后来一直把散文《夜过流沙沟》作为处女作。这篇散文发表在1965年初的《西安晚报》文艺副刊上，刊名可能叫《红雨》，取自毛泽东诗句'红雨随心翻作浪'。""我至今也搞不大准确'处女作'的含义，是指平生写下的第一篇作品呢，还是指公开发表的作品？我把《夜过流沙沟》作为处女作，是按后一种含义，即公开发表的第一篇散文。而此前曾经写过不少散文、诗歌、小说，都没有达到发表水平自行销毁了。而按照'处女作'的客观直接的含义，应该是指第一次写下的作品，而不管它发表与否。"[2]"《夜》文的发表才是我真正感到鼓舞，感到兴奋，感到了入门意义的事情"，"在我整个创作生涯中是葆有永久之鲜活的记忆的"。[3]

1965年4月17日，陈忠实在《西安晚报》发表了散文《杏树下》；12月5日，在《西安晚报》发表散文《樱桃红了》。由于《西安晚报》发表了陈忠实的许多作品，所以他一直对这份报纸心存感激，他说"直到'文革'开始前该报终止文艺副刊，大约有一年稍多点的时日"，"（这是我）生命历程中第一次重大的挫伤。刚刚感受到发表作品的鼓舞，刚刚以为摸得文学殿堂的门槛，那门却关上了"。[4]2001年12月，他在散文《最初的操练》中，回忆了自己从1958年发表诗歌《钢粮颂》到1971年11月发表《闪亮的红星》期间，与《西安晚报》文艺副刊的密切关系及其与编辑之间用"文学结缘的友谊"，他在深层上思考和表达了新文学与报纸文艺副刊之间的关系："报纸的文艺副刊，是专业和业余作家的一块

---

① 陈忠实：《收获与耕耘》，见《陈忠实文集》（第3卷），人民文学出版社，2015年版，第500页。
② 陈忠实：《最初的操练》，见《陈忠实文集》（第7卷），人民文学出版社，2015年版，第13页。
③ 陈忠实：《最初的操练》，见《陈忠实文集》（第7卷），人民文学出版社，2015年版，第133页。
④ 陈忠实：《最初的操练》，见《陈忠实文集》（第7卷），人民文学出版社，2015年版，第134页。

重要园地。新文学发起之初直到解放，鲁迅为代表的作家们的许多著述，都是在报纸副刊上与读者见面的。'文革'前的十七年，陕西两家公开发行的大报——《陕西日报》和《西安晚报》的文艺副刊，成为包括我在内的业余作者操练文字的重要园地。现在刊物多了，报纸也多了，传媒工具更现代化了，然而报纸的文艺副刊仍然独具其风采。"①2002年，他说："1965年我连续发表了五六篇散文，虽然明白离一个作家的距离仍然十分遥远，可是信心却无疑地更加坚定了。不幸的是，第二年春天，我们国家发生了一场混乱，就把我的梦彻底摧毁了。我十分悲观，看不出有什么希望，甚至连生活的意义也觉得黯然无光了。"②2010年8月18日，他在谈自己"文革"前的写作时说："从1965年初到'文革'在次年的6月份发生，所有报纸都停止了副刊，我大约发了七八篇散文吧，当时都已经感觉甚好了，到'文革'一开始，那个声势就把我吓坏了。我当时是一个民办中学教师，包括郭沫若都说，他读了《欧阳海之歌》，应该把他的全部文学创作都烧毁，扔了。"③

《樱桃红了》在某种程度上形成了陈忠实的"樱桃情结"。2011年5月30日，他在散文《原上原下樱桃红》中写道："我至今依旧清楚地记得，四十六年前的1965年，我在《西安晚报》发表过散文《樱桃红了》，是歌颂一位立志建设新农村带领青年团员栽培樱桃树的模范青年。这是我初学写作发表的第二篇散文（此处陈忠实记忆有误，应为第三篇，第一篇是《夜过流沙沟》，第二篇是《杏树下》——引者注），无论怎样幼稚，却铸成永久的记忆，樱桃也就情结于心了。"陈忠实形成"樱桃情结"，一方面是樱桃的种植历史很悠久，它的果形色彩很具有"诗意"；另一方面是"加深且加重这种樱桃情结的另一种因素，说来就缺失浪漫诗性了。我自白鹿原地区生活和工作大半生，沉积在心底的记忆便是穷困的种种世相"。④也就是说，在半个世纪的间隔和历史的沧桑巨变里，他继

① 陈忠实：《最初的操练》，见《陈忠实文集》（第7卷），人民文学出版社，2015年版，第136页。
② 陈忠实：《我的文学生涯——陈忠实自述》，《小说评论》2003年第5期。
③ 陈忠实：《自我定位，无异自作自受》，见《陈忠实文集》（第10卷），人民文学出版社，2015年版，第358页。
④ 陈忠实：《原上原下樱桃红》，见《陈忠实文集》（第10卷），人民文学出版社，2015年版，第68页。

续写樱桃红，与穷困的种种世相相关。

1966年3月25日，陈忠实在《西安晚报》发表了散文特写《春夜》；4月17日，发表了"文革"爆发前写的最后一篇散文《迎春曲》。

《春夜》有时也被认为是陈忠实的短篇小说处女作。但在李清霞整理、陈忠实反复修订的《陈忠实年表》（以下简称《年表》）①中被定性为散文特写，《年表》认定陈忠实在1973年发表的《接班以后》才是他的短篇小说处女作，因为《年表》是陈忠实反复修订的，所以其认定应当是准确的。《春夜》在当时的时代政治背景下，写了年轻的生产队长在老一辈人言传身教之中逐渐成长的故事，表达的主题是老一辈人所具有的先人后己、无私奉献的精神对后代产生的巨大影响，其人物关系及结构略近于后来路遥在试刊的《陕西文艺》第1期（1973年7月）上发表的短篇小说处女作《优胜红旗》。《优胜红旗》写团支部书记二喜和大队党支部委员石大伯各率领一组社员比赛修梯田的地塄，结果二喜这边的年轻人提前一天完成了任务，大队要开会给他们颁发"优胜红旗"了，但石大伯却没来参加会议，"优胜红旗"自然没有颁发成。当二喜回家时，他想去看自己领着青年们修的地塄，到了后，发现地塄在一场风雨中塌开了三四个豁子。朦胧雨雾中，二喜看见石大伯一个人正在修补着豁口……小说的结构按照二喜躺在炕上想起自己率领的组和石大伯率领的组比赛修地塄及自己的组获胜的情况—二喜跳下炕到大队参加颁发"优胜红旗"的会议及红旗因石大伯未参加会议而没有颁发成的情况—二喜回家途中去看自己亲手整治好的土地及他看见石大伯正在风雨中补修三四个豁口的情况—二喜回忆修地塄完工时石大伯给自己说的话及石大伯发现他们修的地塄出现"夹生"的情况—二喜回村向老支书诉说自己所见及老支书和社员们来到工地重修地塄的情况—地塄修完后老支书给石大伯颁发"优胜红旗"的情况组织。和《优胜红旗》相比，《春夜》把"新人"在新生活中的成长故事作为关注核心，蕴含的历史与现实寓意较为复杂，它首次将"无产阶级革命进行到一定历史阶段"这一"重大题材"作为自己的写作目标，关注的是那个时代的核心问题，自然而然地体现了陈忠实对此种问题的"象征性解决"，塑造的

---

① 李清霞：《陈忠实的人与文》，中国社会科学出版社，2013年版。

"新人"与他对"新世界"的想象互为表里。①

1971年11月3日，陈忠实在《西安日报》发表散文《闪亮的红星》。2001年，他称《闪亮的红星》是"中断六七年之久的又一个'第一篇'散文"，发表后"据说引起了一些反响"，但他认为"与文艺几乎绝缘了六七年的民众，在报纸上突然看到一篇散文，肯定首先会有新鲜感，绝不会是我写出了什么佳作"。②当然，这篇散文对他也有意义："对我来说，这篇艰难作成的散文的成败并不足论，重要的是把截断了六七年、干涸了六七年的那根文学神经接通了、湿润了，思维以文学的形式重新流动起来了。"③ 2002年7月31日，他又回忆道："1971年，我连续四五年没有写作了。张月赓（《西安日报》副刊编辑——引者注）惦记着我，托人在农村找我，催促我在《西安日报》上发表了散文《闪亮的红星》，可以说是张月赓重新唤起了我的文学梦。"④

1972年，陈忠实在《工农兵文艺》第7期发表革命故事《老班长》（《年表》未提及）；8月27日，在《西安日报》发表了革命故事《配合问题》（又刊登在陕西省工农兵艺术馆编辑的《工农兵文艺》1972年第9—10期合刊上，《年表》定性为革命故事）。《老班长》和《配合问题》都没有超越陈忠实1966年发表的散文特写《春夜》的基本结构，但它们的故事重心却略有不同。《老班长》原名《寄生》，《工农兵文艺》实际上是把它当作小说来发表的，它里面的核心冲突，已非"先进"与"落后"的冲突，而是剥削阶级（地主）与被剥削阶级之间的冲突。地主贺老六阻止叙事者采摘寄生的目的，是为了保留自家风脉，里面包藏着他的复辟之心。故事的这种结构及冲突，有着明确的现实所指，属于对当时意识形态的形象化的现实规划。另外，《春夜》《配合问题》《老班长》没有对生活细部进行全面描写，也没有脱离掉用概念来图解现实的写作潮流窠臼，故

① 杨辉：《陈忠实小说的"前史"考察（1966—1977）》，《文艺报》2018年1月22日。

② 陈忠实：《最初的操练》，见《陈忠实文集》（第7卷），人民文学出版社，2015年版，第135—136页。

③ 陈忠实：《最初的操练》，见《陈忠实文集》（第7卷），人民文学出版社，2015年版，第135—136页。

④ 陈忠实：《关于四十五年的答问——与〈小说评论〉主编李国平的对话》，《陕西日报》2002年7月31日；又见《陈忠实文集》（第7卷），人民文学出版社，2015年版，第325页。

事简单粗糙，多直白而少蕴藉，所以在同时期的同类作品中，并不突出。①

　　1972年10月22日，陈忠实在《西安日报》发表散文《雨中》，又在内刊《郊区文艺》发表散文《水库情深》。陈忠实回忆，那年秋冬时，他收到作家徐剑铭的一封信，"剑铭在信中告诉我，他推荐了我，而且推荐了我刊登在西安郊区文化馆创办的内部刊物《郊区文艺》上的散文《水库情深》……正是剑铭这一次推荐，荐人和荐稿，使我跨进了作家协会和《延河》的高门槛。接到剑铭信后没过几天，就收到《陕西文艺》编辑部路萌的电话，谈了他对剑铭送给他的《水库情深》的意见。随后又收到路萌经过红笔修改的稿子。这篇经剑铭推荐的散文《水库情深》，发表在《陕西文艺》创刊号上"②。具体情况是《水库情深》于1973年7月份发表在试刊的《陕西文艺》第1期上。《陕西文艺》原名《延河》，主办者是陕西省作家协会改称的"文艺创作研究室"，但因为其出版的文学刊物《延河》被看作是"封资修"的标本而被停刊，"文艺创作研究室"也被砸烂。1973年，"文艺创作研究室"开始恢复工作，柳青、杜鹏程、王汶石等老作家和老编辑获得"解放"后坐镇在"文艺创作研究室"，《延河》也恢复了办刊，但被改名为《陕西文艺》。《陕西文艺》创刊号在"编者的话"中说该刊的办刊宗旨是"提倡运用革命现实主义和革命浪漫主义相结合的创作方法"，"努力塑造无产阶级的英雄形象"，以表现"英雄的时代，英雄的人民"。陈忠实的散文《水库情深》因为符合这个宗旨，加上有作家徐剑铭的推荐，所以便被发表。

　　1973年春，陈忠实还编写了村史《灞河怒潮》③；5月6日，在《西安日报》发表了散文《青春红似火》。后来，他在总结自己于"文革"之前发表的散文、诗歌等时说："1965年初，我高中毕业回乡以后当民办教师，发表了第一篇散文叫《夜过流沙沟》。到'文革'开始，一共发表了六七篇散文，两首诗歌，都在地方报纸。然后'文革'开始了，老作家都被打垮了，像我们这样的业余小作者

---

① 杨辉：《陈忠实小说的"前史"考察（1966—1977）》，《文艺报》2018年1月22日。
② 陈忠实：《有剑铭为友》，见《陈忠实文集》（第8卷），人民文学出版社，2015年版，第250—251页。
③ 1975年9月由陕西人民出版社出版，印数为25000册。

就更不用说了。"①但这些散文、诗歌 "也许对生活的编造的痕迹太重，对生活的描绘太肤浅了"②。

综上可看出，陈忠实最初的创作，操练了多种体式的文学，其写作理念较为多样，但基本上书写了时代政治经济变革时的农村现实生活，时代政治的核心问题，农业生产合作社由初级转入高级过程中的冲突，歌颂了"三面红旗"以及许多政治上积极的人物，反映了新社会的阶级斗争、"新人"在新生活中的成长，以及具有先人后己、无私奉献精神的老一辈人对年轻人的传帮带等故事。由于是练笔，所以这些作品普遍显得稚嫩，用概念图解现实的特点很鲜明。

---

① 陈忠实：《文学的心脏，不可或缺——与〈解放日报·周末刊〉高慎盈的对话》，见《陈忠实文集》（第10卷），人民文学出版社，2015年版，第400页。

② 陈忠实：《答读者问》，见《陈忠实文集》（第3卷），人民文学出版社，2015年版，第472页。

第二章 与极左叙述成规捆绑后创作的小说

（1973年—1976年）

1973年10月，31岁的陈忠实写成短篇小说《接班以后》，并于11月发表在《陕西文艺》第3期头条，这是他发表的第一篇短篇小说，小说烙印着当时'左'的印迹，演绎和图解了政策。1974年9月，他的短篇小说《高家兄弟》刊发在《陕西文艺》第5期，和《接班以后》一样，都演绎了"阶级斗争"。1975年7月，他的短篇小说《公社书记》刊发在《陕西文艺》第4期。1976年3月，他的短篇小说《无畏》刊发在《人民文学》第3期，这是一篇写与"走资派"斗争的小说，在揭批"四人帮"的运动中，使作者"陷入一种尴尬而又羞愧的境地里"。①总之，《接班以后》《高家兄弟》《公社书记》《无畏》是陈忠实在"文革"期间发表的小说，像他自己说的："它们都带有当时政治斗争的烙痕，主题都属于演绎阶级斗争的。"②

一、《接班以后》：提振陈忠实攀向文学之巅勇气的短篇小说处女作

1973年10月，陈忠实写成短篇小说《接班以后》，11月发表于《陕西文艺》第3期。

---

① 陈忠实：《为了十九岁的崇拜》，见《陈忠实文集》（第6卷），人民文学出版社，2015年版，第160页。

② 陈忠实：《在自我反省中寻求艺术突破——与武汉大学文学博士李遇春的对话》，见《陈忠实文集》（第7卷），人民文学出版社，2015年版，第423页。

据陈忠实的好友陈鑫玉回忆，《接班以后》是陈忠实在1973年5至6月构思的。陈鑫玉当时是西安市第五十六中学的老师，夏季的一天上午，他路过西张坡时，偶然在村口遇见了下乡的陈忠实，陈忠实要和社员们一起去割麦。陈忠实对他说："甭走了，我（把《接班以后》）已经写了一大半，给你念念，看咋样。"他见已是晌午了，就跟着陈忠实爬了一截子坡路后走进了一家干净的农家小院。陈忠实吃住在这个家里，房东是位老太太，她以为陈忠实回来吃饭，就说她忙得还没做饭。陈忠实说："甭急，你先歇会儿再做，多做一个人的噢！"陈忠实将他领进一间厦子房里后，从一个黄色帆布包里掏出一沓纸说："（《接班以后》）构思了两个月了，最近才断断续续地写了几段，我给你念念。"陈忠实念得很慢，像朗读课文一样。当他听到入迷时，陈忠实却说："就写了这些。"房东老太太做好面条后，他们用这顿简单的饭庆祝这两万多字的《接班以后》的即将问世。[①]

1973年10月，陈忠实写成《接班以后》，将它寄给了《陕西文艺》。不久，他接到编辑电话，对《接班以后》持肯定态度，说该小说符合刊物的办刊宗旨，但有些地方还需要修改。不久，陈忠实又收到《陕西文艺》编辑部主任董得理用毛笔写来的一封肯定、赞美的长信。董得理说《接班以后》所具有的清新质朴的生活气息与当时所流行的在所有人物中突出正面人物、在正面人物中突出英雄人物、在英雄人物中突出主要英雄人物的"三突出"作品形成了鲜明的对照，编辑部的其他人也很喜欢这篇小说。后来，董得理邀约陈忠实对小说在细节和用词方面存在的问题进行面谈，陈忠实于是第一次走进了位于陕西省戏剧家协会的"文艺创作研究室"的办公室。董得理让陈忠实把《接班以后》修改后，小说便在1973年11月出刊的第3期《陕西文艺》头条上发表了。该小说是陈忠实的短篇小说处女作。

1985年2月27日，陈忠实回忆："第一次发表小说，距第一次发表散文相隔七年之久。这篇小说是我正儿八经地写成的第一篇小说，虽然不可避免地烙上了当时'左'的印迹，然而对我来说，重要的意义并不在此。在这篇作品里，我第一次把自己对生活的观察和体验写进了小说，第一次完成了从生活到艺术的融化

① 　陈鑫玉：《陈忠实和他的〈接班以后〉》，https://m.sohu.com/a/126975823_355341/。

过程……这篇小说所写的人物和细节，全是我从生活中采撷得来的，使我跨过了这样至关重要的一步——直接从生活中掘取素材。"①2001年2月20日，他在一篇散文中回忆："我在刚刚复刊的原《延河》今《陕西文艺》双月刊第三期上发表的两万字的短篇小说《接班以后》，是我平生发表的第一篇小说，也是我自初中二年级起迷恋文学以来的第一次重要跨越（且不在这里反省这篇小说的时代性图解概念），鼓舞着的同时，也惶惶着是否还能写出并发表第二、第三篇，根本没有动过长篇小说写作的念头，这不是伪饰的自谦而是个性的制约。"②2006年3月7日，陈忠实说："这篇小说从字数上来说，接近两万字，是我结构故事完成人物的一次自我突破。"③2009年，陈忠实说："1973年，我发表第一篇小说《接班以后》，读者、评论界最普遍的反映是：这是学习柳青学得最像的一篇小说……尤其是我这篇处女作小说的语言特像柳青，所以有人就怀疑这是柳青换了一个'陈忠实'的名字来发表作品。"④2011年，他说《接班以后》："尽管也逃脱不了演绎和图解政策的时病，然就对生活的描写和人物性格的刻画，赢得了甚为强烈的反响，有人甚至猜疑柳青换了一个名字写作了。相对于八年前我发表的千把字的处女作散文，也当属'有如神助'。"⑤

《接班以后》是陈忠实在当时主流政治意识形态指导下写出的与时代"合唱"的小说。小说写1973年，青年刘东海担任刘家桥大队党支部书记后，在他的带领下，掀起了"农业学大寨"的新高潮。地主分子刘敬斋暗中勾结社会上的坏人，以拉石头、搞副业为诱饵，煽动四队队长刘天印抽调劳力搞副业，从而影响了农田基本建设；刘敬斋还挑拨刘天印与刘东海的关系，妄图分裂"三结合"的领导班子。刘东海以阶级斗争为纲，大批资本主义，戳穿了阶级敌人刘敬斋的阴

① 陈忠实：《答读者问》，见《陈忠实文集》（第3卷），人民文学出版社，2015年版，第467—468页。
② 陈忠实：《何谓益友》，见《陈忠实文集》（第7卷），人民文学出版社，2015年版，第86页。
③ 陈忠实：《陷入与沉浸——〈延河〉创刊50年感怀》，见《陈忠实文集》（第3卷），人民文学出版社，2015年版，第129页。
④ 陈忠实：《创作成就取决于作家的敏感、深刻和独特——与西安工业大学人文学院邰科祥教授对话》，见《陈忠实文集》（第9卷），人民文学出版社，2015年版，第524页。
⑤ 陈忠实：《有关我的创作——答〈黄河文学〉和歌问》，见《陈忠实文集》（第10卷），人民文学出版社，2015年版，第375页。

谋诡计，使大队"农业学大寨"运动取得了成绩。刘敬斋被斗败了。刘敬斋破坏农田基本建设的行为，是那个时代几乎所有文学作品都会描写的情节，陈忠实深谙当时的政治诉求，把刘东海与刘天印关于"道路"问题的"冲突"作为核心，展现了新的无产阶级接班人不断成熟的面貌。刘天印对集体劳动不用心，对副业却很用心，这被看作是资本主义观念沉渣泛起的重要表征。刘东海面对刘天印的多次"挑衅"，充分意识到必须从根本上去解决刘天印的观念问题，他于是用1950年代以来的历史经验劝告刘天印要注意两条道路背后隐藏着的根本问题。刘东海的劝告终于使刘天印意识到了是反面人物福娃及地主分子刘敬斋在暗中作祟着。①

后来，董得理把《接班以后》送给柳青。2006年3月7日，陈忠实回忆："关于柳青对《接》的反应，我却是从《西安日报》文艺编辑张月赓那里得到的。老张告诉我，和他同在一个部门的编辑张长仓，是柳青的追慕者，也是很得柳青信赖的年轻人。张长仓看到了柳青对《接》修改的手迹，并拿回家让张月赓看。我在张月赓家看到了柳青对《接》文第一节的修改本，多是对不太准确的字词的修改，也划掉删去了一些多余的赘词废话，差不多每一行文字里都有修改圈画的笔迹墨痕。我和老张逐个斟酌掂量那些被修改的字句，接受和感悟到的是一位卓越作家的精神气象，还有他的独有的文字表述的气韵，追求生动、准确、形象的文字的'死不休'的精神令我震惊。"②

2008年1月18日，陈忠实再次谈道："编辑把这篇小说送给柳青看。他把第一章修改得很多，我一句一字琢磨，顿然明白我的文字功力还欠许多火候。"③柳青对《接班以后》的修改文字，使陈忠实对柳青的崇敬之情中又多了许多亲近感④，也使他想起自己在初中三年级读柳青《创业史》的情况，他记住了小说中的几个人物，一直不能忘记，比如梁三老汉、梁生宝、郭世富、徐改霞及富农姚

① 杨辉：《陈忠实小说的"前史"考察（1966—1977）》，《文艺报》2018年1月22日。
② 陈忠实：《陷入与沉浸——〈延河〉创刊50年感怀》，见《陈忠实文集》（第3卷），人民文学出版社，2015年版，第129页。
③ 陈忠实：《一个空前绝后的数字——我的读书故事之三》，见《陈忠实文集》（第9卷），人民文学出版社，2015年版，第54页。
④ 陈忠实：《我是如何走上文学之路的》，《文苑》2015年第12期。

士杰等人物在他们村里都可以找到相对应的对象。1974年1月到6月,陈忠实以西安市南泥湾"五七"干校第八期学员的身份,在延安南泥湾"五七"干校学习时,背包里只装着两本书,一本是《毛选》,另一本就是《创业史》。陈忠实前后共买过九本《创业史》,看过无数遍。1982年初,陈忠实在参加"分责任田"运动时,被农民们的热情惊呆了,因为他觉得如果再用以往的政治教条去解释农民们对"分责任田"的热情已不行了,他说:"我突然想到了我崇拜的柳青,还有记不清读过多少遍的《创业史》,惊诧得差点从自行车上翻跌下来,索性推着自行车在田间土路上行走。一个大大的惊叹号横在我的心里,我现在在渭河边的乡村里早出晚归所做的事,正好和30年前柳青在终南山下的长安乡村所做的事构成一个反动。"①陈忠实还说,他对柳青非常崇拜,但却没有单独拜见过柳青。后来虽然与柳青曾有过三面之缘,但他都是柳青的听众而已,因为他没有勇气去和自己敬仰的作家说说话。当柳青被批斗时,其场面让他感到绝望。1984年,他在自己的第五部中篇小说《天折——献给一位文学的殉道者》(刊发在《飞天》1985年第1期)中借里面的人物"我"的口吻说:"中国连柳青这样的作家都不要了,我还想干什么。"2005年5月21日,他在写成的短篇小说《一个人的生命体验——三秦人物摹写之二》②中,写了柳青和一群"牛鬼蛇神"被关在一起时,由于没有一点自由而用触电方式消灭自己的事情。另外,他也在散文《汽笛·布鞋·红腰带》里,以第三人称口吻描写了柳青被批斗时自己所感到的绝望:"他被划进刘少奇路线而注定了政治生命的完结,他所钟情的文学在刚刚发出处女作便天折了……很快便觉得进入绝境,而看不出任何希望。不止一次于深夜走到一口水井边,企图结束完全变成行尸走肉的自己。"③

《接班以后》的发表,是陈忠实在文坛上的正式亮相,小说烙有当时"左"的印迹,图解了时代政治概念,演绎、图解了政策,但它对生活的描写和人物性格的刻画,却赢得了人们肯定。小说所写的阶级斗争,大批资本主义,农业学大寨等,都深谙了当时的政治诉求,给"文革"期间的文坛送上了一股清风,提

① 陈忠实:《寻找属于自己的句子——〈白鹿原〉写作手记》,《小说评论》2008年第5期。

② 陈忠实:《一个人的生命体验——三秦人物摹写之二》,《人民文学》2005年第11期。

③ 宋合营:《陈忠实:〈白鹿原〉背后的人生》,《山西青年》2012年第9期。

振了陈忠实攀向文学之巅的勇气和精神，是他从之前主要写散文转向主要写小说的开山之作，也是他走进名人殿堂的首块垫脚石。小说在陕西文坛的反响较为强烈，陕西师范大学中文系邀请陈忠实去讲述创作体会，陈忠实生动形象地讲述了自己由生活到创作的诸多奥秘，使聆听者大饱耳福。因为《接班以后》这篇小说，陈忠实也和《陕西文艺》的编辑李星相识了，从此他们成了一辈子的挚友。李星回忆说："我们相识的时候，他是作家，我是《陕西文艺》的编辑。1973年，《陕西文艺》刊载了老陈的《接班以后》，1974年刊载了他的《高家兄弟》等短篇小说作品，那时他已经从基层业余作家，成为陕西写小说的拔尖作家。他常常到我们编辑部开会，于是我们就认识了。我们俩有很多相似点：关中人，老婆都是农村的，我们都有两个女儿，一个小儿子，还有就是我俩都爱吃搅团。"[1]

1973年隆冬季节，原人民文学出版社现代文学编辑室小说组的编辑何启治从"五七"干校回到出版社刚恢复工作后，便到西安向一些作家组稿。期间，何启治不仅注意到了路遥、贾平凹等人，还在陕西作协的推荐下注意到了陈忠实的《接班以后》。何启治看了《接班以后》后，就去找陈忠实。陈忠实那时到西安郊区区委开会去了。何启治没找到会场，就在区委的门口等。会议结束散场时，何启治看见陈忠实推着一辆破自行车出来，他拦住了陈忠实，先说自己叫何启治，是人民文学出版社的，并说自己已经读过《接班以后》了，认为这个短篇已具备了一个长篇小说的框架或者说基础，可以写成一部20万字左右的长篇小说。陈忠实站在街道旁，完全是一种茫然的表情。他问何启治：你是从人民文学出版社这个文学圣殿"高门楼"来的？何启治做了肯定回答。陈忠实说，你为什么提出让我写长篇？这是个如同"老虎吃天"一样难的事！但何启治还是耐心地给陈忠实给予了鼓励。陈忠实听后说写长篇对他来说是个很遥远的事儿，因为他刚写短篇，也不知道自己还能不能继续不断地写一些中短篇，长篇的计划根本就没有。何启治说他正组织两个北京知青写北京知青在延安插队的长篇小说，陈忠实可以根据《接班以后》的内容写出一个长篇，因为他在农村摸爬滚打有好长时间了，当的又是公社的副书记、副社长，具有写长篇小说的生活积累。陈忠实感觉

---

[1] 李小凤：《爱吃搅团的老陈，把事弄成了！》，《阳光报》2016年5月3日。

到了人民文学出版社向他约稿的真诚，但他觉得自己"根本没有动过长篇小说写作的念头，这不是伪饰的自谦而是个性的制约。我便给老何解释这几乎是老虎吃天的事"。①可是从那以后，他就记住了人民文学出版社的何启治。

1974年4月，人民文学出版社出版的知识青年上山下乡短篇小说集《朝晖》收录了《接班以后》，这或许是陈忠实的作品最早被收入全国规模较大的出版社公开出版的小说集中的一篇，使陈忠实逐渐引起了全国文坛的关注。

1974年8月，陈忠实给何启治写了一封信，里面谈到了对《接班以后》进行扩写的事情。

亲爱的老何〔1〕：

上月下旬我给你写了信，一直未见回信，我以为你又出去组稿了，昨天收到刘兴辉〔2〕同志的回信，才知你已赴青海。虽然我早已在报上见到北京赴藏人员的消息，但却没有想到您。

不知进青海多长时间了？做什么工作？生活，气候能适应吧？属长期？还是几年一轮换？请来信告知。〔3〕

我在元月中旬从干校回到西安，参加一个电影创作学习班，也同时结束了难忘的干校生活。七月底，学习班结束，我回到公社，搞农业学大寨运动。六月前写了一个短篇小说，《陕西文艺》准备九月发，将来寄你，以期指导。接班人题材的中篇，我想继续钻研这方面的题材，继续研究这个问题。

我们只见过一面，之后通了几封信，你对同志的热诚使我很受感动，我想，我们可以不必受作者和编者的那种关系的范围，作为学生，我是要很好向你学习的。

如果需要什么东西，请来信以告，我尽力为之。

祝您保重

忠实

74.8.30.

---

① 陈忠实：《何谓益友》，见《陈忠实文集》（第7卷），人民文学出版社，2015年版，第86页。

注释

〔1〕这是陈忠实给何启治的第一封信。

〔2〕刘兴辉是何启治在小说北组的同事。

〔3〕何启治在1974年7月12日来到青海格尔木，作为首都出版口派出的唯一的援藏教师，和其他部委派出的44位不同专业的同志一起，在西藏自治区驻格尔木办事处中学任教两年，1976年7月16日离开格尔木后，于22日回到北京。在青海历时两年零四天。①

陈忠实所说的"六月前写了一个短篇小说，《陕西文艺》准备九月发"指短篇小说《高家兄弟》，小说发表在1974年9月出刊的《陕西文艺》第5期上。何启治和陈忠实初次相识时，何启治39岁，陈忠实33岁。因那次相识，两人后来成了半生的挚友，他们一直保持着联系。何启治也见证了陈忠实写作上的每一个重要的步伐。

1975年8月，茹桂、王韶之将《接班以后》改编为连环画以后由陕西人民出版社出版，首印25万册，半年后二印。也是在1975年，西安电影制片厂拟将《接班以后》拍成电影，请陈忠实到西影厂改编剧本。但陈忠实却以两个理由拒绝了：一是他说自己对电影不熟悉，不会写剧本；二是他说自己刚被提拔为毛西公社革委会副主任，紧接着又去南泥湾"五七"干校学习，学完刚回来，自己既然是毛西公社的人，就应该好好为公社做一阵子工作，不然啥都没有干，说不过去。西影厂说服不了陈忠实，就找到提拔他为毛西公社副主任的中共西安郊区组织部部长杨立雄给他做工作。杨立雄给陈忠实做工作后，他才同意到西影厂改编剧本。在西影厂，陈忠实将《接班以后》改编成了电影剧本《渭水新歌》。②

1976年初，《渭水新歌》拍摄完成。3月2日，文化部电影局艺术处向各电影制片厂传达了"要拍摄反映'文化大革命'新生事物，特别是反映和'走资派'斗争的影片"的指示。在这种情况下，《渭水新歌》被指不符合指示，具体是它里面的"走资派"只是一个生产队长而已，官太小，'走'不动，于是要求陈忠实把这个"走资派"起码要改成一个县一级的领导。陈忠实听了说，都已经拍完

---

① 信见《新文学史料》2017年第4期。

② 陈鑫玉：《陈忠实和他的〈接班以后〉》，https://m.sohu.com/a/126975823_3553411。

了，怎么还要改？原来的内容写的就是一个村子的事，现在要加县级领导，改不了，怎么能这样改？但厂方说不改上边通不过。陈忠实坚持不改，要卷铺盖走人。这时，西安电影制片厂革命委员会主任田炜来了，他是一个老革命，原是新疆电影制片厂厂长，1964年底任西影党委书记兼厂长，是西影的第二任厂长。他找到陈忠实，说："你不改怎么办？我已经投入30万了！只要通过就行，再加两个镜头补上一个大一点的领导就可以。"田炜又说，《渭水新歌》是根据你这个陕西年轻作家的小说改编的电影，大家都很关注，改好后上映了影响很大，改不好就通不过，通不过就发行不了，这个影响也是很大的，很不好的啊。田炜最后慷慨许诺："你改了，我让你坐飞机去一趟北京。"陈忠实对老厂长是尊重的，但对按上边要求修改剧本还是感到很为难，所以没有松口。后来又经过几次商量，双方才达成妥协：陈忠实同意修改，但他自己不执笔，而是由厂方找人去改。①

1977年，《渭水新歌》在全国公映，陈忠实受到了举国瞩目。该电影的导演是刘斌，由侯正民、刘秀珍、村里等主演。

当然，《接班以后》开启了陈忠实将自己的文学创作与"文革"中极左的革命叙述成规紧紧地捆绑在一起，然后直接去演绎"阶级斗争"的模式，也开启了他以僵化的"三突出"法则去构造人物的模式，这些不仅在《接班以后》中体现很明显，而且在后来的《高家兄弟》（1974）、《公社书记》（1975）、《无畏》（1976）中都留下了明显的烙印。②

1976年6月，陈忠实还在《陕西文艺》第6期"毛主席啊，延安儿女永远怀念您"专辑发表了《努力学习，努力作战》的言论；6月20日，在《西安日报》发表了散文特写《社娃——农村生活速写》。1977年6月，陈忠实被任命为毛西公社平整土地学大寨的副总指挥。年底，他又被任命为毛西公社灞河河堤水利会战工程副总指挥，带领着群众修筑了八华里的河堤，这段河堤至今仍起着防洪抗洪的作用。

---

① 邢小利：《陈忠实传》，陕西师范大学出版总社，2012年版，第50页。
② 李遇春：《陈忠实小说创作流变论——寻找属于自己的叙述》，《文学评论》2010年第1期。

二、《高家兄弟》和《公社书记》：表现两条路线斗争的小说

1974年1至6月，陈忠实以西安市南泥湾"五七"干校第八期学员身份，在延安南泥湾学习。9月，他的短篇小说《高家兄弟》发表于《陕西文艺》第5期。

小说描述的是灞河岸边一对农村兄弟为上大学而产生的纠葛，具有浓厚的关中农村气息。共产党员高兆丰在十二三岁时便从土改工作组那里接受了关于革命的道理，使他从中体悟到了被剥削阶级翻身解放的重大历史意义。当他面对推荐什么样的人上大学这一大是大非的问题时，他坚决贯彻执行毛主席的革命路线，主张选送"把个人的一切都献给集体事业、怀有共产主义远大目标"，热心为贫下中农治病的赤脚医生刘袖珍去上大学，而不同意不安心在农村劳动的弟弟高兆文去上大学。高兆丰推荐刘秀珍去上大学，并没有顾及她的文化程度不高，未必能通过考试的现实，他这样做的目的是对当时所谓的修正主义教育路线进行坚决斗争，对"右倾翻案风"进行有力回击。在高兆丰代表的党的教育下，高兆文最终提高了觉悟。

小说讲述的是教育战线上尖锐复杂的阶级斗争和两条路线斗争，具有鲜明的现实主义真实性原则，作者将自己《接班以后》中刘东海与刘天印围绕道路问题的"论争"进行了延续，但他主要表现了高兆丰、高兆文两兄弟在面对人生道路选择问题时产生的分歧，差不多"预演"了1980年代初路遥发表的中篇小说《人生》所表现的青年人究竟如何选择人生道路的问题。但《高家兄弟》和《人生》在处理这一问题时采取的路径不同，结局也全然不同。《高家兄弟》没有脱离历史的宏大叙述，高兆文的命运由政治安排，去大学深造要通过集体推荐的方式才能实现，但因为他的兄长高兆丰不同意，最终，"他和爸爸一样铁下心来，坚决地把个人的命运与农业社紧紧地扭在一起"。这说明，高兆文命运的根本性变化是与社会历史的革故鼎新存在着内在的关联的。而《人生》却脱离了历史的宏大叙述，里面的高加林的人生选择具有极为鲜明的"个人化"特征，他的命运已不像高兆文那样由政治安排。①

《高家兄弟》在1975年被改编为连环画本。据改编者之一的张小琴回忆：

① 参见杨辉：《陈忠实小说的"前史"考察（1966—1977）》，《文艺报》2018年1月22日。

1975年，他在西安美术学院就读，为创作毕业作品，他们五位同学在老师的带队下，前往西安市东郊白鹿原下一个名为东李村的地方采风。他们到了后，就给《高家兄弟》画连环画。他们画了大量速写后，酝酿出了基本的画稿。其间，在毛西公社工作的陈忠实和他们进行了多次交流。有一次他们去看陈忠实时，陈忠实正在村头麦场上召开的村民大会上大声讲话。散场后，他们问陈忠实小说里的人物是咋样编出来的？陈忠实于是声情并茂地讲起了他笔下人物的原型，都是身边的人和事。他们的带队老师苗老师和陈忠实有一段对话：

你是副社长，都管些啥呢？

我抓养猪与计划生育呢，哈哈。

那你明天是星期天也不休息？

我一礼拜（星期）都用来是全心全意服务呢！为咱的农民乡亲服务！

那你啥时候用来写作？

平时顾不上，屋里也写不成，能写出的几篇，都是公社、文化馆、区上借调出来，住上招待所弄出来的。当然这也全要靠平时的生活积累么。我本人就是一个强烈的文学爱好者，没能走上大学的路，我把柳青当作我尊崇的榜样，柳青的《创业史》让我有了人生方向和目标，我就是想写出一本本好书来！

师生们听了后都备受鼓舞，他们蹲下来和陈忠实拍了一张合影。陈忠实当时蹲在河堤上，拿着烟袋，挽着裤腿，穿着农民的布衣，像冬天的麦地一样朴厚。在苗老师的指导下，他们师生协作分工，最终根据《高家兄弟》的故事情节，画出了59幅画。他们把画贴在土墙上，观摩、讨论、商榷，当发现有缺欠时，就请陈忠实提意见。最终，这套连环画发表在1975年11期、12期的《延安画刊》上，共刊登了11版，引发了国内读者的关注。①

《高家兄弟》同《接班以后》都是陈忠实在工作之余写的，前者是他由民办教师借调到立新公社，任公社卫生院革命领导小组组长后，于1973年春在西安郊区党校学习期间构思并于本年国庆节期间写成的；后者是他在1974年1月至6月，以西安市南泥湾"五七"干校第八期学员的身份，在延安南泥湾学习期间写成

---

① 张小琴：《他有农民般的忠厚》，《美术报》2016年5月21日。

的。他说："有一次办了个两三个礼拜的学习班，相对就比较轻松，我写了第一篇小说。到1974年，我去南泥湾'五七'干校锻炼半年，利用节假日、晚上，我又写了第二篇小说。"①两篇小说"都是演绎'阶级斗争'这个'纲'的，而且是被认为演绎注释得不错的"②。

1975年4月12日，《西安日报》副刊《延风》发表陈忠实的特写《铁锁——农村生活速写》（1996年太白文艺出版社出版的《陈忠实文集》第1卷认为是短篇小说，收入到短篇小说栏目，但去掉了副标题），写了灞河边的柳庄蔬菜生产专业队的会计铁锁秉公办事与坚持原则的优点。春季，柳庄队的队长柳大年在给生产队购买稀粪后，到铁锁这里来报账，铁锁一看纸条是烟、酒招待费的账单，就说不能报。柳大年气恼地说："算咧，算咧！以后哪怕它地里长成猴毛哩！我也不弄哩！"第二天晚上，大队召集各小队干部争辩柳大年报账被拒的事情，大家认为柳大年错了。铁锁和柳大年谈了一次心，在工作上，他们仍然团结得很好。后来，大车把式柳合合和八叔去拉谷草，柳合合说半路上骡子把一个老婆踢伤了，在县医院看病花了15块钱，让铁锁把医药费报了。柳大年让跟车的八叔也签个名。柳合合说八叔到部队看儿子去了。柳大年于是签了字。但铁锁坚持原则，向八叔核实了情况后，八叔说没有这样的事情。柳合合说事情发生时及去医院看病，八叔刚好不在。铁锁和出纳要去医院调查时，柳合合承认发票是他在路上捡的。这个事情又进一步展现了铁锁办事细致、坚持原则的品质。作品的名字和赵树理的长篇小说《李家庄的变迁》中的张铁锁同名。《李家庄的变迁》（上下）通过山西农村李家庄的木匠张铁锁的遭遇，反映出抗日战争前后李家庄的不同面貌。上册写抗战前张铁锁一家在农村遭受封建地主阶级的欺压，有理无处伸张，最终离乡背井，外出打工。下册写铁锁回家后，在"牺牲救国同盟会"特派员小常的带领下，积极发动群众，建立抗日根据地；最后在共产党的领导下，推翻了封建军阀和地主阶级的统治，打垮了日本侵略者。自然，陈忠实的作品突出的是铁锁公正无私、坚持原则的品格，作品没有把铁锁放置在阶级斗争或两条路

①　陈忠实：《文学的心脏，不可或缺——与〈解放日报·周末刊〉高慎盈的对话》，见《陈忠实文集》（第10卷），人民文学出版社，2015年版，第401页。
②　陈忠实：《最初的晚餐——〈生命历程中的第一次〉之一》，见《陈忠实文集》（第6卷），人民文学出版社，2015年版，第3页。

线斗争的背景下去塑造，只是展现了他对弄虚作假这种不正之风的自觉而又坚持不懈的抵制，但他和《李家庄的变迁》中的铁锁在精神品格上是相通的。

李建军认为，陈忠实给《铁锁》和后来的小说《珍珠》《田园》《土地——母亲》《霞光灿烂的早晨》等中的人物命名时，缺乏符合象征修辞本质的诗性意味。他说："给人物命名，也是小说的一项非常重要的修辞内容。一个成功的人物命名，要有助于读者很好地理解人物的性格和命运，要有听觉上的美感和便于记忆的形象性，甚至还要具备形式上的美感，即字形要美。""他前期小说中的略有象征意味的景物及物象的描写，顶多也像我们前边从他小说中的天气描写修辞中所看到的那样，大多选择那些能宣抒作者对农村生活的'美好'感觉及情节'解结'之后的欢快、乐观心理的那些物象。而且这些处于初始状态的象征，大都以一种简单的方式补缀在小说的题目或人物的名字中，如《珍珠》《铁锁》《田园》《土地——母亲》《霞光灿烂的早晨》等，缺乏符合象征修辞本质的诗性意味。"[1]

1975年7月，《陕西文艺》第3期将陈忠实发表在1973年西安市文化馆编选的《群众文艺作品选》第4期上的短篇小说《洪庆风雷》改名为《公社书记》后重新发表。

《公社书记》继续在两条路线斗争的视域中，塑造了正反两位公社书记的形象。小说写与公社书记徐生勤有着同样被压迫经历的副书记张振亭被"腐朽的资产阶级思想"侵蚀了，干着的是为自家谋福利的事情。徐生勤通过对与张振亭个人经历密切相关之历史经验的回顾，促使他意识到了个人问题的严重性，使他从根本意义上作出了自我反省。徐生勤依托的是列宁关于资产阶级生活作风的论断："当革命发展到某一个重要的历史阶段，无产阶级的革命队伍要继续前进的时候，领袖的深刻教导、指示，会使浩浩荡荡的革命大军的目标一致，方向明确。"徐生勤借此扭转了张振亭的思想认识。有论者认为，列宁的话所产生的力量无疑超越了个体经验的狭窄范围而具有了更为深远的意义。列宁所说的某些阶段性的"危机"会被逐渐克服，会使作为社会主义意识形态主体的"新人"得到

---

[1]　李建军：《陈忠实的蝶变》，二十一世纪出版社集团，2017年版，第96、102页。

不断成熟，从而从根本意义上引领时代的发展方向。①

可以看出，《高家兄弟》和《公社书记》都是陈忠实的公式化写作，它们都将人物分为好坏两种，按阶级的不同而安排了你死我活的斗争，里面的所有正面人物都是按"三突出"的原则塑造出来的。在《高家兄弟》中的高兆丰看来，事关"路线"问题的论争决不能敷衍，即使公社文教干事祝久鲁极力推荐高兆文上大学，甚至愿意为缓解高兆丰的"压力"而多分一个名额给高村时，高兆丰仍然不愿退让。高兆丰是一个在"严峻的斗争风浪"中成长起来的"革命事业的坚强后代"，他最终在对家族历史命运进行回顾与反思的过程中将高兆文引入了正途。《公社书记》中的张振亭也在徐生勤的教育下，下定决心要在农村广阔的天地中，跟"贫下中农社员扭在一起"，共创"高村的好前程"。

附《铁锁》的故事情节：

柳庄大队五队队长柳大年跟刚上任三四个月的小会计铁锁的关系不太美气。

一天，柳大年走进铁锁办公室，摸出几张票据，让铁锁审查。铁锁一看白纸条上写着烟、酒招待费，就说不能报账！柳大年说烟、酒都办公事了。铁锁说："集体和国家打交道，公对公，谁叫你给人送酒来？"柳大年听了气恼地说以后就是地里长成猴毛，他也不弄这事了！

铁锁给我谈了这件事的经过，说柳大年不是给人穿小鞋使心眼的人，要求我给柳大年解释解释，不敢在外头乱花乱支，搞不正之风，不然会摔跤哩。我欣然应允一定和柳大年谈谈心。

第二天晚上，在大队召集的各小队的干部会上，柳大年叙述了自己买粪和报账的经过后，引起了热烈的争辩。有一半干部同情他；有一半人说他不应该搞烟酒交易。铁锁自然站在后一半中。我觉得这件事情虽小，但涉及了一个普遍存在的思想作风问题，争辩争辩也好。

通过学习和讨论，大家认为柳大年一派人的观点错了，铁锁一派人的观点是对的。后来，铁锁和柳大年谈了一次心，柳大年说以后该咋办就咋办，他不计较。我听了他们的谈心，发现铁锁不仅能坚持原则，而且会做思想转化工作。之后，我从侧面得知，柳大年对自己请客花钱的损失还有点心里不

---

① 杨辉：《陈忠实小说的"前史"考察（1966—1977）》，《文艺报》2018年1月22日。

快，但是在工作上，他对铁锁并没有显出什么来。他们仍然团结得很好。

紧接着大车把式柳合合拿着一张医院开的发票找到柳大年说他到蓝山县拉谷草，半路上骡子把一个老婆踢伤了，在县医院看病花了15块钱。柳大年看着发票心里有点不瓷实。柳合合说这事谁都不会胡捏冒说。柳大年让跟车的签个名，柳合合说跟车的是八叔，但他到部队看儿子去了。柳大年于是签了字。

铁锁来了后，给柳大年说柳合合的发票迟报，等八叔回来再说，柳合合那人让人有点不放心，俩人经手的事，就该俩人都签名，万一……柳大年说："应该坚持原则，可也不要太胆小了！你发！没事！"

事情过了十天，八叔回来了，他给铁锁说根本没这事！纯粹是柳合合胡捏的。铁锁再问八叔："这事你敢作证？"八叔说："咋不敢？面对面顶证都行！"

铁锁找到柳大年，把八叔的话一说，柳大年很生气。铁锁建议把柳合合叫来，一起问。柳大年让女儿去叫柳合合，因为他要和这个年轻的小会计商量该咋样问柳合合，他对这个小战友的美好感觉正在形成和明朗化，觉得今后遇到事需要和他多商量。

柳合合来了后说，他到县供销社去买东西，期间骡子把个老婆踢了，给她看伤花了15块钱，因为伤不重，他就没给八叔说这事。

第二天，铁锁和出纳玉梅准备到县医院去调查柳合合说的话是否属实，柳大年把他俩送到村头，正要分手时，柳合合来说那张发票是他拾下的。

柳大年狠狠地瞪了柳合合一眼，气得说不出话来，捞起铁锨下地去了。

这件事后，柳大年逢人就夸铁锁是队里选的好会计，是真正的铁锁子，是金不换的铁疙瘩！

三、《无畏》：迎合反"走资派"潮流的小说

1976年3月，陈忠实参加《人民文学》编辑部在北京的一个创作笔会，在《人民文学》第3期发表短篇小说《无畏》。6月20日，在《西安日报》发表速写《社娃——农村生活速写》。

1976年，《人民文学》复刊后办了一个短期创作培训班，通知陈忠实去参加。培训班共有八个人，全是当时在全国有一定知名度的业余作者。陈忠实当时正在为已经拍竣的电影《渭水新歌》的修改事情忙得焦头烂额，他不想去。但因为他是当时陕西文坛起步露头的青年作家中文学创作实力较强的人，所以《人民文学》领导要求他一定得去。陈忠实说，他不是那种一坐下来就能写出小说的人。《人民文学》领导说，小说写不了，写一篇散文也行。在与西影厂达成电影修改的妥协意见后，厂里人也劝他去北京散散心。田炜主任还答应让他坐飞机去北京。他从来没坐过飞机，为图新鲜，就在3月份坐飞机去了北京。到北京后，他被告知创作班已经开班十天了。他到北京的头两天，因为《人民文学》领导给他说可以不写小说，所以他就游逛北京。游逛了两天后，他觉得很乏味，很无聊，也觉得自己整天闲逛不合适，于是决定好好写一篇东西。由于当时他的短篇小说已经产生了很大影响，他于是决定给《人民文学》写一篇小说。他在调整思路后，用了一个星期的时间写出了一篇名叫《无畏》的短篇小说。随后，他将《无畏》交给创作培训班，很快，小说便在1976年第3期的《人民文学》头条上被刊登了出来。它前面刊发的是中共中央和北京市委关于"反击右倾翻案风"的公告。

《无畏》延续了陈忠实《接班以后》等小说的思想及写作手法，其故事背景是1975年至1976年的全面整顿到"反击右倾翻案风"。小说中的女青年程华和男青年杜乐在"文革"中一同起家，一同受到从陕北走出来的老革命刘民中的围攻、镇压，两人结下了深厚的友谊。党的十大之后，程华作为新生革命力量和妇女代表，进入了丰川县委工作，正式脱产担任县委副书记。丰川县委书记刘民中想把杜乐从大队调到公社工作，但杜乐不同意。刘民中在请示了地委书记赵继荣后，让杜乐以"不拿工资记工分"的待遇担任了跃进公社的书记。人们传言，杜乐和程华是恋人关系。但程华和杜乐比起来，她对工作的态度比较冷静，尤其是当刘民中提醒她作为领导干部，对有些事情要多方考虑，慎重表态后，她对杜乐提出的一些主张也轻易不表示同意，也不表示反对。一天，刘民中在东阳小学召开近千名社队干部群众现场会，号召在全县推广东阳大队大抓整顿，大促生产，工分挂帅，物质刺激的经验，结果引起了争议。会议中途才到场的杜乐坚决反对推广东阳经验，他说自己来前经过调研，认为当前最主要的危险是修正主义。随后，杜乐在公社副书记杨大山的支持下，坚决要与"走资本主义道路的当权派"刘民中进行斗争，丢官罢职也在所不惜。自然，《无畏》所写的杜乐与刘民中的冲突，仍属于两条路线的斗争。但它也触及了很多复杂的思想问题，这些问题是新时期思想解放前普遍存在的问题。所以，从这个角度上说，《无畏》在从一个宏大的思想视域上观照生活时，也象征性地解决了一些问题；它切中了时代脉搏，所写人物具有时代的典型意义。但从思想与笔力上看，《无畏》却不及《接班以后》诸篇，因为它的火药味很浓，是陈忠实早年决心写出与时代"合唱"的小说中的又一篇小说，他自己的思想倾向在文中也表达得非常明显，认为全面整顿是"反革命逆流"，在农村必须继续进行"文化大革命"，必须继续用大批判来促进生产。也就是说，《无畏》是"迎合当时潮流的反'走资派'小说"，它配合了当时的政治运动。它塑造的公社书记杜乐对县委书记刘民中所谓的"走资本主义道路"的抵制，目的就是希望国家继续进行"文化大革命"，继续用大批判来促进生产。

《无畏》发表后引起了一定的反响，它和《接班以后》《高家兄弟》《公社书记》等一样，字数均在万字以上，所涉问题也很宏大，人物形象塑造、结构安排、语言应用都体现了陈忠实正在向比较自觉的文学创作阶段进行跃升的情况。那时，陈忠实三十出头，刚由民请教师转为国家正式干部，在人民公社里工作，创作文学作品的激情很饱满。但是，就像邢小利所说的，这些小说的内容明显受到了当时政治意识形态和文艺政策的影响，表现的重点是农村复杂的阶级斗争，尤其是无产阶级和资产阶级两条路线的对抗，主题最后往往归结到政治权力的斗争上；塑造的人物也是普通人中的英雄人物，特别是青年英雄人物的形象。①

1976年10月，"四人帮"被打倒后，《无畏》被认为是"迎合当时潮流的反'走资派'小说"，陈忠实在受到多次政治审查后，被撤销了公社副书记的职务。他曾在追忆恩师王汶石的文章《为了十九岁的崇拜》中写道："我在刚刚复刊的《人民文学》上发表过一篇迎合当时潮流的反'走资派'的小说，随着

---

① 邢小利：《论陈忠实的创作道路与文学地位》，《西北大学学报》（哲学社会科学版）2014年第3期。

'四人帮'的倒台以及一切领域里的拨乱反正，我陷入一种尴尬而又羞愧的境地里。"①

后来，陈忠实在《有剑铭为友》一文中写道："我在前一年为刚刚复刊的《人民文学》写过一篇小说，题旨迎合着当时的极左政治，到粉碎'四人帮'后就跌入尴尬的泥淖了。社会上传说纷纭，甚至把这篇小说的写作和'四人帮'的某个人联系在一起。尴尬虽然一时难以摆脱，我的心里倒也整端不乱，相信因一篇小说一句话治罪的荒诞时代肯定应该结束了，中国的大局大势是令人鼓舞的，小小的个人的尴尬终究会过去的。"②

1985年2月27日，陈忠实在《答读者问》中说："我当时因一篇不好的小说而汗颜和内疚不已，就近于残酷地解剖自己。我躲在文化馆的一间废弃的破房子里，潜心读书，准备迎接文艺的春潮。我明白，从思想上清除极左的东西也许并不太困难，而艺术上的空虚却带有先天的不足。我企图通过对一批优秀的短篇的广泛阅读，把'左'的艺术说教彻底扫荡；集中探索短篇的结构和表现艺术，包括当代的一些代表文学新潮流的作品，也都读了，企图打破自己在篇章结构上的单调手段。在泛读的基础上，我又集中研读了莫泊桑的一些代表作。到1979年春天，我觉得信心和气力都充实了，就连着写出了一些短篇。"③这里所说的是陈忠实在《无畏》受到批评后，他通过有选择地读书和深入思考，清除了自己思想观念上的极左意识和艺术上的单调、空虚和教条主义。这是他在1970年代末对自己的创作观念进行的第一次深刻反思，也是他对自己进行的第一次深刻"突破"和"剥离"。

2003年，陈忠实在回忆自己在"文革"期间发表的《接班以后》《高家兄弟》《公社书记》《无畏》时说："它们都带有当时政治斗争的烙痕，主题都属于演绎阶级斗争的。但是，我那些作品在当时都产生了广泛的社会影响。这在当

---

① 陈忠实：《为了十九岁的崇拜》，见《陈忠实文集》（第6卷），人民文学出版社，2015年版，第160页。
② 陈忠实：《有剑铭为友》，见《陈忠实文集》（第8卷），人民文学出版社，2015年版，第249页。
③ 陈忠实：《答读者问》，见《陈忠实文集》（第3卷），人民文学出版社，2015年版，第467—468页。

时那个艺术荒漠的状况下，我的那些作品之所以能产生广泛影响，主要是因为我对现实生活的艺术描绘可能在生动性上做得更好一点。但在骨子里这些作品所要演绎的还是阶级斗争。"[1]他还说："……我最初在'文革'中间写了四个短篇之后，人们为什么喊我为'小柳青'，主要就是我那些小说的味道像柳青，包括文字的味道像柳青，柳青对当时我的文字的影响、句式的影响都是存在的。"[2]这里，陈忠实明确地肯定了自己的小说中存在着"柳青因素"，也就是他对柳青所主张的"生活的学校、艺术的学校、政治的学校"这"三个学校"的践行，主要是对"政治的学校"进行了践行，而且也是从其中成长起来的。这三个因素在他1979年荣获全国优秀短篇小说奖的《信任》中继续存在，他在获奖感言中也表达了自己是信服柳青的"三个学校"的主张的。

---

① 陈忠实：《在自我反省中寻求艺术突破——与武汉大学文学博士李遇春的对话》，见《陈忠实文集》（第7卷），人民文学出版社，2015年版，第423页。
② 陈忠实：《在自我反省中寻求艺术突破——与武汉大学文学博士李遇春的对话》，见《陈忠实文集》（第7卷），人民文学出版社，2015年版，第427页。

第三章　试图剥离极左叙述成规的小说

（1978年—1979年）

　　1977年6月，36岁的陈忠实被任命为毛西公社平整土地学大寨的副总指挥；年底，又被任命为公社灞河河堤水利会战工程副总指挥，带领群众修筑八华里的河堤。

　　1978年初，陈忠实读到《人民文学》1977年11月号上发表的北京业余作者刘心武的短篇小说《班主任》，也读到1978年1月号上发表的陕西业余作者莫伸的短篇小说《窗口》，两篇小说在当时影响很大，陈忠实读过，对他的影响也很大，尤其是《班主任》，让他直接的感觉就是把文学可以当作事业来干的时候到来了！他说，1978年春天开始后，文学对人们的影响是前所未有的，他把文学当作自己的主要职业就是从1978年开始的。①

　　《班主任》写初三班主任张俊石老师答应让16岁的小流氓宋宝琦重回班级上学，但却引起了师生们的反对。张老师接触宋宝琦后，对如何教育他及和他一样的孩子忧思不已。张老师发现班上的好学生谢惠敏被"四人帮"思想影响、残害到了极点，她对英国作家伏尼契的经典作品《牛虻》这类写男女，写资产阶级的书籍深恶痛绝。张老师面对谢惠敏对《牛虻》的极力否定，他思考起了如何让谢惠敏这类好学生学会独立思考的问题。最后，他决定一定要将"四人帮"给孩子们头脑中留下的"毒瘤"除去，使他们成为社会主义革命和社会主义建设的强

---

① 　陈忠实：《我与〈白鹿原〉》，2008年4月27日在现代文学馆的演讲，刊登在《光明日报》2008年12月25日。

有力的接班人。可以看出，《班主任》触及了中国人被长时间的阶级斗争和政治运动摧残了的人间亲情，唤醒了人们内心感情中久遭压抑的一面，它用文学的方式探讨了思想解放和艺术民主的问题，是划开"文革文学"与"新时期文学"界限的第一篇作品，在当代文学史上具有里程碑的意义。小说摆脱了虚假的社会风气，对真实生活、真实的人、真实情感进行了再现；小说把党同人民群众在极端困难情况下的不屈斗争进行了再现，表明了现实主义的复归；小说在艺术上尽管不尽完善，但它体现出的政治与社会层面上的价值却很明显，它以"十年浩劫"作为批判对象，揭露了它给人民群众在肉体和精神上的伤害；小说虽然局限在对政治的批判、道德的谴责、感情的舒泻上，但它却以对真实性的追求，打动了无数读者的心弦，影响了后来文学的发展，具有历史转折的意义，起到了一定的先锋作用。

陈忠实读了《班主任》后，他认为这篇小说就像春天的第一只燕子，衔来了文学从极左文艺政策解放出来的讯息，文学的寒冰要"解冻"了！一个新的时代要开始了！

陈忠实也意识到，文学的新时代虽然要来了，但自己还不足以真正进入文学领域，要想进入，自己必须离开行政部门，调入文化单位工作。7月，当河堤快修完的时候，他主动辞去了毛西公社的革委会副主任职务，要求到西安市的郊区文化馆工作。这时候，他的短篇小说《无畏》被指呈的问题也查清了。10月，他被调到西安市郊区文化馆，任副馆长，专心从事文学创作。他的哥哥陈忠德担心他的遭遇，就去安慰他，他说："没事，都过去了。"哥哥才放下心来。

陈忠实到文化馆后，便在那里的一间废弃的房子里，把馆里所藏的所有的契诃夫和莫泊桑的短篇小说进行了反复研读，他弄清了契诃夫小说注重人物形象塑造，莫泊桑小说注重故事讲述和人物形象塑造，并结合自己的文学禀赋和才华，觉得自己更适合学习莫泊桑的小说写法。1985年2月27日，他在一篇文章中写道："我当时因一篇不好的小说而汗颜和内疚不已，就近于残酷地解剖自己。我躲在文化馆的一间废弃的破房子里，潜心读书，准备迎接文艺的春潮。我明白，从思想上清除极左的东西也许并不太困难，而艺术上的空虚却带有先天的不足。我企图通过对一批优秀的短篇的广泛阅读，把'左'的艺术说教彻底扫荡；集中探索短篇的结构和表现艺术，包括当代的一些代表文学新潮流的作品，也都读了，企图打破自己在篇章结构上的单调手段。在泛读的基础上，我又集中研读了莫泊桑的一些代表作。到1979年春天，我觉得信心和气力都充实了，就连着写出了一些短篇。"他说，那是一段充满"自虐式的反省和反思"的日子，"真正驱逐、涤荡（了）我的艺术感受中的非文学因素"，使我对自己进行了一场痛苦的反省和精神剥离。①

在国内从方方面面开始进行"拨乱反正"时，陈忠实由于对世界文学大师的文学创作方法进行了研读，所以他在1978年的10月，写成了短篇小说《南北寨》，第二年即1979年3月，写成了短篇小说《小河边》，4月，写成了短篇小说《徐家园三老汉》和《幸福》。他自述："其中《徐家园三老汉》……在《北京文学》发表后，评论家阎纲正在住院，他看到这篇小说后很高兴，意识到我明显的变化。"②如果结合《南北寨》《小河边》和《幸福》看，陈忠实的创作确实发生了明显的变化，一句话就是他试图通过这些小说来剥离自己身上存在的极左叙述成规。

一、《南北寨》：继续表现两条路线斗争，但初步颠覆了陈忠实以往创作理念的小说

短篇小说《南北寨》1978年10月写成，发表在《飞天》第12期、《延河》1979年第2期。

《南北寨》是陈忠实在阅读了国内外一些作家的作品后写出来的，多少涤荡了他意识和思维中的极左话语。他认识到文学和人学还是存在着巨大关联，这是文学真正的意义所在。

《南北寨》的故事由"低产的社会主义的北寨"和"高产的修正主义的南寨"构成了冲突。南寨大队队长吴登旺给党支部书记常克俭说，北寨的杨长顺和马驹来村里借粮，被他逮住后扣留在饲养室里了。常克俭听了后，立即到饲养室

---

① 陈忠实：《答读者问》，见《陈忠实文集》（第3卷），人民文学出版社，2015年版，第472页。
② 陈忠实：《创作成就取决于作家的敏感、深刻和独特——与西安工业大学人文学院邵科祥教授对话》，见《陈忠实文集》（第9卷），人民文学出版社，2015年版，第534页。

向杨长顺和马驹赔了情，并帮着两人把粮食送进了北寨村。但公社革委会副主任韩克明却召集南北寨的社员，开会批斗起常克俭和吴登旺来。北寨大队支书王焕文让杨长顺和马驹揭发批判常克俭。南寨五队的张德明老汉的一番慷慨陈词使韩克明、王焕文尴尬不已。王焕文叫北寨三队队长刘步高揭发批判，刘步高提出辞职。韩克明让常克俭说清他搞粮食支援的真实用心，常克俭让他自己总结。在小说里，作者反顾了那个已经逝去了的政治运动频繁的时代，否定了北寨不务实的领导人王焕文及公社革委会副主任韩克明动辄上纲上线的做法，肯定的是不追风、不盲从的南寨大队长支部书记常克俭，表现了他清醒地、坚决地抵制错误的政治路线的立场态度，他坚决领导全队社员务实苦干，最终赢得了粮食的丰收。常克俭是一位坚守党性原则，不虚报、不浮夸，顶着被批判的压力，实事求是地进行农业生产，切实地关心北寨社员缺粮问题的基层优秀干部。因为这些，他获得了众人的敬重。小说中的张德明老汉，坚持自己做人的本分，以一位农民实诚的心为买粮的马驹和杨长顺作证解难，体现了他实诚、坦荡、本分的优秀品格。

显然，《南北寨》初步颠覆了陈忠实在之前的很多小说里用极左观念去赞颂韩克明、王焕文这样的要把"文化革命"进行到底，把阶级斗争、两条路线斗争抓到底的创作理念，他第一次对韩克明、王焕文这样的人进行了嘲讽，描写了他们在面对常克俭积极扶助北寨，坚守党性原则，不虚报、不浮夸的精神时的目瞪口呆和尴尬不已。《南北寨》是陈忠实在新时期里进行真正文学作品创作的开始的标志。陈忠实多少从僵化的革命叙述模式中走了出来，改变了他以往坚持的写作路线，然后成为新时期文坛上的一位重要作家。

2002年8月6日发表的陈忠实散文《六十岁说》中回顾了自己的艺术和人生历程中的两次关键的自我把握和自我反省："在艺术追求的漫长历程中，在两个重要的创作阶段上，进行两次反省，对我不断进入文学本真是关键性的。如果说创作有两次重要突破，首先都是以反省获得的。可以说，我的创作进步的实现，都是从关键阶段的几近残酷的自我否定自我反省中获得了力量。我后来把这个过程称作心灵和艺术体验剥离。没有秘密，也没有神话，创造的理想和创造的力量，都是经过自我反省获取的，完成的。"①事实证明，在文化馆期间，是陈忠实进行的第一次自我把握和自我反省，他通过《南北寨》完成了创作上的突破，因为在此之前，他的创作总是以"历史代言人"的面目示人，似乎历史规律是可以被他完全掌握的。在这一点上，他可能是受到了柳青的影响。但历史是不可能由一个坐在办公室里的人用公式来推算一下，预测一下，就可以把握的；历史是一个系统，它有太多的变量，在它面前，人类的理性常常显得很渺小、很脆弱。当陈忠实看到历史本身的丰富与多元后，他又想起自己不定的际遇浮沉，他的心态于是从青年走向了中年，从强控制转向了弱控制。

当然，《南北寨》也存在问题，就是陈忠实通过对比常克俭和吴登旺两位村干部在扶助北寨缺粮事情上的截然对立的态度，以及常克俭与韩克明、王焕文这两个"阴谋的制造者"针锋相对的斗争，继续表现了两条路线的激烈冲突，这是他之前很多小说模式的延续。李遇春认为，该小说虽然是陈忠实经过痛苦的自我反省和精神剥离之后，重拾写作信心写出来的，但从本篇小说及他在1978年10月到1982年春夏之交写出的30多个短篇小说来看，他还未能真正地实现对革命叙事模式的剥离，他还残留着浓重的政治情结。从新时期伊始，他的小说创作曾经历过三次叙述形态的嬗变，第一次是他试图剥离之前长期存在的既定的革命叙述成规的拘囿，但他仍然采用的是"政治—人格"的叙述和"政治—人性"的叙述，这实际上与他早年的革命叙述成规似断实连，既有延续也有突破。②李建军认为，该小说的视点依然滞留在一些具有所谓时代色彩的外在事件上，尚未深入到人物的心理层面，没有聚焦于人物深层的情感世界上。"仍然是以外在的意识形态尺度，来构织事件、描述事件、塑造人物，情节具有虚假的性质，而人物也显得虚伪。人物受一种人为设计出来的戏剧情境的制约，心理苍白，行为机械。尤其是北寨的支书王焕文和公社领导韩主任，类乎小丑，说出来的话，不仅缺乏个性而且了无人味，如韩主任又说：'有的队不学北寨，就出现资本主义泛滥，社员卖高价粮，大队干部也企图以粮食腐蚀北寨！北寨大队党支部很敏感，及时抓

① 陈忠实：《六十岁说》，《北京青年报》2002年8月6日。
② 李遇春：《陈忠实小说创作流变论——寻找属于自己的叙述》，《文学评论》2010年第1期。

住这个新动向，今天开会，坚决反击。'"[1]

附《南北寨》的故事情节：

腊月的一个深夜，南寨大队队长吴登旺给党支书常克俭说北寨的杨长顺和马驹来村里借粮，被他逮住后扣留在饲养室里了。常克俭听了想拿出一批储备粮借给北寨。吴登旺却不愿意，他说："让北寨人吃饱了再唱戏？编诗？让王样板（北寨大队支书王焕文）再去介绍经验？再来和南寨对着干？让'鸱鸮客'主任（公社革委会副主任韩克明）再来给南寨扣帽子？"

常克俭听了没恼，随后到饲养室向杨长顺和马驹赔了情，并帮着他们把粮食送进了北寨。

但公社革委会副主任韩克明却召集南北寨的社员开会批斗常克俭和吴登旺，说南寨不学北寨，出现了资本主义的泛滥现象；社员卖高价粮，常克俭和吴登旺显然想以粮食来腐蚀北寨。

然后，北寨大队支书王焕文让杨长顺和马驹揭发批判常克俭，杨长顺说："我，不该出去借粮，咱北寨是先进队，我给红旗抹黑……"马驹却否认了常克俭和吴登旺高价卖粮的事，他说："我马驹不该到南寨借粮！应该在家等着饿死！饿死也不该给王支书脸上抹黑！"

韩克明继续追问借的是谁家的粮。南寨五队的张德明老汉大声说是借他的，马驹和杨长顺总共借了他二百斤苞谷；杨长顺说忙后用麦还，马驹说月底交了猪付钱。最后，张德明老汉大声宣布："他俩借我的粮，我不要还咧！今日这会把我教育哩！当着南北寨社员的面，我说话算话！"张德明的举动使阴谋的制造者韩克明和王焕文都没料到！常克俭也没料到！韩克明说："德明老汉能认错很好嘛！问题在于南寨的干部，他们想拿粮食收买人心，给北寨红旗抹黑！"

王焕文然后叫北寨三队队长刘步高揭发批判。刘步高说他当了五年队长，没本事，使队里发展不快，但社员却没饿着，公购粮也没拖欠国家的。而"今年，大家明白，咱都干了些啥名堂！这个弄法，我干不了！南寨的粮，我不借了。你给三队另选队长吧，选能唱出粮食的能行人……"韩克

---

① 李建军：《陈忠实的蝶变》，二十一世纪出版社集团，2017年版，第78页。

明又让常克俭说清他搞粮食支援的真实用心，常克俭说："一切都清清楚楚，你自己总结吧……"说罢，背起双手，走出会场，踏上通往南寨的白杨甬道……

二、《小河边》：第一篇反映工农学身心"伤痕"并具有鲜明反思意义的小说

短篇小说《小河边》1979年3月写成，发表在4月13日的《西安日报》。

小说写研究员李玉在1978年召开的全国科学大会上获了奖，老八提议一块去小河边看看老大（五）。然后，小说写了李玉进"牛棚"的经历，以及出来后到城东的一条河边捕鱼，遇到了老八的事情。老八是一个厂的副厂长，被打成走资派。他们在沙滩上遇到筑堤坝的老汉搭讪，三人相识相聚，共同述说过去，展望未来。他们一齐拉着手，决定在今后的工作中努力奉献。

小说中的老八、老九李玉一心扑在工作上，对国家事业坚贞不二。他们在"文革"中受到非人的待遇，身心受到巨大的摧残，可是他们不顾环境的恶劣，忍辱负重地回到单位去做实事，这体现了他们沉挚深厚的家国情怀。他们结识的老大在"文革"前是农会主任、农业社长、大队党支书，一直以来干部不离身。在"文革"中，老大带领社员修河堤、围滩地，把缺粮队变成余粮队，但他却被戴上了地主帽子，被罚一个人修了十余年河堤。在这十余年中，他在无人监督的小河边踏踏实实地挑石筑堤；夏天到柳林中拾蝉壳儿，卖到药铺交党费。在"社教"运动中，他被定为地主分子，为了不牵连他人，他尽力避免与人交往，恪守言行。他的日常生活言行，体现了忠孝节义等优秀的精神品质。老八、老九、老大在恶劣的环境中，坚守着自己正直的做人原则、实干的精神、诚挚为民的高洁作风，这些都得到了作者的礼赞。

李建军认为，《小河边》让人想起了贾平凹的本质上虚假的短篇小说《满月儿》和徐迟的显然夸饰过度的报告文学《哥德巴赫猜想》。《小河边》一开始就叙写了研究员李玉刚参加完科学大会，因受到了奖励，心情非常激动，然后作者就以当时的小说习见的幼稚情节和夸张语调，说他如何过着居士式的生活，如何专心致志地搞研究。他像陈景润一样，"不喝酒，不吸烟，更不会结交朋友。

虽说分配到这个城市工作快二十年了，可这座北方古城的名胜古迹、城郊的山水风光，他一概没有光顾过"。接着，该小说又像当时的许多小说那样，追述李玉如何受到不公正的对待，如何在小河边与一个被打成地主的、"干部没离身"的农村老汉相遇并交谈，如何与他一起控诉那个刚刚结束的时代的荒谬和可恨，最后，"又一年的春天来了"，"春天是明媚的，小河边的春天更迷人。一川墨绿的麦苗给人以无限的生机，杨柳绽出一片片鹅黄小叶，两道长堤像两条黄色的绸带紧紧嵌在小河边上"。这样了无新意的描写，宣抒的依然是一种外在的公共化的情感，作者借此象征某种空泛而浅薄的时代情感的立意，是再显豁、明白不过了。总之，陈忠实前期小说总是依托当时的皮毛的社会、政治问题，来设置情节冲突，建构人物关系，而且总是以某种公共化的视点，来评价事件，评价人物。他走的依然是马烽、李准、王汶石的旧道儿和方格格路。从这些不成熟的作品中，可以看出他尚未获得成熟的思想、批判的精神、自由的想象力、越轨的笔致和力透纸背的内在冲击力，可以看出他的人格尚未得到充分的发展，可以看出他不自觉地与"现实"共舞的某种政治投诚心理。[①]

虽然李建军对《小河边》进行了否定，但我们应该看到，这是陈忠实第一次对知识分子、工人（或干部）、农民在十年"文革"中遭受的身心伤害进行反映的小说，反映了他创作视域的扩大，他初步将笔触伸向除过去常写的农村之外的其他领域。小说以深沉的笔调展现了处于三个不同领域的人物的政治劫难。作为知识分子的老九李玉热衷于科学研究，但他的研究却被"法家们"认为是资本主义的复辟回潮，于是遭到了长达十年时间的批斗与劳动改造。小说开头写他终于在科学大会上获了奖，这自然是"文革"结束，我们的国家开始进行拨乱反正、医治"文革"创伤时候的事情，使人们看到了无限的希望，重新鼓起了人们为国家，为民族的再次复兴去奋勇拼搏的信心和决心。小说对在工厂里当着副厂长的老八的不幸遭遇的叙述，使人们一下子回到了那个动乱年代，他遭遇的一切都使人感同身受。他在不停地被批斗下，身体得了严重的肺穿孔，但他却说他想回厂里扫地、做勤杂工，因为他不想白吃人民的。到这里，一位灵魂高尚的老共产党员的形象一下子突立在人们面前，使人们对他产生了由衷的崇敬。尤其是小说对

---

① 李建军：《陈忠实的蝶变》，二十一世纪出版社集团，2017年版，第79页。

农民刘老大的遭遇的叙述更令人悲伤。老大手里本拥有让农村改变模样，让农民富裕的权力，事实上，在他的带领下，他的村子由缺粮队变成了余粮队，但他却被戴上了地主分子的帽子，成了人民的罪人！无休止的批斗使他家破人亡，他妻子死了，大儿媳妇跑了，二儿子也上了人家的门。在这种情况下，他依然不忘自己的身份，月月按时交着党费。老大的形象是作者花费很多笔墨去重点刻画的形象，以人物自述的方式讲述了他坎坷、多难的遭遇和家庭变故。读来令人不由得悲从心中来。

陈忠实在讲述上述三位人物的悲伤故事时，没有和以前一样，让批斗者和被批斗者都站在前台，平分秋色地去推动故事情节的发展，而是让"被侮辱、被损害"的老大、老八、老九这三位代表了工农学三大领域的人物去痛彻心扉地倾诉自己在屡次政治运动中遭受的身心伤害，说明当一个国家的基础性行业被肆意破坏后，将会带来严重的灾难，读者也由之得到很多深思和反省，无论是执政者，还是普通百姓都会做如此的深思和反省。从这点上说，该小说比他以往的小说具有了较为鲜明的反思力度。小说也没有只停留在乡土情结本身上，而是从现实和历史的角度对乡土文化的落后、复杂等情况进行了反思，对乡土文化表现出来的正气、坚毅、淳朴、善良等一切崇高精神给予钦赞，体现了他思想感情的皈依。他的作品中蕴含着乡土社会中的民族精神，这使他的作品具有更深层次的文化意蕴。

附《小河边》的故事情节：

1978年，全国科学大会召开时，研究员李玉获了奖，老八向他表示祝贺，并提议去小河边看看老大。两人便去了。

李玉四十出头，喜欢搞试验，进过牛棚。出来后，回到城市里的研究所工作。他回到家里，妻子和孩子们都认不出他了。他弥补着结婚近十年来不顾家务的过失，给妻子和孩子做饭、洗衣服。一天，妻子让他去钓鱼散心。他来到城东的一条河边，等着鱼儿咬钩……在那里，他遇到捕鱼行家老八。两人各据一方，自顾自钓。后来，老八问了李玉的单位。当老八听到李玉在研究所工作后，就说自己在厂里当副厂长，是老八，是走资派，因为得了严重的肺穿孔，老伴让他到小河边来接受大自然的疗养。他们一直没问对方的真实姓名，只是以老九、老八来互相戏谑、称呼。十天没过，老九（李玉）和老八在一起时，老九想起令人沉醉的实验室，老八指着沙滩上一个老汉（老大）说他一个人在筑堤坝。两人过去和老汉搭讪，老汉却走开了，好像是讨厌他们天天来闲逛，不务正业。老九又想起实验室，老八说他也想给厂里扫地、做勤杂工，不想白吃人民的。第二天，两人没再去河边。两个月后，两人又在河边相会了。老九给老八说他们"三结合"试验小组在研制农药灭草剂，组里的几位小青年很尊重他，他和他们相处得极好。但"法家们"却说他在改造工人，复辟又回潮了！

一天后晌暴雨倾盆时，筑堤坝的老汉叫老八和老九在自己的防洪小房里避雨。老八和老九进去后，老汉却出去了。老八和老九说："你不进去，我们也不进去！"老汉就进去了。原来，老汉怕给老八老九惹麻烦，他说他是地主分子，如果被人反映到老八老九的单位，会给他俩惹麻烦的。老汉说自打他和社员们把这条河堤修起来，围进了五百多亩滩地后，他们缺粮队就变成了余粮队，但他却被戴上了地主分子的帽子，成了人民的罪人！他从土改到"社教"，干部没离身，"社教"运动一完，他就被定为了地主分子。他家有十四五亩地，大忙时，他雇了几个麦客割麦，于是被认为是雇工剥削……他向上级反映，反映到哪，材料都被原路退回来。他反映一回，挨一回批斗，差点进了砖瓦窑（监狱）！连累亲戚朋友……他的女人一气之下，起不了床，没出一年，就死咧！他掏了一千多块钱从山里给大儿子办了个媳妇，嫁来没过半年却跑咧，二儿子也上了人家的门……老九和老八陷入深深的沉默里。老汉说："我不是地主分子！我是共产党员！"他从炕头上的土窑窝里取出一个小木匣，匣盖上画着镰刀和锤子的图案，染着淡淡的红色。老汉说匣子里装着他的党费，是他在柳林里拾蝉壳儿卖到小镇药铺后攒下的，月月按时交。老九一把抱过那只小木匣，眼泪"哗"的一下涌出来。老八抓住老汉粗硬的手掌，眼泪也流了下来。老汉说他把瓦房腾出来给社里作饲养室；他领社员下河治滩……他活着是党的人，死了还是党的……雨住了，老八和老九走出小独房，心事重重地顺着河堤走去。后来，他们再也没到小河边上来过。

又一年春天来了，老汉的痛苦还没减轻，他整天在垒堤坝。一天，他正挑起一担石头，看见老八和老九来了，便扔下挑担儿，拉着他俩的手，朝小瓦房走去。老汉在墙上挂着周总理的遗像。老八和老九眼眶里闪着泪花，老汉再也忍不住，抱住他两个哭出声来。老八、老九、老大出门分别找到一株血红的小花，一株小白花，一撮带着泥土的麦苗献给了总理。

春天，三人又在河堤上抱一起了。正在地里干活的社员，看见了他们亲热的场面。老大说他平反了！老八、老九听了拉着老汉的手，拍着他的肩膀，摇着、抖着、笑着。

1979年3月于小寨

三、《徐家园三老汉》：塑造了三位老汉的鲜明形象

短篇小说《徐家园三老汉》1979年4月写成，刊登在《北京文艺》第7期。

小说写徐家园苗圃里来了身上毛病不少的徐治安老汉，他来的目的是想在苗圃干活。苗圃里的黑山老汉反对他来。徐长林老汉则想帮他！徐治安老汉最终来苗圃后，认真作务，对集体事业表现出的勤劳和责任心让人无可非议。但有一天，他坐在靠墙的阳光下晒暖暖时，一头母猪闯进苗圃，把里面的西葫芦苗全糟践了。徐长林老汉、黑山老汉以及队长友群知道后，气得毛发直竖。徐长林老汉和他谈了一次心。之后，他只是闷头干活，务苗小组被评为先进班组后，他和徐长林、黑山都去参加了群英会。会上，他被选为了主席团成员。

小说主要写了在人民公社化时期，三个老汉积极培育菜苗，保障大城市供给的事情。

小说的写法和前面的不一样，陈忠实脱离了之前小说必写阶级斗争的模式、套路，没有安排队长友群、徐长林老汉对徐治安老汉进行批斗，而是通过言传身教帮助他实心实意地改正了自己身上的毛病，真正由一个懒惰的人变成了勤快的人，变成了认真踏实的务苗工作者。小说把笔力放在描写徐长林要团结教育徐治安的心理想法上，也放在徐治安在失去苗圃里的位置后渴望重回苗圃的内心愧疚、反省及各种努力行动上。徐治安重回苗圃后能认真作务，对集体事业表现出了勤劳和责任心，来得早，走得迟，该说的说，该干的干，谁干错了他也能认真

批评。他用行动粉碎了一切对自己不光彩的议论。但一头母猪糟践了苗圃里的西葫芦又使靠墙晒太阳的徐治安名声扫地，徐家园村的人都在责骂他。徐长林和他谈心后，他在社员会上流了泪，从此脾性改了不少，很少说话，只是闷着头干活，最后和徐长林、黑山参加了群英会，被选为主席团成员。小说的故事情节在徐治安"被放弃"与"被拯救"的矛盾冲突中发展，展现了人物痛彻心扉的反省与转变。

陈忠实曾说过他写这篇小说的意图："我在《徐家园三老汉》的写作之初有一个小小的企图，试一试能不能写出三个年龄相仿，职业相同的农村老汉的性格差异来。另一篇《幸福》，也出于同一目的，试试能否写出三个青年人的性格差异来，以练习自己刻画人物的基本功。习作发表后，我自己觉得三个老汉比三个青年的眉目清晰一些（就我的习作相对而言；总的来看，都不典型）。"[①]小说既有曲折生动的故事，又塑造了包括队长友群在内的四个人物形象，显然是陈忠实对莫泊桑小说写法的践行。2008年，陈忠实在谈到自己前期小说中塑造的老汉形象时说："在我开始写的几个小说里，没有女性，全是男的，有年轻的、中年人和老头，在这些人物里头，大家觉得我写老汉写得最生动，其实，我当时才30岁，为什么会形成这种印象？我1979年在《北京文学》上发表了短篇小说《徐家园三老汉》，我试着同时写三个老头，能不能把他们的性格特征、心理差异写出来，而且还都不是坏老头，三个人都在生产队的菜园里工作，写他们的个性差异，练习写作基本功。"[②]2009年，陈忠实再次提到这篇小说的创作情况："1979年春，我产生了写小说的欲望。我后来的创作过程也一直是这样，往往是其他人写得红火时，我一点也不焦急，我需要做必要的准备，急是没用的。正是这样，在这一年，我连续发表了十部小说，在我迄今为止的创作生涯中，这是我一生中少有的高产期。其中《徐家园三老汉》，我印象最深。我在这篇小说中有意锻炼人物塑造的基本功。我想看看自己能不能写出同类人物的差异来。这篇小说在《北京文学》发表后，评论家阎纲正在住院，他看到这篇小说后很高兴，意

① 陈忠实：《我信服柳青三个学校的主张——〈信任〉获奖感言》，见《陈忠实文集》（第1卷），人民文学出版社，2015年版，第530页。

② 陈忠实：《我与〈白鹿原〉——在中国现代文学馆讲演稿》，见《陈忠实文集》（第9卷），人民文学出版社，2015年版，第491页。

识到我明显的变化。"①小说确实显示了陈忠实能"写出同类人物的差异"的能力，徐长林老汉忠厚善良，他对因懒惰而给苗圃带来几次重大失误的徐治安老汉的诚挚帮助和开导，说明他是一位能顾及大局、实心助人、团结众人，积极协作务菜育苗的好老汉；小说也成功塑造了黑山老汉的形象，他性格耿直，做事认真，他虽然对徐治安很反感，但他并非是一个不容人、不允许犯错的人改正错误的人，而是一个厚道之人；徐治安老汉是小说的重点形象，他最终由"四头"（上工走后头，放工抢前头，干活看日头，评工耍舌头）社员变成群英会代表、主席团成员，说明落后之人是可以通过教育来变为先进之人、正常之人的，而不是一切问题都需要开斗争会、批判会才可以解决。

小说最后写公社罗书记说了市上的方针是把郊区农村变成副食蔬菜基地，以保证新长征大军有足够的副食供应的话及徐长林说的"'四人帮'捣乱不成了，政策也落实咧！你放心"的话都非一些人所说的多余之言，罗书记的话说得自然而然，符合他的身份、职务，徐长林的话也说得符合他的身份、职务，而且点明了故事发生的时代转型背景。一些人还认为小说后面的话说明陈忠实又再现了他以往小说的模式，这也不确，结合整篇小说看，这些话既写得合情合理，也写得合乎逻辑。

附《徐家园三老汉》的故事情节：

在蔬菜生产队徐家园苗圃里干活的黑山老汉给徐长林老汉说，队长友群想给苗圃添人。黑山话说完，几年前因偷懒而把芥菜籽当作白菜籽下进大田，然后被友群撵出苗圃的徐治安老汉来了，他来的目的就是打听苗圃添人的事是不是真的。黑山对徐长林说：徐治安今日进，我明日出。徐长林说：徐治安有些技术，咱俩想法帮他治懒病，使他变个好社员！

原来，徐治安在失去苗圃里的位置后，成了"四头"社员：上工走后头，放工抢前头，干活看日头，评工耍舌头。

晚上，徐治安到黑山的屋里找黑山求情。

第二天早上，黑山对徐长林说他同意徐治安来苗圃。队长友群知道徐长林的态度后，很吃惊。徐长林对友群说："他在苗圃偷懒，你把他撤了；在

---

① 陈忠实：《创作成就取决于作家的敏感、深刻和独特——与西安工业大学人文学院邵科祥教授对话》，见《陈忠实文集》（第9卷），人民文学出版社，2015年版，第534页。

大田锄草锄不净，你扣了他的工分；犁地犁得粗，你把牛牵走了……撤来换去，徐治安还是个徐治安；这包袱扔到哪搭，哪搭就鼓出个疙瘩。堂堂队长，共产党员，把一个自私老汉改变不好，你不觉得自个也是个窝囊废吗？"

但友群最后还是同意徐治安进入苗圃工作。

徐治安进苗圃后，村里的风凉话就扑过来。徐长林却想，共产党员要团结教育人。好在徐治安能认真作务，一连几天，都是这样。他对集体事业表现出的勤劳和责任心让人无可非议。

在整整一周的早菜品种摆籽阶段，他来得早，走得迟，该说的说，该干的干，谁干错了他也能认真批评。苗圃里没人撂杂话了，村巷里也听不到风凉话了。徐治安用行动粉碎了一切对他自己不光彩的议论。黑山却说：有社员在苗圃干活时，徐治安是一个样儿；没社员在苗圃时，他又是另一个样儿。徐长林说慢慢来。

一天，徐治安坐在靠墙的阳光下晒暖暖时，一头母猪闯进苗圃，把里面的西葫芦苗全糟践了。徐治安惊醒、跃起后，双腿发软，眼冒金星。当时，徐长林和黑山都拉草苫子去了。事情发生后，徐家园村的人砸挂徐治安，说的话很难听。友群、徐长林、黑山知道苗圃里的西葫芦苗因徐治安的疏忽而被糟践了后，气得毛发直竖。徐长林冷静下来后，和徐治安谈了心。徐治安也在社员会上流了泪，感动了社员和友群，没人再提起这事了。从此以后，徐治安的脾性改了不少，很少说话，只是闷着头干活。

春节前几天，徐家园家家户户分了钱。腊月二十八，公社召开群英会，徐家园苗圃务苗小组被评为先进班组，徐长林、黑山、徐治安三个老汉都去开了群英会，公社罗书记给他们说市上的方针是要把郊区农村变成副食蔬菜基地，要保证新长征大军有足够的副食供应。徐长林说："'四人帮'捣乱不成了，政策也落实咧！你放心！"开幕式上，徐治安被选为了主席团成员，他激动得花白的胡须都颤抖起来了。

1979年4月于小寨

四、《幸福》：陈忠实第一篇具有批判精神的小说

短篇小说《幸福》1979年4月，发表于1979年。

小说写幸福和引娣上高中时，引娣当着班团支部书记，爱出风头，爱说昧良心的话。两人高中毕业后都在村子里的科研站培育蔬菜种子，引娣任站长。引娣嫌科研站只搞业务、不抓路线，就警告大家一定要与只抓业务的修正主义的科研路线"斗"！一年一度的大学招生开始后，引娣给公社领导告发了幸福和她争论的话，她最后被推荐上了大学。幸福后来也考上了大学。

该小说是陈忠实写的第一篇具有批判精神的小说，批判了引娣这样的农村未婚女青年被当时的"左"倾政治扭曲了灵魂的真实情况。引娣在陷害了曾经和自己一起务菜、上学，然后又务菜的男青年幸福之后，使幸福的理想、愿望瞬间破灭，说明了她的卑鄙及人品的低下。小说从始至终塑造的引娣都是一个被极左政治深深影响了的人。按说像引娣这样的农村姑娘，示人更多的应该是稚气、纯洁、善良的品性，但引娣却不是这样，她上高中后，其言行都在自觉地向当时的政治语境靠拢，从而实现她的某种目的。被政治严重扭曲了的引娣回村之后更加张狂无比，在广播上的播音令全村人讨厌，在科研站的作为令站里的成员厌恶，在上大学事情上的卑劣做法使她自己后来都无颜回村面见父老乡亲。

小说的题目落在幸福上，显然具有两个指涉：一个是指幸福其人，但可以看出，幸福在引娣的强势压制下，过得异常的不幸福，尤其是引娣给公社领导告发了他们的争论话语从而使幸福被取消了推荐上大学的资格后，幸福更加地不幸福，虽然之前，幸福对自己和引娣不管谁去上大学认为都一样，但当他彻底认清引娣的卑鄙之后，他的不幸福达到极致，于是和一群杀狗青年混在一起，消磨时光，排解内心痛苦。另一个是指幸福后来通过努力考上大学后真正得到的幸福。小说没有详写幸福如何复习及考大学等事情，只在开头说小杨村的杨大叔给"我"说幸福考上了大学，然后把笔墨放在了幸福所遭遇的青梅竹马的引娣对他的压制、出卖等事情上。

小说采用的是倒叙的叙事方式，先写了幸福考上了大学的消息，后写了幸福和引娣上高中前的事情以及他们上高中期间、高中毕业后发生的很多事情。在

第一阶段，显示的是两人纯真的情谊、纯洁的关系。第二阶段显示的是两人在兴趣及政治观念上的迥然不同，幸福崇尚知识，鄙视"狗屁不懂"白卷英雄；引娣是团支部书记，她把防"白专"（指只知道埋头钻研业务而不关心政治的人），把出风头，把说昧心话当作能事。第三阶段显示的是两人不同的人品及命运，引娣回村后成为大队的广播员，但社员们讨厌听她的广播；她在路线教育过程中带头写大字报批判宝全队长，很多人都骂她；她担任科研站站长后，更是狂得不得了，七八天才来站上一次，她在上级领导跟前说站里成员研究出的蔬菜栽培技术是自己领导得好，是自己和科研站以前只搞业务、不抓路线进行斗争所取得的成绩；路线教育工作队撤离前，她当了村里的党支部副书记，然后和幸福谈了一次话，发生了一场争论；一年一度的大学招生开始后，她在公社韩主任跟前告发幸福，说幸福曾给自己说了很多"反动"的话，致使幸福被推荐上大学的资格取消了，她自己却被推荐上了大学。

小说写引娣在韩主任跟前告发幸福的话采取的是先铺垫后显现的方式，铺垫之笔指引娣当了小杨村的党支部副书记后，幸福和她谈了一次话，其间也发生了争论。幸福劝引娣少说话多做事，特别是多参加生产劳动。显现之笔指韩主任在公社给引娣等人去上大学时举行的欢送会上讲的话，幸福一听这些话，就知道引娣为了上大学，就向韩主任告发了自己，才使自己被取消了推荐上大学的资格。小说把幸福塑造成一个认认真真学习、踏踏实实劳动、坚守理想抱负的一个好青年，这样的好青年是"文革"时期少见的人。小说也写了其他一些人物，比如勤劳务实的队长宝全、蔬菜栽培科研站的众多工作人员，以及从外在上看起来很不规矩，但却很讲义气的牛犊等人。他们务实的精神与高尚的人格坚守是作者赞扬的良好品质。[①]

李建军认为《幸福》的题目，显示了作者的态度。作者似乎觉得光把人物命名为"幸福"还不够，所以就把小说题目也命名为"幸福"。人物的结局与人物名字一致，虽然显示了作者对自己喜爱、肯定的人物揄扬的情感态度，但这给读者留下的感觉却并不怎么好：了无余味。……里面的引娣整天参加会议、

---

① 李遇春：《陈忠实小说创作流变论——寻找属于自己的叙述》，《文学评论》2010年第1期。

学习班，"在多种会议上代表贫下中农发言、表态、批判。简直比党支部书记还忙"。到最后，现实否定了历史，幸福最终取得了胜利，而引娣却失势了。就像作者在小说中所写的那样，"一切都无须解释，今天的喜庆局面是很自然的"。于是情节的归束、人物命运发展的顺逆吉凶，都一概委诸一种虚幻的外在的东西。矛盾简简单单就解决了。小说的结局像故事所发生的那个时代一样，给人一种虚假的印象。一切皆大欢喜。然而，这种"喜庆局面"真的就那么自然？这样的情节解结模式是不是过于简单了呢？①

前面曾引述过陈忠实说的这些话："我在《徐家园三老汉》的写作之初有一个小小的企图，试一试能不能写出三个年龄相仿，职业相同的农村老汉的性格差异来。另一篇《幸福》，也出于同一目的，试试能否写出三个青年人的性格差异来，以练习自己刻画人物的基本功。习作发表后，我自己觉得三个老汉比三个青年的眉目清晰一些（就我的习作相对而言；总的来看，都不典型）。"②这些话说明了陈忠实写作《幸福》的意图。

附《幸福》的故事情节：

我两次在小杨村驻队时，都住在幸福家。有一天，幸福给我留言说他爷叫我去他家。我于是来到阔别四年的小杨村。房东杨大叔说幸福考上了大学。

小杨村是蔬菜队，幸福帮着会计报数字。幸福腼腆、柔静，会赶大车。

我在大队开完会，宝全叫我去吃狗肉。我到了后，看见幸福也在场。

我和幸福回家后，他给我讲起了他和引娣的故事。

引娣是克勤的二女子，和幸福在苗圃里务菜，两人建立了珍贵的友谊。两人上高中后，幸福对数理课很感兴趣，引娣当着班团支部书记，她在接收幸福入团前，代表团支部要求幸福必须防止白专！幸福表示要向引娣学习。幸福劝引娣少出风头，少说昧良心的话。幸福说："明明考试得了零蛋，狗屁不懂，偏要吹成英雄！这样的话，还办学校干什么？没有知识最光荣，最革命……"引娣认为幸福说的是回潮的言论！最后，他们不欢而散。

① 李建军：《陈忠实的蝶变》，二十一世纪出版社集团，2017年版，第81页。
② 陈忠实：《我信服柳青三个学校的主张——〈信任〉获奖感言》，见《陈忠实文集》（第1卷），人民文学出版社，2015年版，第530页。

两人高中毕业后都回到了小杨村。幸福踏实干活，成了个小能人、小忙人。引娣进了大队广播站，但社员们讨厌听她的广播。秋收后，村里来了路线教育工作队，引娣很快被吸收为积极分子，她带头写大字报批判宝全队长。幸福听到很多人骂引娣的话，想劝引娣。但引娣很快入了党，这把幸福的嘴堵死了。引娣让幸福进了大队建立的科研站后，她自己任站长。她的社会活动特别多，隔上七八天才来一次，看看就走了。幸福的心却被蔬菜栽培技术迷住了！工作队队长韩副主任来到苗圃，很高兴苗圃的成绩，决定在村里召开现场会。引娣和韩主任说科研站以前只搞业务、不抓路线，是他们纠正了这种修正主义的科研路线，才取得了成绩，并警告其他大队在搞科研站时，一定要与只抓业务的倾向"斗"！科研站的直筒子王三与育苗土专家景文老汉都说引娣太狂了。幸福也替引娣脸烧、难受！工作队撤离前，引娣当了小杨村的党支部副书记。幸福劝引娣少说话多做事，特别是多参加劳动。谈话以后，他们的接触又多起来。

一年一度的大学招生工作开始后，大队在幸福和引娣之中要定一个人。最后，大队看引娣是"三结合"班子的成员，就想推荐她去上大学。但韩主任不同意引娣去上学，而是定下幸福去上大学。第二天，韩主任又改变主意，说引娣被定下了。小杨村的人议论纷纷。幸福想谁去上大学都一样。在公社给引娣等人举行的欢送会上，韩主任说："有的青年回到农村，自己不积极参加路线斗争，对进步的同志看不惯，把参加革命大批判说成是'昧良心'，'出风头'……这样的人，我看他一百年也上不了大学……"幸福知道韩主任说的是自己，是引娣把他俩的争论告发给了韩主任。幸福回家后，支书来劝他想开点。

幸福在河滩上徘徊时，牛犊一伙人捕获了一只狗，他于是来吃狗肉了。他从此经常和牛犊在夜晚杀狗聚餐，打拳练武……他爷怕他变瞎了，就让我来开导他，但我感到无力。

我问幸福："再没见到引娣吗？"他摇了摇头。

1979年4月于小寨

第四章 重归文坛后创作的小说

（1979年—1980年）

　　1979年对于陈忠实来说是一个重要年份，是他形成新的文学姿态的一年。他回忆到，为了突破思想上的阶级斗争意识和文学艺术上的条条框框，"一直到1978年的冬天我都在读书，当1979年的春天到来以后，我觉得我的反省已经完成了，我的心里整个感觉都非常好，所以1979年春天我就开始写作。那一年里我发表了几个短篇，其中一个短篇《信任》还获得了当年的全国优秀短篇小说奖。我觉得我这个牌子就真正亮出来了，我的新的文学姿态也就出来了"[1]。这一年，陈忠实被刘心武的《班主任》激发起来的文学信念日渐坚定，他研读过的契诃夫和莫泊桑的小说写法在他前面几个作品的历练下，扫荡了不少"左"的艺术给予他的说教，使他探索出了短篇小说的一些结构和表现艺术，觉得自己的信心和气力都充实了，于是写成并发表了短篇小说《信任》。《信任》后来获得了1979年的全国优秀短篇小说奖，标志着陈忠实真正地重归了文坛，也使他从《无畏》引发的尴尬中终于站立了起来。除了《信任》，陈忠实还写成了《七爷》《心事重重》《猪的喜剧》《立身篇》等短篇小说，其中后三篇小说发表于1980年。

一、《信任》：彻底恢复陈忠实文学创作自信的小说

　　短篇小说《信任》1979年5月写成，6月3日，发表在《陕西日报》副刊。

---

[1]　陈忠实：《在自我反省中寻求艺术突破——与武汉大学文学博士李遇春的对话》，见《陈忠实文集》（第7卷），人民文学出版社，2015年版，第424页。

1978年之后，陈忠实更多的是在启蒙语境下写作。1979年，37岁的他应邀参加了《西安日报》举行的创作座谈会。9月25日，他加入了中国作家协会。

陈忠实说，《信任》在构思之初篇幅较大，原本打算给《人民文学》，但适逢《陕西日报》编辑吕震岳约稿，他便改变想法，按照该报文艺副刊七千字以内的字数上限将稿子进行了限制，"如果就结构而言，这个短篇是我的短篇小说中最费过思量的一篇，及至语言，容不得一句虚词冗言，甚至一边写着一边码着纸页计算着字数。写完时，正好七千字，我松了一口气，且不说内容和表现力，字数首先合乎老吕的要求了"①。2010年3月13日，陈忠实又在一篇文章中追溯了《信任》写作的缘起和小说的构思情况，因为《陕西日报》要求是七千字："我便从两条途径探路，一是结构，要集中要紧凑；二是语言，必须简洁凝练，才可能缩短篇幅，经两三构思，较为顺利写成《信任》。尚不足七千字，甚为庆幸。""这是我最早写农村体制改革的一个短篇小说，由此开端，三年后写成十二万字的中篇小说《初夏》。"②小说写成之后，陈忠实却陷入了由写作时的自信到写成后的自我怀疑和否定的心理怪圈。他说，1992年3月25日，当他将刚刚结篇的《白鹿原》手稿交给来西安取稿的人民文学出版社小说组编辑高贤均和《当代》编辑洪清波时，他怀着"几乎是迫不及待的一种期待心理，更多的是担心乃至害怕"，这"几乎是自喜欢写作几十年形成的一种习惯性心理，这就是，以一种不可抑制的惊喜发生创作完最后一个句子，心理便开始发生逆转……最典型的也是记忆犹新的一次，是1979年初夏完成短篇小说《信任》，就发生了很严重的自我怀疑和否定的心理挫折"。③

1979年6月3日，《信任》发表在《陕西日报》副刊。陈忠实说："这是我自有投稿生涯以来发表得最快的一篇作品。"在发表《信任》的版面上："'信任'两字是某个书法家的手书，有两幅描绘小说情节的素描画作为插图，十分简洁又十分气魄，看着看着就觉得眼热。这是我第一次在《陕西日报》文艺副刊上

———————
①　陈忠实：《何谓良师——我的责任编辑吕震岳》，见《陈忠实文集》（第6卷），人民文学出版社，2015年版，第146页。
②　陈忠实：《仅说一种本能的情感驱使》，见《陈忠实文集》（第10卷），人民文学出版社，2015年版，第3—4页。
③　陈忠实：《寻找属于自己的句子》，上海文艺出版社，2009年版，第154—155页。

发表作品，但不是处女作，此前已经有为数不少的小说、散文在杂志和报纸副刊上发表，按说不应该有太多太强的新鲜感。我不由自主地'眼热'，来自当时的心态和更远时空的习作道路上的艰难。""这篇小说的发表无疑给我以最真实的也是最迫切需要的自信。"①

小说讲述罗村大队的现任团支部组织委员、贫协主任罗梦田的儿子大顺被打，打人者是新上任的党支部书记罗坤的三儿子罗虎。罗坤知道后，把罗虎抽了一巴掌，然后去罗梦田家里道歉。罗梦田却没接受他的道歉。罗坤去医院给大顺治伤，把大顺经管了整整五天。大顺被感动得直流眼泪。大顺出院后，罗虎被民警拘留了。罗梦田一看，一下子跪倒在罗坤面前。罗坤对罗清发和干部们说："……这十多年来，罗村七扭八裂，干部和干部，社员和社员，干部和社员，这一帮和那一帮，这一派和那一派，沟沟渠渠划了多少？这个事不解决，罗村这一摊子谁也不好收拾！想发展生产吗？想实现机械化吗？难！人的心不是操在正事上，劲儿不是鼓在生产上，都花到钩心斗角，你防备我，我怀疑你上头去了嘛！"显然，罗坤给乡亲们说的问题，不仅在罗村存在，而且在全国所有的农村存在。罗坤希望乡亲们改变"四清"运动使他们担惊受怕，谁都不敢信谁，互相猜疑，关系紧张的情况，今后应该互相信任，追求幸福生活。这显然也是作者对"四清"运动给全国农民造成的互不信任、互相猜疑的现实的反思。小说礼赞了罗坤与大顺立足于未来发展而大力倡导人们团结的主张，生活气息浓郁，关中乡土味浓郁，语言幽默，冷峻，表达了当时人们普遍渴望重建信任的愿望。

如前所述，陈忠实在新时期初"拨乱反正"的背景下，依然热衷政治题材，依然习惯从政治视角去塑造人物和开掘主题，这实际上是他的革命叙述模式的惯性使然。李遇春认为，如果把《信任》和陈忠实早年图解政策的政治小说相比，《信任》在政治视角的运用上既有早年小说的惯性延续，也有新的质的突破。就延续而言，陈忠实依旧执着地从政治视角去展示人物形象的崇高人格，这可简述为政治—人格视角的革命叙述；就突破而言，陈忠实开始顺应新的时代精神，从政治视角上去揭示人性的异化或者沉沦，这种政治—人性视角的叙述成规在新时

---

① 陈忠实：《何谓良师——我的责任编辑吕震岳》，见《陈忠实文集》（第6卷），人民文学出版社，2015年版，第147页。

期初期的文坛上屡见不鲜，是中国当代文学从革命叙述转向启蒙叙述的一种典型的过渡性叙述，其过渡性主要表现为，它既保留了革命叙述的政治情结，又吸纳了启蒙叙述的人性内涵，因此具有双重性。而政治—人格视角则是当代革命文学的一种典范性的叙述成规，它的内涵单一而明确。可以说，陈忠实在用政治—人格视角叙述时，想展现的是人物形象的外在道德人格美，而他在用政治—人性视角叙述时，则想揭示人物形象内在人性的扭曲和异化，前者是扬善，后者是求真，前者着眼于理想，后者着眼于现实，前者属于集体的政治公共话语，后者处于走向个人化话语的途中。总而言之，陈忠实新时期初期小说中的政治—人格视角的叙述也许是因为他曾经担任过长达十年的农村人民公社的基层干部，所以他很喜欢把农村基层干部作为主人公，在塑造他们的艺术形象时，他似乎更偏爱凸显他们的政治人格或者道德人格的崇高。①从《信任》里，人们看到了陈忠实逃离政治语境后，投入到社会语境里的全新姿态；看到了他从"政治决定一切"向"社会决定一切"上的转向。也就是说，该小说说明陈忠实的创作已从单纯走向复杂，从革命叙事走向了生活叙事，从社会层面审视乡村生活逐步转向从文化和心理层面去对民族文化心理进行历史性的考察。这些转变也确立了他在文学上的自信。

《信任》中的罗坤无疑是陈忠实塑造得比较成功的一位新人形象。他在"四清"运动中被误整，被戴上了地主分子的帽子，含冤受屈十几年，但当他重任支书后，他没有计较个人得失，而是正确地对待已经翻过去了的历史；他把心思放在如何使罗村尽快团结和富足的目标上，他对大队长罗清发认为他儿子为泄私怨而打人的事情可以理解的观点，没有表现出半点宽容，而是采取去罗梦田家里赔情、派人报案、去医院服侍被打者大顺和坚持对儿子罗虎进行拘捕的"四步棋"，以之来解决儿子的报复事端，最终使两代人的宿怨，使积着怨的人们看到了比历史恩怨更重要的东西——"团结和富足的罗村"才是人们应该追求的目标。从这些看，罗坤是高尚的，他不仅毅然决然地超脱了个人私怨，而且还解决了更多人的私怨；他不仅把一个四分五裂、人心涣散的罗村引向了安定，导向了

① 李遇春：《陈忠实小说创作流变论——寻找属于自己的叙述》，《文学评论》2010年第1期。

团结，而且还高瞻远瞩地从困难中看到了光明。当他把自己看作一支引路的火把时，使更多的人看到了光明，走向了光明。他在解决纠纷和获取人们的信任中，表现出了崇高博大的思想境界、披肝沥胆的革命精神、着手成春的领导艺术，他是属于生活中应当有，但在生活中还不多见的社会主义新农村的带头人的形象。

从文学史的意义上看，《信任》在当时很多人都在写着的反映历次政治运动给人心留下的深重"伤痕"的文学风潮中，另辟蹊径，表达了化解矛盾、克服内伤的方法是团结一心向前看。

它塑造的不徇私情的党支部书记罗坤形象，体现了陈忠实从政治视角上彰显了人物的道德及其人格力量的意图。小说发表后，中国作协副主席、《人民文学》主编张光年决定在当年第7期的《人民文学》进行转载。陈忠实十分感激张光年对他的关怀和鼓励，但他没有致信感谢，也没有登门认师，而是默默地铭记于心。嗣后，当他在参加十三大时，他在中国作协举办的一个聚会上，遇见了张光年。他听说这一天是张光年生日，于是和作家金河等人一起向张光年敬了一杯酒。张光年问了他的名字，才知道他是陈忠实。①

当《人民文学》转载了《信任》后，《青年文学》创刊号也进行了转载，《中国文学》还用英文、法文将《信任》介绍给了世界，美国的《中国当代文学作品选》也收录了《信任》，《信任》还被翻译成日语出版。后来，小说被改编为两个版本的连环画，一个见于1980年第2期的《连环图画》，一个见于1980年第12期的《连环画报》，均产生了良好的社会反响。1979年，陈忠实将《信任》改编为剧本后，陕西电视台将其拍摄为单集电视剧。1980年5月，《信任》的剧本发表在《陕西戏剧》第5期。这是陈忠实第一部电视剧本。

《信任》的发表标志着陈忠实真正地重归了文坛，杜鹏程、王汶石等文坛革命前辈对这篇小说给予了盛赞。《信任》也使陈忠实从《无畏》引发的尴尬中终于站立了起来。1979年，《信任》荣获了全国优秀短篇小说奖，陈忠实在写的获奖感言中表示，他信服柳青的"三个学校"的主张，即"生活的学校、艺术的学校、政治的学校"。1980年4月23日，陈忠实的言论《我信服柳青三个学校的主

---

① 白烨：《本真为人？本色为文——忆怀陈忠实》，《中国艺术报》2016年5月4日。

张——〈信任〉获奖感言》刊发在《陕西日报》，这是他"从事写作以来第一次写谈创作的文章"。[1]

但当时也有人对《信任》提出了质疑，说："实际生活中哪有罗坤这样好的人！"陈忠实听到后，心里也"很矛盾"，他承认自己对人物的确"作了一些典型的集中"，他很担心这种写法是否"重蹈了'三突出'的旧辙而造出了假大空的神"。事实上，陈忠实的这种担心并非多余，就像上面所述，这篇小说确实延续了革命文学中政治—人格视角的叙述成规，以及塑造英雄人物形象的种种艺术法则。读者也能从里面看到他早年小说如《公社书记》等的影子。把《公社书记》和《信任》相比，后者的主人公除了不再走那种极左的政治路线之外，他的英雄气质和道德人格仍然是和前者一脉相承的，可谓形变神未变。[2]类似的人物在陈忠实1975年发表的短篇小说《铁锁》，1978年发表的短篇小说《南北寨》，1979年发表的短篇小说《小河边》《七爷》《立身篇》，1980年发表的短篇小说《早晨》《第一刀》，1981年发表的短篇小说《乡村》《正气篇》《征服》，1982年发表的短篇小说《绿地》等里面也存在着。比如《南北寨》中的常克俭、《小河边》中的刘老大、《七爷》中的七爷、《立身篇》中的王书记、《早晨》和《第一刀》中的冯豹子、《乡村》中的王泰来、《正气篇》和《征服》中的南恒、《绿地》中的侯志峰等都是如此。当然，最典型的还是《信任》中的罗坤。

李建军认为，《信任》不仅是陈忠实前期短篇小说中艺术性最高的作品，而且在当时，它也确乎是一篇让人眼睛一亮的佳作。作者从矛盾冲突的顶点（一场严重的打架事件）横刀切下，展开叙述，既使整体的结构新巧、紧凑，又平添了撩拨读者的悬念张力，再加上叙述上减少了他在同时期其他作品中的那种拖拖拉拉的行文和夸张的语调，显得较为省净、传神。然而，即使在这篇作品中，也存在着他这个时期几乎所有作品都有的缺陷：情节解结的简单模式。[3]有论者指

---

① 陈忠实：《何谓良师——我的责任编辑吕震岳》，见《陈忠实文集》（第6卷），人民文学出版社，2015年版，第154页。
② 李遇春：《陈忠实小说创作流变论——寻找属于自己的叙述》，《文学评论》2010年第1期。
③ 陈红星：《李建军的文学批评概念》，《中国当代文学研究》2020年第1期。

出，李建军从陈忠实、莫言、贾平凹等当代中国具有代表性的作家创作经验中，提炼出了很多概念。例如，在批评陈忠实前期创作的时候，他提出了"随顺的平面化写作"和"情节解决的简单模式"等概念，重新界定了"新八股文学"这一概念。还从人性观和对人物的态度等方面，揭示了这种文学的特点：就其本质来看，这种"写作模式不仅是狭隘的、反人性的，而且是丑陋的、反美学的"；从人物塑造的角度看，这种文学"服从一种'出身决定论'的逻辑：个人的人格和德性，与他的原生家庭有一种绝对意义上的同构性。任何个人的道德，都是一种遗传性的精神现象，或者说，都是一种阶级性的道德现象——有产阶级必然是极端自私的，邪恶的，应该受到诅咒的，无产阶级必然是大公无私的，正义的，应该受到赞美。这是认知领域的教条主义，是生活哲学上的宿命论，也是伦理学范畴的泛恶论"。①对于阐释异化状态的文学来讲，"新八股文学"这一概念具有很强的针对性和阐释力。

李建军认为，《信任》最后写的罗坤的那一席"同志们"长、"同志们"短的长篇大论，显得苍白空洞、滑稽可笑。在罗坤身上，我们会隐约看到《白鹿原》中白嘉轩的影子，但由于白嘉轩所信奉的道德信念以及支持这种道德信念的传统道德秩序，还处于相对牢固和稳定的状态，还依然对人的行为具有强大的规范性，而个人的道德行为赖以展开的道德环境也还处于健康而和谐的状态，所以白嘉轩的恕道及忠厚仁义行为就显得较为可信，而罗坤的道德信条与他的道德行为之间是存在矛盾的，而且，早已恶化的道德环境也不会使他善良的行为给人一种真诚、可信的印象，在非人的环境里，当人普遍地被驯兽师训练成了狼，就别指望在狼群里找到纯洁的羔羊。更多的是冰冷的敌意，是相互之间的猜疑，是自私的营谋，是普遍的道德败坏，以及空虚而缺乏信仰支撑的精神世界。这样，我们从《信任》中读到的情节解决结果，就只能是一个简单而幼稚的处理，尽管它体现着作者对生活的善念和爱意，但这并不能改变这种处理的失败性质。对情节解决的简单处理，是陈忠实的前期小说中的一种普遍的现象。②针对"实际生活中哪有罗坤这样好的人"的质疑，陈忠实感到"很矛盾"："因为在这个罗坤身

---

① 李建军：《陈忠实的蝶变》，二十一世纪出版社集团，2017年版，第34页。
② 李建军：《陈忠实的蝶变》，二十一世纪出版社集团，2017年版，第82—83页。

上，确实寄托着作者对一个生活原型的崇敬和钦佩之情，也自然作了一些典型的集中；我又担心，这种做法是艺术上所允许的正常手段呢，还是重蹈了'三突出'的旧辙而造出了假大空的神？"不久后，陈忠实听到了一个干部平反并重新工作后的先进事迹，他心情激动地采访了这位干部后说："心情顿然踏实了……生活中原来有罗坤这样的好人啊，只是我们没有发现他！这样优秀的共产党员可能为数不多，唯其少，才更宝贵，才更有宣传以造成更大影响的必要。继之，我又写了报告文学《忠诚》，把他介绍给读者。"①

1979年7月15日，陈忠实报告文学《忠诚》刊登在《西安日报》，这是他的第一篇报告文学。1998年《白鹿原》获第四届茅盾文学奖之后，陈忠实接受采访时说："……短篇小说《责任》（应为《信任》——引者注）获奖后，有人评点就说：'最后，作者终于忍不住点出主题。'这句话对我影响很深，并把它当作创作上的大忌。在《白鹿原》的写作中我有意识加以防范。现在回忆整部书，我记得的议论只有一次，也只有两句话，其他都让人物自己去发感慨。那是写到国民党行将垮台时，面对鞭打绳栓的农村征壮丁，我议论到：'一个靠捆缚着双手的士兵支撑的政权，无疑是世界上最残暴的政权，也是最虚弱的政权。'这就是作家渗透在《白鹿原》中的政治倾向。"②2008年7月10日，陈忠实再次说道："……当初把《信任》推荐《人民文学》转载的编辑向前女士，应又一家杂志之约，对该杂志转载的《信任》写下一篇短评。好话连一句都记不得了，只记得短评末尾一句：陈忠实的小说有说破主题的毛病（大意）。我初读这句话时竟有点脸烧，含蓄是小说创作的基本规范，我犯了大忌了。我从最初的犯忌的慌惶里稍得平静，不仅重读《信任》，而且把此前发表的十余篇小说重读一遍，看看这毛病究竟出在哪儿。在往后的创作探寻中，我渐渐意识到，这个点破主题的毛病不单是违背了小说要含蓄的规矩，而是既涉及对作品人物的理解，也涉及对小说这种艺术形式的理解，影响着作品的深层开掘。应该说，这是最难忘也最富反省意义的一次阅读自己。"③

①　陈忠实：《陈忠实文集》（第1卷），人民文学出版社，2015年版，第531页。
②　陈忠实、冯希哲、张琼编：《陈忠实访谈录》，陕西人民出版社，2016年版，第31页。
③　陈忠实：《阅读自己》，见《陈忠实文集》（第9卷），人民文学出版社，2015年版，第64页。

附《信任》的故事情节：

罗村大队发生了一场严重的打架事件，被打者是现任团支部组织委员、贫协主任罗梦田的儿子罗大顺；打人者是"四清"运动中补划为地主、年初平反后刚刚重新上任的党支部书记罗坤的三儿子罗虎。罗虎用粗俗污秽的话语对参与过"四清"运动的罗梦田及其儿子罗大顺大骂不止，然后在罗大顺的胸口重重地砸了几下。大队长罗清发的儿子罗四龙及另一个青年也帮助罗虎把罗大顺打得脸上"哗"地蹿下一股血来，倒在地上人事不省……

罗坤知道后，把正在和几个青年打扑克牌的罗虎抽了一巴掌。

罗梦田和罗坤自小一块耍着长大，一块逃壮丁，一块搞土改，一块办农业社。但在"四清"运动中，罗梦田却在罗坤被补划为地主成分的胡乱捏造的材料上盖了他的大印。"四清"运动使人心不齐，你防我，我防你，谁也不相信谁了。

罗虎等人打了罗大顺后，罗坤去罗梦田家里道歉。他听到罗梦田家里传出一伙人让罗梦田告罗虎的建议。罗坤向罗梦田道歉并建议先给罗大顺治病。罗梦田却没接受他的道歉。

罗坤回到家，看到家里来了不少"四清"运动时和自己一块挨过整的干部或他们的家属。他们劝慰着他。罗坤听得很烦腻，他对大队长罗清发说：你坐在这里，听这些人说话听得舒服！罗清发听了，说罗坤太胆小，太窝囊！罗清发当了大队长后，给自己搞了一块好庄基地，还使女儿在社办工厂有了工作。

罗坤没有再理睬罗清发等家里来的人，而是拿了五十块钱准备去医院给罗大顺治伤。他还让小女儿给治安委员和团支书通知，叫他们给派出所报案。然后，他去医院经管罗大顺。他在经管罗大顺的五天时间里尽心尽力，感动得罗大顺直流眼泪。但罗梦田却对罗坤的一举一动嗤之以鼻。罗坤想和他拉话，他却偏偏地走出病房回家了。罗大顺说他爸在"四清"运动中被那个整人的工作组利用了。"四清"后，他爸也很难受。罗大顺建议罗坤和他爸心平气和地说说"四清"运动的事。罗大顺出院时，又给罗坤说了很多掏心窝子的话，他说他能理解罗虎打自己。罗坤听了很感动。

罗坤回到村里后，让派出所所长老姜和两个民警拘留了罗虎。罗梦田一看，一下子跪倒在罗坤面前，哭着说："兄弟，我对不住你……"然后请求姜所长放了罗虎。罗虎对他爸说："爸，我这阵儿才明白，罗村的人拥护你的道理了！"说罢，就跟着警察走了。

罗坤对罗清发和干部们说："……这十多年来，罗村七扭八裂，干部和干部，社员和社员，干部和社员，这一帮和那一帮，这一派和那一派，沟沟渠渠划了多少？这个事不解决，罗村这一摊子谁也不好收拾！想发展生产吗？想实现机械化吗？难！人的心不是操在正事上，劲儿不是鼓在生产上，都花到钩心斗角，你防备我，我怀疑你上头去了嘛！""……我六十多了，将来给后辈交班的时候，不光交给一个富足的罗村，更该交给他们一个团结的罗村……"在场的人听了，眼里都蓬着泪花，这热泪里，透着希望，透着信任……

二、《七爷》：歌赞了一位长者一切为公的高尚品质和心忧家国的精神

短篇小说《七爷》1979年8月写成，发表在《延河》1979年第10期。

小说的书写背景是过去的政治运动，具体人物是一位曾经当过大队书记，但在"四清"运动中被扣上富农帽子，终年干着挑粪活的名叫田学厚的人。田学厚经常悄悄用纸条给"我"传授耕作经验，使庄稼不误农时，苗壮成长。路线教育宣传队的马队长知道后，立即把田学厚传来，认为他这样做是为了篡权，是收买人心！公社刘主任以及队上的田支书都对马队长的做法很气愤，不想再给马二球赔笑脸了！刘主任说："田学厚为啥要写纸条？要是一般思想不纯净的人，他下了台，看见你田庄越烂，才越高兴呢！他，看见三队乱套了，出来补窟窿，这事，实在少有！"

小说和《信任》一样，在政治视角下讲述了田学厚遭遇了政治磨难之后，依然关心集体，关心农稼时机、农稼技术，表现出了可贵的精神品质。小说明显批判了马队长这类人对"唯生产力论"进行执拗贯彻的做法，以及动辄给田学厚这类人无限上纲上线、乱扣帽子的时代通病，也肯定了刘主任和田支书这类人对马

队长做法的抵制、反对，对田学厚这类人的同情、支持。和《信任》一样，陈忠实已经能通过小说表达出自己对昔日政治运动的是非判断，去除了他在《无畏》及之前一些小说中表现出来的对凡是政治运动都做出跟风赞扬的写作理念。

小说里的七爷田学厚是主要人物，他在20世纪中期，带领贫雇农，推翻了"田阎王"的统治。为消除街巷中的饥饿和贫穷，他在耽搁了自家生产的情况下带头创办农业社，使村民们过上了好日子。"四清"运动组来了后，他被扣上了富农帽子，承担着政治上和人格上的极大屈辱，且终年用大桶给队里挑稀粪。但是，即使在这种大受屈辱的情况下，他仍然不卑不亢、不恼不笑，心依然操在集体的事业上。当经验不足的队长"我"扛不起重任时，他运用每月逢十上交改造材料的机会，悄悄地夹上纸条，给"我"传授着他最切实当紧的经验策略，使农稼于时，这体现了他一切为公的高尚品质和心忧集体的家国情怀。

小说中的马队长是一个顽固地要将阶级斗争、两条路线斗争抓下去的县上下派干部，对农村恢复农业生产之事极力反对，他这样的形象在前述的《南北寨》里也出现过，比如北寨大队的支书王焕文、公社革委会副主任韩克明，他们都是能狠割所谓的"资本主义尾巴"之人。陈忠实对这类极左人物已经有了清楚的认识，不再像早期有些小说一样对他们予以歌赞。他通过公社刘主任对马队长的"看不顺眼"来表达了对马队长的否定。

自然，刘主任、田支书等这些人也是从马队长所处的领导干部阵营中分化出来的同情农民，一心想改变农村落后面貌的人。刘主任产生辞去公社主任想法的原因是他不想再给马二球赔笑脸了！不想跟着他继续破坏农业生产了。他对于田学厚给"我"写纸条之事的看法精准、深刻，"他，看见三队乱套了，出来补窟窿，这事，实在少有！论压力，说委屈，我们谁比得他……"刘主任和田学厚曾一块逃过壮丁，在一家轧花厂踏了三年轧花机子，彼此相知，尤其是刘主任相信田学厚绝对是一个思想纯净之人，田学厚虽然下了台，但他不愿看见田庄越来越烂，所以就一直在悄悄地帮助着"我"，让"我"抓紧浇地施肥，结果使我们队在大队的检查评比中获胜。小说的结尾是：晚上，刘主任、田志良、田志德老汉一搭去看了七爷田学厚，尤其是不想当三队队长的田志德老汉在得到刘主任、田支书、田学厚、"我"等这些志同道合者支持后，也笑了。李建军指出，该小说也体现了陈忠实早期小说常对情节进行简单的解结处理的特点。[1]

另外，小说在结构安排上，先让一手遮天的唯一反派人物马队长从矛盾重重、行将激化的村子里退出，正面写了田志良宣布不当队长，"我"焦急如焚，奔进支书田志德家，看见他也并不轻松；好在他头脑清醒，通过民选使"我"想退出村上领导班子的打算没有实现，而是被大家选为了队长。在得到七爷田学厚的暗中提醒、相助后，"我"使村子里的农业生产大获丰收，在整个大队都挂上了号。然后，作者让马队长重新出场，先写他待"我"很好，接着写他知道"我"得到田学厚的帮助后，就一下子恼羞成怒，立即给田学厚上纲上线，给他扣上了要篡权的大帽子。再然后，作者又让马队长退场，让公社刘主任、田支书对马队长表达不满，用这个接续、发展情节，进一步展现了他们在阶级斗争为纲背景下，对农业生产受政治运动折腾、破坏的忧心，对田学厚深深的同情。小说最后写希望的曙光即将从暗云之中破壁而出，这无疑给人带来了丰富的遐想。

附《七爷》的故事情节：

麦收后，县上派给田庄的路线教育宣传队的马队长回去了。他刚走，三队队长志良宣布自己不当队长了。我（缠马）是副队长，志良撂担子，这让我怎么办？

我奔进大队支书田志德家，说我不当副队长了。田志德叫我和他一块去寻志良。见了志良，他说他不干就是坚决不干！无奈，田志德召开三队社员会选队长。最终，我还是当着副队长。社员们的思想散里散伙，对我不抱什么希望，怕我把三队搞烂了。

富农分子田学厚来给我交思想改造汇报材料。我发现里面的一张纸条上写着让我抓紧浇地，组织劳力拆旧墙，换火炕，对妇女锄秋搞定额，抓水抓肥的话。

田学厚过去当过大队书记，"四清"运动给他扣上了富农分子的帽子，他于是终年干着挑稀粪的活。

我叫田学厚为七爷。我按纸条上写的把妇女队长和记工员叫来，一块去给每块地定下了工分标准。十天后，所有秋田锄过了，浇水了，旱象解除

---

① 李建军：《陈忠实的蝶变》，二十一世纪出版社集团，2017年版，第80—83页。

了。又过了半月，二百多亩秋苗施肥后由黄变黑，由细弱变粗壮。大队检查评比的时候，流动红旗评给我们三队了。田志德和社员们都赞扬我。

劳动休息时，我想起田学厚带领田庄的贫雇农彻底驱除饥饿和贫穷的事。在他当权的十五六年时间里，田庄的日子最红火。他被扣上富农帽子后，经常来交材料，总会给我一张纸条，这些纸条教我冷静下来，使我心地踏实，使我得到鼓舞；这些纸条也是我的智囊，是我的思想情绪的"空气调节器"！

八月中旬，马队长检查、评比秋田管理，公社刘主任陪着检查，结果，我们三队挂上了号。马队长高兴得不得了，夸奖我时，又骂了志良；他还吩咐秘书把我的事迹整理好后送给报社和县广播站，又提出在我家里要和我好好谈谈。

在我家里，马队长却指示秘书和我谈，他靠在被卷上休息。突然，他抓起了我那个夹着七爷写给我纸条的红皮日记本，我想阻止已经来不及了。马队长最终发现了纸条，知道是田学厚写的，气得说不出话来。临了，他做出决断，立即把田学厚传来。

田学厚来了后，马队长把他手中的"赃证"打开，说他不配提建议；他提建议是为了篡权，收买人心！

公社刘主任斥责了几句田学厚后叫他回去写检查。刘主任送走马队长后，回到我的厦房，他说他也想撂套了！他不想再给马二球赔笑脸了："田学厚为啥要写纸条？要是一般思想不纯净的人，他下了台，看见你田庄越烂，才越高兴呢！他，看见三队乱套了，出来补窟窿，这事，实在少有！论压力，说委屈，我们谁比得他……"

刘主任和田学厚曾一块逃过壮丁，解放后，刘主任在他村办合作社，田学厚在田庄办合作社。田学厚考虑到田庄村大，工作复杂，需得一个强手儿，于是没到乡上去工作。

晚上，刘主任、志良、志德老汉一搭去看了七爷田学厚。

1979年8月于小寨

三、《心事重重》：一篇主题思想耐人寻味的小说

短篇小说《心事重重》1979年9月写成，发表在《长安》1980年第1期。

小说写了两件事情：一件事是方老三求公社林书记给儿子田娃安排个工作，但林书记却把他送的礼在全公社召开的大会上示众；另一件事是方老三女儿玲玲的公公用方老三的木料求林书记后，玲玲得到了工作。按说，方老三的儿子田娃，女儿玲玲，不管谁被安排了工作，方老三都是高兴的。但方老三却心事重重，里面有很多值得我们去思索、玩味的地方。

第一，田娃没能被安排工作，意味着和他订了婚的当教师的未婚妻将和他告吹、分手。

第二，玲玲被安排工作了，方老三心里想到的是，她的工作是她公公用自己的木料行贿林书记后才得到的，他的心里便想这到底是个啥事儿嘛？亲家用儿媳娘家的东西去送礼，然后办成事，咋想都觉得怪怪的。

第三，方老三可能想玲玲已经是出嫁之人，有没有工作不重要，重要的是得让儿子田娃有工作，这样才能保住他的未婚妻。

第四，林书记在那么多人面前将方老三的礼当示众，显示了他是个清官，但他又收了方老三亲家送去的两根木头，说明他并不廉洁。

第五，小说写林书记的清廉把田娃的未婚妻也教育了，使她认识到自己向田娃提出有工作才结婚的要求是错误的；她爸她妈的思想觉悟也很高，把她骂了一夜；学校的党支部书记也找她谈话了，她于是不再提出只有田娃安排了工作，她才和他结婚的话；她最后来到方老三家，准备和田娃结婚了，这让她未来的婆婆王婶"流着眼泪笑着，把可爱的姑娘搂到怀里，再不许娃检讨了，人来了就把她的心事完全去掉"。而方老三却不知该说啥好，只是心事重重地钻进饲养室去喂牲口了。

可见，陈忠实在该小说的情节安排上的确费了一些心思，方老三、林书记、方老三亲家、田娃未婚妻这四个人物的形象都各有特点，引人思索。方老三的心事重重确有他如此这样的原因，这些原因有些可以道明，有些似乎又说不清，需要读者从很多方面去想，这说明小说在这点上很有内涵，给读者带来了咀嚼的空

间；林书记大概是个很会"做文章"的人，他把方老三送的礼品示众，让人们都认为他是个廉洁的官员，但他又接受了方老三亲家的礼物，说明他是个表面上清廉，实则腐败的书记；方老三亲家更是个太有心计的人物，他用方老三的木料行贿林书记，把事情办成，让方老三有气无法说，或者说让方老三处在怒与非怒的两难之中，因为玲玲毕竟是他的女儿；田娃未婚妻知道林书记的廉洁后，就进行自我批评，做出不再向田娃提条件，最终无条件地嫁给田娃的事情，这个人物的道德意识的提高是180度大转弯一般的提高，似有夸大，她爸妈、她单位都帮她提高思想觉悟，说明林书记当众用方老三的礼品来显示自己的清廉产生了巨大的社会效果，他让一个物质型的姑娘变成了在什么也不要的情况下把自己嫁给未婚夫的人。她爸妈骂她，她单位找她谈话的事情，似乎也存在着夸张色彩。

附《心事重重》的故事情节：

党员方老三给队里喂牲口，他女儿玲玲已经嫁人，大儿子田娃从部队复员后回家务农，订下的媳妇当着民办教师。当田娃准备结婚时，那姑娘忽然转成了公办教师，她通过介绍人传来话：等田娃安排了工作再结婚。方老三和老伴白天黑夜为田娃的工作焦虑，一转眼，两年时间过去了。有一天，介绍人给方老三两口说：女方降低标准了，田娃到社办工厂工作也行。

方老三在老伴的催促下提着两包点心和一瓶西凤酒去求公社林书记给田娃在社办厂安排个工作。但方老三没见上林书记，礼品被林书记的老婆收下了。

第十天，方老三和全体党员及干部去公社开会，林书记在会上讲了许多地方发生的行贿受贿的事。方老三看见林书记把自己送的礼品摆到桌子上示众，他羞愧难当。

方老三去求林书记时，他女儿玲玲的公公来家里要借两根木头。方老三老伴答应了。方老三回家后，也只好借了。

半个月后，玲玲公公来还木头时说，他是给林书记借的木头，这两根木头给林书记帮了大忙，他把玲玲办进社办印刷厂当工人了。方老三听后，准备去告林书记人前大讲廉洁，人后却受贿、腐败的事情。但他最终没告林书记，他只是整天展现出一副心事重重的样子。

过了三天，田娃那未过门的媳妇来了，她说自己知道林书记把未来公公送的礼品在全社党员、干部大会上示众的事情后，她的心里也很难受，觉得自己的思想有错误，不应该给田娃出难题，让一家人伤心！她爸妈也把她骂了一夜，学校党支部书记也找她谈话了，她觉得自己对不住党，对不住父母，对不住方老三两口，对不住田娃。方老三听了不知该说啥好，他心事重重地钻进饲养室去喂牲口了。不久，田娃的媳妇又来了，田娃的母亲流着眼泪笑着，把姑娘搂到怀里，不许她再检讨了……

四、《猪的喜剧》：锋芒指向极左的公社化制度，同时释放了经济要放开的信息

短篇小说《猪的喜剧》1979年10月写成，发表在《延河》1980年第2期。

小说写来福老汉喂养的一头母猪生下了十个小猪娃。乡党们来买猪娃。队长告诉来福，公社不准社员卖掉母猪和猪娃，要交给生产队分配给社员。队长又出主意让来福把猪挑到临县去卖。来福去卖的时候，公社的韩副主任追上他后把猪娃没收了，要他作检讨。后来，母猪又生下八头小猪。来福想按公社规定把猪娃分配给社员。他请示队长，队长却很作难。他去找韩主任作主。韩主任让他自行处理，可以去市场上卖掉。

小说主要描写的是来福老汉这种勤苦的庄稼人遭遇的悲喜剧，锋芒所指是极左的公社化制度对农民的伤害。作者对来福老汉生活场景、心理变化、动作细节的描写，都让人或唏嘘慨叹，或泪眼潸然。来福老汉的形象犹在眼前，栩栩如生。就写法上说，该小说和陈忠实较早时期的小说《接班以后》《公社书记》《无畏》《南北寨》等在文思上存在着一脉相传的关系，基本上体现出一个固定的模式，就是社会主义与资本主义（修正主义）两条路线的斗争。但不同的是，该小说中的公社韩副主任和《南北寨》中的公社革委会副主任韩克明、《七爷》中的马队长已经不一样，他的身上已经体现出新变。《南北寨》中的公社革委会副主任韩克明坚决认为南寨的常克俭给北寨送粮，是资本主义的泛滥、复辟，其故事表现了"低产的社会主义的北寨"和"高产的修正主义的南寨"的冲突，展现的是韩克明的极左形象。《七爷》中的马队长也是这样一个形象。而《猪的喜剧》中的公社韩副主任却要复杂一些。小说写他先追上要去临县卖猪娃的来福，

把猪娃没收了，并让来福作检讨；然后，他把来福的十头猪娃以七毛一斤的价钱分配给村子里的社员；再然后，当来福家的母猪又生下八胎小猪后，来福想按公社规定，以七毛一斤的价格把猪娃卖给队里时，他却让来福自行处理，可以去市场上卖掉。韩副主任身上发生的三件事中，第一件事说明他和《南北寨》中的公社革委会副主任韩克明、《七爷》中的马队长一样，都是思想极左的人；第二件事说明他的某种心计、某种心善的迹象，他不想让来福把猪娃卖到外地，所以就分给村子里的社员去养了，他维护的是辖境内百姓的利益；第三件事说明他可能已经从20世纪70年代末期的社会政治形势变化中嗅到了商品经济将要成为国家大力发展的大事，所以他的观念出现了松动。这些显示他是个政治敏锐性较强的人，他多少嗅到了经济要放开的信息，但作为政府工作人员的他又没得到准信，还不确定，所以他也让来福去市场上卖掉猪娃。

《猪的喜剧》中最基层的干部也和《南北寨》里的北寨大队支书王焕文不一样。王焕文跟着公社革委会副主任韩克明动不动给村干部及社员乱开批斗会，乱扣帽子，是一个十足的执行"左"倾观念的马前卒；《七爷》中，公社刘主任、队里的副队长"我"、田志良队长都不是太"左"的人，而是和《猪的喜剧》中的队长一样，都是善良之人。《猪的喜剧》中的队长给来福通知了公社制定的"关于发展养猪事业的十条规定"后，又给来福出主意让他第二天一早把猪挑到临县去卖了。然后，当母猪又生下八胎小猪后，来福想按公社规定，七毛一斤把猪娃卖给队里。但队长却很作难。这些细节描写，对塑造队长的形象都是真实可信的。陈忠实曾在《创作感受谈》中说他是在"忘我"状态下草拟出这个短篇小说的，他在里面介绍了写作这个短篇小说的过程和体会。[①]

附《猪的喜剧》的故事情节：

一家县办工厂的土围墙墙根下是个买卖猪羊的市场，田坊三队的来福老汉挤进猪市，瞧见一头母猪拴在那里，无人问津。猪的主人蹲在一边，无聊地抽着烟。来福花了十七块钱把猪买了下来。来福回家后，邻近的社员都来看稀罕。但大家都失望了。来福想这头母猪将来肯定能生下十来个小猪娃。

---

① 陈忠实：《创作感受谈》，见《陈忠实文集》（第3卷），人民文学出版社，2015年版，第490—491页。

一月以后，母猪的老毛老皮蜕掉了，长出了一身黑油油的新毛，平直的脊梁下，吊着刚吃饱食而鼓起的肚子，四蹄粗壮有力，在圈里悠闲地散步着。后来，母猪的肚皮一天比一天鼓胀，不久生下了十个小猪娃。三十天刚过，十个猪娃长得腰身修长，腿杆粗实，连续有五六个乡党来订货了。克贤掏十六块钱要买这些猪娃，来福说："伢猪十五，母猪十四。你回去给大伙说清。"来福想，猪娃卖了后可以得到一百四十多块钱，用这些钱先买三百斤苞谷及几串箔子，把房顶修补修补。还有小孙女想要双雨鞋。

来福正想着，队长来告诉他，公社制定了"关于发展养猪事业的十条规定"，要求社员养的母猪一律不准卖掉，母猪生的猪娃不许上市，要交给生产队分配给社员，价格统一定为七角一斤。来福和老伴听后慌了。队长出主意让来福第二天一早把猪挑到临县去卖了。

来福于是去临县卖猪娃去了，但公社的韩副主任追上后把猪娃没收了。来福的脑子木了，迷糊了。当韩主任的吼声把他惊醒时，他才知道自己回到了田坊村。韩主任要他作检讨。

后来，来福被告知，韩主任把他那十头猪娃以七毛一斤的价钱分配给村子里的社员了。

克贤说分配到猪娃的乡党，心里过不去，叫他给把钱送来，补个差数！来福感动了。

当来福没有去猪圈的心思时，母猪又发情了，来福没管，结果那畜生跑得不见踪影了。

来福没去找。第二天后晌，那牲畜却回来了。春节一过，母猪生下八头小猪。

四十天后，来福想按公社规定，七毛一斤把猪娃卖给队里。但队长却很作难。来福去找韩主任作主。韩主任让他自行处理，可以去市场上卖掉。

五、《立身篇》：表达了党员干部立身的原则是心系国家建设大局，做人要正直坦荡、廉洁公正

短篇小说《立身篇》1979年12月写成，发表在《甘肃文艺》1980年第6期，获

当年《飞天》文学优秀作品奖（《甘肃文艺》1981年更名为《飞天》）。1980年第9期的《小说月报》转载了《立身篇》，接着小说又被改编为连环画，发表在1982年第三期的《连环画报》。

小说写公社民政干部薛志良给王书记说了招工的事及县上的要求，就是把分配的名额，全部下到队里，公社不许半路拦截扣留一个，不准任何人以任何借口走后门。但前来说情者络绎不绝，王书记、郑副书记以及肖、何两位主任都逃走了。薛志良劝退着一个个的说情者。王书记回来后，把条子都扔到了火炉里烧了。

小说歌颂了王书记的公正无私和廉洁，与陈忠实之前发表的《铁锁》都关注的是干部或手中有权人员的执政公正，不徇私枉法问题，铁锁是农村会计，王书记拥有党赋予的权力，他们都做到了秉公办事、不徇私情。他的《心事重重》中的林书记形象较为复杂，背后是一个样子，人前是一个样子。《立身篇》中的王书记是一位一心为民办事的公社书记，小说写他整天奔跑在公社所属的二十几个大队及十多个新老社办企业里，帮助他们解决许多棘手的问题。可见，王书记是一位非常勤政的好书记。这些也为他后来挡住极其疯狂的说情风埋下了重要原因。当薛志良给他说了招工的事及县上的要求后，他先是下乡逃走了。这时，社里的郑副书记，肖、何两位主任也在招架不住说情者没完没了的纠缠后逃走了。可见，因为招工而出现的不正之风已经愈演愈烈。薛志良明白僧多粥少，明白违纪的后果；王书记更是明白自己绝对不能使用手中权力将表姐家的娃招工了，将给他递了二十二张条子的老上级、上级、亲属等人的关系户招工了，他于是在接过薛志良交给他的条子后，看都没看，就把它们扔到炉子里烧了。他宁可得罪那些给他条子的人，也要把"四十个名额，全部分配到大队。公社一个也不要留"。他的举动感动了薛志良。薛志良实际上也在等他的态度，最终看到了他的秉公无私。薛志良也听到了王书记说的"我们党丢掉的东西太多咧"的话，听到了他认为党员干部立身的原则就是要心系国家建设大局，就是要遵循正直坦荡的立人原则等话，这些话自然也提升了小说的立意，说明陈忠实已经通过小说在深入思考着党的领导干部能否廉洁的问题，他认识到这个问题"会影响我们的整个事业……"，这对正处在决心恢复元气的国家来说至关重要，说明他的思考具有先见之明，具有忧患意识。

但李建军对《立身篇》做出了否定，他认为《立身篇》继续延续着陈忠实前期大部分小说的基本套路，就是尽量缩减作者的明显可见的议论性语言，而让人物的对话占了较大的比重，但是，这些对话及作者一不小心发表的滔滔议论，却实在是乏善可陈，这些小说人物口中的议论语言，不是空洞就是虚假，既缺乏睿智的生活智慧，又没有丰富的人生经验。例如，小说中有这样一段话："我们党丢掉的东西太多咧！"王书记满怀惋惜地说："'文化革命'前，哪有这么多乱七八糟的鬼门道！如果我们不能立身于党的原则，社员怎么跟你走！如果不能尽快恢复群众对党的信任，就会影响我们的整个事业……"道理也许是对的，但把它用工作报告式的死唧唧的官僚语言包装以后硬塞在人物口中，实在是味同嚼蜡，让人生厌。这样的议论，足以毁掉一篇好小说，也会让本来就不成熟的作品，更加惨不忍睹！巴赫金批评托尔斯泰的小说世界："是浑然一体的独白世界，主人公的议论被嵌入作者描绘他的语言的牢固框架内。连主人公的最终见解，也是以他人（作者）的议论作为外壳表现出来的一个因素，而且实质上受这个确定形象预先决定了的。"如果说，这个批评放在托尔斯泰身上是吹毛求疵，那么，用它来批评陈忠实的前期小说，甚至相当长的时间里的几乎所有中国当代小说，却是恰如其分的。小说结尾是："薛志良放轻手脚，取来自己的大衣，盖在领导者的身上，蹑手蹑脚出了门，拉上门板，心头轻松而畅快，跑去通知其他委员去了。"米尔斯基公爵在一次关于托尔斯泰的演讲中说："当小说结束时，其实什么也没有结束，生活之流继续滚滚向前……小说中不断有通向外部世界的门户。"明斋主人在总评《石头记》时曾说："小说家结构，大抵由悲而欢，由离而合。是书则由欢而悲，由合而离，遂觉壁垒一新。"也就是说，一个否定的结局，悲剧的收束，残缺的句号，常常会给人一种更真实、更深刻、更新异的感觉和印象。那么，陈忠实为什么总要给小说画一个圆满的句号？他为什么会在情节解结中陷入一种框套里超拔不出来呢？[①]

我们认为，结合小说的前后语境，王书记的话并非是陈忠实生硬嵌入的，并非是他为了发表自己的议论而硬塞在人物口中的，并非是他用了工作报告式的死唧唧的官僚语言。至于小说结尾写"薛志良放轻手脚，取来自己的大衣，盖在

---

① 李建军：《陈忠实的蝶变》，二十一世纪出版社集团，2017年版，第83页。

领导者的身上，蹑手蹑脚出了门，拉上门板，心头轻松而畅快，跑去通知其他委员去了"，薛志良这样做，是因为他看到了王书记在行动上对说情风的坚决抵制（王书记烧了条子），在思想上的清醒认识（王书记说的话），他被感动，才以崇敬的心情给王书记盖上自己的大衣。

附《立身篇》的故事情节：

改革开放之初，因为县上招工，多人动用老上级、上级、亲属等各类关系，请公社王书记和民政干部薛志良给予照顾。乡民们对生活苦难也进行了哭诉。

薛志良坐在王书记对面的椅子上，他看王书记睡着了，就很同情王书记整天奔跑在公社所属的二十几个大队及十多个新老社办的企业里，帮助他们解决许多棘手问题的事情。

王书记醒来后，薛志良说了招工的事及县上的要求，就是把分配的名额全部下到队里，公社不许半路拦截扣留一个，不准任何人以任何借口走后门。

王书记听了想，多年都没招工了，问题肯定很多。

薛志良起草招工方案时，在市里当什么部长的老关来找王书记，说他们部里一把手的外孙女想参加招工，还说社办砖厂厂长杨谋儿介绍的一〇二信箱供销科的科长老孙用"汽车换人"的方法把他的侄女已经招了工。

王书记听了下乡逃走了。

不久，郑副书记，肖、何两位主任，因为招架不住说情者没完没了的纠缠，都逃走了。

薛志良被来访者围困着，但他没有做任何承诺。他心里明白，上级分给全公社的名额只有四十个，但全社有两千多个农业户口的男女青年，知青也有二三百，谁也照顾不过来。当来访者把纸条交给薛志良后，他把纸条放进抽屉里。后来，王书记的老舅要王书记将表姐家的娃给办了。薛志良继续劝退着一个又一个的来访者。不久，人民来信揭露了"汽车换人"的事情。

王书记从乡村回来后，薛志良把群众来信和二十二张条子交给他。王书记把条子都扔到了火炉里，他说："四十个名额，全部分配到大队。公社一个也不要留。"薛志良瞧着王书记的举动，很感动。王书记说："我们党丢掉的东西太多咧！""'文化革命'前，哪有这么多乱七八糟的鬼门道！如果我们不能立身于党的原则，社员怎会跟你走！如果不能尽快恢复群众对党的信任，就会影响我们的整个事业……"

薛志良去通知党委委员们开会研究分配方案时，看见王书记靠在床头的被卷上睡着了。

第五章　书写几位青年扎根农村的小说

（1980年—1981年）

1980年，在西安市灞桥区文化馆工作的陈忠实写成《石头记》《回首往事》《枣林曲》《早晨》等短篇小说，涉及几个领域的题材，其中的《枣林曲》《早晨》都写了几位青年扎根农村、拒绝进城工作的故事。

一、《石头记》：关注了企业领导廉洁自律的问题

短篇小说《石头记》1980年1月写成，发表在《群众艺术》第7期。

小说关注的是企业中的领导廉洁自律的问题，具体写的故事是河湾西村管副业的副队长刘广生组织车辆给红星厂拉砂石，当红星厂的基建科程科长收了刘广生送的红苕后，拉砂石的司机们也想要红苕才肯拉砂石。不久，程科长明确地向刘广生索贿大米，说只要给他给了大米，他可以在量方时放宽。这时，一个司机向刘广生要木料。但司机们的要求并没有被满足，于是，他们就到东村沙滩装石头去了。刘广生等人去东村找程科长，看见司机们正在大吃大喝。刘广生找到程科长，程科长说刘广生村的石头质量不好。刘广生来到红星厂告状无果，准备去省纪委告。这时，村民们把程科长围在沙滩了。刘广生跟上吕厂长去解围，吕厂长也让刘广生给他搞点大米，他再把合同订上！他们到了沙滩后，公社罗书记和派出所姜所长介绍了事情的经过。罗书记提出成立联合调查组，厂方出一人，公社和派出所各出一人，河湾大队出一人。程科长脱身后，来到吕厂长面前，脸上失去了光……

从小说可以看出，随着形势的变化，随着商品经济的发展，清正廉洁已经很难被人们做到。在河湾西村和红星机械厂签订的拉砂石合同中，前者是卖方，后者是买方，买方的基建科程科长趁机吃拿卡要，影响得拉砂石的司机也吃拿卡要。河湾西村的负责人刘广生、生旺、赵志科都无可奈何，只能满足他们。程科长于是得寸进尺，司机也得寸进尺，趁机要挟。另一个村河湾东村已经满足了程科长的贪欲。刘广生认为要制止这股歪风邪气，必须从根子上着手，他于是去找程科长的单位。但颇具讽刺性的一幕是程科长所在的红星厂的吕厂长也向刘广生索起贿来，让他给自己搞点大米，他再把合同订上！程科长此时正在东村队长张玉民家大吃大喝。吕厂长虽然让程科长脸上失去了光，但他仍然在保护着程科长。小说只在结尾写了一句程科长脸上失去了光的话，似乎这种吃拿卡要的歪风邪气就要被吕厂长刹住了，但吕厂长本人并非是一个具有一身正气的人，所以结尾的亮光最终还是显得很微弱。事实上，小说所写的这种歪风后来愈演愈烈，逐渐成为商战中的潜规则，交易双方都明白，卖方该出多少血，买方该吸多少血，都是心照不宣的。这种风气的流行，肥了的是掌权者的肚腹、腰包、保险柜，苦了的却是无数弱者、无权无势者。小说对贪得无厌的程科长的形象塑造，对那个长着个串脸胡司机坐地起价的描写，对红星厂党委办公室那个中年女人的冷漠以及她传达的吕厂长的话的叙述，说明了腐败滋生的原因是多方面的，腐败者自身的贪欲，领导的纵容，制度政策的缺失、缺陷，某种看不见的诱惑无所不在、无时不在，都是催生腐败的温床，于是它们在国家要恢复元气的时候纷纷粉墨登场了。

附《石头记》的故事情节：

河湾西村和红星机械厂签订了拉砂石的合同。管副业的副队长刘广生组织车辆给红星厂拉了两天砂石后，刘广生的助手赵志科给刘广生说，红星厂基建科的程科长在他家吃了一顿蒸红苕，直夸红苕好。刘广生于是把自己家的红苕给程科长送了一口袋。

第二天晚上，赵志科又给刘广生说拉砂石的司机也想要红苕。刘广生想司机共七八个人，自己根本拿不出这么多红苕。赵志科建议把队里的红苕送给司机。刘广生于是把分管农业生产的副队长生旺叫来商量。生旺一听就怒了。赵志科说程科长他们捞不上油水就会撕合同。生旺于是松了口。

过了三五天，赵志科又给刘广生说程科长要大米，许诺自己在给石头量方时可以放宽……另外，一个长着串脸胡的司机还要木料。刘广生为难了。这时，生旺说司机们不拉石头了，他们都到东村沙滩装石头去了。

刘广生被急剧发展的事态吓得声音发颤，赵志科又来说河湾东村的干部前天晚上就把大米送到程科长家里去了。刘广生感觉到两个村庄的人可能要打架，他立马跑回队办公室，在广播上劝着社员们……但武斗并没发生。他听到了社员们在骂程科长。

刘广生和赵志科、生旺去东村队长张玉民家找程科长，到后看见司机们正在大吃大喝。张玉民拉着刘广生三人入席。刘广生和张玉民温和地吵起来。司机们听出话味后，都丢下了筷子。一个胖司机听了刘广生说的一句话后，想打刘广生。刘广生坚持原则，又去找程科长。程科长说他们村石头的质量不好。刘广生终于说了大米、杨树的事情，程科长让告自己去！他等着！

刘广生来到红星厂党委办公室，把事情向一位中年女同志谈了，并提供了书面材料。女同志说她会呈送上去。十天后，刘广生见事情没一丝音讯，就和赵志科又去了红星厂，中年女同志说："厂长批示，叫交党委会研究。"

刘广生于是回到河湾西村。生旺说东村给串脸胡司机伐了七棵大杨树，一棵才收八块钱，跟白送一样……

又等了十天，刘广生和赵志科又去红星厂，中年女同志说厂长亲自和程科长谈了话，生产队的副业要考虑，国家工程的质量也要考虑……刘广生听了反不上话，便退出门来，准备去省纪委告。

刘广生没走几步，中年女同志说吕厂长叫他们去，原因是河湾西村的农民睡到汽车底下了，他们把程科长围住了。刘广生和赵志科坐上吕厂长的车后，把事情的经过说了一遍。但吕厂长却说给他也搞点大米，他再把合同订上！

吉普车到了沙滩，公社罗书记和派出所的姜所长介绍了事情的经过，程科长正在东村队长张玉民家吃喝时，听到沙滩上有吵闹声，就来到沙滩，结果被社员们围住了。罗书记提出成立联合调查组，厂方出一人，公社和派出所各出一人，河湾大队出一人。吕厂长指定保卫科长留下来调查。程科长于是从围困中脱了身，他来到吕厂长面前后，脸上失去了光……

1980年元月于小寨

二、《回首往事》：讲述了主人公和男同学的爱情往事，男同学遭遇的爱情是倒追式爱情

短篇小说《回首往事》1980年3月写成，刊发在1981年第2期的《长安》，但改名为《啊！人生》。

小说写刘兰芝女儿的对象吴南是刘兰芝过去的情人吴康的儿子。刘兰芝看吴南来到家里，就想起了当年的往事。她和吴康在同一所大学上学，她主动向吴康表达了爱情。后来，他们的同学刘剑向她求爱，要求她和吴康划清界限。她在爸妈的建议下离开了吴康。她的行为在学校一时传为斗争佳话。毕业后，她被分配到市内一所中学，刘剑被分配到历史研究所，吴康则和几十个被打成右派的学生下放到了陕南去劳动改造。吴康去了后，公社的团支部书记主动提出和吴康结婚。他们便结了婚。吴康平反后，被安排在历史研究所工作。但所里领导刘剑坚决不同意。刘兰芝要求女儿要像吴康那样做人。她又想起自己和刘剑在吴康心灵上投下的阴影，一旦被孩子们知道，不知会怎样？她想，还是顺其自然吧！

小说主要人物吴康、刘剑都在刘兰芝的回首往事中一一出场。从小说可以看出，陈忠实的心里一直有着一个深重的恋乡恋土情结，他在写城市姑娘刘兰芝的父母在对农村人吴康表达鄙视不满时，形象刻画了刘兰芝妈妈说吴康是个"土里土气的庄稼坯子，我早就不中意"的话时的神态，使我们感到作者心里含着十足的怒气。刘兰芝和吴康分手后，吴康被下放期间，又得到了公社安排的监视他的举动的团支部书记的爱恋，这体现了陈忠实很多小说的一个特点：当他一写到爱情时，就常常写成是女孩子在倒追男孩子，这成为他后来很多小说的模式。比如后面提到的《枣林曲》就是如此。当那位团支部书记倒追吴康时，她的行为似乎表现了她对反右运动的抵制，她宁可被撤销团支书职务、开除团籍，也痴情不改，也坚决要嫁给吴康。这也带有陈忠实心目中对理想爱情的幻想色彩，这一点和路遥的很多写爱情的小说一样。反右运动之后，吴康平反，被安排在历史研究所工作。但他的大学同学刘剑却是所里的领导，他坚决不同意吴康到所里工作。

这种将人品上对比得非常鲜明的写法也是陈忠实早期很多小说中出现的模式，就是极左的人一直是极左的人，似乎很少变化，比如前面提过的很多小说中的人物就是如此，《南北寨》中的公社革委会副主任韩克明、《七爷》中的马队长性格始终如一，《猪的喜剧》中的公社韩副主任虽然出现新变，但情况要复杂一些。后来，吴康出版了两本史学专论，七十万字。1963年，吴康去中学当教师，继续著书立说。"文革"中，吴康写的书被当作他反党的罪行，他的一条胳膊被打断了。当他被押送回家后，当天晚上，他又写起书来！吴康对学术研究很执着，刘兰芝于是要求女儿要学吴康，女儿听了后笑了。这笑里可能含有很多意味。然后，刘兰芝对女儿和吴南的恋爱采取了顺其自然的态度。总体上，吴康是一位怀有远大志向的人，大学毕业前，他与恋人刘兰芝在草坪上讨论的"史学的价值，在于真实"，"科学地评价历史事件和历史人物，唯物史观是最好的武器"等学术问题，说明他的志向就是要去追求历史的真实与客观真理。但他的这个理想却给他带来了无尽的灾难，他被打成右派后，被下放到陕南农村去改造了。其间，他坚持著书。后来，他被打断一只胳膊，还是继续写书。陈忠实将他塑造成一个无论在多么恶劣的环境下都不会放弃自己的学术事业的人，并大加赞扬了他的这种精神与风骨。有人认为小说所写的吴康及吴南都喜欢穿家乡人编织的那种蓝条子土布衬衫的情况，显然表现了作者对乡土文化的一种肯定。刘兰芝当年在反右运动中违心地批判了吴康，二十年后，她在面对吴康的儿子吴南时，认识到自己的人性被那时的政治扭曲了，所以才发生了那些事情，她于是很痛苦。[①]有人认为该小说是一篇反思小说，但从小说的反思力度上看，它似乎只停留在对伤痕、伤疤、伤痛的揭露层面上，而没有对历次运动发生的原因以及身处运动中的不同人的人性发生突变的原因进行足够的揭示。

附《回首往事》的故事情节：

刘兰芝女儿的对象要到家里来，刘兰芝静静地等待着。小伙子进屋后，刘兰芝认出他是吴康的儿子吴南。吴康是刘兰芝过去的情人。刘兰芝第一次看见吴康，是在进入高中的第一天。吴康从关中农村考进了省立重点中学。刘兰芝自小在城市长大，是裁缝的女儿，穿着时兴。不出一月，吴康以他正

---

① 田真贤：《陈忠实中短篇小说论》，湖南大学硕士学位论文，2013年。

直的品质和优秀的成绩，获得了同学的尊重和信任。三年期满，吴康和刘兰芝一同考入大学历史系。刘兰芝对吴康表达了爱意。吴康被打成右派后，下放到陕南，在那里落了户。

刘兰芝看见吴康的儿子要做自己的女婿了，心里震颤着，抖动着。她想起了当年的往事。

快毕业时，刘兰芝和吴康在草坪上谈论毕业论文的提纲，以及志向、理想、事业等事情。后来，向刘兰芝求爱的同学刘剑，第一个揭露了吴康在论文里用秦始皇影射时人，他要求刘兰芝和吴康划清界限。刘兰芝头脑里混乱极了。她爸爸要求她"趁早剪断！"她妈妈也说"土里土气的庄稼坯子，我早就不中意！"于是，她和吴康断绝了关系。她的行为在学校一时被传为斗争的佳话。因为运动，他们的毕业分配推迟了。刘剑给她透露，她被分配到市内的一所中学工作，但成绩在她之下的刘剑却被分配到历史研究所了。吴康和几十个被打成右派的学生，被下放到陕南山沟里去劳动改造了。吴康去了后，公社安排团支部书记监视他的举动。团支书有一天发现吴康正蹲在墙角烧字纸，就上去扑灭了火。团支书看吴康烧掉的是大学一个女同学写给他的恋爱信，就提出要和他结婚。吴康不答应，但她痴情不改，在被撤销了团支书职务、开除了团籍的情况下还是要嫁给吴康。吴康平反后，被安排在历史研究所工作。但所里的领导刘剑坚决不同意。吴康出版了两本史学专论，七十万字。当年吴康被下放后，一直坚持撰写史学论文。1963年，上级又安排他去当中学教师，他继续写书。"文革"中，他写的书被当作他反党的罪行而被打断了一条胳膊。当他被押送回家后，当天晚上，他又写起书来！

刘兰芝从吴南跟前看到了吴康的照片，身子微微抖着。她结结巴巴地对女儿说：你要像你吴伯伯那样做人。女儿听后笑了。吴南庄重地点了点头。但刘兰芝又想起自己和刘剑在吴康心灵上投下的阴影，如果被孩子们知道，不知会怎样？现在，两个孩子就在她和吴康读过书的大学历史系学习，她想，他们之间的关系顺其自然吧！她站在残雪未融的地面上，望着两个孩子的背影消失后，抑制不住自己的感情潮水，缓缓地走上楼梯，脚步十分沉重……

1980年3月于西蒋村

三、《枣林曲》：讲述了女主人公扎根农村，拒绝进城工作的故事，男性人物遭遇的爱情是倒追式爱情

短篇小说《枣林曲》1980年4月写成，发表在《延河》第7期。

《枣林曲》体现的时代已经是我国进行改革开放的时期。小说写玉蝉心仪的人社娃住院了，社娃是新长征突击手。玉山建议玉蝉去看看社娃。这时，玉蝉姐姐让她去城里看孩子，并让她姐夫给她寻了个合同工。玉蝉到了城里后，得到一张合同工登记表，但她不想干合同工，她听说队里搞了几项副业，报酬比合同工多。姐姐让玉蝉回去在队上给合同表盖章子。玉蝉想先去县医院看看社娃。她想起自己和社娃在酸枣沟的事，她用电影《流浪者》挑逗社娃，但社娃却是个老实疙瘩！玉蝉在去县医院的路上，把合同表撕碎了。

小说表现了玉蝉对土地的皈依和眷恋，这也是陈忠实深厚的恋土情结的表现。陈忠实创作的很多小说都表现了他浓浓的乡土情结，这既是他对乡土社会的热爱，也透露出他对乡村生活的细致观察和体悟。比如1980年11月2日，陈忠实发表在《陕西日报》上的短篇小说《第一刀》中的牛娃托人从商洛山区花费了一千多块买下一个姑娘，只见了一面，那姑娘就跑了，一直寻不见人影。1982年2月14日，陈忠实发表在《陕西日报》上的短篇小说《初夏时节》里的冯二老汉就认为只有有严重的政治缺陷（比如成分）、生理缺陷（诸如跛子）的人，才从山区里买那些操着外乡口音的人当媳妇，像小说里的牛娃这样的人，怎么敢把眼睛瞅到自己的闺女身上呢？《枣林曲》中的玉蝉不想干姐夫在城里给她寻下的合同工，是因为她听说枣林沟搞了几项副业，报酬比合同工多，觉得出去做合同工挣钱不光彩。玉蝉要是大伙都自找门路做合同工，生产队就没法子搞了！陈忠实依恋乡土，所以他肯定、赞扬了玉蝉的决定，让她把姐姐给她的一张合同工登记表撕碎了。当然，该小说是把玉蝉的选择放在农村开始实行包产到户这一重大改革背景下的，所以她的选择表现了她要积极投身到农村改革洪流中去的精神。小说说玉蝉一想到枣林沟这个世界，心里就很快活！一想到城里姐姐家的世事，就很烦腻！想到人活着只是为了钱吗？人活着得为集体办好事，得像雷锋一样。这些话自然也不错，尤其是后边的话更应该让人们反省反思，如果那时的人都能

像玉婵一样对金钱存在着清醒的认识，那么后来就不会形成直到今天依然扳不过来的金钱至上、唯钱是求的观念，也就不会出现道德滑坡、雷锋精神长久缺失的现象。小说也写了玉婵对社娃的倒追情况。社娃在酸枣沟嫁接枣树时，玉婵就用电影《流浪者》去挑逗社娃。《流浪者》是1951年由印度拍摄的爱情、歌舞电影，讲述男青年拉兹如何成为一个贼以及他和富家女丽达进行的一场恋爱。拉兹被大法官拉贡纳特的仇人引诱后干起了偷盗抢劫的营生，美丽的丽达是拉兹童年时代的好友，同时师从拉贡纳特学习法律。当拉兹在庄严肃穆的法庭之上受到拉贡纳特审判的时候，丽达自告奋勇地担当起了他的辩护律师，在她紧追不舍的诘问之下，拉贡纳特不得不在庭上讲述了他二十四年前将妻子赶出家门的经过。拉兹最后被判三年徒刑，但他也得到了丽达的爱情陪伴。《流浪者》是那个年代里无人不知的电影，玉婵用其启发社娃，社娃于是和玉婵相好。当社娃因为肚子疼而在县医院住院后，全村大小干部、公社王书记、县委常书记都去医院看望了他，因为他是嫁接枣树的能手，是新长征突击手。玉婵更是不甘人后，她于是把姐夫好不容易签下的用工合同登记表撕碎后，然后就去县医院看望社娃了。玉婵撕毁用工登记表，表达了她坚决要返土返乡的决心。这虽然是她对乡土的坚守，但读者对她说的有些话，干下的有些事情却感到不太真实。玉婵说的有些话，似乎也是陈忠实的声音，说明了陈忠实的创作观念存在着需要改进的地方。

附《枣林曲》的故事情节：

枣林沟的玉婵上街去买菜，在一家水果店门口遇见了玉山。玉山说社娃肚子疼在县医院住院了，全村大小干部、公社王书记、县委常书记都去看望了。社娃给枣树做嫁接，是新长征突击手。省上给他奖了个镜框，一台电视机。但他把电视机放在大队办公室，捐给了集体。玉山建议玉婵去看看社娃。这时，玉婵的姐姐却让玉婵去城里看孩子，并让她姐夫给她寻个合同工。

玉婵到了城里后，姐姐给她给了一张合同工登记表让她填。玉婵不想干合同工，因为她听玉山说队里搞了几项副业，报酬比合同工多。队里实行了责任制，玉婵觉得出去做合同工挣钱不光彩。队办工厂那八成新的车床是玉婵姐夫帮忙给买下的，价钱按废旧车床折合；姐夫还给队里联系好了产品销路……玉蝉知道姐姐的家是一个世界，一层世事；枣林沟是另一个世界，另一层世事。她一想到枣林沟这个世界，心里就很快活！一想到姐姐家的世事，就很烦腻！她想人活着只是为了钱吗？人活着得为集体办好事，得像雷锋一样。姐姐说雷锋在八十年代已经不时兴啰！八十年代时兴喇叭裤、长头发，时兴多挣钱……玉蝉说要是大伙都自找门路做合同工，生产队就没法子搞了！姐姐说你有志气，你热爱农村，你活着是为革命。姐姐的话爸妈都得听，当玉山来给社娃提亲时，姐姐便把她弄到城里，让她干合同工。姐姐让她今天回去在队上盖上章子！明天早晨来，说水紧好捉鱼！玉蝉想正好可以去县医院看看社娃。她把表格装进兜里，想起了社娃曾和自己钻进酸枣沟的事，自己看见社娃接活了大枣树，也试着接了一株。社娃说她干得比他还行。她就用电影《流浪者》挑逗社娃，社娃却是个老实疙瘩！她干脆问中国土人怎么恋爱，社娃便伸出两条胳膊要抱她。她一闪身就跑了。当天晚上，玉山就来家里给社娃提亲了。

玉蝉在去县医院的路上，看见了玉山，她把合同工登记表从包里翻出来，递到玉山的手里。玉山已经知道她在城里找到了工作，说了几句话。玉蝉接过表后却把表撕碎了，她给玉山说：我到县医院去呀……

1980年4月于灞桥

四、《早晨》：讲述了人物扎根农村，拒绝进城工作的故事

短篇小说《早晨》1980年7月30日写成，发表在《长安》第10期。

小说写退伍归来的冯豹子被众人选上队长了！他爸冯老五去给他在社办企业找下了工作，但他不愿意去，他要让村里发生变化。冯老五听了想，自己该怎么办？小说礼赞了豹子要一心一意建设家乡，发展家乡的精神与情怀。它依然表现了陈忠实浓浓的乡土情结。冯家滩支书冯老五好不容易从公社书记那里给退伍归来的儿子冯豹子求得了一个在社办工厂工作的指标，但被众人选上了队长的冯豹子决心和二牛、忍娃一起实施他们商量好的振兴乡村的计划。他给他爸冯老五说的一番话让他爸沉默了。他爸在想自己这个村支书今后该怎么办？

小说把冯豹子要在农村大干一场的决定放在改革开放开始的背景下去展现，

最终的成功无须言明，因为国家都在真正进行改革了，冯豹子的改革必定会成功。首先，国家鼓励支持改革；其次，冯豹子是一个有志于改革的人，志向高远；最后，冯豹子在部队上经历了十几年的历练，意志品质坚定，见多识广，人脉关系多而深厚，他本是被提干之人，却遭遇了部队上存在的不正之风的伤害——被一个军官的儿子挤出了提干行列，于是退伍回家了。他父亲冯老五求人给他在社办厂找下工作之后，他坚决拒绝了父亲的美意，而是选择留在农村发展。这个模式和《枣林曲》中的玉蝉的抉择一样，他们都不想离开故土去城里工作，都不想去不能和泥土、牲口打交道的地方工作。这个模式在陈忠实早期小说《高家兄弟》中已有痕迹，高兆文在兄长高兆丰的教育下，不再把去大学深造作为执念，而是"和爸爸一样铁下心来，坚决地把个人的命运与农业社紧紧地扭在一起"。这时候，路遥在自己的小说里写着的是农村青年如何寻找一切可以离开农村的机会，去城里发展，改变自己一辈子命运的事情；陈忠实却在自己的小说里歌赞着农村青年主动放弃去城里改变命运的机会，然后一心要扎根农村以图改变农村的雄心壮志。这种故事在陈忠实后来写的小说《十八岁的哥哥》《初夏》等里面继续存在。

附《早晨》的故事情节：

冯家滩支书冯老五从公社书记那里给退伍归来的儿子冯豹子求得了一个在社办工厂工作的指标，冯豹子却被众人选上队长了！冯豹子一夜未归，冯老五去找，看见儿子在坝头上正和二牛、忍娃在冰窟窿里掬水洗着脸。三个人是昨天后晌选举出来的干部，夸下海口要让三队致富。

冯老五叫冯豹子回家，冯豹子说要开会哩！冯老五嫌选举会没给他这个支书打招呼，就说他们的职务等支部研究以后再说。冯老五叫冯豹子回家有话说。冯豹子对二牛、忍娃说："你俩回村，打铃！开会！"冯老五气得说不出话。

二牛、忍娃跑着走了后，冯豹子说他不想到社办企业去。冯老五气得说不出话。

冯豹子当了七年机枪班的班长，在提干待批时，被一位军官的儿子挤掉了。

冯豹子说了社员对冯老五的看法，刚当干部的时候，大家分的粮食能吃饱，干了二十多年，现在倒吃不饱了！冯老五说："那是'四人帮'捣乱，农业生产受破坏……"冯豹子说："'四人帮'垮台三年了，你看邻近的那些队变化多大！可我们队里还是老一套。而今正月已经完了，我看支部里头也没有个啥举动！社员说，咱把三毛钱的劳值挣到何年何月呢？"冯老五沉默了。冯豹子说：社员说你是个好人，也对你不抱啥希望。冯老五自己也早就感觉出了这一点。然后，他给冯豹子说到社办厂去工作的事情。冯豹子说："咱冯家滩，二十七八的小伙子不下三十，有几个订下媳妇了？为啥？人家谁把闺女给到这里来讨饭呀？"冯老五说三队换过十二任队长了，但都搞不好！冯豹子说："我们三个研究了十二任队长的得失，给自己定下了纪律！要是一年没见变化，我绝不赖在台上！"

这时，村口传来二牛呼叫冯豹子的声音。冯豹子让父亲去听听他们给社员拿出的一个新的管理办法，就是大闹，就是红红火火地闹，就是怎样能叫社员吃饱穿暖就怎样闹。

冯老五看着儿子走下河堤，觉得身上更冷了，他想，我该怎么办？

第六章　在农村体制改革背景下创作的小说

（1980年—1981年）

　　1980年后半年，陈忠实写成短篇小说《第一刀》，是写"农村刚刚实行责任制出现的家庭矛盾和父子两代心理冲突的小说……尽管在征文结束后被评了最高等级奖，我自己心里亦很清醒，生动活泼有余，深层挖掘不到位"[①]。该小说引发了陈忠实后来写作中篇小说《初夏》的打算，它来自《陕西日报》的《秦岭》副刊的一次农村题材征文，获得1980年该报的好稿奖一等奖。另外，写成短篇小说《反省篇》《苦恼》《尤代表轶事》。《尤代表轶事》回忆了政治运动时代的农村生活，故放到下章评述。进入1981年，陈忠实写成短篇小说《土地诗篇》等，他曾这样谈过《苦恼》和《土地诗篇》的写作情况："在极左路线指导下，学大寨运动中，有一些人利用那个运动，搞一刀切，搞浮夸，干了不少坏事，除了许多社会原因之外，有一个个人品质的主观因素。又有一些人，主观上想为农民干些好事，因为指导思想的偏差，也干出许多错事和蠢事来。前一种情况的作品写得不少，后一种情况就不多了。我根据自己对这方面的生活感受，写出了《苦恼》和《土地诗篇》。"[②]基于两者的联系，把《土地诗篇》放到此章评述。

---

① 　陈忠实：《何谓良师——我的责任编辑吕震岳》，见《陈忠实文集》（第6卷），人民文学出版社，2015年版，第149页。
② 　陈忠实：《深入生活浅议》，见《陈忠实文集》（第1卷），人民文学出版社，2015年版，第544页。

一、《第一刀》：陈忠实最早写农村体制改革的小说

短篇小说《第一刀》1980年10月写成，发表在1980年11月2日的《陕西日报》。

小说写冯家滩新任的队长冯豹子决定对生产管理制度进行改革。他先从他二爸冯景荣管理的鱼池上开刀。他父亲建议等全社都搞起来了再跟上搞。他说不等了。他二爸最后也愿意按新法程管鱼池了。

小说中的豹子、牛蛙等一批年轻人，立足乡土，立志通过自己的勤劳奋斗改变乡村贫困落后的面貌，体现了作者立足乡土，发展乡土经济文化的愿望，是对乡土挚爱的一种表达。与《第一刀》题材类似的《初夏》中的冯德宽、牛蛙、冯志强、冯马驹等，也同时拥有着深爱乡土、立足乡土、发展乡土的深厚情怀。《第一刀》的创作来自《陕西日报》编辑吕震岳的邀约，吕震岳让陈忠实参加该报《秦岭》副刊举行的农村题材征文，陈忠实应征后，便写了该小说，发表后收到众多读者来信。陈忠实说："这是我最早写农村体制改革的一个短篇小说，由此发端，三年后写成十二万字的中篇小说《初夏》。"[1]

小说所写的冯豹子去对他二爸冯景荣老汉开改革管理制度的第一刀是其重头戏，这一刀开好了，其他人也就不在话下了，因为冯景荣老汉是个最费事的人，平时说话最难听。冯豹子和冯景荣老汉接触后，两人之间话很少，气氛很紧张，是那种几乎让人窒息的气氛，但冯豹子还是给他二爸说了改革的很多好处。他二爸听了尖酸地嘲弄着冯豹子。冯豹子返回后，得到磨工冯得宽同意改革的消息，得到牛娃说通他的谈话对象接受新管理办法的消息！最后，冯豹子的二娘也给冯豹子说他二爸冯景荣愿意按新法程管鱼池了。冯豹子送走二娘后，就和牛娃讨论起把劳动日的价值涨到一块钱的方法，让大伙从贫穷中解放出来，然后腰粗气壮地活人！小说里有一大部分内容写冯豹子他二爸给冯豹子父亲告状，以及冯豹子父亲劝冯豹子先不要改变管理办法，即实行生产责任制，联产计酬的事情。冯豹子父亲是冯家滩的老干部，曾经在1971年推行过定额管理，热火了两年，但批孔那年，却受到批判。他以他的切肤之痛告诫儿子先等全公社搞起生产责任制了，

---

[1] 陈忠实：《仅说一种本能的情感驱使》，见《陈忠实文集》（第10卷），人民文学出版社，2015年版，第4页。

冯家滩再跟上搞，原因是国家之前政策的瞬息万变，政治形势让人捉摸不透，使他心存着巨大的疑惑和恐惧。但冯豹子说："三队不等了。"小说批评了冯豹子他二爸在管理鱼池的七年中富了自己、穷了集体的铁的事实。这些都展现了冯豹子坚定不移的改革志向和决心。他父亲的遭遇也引起了人们的反省和深思。

附《第一刀》的故事情节：

冯家滩新任的队长冯豹子把给自来水公司挖管道和到货运站装卸货物的两个副业组送走后，决定按照队委会的计划，对三队的生产管理制度进行改革。他想首先要改的是鱼池、猪场、磨房、菜园以及"三叉机"（手扶拖拉机）的生产管理制度。社员们早就对这些单人单项的活路意见很大，在这些地方干活的人干部监督不上，他们全凭良心干活；再就是干这些活的人和队里的大小干部有着某种关系，较少受到干部们的管理。

冯豹子和副队长牛娃商量，必须去和这些人谈话，给他们讲清新的管理办法，他们能接受，愿意干，就继续干；不接受，不愿意干，就不勉强，队里另外寻人。

鱼池管理人冯景荣是冯豹子的二爸，平时说话难听。牛娃建议冯豹子去和他谈。冯豹子知道二爸对他这个当了七年兵而没有穿上四个兜的穷侄儿很失望，说话很尖刻。但他还是去见他。

冯豹子二爸是三队里的家境优裕的一个，大儿子大学毕业后分到西藏从事地质勘探工作，工资高，又很孝顺；二儿子却不孝顺他，因为他负担重、拖累大，经常买不起盐和醋。

冯豹子见到二爸后，说了鱼池要包产的话，他二爸冷冷地说他不干了。豹子听了，准备离开。但他二爸跳起来骂道："刚一上任，先在我头上开刀，真有本事！"冯豹子给他二爸解释着，但他二爸却用以富压贫的口气教训起了他。冯豹子转身走了两步后说："其实，你平心静气想想，包产以后，队里能增加收入，你也能增加收入。你再想想，到明天晌午开社员会之前，你要是愿意，还能成……"冯豹子说罢，扯开腿走了，背后传来他二爸尖酸的嘲弄声。

冯豹子来到磨房，磨工冯得宽听了他提出的关于电磨管理的意见后，建议让自己老婆管电磨。冯豹子觉得这样可以把冯得宽这个硬扎劳力解放出来，于是同意了。

　　冯豹子的二爸给冯豹子的父亲告状来了。冯豹子父亲问冯豹子："听说你要把猪场、鱼池下放给私人？"冯豹子说只是改变一下管理办法，猪场和鱼池都是队里的；实行生产责任制，联产计酬，可以调动社员的生产积极性，不能再吃"大锅饭"了。冯豹子父亲说1971年他在冯家滩推行了定额管理，热火了两年，批孔那年，他成了冯家滩的孔老二……他建议等全社都搞起来了，冯家滩再跟上搞。冯豹子说："三队不等了。"并说他二爸管鱼池管了七年，队里给鱼池投放的鱼苗花了五百多块，喂鱼的麸皮供了上万斤，他本人一年三百六十个劳动日，按三毛算挣是一百多块钱，七年就是七百块钱。可他生产了多少鱼呢？除了送人情的没法计算以外，队里连年的实际收入不过三百元而已。父亲听了还是让他等等再搞承包，并说他听说县上和地委的意见不统一，所以至今还没有做出实行生产责任制的决定。

　　牛娃来给冯豹子说他的谈话对象都接受了新的管理办法！冯豹子听了心里很高兴。牛娃二十六七岁，还是一条光杆。他托人从商洛山区花费了一千多块买下一个姑娘，那姑娘后来跑了，一直寻不见人影。牛娃显然是上了当了。他说菜园里的两个老汉也对新规程双手欢迎！猪场的冯来生也欢迎，但他要求把猪场东边那片荒地让他开了，作为饲料地……冯豹子的二娘是个贤明而温和的长辈，她给冯豹子说他二爸愿意按新法程管鱼池了。二娘说老汉成天写信跟大儿子要钱！大儿子在西藏也有一大家子人口，吃用又贵，整得他的日子也紧紧巴巴的……

　　冯豹子送走二娘后，和牛娃讨论起把劳动日的价值长到一块的方法，以让大伙从贫穷中解放出来，然后腰粗气壮地活人！

1980年10月于灞桥

　　二、《反省篇》：讲述两位公社书记对自己在"文革"中干下的不少瞎事、蠢事的反省；《苦恼》：讲述了一位公社书记在党和政府实行发展新农村政策后的苦恼

　　短篇小说《反省篇》1980年10月写成，发表在1981年第1期的《人民文学》。

按邢小利、邢之美所著的《陈忠实年谱》介绍，该小说后来改名为《苦恼》。[1]
但在人民文学出版社出版的《陈忠实文集》第1卷（1978—1982）中，只见《反省篇》之名，未见《苦恼》之名。[2]《苦恼》的原文也不易找到。通过对《反省篇》和《苦恼》的有关资料比较，可以看出，两者存在着一些差别。

《反省篇》写河东公社党委书记黄建国到县委找分管组织工作的严副书记，严副书记说黄建国要"挪窝"了。黄建国爱修水库、打田井、移山造田，临了却落下个"瞎指挥"的恶名，得下个"害农民"的罪过。严副书记于是决定让他"挪窝"回避一下，要调他到河西公社去工作了。黄建国来到农副市场，卖油糕的麻天寿说的一些话使他觉得麻天寿在抽他的耳光。他和南塬大队卖酸枣的刘老五说了一会话，又和之前在县委见过的两个人说了会话。然后，他出了县城；最后又回到县委。他向严副书记请求："老严，让我留下，留在河东吧。"小说主要展现了黄建国去农副市场听了卖茶的老大娘、卖油糕的麻天寿、卖酸枣的刘老五和之前在县委严副书记那儿见过的两个人说的一些话后，他从苦恼中解脱、惊醒、悔恨、自责的情况，以及他向严副书记提出不要给他"挪窝"即不要把他调往河西公社去工作，而是继续留在河东工作的事情。

小说在写河东、河西两位书记在"文革"后敢于承认错误并及时改正错误的勇气时，穿插叙述了河西书记梁志华在历次运动中干过的不少瞎事。在"大跃进"中，梁志华不切实际，想大的，干大的，"把'丰收渠'工程扔下"，"摆开二十华里的劈山造田战场"，"带领全乡政府干部，连夜下乡，拔锅挖灶，吃大锅饭"，使社员们在1959年至1962年遭受了三年困难时期；"四清"时，梁志华把干部、队长、会计一竿子打光了；"四清"后，"文革"上场，新来的干部一齐倒台；1971年，梁志华被调到河西公社学大寨，他继续想大的，干大的，割"资本主义尾巴"，限制自发倾向，把农民的"肉"都割掉了，把"漏掉的地主分子"的帽子扣在了干部的头上，并实行专政……他干了许多伤害农民利益的事，他不是"梁大胆"，而是"梁残暴"。后来，梁志华认识到了错误，走村串寨，给挨过整的干部社员赔礼道歉。干部社员的宽容令他更加自责。在中央新的

① 邢小利、邢之美：《陈忠实年谱》，陕西人民出版社，2017年版。
② 陈忠实：《陈忠实文集》（第1卷），人民文学出版社，2015年版。

政策下，他感觉还债的时机到了，于是大胆地建设工程，发展农林牧副渔，以一个党员干部的责任，带领社员致富过上了好日子。

黄建国同样在多次运动中干过许多瞎事，但他面对新的改革却没有及时调整自己的心态和认识，一直沉浸在过去带领社员下苦力的岁月中。当他听了梁志华的剖白后，深受感动和启发，才意识到自己在多次运动中也干过不少瞎事蠢事。他于是决心改过自新，向人民请罪。他感到了建设局势的重大与紧迫，认识到了这是自己向人民还债的时候了。于是，他匆匆地离开梁志华，直奔县委书记办公室，请求严书记不要调动他，让他留在河东，以弥补自己以往的过失，带领人民尽快脱贫。陈忠实通过该小说肯定了梁志华和黄建国敢于及时改正错误的决心与勇气，表现了他们敢为的精神以及老百姓对他们的宽容大度。

《苦恼》写河东公社书记黄建国在党清除了"左"的影响，制定了新的农村政策后，心里充满了种种疑虑，对政策不理解，对形势不习惯，继续用教条主义看待改革。小说也反映了农村中亟待解决而又在其他作品中很少见的问题，因而，使人有某种新鲜感。

黄建国当年是"心甘情愿用自己的几十斤肉去换取河东公社的新面貌"的人，他在"大批促大干"的年代里，跑遍了全公社"坡陡沟深的堰坡，沙石嶙峋的河滩"，确实是一个有决心，有干劲，一心想让河东公社出现新面貌的人。但因为他执行的路线不对头，所以他的大干使河东的农民反而愈来愈穷。当党制定了新的农村政策后，按理说他应当接受教训，重振精神去迎头赶上，但他却准备"在躺椅上打发日月"。当农副市场开放后，他一直没有去光顾过，因为他没有兴趣。他认为那有什么好看的呢！搞这种事情，用得着号召吗？他认为公社党委书记的神圣职责就是要对小农经济进行限制和斗争。现在却要他去鼓吹农民上自由市场，甚至叫他去逛自由市场，甭说从理论上，就是从感情上，他也不愿意！从这里可以看出，黄建国思想上存在的问题，主要是对党的政策不理解，对形势不习惯，这是党在多年来对基层干部进行教育培养时，光要求他们听从上级领导的指示造成的。而且，上级领导经常给他们灌输的就是"限制小农经济"，"以阶级斗争为纲"之类的非马克思主义的东西，这样天长日久的潜移默化，自然使他们的细胞和神经近于"硬化"，使他们的思想和感情近于"僵化"，于是使长期形成的思想局限不能被改变。黄建国是用教条主义的态度来看待改革的。教条主义束缚创造性，教育出的干部是缺少生命力的本本主义干部。这是值得记取的历史辩证法，也是作品的思想所在。作者在剖掘黄建国的种种苦恼时，有意识地表现了他思想上的怨气，以及他对自己的宽容。他的怨气及对自己的宽容，使他不能去思索党在干部教育中出现的失误。白烨认为，作者在展现黄建国从苦恼中解脱时，书写了他在一系列事实震撼下的惊醒、悔恨和自责，也启迪人们去认识党的正确路线及其所带来的大好形势。从而，更深刻地回顾昨天，积极地建设今天。①

前面曾引过陈忠实谈《苦恼》和《土地诗篇》写作情况的话："在极左路线指导下，学大寨运动中，有一些人利用那个运动，搞一刀切，搞浮夸，干了不少坏事，除了许多社会原因之外，有一个个人品质的主观因素。……我根据自己对这方面的生活感受，写出了《苦恼》和《土地诗篇》。"②这些话，可以帮助人们认识他创作《苦恼》等小说的动因。

《反省篇》和《苦恼》也存在一些相同的话，比如写党中央制定新农村发展政策后，农副市场开放了，但黄建国一直没有光顾过农副市场，因为他没有兴趣。当然，《反省篇》写了他去逛自由市场，他和几个卖东西的人交谈后，思想上存在的问题改变了。

附《反省篇》的故事情节：

河东公社党委书记黄建国到县委找分管组织工作的严副书记办事。严副书记是陕北人，50多岁，他给黄建国说：你要"挪窝"了，回避一下，对工作也有好处。黄建国心里清楚回避一下的意思。

在中央发出纠正学大寨运动中的"瞎指挥"的批示以后，黄建国硬着头皮，赔着笑脸，走村串户，去向那些被扒了瓜田、挖了芦苇的生产队做检讨。特别是向那些因违抗他的命令而被撤职、被批斗、被挂着牌子游街的干部和社员赔礼道歉！

① 白烨：《由"真"到"深" 厚积薄发》，见陈忠实：《陈忠实精选集》，北京燕山出版社，2015年。
② 陈忠实：《深入生活浅议》，见《陈忠实文集》（第1卷），人民文学出版社，2015年版，第544页。

黄建国在河东公社一下子变成了黄豆腐，钻在房子里没脸出门了！当那股汹涌愤怒的洪水平息后，他才走出孤闷的小房子。他嘲笑自己怎么就爱修水库、打田井、移山造田，临了却落下个"瞎指挥"的恶名，得下个"害农民"的罪过。

严副书记很清楚这些，所以让黄建国"回避一下"。严副书记给黄建国说：你要被调到河西公社去工作了，河西公社的党委书记梁志华调到河东公社来工作。

梁志华在学大寨学得发疯的那几年里，比黄建国更要"瞎指挥"，民愤很大。但当农村新经济政策一公布，梁志华却成了全县贯彻新政策的典型。

黄建国在严副书记房里碰见了河西公社两位来访者。他出来来到一家茶棚喝茶。

七年前，为了加强学大寨第一线的领导力量，黄建国和县机关的十几名干部充实进工作落后的几个公社。在河东公社里，他没有睡过安稳觉。现在，他被从河东调到河西，就不能继续在躺椅上打发日子了。

黄建国喝完茶，来到农副市场，看到河东公社麻湾大队的麻天寿在卖油糕。麻天寿前几年爱偷偷摸摸搞点小买卖，多次上过批判会。现在，他在县城最显眼的地方声高气昂地卖着油糕。麻天寿说的一些话使黄建国觉得刺耳，觉得在抽他的耳光。他从麻天寿手里接过油糕吃时，南塬大队的刘老五来卖酸枣，麻天寿给刘老五介绍起养奶牛的生财之道来，并说他村里的麻天虎养了两头奶牛，给一〇二信箱的工人家属送牛奶，天天收入二十多块！

黄建国听不下去麻天寿对刘老五的耍笑，就和刘老五说话。刘老五问黄建国是否要调走了。黄建国问队里的情况，刘老五说不咋样。黄建国心里冒起一股怒气，想这怎么行呢？但他瞬即想起自己将离任，何必操这心呢？刘老五说河西的姚村把土地都划给小组了，队里也办了砖厂、加工厂，还种药。政策都一样，河东咋不实行呢？

黄建国没有勇气再问刘老五更多的事，他瞧见在严副书记房里碰见的河西公社的那两个人。麻天寿问那两人：河西分田到户，搞单干了？一个年轻人说：没有的事，但梁志华在河西分了责任田，在全县头一个搞起了农林牧副渔，五业兴旺，红火极了，票子像水一样往河西流！

黄建国听了，对自己很鄙夷的梁志华在河西已取得这样高的威望有点出乎意料，他的心又一次失去了平衡。

那年老的人说：县上把梁书记调走，全社干部联名写信，要求县上再留他两年。河西的局面刚打开呀，底子还不厚。我们俩就是众人委托的代表，向严书记请求来了。

黄建国的心完全失去平衡，看来河西人并不欢迎他！他再也无心逛自由市场了。他立即出了县城。

黄建国刚从县里来到河东公社时，在南塬大队抓一个小库塘的工程。轮到刘老五家管饭，他看到老五的老伴、儿媳训斥着两个哭闹着要吃锅盔的孩子！中午，黄建国在工地上拉夯，他把全社精壮劳力拉进南沟修小库塘，结果把河东人拖垮了。刘老五的口粮还是"歉"！锅盔吃不到口，油糕就更是望之莫及。

黄建国开始愧悔：梁志华是怎样重新获得河西群众如此深厚的信赖的？

梁志华给黄建国说：前几年，我的胆子很大，在河西干了很多蠢事。后来，中央批示一传达，河西人简直能把我吃了！让他们骂我吧！整风后期，大家一致提议重开"丰收渠"！他们不是反对一切农田基本建设，而是讨厌瞎折腾，讨厌不求实际的大铺排……我冷静下来，认真地回想我的过失……二十多年来，我给农民办过不少好事，也办了不少瞎事。在好多时间里，我们是在整农民，而且一步紧过一步……我们把农民身上的"肉"都割掉了，岂止"尾巴"！我干这些蠢事的时候，并不以为蠢！我是拼着命，没黑没明地干，只怕落在别人后头，对不起党！我砸了农民的锅，把他们赶进食堂。食堂的大锅里吃光了，又让他们散伙。我走村串户，向那些被我整过的干部和社员赔礼道歉。中央重新颁布六十条，我觉得给农民还债的时机来到了。这两年，河西变化大些，可比起我对他们所欠的账债，远远不够。现在，我们社、队两级都有了一些积累，我想今年秋收后，把"丰收渠"引水工程干成。这样，二道塬上就成自流灌区了。

黄建国听着时眼睛模糊了，当他回味着自己过去的功劳与苦劳的时候，梁志华却在进行着自我审判。他握了握梁志华的手，然后朝县城骑车而去。

他推开严副书记的门请求道："老严，让我留下，留在河东吧。"

1980年10月于灞桥

三、《土地诗篇》：讲述了一位公社书记在中央下发纠正农业学大寨运动中出现的问题的文件后向被伤害者赔情道歉的故事

短篇小说《土地诗篇》1981年1月写成，刊于《长安》1981年第6期。

小说写中央下发纠正农业学大寨运动中的"强迫命令""瞎指挥"等问题的文件后，闻名全县的"梁胆大"梁志华去给自己整过的犟牛队长赔情道歉。犟牛说人都有失算的时候。犟牛媳妇彩娥给梁志华端来炒鸡蛋和两碗干面。梁志华吃着饭时，两滴泪水滚到饭碗里。

小说写了两件事情：第一件是梁志华过去干的劳民伤财的事情。梁志华是河西公社党委书记，有一年，他在制定改造河西公社山川面貌的规划图上，想抹掉胡家沟的芦苇，以生产粮食！胡家沟生产队队长犟牛说弄不好，打不下粮食，又毁了苇子，两头落空。等到会战开始，犟牛的队里毫无动静。犟牛也不知去向，其他干部也躲得找不到下落。第四天晌午，梁志华命令民兵肩扛镰刀、镢头和铁锨，朝苇子沟走去。但胡家沟的男女老少却在苇子沟里。犟牛让民兵朝自己的胸膛上挖。梁志华立即调来两台推土机将苇根斩断。胡家沟两个老汉蹲在地上，梁志华命令司机加挡将两老汉赶走。犟牛过来朝梁志华脸上吐了一口唾沫。梁志华立即将犟牛撤职，留党察看，然后挂上牌子游遍了河西公社的大村和小庄，把犟牛整得最重最惨。这件事轰动了全县，梁志华那"梁胆大"的名号也响起来了。

第二件是梁志华给被伤害者犟牛的登门道歉。梁志华去道歉时，看到犟牛队长坐在靠墙的条凳上。他不知道咋样向犟牛开口检讨、道歉、赔情。犟牛媳妇彩娥说了几句话让他脸红，让他说不上话来，让他失掉了领导者的威风。犟牛母亲禁斥着儿媳，并让她去把犟牛叫回来。彩娥却叫老人去叫。老人走了后，彩娥说：你那天晚上在广播上做检讨，我一家人都听了。自古官家做了瞎事，谁见过给百姓赔礼认错？听说你在公社受批评，下不了台，我婆婆坐不住，睡不着，硬逼着犟牛给你送去鸡蛋，叫你放宽心……梁志华听了，才明白在集中批评自己的

会议上，犟牛闭口不吭的原因。犟牛回来后，和母亲一样对梁志华说，劣种苇子被铲了，正好可以栽良种苇子。这其实办了件好事。梁志华说自己当初强迫犟牛干了劳民伤财的蠢事。犟牛说人都有失算的时候。彩娥接着端来炒鸡蛋和两碗干面。梁志华只得吃了。犟牛说：明天早上栽苇子根。梁志华说他也去。然后，他吃着饭时，两滴泪水滚到饭碗里，黄土一样纯朴的人民啊！

从这些可以看出，梁志华是认真对自己之前的行为进行检讨的。虽然犟牛的媳妇奚落了他，但犟牛的母亲却用"咱不要推下坡碌碡"的话来教育犟牛媳妇，而且还给梁志华宽心，这使梁志华深受感动。小说最后一句的感慨"黄土一样纯朴的人民啊……"既是对普通百姓的肯定与盛赞，也是作者深厚的土地情结的再一次体现。小说里的犟牛是一个在运动中能坚守做人做事原则，不随政策倒，反对瞎干、蛮干的人，体现了新一代青年人高尚的道德精神品质。犟牛的媳妇虽然直面奚落了瞎指挥的梁志华，但她总体上是个明事理的人，是无数善良百姓的代表。这是陈忠实在自己的很多作品中对关中地区正大人物进行盛赞的又一篇小说，同时，他也在其内赞美了生活在关中大地上的人们对乡土的坚守。

附《土地诗篇》的故事情节：

月亮升起来后，河西公社党委书记梁志华骑着车去给一个被他错误整治过的胡家沟的犟牛队长登门赔情道歉。

公社召开的三级干部会传达了中央关于纠正农业学大寨运动中的"强迫命令""瞎指挥"等问题的文件。梁志华这个闻名全县的"梁胆大"一下子被铺天盖地的愤怒的唾沫星子淹没了。

"三干"会结束后，检讨还没有完，上级派来的工作组要求梁志华会后到生产队去登门赔情道歉。梁志华看到犟牛队长坐在靠墙的条凳上。梁志华想起自己将犟牛整得最重最惨，因为他抗拒挖掉胡家沟村子西边那条沟道里的芦苇，自己便撤了他的职，并给了他留党察看的处分。

梁志华来到胡家沟后，不知道咋样向犟牛开口检讨、道歉、赔情。

那年，梁志华在制定改造河西公社山川面貌的规划图上，想抹掉胡家沟的芦苇，然后生产粮食！犟牛说弄不好既打不下粮食，又毁了苇子，两头落空。等到会战开始，犟牛的队里毫无动静。犟牛也不知去向，其余干部也躲得找不到下落。第四天晌午，梁志华命令民兵肩扛镰刀、镢头和铁锨，朝苇子沟走去。但胡家沟生产队的男女老少却在苇子沟里。犟牛让民兵朝自己的胸膛上挖。梁志华立即调来两台推土机将苇根斩断。胡家沟两个老汉蹲在地上，梁志华命令司机加挡将两老汉赶走。犟牛过来朝梁志华脸上吐了一口唾沫。梁志华立即将他撤职，留党察看，然后挂上牌子游遍了河西公社的大村和小庄。这件事轰动了全县，梁志华"梁胆大"的名号也响起来了。

梁志华走进犟牛的家。犟牛媳妇彩娥说了几句话让他脸红，让他说不上话来，让他失掉领导者威风的话。犟牛母亲禁斥着儿媳，并让去把犟牛叫回来。彩娥却叫老人去叫。老人走了后，彩娥说：你那天晚上在广播上做检讨，我一家人都听了。自古官家做了瞎事，谁见过给百姓赔礼认错？听说你在公社受批评，下不了台，我婆婆坐不住，睡不着，硬逼着犟牛给你送去鸡蛋，叫你放宽心……

梁志华听了才明白在集中批评自己的会议上，犟牛闭口不吭的原因。

犟牛回来后，和母亲一样对梁志华说，劣种苇子被铲了，正好可以栽良种苇子。这其实办了件好事。梁志华说自己当初强迫犟牛干了劳民伤财的蠢事。犟牛说人都有失算的时候。彩娥接着端来炒鸡蛋和两碗干面。梁志华只得吃了。犟牛说：明天早上栽苇子根。梁志华说他也去栽。然后，他吃着饭时，两滴泪水滚到饭碗里，黄土一样纯朴的人民啊……

1981年元月于灞桥

第七章　回忆政治运动时代农村生活的小说

（1980年—1982年）

　　1980年11月，陈忠实写成短篇小说《尤代表轶事》，刊于1981年第1期《延河》。由于这篇小说追忆的是"四清"运动时期、"文化革命"时期的事情，所以在本章评述。1981年，陈忠实除了写成前章已经评述过的短篇小说《土地诗篇》，还写成短篇小说《乡村》《短篇二题》，《短篇二题》中的两篇小说写的是现实中的事情，故放在下章评述。这一年又写成"南村纪事"系列小说（共三篇）之一《正气篇》，之二《征服》，1982年12月写成之三《丁字路口》。为了使该系列小说完整，故将三篇小说放在本章评述。1982年7月，陈忠实以1981年写成的短篇小说《乡村》为压轴作品，在陕西人民出版社出版了短篇小说集《乡村》，这是他出版的第一部个人作品集，内收短篇小说19篇。

一、《尤代表轶事》：依据政治—人性模式创作的小说，塑造了一个独特的人物形象

　　短篇小说《尤代表轶事》获得1981年《延河》短篇小说奖。

　　小说写城区的文教局长老安担任"四清"工作组组长后，去访问贫农尤喜明，安排尤喜明批判支书尤志茂。尤喜明虽然觉得尤志茂不错，但还是批斗了他。斗争大会结束后，尤喜明让老安在贫协里给他安排个干部。老安拒绝了。尤喜明看贫协主任尤福来把半袋粮食送到尤志茂的家门口后就走了，他便把粮袋交给了老安，告了尤福来的状。老安让他等待处理结果。但好久却没结果。尤喜明

突然发现老安很讨厌自己。"文革"开始后，尤喜明弄不清这场运动要收拾谁？革命搞起来后，更不知道自己该吃谁……

该小说是陈忠实展现政治—人性模式叙述的一篇小说。小说写主人公尤喜明的事情有两件：一个是带头批斗多次照顾他的村支书尤志茂；二是把别人偷偷送给尤志茂保命的粮食交给"四清"领导小组组长老安。尤喜明是个经历复杂的人物，新中国成立前，他当过五六次壮丁，但每次不出半月，就都回来了。土改时，农会主任尤志茂给他分了地主的两间厢房，又让他和一个寡妇结婚，寡妇先同意后变卦，尤志茂去说服寡妇。寡妇犹豫不决时，尤喜明多次征服了她。西安大建设时，尤喜明成为一家建筑单位的正式工人，他和那寡妇离了婚，不再回来。后来，尤喜明因犯贪污案，被解职回村，住在一个看守庄稼的窑洞里，住了七八年，平时靠民政部门救济，生活得不错。当老安戳弄他斗争支书尤志茂时，他同意第一个发言，以轰开批斗尤志茂的局面。他通过批斗尤志茂，得到了尤志茂的两间西厢房。他要求老安给他在贫协里安排个干部。老安轻蔑地拒绝了。尤喜明回去躺进尤志茂准备给儿子结婚的褥子被子里时，看见贫协主任尤福来给尤志茂偷偷送来粮食，他把尤福来放在尤志茂家门口的粮袋拿回屋子，看到一张纸条："分得你的粮食，我吃不下去。"尤喜明指责尤福来丧失了立场，打算将粮食放回去，但又想应该把麦子扛到公社去，放到老安面前，说不定贫协主任这个位位得让给自己呢！他于是把麦子交给老安。但老安对他冷冰冰的，显得很讨厌他，这使他很无奈。从批斗尤志茂，举报尤福来、尤志茂这些事情上看，尤喜明是个忘恩负义之人，他没有主见，没有判断力，一心要进入政圈、政界，但他自身的问题却让利用他的老安看不上他，所以他在贫协里没被老安安排个干部，当贫协主任的愿望更是一个幻梦。

从实质上说，尤喜明是一个被阶级斗争话语异化了的"运动根子"，类似《芙蓉镇》里的王秋赦。他把"四清"运动当成了"二次土改"，通过批斗曾得到很多照顾的党支部书尤志茂，想蹿上尤家村的政治舞台。陈忠实借用了《阿Q正传》的讽刺手法，以"天不灭尤""我要革命"这样的小标题反映了政治对尤喜明人性的扭曲，也说明陈忠实的小说创作还局限在政治—人性视角的叙述成规里。[1]

小说中的老安是城区文教局局长，他坚决要在尤家村开展"四清"，于是开了几十场揭露村支书尤志茂的会议，非要查出大队和小队所有干部在政治、经济上存在问题的会议，但结果都不遂他愿。他于是戳弄贫农尤喜明斗争支书尤志茂。尤喜明做了后，他看尤喜明是个跳梁小丑一般的草民，于是很轻蔑他；当尤喜明举报尤福来、尤志茂后，他更是厌恶尤喜明。从这些说，老安是个极其阴险、老谋深算的人，他比尤喜明还要忘恩负义。"文革"开始后，老安可能还是实权派人物，所以尤喜明这样的二流子并没想到去报复他，而是想到自己把分到的尤志茂的粮食快吃完了，后面该吃谁的去呢？小说的最后这一句，说明尤喜明"尤代表"只是一个谋肉食的人而已，更显示了他和阿Q、王秋赦一样很可笑。

《尤代表轶事》与陈忠实后来写的《梆子老太》都是具有讽刺意味的小说。李建军认为，两篇小说都显得太"严肃"，都用自己时代的公共尺度和流行观念，去对两个由那个"时代母亲"的乳汁喂养大的被扭曲、被异化的病态人物进行讽刺。小说的夸张修辞，显得过度而不自然。作者急于充当生活的评判者，却没有形成自己的价值体系和个人视境。作者过多地依赖于他所处时代的"通货"式的价值标准（他所处的时代有一种普遍的倾向，就是在对待生活中的人和事时，采取一种简单而粗率的态度，缺乏同情，缺乏理解，缺乏温柔的怜悯，缺乏一种更符合正常人性的复杂的情感态度）。他塑造的尤喜明是一个失败的人物，他竭力给人这样一种印象，即尤喜明作为一个人物是真实的，因为他"使所有奇人异事相形见绌，黯然失色"。但他并没有通过充分的合情合理的情节，让尤喜明成为一个有血有肉的真实的人物形象。他的讽刺的笔法，也显得夸张过度，没有节制，失去了分寸感，给人一种滑稽而别扭的感觉：尤喜明离真实的普通人，未免太远了一些。[2]小说中描写了一个"好女人"，"她一天三晌照样出工挣工分，回到屋里喂猪喂鸡，她不嫌嫌男人变成地主分子了，照样一日三顿，把饭食端到柿树下，双手递到尤志茂手上，给他说宽心话，在屋子里又规劝毛毛躁躁的

① 李遇春：《陈忠实小说创作流变论——寻找属于自己的叙述》，《文学评论》2010年第1期。
② 李建军：《陈忠实的蝶变》，二十一世纪出版社集团，2017年版，第91页。

儿女……"我们看到，这个"好女人"不但外出劳动，回家还要做家务，还要宽慰丈夫，还要教育子女，做了饭还要双手递给丈夫。这就是作者笔下理想女性的标准，对丈夫的绝对恭敬，对子女的绝对负责，对家庭重负的全方位承担。

1980年，陈忠实还发表散文《分离》《山连着山》，创作谈《我信服柳青"三个学校"的主张》，随笔《党性生活虚心》，电视剧本《信任》等。7月10日至20日，陈忠实参加了《延河》编辑部主办的"农村题材短篇小说创作座谈会"（陕西省太白县）。7月29日，陈忠实参加了陕西省作家协会西安分会召开的"农村题材创作漫谈会"。

附《尤代表轶事》的故事情节：

城区文教局局长老安担任"四清"工作组组长后，到尤家村开了几十场揭露村支书尤志茂，以及大队和小队所有干部在政治、经济上存在问题的会议，但尤家村的所有贫农和下中农在谈大小队干部存在的问题时，立刻话不成串。尤家村的工作进展非常迟缓。最后，老安发现自己在访问中漏掉了贫农尤喜明，于是去访问他。

老安看尤喜明住着一孔窑洞，衣着褴褛，他在尤家大队像猿人一样生活着。老安于是叫尤志茂给尤喜明弄些粮食，并把自己套在外面的一条裤子脱下来，送给尤喜明。老安决定明天开尤家村群众大会，斗争支书尤志茂，让尤喜明第一个发言，轰开局面！

解放那一年，二十三四岁的尤喜明已经卖过五六次壮丁了，但不出半月，他又出现在尤家村，他向人们讲述了自己逃离壮丁队伍的惊险经历。他对土改工作队队长哭诉，农会主任尤志茂在分配地主财产的时候，给他分了两间厢房。土改工作队撤离后，尤志茂让他和一个死了男人的女人结婚，他迫不及待，女人也同意了。但过了两天，女人又不满意了。他恳求尤志茂去说服女人。女人说要"再尺谋尺谋"！他于是趁天黑去找女人，征服了女人。在女人送他出门的时候，他又把她压倒在了门外的麦草垛子旁。他们结婚了。在西安大兴土木的建设热潮中，他进城做了民工，不出一年，他被建筑单位吸收为正式工人。然后他和已有3岁儿子的媳妇离了婚。离婚后，他变卖了家产，再没回来。后来，他犯贪污案，被解职回到了尤家村，没地方住便住到了东沟一个看守庄稼的窑洞里，一住就住了七八年。他从此靠民政部门救济。在"瓜菜代"的年月，他是尤家村少数几个没有浮肿的人之一。

　　老安安排尤喜明在台上"轰头一炮"。尤喜明想尤志茂是个不错的支书，体贴照顾自己，自己没理由斗争尤志茂。但老安说尤志茂是个走资本主义道路的当权派，估计可能要搞第二回土改。如果是这么回事的话，自己就不必不客气。当批斗会召开时，尤喜明和老安并肩坐在台上。尤喜明看着站在台角的尤志茂，心里说尤志茂你没料到你有今日吧？会开始后，老安说在社会主义的尤家村大队，至今却生活着原始人尤喜明同志；走资派把贫农社员迫害到这样的程度。现在，请尤喜明同志控诉。尤喜明走到台前，"哇"的一声哭了，凄惨震人。他刚要说话，台下传来一片笑声。原来他穿的老安送的裤子没关前门。他急中生智，猛地转过身，扑到尤志茂面前，挥起拳头，捶着他的胸膛。台下笑声戛然而止。尤喜明扣好裤扣，继续控诉。最终他分得了尤志茂的两间西厢房。东沟的"猿人洞穴"被老安挂了一个木牌，变成了阶级教育展览馆，接待着前来接受教育的学生、干部、工人和战士。尤喜明成了专职讲解员。尤志茂的成分一定秤，财产一分，老安就给尤家村重新安置干部。尤喜明一看没自己，就骂起来。土改时，尤喜明头一个冲进地主尤葫芦的房里，抽了他两个耳光。土改结束，尤喜明落下个空有其名的贫农代表。在这回"四清"运动，即二次土改中，他想干部又当不上了。

　　斗争尤志茂的大会结束后，老安批评尤喜明怎么能动手打人呢？此后好多天，尤喜明没见上老安一次面。他去找老安，让老安给他在贫协里安排个干部。老安轻蔑地说："再不要争了……"尤喜明知道和土改一样，自己被甩开了。他想再乞求，一个社员来叫老安去吃晚饭。

　　尤喜明回去后躺进尤志茂给儿子准备结婚的褥子被子上，想着要是把这间新屋未来的女主人分配给自己多好，最好此刻就躺在自己的身边。尤喜明睡不实，就拉开小窗子，看到地主分子尤志茂在柿树下吃饭，他女人正收拾着空碗空碟。尤志茂的大儿子尤年从伙房出来，钻进柴火棚棚里过夜去了。他的那个快要过门的新媳妇也退婚了。尤喜明看到尤志茂的女人四十出头，胖胖的身材，墩墩的个子，胸膛高高的，屁股蛋圆圆的。夜深了，贫协主任尤福来肩上扛着半口袋粮食走到尤志茂家门口，把口袋放下后就走了。尤喜明轻轻拉开门，提起口袋走回屋子，看到黄亮亮的麦粒里夹着一个纸条："分得你的粮食，我吃不下去。"尤喜明说了句："丧失立场！"然后想应该把粮食放回原处，保持现场。他放回粮食后，又想应该把治安主任、党支部书记叫来。但他又想到自己凭空拾了七八十斤麦子，这是多么美的事。他于是把麦子背回来想倒到柜子里。但在倒前，他想如果把麦子扛到公社去，放到老安面前，那么老安会看出在自己和尤福来之间，谁是革命的！说不定贫协主任这个位位得让给自己呢！说不定自己还会受到奖励，在报上扬名哩！尤喜明想到这，扎好口袋，就去找安书记。

安书记听完尤喜明的汇报，让他回去休息。尤喜明看安书记冷冰冰的，忽而想起，尤福来是安书记亲手安排的干部，如果把尤福来投降地主尤志茂的事情揭发出来，对自己就有好处。尤喜明想明白后，觉得自己不该损失了已经送到了口边的粮食，他于是要求安书记处理这袋粮食。但安书记却说以后再处理。尤喜明说自己也要参加这场斗争！安书记说：需要你参加时，再通知你。尤喜明只好说自己等着！尤喜明在等待期间，好久没见安书记召开斗争尤志茂的大会，也没见撤换尤福来的贫协主任职务。他去问安书记，安书记说已经批评教育过他们了。尤喜明很难受。安书记又批评教育起尤喜明来，要他注意参加生产劳动，注意群众影响。尤喜明看着安书记讨厌的神态，就转身走了。

"文化革命"开始后，尤喜明弄不清这场运动要弄啥，要收拾谁？他想"文化革命"是文化人的事，农村到底要不要搞呢？他想最好农村也搞，因为自己分下的尤志茂的麦子已经吃完了。他又想，如果"文化革命"真的搞起来，自己又该吃谁的呢……

1980年11月于灞桥

二、《乡村》：讲述了一位生产队队长被人讹诈、失去职务之后仍然关心农业生产的故事

1981年1月11日，陈忠实草成短篇小说《乡村》，2月改定，小说刊发在《飞

天》1981年第6期。

小说写小王村的王泰来队长给了九娃50元钱，让他去给水泵买胶皮水管。九娃买了后，王泰来让他到会计那儿把账报了。九娃说他已经把账报了，并把50元钱给了王泰来。王泰来对此却没一点印象，就去问出纳，出纳说九娃确实报了。此后，王泰来为这50元钱而卷入到了一个麻烦的政治纠纷中，使给他借了钱的地主分子王玉祥多次遭到批斗，九娃也伺机篡夺了王泰来的队长位子。王泰来失去队长位子后，他的威信却没倒，而是继续带领着男女社员去开镰割麦！

小说中的王泰来队长一方面对自己插进的这一宗说不清、判不断的是非很愤怒，所以他坚决要弄清九娃说他把钱已给自己但自己并未见钱的事情，以给自己正名。他相信政府和法律。但公社刘书记派遣的宣传队员老胡在受理了他和九娃的案件后，并没有使矛盾化解。因为老胡是个没主见、没判断力、没执政能力的人。当王泰来向老胡讨主意时，老胡却说按葛队长说的办法解决。葛队长是宣传队的队长，他插手王泰来和九娃的案件后，不仅没有解决问题，反而对关心庄稼旱情因而借钱给王泰来，并让他去买水泵配件以缓解越来越严重的旱情的地主分子王玉祥上纲上线，接连在晚上召开党员大会批斗王玉祥，第二天早上又召开团员大会，晌午召开贫下中农大会批斗王玉祥，给他定的罪名是他用金钱来分裂贫下中农。葛队长要求王泰来和九娃团结起来，揭穿王玉祥这个阶级敌人的阴谋。在第四次批斗会上，葛队长继续给王玉祥戴高帽，说他是狐狸给鸡骚情！是鳄鱼的眼泪！是腊月的大葱——皮干叶枯心不死！又暗示九娃批斗王玉祥。葛队长还利用县上转来的反映老胡和地主分子王玉祥穿连裆裤的所谓群众来信，要把老胡调出小王村！这里所说的群众自然是九娃。

九娃是一个具有恶劣人品的人，他在合作社时期，当的是队上的首任会计，因贪污而被法院判刑，但在王泰来和主任王玉祥的求情下，法院免除了对他的处罚。在"四清"运动中，九娃扳倒了王玉祥，但他却没捞上干部；后来，他靠造反当上了小王村的队长，但他却把队里弄得一塌糊涂。所以，他讹掉王泰来那50元钱是由他的人品决定的。后来，他看贫下中农之间的矛盾越来越尖锐，事情越闹越大，他的心里才难受起来，于是要给王泰来那50元钱，但王泰来却宣布不要这笔钱了，骂道权当是给鬼烧了阴纸了，并宣布辞职。九娃主动还钱的目的是他想上台，但多数人却不给他举拳头，使他的梦想落空了。在这种情况下，葛队长便让九娃拿出25块钱给王泰来，王泰来却把钱打到了九娃的嘴脸上，使他很狼狈！后来，王泰来又让老婆把钱拾起来交给了葛队长。这些都显示了王泰来由愤怒到气性越来越大的心路发展历程。

另一方面，王泰来在愤怒到气性越来越大的情况下，在九娃终于代替他而当了队长的情况下，他继续关心着收麦，下令让男女社员到南坡去开镰割麦。男女社员于是拿上镰刀去割麦了。社员们之所以听他的命令，从小说前边写的一些话可以得到原因，那就是他让九娃买回胶皮水管后，水泵修好了，小王村的麦苗被齐齐浇灌了，过了七八天，麦苗的枯黄色完全褪掉了。新的希望把小王村社员的懊丧和失望赶走了，社员们于是出工早了，劳动效率高了，打架闹仗的事也少了。人们对王泰来队长也表示出了尊重和信赖。

《乡村》后来和陈忠实的另外18个短篇小说一起，以《乡村》为名结集后由陕西人民出版社出版。集子里面收录的《铁锁》写于1975年，其他小说都是陈忠实在1979至1981年间创作的。陈忠实说："学习创作的初始阶段，我以短篇小说为主，集中精力探索短篇小说的各种结构形式；到1981年编辑出版头一本短篇集《乡村》以后，我就转入以中篇小说这种形式的探索和实践了；到1988年初，写过九部中篇小说之后便动手写平生的第一部长篇小说，直到1992年初完成。"[1]可见，小说集《乡村》既总结了陈忠实对短篇小说结构形式的探索经验，也是他由短篇创作转入中篇创作的过渡。2003年12月14日，他在给即将出版的《原下的日子》所写的后记里写道："要写这篇后记的时候，突然意识到，在已经出过的大约三十种书籍中，我只给自己的一本书写过千把字的后记，就是我平生出版的第一本书，短篇小说集《乡村》。第一本书的出版在我创作历程中的感动，都留在那千把字的文字中了。"[2]

附《乡村》的故事情节：

每年春天，小王村的几个老汉劝着人上台当干部。50岁的王泰来被劝

---

[1] 陈忠实：《陈忠实中篇小说选萃》，西安出版社，1993年版，自序。

[2] 陈忠实：《〈原下的日子〉后记》，见《陈忠实文集》（第7卷），人民文学出版社，2015年版，第476页。

着当了队长。王泰来当了队长后却插进了一宗说不清、判不断的是非里。原因是两口机井的水泵接上电源后不转动。王泰来到戴着地主分子帽子的王玉祥那里借了50块钱，然后派九娃去买胶皮水管。后来，王泰来让九娃到会计那儿把买水管子的账报了。九娃说："买胶皮管的钱，我报了，已经给了你嘛！"王泰来问："你啥时候给我还的？""队上一直没钱，你啥时候报销账单的？"九娃说，"上月有一笔收入。国家给穷队退了一笔农业税！我听出纳说的。"出纳员说九娃确实报了。王泰来相信政府和法律，让九娃上公社。

这时，公社刘书记和县上派的宣传队员老胡来了。刘书记让老胡受理王泰来和九娃的案件。

合作社时期，九娃当了首任会计，却因贪污被揭发，法院要判刑，王泰来和主任王玉祥说服了法院，使九娃免了处罚。"四清"运动中，九娃搬倒了王玉祥，他却没捞上干部，后来他靠造反当上了小王村的队长，把队里弄得一塌糊涂。现在他又为50块钱张开了阴险的口袋。

后来，驻村的老胡和宣传队的葛队长找王泰来，葛队长问50块钱是借谁的？王泰来说是借王玉祥的。老葛问王玉祥是个什么人？王泰来的舌头根僵硬了。葛队长说晚上召开党员大会，明早召开团员大会，明天晌午召开贫下中农会。在三个会上，葛队长认为地主分子王玉祥用金钱来分裂贫下中农，王泰来和九娃应该团结起来，揭穿敌人的阴谋。王泰来说是九娃讹他的钱，与王玉祥有个屁事？

王泰来随后问老胡事情咋弄？老胡说按葛队长说的办法解决问题。但很快，葛队长接到从县上转来的一封群众来信，说老胡和地主分子穿连裆裤。葛队长然后把老胡调出了小王村！王泰来也想到那个群众是谁了。

斗争地主分子王玉祥的大会召开了，葛队长让王泰来发言。王泰来说他借了王玉祥50块钱让九娃买水管，就这事！葛队长问王玉祥为什么要给王泰来钱呢？王玉祥说："我看泰来借得急，天旱……"葛队长说王玉祥是狐狸给鸡骚情！是鳄鱼的眼泪！是腊月的大葱——皮干叶枯心不死！然后暗示九娃说话，九娃说：王玉祥是敌人。王泰来骂起了九娃。九娃说："看到咱贫下中农之间闹矛盾，我心里很难受！……我给泰来队长50块钱，啥话不说了！"王泰来把钱装进口袋后说："把问题搞清，谁讹谁的钱？该谁往外掏，谁就往外掏！……我宣布不要50块钱了！权当……权当给鬼烧了阴纸了……"会场静默。王泰来说："我宣布辞职！"说罢，走出会场。

九娃想上台，多数人不举拳头。支书为了防止九娃一伙上台，采取了轮流执政的办法。葛队长来找王泰来，说麦子黄了，王泰来不能躺下。葛队长让九娃拿25块钱给王泰来，王泰来接了，骂道，"我宁可一个人活在世上，绝不跟你龟孙团结！"说着，把五张人民币抽打到九娃的嘴脸上，吼叫一声："滚！"九娃跑出去了。葛队长气得脸色发白。王泰来叫老婆把钱拾净，交给葛队长。王泰来眼前一黑，什么也看不见了……医生和护士告知他患了急性青光眼。手术后的第七天，他才能看见。傍晚，小王村的泰安老汉，会计勤娃，妇女队长麦叶来看他。泰安摸出大家自动筹集起来的钱，送给王泰来。王泰来哭起来。饲养场的院子里，葛队长宣布队长由九娃担任。王泰来这时正从村巷里走过来，说："这儿还有50块！谁爱钱，谁来拿！"老葛想问王泰来票子怎么回事，但王泰来已经离开了。社员们追上他，问起他的眼睛。他说：乡亲们，我又不是给儿子娶媳妇，用不着送礼啊！钱我绝对不能收，今后晌，男女社员到南坡，开镰割麦！

1981年1月11日草，2月改于灞桥

三、"南村纪事之一"《正气篇》：讲述了一位浑身充满正气的农村基层干部催缴前任欠粮欠款的故事

短篇小说"南村纪事之一"《正气篇》写成于1981年，刊发在《北京文学》1981年第10期。

小说写南村新任队长南恒催收欠队里粮食最多、钱最多的前任队长南志贤的账，但南志贤却拒绝还粮还钱。南恒于是和两个副队长去南志贤家揭瓦拆房，逼迫南志贤同意还粮还钱。

小说共六部分，塑造的人物群像各有特征。南恒身材瘦小，戴副眼镜，是个木匠。当他被选为队长后要面对南村这个烂摊子，社员们对他拭目以待，不知道他是不是前任队长南志贤的对手？南恒说话斩钉截铁，临阵不乱，当着全体社

员的面宣布：五天之内，欠粮欠钱的社员交出归还计划；十天之内，归还欠款的百分之十。如若两样做不到，揭瓦拆房。对于南恒采取的这些措施，南恒的父亲极力反对，骂南恒没良心，因为南志贤有恩于他，他是南志贤的母亲奶大的。南恒的媳妇也反对，她主张把南恒分出家去。南恒面对的最大对手是南志贤，五天到了后，只有两户到队委会述说无力还粮还钱的理由，南志贤却无动于衷。到第十一天，南志贤还是没交还粮、还钱计划，也没还欠款的百分之十。在这种情况下，南恒和南盛茂、南尚杰商量对策，决定由南尚杰一人去和南志贤和谈，先礼后兵。谈判无果后，南恒准备去揭南志贤房子的瓦，他父亲坚决不让他去南志贤家，他媳妇却在怀里揣着菜刀要去帮他，他挡住了媳妇。南恒先叫了南盛茂，然后去南尚杰家。南恒上房后，面对南志贤女人张水花的大骂不止，不动声色。南志贤提着刀踏着梯子向房上爬时，南恒更是视死如归。好在南志贤被几个老汉拉住，爬不上房。当南志贤的黑高参南玉加站出来骂南恒时，当南志贤的堂兄南志德鼓动南志贤上房时，当与南志贤争权夺利的死对头南红卫站出来骂南恒时，南恒镇静自若地从梯子上下来，让拉着南志贤的人放开南志贤。南志贤向南恒抡起斧头，南恒却乘机夺下了斧头。张水花"扑通"一声跪在南恒面前。南恒让南志贤把吃到肚子里的黑食吐出来。最终，南恒以自己的凛然正气迫使嚣跋扈的南志贤答应还钱。

南志贤以前是队领导，除了从队里借走1200元不还，还借走1500斤粮食不还，没打欠条的东西更是多得难以数计。开会时，南志贤抽着黑色卷烟，对南恒宣布的规定表现出的是嘲笑。散会后，南志贤叼着烟卷朝门口走去，南盛茂让他不要走，他说去尿尿。南恒让他尿完对本制度表态，他说咋定咋办，大家能执行，他也能执行。南恒说：你是借粮借钱大户，本制度从你做起。南志贤狠声说了句："你等着！"然后闪出了门。但在规定的时间内，南志贤却不交计划不还钱，很多人看他这样，也不交计划不还钱。南尚杰和南志贤谈判时，南志贤说他看谁敢上他家房揭瓦？敢上房揭瓦的人在南村还没出生哩！南恒揭南志贤家房子上的瓦时，他提着斧头要砍南恒。南恒夺下斧头后，南盛茂要用绳子绑了南志贤。南志贤说拆民房是违法行为。南恒却针锋相对，说南志贤侵吞社员的血汗更为法律不容。南志贤说他有借粮借钱的借条，欠账不犯法。南恒说南志贤把南村快吸干了，没打借条的东西太多了。最终，南志贤理屈词穷，软了，嘟囔着说他交款。然后在婆娘的推搡下，退场了。

副队长南盛茂单身，容易激动。在揭南志贤家房子的瓦时，他先去饲养室拿来梯子，后和南恒上房。上去后，南恒揭下一页瓦，他却揭起了一摞。南恒怕他控制不住愤怒，向张水花撂去一页瓦，就把他支到远一点的地方去。当南志贤提着斧头要拼命时，南恒让南盛茂跟着自己下去，提醒他要冷静，不准动手。南盛茂下去后要用绳子绑了南志贤，南恒阻止了他，使激化的矛盾、一触即发的打斗没有发生。

副队长南尚杰已经结婚，被媳妇管着，是个遇事冷静的人。他婆娘和他骂仗，不让他和南志贤较量。他表面退缩了，但最后还是去了南志贤家。到了后，他守在梯子跟前，当张水花要夺梯子时，他把梯子放平在地上，然后用150斤重的身子压着。当南志贤突然提着斧头怒气冲冲地奔过来后，他立即跑了。

总之，小说里出现的多个人物形象都有自己的鲜明特点，个个都栩栩如生，给人们留下了深刻的印象；事情的发生过程画面感很强，体现了真实的生活场景。

附《正气篇》的故事情节：

南村生产队在饲养室召开全队社员大会，新任队长南恒宣布了两笔账。饲养室大炕上、槽帮上、楼口、空地上、木梯上、铡墩上、水缸沿上，一切能站、能坐的地方都被男男女女的社员占满了。众人听了两笔账，因为之前骂过，损过，现在无人感兴趣了。南恒身材瘦小，戴副眼镜，要收拾南村这个烂摊子，不知是不是前任队长南志贤的对手？南志贤抽着黑色卷烟，对南恒两次提到自己的大名不动声色。副队长南盛茂很气愤，南尚杰很冷静。南恒宣布五天内欠钱欠粮的社员拿出归还计划，十天内归还百分之十的欠款。人们不约而同地看着"两欠"大户南志贤。南志贤表现出的是嘲笑。南恒又宣布，如果十天内，无正当理由不交款，揭瓦拆房。南志贤叼着烟卷朝门口走去，南盛茂让他不要走，他说去尿尿。南恒让他尿完对本制度表态，他说咋定咋办，大家能执行，他也能执行。南恒说：你是借粮借钱大户，本制度从你做起。南志贤狠声说："你等着！"然后闪出了门。

南恒回家后，父亲骂他没良心。原来，南恒出生后第三天，他母亲得了产后风死了，南恒就被南志贤母亲抱去奶着，因为她的十个月大的女儿天折了。南志贤是南恒的奶哥。南恒给父亲说他会过年时提上礼品去看南志贤的。南恒父亲说你前脚走，他会立即把你的礼品撂出来。南恒父亲让南恒背上木匠工具箱外出找活干去，并说把他分开了，他就不落南恒被人骂的名声了。南恒同意分家。这时他媳妇出来说要分就把南恒分出去。南恒怕和媳妇吵架，就出了屋。

南恒在村里走着。南恒35岁，上高中时成绩很好，却遇上"文革"爆发，上大学的理想破灭。回家后，娶妻生子，过着乏味单调的生活。他有木匠手艺，经常给人们去做家具。由于他经常走村串户，觉得一个生产队的好坏，全在队长。南村却没有出下一个好队长。每任队长上来，给自己捞足了油水再下去。南志贤十年里三上三下，从队里借走1200元不还，借走1500斤粮食不还，没打欠条的东西就多得难以数计了。公社给南村派来一位干部，让他组织社员民主选举队长，南恒被选上了。南盛茂、南尚杰被选上了副队长。那干部对南恒寄予期望，和他谈了话。南恒走着路时，南盛茂、南尚杰都来到他身边。南盛茂单身，南尚杰已经结婚，被媳妇管着。他们给南恒都各给了一个馒头。

五天到了后，只有两户到队委会述说无力还粮还钱的理由。南志贤照样无动于衷。南恒和南志贤在村里相遇，已经不像之前那样亲热地打招呼，而是互不理睬。几个老人向南恒表示着担心，害怕再没人交计划或还钱。南恒笑笑走开。南恒找到南盛茂、南尚杰，商量对策。最后，南尚杰一人去和南志贤和谈，先礼后兵。

南尚杰与南志贤谈崩。南志贤说看谁敢上他家房揭瓦？敢上房揭瓦的人在南村还没出生哩！南恒准备去揭南志贤房子的瓦，他让父亲不要去南志贤家。父亲说他不去，他等南志贤把南恒打死了去收尸。南恒媳妇怀里揣着菜刀要去帮南恒，南恒挡住了她，让她也不要去南志贤家。南恒先叫了南盛茂，然后去南尚杰家。南尚杰正和婆娘骂仗，婆娘不让他和南志贤较量。南恒也不让南尚杰去了，然后和南盛茂向南志贤家走去。半路上，南尚杰还是来了，三个人就去了南志贤家。村里几百人都出来看着他们。

南恒让南盛茂去饲养室拿来梯子，又让南尚杰守在梯子跟前，他和南盛茂上房。两人上去后，南恒揭下一页瓦，南盛茂揭起了一摞。南志贤女人张水花在下面大骂不止。南恒不动声色。他怕南盛茂控制不住，撂下一页瓦打了张水花，就把他支到远一点的地方去。张水花要夺南尚杰的梯子，南尚杰早把梯子平放在地上，用150斤重的身子压着。南志贤突然提着斧头怒气冲冲地奔过来，南尚杰一看，立即跑了。

南志贤搭好梯子向房上爬着，被几个老汉拉住爬不上去。南志贤的黑高参南玉加站出来骂南恒他们，南志贤的堂兄南志德鼓动南志贤上房。南盛茂建议南恒下房，南恒说还有一个人没露面，没亮相哩！果然，一会，和南志贤争权夺利的死对头南红卫站出来骂南恒了。南恒给南盛茂说他下去，南盛茂也说他跟着下去。南恒叮嘱他要冷静，不准动手。南恒下来后，让拉着南志贤的人放开南志贤。南恒让南盛茂把手里拿着的瓦扔了。南志贤看南恒向自己走来，向他抡起斧头。人群发出一阵惊呼。南恒却乘机用他做木工练出的强有力的右手夺下斧头。人们喊着绑了南志贤。张水花扑通一声跪在南恒面前。南恒让拿了绳子的不要绑南志贤。南志贤问南恒想干啥？南恒说想让他把吃到肚子里的黑食吐出来。南志贤说拆民房是违法行为。南恒说侵吞社员血汗法律中哪一条允许了？南志贤说他有借条，欠账不犯法。南恒说你把南村快吸干了，没打借条的东西太多了。张水花扑上来向南恒说她交还粮还款计划，交百分之十的借款。南盛茂让南志贤表态，南志贤软了，嘟囔着说他交款。

南恒说，当着全队人的面，我承诺，你按本制度执行，交来计划和还款，我给你再把瓦盖好！南志贤第一次在南村遇到对手，他最终在婆娘的推搡下，退场了。

四、"南村纪事之二"《征服》：把农村改革的现实和过去运动中的钩心斗角相结合，塑造了两个性格鲜明的人物形象

短篇小说"南村纪事之二"《征服》写成于1981年，发表在《奔流》1982年第1期。

小说写南葫芦逮住了溜进菜园偷葱的南红卫，押到队长南恒跟前后，南恒却跟南葫芦说南红卫拔葱是他派去的。南葫芦说拔下那么大一堆葱，损失谁负责？南恒说自己赔偿。南红卫回家后，又返回南恒家，问南恒为啥要包庇他？为啥不整他？南恒说了原因。最后，南红卫同意了加入振兴村子的阵营中。

小说中，南红卫确实是在偷葱，但队长南恒没有处理他，反而为他开脱罪责。南恒给南红卫说了这几个原因：第一，他当队长了，但不想整任何人，只想把南村的事办好。第二，他想拉南红卫进队委会，既然想用他，就得给他护着点面皮，要是把他的面皮扒光了，就不好用了。第三，他认为南红卫有文化，有本事，对南村队里有用处：南红卫当过几年队干部，虽然使队里烂了，穷了，他有责任，但也有社会原因；南红卫有几件事办得好，比如办秦川牛场、办砖场、想种植药材……虽然没办成，原因是刚开办时，上头精神就变，就批判……除了社会上的歪风之外，不成事的关键，是南红卫只依靠了自己的一股势力，而把另外几股势力当了敌人。第四，他认为斗了十几年了，斗得大家碗里一天比一天稀，南村的能人都把本事花到钩心斗角上去了，力气空耗了，不能再斗了。南红卫听了很感动，加入了发展南村的行列。

小说塑造的南恒有几个特点：

第一，南恒是一位公而无私、不徇私情、正直正义之人。南恒面对生产队一贫如洗的状况，面对以自己堂哥南志贤为首的欠债大户拒绝还款、挪公为私的状况，他与两位副队长协商对策与制度，并大胆执行制度，在刀斧反抗中制服了南志贤为首的几股势力，以正义的力量压倒了邪恶的势力。他奶哥南志贤当干部时，连挪带借，欠了队里一千多块钱，自己却盖新房，买缝纫机，使该分钱的社员，年年不能得款。南恒刚一上台，就把南志贤整惨了，南恒因此落下了黑脸包公等不少好名声。

第二，南恒是一位心胸开阔、气度大、责任心强、待人真诚、对过去的反思深刻准确的人。南红卫偷了葱，本应该受处罚，但南恒却跟南葫芦说南红卫拔葱是他派去的，并把损失揽到自己身上，他主要是看在南红卫对发展南村而言是个有用之人，说明他心胸开阔、气度大，面对损害他的人，他能立即想到村子的未来发展需要南红卫这样的能人、有本事之人，而不能把他疏离不用，这是他责任心强的表现；他对队里烂了、穷了的原因分析很准确，认为既有干部的原因，即他们只依靠自己的一股势力，而把另外几股势力当了敌人；也有社会原因，即上头的精神变化无常，批判频繁，内斗持续了十几年，使大家的碗里一天比一天稀，使大家的力气空耗了。

第三，南恒志向远大而且切合南村实际。他准备重办秦川牛繁殖场，这是他在已有经验的基础上做出的决定，为此，他让南红卫到县里举办的物资交流会上物色几头纯种秦川牛回来。南红卫说："那没问题！"他们两人敞开心扉的谈话，最终化解了过去运动产生的积怨和矛盾，决心一起要为振兴家乡出力流汗。

南红卫的形象也很鲜明。首先，南红卫在过去的政治运动中满嘴革命名词，热衷于造反，批斗人。他高中毕业后，没考上大学，就是考上了，政审也不会通过，因为他爸是"四不清下台干部"。他为了出心中恶气，就给南恒他二爸头上糊高帽，胸膛上挂白牌。还给养了两窝蜂的南葫芦戴高帽，说他酿的蜂蜜是资本主义毒水，然后一把火把蜂烧了；另外，他还把南葫芦在自留地种的二分葱也拔了个精光。

其次，南红卫孤傲自负，时刻和新上台的南恒队长作对。南恒上台后，他在街道里撂话：哈呀！听说山西那位大哥从国务院回家了，副总理的位置空着哩，等咱南村的劳模去坐哩！南村出了真龙天子了，等着过好日子吧！他劳动时，也给他们那一派人撇腔，给南恒难看。南恒上台后，他想南恒会给他二爸报仇的，所以他的警惕性提高了。南恒求贤若渴，几次想和他谈谈心，都被他拒绝了：南恒去他家想扯扯，他说没空儿；南恒在村口碰见他，想让他给队里搞副业，他说他干不了，然后扬长而去；南恒想让他去小学教书，他说不去！并反问南恒："想把我赶出南村，给你拔了眼中钉？"

最后，南红卫仇视南恒，所以去偷南恒承包的大葱，被南葫芦逮住后，他一副死猪不怕开水烫的样子，既没有求饶，也没有一点悔恨的意思。但南恒却以是自己派他去拔葱的理由，没有追究惩罚他。南红卫就是这么一个孤傲自赏、桀骜不驯、心胸狭窄的人，但南恒还是念在他有文化、有本事的份上，重用他，最终感动了他，使他愿意为村子的发展做贡献。

附《征服》的故事情节：

夜已深，南葫芦逮住了溜进菜园偷葱的南红卫。

南红卫高中毕业，在南村扯旗造反，给南恒他二爸头上糊高帽，胸膛上挂白牌；南葫芦养了两窝蜂，南红卫说蜂酿的是资本主义毒水，一把火，把蜂烧了；南葫芦在自留地种的二分葱也被他拔了。

南红卫满嘴革命名词，黑夜却做贼！南葫芦呵斥道："走！见队长！"南红卫没有求饶，照直走了。他对自己偷葱的行为没有一点悔恨的意思，他想罚款就罚吧！南恒队长是他的对头，甭梦想他宽大处理。

"文革"中，南红卫整了南恒的二爸；"四清"运动中，南恒二爸又把南红卫的父亲整得很惨。当时，南红卫正好高中毕业，没考上大学，就是考上了，政审也不会通过，因为他爸是"四不清下台干部"。

南恒上台后，南红卫想南恒肯定会给他二爸报仇。但他没想到，南恒却来他家想和他扯扯。他说没空儿！后来，南恒在村口碰见他，希望他给队里搞副业。他说他干不了，然后扬长而去。接着，南恒又让他去小学教书，他却说："我不去！想把我赶出南村，给你拔了眼中钉？"

南红卫和南葫芦到南恒家后，南恒听明白南红卫偷了他承包的大葱，就给南葫芦说："红卫是我派去拔葱的。我想试一试，看你到底负责任不负责任。你没有睡大觉！可见联产计酬就是好，人人都关心集体收益啰……"南葫芦完全泄了气，懊丧地要走，他说："就算是试验我吧，拔下那么大一堆葱，损失谁负责？"南恒说："那当然是我嘛！我派人去拔的，造成的损失，自然由我赔偿嘛！"南红卫转过脸来了，低着头，发出两声含混不清的尴尬的笑声。南恒说："睡觉吧！"南红卫于是回家去了。

南恒睡了后，南红卫又来了，他问南恒："你为啥要包庇我呢？你为啥不整我呢？这是最理想的时机。"南恒说："我不想整任何人。我今年当队长，能不能把南村的事办好，是另一回事。本人心里有一条老主意：不整人！"南红卫说："你刚一上台，把你奶哥南志贤整惨了。你在这件事上，落下不少好名声，黑脸包公……对我，怎样这么客气？"南恒说："对他，应该那样；对你，应该这样。南志贤当干部，连挪带借，欠队里一千多块，自己盖新房，买缝纫机，人家该分钱的社员，年年不能得款，我是逼得没办法了！你呢？说实话，我想拉你进队委会，我找你谈了……既是想用你，就得给你护着点面皮。要是把你的面皮扒光了，就不好用了。"南红卫说："你为什么一定要把我拉进你的班子呢？"南恒说："你有文化，有本事，对南村队里有用处。你当干部那几年，队里烂了、穷了，有你的责任，也有当时社会的原因。我想过了，你有几件事办得好，比如办秦川牛场、办砖场、想种植药材……"南红卫说："连一样事也没办成。"南恒说："不成事的原因是，刚开办，上头精神就变，就批判……除了社会上的歪风之外，你不成事的关键，就在你只依靠你的那一股势力，把另外几股势力当敌人。"南红卫说："那几股势力，不管我办的是好事瞎事，一股脑反对，宁可车翻，也不想叫我驾辕。"南恒说："说句不客气的话——你现在对我，也用的是别人对付你的办法。宁可南村继续烂下去，穷下去，也不能容忍我南恒当队长！我上台半年来，你给我摆下的，就是这样一副架势。"南红卫说："是这样，我都承认了。我今黑来找你，就是想听你说句实话。"南恒说："你问我为啥不整你，就是这原因。斗了十几年了，斗得大家碗里一天比一天稀，还有啥意思嘛！"南红卫说："南村不是没能人！能人都把本事花到钩心斗角上去了，力气空耗了。我算一个！"南恒说："这才是一句实扎扎的话。"南红卫说："我睡不着。你包庇我，比罚我更叫人羞愧。我找你，就是想说这句话……"南恒说："我准备重办秦川牛繁殖场，这是独门生意。你过去没办成，现在是成事的时候了。你准备一下，县里物资交流会就要开了，你去给咱物色几头纯种秦川牛回来。"南红卫说："那没问题！"南恒说："咱俩可要共事了……"南红卫说："要共事就共到底……"

五、"南村纪事之三"《丁字路口》：再次表现了陈忠实恋乡恋土的浓厚情结，其人物遭遇的爱情是倒追式爱情

短篇小说"南村纪事之三"《丁字路口》写成于1981年，发表在《奔流》1982年第12期。

小说写南小强和娟娟一起上高中，高考结束后，他们接到了不予录取的通

知。南小强打算第二年重考。但南村实行土地承包了，南小强便不打算重考了，他要投入到村里的积肥热潮中。娟娟跟着当校长的爸爸在西安补习功课，获知南小强要背着背篓拣羊粪的决定后，也不想考学了，她想跟着南小强去拣羊粪粒。她爸同意了，她妈却阻挡着她。冬天，娟娟准备和南小强结婚。她爸很开明，但她妈说啥也不同意。但娟娟和南小强最终还是结婚了。娟娟和母亲断绝了关系。南村翻身后，南小强开上汽车了，他的丈母娘也把气消了。

本小说是陈忠实的创作理念再次回到恋乡恋土情结上的产物，南小强和娟娟都不想通过知识来改变命运，于是都放弃了高考，他们的执念是坚决参加南村开展的拣粪积肥活动，过所谓的真正贴近自己心灵的生活。这不能不说是陈忠实的生活价值观念的体现。陈忠实认为乡村生活最能贴近人的内心，最能让人感受到中华文明的根，于是他在表现南小强和娟娟坚决要扎根农村的决心时，说南小强放弃高考的主要原因是因为南村选举了南恒为新队长。

南村的前任队长是南恒的奶哥，他侵吞了集体财产，南恒为了收回财产和他哥闹翻了。南恒上任后发动了一场积肥运动，吸引得南小强和娟娟都去拣拾羊粪。当然，南小强是希望娟娟考上大学的。但在丁字路口，娟娟却说她已经烦透了补课的事情，她看到好多人都到她爸的学校去补课，就想难道他们都是为了四化而学习吗？不见得呢！他们不过是想谋一个好饭碗而已！她也想抢一个好饭碗，但她有些乏味了。南小强讲了自己要跟南恒创业的事情后，娟娟听罢都哭了。南小强一看，就说两人今后通过拣粪来创造自己的新生活的话，娟娟补充说还要创造两人的爱情！在这里，陈忠实也把自己写爱情的旧模式搬了出来，就是让娟娟倒追南小强。实际上，娟娟放弃高考补习，表面上是要和南小强通过拣拾羊粪来创造新生活，本质上却是为了倒追南小强。最终她和南小强结婚了。

娟娟的爸爸是西安一中学的校长，他对女儿的所有抉择都很开明，都很支持，只有娟娟的妈妈不同意娟娟去拣拾羊粪，去和南小强恋爱、结婚，她虽然先是抱住娟娟哭，后是要落崖呀、跳井呀……但娟娟还是领了结婚证，然后在没举行啥仪式的情况下，就住到了南小强的屋里。娟娟母亲自然和娟娟断绝了关系。陈忠实为了体现娟娟母亲不是一个固执地阻挡女儿婚姻自由的人，在小说最后，写了她和娟娟的和解，以及对女婿南小强的特别心疼。总体上看，本小说更像是陈忠实创作理念的一个反弹或倒退。

附《丁字路口》的故事情节：

我乘队里南小强开的卡车进城办事。南小强出村时，他媳妇娟娟目送着汽车出村。

南小强和媳妇南娟娟有一段不平常的恋爱。

冬天的傍晚，在丁字路口，南小强望见娟娟骑着自行车过来了。他们在桑园镇中学读了三年初中，又读了两年高中。娟娟敬慕南小强，相信他肯定能考上大学。但高考结束后，他们却接到了不予录取的通知。娟娟鼓励南小强明年再考。南小强于是钻在小厦屋里去复习了。

秋后，南村选南恒为新队长。前任队长是南恒的奶哥，南恒为收回他哥侵吞的集体财产，和他哥闹翻了。土地承包了，大锅饭停伙了。南小强把书籍和演算纸收拢到一堆，投入到了新队长发动的积肥热潮中。

娟娟跟着当校长的爸爸，在西安补习功课。而南小强却背着背篓拣羊粪。娟娟叫南小强找辆车把背篓拉回去。南小强便去娟娟家拉车子。娟娟的母亲白白胖胖，比乡村一般妇人显得富态多了，她对于女儿和穿戴很破旧的南小强打交道，难以理解。娟娟爸爸将架子车拉出来，交给南小强。南小强接过架子车，向校长和娟娟告别了。第二天一早，南小强把架子车推进娟娟家，悄然走出去，上山拣粪去了。娟娟问了南小强很多话，南小强却没问娟娟在西安复课复得怎么样？今年考学把握如何？他想起娟娟给他课桌里放的一包糕点，又想起他们在河堤上的防洪小房里避雨的事情，当时他把小炕上的麦草点燃烤着汗衫，娟娟也脱了短袖衫烤着。她的胸部和腰部优美而线条清晰，使他第一次感到了诱惑。

娟娟在城里住了一年，年节回到乡下。南小强背着满满一背篓羊粪，看见娟娟坐在青石板上，身旁放着昨晚用过的架子车。娟娟等着南小强把背篓放到车子里。她给南小强塞过一只小布包，里面是包子。娟娟问南小强羊粪好拾不，又说她不也想考学了。南小强想自己因为受不住南恒上台后在南村掀起的新气势，所以才放下书本，背起了背篓。可娟娟为什么要放弃继续求学的机会呢？他希望她能考上大学。得好好劝她念书。他于是在丁字路口等娟娟。

　　娟娟来后说她想跟南小强去拣羊粪粒儿，主意都拿定了，她爸也同意了，她妈挡不住她。南小强问她为啥不想考学？娟娟说她烦透了，好多人都到她爸的学校去补课，但他们都是为了四化学习吗？不见得呢。不过是想谋一个好饭碗而已！她也想抢一个好饭碗，但她有些乏味了。南小强没想到学习条件那么好的娟娟竟有这样的逆转。娟娟对南小强说："你说你要跟南恒在南村创业，我听了都哭了。"南小强说："咱们共同来创造自己的生活！新的生活！"娟娟说："你说得不完全……也创造我们的爱情！"

　　南小强扭着方向盘，对我说，他俩在冬天就结婚了。娟娟她爸开明，她妈说啥也不同意。先是哭，后是闹。抱住娟娟哭，落崖呀、跳井呀……后来娟娟跑到他屋，用自行车把他带到公社，领了结婚证。娟娟说：我既不要嫁妆，也不举行啥仪式，就住到恁屋了。娟娟母亲于是和娟娟断绝关系了，不准她登家门。但现在和解了。南小强说，南村翻身了，他也干上驾驶汽车了，丈母娘也消气了，现在很特别心疼他。娟娟母亲给娟娟悄悄说，她要补娟娟的心。

第八章　描写乡镇农村各方面生活的小说

（1981年—1982年）

1981年，陈忠实写成《短篇二题》等小说，因其写了现实中的事情，故在此评述。1982年，写成短篇小说《蚕儿》《初夏时节》《土地——母亲》《霞光灿烂的早晨》《绿地》《田园》《珍珠》《铁锁》，以及中篇小说《康家小院》。除了《康家小院》的主题较为特殊之外，其他小说都描写了乡镇农村的各方面现实生活。

一、《短篇二题》：一题写政府职能部门工作人员吃拿卡要的问题，一题写官场的逢迎巴结风气

《短篇二题》于1981年1月18日写成。

《张文之》写县教育局干部张文之的自行车被图钉扎透了车带，小学教师吴育民给他补好了车带。吴育民民办教师转公办教师时，张文之给经办过，所以吴育民把张文之当恩人对待，叫媳妇桂芳给张文之做了顿饭。张文之走了后，发现自己的围巾落在吴育民家了。他返回取围巾时，听到吴育民和桂芳正在骂着他当年在吴育民转正时吃拿卡要、收受贿赂的事情。他一下子气得浑身打战，骑上车子走了。

小说的篇幅不长，前面的事情和后面的事情形成强烈的反差，一个是当面感谢，一个是背后揭贪，显示了县教育局干部张文之的真实面目，原来他是一个贪得无厌、腐败透顶的人。吴育民是一个小学老师，应该知道张文之当年把自己转

正的事情卡了三年，但他最终在给张文之送了他正在骑着的那辆飞鸽自行车后，还是转正了，所以他不再想追忆过往的那些辛酸、可怜，而是在面对张文之时不停地感谢他，在桂芳骂张文之时不停地劝止着她，因为他心里有一个更加害怕的担心，一旦让张文之知道了，自己就是他手里的一个泥丸，他想咋捏就咋捏，想把自己调到多远的地方就能调到多远的地方。但桂芳却不惧怕张文之。她在看到张文之的自行车时，就知道了他就是那个贪官，所以冷冷地只打了声招呼就去做饭了。后来在吴育民重新介绍张文之时，她才多少改变了些态度。当张文之走了后，她终于忍受不住，把张文之吃人不吐骨头的丑恶嘴脸完全暴露了出来。张文之知道自己干过这些事，他不想也不敢进去和她对骂，只是气得浑身打战，骑上车子后觉得自己的小白脸在寒风中都不知道变成了什么颜色。

《见面礼》写"我"陪袁副书记去给新调来的李书记介绍公社里的基本情况，袁滔滔不绝地介绍完后，拍着李书记的马屁，说着前两任的不是，惹得李书记给他说了一些绵里藏针的话。

小说中的袁副书记业务熟悉，给新来的李书记介绍公社里的基本情况时，不看书面材料，滔滔不绝，尤其是他把一些数字也说得很精准。但他又是个不懂得为官之道的人，在新领导面前放肆地拍着马屁，说的话是在之前两任领导跟前说过的话；同时，他又在李书记跟前放肆地说着前两任不念他好的话。李书记很恰当地说了对袁副书记的要求，就是让袁不要为他工作，而是为人民办事，为群众劳神，替社员跑腿。这样，他心里也实在，袁心里也实在。袁终于知道新书记的厉害以及对自己的厌恶了。但他知道覆水难收，说出去的话难以收回了，只能尴尬地发着愣。

附《短篇二题》的故事情节：

《张文之》写县教育局干部张文之骑着自行车时，一颗图钉把车带扎透了。他绝望地搜寻着救星，终于看到远处有个叫吴村的村庄。他想起吴村的吴育民是自己认识的一位小学教师。他来到吴村，刚好遇到吴育民，说了自己遇到的倒霉事。吴育民民办教师转公办教师时，他给经办过，所以把他当恩人对待，热情招待着他，并叫媳妇桂芳赶快做饭，然后拿出补胎的工具补起来。桂芳冷冷地打了声招呼做饭去了。半个小时后，车胎补好了，张文之也吃了一碗面。吴育民又给桂芳介绍了恩人的大恩大德，桂芳的态度发生了一些变化，热情了一些。张文之走时，吴育民给他的自行车后架上放了一捆蒜苗。但张文之骑了一阵车后，发现围巾落在吴育民家了。返回去取时，听到吴育民和桂芳正说着他。桂芳骂他在吴育民转正时吃拿卡要，硬拖了三年才转正，他骑的飞鸽自行车也是他们送的。他一进门，她就认出那自行车是他们送的，自然也认识他是谁。吴育民劝桂芳不要骂了，让他知道了把自己调到偏远地方的学校，就离家更远了，家里的农活也做不上了。张文之气得浑身打战，骑上车子后觉得刚吃下的鸡蛋面也要呕吐出来了，觉得自己这个戴着眼镜的小白脸在寒风中不知道变成了什么颜色。

《见面礼》写我陪袁副书记去给新调来的李书记介绍社里的基本情况，袁副书记滔滔不绝地介绍着，里面有很多数字他都是随口而出，李书记也没有记录这些数字。袁说他盼着李书记的到来，盼着做主心骨。李书记说别这样说，他不是神，他是来和大家一起为群众服务的，工作要靠大家做，靠大家想办法。袁说他是个直杠人，生性难改，前任孙书记不调走，他就要求调走，孙书记对他的付出从来没说过好。我想起，袁在孙书记调来时也说过五年前调走的田书记也不说他好的话。李书记说他还不如孙书记好哩，要求袁不要为他工作，就为人民办事，为群众劳神，替社员跑腿就行了。这样，他心里也实在，袁心里也实在。袁终于停住，显出一缕隐隐的尴尬的神色。我也长长地吁出一口烟气，一下子精神抖擞起来。

二、《蚕儿》：写了两个老师不同的教育观念，以及家长、教育管理部门教育观念的陈旧、保守等

短篇小说《蚕儿》写于1982年1月，刊发在1982年2月4日的《光明日报》。

小说写我养了一堆蚕，老师发现后，用一只大脚踩扁了，还把我的脑袋打了个大疙瘩。没过几天，学校里来了年轻老师蒋玉生，他带领我们打水仗，养蚕。但蚕在他房子养着时，被老鼠偷吃了。他又带领我们养蚕，我们沉浸在喜悦中。第二天，蒋老师说有人把他反映到上级那儿，说他把娃娃惯坏了！他要被调走了！三十多年后，我在一次奖励大会上，意外地见到了蒋老师，他向我讨要我

发表的小说。我却取出三十年前保存的一张丝片，他把丝片接过去，两滴泪滴在上面……

《蚕儿》中的"我"爱养蚕，引发了风葫芦、拴牛的兴趣，但老师却把我的头重重地打了一下，蚕也被他踩死了，说明这个老师的观念存在问题，他不允许学生存在兴趣爱好，只求去学课本上的东西；他狠狠地击打学生，说明了他的野蛮、武断、粗俗，我母亲心疼我挨打，我父亲却说："不打不成才！"这是对过去教育状况的逼真反映。老师吃了我送去的饭，然后让我把一块有碱面团的馍和稀饭中指头大的一个米团带回去，说明他的挑剔和对管饭家长的变相指责。果然，我妈看见馍和米团之后一下子跌落在板凳上，脸色羞愧至极，我父亲也气得脸色铁青。新老师蒋玉生来了后，他关心爱护受伤的我，支持我们养蚕，并帮我们代管蚕。当蚕被老鼠吃了后，他深感自责，告诉学生情况时语气中带着道歉的意味。他领着学生摘桑叶、打水仗，寓教于乐，无比热爱乡村生活，使学生们由衷地喜欢他，爱上他的课。但由于他实施的是快乐教育，发展的是学生的兴趣，他便被村里人看不惯，认为这些新式教法会把学生带坏，上级便把他调走了。三十年后，他在县教育系统奖励优秀中小学教师的大会上出现了，说明他尽管不受家长欢迎，但他还是没放弃教育工作。小说将两个老师截然不同的教育理念、教学方法，甚至为人处世的风格进行了比较，从家长的角度体现了一个令他们畏惧（不是敬畏），一个被他们误解，这也反映了传统教育背景下人们的教育观念的陈旧、保守等。

《蚕儿》又刊《北方人》（悦读）2016年3月第3期、《文苑》（经典美文）2016年第6期、《小学教学研究》2016年第9期、《阅读》2016年第88期、《黄金时代》（学生族）2016年第11期、《小品文选刊》2018年第8期。

附《蚕儿》的故事情节：

我用黑麻纸把一堆蚕籽包起来，装到口袋里，暖着。上课期间，我掏出棉团儿，看见有三四条虫咬透了外壳。风葫芦悄悄凑过来，给我帮忙，拴牛也把头挤过来了……我的头顶挨了重重的一击，教室里立时腾起一片笑声。老师站在我的身后。铁盒和棉团儿都掉在地上了。老师一只大脚踩扁了那只小洋铁盒；又一脚，踩烂了包着蚕籽儿的棉团儿……我立时闭上眼睛，那刚刚出壳的蚕儿啊……放学了。

我回到家里，一进门，妈就喊我去给老师送饭。又轮着我们家管饭了。我没动。妈顺手摸摸我额头上的毛盖儿，看到老师把我头上打了个大疙瘩，都渗出血了，就说："这先生，打娃打得这样狠！"父亲却说："不打不成才！"我给老师送饭后，给他鞠了躬，老师吃完，我收拾罐儿碟儿。老师让我把一块有碱面团的馍和稀饭中指头大的一个米团儿带回去。我立时觉得脸上发烧，这是老师对管饭的家长的指责……我妈看到后，一下子跌落在板凳上，脸色羞愧极了。父亲也气得脸色铁青。

没过几天，学校里来了一位年轻老师蒋玉生，他教一、二年级。我爬上老桑树摘了一抱桑叶，往下溜时，擦出血了。蒋老师给我的脸上涂抹着红墨水一样的东西。我心里有一种异样的温暖。

蒋老师知道我是上树摘桑叶喂蚕儿，就让大家把蚕养在一起，搁到他跟前，课后一起去摘桑叶，并给每个同学一张丝片儿。后晌，蒋老师领着我们去采摘桑叶，还领着我们跳进水里打水仗。一个早晨，蒋老师说："我对不起你们！老鼠……昨晚……偷吃了……蚕！"我急忙给老师说："凤葫芦家多着哪！有好几竹箩！"蒋老师说："不是咱们养的，没意思。"三天之后，有新蚕又出生了，吐出的丝儿被我们压平铺成了一张丝片。蒋老师高兴得按捺不住。第二天，蒋老师却要走了，原来村里人看不惯这个新式先生，把他反映到上级那儿，说他把娃娃惯坏了，整天和娃娃耍闹，会把学生带坏的。我父亲和几个老汉就是这样的人，他们都容忍不了我们喜欢的这位老师！

三十多年后的一个春天，我在县教育系统奖励优秀中小学教师的大会上，意外地握住了蒋老师的手。他的胸前挂着"三十年教龄"纪念章。他向我要我发表过的小说。我却从日记本里给他取出一张丝片来。这张丝片我无论走到天涯海角，都带着。老人把丝片接到手里，看着那一根一缕有条不紊的金黄的丝片，两滴眼泪滴在上面了……

1982年1月于灞桥

三、《初夏时节》：讲述了一个农村老汉对女儿婚事反对的故事

短篇小说《初夏时节》写于1982年1月，刊于1982年2月14日的《陕西日报》。

小说写冯二老汉托付说媒的刘红眼给女儿小莉说媒，不想让小莉和只有两间破房、饭量大得惊人的牛娃相好。刘红眼给小莉在城边菜区瞅下一户人家，但小莉准备和牛娃办喜事，队长冯豹子也支持他们相好。

该小说展现了陕西当时某些地域歧视及生理歧视观念。这个观念借小说人物冯二老汉表达出来，这样的观念出现在陈忠关的很多小说中，包括后来的《白鹿原》中都有表现，所以也反映了他自己在这方面的认知。冯二老汉坚决反对小莉和牛娃来往，因为牛娃太穷了，他认为牛娃这样的人，怎么敢把眼睛瞅到自己的闺女身上呢？他应该像那些有严重政治缺陷（比如成分）、生理缺陷（诸如跛子）的人一样，去山区买个操着外乡口音的人当媳妇。当说媒的刘红眼在城边菜区给小莉瞅下一户人家后，他自己也不敢保证小莉一定会嫁给那户人家，因为他明白小莉和牛娃感情甚笃，所以当冯二老汉问他说得怎么样时，他说只要牛娃同意就行。牛娃自然不会同意，他一直深爱着小莉，所以绝不会让小莉被她爸强行嫁给别人。从现实的角度看，就像冯豹子为牛娃辩护的那样，二老汉和老婆都老了，儿子和媳妇又都在西藏，虽然能给二老汉用钱，但帮不上忙，牛娃和小莉结了亲，不会离开村子，两个老人会得到他们的照顾，不会孤单。但二老汉却担心小莉以后日子过不下去，所以还是不同意她和牛娃相好。他不同意的核心原因就是嫌牛娃穷，所以他托冯豹子警告牛娃甭胡思乱想。当然他也觉得自己的心理负担太重了，别人似乎都比他轻松、少事。所以，小说最后提出他心头的这些负担，究竟有没有必要呢？答案自然是没必要，因为就像冯豹子说的："没房、没钱，穷！可这些东西都能有呀！"意思是牛娃和他一样正在努力地摆脱着贫穷。小说的背景是改革开放初期，说明不管是冯豹子，还是二老汉都已经看到了改革的将来效果，就是人们不再贫穷。但二老汉心里的观念根深蒂固，不是能一下子被去除的。

附《初夏时节》的故事情节：

冯家滩三队鱼池管理人冯二老汉（《第一刀》里已经见过）骂着他的亲

侄儿——年初上任的三队队长冯豹子以及和他共事的一班干部，因为他们给冯二老汉立下一纸合同：联产计酬！合同于是把二老汉紧紧拴捆起来了，他一天三晌在河滩里，挖着割着，忙碌不已。

给二老汉女儿小莉说媒的刘红眼老汉来了，刘红眼说公社成立了婚姻介绍所，约请他去当参谋，他要去上班了。二老汉想刘红眼这样的人物居然要进公社机关上班了。以前，刘红眼一直是个被人嘲笑的角色，跑腿耍嘴说媒，跟吹鼓手划为一等，不能获得人们的尊重。每当村子里来了工作组，他总是躲躲溜溜。二老汉想到这些，心里不舒服，就问：给小莉介绍对象的事怎样了？小莉和牛娃你情我愿，二老汉心里很明白，但他不同意他们好。牛娃穷，只有两间破房，再就是饭量大得惊人，除此，啥也没有。二老汉认为牛娃这样的人，怎么敢把眼睛瞅到自己的闺女身上呢？他应该像那些有严重政治缺陷（比如成分）、生理缺陷（诸如跛子）的人一样，去山区买个操着外乡口音的人当媳妇。

二老汉和刘红眼说着话时，牛娃蹚过河水来到他们跟前，他让二老汉吃洋柿子。二老汉拒绝了。牛娃这才意识到老叔的冷漠，然后把柿子放在一块干净的河石上，转身要走。二老汉抓起柿子，塞进牛娃的竹条笼里，问道："是不是合同要变卦？"牛娃说："没！"然后他才明白二老汉冷淡他的原因，他是怕干部对合同变卦，使自己苦心饲养的鱼儿得不到实惠。

二老汉在一周前听说有人想推翻年初订下的合同。他去问队长冯豹子，冯豹子说无非是个别社员想倒小买卖，他连理睬都没理睬。

二老汉对牛娃和小莉的婚事，他发话办不成，就坚决不能办成。

小莉送来饭后，从牛娃的竹条笼里摸出一个柿子来，笑着咬了一口。小莉舀了面条让牛娃吃面。牛娃却转身走了。小莉说她舀完饭，一块回。牛娃才停住脚，犹豫地回过头来。二老汉想跟牛娃说啥，但最终没说出来。他问小莉听没听见人说闲话？小莉说她听到了，但她不管。二老汉说刘红眼给他在城边菜区瞅下一户人家，并问她为啥给牛娃洗衣裳？小莉说她给砖场几个人都洗过，又不是单给牛娃一个洗。二老汉早就听人说牛娃和小莉在砖场办公室算账，头和头都快碰到一起了。有人说小莉和牛娃已经谈妥，三年要把冯家滩三队搞得翻了身，盖上新房，等冯豹子找下对象，再一起办喜事。

小莉走了后，二老汉赶回村子，走进冯豹子的院子，把小莉和牛娃的事提出来，冯豹子却公开为牛娃辩护："没房、没钱，穷！可这些东西都能有呀！小莉和牛娃……倒是蛮好的。""你和二娘都老了。大哥和大嫂在西藏，虽然能给你用钱，可帮不上忙，小莉和牛娃要是结了亲，不离咱村，你俩老人有个头疼脑热，随叫随到，也不显得孤单……"

二老汉感觉这是实际的，可小莉不能嫁给牛娃。你冯豹子能当一辈子队长吗？眼下的政策，永远不会变化吗？小莉一旦嫁给牛娃，就是一辈子的事！二老汉想，自己早已给小莉设计下一条生活道路：在临近西安城郊的蔬菜专业队里，给她寻一个踏实人家。目下，农村姑娘要找在外工作的对象，太难了。

二老汉给冯豹子说："她日后要是日子过不下去，到我跟前哭哭啼啼，我咋办？"冯豹子说："我们不是正在努力干吗？"二老汉说："你告诉牛娃，甭胡思乱想。"说罢，转身朝他的鱼池走去。他忽然觉得，自己心里的负担太重了，别人似乎都比他轻松、少事。他心头的这些负担，究竟有没有必要呢？

1982年1月于灞桥

四、《土地——母亲》：表现了人物对于土地的深厚情结，也反映了陈忠实恋乡恋土的深厚情结

短篇小说《土地——母亲》写于1982年1月，刊于《雨花》1982年第7期。

小说写县委副书记杨生金的母亲在弥留之际的忏悔和反省。杨生金母亲曾在历次政治运动中给儿子扮演了"为虎作伥"的角色，对此，她的心里痛苦不安，希望儿子能回乡务庄稼。杨生金于是发出了"土地啊，母亲"的慨叹。

显然，陈忠实是想表现杨生金的母亲对于土地的深厚情结。该小说是陈忠实在新时期初期从政治—人性视角进行叙事的又一篇作品。

小说中，县委副书记杨生金对母亲极其孝顺，他经常回来看望母亲，听到母亲的声音，他心里才踏实。他在老宅上盖了三间瓦房，让母亲住，但母亲却住

在老房里，她把他买的吃食给了孙儿或邻居的孩子。他想带母亲去城里看看，她却不去，让刚到县上的他操心公家的工作。当母亲弥留之际，他在她身边陪着，已经三天三夜了。母亲说出她一生中做过的不少错事中的一件时，他也感到很羞愧，那就是他当大队支书后，去天津参观，回来后，组织55岁以上的妇女打篮球，并让60多岁的母亲带头。母亲和九个老婆婆打篮球时，笑得人们前仰后翻。随后，他又让母亲带头和另外三个60多岁的老太太演《四个老婆反击右倾翻案风》的电视节目。母亲对此很是心里不安，想找机会向大家检讨一回。他承认是他的错。他爸当时反对他妈打篮球，也反对他办农业社，但他母亲支持，他于是成了建设社会主义积极分子，进了北京。他大放卫星，虚报小麦可以亩产十万斤，带领男女劳力挖地一米，铺肥三尺，要实现亩产十万斤的目标。他爸质疑他，他母亲却替他说话，使他成了说大话、空话的标兵，并走上县领导的岗位。现在，他很愧疚，他母亲也很愧疚，在她将死之时，她郑重地让他回来务庄稼。他走出屋子，坐在塄坎上，沉思起来。自然，杨生金是不会舍弃官职，回农村务庄稼的。这是陈忠实对土地深厚情结的再次反映。

附《大地——母亲》的故事情节：

母亲躺在炕上，病痛折磨着她。县委副书记杨生金陪在母亲身边，已经三天三夜了。杨生金鬓发已经半白。他经常回来看望母亲，听到母亲的声音，他心里才踏实。他想起母亲在他小时候为他挡一只黄狗的事情，然后给他要了一碗剩饭吃，夜晚，又把他裹在胸前，抵御着寒风。

杨生金在老宅上盖了三间瓦房，让母亲住，但母亲却住在老屋里，她把杨生金买的吃食给了孙儿或邻居的孩子。杨生金想带母亲去城里看看，她却不去，让刚到县上的杨生金操心公家的工作。杨生金由一个农民变成县委副书记后，一个儿子当了工人，一个当了兵，一个女儿当了老师，他的女人也经常来城里，只有母亲却仍住在乡下。

杨生金让母亲说出揪心的话来，母亲说她这一生做过不少错事，其中一件事情让她至死都不得安宁。

杨生金40岁时是大队支书，去天津参观回来后，想把55岁以上的妇女组织起来打篮球，他让60多岁的母亲带头。母亲拗不过他，就带着九个老婆婆上场了，让来队里参观的人笑得前仰后翻。随后，杨生金又让母亲带头演节目，说年轻人演节目不新鲜，电视台、报社都要来报道。母亲和另外三个60多岁的老太太上场了，电视报道的题目是《四个老婆反击右倾翻案风》。

杨生金坐在母亲旁边抽着烟，那时候的光荣现在已经羞于出口。母亲说如果有机会向大家检讨一回，她就心明了。杨生金说过去的事情就不提了，错的是他自己。母亲说她演节目把好人冤枉啦，过不去。她又说起了杨生金他爸。当时，杨生金他爸对他妈打篮球的事情极力反对，杨生金听见他们吵得很激烈。母亲说杨生金父亲是老脑筋、老顽固。办农业社时，杨生金父亲反对，他的媳妇反对，但他母亲支持，他成了建设社会主义积极分子，进了北京，父亲只是埋头干活，不再干涉他的任何举动。当他报下亩产十万斤，放卫星后，动员队里男女劳力，挖地一米，铺肥三尺，连夜苦战。父亲质疑他的做法，但母亲却替他说话，说那是人家催着他往高里报。父亲说他心里没个尺度吗？现在又冒劲上来了，让老太太打篮球。

母亲说他爸一生，不做冒失事情，她死了要去见他了。杨生金说他老想起那些事情，以后不会了。母亲坐起来，让他回来务庄稼。他万万没想到，不知如何回答。母亲让他好好想想，在她断气之前回答她。她说完这又躺下了，她终于把她鲠结在心头的话说出来了，显得很轻松。

他默默地瞧着母亲，心里憋得难受。他让母亲演过不大光彩的节目，给她心理上造成了伤害。他走出屋子，夜很静。小塄下边是父亲的坟墓，再过几年，将被削平，所有的坟丘，最终都归于黄土。母亲也要归于黄土了。他听见父亲在他放卫星时说的"再别糟践土地了"的话，土地啊，母亲！他坐在塄坎上，沉思起来。

五、《霞光灿烂的早晨》：写了人物对过去农业合作化的留恋以及对农村改革的适应，也写了陈忠实自己的矛盾心理

短篇小说《霞光灿烂的早晨》1982年5月15日改定于延安，刊于《北京文学》1982年第8期。

1982年初，陈忠实开始了第二次痛苦的精神剥离，他通过创作小说《霞光灿

烂的早晨》来体现他的剥离，但他仍然未摆脱掉某种习惯性的心理状态、心理怪圈，他说："自我否定的心理又一次严重发生。……这种往往在写成作品后发生的心理逆转，几乎成为一种难以改易的恶性循环……"①

小说写了饲养员恒老八在队里把牲畜包养到户后心情很复杂。队里分牛时，恒老八啥也没抓上，队长也没抓上。但恒老八不怨队长。他喂了整整十九年牲口。现在他要在自家的责任田里劳作了。他铲牲畜圈里的粪土时，一匹红马奔进门来。红马被木匠杨大海抓到了。杨大海拉走了红马。恒老八然后给玉琴家的牛看病，给公社郑书记说心里话。郑书记让他在公社广播站讲讲养牛马的经验。他答应了。他最后也买了牛。

当中共中央颁布以"分田到户"为核心精神的一号文件后，陈忠实被抽调和派驻到渭河边一个人民公社里协助并督促落实中央文件的精神。他在《我的剥离》一文中讲到，他一去，就遇到了"一件铸成我人生刻骨铭心记忆的事"，"一个太大的惊叹号横在我的心里，我现在在渭河边的乡村里早出晚归所做的事，正好和三十年前柳青在终南山下的长安乡村所做的事构成一个反动"。也就是，柳青那时候要干的工作是办合作社，而陈忠实要干的则是解散合作社，实行包产到户。本来他作为一个党的农村基层干部，应该去毫不含糊地执行中央文件的精神，但他作为一个作家，却"感到了沉重，也感到了自我的软弱和轻弱"。他没办法像当时的大多数作家那样去写"既揭露集体化弊端又赞颂责任制"的作品，所以为了贯彻以"分田到户"为核心精神的中共中央一号文件，他便写了《霞光灿烂的早晨》这篇对过去的农业合作化表示留恋的小说。他说，这篇小说是他"唯一一篇直接切入这场重大生活变革（指包产到户，引者注）的小说"。小说"尽管用了一个很阳光的篇名，评家和读者却感知到'一缕隐隐的留恋'。我写一个为生产队抚育了多年牲畜的老饲养员，在分掉牲畜牛去槽空的第一个黎明到来时的心理情感。在当时几乎一哇声地既揭露集体化弊端又赞颂'责任制'的作品中，我写的这个老饲养员恒老八，却流露出一缕留恋的情绪，就引发出不太被在意的侧目"。②

① 陈忠实：《寻找属于自己的句子》，上海文艺出版社，2009年版，第155页。
② 陈忠实：《寻找属于自己的句子》，上海文艺出版社，2009年版，第97页。

小说真实地书写了恒老八在那个历史转折关口的矛盾心理体验。恒老八的心理矛盾是他对队里把牲畜包养到户的事情急忙想不通，因为"瓜菜代"那年，队里牲畜死亡大半，队长就曾私自把牲畜分到社员家保养。但却被上级禁止，叫合槽。从此，恒老八就当了饲养员，喂了整整十九年牲口。而现在土地、牲口都分了，从人们的反映看，连杨云山这样的懒民都像换了个人似的，早早就去自家地里干活了，好像浑身都是劲；一年四季在外面给人盖房、做家具，没有工夫去饲养牲口的木匠杨大海虽然说自己难以服侍高脚货大红马，要是恒老八抓到这红马，那就好哩，但他在听了恒老八说"那……你转让老叔养吧！咋样？"的话后，还是把跑到饲养室的红马拉走了。红马是恒老八用自家的山羊奶喂大的，感情很深。恒老八去公社找郑书记想说说心里的疑惑，但郑书记却让他把喂养牲畜，特别是高脚货（骡马）的经验在公社广播站上给人们讲讲，并付费一小时两块！恒老八答应了。后来，他也意识到庄稼人不养牛，就会没啥抓摸，于是决定买头牛养。说明恒老八已经看到农村改革势不可挡，自己只能顺应改革，而不能质疑改革。

　　小说也写了陈忠实在那个历史转折关口的矛盾心理体验。这种矛盾心理使得陈忠实很痛苦，所以他在剥离时，说自己丝毫不啻于"文革"刚结束即1978年的那次剥离，那次剥离因受当时很多小说还带有革命话语的局限和革命现实主义的叙述辙迹的影响，所以既不深入也不彻底。而这次剥离却"无异于在心理上进行一种剥刮腐肉的手术"，最终，他使自己从长期积淀的政治情结中走了出来，开始走向了广阔的社会视野。[①]他曾自述，小说写成后使他再次产生了像写《信任》时那样的心理怪圈："这种自我否定的心理又一次严重发生。这是1982年春天的事，（《霞光灿烂的早晨》）写成后锁到桌斗里不敢投寄，直到去延安参加纪念《讲话》发表40周年活动，想到可以见到作家朋友邹志安，便带着手稿去了。志安读罢连连说好，似乎也不是虚于应酬的表示，我才壮着胆投寄到杂志，发表后被选刊转载，还有评家评说。这种往往在写成作品后发生的心理逆转，几

① 李遇春：《陈忠实小说创作流变论——寻找属于自己的叙述》，《文学评论》2010年第1期。

乎成为一种难以改易的恶性循环……"①

附《霞光灿烂的早晨》的故事情节:

饲养员恒老八在队里把牲畜包养到户后心情很复杂。恒老八被队长派遣去饲养室看守还没被农户挪走的农具、草料和杂物。他五点就醒了，虽然想继续睡，却怎么也睡不着。他于是想起分牛时的情景，大家在抓盖着队长私人印章、编着号码的纸片时，有人抓到的是空纸，有人抓到了牲畜。恒老八啥也没抓上，但他不怨队长。队长也没抓上。恒老八又想起"瓜菜代"那年，队里牲畜死亡大半，队长私自把牲畜分到社员家保养。上级叫合槽后，大伙一致推选他当饲养员。从此，他喂了整整十九年牲口。现在他却要在自家的责任田里劳作了。

天明后，恒老八看见村里第一号懒民杨云山就像换了个人，早早去自家地里干活了，好像浑身都是劲。恒老八准备回家去给地里上粪。他把被子卷起后，又把牲畜槽里剩下的草扫刷了一遍。然后，他打算把粪土铲出去。刚弯下腰，一匹红马扬着头奔进门来。恒老八盯着红马，红马也看着他。这匹红马是他用自家的山羊奶喂大的。抓到红马的木匠杨大海走进来后说他难以服侍这高脚货。杨大海一年四季在外面给人盖房、做家具，所以他给恒老八说，要是你抓到这红马，那就好哩。你一年四季不出门，又是牲畜通。恒老八开玩笑说："那……你转让老叔养吧！咋样？"大海说："暂时先凑合着。嘿嘿嘿嘿嘿……"然后拉着红马走了。

恒老八回家后，给玉琴家的牛去看病，玉琴愿意用纳的鞋底顶工。玉琴的男人在县供销社工作，她和婆婆拖着俩娃娃，还好强地要养牛。恒老八给牛检查后，让玉琴用烤热的鞋底在牛的肚皮上来回搓揉。玉琴婆婆端着荷包蛋递给他，他没吃。他说，一个老汉吃鸡蛋做啥？让娃娃吃去。玉琴和婆婆说了些感恩戴德的话后，他就走了。

然后，恒老八去公社找郑书记，主要是想和他说说心里话。郑书记说知道恒老八对那些四条腿熬费过心血，有感情。所以他说他在想，杨庄不分牲畜行不行？老八说："已经分了。"郑书记又说，问题是现在好多三十来岁

---

① 陈忠实：《寻找属于自己的句子》，上海文艺出版社，2009年版，第155页。

的年轻社员不会喂牲畜，特别是高脚货（骡马）。所以让恒老八在公社广播站讲讲牛马经。讲一小时两块，按教授级付款！恒老八答应了。

恒老八回到家后给老伴说先用给儿子结婚的钱买牛。现在到处包产到户，牛价月月涨。庄稼人不养牛，抓摸啥呢？一年务育一头牛犊，两年就翻身了。老伴端出一碗荷包蛋说："吃吧！吃得精神大了，再满村跑着去给人家看牛看马……"老八却像小孩一样笑眯了眼睛。

1982年5月15日改定于延安

六、《绿地》：展现了人物多方面的好品质

短篇小说《绿地》1982年6月17日草成、7月10日改定，刊于《延河》1982年第9期，《小说选刊》1982年第11期转载。

小说写一位老年农民给河口公社党委副书记侯志峰反映，他那在本大队小学当民办教师，已有四五年教龄的儿子被村支书的女儿顶替了。他求侯志峰能管管，走时留下了一盒点心。侯志峰儿子拿着点心时，看到里面装着一把十元票子。侯志峰随后想办法还清了那些钱。

《绿地》首先展现了侯志峰是一位爱社爱家的好书记、好父亲。侯志峰在公社里认真工作，很晚了才回家。他回家时总要给孩子买面包、糖果等，以免让盼望他归来的孩子扫兴。

其次，侯志峰待人和善，没有官架子。当一位陌生的老年农民看侯志峰回来后，给他说了他儿子在本大队小学当民办教师，有四五年教龄了，但村支书串通校长，要把他儿子解雇了，再把自己的女儿（去年秋天刚刚从高中毕业）填补进去。侯志峰听了说："你说的要是属实，我负责解决。下周上班后，我了解一下再说。"侯志峰没有拒绝、推脱老汉反映的事情。

再次，侯志峰为官清正，不随便收受乡亲钱财。从侯志峰自身来说，他具有高度的防腐败的意识。当他看到老年农民留下的一盒点心里装着一把十元票子时，他的脸色立即变了。但他妻子秀绒却把钱装进内衣口袋，转身出门去给猪圈拉土了。他来到土壕里说："秀绒，那个钱……咱们不能收。这是贿赂，违反纪律，我会挨批评的！"但秀绒却以村里日子过得富裕的玉玲、仙惠为例，说她们

在外工作的公公、男人大收贿赂，还讽刺道："你当得好大的官，吓死了！"侯志峰气得脸色煞白，说不出话来。从外在上说，侯志峰因为看到过一位副社长违纪被处分的通报，所以他觉得自己必须引以为戒。那位副社长是秦岭山区岔子公社的一位副社长，因为参与了盗伐林木的事情，所以被开除了党籍。县委通报他的事情时加了按语，这按语让侯志峰决定必须把自己身上的精神负担卸下来，退回那一百块钱。但这事既不能让老婆知道，也不能给组织说。于是，侯志峰经常想着如何归还那钱的事情：如果每月节约下十五元，七个月就可以还了。春去秋来，他攒下了七十多元，恰好上级给公社干部又增加了三十块钱补助费。他打问后知道了那民办教师的父亲叫汪生俊。他给汪生俊说："你所反映的问题，我负责去调查解决。这个钱你点点。"他又调查到汪生俊的儿子能当民办教师，凭借的是汪生俊当支书的哥哥的权力。说明腐败真的是无处不在，无时不有。

最后，侯志峰坚决不向贪图钱财的妻子秀绒屈服，即使离婚，也是如此。侯志峰还了贿赂回家后，秀绒把灶房里风箱拉得噼噼啪啪地响，分明是有意摔打，有意挑衅。原来秀绒已经知道那一百块钱的事了，并向侯志峰提出了离婚！侯志峰怒不可抑，两人扯着去离婚。左邻右舍劝说他们，他们却说不出吵架的原因。秀绒最后说侯志峰看不上她这个农村妇女了。侯志峰高中快毕业时，被任命为校团总支书记，最终没有考大学。他的年龄超过35岁的时候，县委把他派到河口公社做党的基层工作。他心里装着村村寨寨的乡亲，像自己的父母兄弟姊妹一样对待他们。他觉得自己不能做出有愧于他们的事情。他记起中学班主任的话来："你们今天已经跨上了新的里程，三年后，你们将走向生活的各个领域。我愿你们，从年轻的时候，就注意培养自己——心灵中的一块绿地……"李遇春说，最后的"绿地"是点题之词，警告党和政府的干部必须在心中留下廉洁自律、守法为民的坚定思想，守住"心中的绿地"。①

小说也写了侯志峰在公社的工作情况，他处理事情果断坚决，很有震慑力。两个农民为分粮时出现的五斤差错而大打出手，一个满脸血污。他让他们"先到卫生院去擦洗了血，有伤包扎了，再来说话"。两个社员乖乖走了。

---

① 李遇春：《陈忠实小说创作流变论——寻找属于自己的叙述》，《文学评论》2010年第1期。

侯志峰的媳妇秀绒是一个贪念钱财、没有是非观念的农村妇女。但侯志峰一身正气，使她没办法借助丈夫手中的权力敛财。小说在情节安排、故事讲述上也存在着一些让人不甚明白的地方。当侯志峰看到县委下发的那份通报后，他想必须把精神负担卸下，还清那一百块钱。随后他见到了那个民办教师的父亲汪生俊，并给他退了钱。接着作者又写侯志峰想着如何归还这一百元钱的事情：如果每月节约下十五元，七个月就可以还了。当侯志峰攒下七十多元后，恰好又收到上级发的三十块钱补助费，他立即凑够了一百元，还清了债务。这里的情节交代存在着混乱，前面说已经给汪生俊退了钱，后面又说凑够了一百元，还清了债务。另外，侯志峰了解到汪生俊的儿子能当民办教师，凭借的是汪生俊当支书的哥哥的权力。汪生俊的哥哥是村支书，那么他或汪生俊和那个要让女儿顶替汪生俊儿子的支书发生了什么矛盾冲突了吗？否则，这个支书为什么要让女儿顶替汪生俊的儿子？这些在小说中都没有交代，令人疑惑。

附《绿地》的故事情节：

一个星期六的下午，河口公社党委副书记侯志峰骑着自行车回到家里。刚进大门，两个孩子抢他挂在车头上的黑提兜。侯志峰取出面包来，笑着塞到孩子手里。虽然工资不高，每周六回家，他总要买点糖果什么的，以便让盼望爸爸归来的孩子不致扫兴。他已经习惯了。

侯志峰踏进里屋，一位陌生的老年农民笨拙地从椅子上立起，殷切地和他打招呼。妻子秀绒给他介绍说："这是汪水寨我妹子家的门中叔。""等你半天了。"侯志峰想肯定是求他办事，好多人求他办事，不去公社机关，专等周日赶到家里来，弄得他不得安宁。家里有自留地，又养着猪，好多活儿要趁假日劳作哩！来人说：他儿子在本大队小学当民办教师，有四五年教龄了。支部书记现在正串通校长，要把他儿子解雇，再把自己的女儿（去年秋天刚刚从高中毕业）填补进去。侯志峰说："你说的要是属实，我负责解决。下周上班后，我了解一下再说。"来人站起把一盒点心放在桌子上。侯志峰要把点心盒塞进帆布袋里去时，秀绒说留就留下。秀绒总是收留来人带着的东西。

送走客人，侯志峰两口回到屋里后，他们都愣住了：儿子一手拿着点心时，一手攥着一把十元票子，扬得高高的，给他们炫耀着自己的发现。侯志峰明白了，脸色也变了。秀绒把钱装进内衣口袋，转身出门给猪圈拉土去了。侯志峰在屋里打转转，坐不住也躺不稳，想到土壕里去，和秀绒把话说透。

侯志峰刚出门，碰见驼背二叔。二叔问："听说……要分地分牛？"侯志峰淡淡地说："唔，是实行责任制。"然后他走到土壕里说："秀绒，那个钱……咱们不能收。这是贿赂，违反纪律，我会挨批评的！"秀绒说："咱村玉玲的阿公，在西安百货公司当经理，你去人家屋看看，吃的啥？穿的啥？一米料子三毛钱，还不跟白拿一样。仙惠男人在县上工作，拉了一车木头，只花了一顿饭钱……你当得好大的官，吓死了！"侯志峰气得脸色煞白，把锨往地上一扎，嘴唇哆嗦着，说不出话来。

周一清早，侯志峰上班后，办公室小乔把一卷夹着公文的卷宗放到桌上，笑笑就走了。院子里的两个农民撕扯着走到他的门口，其中一个满脸血污。侯志峰问明缘由后才知道是分粮时出现了五斤的差错。侯志峰说："先到卫生院去擦洗了血，有伤包扎了，再来说话。"两个社员出门后，侯志峰想别人白送的一百块钱能买多少斤小麦呢？他看着卷宗里的一份通报说地处秦岭山区的岔子公社的一位副社长，参与了盗伐森林的活动，被开除党籍了。通报前面有县委加的按语，警戒着各级党员。侯志峰想必须把精神负担卸下，还清那一百块钱。但这事既不能让老婆知道，也不能给组织说。

侯志峰急急赶到汪水寨村口，打问后知道了民办教师的父亲叫汪生俊。他给汪生俊说："你所反映的问题，我负责去调查解决。这个钱你点点。"然后去了中心小学。汪生俊的儿子能当民办教师，凭借的是汪生俊当支书的哥哥的权力。

侯志峰想着如何归还这一百元钱的事情：如果每月节约下十五元，七个月就可以还了。但困难的是他要参加的会议太多了，每周几乎都要进一两次县城，路费是一个很难避免的开销。他平时按三十九元五角的生活水准生活着。

春去秋来，侯志峰已经攒下了七十多元，恰好上级给公社干部又增加了三十块钱补助费。他喜出望外，立即凑够了一百元，还清了债务。

然后，他走进供销社，买了一块钱的糖果。

回家后，他看见秀绒坐在灶下烧锅。他把纸包解开，俩娃立即欢蹦起来。灶房里的风箱噼噼啪啪地响着，分明是秀绒有意摔打的声音。秀绒向他挑衅着。他快活的情绪被破坏了。秀绒说自己早晨去妹妹家，已经知道那一百元的事了。秀绒然后提出了离婚！他怒不可抑，说离就离。两人于是扯到街道上来了。左邻右舍奔来后，女人们封住了秀绒，男人们劝住了侯志峰。大家问起他们闹仗的原因，侯志峰却说不出口，秀绒也说不出口，只说侯志峰当了官，看不上农村妇女了。

人们走散了，孩子抬水还没回来。侯志峰提上兜，骑车翻过坡梁，看见了公社所在的小镇。

侯志峰高中快毕业时，被任命为校团总支书记。他最终没有考大学。他的年龄超过35岁的时候，县委把他派到河口公社做党的基层工作。他想着村村寨寨的乡亲，像自己的父母兄弟姊妹一样，在这里劳动，生活。他觉得自己不能做出有愧于他们的事情。他记起中学班主任的话来："你们今天已经跨上了新的里程，三年后，你们将走向生活的各个领域。我愿你们，从年轻的时候，就注意培养自己——心灵中的一块绿地……"

1982年6月17日草成，7月10日改定

七、《田园》：再一次表现了陈忠实浓厚的乡土情结，小说表达的思想很复杂、很多元

短篇小说《田园》1982年7月写成，发表于《飞天》1982年第10期。

小说写从朝鲜战场回来的宋涛和前妻田秀芬离婚了，他现在的妻子是他在朝鲜认识的一位文工团团员。但他常常暗暗思念着田秀芬。田秀芬离婚未离家，仍然经管着阿公阿婆。宋涛回到家，田秀芬给他做了顿臊子面，她知道宋涛不能吃凉饭，就把他们的儿子端给宋涛的面浇热。宋涛吃着面时，再也抑制不住心头的酸痛，热泪夺眶而出。田秀芬给他说：她不再婚，是因为她的心里再也装不进别人了。宋涛跌坐在椅子上，说不出话来。

小说通过宋涛，再一次表现了陈忠实浓厚的乡土情结，他对乡村的依恋胜于对城市的依恋。具体就小说的内容看，它写了宋涛的两件事：

第一件事情是宋涛和前妻田秀芬生的儿子要结婚了，宋涛要给儿子三百元贺喜。但宋涛没有亲手给儿子，而是托在城里偶遇的乡党带回去。不久，宋涛给儿子的钱被人带回来了。实际上，田秀芬和宋涛离婚后并未离家，仍然和宋涛的父母生活在一起，儿子自然也和田秀芬在一起。宋涛没有回家给儿子操办婚事，这在情理上有问题。小说对此的解释是，宋涛父母对宋涛和田秀芬离婚一直耿耿于怀，他们觉得离开宋涛，他们用"黄面馍，稠米汤，能养大宋涛，也就能养大孙孙"！宋涛对此很憎恨父母亲，所以他不愿回去。宋涛是一家中型工厂的副厂长，适逢工厂招工，就想把儿子招进来，但儿子不愿意，说他在农村生活尚好，爷爷和奶奶年迈了，母亲也接近晚年，农村生产队里，没有一个男劳力是不行的，吃水都困难。这些进一步表现了陈忠实在很多小说中表现的观念：农村再穷，也比城里好。就像前边说过的，当路遥的小说在表现农村人想尽千方百计离开农村，进城过城市生活的时候，陈忠实却一再表达了农村人对乡村的坚守或对城市工作生活的主动拒绝。当然，宋涛儿子不想进城还有两个很客观的理由，就是他的爷爷和奶奶年迈了，母亲也接近晚年，农村生产队里，没有一个男劳力是不行的。前者是宋涛儿子对中华孝道文化的坚守，后者体现了他对农业生产需要精壮劳力的清醒认识。这两方面都是值得肯定的。结合小说全篇看，它表达的思想很复杂，很多元。

小说写宋涛的第二件事是他还是回到家了，他甚至畅想着退休后，帮儿子种种自留地、责任田，前院里养点花，后院里养些鸡，傍晚到小河里钓鱼的乡村田园生活，说明他对城市生活的厌倦。他回家后，老态龙钟的母亲和鬓丝灰白的田秀芬，在迎接他。然后田秀芬给他做了顿膟子面，他的儿子把饭端给他。田秀芬看他端着的是凉面，想起他吃凉饭会肚子疼，就给他把面浇热。他吃着时两行热泪夺眶而出。田秀芬说她不愿再婚是因为她的心里装不进别人。这个结果实质上依然是陈忠实写的很多牵扯男女感情问题的小说都有的结果，就是女方总是显得很痴情，从而倒追着男方。

李建军指出，《田园》是一篇叙述婚恋故事的小说，这类小说在陈忠实前期的小说中只占很小的比例，按说这类小说是最能写出人性的本真状况的，因为两性间的性爱与情爱，乃是人类精神生活中最强烈的一种情感形式，其中包蕴着丰富的人性内涵。许多伟大的小说都通过对爱情心理的细致、深入的展现，来揭示复杂的人性世界。然而，陈忠实的这篇小说却显得空洞而浮泛。它叙述的是一个名叫宋涛的男人平淡甚至乏味的爱情忏悔故事。作者显豁的道德义愤和评价态度，不仅过早地确定了作品的主题和基调，也把人物塞进一个模子定了型。一个负心的汉子，一个痴情的女子。前者老来为见异思迁的行为深自忏悔，后者被丈夫抛弃之后依然与她的婆婆、公公生活在一起，不再改嫁，因为"我……的心里……再装不进……别人咧……"。事实上，从这个故事中本可以开掘出非常丰富的内涵，但由于作者对在爱情中表现出来的煎熬般的痛苦体验和复杂感受缺乏了解，他只讲了一个简单而乏味的故事。这篇小说甚至还没有达到邓友梅《在悬崖上》的水准，而离宗璞写于50年代的美丽而悱恻的《红豆》就更远了，试拿这个人物与《白鹿原》中同她有相同遭遇的鹿子霖的儿媳妇白冷氏比较一下，就可以看出高下优劣了，后者才是活的人，才具有丰富的人性内涵。通过这样的比较，我们不难看出，陈忠实在创作上的自我超越，曾迈出过多么艰难的脚步，而最后获得的突破和跃升，是多么的巨大和可喜啊！但是，还应该进一步指出，写出一个活的人物基源于作者对人性深刻而完整的认识与理解，基源于作者对人的内心生活的精细入微的谛视和体验，也要求写作的人，在思想固有化的写作环境里，必须与自己随顺的惰性进行斗争，必须具有与试图将个体吸纳进体制之中的外部力量进行对抗的勇气。唯有这样，才能避免写出平面化的、缺乏生命力的蜉蝣式的小说，一个小说家才能摆脱随顺的写作窘境。这就是陈忠实前期小说提供给我们的教训，也是《白鹿原》提供给我们的成功经验和深刻启示。[①]

附《田园》的故事情节：

宋涛和前妻田秀芬生的儿子要结婚了。宋涛装了三百元去给儿子贺喜。路上，他想起自己和田秀芬结婚的事情。

宋涛和田秀芬结婚不久，要去朝鲜战场参战，田秀芬和他难舍难分。他从朝鲜光荣回归后，到城里的一家工厂当了宣传科长。每个星期六，他骑着自行车回来，和父母妻子欢聚一天，留下工资的大部分，然后在周日晚去城

① 李建军：《廓庑渐大：陈忠实过渡期小说创作状况》，《海南师范学院学报》（社会科学版）2003年第1期。

里工厂上班。日子过得和和美美，左邻右舍都夸他家。可谁料到，他在朝鲜认识的一位女文工团团员也分配到了宣传科，他们是在战火中结识的战友，很快从同志和上下级的关系，发展成情人关系，最终他与田秀芬离异而与她结婚了。他父母赶走了他这个叛逆的儿子，继续和田秀芬过着农家生活。他和后妻的家庭是幸福的。后妻比田秀芬长得聪颖，眉目传情，面貌秀气，皮肤细腻，说话和气，知书识礼，对他体贴爱护……但他却总是感觉不到后妻具有秀芬所具有的那特有的东西，他常常暗暗思念田秀芬，有一种负疚的心情。田秀芬苦心劝他和后妻好好过，但劝不下，就任他去了……

宋涛在城里偶遇南宋村的乡党，就托他们把钱和衣物带给孩子了，但不久，这些东西又被进城的乡党带回来了，而且捎来母亲或是父亲的话："黄面馍，稠米汤，能养大宋涛，也就能养大孙孙！"宋涛开始憎恨父母亲。田秀芬也一直寡居着。宋涛想田秀芬如果能找到一个可心的丈夫，对他的心也是一种安慰。可是许多年过去了，田秀芬仍然在没有丈夫的阿公阿婆家里过活着，这样的日月，她怎么过啊……儿子已二十了，宋涛已是一家中型工厂的副厂长了。适逢工厂招工，宋涛想到儿子，就写信要儿子来找他。但儿子没有来，宋涛却收到一封信，儿子说他在农村生活尚好，爷爷和奶奶年迈了，母亲也接近晚年，农村生产队里，没有一个男劳力是不行的，吃水都困难……

宋涛回到家，二婶让一位中年媳妇叫田秀芬来迎接他。但田秀芬没迎接他。他想如果当初不离开田秀芬，现在在故乡的田园里修一院房，退休之后，可以帮儿子种自留地、责任田，前院里养点花，后院里养些鸡，傍晚到小河里钓鱼，又何尝不如城市那两三间小阁楼呢？

宋涛走过院子，老态龙钟的母亲和鬓丝灰白的田秀芬，在迎接他。田秀芬招呼他在椅子上坐下。父亲喂牛去了。一个年轻小伙端着家乡的臊子面进来了，他抓起竹筷，搅动起长长的机制面条。田秀芬却把碗端走去冒滚水了。

田秀芬和宋涛结婚的那年夏天，她给他冰了一碗凉面，结果使他的肚疼病犯了。母亲说宋涛自小肚子不好，不能吃凉饭。田秀芬流着眼泪，怨自己也怨宋涛。母亲给宋涛揉了一会肚子就出去了。田秀芬明白，婆婆是在给自己做示范。她于是给宋涛轻轻地按着，揉着。

现在，田秀芬还记得宋涛不能吃凉饭的毛病，但宋涛却忘记了。在朝鲜战场的烽火硝烟里，恶劣的自然环境，早已锻炼出宋涛一副消铁化石的胃肠……可田秀芬还记着！

田秀芬端着面进来了，宋涛看着冒着热气的面碗，再也抑制不住心头的酸痛，两行热泪夺眶而出，滴在碗里了。宋涛抬起头，田秀芬也盯着他。宋涛终于忍不住，哽哽咽咽地说："你……受……苦了……"田秀芬一甩头，扬起来，说："过去了的事，再……再甭……提说了！"宋涛说："我错了第一步，父母错了第二步。"田秀芬说："不怪父母，他们叫我走……那一条路，是我不想。我……的心里……再装不进……别人咧……"宋涛跌坐在椅子上，唉……的一声，说不出话了。

八、《珍珠》：是陈忠实从社会视角观照小人物命运的发轫之作

短篇小说《珍珠》1982年冬写成，写田珍珠在横扫一切牛鬼蛇神的运动爆发后，辍学回家。几年后，她给"我"说家里要她嫁给公社书记的跛子儿子了，她不愿意，希望"我"给她爸妈开导开导。"我"答应了。后来，田珍珠和同学刘鸿年结婚了，她却干起了吹鼓手的营生。农村政策宽松后，田珍珠的生活好多了，她问"我"干吹鼓手的营生丢人吗？"我"却回答不了。"我"也不想评论。"我"感到田珍珠已经不再是"我"当班主任时候的那个田珍珠了。

该小说是陈忠实从社会视角观照小人物命运的发轫之作，在他的小说创作历程中具有重要意义。小说讲述了乡村女子田珍珠坎坷的人生经历。田珍珠本是一个有着文艺才能的中学生，她的个性独立不倚，在"我"政治上落难时没有从众而落井下石，更没有在自己的婚姻大事上趋炎附势，她宁愿与贫穷的同学结婚也不愿嫁给公社书记的儿子，为此她失去了入党的机会，失去了到剧团当演员的机会。但她无怨无悔，后来靠做吹鼓手谋生，凭借给死人唱戏挣钱养家糊口。她的人生遭遇让曾经是她老师的"我"感到茫然，感到痛苦。但"我"无法轻视这个坚强地与命运作战的女子。"我"发现她已经不再是原来的她了。她曾经光彩照人、个性鲜明，但却被不公正、不合理的体制给压成了一个麻木的灵魂。她几乎成了祥林嫂。造成她悲剧的自然有政治的原因，但小说更多地在开阔的社会历史

变迁中去透视她的命运，而不再像以往的小说那样偏执于政治视角，去写那种政治扭曲人性的故事。小说力图写出社会对人个性的压抑，从而由政治—人性的叙述成规转向了社会—个性的启蒙叙述视角。陈忠实此后两年间的小说创作（1983年—1984年），主要遵循的就是这种社会—个性视角的启蒙叙述形态。与前一阶段相比，他在这个阶段的小说创作更深刻地受到了莫泊桑、契诃夫等现实主义小说家的影响。他在"文革"结束后集中阅读了莫泊桑、契诃夫的小说，它们在他的心灵上播下的种子这时终于结下了硕果。这个时期，他醉心于讲述小人物的人生百态。李遇春认为，如果说陈忠实前一阶段的小说还未摆脱歌颂的套路，那么这个阶段的小说虽说并非"只看生活的阴暗面"，但确实"总体特征是批判性的"，而且在人物塑造上"对特殊的个性予以了大大超过以往的关注"，"对人的行为的表现中，经济的和肉欲的动机被给予了至尊的地位"，这正好印证了伊恩·P.瓦特对"现实主义"的看法。[①]

　　1981年，陈忠实还发表报告文学《崛起》，散文《面对这样一双眼睛》《可爱的乡村》，随笔《短篇小说集〈乡村〉后记》《看〈望乡〉后想到的》。4月，他参加了"笔耕组"组织召开的农村题材创作座谈会。夏季，他在与青岛隔海相望的黄岛，参加了《北京文学》组织的文学笔会。这年，他的父亲陈广禄因食道癌去世，享年76岁。

　　附《珍珠》的故事情节：

　　我到河边乘凉，看到一只大灯泡下围挤着一堆人。我猜定那一户居民有丧事，请来了乐人，为死者奏乐哩。一个沙哑的男声和一个清脆的女声正在对唱，那女的唱得美。女乐人是田珍珠，我的学生，这是实在没有料到的事。我立即转身走开，不愿意在这样的场合听田珍珠唱戏，也怕田珍珠看见我难堪。

　　田珍珠上学时是班长，又兼着学校文艺演出队的队长。她的秦腔清唱，音色纯正，韵味悠长，学校附近村庄的农民很欢迎。会拉板胡的秦腔迷李老师、刚从师大毕业的郑老师让她唱，她征求我的意见。我笑笑说："唱

---

① 李遇春：《陈忠实小说创作流变论——寻找属于自己的叙述》，《文学评论》2010年第1期。

吧。"她唱完后，李老师说她天生就是唱戏的。

随之而来的一场横扫一切牛鬼蛇神的运动爆发后，我被第一个推到斗争台上。李老师揭发我培养黑苗子，唱才子佳人，到处放毒。郑老师也出来作证，他们结成了同盟。李老师又要揭发田珍珠。田珍珠夺路奔逃了。

田珍珠后来再没有到学校来。李老师被别的老师和学生攻倒了……他和我一样，由学生监押着，在附近农村强迫劳动改造。村里的大喇叭放着公社文艺队演出的节目，阿庆嫂的扮演者是珍珠。李老师听到后，噼啪两声关上两个小窗。同铺的郭老师说这是样板戏！李老师忌讳"刁德一"这个名字，因为学生给他起了这个外号。田珍珠优美刚健的嗓音对李老师来说不是享受，而是一种嘲弄。

我和李老师都被划成"内部矛盾"，回到学校，又坐在一间办公室里，郑老师已经是学校革委会的负责人之一了。我和李老师从来不说话。有一天他却走进我的宿舍说："咱们谈谈心。"我和他说话了。过了两天，他领我去见刚从县上调到这个公社来当书记的他大哥。他大哥给我弄些粮食让我带回家。也许是李老师以此要补救他的良心。这时田珍珠来了，她已经长成一位俊秀的大姑娘了。她说公社书记想娶她做他的跛子儿子的媳妇。他那儿子流里流气，见她动手动脚。那书记原先给他儿子强订过一个媳妇，女方不愿意，他就寻缝找岔给她父母开会批斗，老汉气疯了！田珍珠求我去她家，给她爸妈开导开导。我答应了。珍珠走了后，李老师进来了。我知道他和他书记哥给我粮食的原因了。他让我给他侄儿帮帮忙，把田珍珠说给他侄儿。

我去田珍珠家里让她父母装糊涂，万事由田珍珠做主！我给李老师汇报了此行的收获，不久，我被调到乡村里的古镇中学。过了两年，我听别人说田珍珠和原来班里的同学刘鸿年结婚了。刘鸿年是个好学生，他们的结合，该是美满的，我心里释然了。

我对田珍珠为啥干起吹鼓手的营生想不明白。她说她当吹鼓手给我丢脸了！但她没偷没抢，管它名声好听不好听。她回绝那个跛子后，李书记恼了，把她的党员审批表退回支部来。第二年，甘肃一家县剧团招秦腔演员，她考上了。她去办手续，被李书记卡住了，把剧团的人也撵走了。她和刘鸿年结婚后，虽然穷，但心里踏实。现在她有两个娃了。李书记调到咱公社当书记，是因为他给儿子逼着订人家一个姑娘，把自己搞臭了，才调到我们公社来。农村政策放宽后，她的生活好多了。她和刘鸿年包了五亩地，今年夏粮收了三千斤麦子，两年也吃不完。家里又养了蜂养了鸡，一年收入成千块。她当吹鼓手，开头觉得丢人、羞愧，时间长了，惯了。她问我当吹鼓手丢人吗？我回答不了。她说不管丢人不丢人，反正是凭出力唱戏挣钱。不偷不抢，不贪污不受贿，比那些贪污受贿的光荣。总之，田珍珠已经不是我当班主任时候的那个田珍珠了。

第九章 关注道德、人性、文化与人内在关系的小说

（1982年—1985年）

陈忠实真正写的第一部中篇小说是《初夏》，他写这篇小说写得很艰难，自1981年1月动笔至1984年发表（刊发在《当代》1984年第4期），共用时四年。这也是他写得最长的一部中篇小说。其间，陈忠实写了中篇小说《康家小院》，该小说在《小说界》1983年第2期刊发后，成为他发表的第一部中篇小说。他说："《康》文的顺利出手，无疑给我难以表述的鼓舞，以中篇小说创作为主的打算便确定下来，而且付诸实施，当即回过头来再重写《初夏》，从原先的六万字写到八万字，再得老何（何启治——引者注）的审视和指点，又写到了十二万多字，才得他的首肯。"何启治的指点，"不仅在于我可以把握十二万字篇幅的小说结构了，更在于对中国乡村的历史性变革，留下了我直接而又颇为动情的文字"。①1982年11月，陈忠实调入中国作协西安分会，即后来的陕西省作协从事专业创作。1983年10月，陈忠实写成短篇小说《旅伴》。1984年，写成短篇小说《送你一束山楂花》《马罗大叔——"我自乡间来"之一》《鬼秧子乐——"我自乡间来"之二》《田雅兰——"我自乡间来"之三》《拐子马——"我自乡间来"之四》《播种》《锈》，第三部中篇小说《梆子老太》，第四部中篇小说《十八岁的哥哥》，第五部中篇小说《夭折——献给一位文学的殉道者》等。此章主要评述《康家小院》《初夏》《梆子老太》《十八岁的哥哥》《夭折——

---

① 陈忠实：《难忘的一声喝彩——我与上海文艺出版社》，见《陈忠实文集》（第10卷），人民文学出版社，2015年，第122页。

献给一位文学的殉道者》这五部中篇小说及短篇小说《旅伴》《送你一束山楂花》。短篇小说《播种》《锈》找不到原文，故此存目。"我自乡间来"四篇系列小说在下章评述。

一、《康家小院》：讲述了一个懵懂少妇由于不慎而做出的一件错事，同时对另一个人物进行了道德批判

《康家小院》创作于1982年9月18日至11月3日，刊发在《小说界》1983年第2期，获得《小说界》首届优秀作品奖，1984年获陕西省文艺创作"开拓奖"荣誉奖。

《康家小院》共12节，写康田生的儿子勤娃给吴三打土坯，土坯摞子倒了，勤娃否认是自己的问题。康田生知道后，领着勤娃给吴三重新打了土坯，吴三就把二姑娘吴玉贤许给了勤娃。勤娃和吴玉贤结婚后，继续和父亲出去打土坯。吴玉贤参加了扫盲班识字，教大家识字的杨老师和吴玉贤相好了。勤娃发现了他们的奸情。吴玉贤让杨老师娶了自己，杨老师却说："我不过……和你玩玩……"吴玉贤向杨老师吐了一口，决定和勤娃好好过日子。

关于这篇小说的创作缘由，大概有这么几点：第一，陈忠实说，1981年夏，他去山东曲阜参观孔府、孔庙，看了这些古迹后，产生了一种"令人毛发直竖、毛骨悚然"和"憋闷窒息"的感受。"一年后，这种感受凝聚成一个中篇小说，这就是《康家小院》。""我想探究一下由孔老先生创立而且一直延续下来的文化，对形成我们这个民族特有的心理意识结构形态的影响，于我们今天的生活似乎并无本质的隔膜。"[1]第二，1982年，陈忠实给上海文艺出版社副总编辑魏心宏讲了陕西很早以前一家庄活人的故事。他与魏心宏相识于1978年，当时魏心宏20多岁，他36岁，正在西安灞桥担任一个公社的党委副书记。魏心宏听了他讲的故事，觉得新鲜传神，就对他说，这不就是一个小说吗？当时中国的文学大都集中在反思当中，还没有人会去回望久远之前的事。1982年9月18日至11月3日，陈忠实把这个事写成小说，改定后，寄给魏心宏，魏心宏一看拍案叫绝。这就是中篇小说《康家小院》。魏心宏说："四万多字篇幅，是老陈最早写的中篇之一，

---

① 陈忠实：《创作感受谈》，见《陈忠实文集》（第3卷），人民文学出版社，2015年版，第483页。

在这之前，他写的都是短篇。直到今天来看，这仍然是一部十分优秀的作品。"很多年过去后，陈忠实对魏心宏说，要不是你鼓励我写，我还真没那么想呢。①

第三，1982年，路遥发表了中篇小说《人生》，这件事在陕西作协大院产生较大反响。陕西作协的办公区和住宅区是原国民党高级将领高桂滋的公馆，人们习惯下班后，在院里聊天闲谈，谈论的主要话题是《人生》和路遥。作协一位司机给陈忠实讲述了《人生》的故事和情节，陈忠实读了《人生》后，突然感到"一种瘫软的感觉"，因为《人生》所创造的"完美的艺术境界"给他带来了"艺术打击"，《人生》主题的厚重、人物性格的真实准确和艺术表现力的不同凡响，使他深受触动、震撼，由此使他开始了文学如何写人的深入思考，并决定创作几篇小说来体现这种思考。5月，他参加了中国作协西安分会在延安举行的"毛泽东《在延安文艺座谈会上的讲话》发表四十周年"纪念活动。这次活动对他的激励很大，他在反复修改自1981年1月就动笔创作的中篇小说《初夏》时，写成了第二部中篇小说《康家小院》，他说："写了草稿，接着又写了正式稿，写得很顺畅，自我感觉挺好。"因为这部小说跟他以往小说的生活背景和题材内容不同，所以他颇忐忑不安："在我有点担心的是，这部中篇的生活背景是刚刚解放的关中乡村，离当代生活较远。我截至《康》文之前的几乎所有小说，都是与当下生活发展同步的有感而作，第一次从社会热议着的乡村改革生活转过头去，把眼睛投注到业已冷寂的上世纪50年代初的乡村小院，便担心读者尤其是编辑会不会有兴趣。"②这年春夏之交，陈忠实的妻子儿女农转非成为城镇居民。11月，他调入陕西省作家协会，从事专业创作，时年40岁。白烨说，当《康家小院》和《初夏》写成后，我们才看到了陈忠实试图走出他的短篇小说创作中存在的故事较为单一，人物基本正面的局限，他力求在观念冲突中，描绘出性格复杂的人物形象与曲折跌宕的悲剧命运。③

《康家小院》写的是"新中国的阳光刚刚温暖乡村农舍的时候，一个极普通

---

① 魏心宏：《说来话长——怀念老陈》，《当代》2016年第4期。
② 陈忠实：《难忘的一声喝彩——我与上海文艺出版社》，见《陈忠实文集》（第10卷），人民文学出版社，2015年版，第121页。
③ 白烨：《走向〈白鹿原〉的重要过渡——略论陈忠实的中篇小说创作》，《文艺报》2018年1月22日。

的人家发生的爱情悲剧"。①主要人物是吴玉贤，她是吴庄吴三的二姑娘。当终生给人打土坯的康田生的儿子勤娃给吴三打了一摞土坯倒了时，勤娃耍赖，不承认是自己的责任。康田生知道后，连训带骂地把勤娃领上来给吴三返工，重新打了一摞新土坯。吴三看在康田生讲信用的份上，就把二姑娘吴玉贤许给了勤娃。但勤娃在总体上却不识好歹，他对自己耍赖后反倒得到一个媳妇不仅不觉得自己的命太好，而且在结婚时把闹新房的人得罪了。吴玉贤说他不应该得罪闹新房的人，而应该怎样怎样，这使他一下子把吴玉贤搂到怀里。吴玉贤嫁来后，康家小院一下子变得温暖，变得生机勃勃了。小说接下来写了吴玉贤在勤娃和公公康田生经常出去打土坯时独守小院的情况，她并不寂寞，并不怨恨勤娃经常离开她。她生活得很幸福。过了几天，妇女主任金嫂让她参加扫盲班识字，她在公公康田生同意后就去了。在扫盲班上，教大家识字的杨老师手把手地教吴玉贤写字，杨老师就一下子闯进了18岁的新媳妇吴玉贤的心里来了。当轮着吴玉贤家给杨老师管饭时，他们二人就相好了……吴玉贤出轨并非是她不满意勤娃，对勤娃没感情，而是在一个异性对她主动接触后使她一步一步地滑向非道德的深渊，她的单纯、稚气使她认为杨老师手把手地教她识字是一个老师的正常行为，这样的认知，使杨老师越来越主动，她越来越被动，最终她和杨老师在家里偷情私会。勤娃发现后，把杨老师打了一顿，并要用斧头杀了他。好在被恰巧回家的康田生抱住了。康田生放走了杨老师。吴玉贤准备在槐树上吊死自己，但被康田生救了。吴玉贤做了伤风败俗、丢人现眼的事情，自然使勤娃多日里怒不可遏，他们已经水火不容。康田生在表兄、表嫂的参谋下，做出三个决定，其中一个是让吴三整治女儿吴玉贤。果然，吴三将吴玉贤打得死去活来。勤娃的心里矛盾不已。当吴三让他用皮绳打吴玉贤时，他拒绝了，他抱住吴三，阻止吴三打吴玉贤，又想到吴三是想当着自己的面教训女儿，洗刷了自己的羞耻；但要使自己不在当面，吴三也许不会下这样的狠手。他于是硬性告别了。这里体现了勤娃善良的一面，说明他是一个不失恻隐之心的人。尽管这样，他对吴玉贤的出轨依然很痛苦，于是借酒浇愁，喝得烂醉如泥。吴玉贤遇上勤娃喝醉的场面，加上她终于知道杨老师是玩她，并非与她真心相好，于是抱住勤娃，擦着他的脸，然后背上他回家。

① 陈忠实：《寻找属于自己的句子》，上海文艺出版社，2009年版，第101页。

有论者认为是吴玉贤不满意自己的婚姻，才背叛了勤娃，并说吴玉贤和杨老师相好，透视的是乡村男女被限定的人生压抑与命运悲剧，陈忠实想探究的是中国传统儒家文化对我们民族的文化心理结构形态的影响，云云。结合全篇看，陈忠实其实写的只是一个懵懂少妇由于不慎而做出的一件错事而已，似乎不能上升到她这样做是对无爱、无感情婚姻的反抗的层面上去，更牵扯不到探究中国传统儒家文化对我们民族文化心理结构形态产生影响的这一高度上去。结合前边所说的吴玉贤和勤娃结婚后的情况看，吴玉贤并不怨恨勤娃经常离开她，她倒是经常感到自己生活得很幸福。陈忠实说他创作这篇小说的一个缘由是想通过《康家小院》来"探究一下由孔老先生创立而且一直延续下来的文化，对形成我们这个民族特有的心理意识结构形态的影响，于我们今天的生活似乎并无本质的隔膜"。但这样的目的似乎并未得到体现。

杨老师和吴玉贤的事情发生后，村长和县文教局的程素梅同志来调查杨老师。康田生怕勤娃受不住劝导，说出那件丑事，就让勤娃去打土坯了。勤娃也盼着程素梅快点走，因为他意识到那件丑事还是闹出去了。吴玉贤去找杨老师，给他说了自己和勤娃离婚，然后和他结婚的事情，杨老师说："我不过……和你玩玩……""玩一下，你却当真了。怎么能谈到结婚呢！甭胡思乱想！……我今年国庆就要结婚了……"他们的事情就此结束了。至于杨老师的上级组织给了他怎样的处理，不得而知，我们能知道的就是杨老师要在国庆结婚了，小说写有一个女孩等着要和他结婚了。在公众的观念里，一个在人品上有问题的未婚男青年和一个纯洁的有夫之妇产生关系，谁该遭受道德舆论的谴责，答案似乎不言自明。

王金胜在《陈忠实文学年谱（1958—1985）》[1]中认为，《康家小院》对于陈忠实来说意义非凡，给正处在《初夏》修改困境中的他以信心，并给他带来了一系列积极的良好的连锁反应。一是它使陈忠实开始了由短篇小说向中篇小说创作的转型，并顺利改定了《初夏》。二是就如陈忠实说的"不仅在于我可以把握十二万字篇幅的小说结构了，更在于对中国乡村的历史性变革，留下了我直接而

---

① 王金胜：《陈忠实文学年谱（1958—1985）》，《中国当代文学研究》2019年第6期。

145

又颇为动情的文字"。①王金胜认为，具体而言，《康家小院》对于陈忠实的意义不止于此。首先，《康家小院》使陈忠实已经意识到，小说要"充分地写生活"，中篇小说就能为此提供更加充分和可能的空间，就如他说的"我自己觉得，对于生活的描绘，对于生活中蕴藏的诗意的描绘，对于一个特定地区的民族习俗中所蕴含的民族心理意识的揭示，只有在《康》文的写作中才作为一种明确的追求。"②其次，《康家小院》使陈忠实在女性形象塑造上取得初步成功，就如他说的"到后来创作发展以后，意识到不能光写男性，也探索写女性，结果写了几个短篇，发表出来以后没有什么反应，没什么人觉得好。第一个有反响的是中篇小说《康家小院》，在上海还获得一个奖，使我感到鼓舞"。③再次，《康家小院》使陈忠实在探索和表现男女感情方面取得了初步成功，他曾说过："直到1982年冬天，我写出第一个中篇小说《康家小院》，得到编辑颇热烈的反应，我才第一次获得了探索男女情感世界的自信。""不过，仍是以写爱情为主线，涉及感情的复杂性，却基本没有性情景的描写，把握着一个'点到为止'的不成文的原则。"④陈忠实所说的"感情的复杂性"应该指吴玉贤与杨老师之间的感情很复杂，勤娃知道他们的事情后，吴玉贤希望杨老师对她产生真爱，从而让她活在世上（因为她自杀过），但杨老师对她抱着的却是玩的态度，并不存在真情真爱。小说最后是吴玉贤拖着拽着勤娃，离开客栈走上官路。这"官路"到底是回归婚姻家庭的"官路"，还是最终通往民政局离婚的"官路"？作为婚姻家庭的背弃者，吴玉贤的思想有了回心转意，可勤娃呢？他还会是以前的勤娃吗？⑤

《康家小院》是陈忠实试图走出之前的短篇小说创作故事较为单一、人物基本正面的局限的一篇小说，他在该小说中力求描绘出性格复杂的人物形象与曲折

① 陈忠实：《难忘的一声喝彩：我与上海文艺出版社》，见《陈忠实文集》（第10卷），人民文学出版社，2015年版，第122页。
② 陈忠实：《答读者问》，见《陈忠实文集》（第3卷），人民文学出版社，2015年版，第468页。
③ 陈忠实：《我与〈白鹿原〉——在中国现代文学馆讲演稿》，见《陈忠实文集》（第9卷），人民文学出版社，2015年版，第491页。
④ 陈忠实：《寻找属于自己的句子》，上海文艺出版社，2009年版，第61页。
⑤ 觞阳雪：《康家小院：玉贤内心的思想悲剧是如何在背弃与回归中发酵的？》，https://baijiahao.baidu.com/s?id=1655574003051118785。

跌宕的故事。白烨认为，若严格检视起来，该小说的场面虽然大了，故事长了，但因为作者的视野不够开阔，手法不够灵动，以及他过于执着生活事象本身，所以使得作品的黏性过强，想象力不足，在"写什么"与"怎么写"两方面，都未能真正实现创作上的更大突破。①如果把陈忠实的创作分为《信任》时期、《初夏》时期和《蓝袍先生》时期三个阶段来看，显然第一阶段在注重生活实情中关注的是生活本身的演进；第二阶段在深入挖掘生活中更注重社会心理的替嬗更变；而第三个阶段则在生活的深入思考中趋于对民族命运的探求与思忖。这一次次的递进，都由生活出发而又不断走向艺术把握生活的强化与深化。有了这样的坚实铺垫，作者拿出集自己文学探索之大成的《白鹿原》，并以它的博大精深令文坛惊异，就毫不足怪了。②

陈忠实说《康家小院》是自己"对于生活的描绘，对于生活中蕴藏的诗意的描写，对于一个特定地区的民族习俗中所隐含的民族心理意识的揭示"。③但李建军认为，该小说的叙述视点始终是外在的，它排除了从人物角度进入故事的内视点。作者的全知视点，仅仅吸引读者的目光到自己那评价性叙述的外部事件上，而人物的内心生活，则被简化处理了。由于缺乏深入人物心灵世界的内视点，所以作者对杨老师的道德批判，就带有简单的丑化色彩，而吴玉贤在很短的时间内，就完成了从试图与杨老师结婚到与丈夫和解的情感上的陡转，显得突兀而不合情理。总之，在前期阶段，陈忠实的评价性全知外视点，在塑造人物和叙述上，还不成熟。④

1982年7月，陈忠实还出版第一个短篇小说集《乡村》（陕西人民出版社），收录短篇小说19篇，其中18篇创作于1979至1981年间，《铁锁》创作于1975年。发表散文《春风又绿灞河岸》《万花山记》《延安日记》，创作谈《和生活的创造者一起前进》《深入生活浅议》。5月，参加中国作家协会西安分会

---

① 白烨：《走向〈白鹿原〉的重要过渡——略论陈忠实的中篇小说创作》，《文艺报》2018年1月22日。
② 白烨：《本真为人 本色为文——忆怀陈忠实》，《中国艺术报》2016年5月4日。
③ 陈忠实：《答读者问》，见《陈忠实文集》（第3卷），人民文学出版社，2015年版，第468页。
④ 李建军：《陈忠实的蝶变》，二十一世纪出版社集团，2017年版，第108—109页。

在延安举行的"毛泽东《在延安文艺座谈会上的讲话》发表四十周年"纪念活动。9月3日至11日，参加中国作家协会在西安召开的"西北、华北部分青年作家座谈会"。11月，调入陕西省作家协会，从事专业创作。时年40岁。

附《康家小院》的故事情节：

第一节：康田生30岁死了女人，他把2岁儿子勤娃抱到老丈人家，然后在一个陌生的村庄里打夯。十四五年过去了，他回来时，勤娃已经长大。他想：应该给儿子订个媳妇了！

第二节：勤娃在舅舅家不上学，舅舅、舅母哄他，不顶用。但他学会了打土坯，还出了师。他给吴庄的吴三打土坯，土坯摞子倒了，他否认是自己的问题。康田生知道后，领着勤娃给吴三重新打了土坯，吴三就把二姑娘玉贤许给了勤娃。

第三节：解放后，勤娃娶玉贤为妻，闹新房的人提出"掏雀儿"，但勤娃挤出人堆走了……人们便"哗"的一声走散了。舅舅让勤娃去给大家赔情。玉贤说勤娃应该软磨硬拖，不按闹房人出的瞎点子做，就滑过去了。勤娃一下子把玉贤搂到怀里。玉贤嫁来后，康家小院一下子变得温暖和生机勃勃了。

第四节：勤娃婚后经常和父亲出去打土坯，让玉贤一个人守在小院里。过了几天，妇女主任金嫂让玉贤参加扫盲班识字，玉贤在公公同意后就去了。

第五节：玉贤参加扫盲班后，教大家识字的是桑树镇中心小学的杨老师，他手把手地教玉贤写字。他就一下子闯进了18岁的新媳妇吴玉贤的心里来了。当轮着玉贤家给杨老师管饭时，他们二人就相好了……

第六节：勤娃晚上回家后，看到大门锁着，但钥匙在父亲的口袋里，他就翻墙进了小院，结果看见了来家里和玉贤私会的杨老师。勤娃把杨老师打了一顿后，准备用斧头杀了他。但被恰巧回家的父亲康田生抱住了。康田生放走了杨老师。玉贤准备在槐树上吊死自己，但被康田生救了。他看着炕上躺着的媳妇和脚边蹲着的儿子，绝望地扑到儿子身上，泪水纵横了。

第七节：勤娃躺在炕上，没有去打土坯；玉贤默默地扫着院，完后做饭。她给公公和勤娃端来饭后，勤娃一拳把碗打翻了。晚上，勤娃狠劲地打着玉贤，玉贤不躲避。康田生怕闹出意外的事，就把表兄和表嫂叫来。表兄把勤娃狠狠地打了一顿，警告他：一，不能把这丑事张扬出去；二，在屋里不能松手，女人得下偷人的瞎毛病，必须根治，此病不除，后祸无穷！但不能打得失手，使她寻了短见；三，去找她娘家人，让她爹娘老子收拾她，治她的瞎毛病。

第八节：勤娃趁黑去见丈人吴三和丈母娘。勤娃却把玉贤和冬学教员做下的事说不出口。吴三吩咐儿子把妹妹叫回来。勤娃这才把玉贤和冬学教员的事说了，然后就要告辞。吴三却不让他走。玉贤回来后，吴三打倒了她。勤娃劝吴三不要打了，但丈母娘在一旁继续狠心地骂着。躺在地上的玉贤挣扎着站起来后，吴三又飞起一脚把她踢倒，然后从墙上取下一条皮绳，让勤娃打。勤娃却把皮绳挂到了墙上。吴三取下皮绳，把只穿件夹衣的玉贤抽得在地上重新滚翻起来。勤娃抱住吴三，想丈人是想当着他的面，教训女儿，洗刷羞耻；他要是不在当面，吴三也许不会下这样的狠手。他于是硬性告别了。玉贤钻进被窝后，母亲抱住她哭了。玉贤睡下后想，只要能和勤娃离婚，和杨老师结婚，她才不管丢脸不丢脸的事。她想自己得找个借口去见杨老师，越早越好。

第九节：康田生劝勤娃以后好好过日子，勤娃没有吭声。这时村长和县文教局的程素梅同志来调查杨老师。康田生怕勤娃受不住劝导，说出那件丑事，就让他去打土坯了。勤娃盼着程素梅快点走，因为他意识到这件丑事还是闹出去了。

第十节：勤娃想既然程同志赶到家里来查问，证明丑事已经传开了。他开始厌恶父亲那一副窝窝囊囊的脸色和眼神了。他到一家客栈吃饭，掌柜丁串串的婆娘一下子搂住了他，乘机往他腰里一摸，一卷票子不见了。他想"一把票子，几十块！只摸了一把奶！太划不来了……"然后从后院蹦到前房，又冲到门外。丁串串给脚客说着勤娃媳妇偷人的事情……

第十一节：玉贤到桑树镇中心小学去找杨老师，给他说了自己和勤娃离婚，然后和他结婚的事情。杨老师恐惧地说："县上教育局，这几天正查我的问题哩！"玉贤说女干部也到她娘家查，问了勤娃，但勤娃没给她供出来……杨老师说："我不过……和你玩玩……""玩一下，你却当真了。怎么能谈到结婚呢！甭胡思乱想！……我今年国庆就要结婚了……"玉贤忍受不住这样的侮辱，向那张小白脸上喷吐了一口咬破嘴唇后的血水，然后转身出了门……

第十二节：玉贤打算跳水井结束自己的生命。但她忽然想到了把"金库"交给自己掌管的公公，觉得自己太对不住公公了。她还想到了勤娃，觉得自己太对不起勤娃了。她于是直接回娘家。在经过客栈门前的时候，门口围着一堆人，她听到勤娃的声音。她拨开围观的人堆，看到喝得烂醉如泥的勤娃，就一下子扑上去，抱住勤娃，擦着他的脸，然后背上他走上回家的官路……

1982年9月18日至11月3日写改于灞桥

二、《初夏》：从政治道德角度塑造了人物，是陈忠实文学创作中的一篇过渡性小说，人物遭遇的爱情依然是女追男的倒追模式

陈忠实在《康家小院》之前就开始创作起中篇小说《初夏》，1983 年写成，1984年8月的《当代》第4期刊发了《初夏》，后来获得了《当代》文学奖。按发表次序排，《初夏》是陈忠实发表的第二部中篇小说。

小说写复退军人、冯家滩三队队长冯马驹拒绝他爸托人在城里给他找的工作，一心要在冯家滩三队创业，其间穿插了他和民办教师薛淑贤、赤脚医生冯彩彩两位女青年的恋爱纠葛。小说在写这些事情时，让多重线索交错着向前发展。

第一条线索是冯马驹他爸，即冯家滩支书冯景藩为冯马驹找工作，可谓费心费力。他请县饮食公司经理冯安国给冯马驹安排工作，冯安国在他们公司给冯马驹安排了开车的工作。随后，冯景藩找会计开证明，给副队长冯德宽、河西公社王书记、副队长牛娃说了冯马驹要去工作的事情，除了牛娃有情绪，冯德宽、公社王书记都同意。冯景藩让冯马驹尽快去饮食公司报到，否则和他一刀两断！但冯马驹给冯安国说他不想当司机。冯景藩从冯安国跟前知道后，继续让冯马驹去城里上班。冯马驹还是不去。冯景藩于是把一只细瓷茶壶从石桌上摔到槐树根上后说："你给我滚！"并把冯马驹的被子扔了出去。马驹背着被子，走出门去，来到砖场，打算先在那儿暂时安身。公社王书记听到冯马驹被赶出家门的消息，

既惊又喜，立即来和冯马驹谈发展农村的事情，互相都受到了鼓舞。

第二条线索是冯马驹对他爸冯景藩找下的工作的拒绝，可谓态度坚决。他爸给他说了找下工作的事情后，他先想到村里办砖场，办种牛场的事情，没有答应。他之所以拒绝进城，是因为他看到，"现在，振兴农村的时候到了，所以我想放开手大干一场"。他也给冯德宽、牛娃、冯来娃及村里很多人说了自己决定不去县上工作了。冯德宽劝他甭一时脑子热了，他给冯德宽说："德宽哥，咱们明天该干啥，照样去干，权当没这回事情。"他准备上县城去向冯安国说清自己不想离开冯家滩的意思时，薛淑贤和她母亲来了，她们是冲着他找下工作的事情来重续旧好的。他后来到城里给冯安国说了他手里拴着队里的好多事，不能来开车了。回家后，他却给他爸说"名额让旁人抢占咧……"他爸大为吃惊，信了他的话。但他爸很快从冯安国跟前问清了原因。他最终还是没去。

第三条线索是冯马驹创业，可谓是尽心尽力。他买来八头纯种的秦川牛办种牛场，力排众议，让身高只有三四尺，头大、腰粗，像个怪物的半截人冯来娃当饲养员。他办砖场，摆下酒菜恭请烧窑的郭师傅一定要把窑烧好，郭师傅表示一定不辜负他的期望。他一再给牛娃、冯德宽鼓劲，给冯来娃鼓劲，让他们对村子的前景不要灰心。当然，牛娃在知道他要去县上工作的事情后，就去找他表哥当装卸工去了，但他最终还是回来了。冯德宽也说他要到河西镇摆摊修理车子、钟表、锁子了，但最终没去。砖场、配种站终于开窑、开庄了。冯家滩三队出现的生气令人走路都带劲了，吃饭都有味了！

第四条线索是冯马驹和薛淑贤的婚约情况，可谓满满的功利。民办教师薛淑贤是冯马驹还在当兵的时候定下的媳妇。有一天，两位军人来到冯马驹家里，说冯马驹要提拔排长了。冯景藩给他们说了冯马驹的婚事，他们说冯马驹的对象要经过部队审查，同意了才能订婚。后来，冯马驹回家探亲时，就和薛淑贤订婚了。但在结婚前，薛淑贤却提出只有冯马驹参加了工作才有资格和她去领结婚证的条件。当薛淑贤听到冯马驹准备在县城冯安国当经理的饮食公司工作时，就主动和她妈来到冯马驹家里重修旧好。薛淑贤主动叫冯马驹他爸为"爸"，叫他妈为"妈"。冯马驹听了，痛苦地闭上了眼。媒人刘红眼安排冯马驹和薛淑贤到厦屋说话。薛淑贤请求冯马驹原谅自己，说她来就是确定两人关系的。冯马驹想薛淑贤爱的只是军官冯马驹、吃商品粮司机的冯马驹，而不是冯家滩三队队长冯马驹！他问薛淑贤："能一言为定吗？"薛淑贤说："能。"媒人和薛家母女走后，冯马驹知道这一切都是暂时的假象，一旦他给冯安国说了不去他那里工作的话，一切都不会存在了。作者通过冯彩彩的视角，表达了对薛家母女的鄙视：冯彩彩坐在堤坝下的一块河石上搓洗衣服，无意看见薛淑贤跟她妈朝小河边走去，就知道她们到冯马驹家"爬后墙"了。冯彩彩睽着那两个人格低下的人，朝水里吐了一口唾沫儿。冯彩彩对冯马驹没有一丝一毫的杂念，在冯马驹回乡当农民后，薛淑贤要和他退婚，而冯彩彩却准备和他相好。薛家母女到马驹家里交涉的结果如何，冯彩彩没兴趣关注。这里，冯彩彩认为薛家母女是两个人格低下的人，自然也是作者的看法。

第五条线索是冯马驹和冯彩彩的爱情，可谓钟情依旧。冯彩彩她爸是冯家滩年轻的大队长，因触电死了，她妈也改嫁了，她于是和奶奶相依为命。从此，冯马驹和牛娃每天给冯彩彩家抬水。冯彩彩上学了，常受几个男娃欺侮，冯马驹把他们打跑了。冯马驹参军走的前一晚，和牛娃一起来冯彩彩家，说她家以后的水由牛娃担。冯彩彩把一双鞋垫塞到了冯马驹手里。冯马驹当兵后，他们两人通了三四年信。当两位军人来说冯马驹的对象要经过部队审查，同意了才能订婚的话后，冯彩彩听了浑身颤抖，整整睡了三天。第三天，冯彩彩跟县地段医院大夫冯文生定亲。冯马驹回家探亲时，看冯彩彩已经是冯文生的未婚妻，就和民办教师薛淑贤订婚了。冯彩彩给冯家滩得了流感的人打针时，接到冯文生的绝交信。冯马驹来处理被砖砸烂的脚伤，冯彩彩让冯马驹看冯文生的来信。冯马驹决定去找冯文生收回信，并赔情道歉。冯彩彩挡住了。晚上，冯文生的父亲冯大来让冯马驹去劝服冯文生和冯彩彩和好。冯马驹答应了。冯彩彩给冯文生寄了回信后，才知道了冯马驹要去城里工作的事情。她问冯马驹是不是真的？冯马驹说自己去城里工作的事情还没决定。冯彩彩终于证实冯马驹真的要走了，就生着气离开了。冯彩彩在河边洗衣服时，冯马驹来了，他问冯彩彩给冯文生写过回信没有？冯彩彩说写了。冯马驹说他去劝冯文生，才知道冯大先生伙同儿子谋算冯彩彩。冯大先生之所以让冯马驹去劝解冯文生，是为了造成他坚决反对儿子背弃婚约的假象，以减轻乡党们舆论的压力。冯彩彩听了冯马驹的话，说她爸爸已经平反了，她现在生活得很好。冯马驹说他明天就去县上退了那个差事。冯彩彩听了，却转身走了。冯马驹被他爸赶出家门后，冯彩彩知道冯马驹要留在冯家滩了，她就想向冯马驹表达爱慕之情，并打算叫他来吃午饭。中午，冯彩彩去叫冯马驹，但冯马驹却被冯德宽拉去吃午饭了。冯彩彩走进冯德宽院子后，兰兰问她是不是来叫冯马驹吃饭呀？冯彩彩说："可惜我来迟咧！已经端上你们家的碗……"冯德宽发现冯马驹和冯彩彩是非常好的一对儿，就和兰兰打算给他们牵线拉扯。后来，冯彩彩去奶牛场向冯景藩老汉问寒问暖，老汉不觉流下一股热泪来。一位职工随便问冯景藩："是你儿媳吗？多孝顺的儿媳！"冯景藩尴尬地摇摇头，说："不是不是，快甭乱说！"冯彩彩决定给冯马驹写一封信，从从容容地给他一诉衷肠，表达自己的爱慕之情。这时，冯马驹来了，他对冯彩彩说："我……想你……"冯彩彩的脸上轰然发热了。他们来到河堤上，冯马驹说《中国青年》上发表了写冯彩彩她爸光荣事迹的文章，明天去给他烧几张纸。冯彩彩听罢扑跌进了冯马驹的怀抱里。冯马驹也抱住冯彩彩，疯狂地吻着她。

小说也写了三队副队长兼砖场场长冯德宽遭遇的倒追式爱情：冯德宽年轻时，迷住了邻村同学兰兰，两人最终在一起过日月了。兰兰一直没有回过娘家，娃娃们至今也不认得姥爷姥姥和舅舅。兰兰被她爸妈撵出门后，很难受，但她照样活着。

小说还写了牛娃的遭遇：牛娃他爸是中学教员，但扔下牛娃和他妈在城里重新成家了。牛娃妈因之双目失明了，使牛娃找不下媳妇。牛娃今年是第三次当三队干部，他说这一次要是干不出一点名堂，冯家滩的人就要把他笑臭了。牛娃听到冯景藩给他说冯马驹要去县城工作，就说冯马驹今日走，他明日走！然后他回去给冯德宽撂了挑子。冯德宽说还没见冯马驹的话哩。牛娃就没再说执拗的话。牛娃的表嫂给牛娃介绍下一个女人，需要一个人去向女人说明牛娃的境况，冯德宽就让媳妇兰兰去办这事。牛娃感激地、羞怯地、幸福地笑了。后来，给牛娃说的那个媳妇对牛娃挺满意，但弹嫌牛娃的脾气太倔。冯马驹和冯德宽决定一块去说服女人。牛娃跟着他表哥的拖拉机搞装卸，他表哥发财的心比救火还急，司机提出不干了。牛娃看出表哥为了找到活，给县城百货公司的领导送了二百斤大米，然后从百货公司基建工地拉回了一万块砖头，准备盖二层楼房。牛娃想必须早日辞别这个危险的表哥，他于是辞了活回到家。他听瞎眼母亲说了冯家滩的新闻——冯马驹被他爸赶出家门的事情后，赶紧去找冯马驹。他看见冯马驹、冯德宽和冯彩彩都立在冯志强的坟前，冯彩彩正念着她爸冯志强当年写给校党支部的决心书……冯马驹说将来要给冯志强立一块碑。牛娃最终走到了他们中间……

《初夏》在陈忠实的创作中既是一个里程碑，又是一个重要的过渡。所谓里程碑，是说这是他创作的第一部中篇小说；所谓重要过渡，是说这部小说既有他以往写作惯性的延伸，比如注重塑造新人，又有对新的社会问题的发现和强烈的现实关怀。

《初夏》是陈忠实想"用较大的篇幅来概括我所经过的和正在经历着的农村生活"（《关于中篇小说〈初夏〉的通信》）。该小说是陈忠实在编成第一本短篇小说集《乡村》之后，于1981年1月开始就写的小说，是他写得最早、最长，但也写得最艰难、最辛苦，接近于难产的一篇中篇小说，全文十二万字。陈忠实说："这年（1981年）开春，我试写了第一部中篇小说《初夏》，投寄给《当代》的已可称朋友的编辑老何（何启治——笔者注），他肯定了小说的优长，也直言其中的亏缺，希望再修改。我一时竟感觉修改难以下手，便放下了，待冷却之后再重新上手。第一次写中篇小说，写的又是我熟悉不过的与生活同步的农村改革题材，却出手不顺，便有一种挫伤的失败情绪。从新时期文艺复兴到这年开春，我已写了三年多短篇小说，刚刚编成第一本短篇小说集《乡村》后，便跃跃欲试较大篇幅的中篇小说的创作了，不料却如此窝心，尚不属窝气，这个夏天便感觉格外闷热难挨。"[1]

陈忠实一生和何启治通过15封信，这些信经过何启治的整理后刊登在2017年第4期的《新文学史料》上，它们中的一些信讲述了《初夏》的艰难写作及修改情况。

1981年7月9日的通信（第2封信）写道："何启智（治）同志：您好。尽管好多年没有通讯息，在我的心里，仍然保存着对您的美好的记忆。……近二年半时间，我在一些报刊上发了十七八个短篇，编成《乡村》短篇集，由陕西人民出

---

[1] 陈忠实：《难忘的一声喝彩——我与上海文艺出版社》，见《陈忠实文集》（第10卷），人民文学出版社，2015年版，第121页。

版社出书，即将发排。我写得少，较之前多年，这也算是快了一点，多了一点。与同辈中有影响的朋友比，实在是惭愧的。……我读了几个苏联的中篇小说，全是当代生活题材的。我很受启发。他们的中篇（限于我读过的几本）情节少，所写的事也极小，三四个人物，看来很单，然而写得极好。这样，首先一个收获是，打破了我对中篇形式的畏怯情绪，觉得可以试一试。这样，我想到了您。您是第一个向我约写中篇的编辑，而且在我身上花费了诸多的心力和热情，我却不争气，最终使您失望了。我就想，不写不论，如果真能写成，第一个中篇，无论好坏，一定先送您。不管能否刊用，得到真诚的指导这一点以及及时的处置，那是无需怀疑的。倘能经您帮助，修改而后刊出，也算是我对您几年前费心费力的一个补就（救）吧！"

从上面的信中可以看到，陈忠实未明确提到《初夏》这篇小说，但《初夏》是陈忠实于1981年元月开始创作的，信里显示该小说是他在读了几个苏联作家的小说后，受启发写作的，并说写出来要先送给何启治指导。

1982年元月15日的通信（第3封信）写到1982年："十一月下旬到十二月底改完那个小中篇，时间估计是充足的。这期间，有两位搞评论的同志看了原稿（《新文学史料》注：指到1984年历时近三年终于改成，作为头条刊发于《当代》1984年第4期的中篇小说《初夏》），又谈了些意见。综合考虑之后，动起手来，却很不顺当，无奈又停下；到十二月头上，再改，已写了近二万字，仍觉得不行，于是又停下；所以没有给您写信。原想一气写完寄您，便是最好的回复。现在看来不得不先给您告知进展情况了。您所谈的那些意见，与西大这两位评论工作者的意见大致相同（我事先没有给他们谈您的意见）。修改中，困难的是前十节的结构。我赞成您'考虑重新结构'的意见。自己原先对前十节的结构也觉得别扭，可是重新结构起来，要摆脱原来的架式，又很不顺手。二次修改停笔之后，我重新对此篇的主题作了考虑，结构的困难，实际是主题的问题，着力点的问题。这一点清楚了，就会结构合理的。考虑的结果是，把豹子（疑笔误，应该是指冯马驹——笔者注）和父亲的矛盾作为主线，由此展开矛盾，其余人物也因此线而定。冯家父子的矛盾实质是什么呢？作为父亲，对他自己所曾经献身的事业失望了。因为他的生活道路而决定了他的思想。儿子却满怀奋发的意志要重新唤起希望的火花。他有他的生活道路和追求。由此引出冯家的形形色色的青年的向往，苦恼和追求来。'乡土难离'，难在什么地方？这是我最后认识的焦点。这个意见，您以为如何？再则，重改之中，愈觉其中疏密失调，单薄的章节太明鲜（显）了，我想充实它，使之不失空泛和轻飘。我很苦恼了一阵子，但没有失掉信心。我自己相信这个主题，题材和人物，是不会过时的。因为它并不是解释某种政策的东西，所以倒不觉得是否受时间影响。我没有写过超过三万字的东西，这是第一次，难自己是可以理解的，反复几次有失败的教训，对日后也许有好处。请您鉴谅。一旦我自己觉得能拿出手的时候，即寄您。"

信中所说的"重新对此篇的主题作了考虑"，应该指最终确定的小说主题，即通过描写冯马驹和父亲冯景藩的观念冲突，一方面鞭挞小农意识和个人主义，一方面歌吟变革精神和集体主义。[1]信中说的"结构的困难，实际是主题的问题，着力点的问题。这一点清楚了，就会结构合理的。考虑的结果是，把冯马驹（原信为豹子）和父亲的矛盾作为主线，由此展开矛盾，其余人物也因此线而定"。根据前面的梳理，小说呈现出五条线索，其中，冯马驹和父亲的矛盾是主线，结构上自然显得异常复杂。

在写作中，陈忠实痛苦地发现，他笔下的主要人物发生了"集体叛离"，这是他"从事写作以来二十年间所经历的最严重'集体叛离'现象"。为什么人物会发生这种情况，多年后陈忠实承认，主要是因为他想把主人公冯马驹写成一个先进青年的形象，冯马驹始终受到了现实中先进人物原型的制约，这说明他当时还没有摆脱革命现实主义文学模式的影响。老作家王汶石曾说，《初夏》"像《创业史》，连一些人物都像"。确实，该作在多重意义上，乃是柳青《创业史》之人物和结构的再现。小说的内在核心冲突是新旧观念的冲突，约略类同于《创业史》的题叙里所叙述的旧社会与正文里所叙述的新生活之差异。冯景藩与冯马驹父子间的冲突内涵虽然与梁三老汉与梁生宝的冲突不同，但结构模式却无二致。他们两人的观念矛盾及融合的过程，构成了他们生活故事的基本内容。就像严家炎在肯定"旧"人物梁三老汉时，所指出的"新人"梁生宝的形象存在着

_____

① 白烨：《走向〈白鹿原〉的重要过渡——略论陈忠实的中篇小说创作》，《文艺报》2018年1月22日。

"三多三不足"① ["写理念活动多，性格刻画不足；外围烘托多，放在冲突中表现不足；抒情议论多，客观描绘不足。""'三多'未必是弱点（有时还是长处），'三不足'却是艺术上的瑕疵。"] 的问题。陈忠实曾申明，他对冯景藩的塑造，是他对生活长期体察的结果，他说相较冯马驹而言，"马驹的形象还是比较弱些"。

继续分析冯景藩与冯马驹，可以看出，冯景藩老汉也曾是一个梁生宝式的人物，他在年轻时当着农业合作化的带头人，是一个现实主义者。当新时期到来后，农村实行了"分田到户"的责任制，他便一下子陷入了深深的失落之中，于是坚决反对儿子冯马驹对农村集体事业的热衷，想着办法让冯马驹进城去工作。他的这种让冯马驹必须进城工作的执念的产生原因，核心之点在于他在二十六年前，说服人们把自家的黄牛或青骡，拉到大槽上来集中饲养……二十六年后，又由自己主持，把百十头牛马，分给一家一户去独槽喂养。对之，他在思想上难以想通，难以接受。

农业生产政策的变化使冯景藩捉摸不定，但他儿子冯马驹却执意要留在农村带领村民办工厂，搞副业，走共同富裕的道路。可以说，冯马驹是一个革命理想主义者，具有大公无私的政治道德人格。

《初夏》写完后，陈忠实对其前后进行了四次修改。他曾说："《初夏》两次修改失败的反反复复的经历，实际上对于我来说是一件好事，它使我更深一步地从原来的革命现实主义文学窠臼里反叛出来，并且逼着我寻找真正的现实主义的本真的东西。"② "这个过程对我后来的写作是难忘的，也是一个重要的不可或缺的过程……这是我写得最艰难的一部中篇，写作过程中仅仅意识到我对较大篇幅的中篇小说缺乏经验，驾驭能力弱。后来我意识到是对作品人物心理世界把握不透，才是几经修改而仍不尽如人意的关键所在。""《初夏》的反复修改和《白鹿原》的顺利出版，正好构成一个合理的过程。艺术要经历不断的体验才能找到属于自己的个性，这个过程对作家来说各个不同，然而谁都不能或缺，天才

---

① 严家炎：《关于梁生宝形象》，《文学评论》1963年第3期。
② 陈忠实：《陈忠实文集》（第7卷），人民文学出版社，2015年版，第393页。

们也无法找到取代的捷径。"①

陈忠实对《初夏》的修改情况，也可以从他写给何启治的信中陆续看到。

1982年3月8日的通信（第4封信）中写道："老何：您好。收到您二月廿六日信，心里顿然释负了。我不掩饰内心的愉悦，因为这部稿子（《新文学史料》注：还是指《初夏》。作为头条刊发于《当代》1984年第4期时，已是八万字的大中篇。此作被评论界认为是陈忠实的代表作之一）折腾我的时间太长了，几次三番，改不出一个新的面貌，半途辍笔，而最终把马驹及其伙伴们的命运放到整个农民这一阶层的背景上去思考，这就在构思中撑开一个新的天地，多少增加了历史的纵深感。可以如此，我当感激您对这部稿子从一开始就给予的肯定，建议，热情的关切和鼓励。……这一稿子的较为顺利的脱手，鼓舞我拼一拼，重写《初夏》。有了这两个小中篇的实践，我现在对中篇的结构稍为踏实了，不像最初那么茫然了。我更觉得，创作的素养，每一步进步，最终都要通过创作实践本身去解决。《初夏》我有信心进一步修饰它，等待您的具体意见。在西安或北京修改，你们定好了。我这儿没有什么干扰。"

可见，修改《初夏》使陈忠实很痛苦，"几次三番，改不出一个新的面貌，半途辍笔"，他所说的"最终把马驹及其伙伴们的命运放到整个农民这一阶层的背景上去思考"，自然是放在改革开放、农村实行土地承包制的大背景下去塑造。然后，稿子才较为顺利地脱手，并决定进一步修饰它。

1982年3月30日的通信（第5封信）中写道："老何：您好。二月四日及三月廿一日两信均收到，谢谢您的关心。春节后，本想坐下，完成修改事，正月十五刚过，区委抽调一批干部下乡贯彻中央一号文件，关于农业生产责任制的，我被抽调，住在渭河岸边一个公社里。时间约两个月，已过大半了。我住在一个大队里，生活是新鲜的，写作时间难以保证，请您原谅，只能在下乡结束后坐下来干了。实在使人觉得难以给您写信了。……我已作好准备，下乡完了，一鼓作气，完成修改，送您审阅。"这里应该指进一步修改《初夏》的事情，因为陈忠实受本职工作的影响而未进行。

---

① 陈忠实：《在〈当代〉，完成了一个过程》，见《陈忠实文集》（第6卷），人民文学出版社，2015年版，第308页。

1982年5月3日的通信（第6封信）中写道："老何：您好。两次信均收到，您的意思我明白了，肯定将对我的修改起重要影响，我在认真思考。我已于四月卅日回到灞桥，结束下乡，完成工作任务。原计划坐下投入改稿，省委宣传部通知五月八日至十五日在延安召开学习《讲话》座谈会，这是非参加不可的。待从那里回来，我想一鼓作气，改出来。"下乡的工作任务完成后，陈忠实准备一鼓作气，改出《初夏》来。

1983年2月17日的通信（第7封信）中写道："老何：您好。……月初曾给您一信，谈了见到您上月末关于《初夏》处理意见的信的意见，恕不赘言。"

1983年8月4日的通信（第8封信）中写道："老何：您好。……《初夏》稿经过半年的冷却、沉淀，我现在能感到许多不满足了，几个主要人物的欠丰满的那些部分也看得比较清楚了。我想较好地体现秦兆阳同志（《新文学史料》注：秦兆阳时任人民文学出版社副总编兼《当代》主编。秦老极重视发现和支持文学新人。陈忠实的中篇小说《初夏》即在他的指导下，经反复修改而刊出）的修改意图，认真地琢磨秦的那些意见，进一步吃透自己的人物和人物间的关系，有一种弥补和丰富他们的渴望。用时兴的话说，临战的心理状态尚好。……我在太白县大约待到二十四、五日，估计写不完，也会所剩不多，回西安安置孩子开学的事。此间您若有对《初夏》修改的意见，可写信到陕西省太白县文化馆陈忠实收。"说明秦兆阳对《初夏》的意见，使陈忠实进一步吃透了小说中人物间的关系，使他对稿子的修改产生了足够的信心。

1983年8月29日的通信（第9封信）："老何：您好。……《初夏》修改得很不顺利，要使您失望了。这次修改时，我重新作了人物分析，逐一写了人物自传，争取想改出一个新的面貌。可是付诸实践以后，感情上很不顺畅，别别扭扭。改下两万多字，返回来一看，又觉得丧气。我索性放下了。这样的痛苦是我写稿中很少有过的现象。改不下去，我又冷静下来回忆这篇作品产生和修改的整个过程。我最初要表现什么，有了怎样的变化？现在修改要表现什么？这样重新进行归结。我现在虽然中止了修改，仍在进行这样的考虑……（原信所用省略号）一俟可以重新动手，我再接着干。您不要急，遇见我这样的笨人，您这样的编辑就要费更多的心力。我因此很不安，觉得自己的文学功力太差了，有负于您的厚望。……"说明《初夏》的修改很不顺利，改不下去了，只得放下来冷静，但思考怎样修改仍在进行。

1984年3月11日的通信（第10封信）："老何：您好。……这次农村题材讨论会是开得不错的。几年来，在农村题材的创作中，面对变化着的新的生活潮流，我不止一次感到困惑，甚至痛苦。这种困惑，首先是对复杂的生活现象缺乏一种高屋建瓴的理论把握。至于作品从怎样的角度去反映现实，以避免图解政策的前车之鉴，又当别论，而作者总应该搞清楚当前政策的理论基础。我以为这是我个人独有的困惑，因为我缺乏高等教育，缺乏系统的理论学习，又长期困于比较狭隘的一隅，因而导致如此。所以这次会议，我是从内心感到踊跃的。企图得到启示，特别是当今活跃于文坛的农村题材的名家纷涌而至，我想我会受益的。会上，绝大多数的作家都谈到困惑了，困惑成为大家的口头禅了。我心理（里）踏实了，看来大家面对新的生活现象都有类似的思考，类似的苦恼。我甚至想，严肃的作家对变化着的农村生活的思考是必然的，而对这种新的生活现象觉得轻易可以认识，可以表现，往往使人感到了某种图解的简单化作品。我这次主要是带着耳朵去的，我达到了目的，听到了许多长期保持着与生活联系的新老名家的精采（彩）发言，尤其听到杜润生的报告，得益非（匪）浅。我的直觉是需要学理论，强化对生活的认识能力，更应坚定不移地研究自己的生活，应该相信自己对生活的认识和把握，而不应人云亦云。作家首先应该知道他的研究对象是生活。陕西作协接着要开类似的会，以促进本省的农村题材的创作，我已被通知参加。《初夏》仍需您再费神删节，我心里很不安。这部稿子已使您过多的耗费了精力，我现在倒是轻松了。我只能说，您放心去删改，我完全信任。我的另一篇小中篇也已改定，陕西出版社新创办的《文学家》拟定二期刊用。我现在该当作今后的学习创作计划了。经过前三部中篇的试写，我对中篇的形式兴趣愈浓，想探求中篇的种种表现形式，以丰富艺术表现能力。……"说明农村题材讨论会的召开使陈忠实面对新的生活现象所产生的困惑多少有些解惑，为《初夏》的删节、修改带来了动力。

1984年，《初夏》发表在《当代》第4期上。陈忠实给何启治继续写了几封信。

1984年3月23日的通信（第11封信）："老何：您好。十五日信诵悉，得知

《初夏》发稿，十分欣慰，作者总是希望自己的习作早一日出刊，这是不言而喻的。六十年代的中学生自觉回乡，不一定都要经过申请的手续，而对学生中的领袖式人物，校长总是无一动摇地鼓励促进他们能进入高级学府去深造，以铸造国家的栋梁之材。志强（《初夏》中冯彩彩的父亲冯志强——笔者注）是同校学生中的佼佼者，却又下了回乡的决心，于是就有三次申求回乡的情节。这个情节，是从一位六十年代初的模范人物身上得来，并非随意设想。不过，这不是什么大问题，而结尾时马驹一伙青年在坟上读那份申请书的必要性和合理性，我受到你的提示，似乎也有些文绉绉。这样，我还是前信的意见：由你处理吧。这不是什么大的问题。"

1984年6月17日的通信（第12封信）："老何：近好，南方之行安健？……《初夏》终于要见诸于世，我现在依然（不）能忘却这部稿子的修改历程。只有我和你最清楚了。我不禁想，如果当初我把这篇东西不是送给你，大约不会有后来的二稿和三稿的，可能早已付之一炬了。我现在翻看当初给你看的那一稿底稿，自己都觉得无法看，而你从中看到了主要之点（当时很不明显），而终于促成了这部稿子的发展。我每想到此，真是感佩之至！……我去年到今年初的两部中篇相继脱手，对我是一个鼓舞，我想再搞两年中篇，试试中篇的种种表现形式，到时再看看能否搞更长点的东西，或者反回头再写短篇。……"

1983年7月27日的通信（第13封信）："老何：……六月份的《解放军文艺》发了一部中型报告文学《大寨在人间》。起初我不大注意，整党会上，魏钢焰和杜鹏程都热烈地提到这篇文章，并让我读读。读后，确实觉得不错。作品从历史唯物主义的客观立场，写了大寨的过去和现在，关键在于从过去到现在的那个转折上。在这个转折上，大寨那一代英雄的心理过程是极为真实的。在一定的意义上，他们本身是一个悲剧，很容易使人联想到四方面军那些在错误路线下表现了慷慨悲壮的英雄史诗的战士。大寨人的思想转变过程，不是他们独有的，而数不清的南方北方的那些基层干部，（如某些文学作品中揭露过的不正之风者、强奸知青者除外）那些解放以来在极左的钢丝上忠诚奋斗的人，大都经历了不同程度的如梁便良们一样的思想转变过程。由此我想到了习作《初夏》中的冯景藩老汉。我至今仍然遗憾没有把他写得更丰满。但有一点可以自慰：我的冯景藩是我对生活体察的结果，我没有背向实际生活。现在回想起来，我觉得马驹的形象还是比较弱些。八月下旬，刊物该出了，习作见诸于世后，盼能收各种反映，毫不保留地告我。尤其是批评性的意见……"

《初夏》中的冯马驹、冯德宽、牛娃、冯志强们，都有深爱乡土、立足乡土、发展乡土的深厚情怀，他们和陈忠实的多篇小说中塑造的干部形象一样，既年轻，又是党员，具有公而忘私、舍弃个人利益、一心扑在集体事业上的吃苦精神，脑子普遍灵活，最终成为引导农村走共同富裕之路的带路人或榜样。这样的人物形象塑造的理念，是陈忠实受了"十七年文学"的深刻影响形成的，已经成为他的一种固化的艺术思维、固定的心理定式，他要完全冲破，显得非常困难。他在这一时期创作的小说，塑造出的是不同时期的农村好干部的形象，他们是他心目中的"新人"，有着或浓或淡的某种既定概念的影子。这些人物往往只是表达概念的工具，而不是艺术的目的，他们的性格因之缺乏丰富性和复杂性。另外，陈忠实也有这样的一个基本认识：农村的贫穷，主要是因为没有或缺乏好的领导干部，所以，他便尽力地去塑造好的领导干部，他把他们在进城与留乡上的选择，为公与谋私的人格作为衡量标准，习惯给他们涂上或浓或淡的先进与落后的政治色彩，常自觉不自觉地对他们进行着高尚与低下的道德评判。

《初夏》中的冯马驹是一个敢于坚持自己想法的先进年轻代表。他为了把冯家滩发展好，不惜推掉了父亲托人弄到的县城的工作，甘愿留下来做对冯家滩有益的事。冯德宽是冯家滩第三大队副队长，和冯马驹共事，他只想把自己的事做好；同时，他又是一个善良、朴实、勤劳的农民典型代表。牛娃是与冯马驹和冯德宽一起共事村干部，他比冯德宽显得狡狯一点，当得知冯马驹要到县城工作时，他赶忙给自己找了一条后路——到做生意的表哥那做事。但做了一段时间，他发觉表哥做生意总是走后门，因看不惯就回到了冯家滩第三生产队，继续和冯马驹、冯德宽一起为冯家滩的发展贡献自己的力量。冯彩彩是乡村医生，也是一个很前卫的女孩子。她爸是原冯家滩大队队长，在一次事故中死亡。冯彩彩与奶奶相依为命。经历的很多磨难使她很坚强，也许是从爸爸那继承来的，她对那些阿谀奉承、高傲自大的人不屑一顾。因此她同意了与冯文生解除婚约。她一直很喜欢冯马驹，但冯景藩却叫她不要误了冯马驹的前程。当冯马驹回来时，她又恢复了对他的爱慕。后来当她得知冯马驹和薛淑贤解除了婚约，她才敢向冯马驹表明自己的心意。冯景藩是冯马驹的父亲，是一个很保守的人，旧思想很严重，但从心里又屈服于这个社会。他本来是冯家滩党支部书记，为冯家滩也做了很多好事。当从合作社转到责任制，他接受不了，认为自己辛苦建立起来的事也被吹了，自己不中用了。与他共事的冯安国后来离开冯家滩大队成了县饮食公司的经理。这让冯景藩很不舒服，所以他死活也不让儿子待在冯家滩和他一样窝一辈子还得不到好处。白烨认为："这个作品与陈忠实之前的短篇小说的相似之处，是镜头依然瞄准当下农村的现实状况，写两代人的思想分野与观念冲突，不同之处则在于，不同观念的两代人，在人物形象的刻画中更注重心理世界的挖掘，先进者与落后者，都因精神世界的充分展示，显得既形象生动，又性格饱满。"①

《初夏》发表后却遭遇了冷落，这是对陈忠实文学人生的第二次重创。白烨认为从"《初夏》和《康家小院》来看，可以说，在初期的中篇小说创作中，陈忠实试图走出短篇小说创作中故事较为单一、人物基本正面的局限，力求在观念冲突中，描绘出性格复杂的人物形象与曲折跌宕的悲剧命运。但严格检视起来，虽然场面大了，故事长了，却因为视野的不够开阔，手法不够灵动，过于执着于生活事象本身，使得作品黏地性过强，想象力不足，在'写什么'与'怎么写'两方面，都未能真正实现创作上的更大突破"。②

作为1980年代初之"新人"，冯马驹在集体与个人间之选择无疑更具症候意义，也差不多可以视为是对"高加林难题"的反面书写——城乡之辩在这里呈现为全然不同的方式：冯文生"抛弃"冯彩彩，民办教师薛淑贤在与冯马驹婚恋问题上的反复无定，无不说明困扰高加林的思想难题已然成为冯家滩之精神共识。"到城里去"在多重意义上成为年轻一代的人生愿景，即便如此，独特的个人生活经验仍然使得陈忠实坚信："企图通过考试逃离'苦海'（农村）而进入文明的城市的青年也不乏其人；死心塌地地用自己的智慧和创造性劳动改变乡村贫穷落后现状的青年也不能断言其绝对没有啊！""生活里既然有冯景藩，就不会没

① 白烨：《走向〈白鹿原〉的重要过渡——略论陈忠实的中篇小说创作》，《文艺报》2018年1月22日。
② 白烨：《走向〈白鹿原〉的重要过渡——略论陈忠实的中篇小说创作》，《文艺报》2018年1月22日。

有冯马驹。"《初夏》比《人生》晚出数年，在近三年的修改过程中，陈忠实无疑见证了高加林难题所引发的关于青年人生选择的旷日持久的讨论。高加林的人生选择自然有其历史合理性，但并不能就此认定其所选择之人生道路具有无可置疑的正确性从而遮蔽他种选择的可能。"我所要努力揭示的，是我们的生活在发生重大变化的转折时期，从冯景藩的沉重感叹声中和冯志强的幽灵里，诞生了新的冯家滩的一代青年。"他们扎根农村，继续在总体性的视域中延续新农村的希望愿景的诸多努力，以其无可置疑的坚定信念重返其父辈在1950年代依托宏大之历史想象所建构之人生愿景，为"高加林难题"之别解，也从另一侧面说明1980年代初精神现象之复杂以及多样之可能性，并非个人主义之兴起所能简单概括。冯景藩与冯马驹关于城乡之辩的精神冲突也可能在历史延续性的视域中得以缓解。有论者认为，陈忠实写作的核心理路，仍在柳青以降之精神脉络之中，从宏大的意识形态的希望愿景中想象性地解决现实的矛盾，并于此间塑造与时代核心主题密切关联之"新人"形象，为其基本特征。①

李建军认为，《初夏》传达的主旨就是，农民就应该永远做一个好农民；而人，尤其是作为共产党员的人，应该没有丝毫的私人杂念。"农村广大青年的出路，还在咱农村哩！国家现时还不可能把农业人口大量转变为工业人口的。有志气的共产党员，应该和乡亲们一起奋斗，把自己的家乡建设好，做缩小城乡差别和工农差别的带头人。农村的物质丰富了，文化生活多样了。社会主义文明建设好了，谁还挤进城去做啥？"这样的高论宏议，显然也代表了作家的看法。王书记对马驹说："有的人为自己谋利益，劲头大得很，甚至不惜冒犯党纪国法；也有人为人民利益谋幸福的。""我们必须跟党同心同德……马驹，干吧，我和你搭手干。"②

《初夏》把主人公冯马驹写成一个先进青年的形象，冯马驹始终受到了现实中先进人物原型的制约，这说明陈忠实当时还没有摆脱革命现实主义文学模式的影响。他对冯马驹和冯彩彩这类闪耀着政治道德色彩的人物的爱情故事的讲述，全然忽视了他们的政治道德理想人格。好在他并未完全沉湎于政治—人格视角的

---

① 杨辉：《陈忠实小说的"前史"考察（1966—1977）》，《文艺报》2018年1月22日。
② 李建军：《陈忠实的蝶变》，二十一世纪出版社集团，2017年版，第106页。

叙述成规不能自拔，和当时许多知名作家如王蒙、张贤亮等人一样，他也尝试过政治—人性视角的过渡性叙述形态。与前一种叙述成规着眼于歌颂不同，后者的叙述主要致力于批判，批判在新中国成立后的泛政治化语境中人性的扭曲、异化与沉沦。所以这种过渡性的叙述暗示了陈忠实新时期小说中现实主义精神的初步觉醒。[①]

附《初夏》的故事情节：

第一节：冯家滩第三生产队办的砖场准备开窑了，但县饮食公司经理冯安国在家里给小儿子娶媳妇，人们都去了，害得窑开不了了。三队副队长兼砖场场长冯德宽也去参加婚礼了。但另一个副队长牛娃没去。

第二节：冯家滩党支部书记冯景藩准备到公社去找王书记，谈自己去奶牛场喂牛的事，谈安排接班人的事。老伴说冯安国叫他去参加他儿子的婚礼。他想起儿子冯马驹从部队复员回到冯家滩，原先订下的未婚媳妇薛淑贤提出只有冯马驹参加了工作才有资格和她去领结婚证。他就请冯安国帮忙给儿子找个工作，冯安国满口应承。

第三节：冯景藩参加冯安国儿子的婚礼后，冯安国说他已经安排好冯马驹在他们公司开车了。冯景藩激动得有点痴呆了，然后指挥小伙子们挪桌移凳，安排新婚典礼的场所……

第四节：冯家滩三队队长冯马驹吆着买下的八头纯种秦川牛回到冯家滩来了。副队长牛娃在村口等他到了，说了冯安国给儿子结婚，砖场没开窑的事情。冯马驹安排冯德宽晚上加班开窑。冯马驹回家后，他爸给他说了找下工作的事情，但他想起队里刚铺展开的一大摊工作，就没表态。他走出家，想得尽快办起砖场，办起种牛场。

第五节：不少人在饲养场欣赏着八头秦川牛，议论纷纷。冯马驹关心的是饲养员的人选问题，他推荐身高只有三四尺，头大，腰粗，像个怪物的半截人冯来娃当饲养员。牛娃坚决反对并说了瞧不起冯来娃的话。冯来娃刚好听见了这些话，就把牛娃讽刺了一阵要走。冯马驹拉住冯来娃，冯德宽把烟锅

① 李遇春：《陈忠实小说创作流变论——寻找属于自己的叙述》，《文学评论》2010年第1期。

递给他，然后，共同劝慰他，他最后终于当了饲养员。冯马驹和冯德宽又去砖场找烧窑的郭师傅，摆了酒菜让他把窑烧好。郭师傅表示一定不辜负他们。

第六节：冯家滩医生冯彩彩给得了流感的人吃药打针时，接到了县地段医院大夫冯文生的绝交信。冯彩彩爱慕的是冯马驹，当她听说薛淑贤给冯马驹提的结婚条件后，十分鄙视薛淑贤。这时，冯马驹因被砖砸烂了脚来处理伤口，冯彩彩立即给他包扎起来，期间，她让冯马驹看了冯文生的来信。冯马驹决定去找冯文生收回信，并赔情道歉。冯彩彩挡住了。

第七节：冯景藩去找会计冯三门给冯马驹出去工作的事情写张证明并盖章。冯三门恳求冯景藩给他在县上找个差使，冯景藩答应后，他才开了证明信。冯景藩又去公社办手续，然后和冯德宽谈了冯马驹要离开三队的事，冯德宽说他不会拉扯住冯马驹的。完后，冯景藩去公社找王书记，王书记同意冯马驹走，并让冯景藩去奶牛场上班。

第八节：冯彩彩她爸是冯家滩年轻的大队长，因触电死了。冯马驹参军走的前一晚，冯彩彩把一双鞋垫塞到他手里。冯马驹第一次回家探亲时，听到冯彩彩和冯文生订婚的消息，他于是和薛淑贤见了面。晚上，冯文生的父亲冯大来让冯马驹去劝服冯文生和冯彩彩和好。冯马驹答应了。

第九节：牛娃牵着一头秦川公牛向饲养着母牛的人夸庄（配种）。牛娃他爸做中学教员，但扔下他和他母亲后在城里重新成家了。他母亲因之双目失明。他也找不下媳妇。他今年是第三次当三队干部。他说这一次要是干不出一点名堂，冯家滩的人就要把他笑臭了。他赶着牛朝前走时，冯景藩给他说了冯马驹去县城工作的事情。他说冯马驹今日走，他明日走！他把牛拉回去，给冯德宽撂了挑子。冯德宽说还没见冯马驹的话哩。他才没再说执拗的话，拉着牛，又走进村子去了。

第十节：冯彩彩去河西公社卫生院购买药物，顺便给冯文生寄了回信。冯彩彩她爸死后，她妈改嫁，她和奶奶相依为命。冯马驹参军后，他们两人通了三四年信。冯马驹回家探亲时，她已经是冯文生的未婚妻。冯马驹随后和薛淑贤订婚了。冯彩彩寄了信后，知道了冯马驹要去城里工作的事情。她去问冯马驹，冯马驹却说起他准备去劝解冯文生的事情。冯彩彩说不必再找冯文生了。

第十一节：冯景藩见了公社王书记后，觉察出王书记急于换掉他，感到有点寒心；回来的路上遇见牛娃，牛娃的态度有失检点；路过何家营村时，被该村支书何永槐拉去对饮了一会。何永槐主张冯马驹赶快去县上工作，跳出冯家滩这个泥沼。冯景藩打算让冯马驹明天就去县饮食公司报到。但老伴提醒，冯马驹脚负了伤。冯景藩于是感慨起自己在农业社时期的奉献，冯志强立志要改变家乡的大胆计划，以及社里男人女人整修稻地、大堤后人人吃到白米等事情。"四清"运动、"文革"接连开始后，冯志强却赔上了一条命。冯马驹给父亲冯景藩说："现在，振兴农村的时候到了，所以我想放开手大干一场。"冯景藩说：你如果愿意，明天就到县上报到去；如果不愿意，咱们父子一刀两断！冯马驹相信父亲的话不是吓唬他。

第十二节：冯马驹想和牛娃、冯德宽商量自己是否该去县上当司机的事情。他来到饲养棚，看见冯来娃一个人和着泥，搬着砖，觉得让这个残疾人守槽头，一定比那些身体强健的人可靠得多。他找到冯德宽，冯德宽说，牛娃已经知道你要去县上工作的事情了，他也找他表哥去当装卸工了。冯马驹说他去不去县上当司机还不一定。冯德宽让他最好去工作，说自己也要到河西镇摆摊修理车子、钟表、锁子了。冯德宽年轻时，邻村同学兰兰倒追他，他们就在一起过日月了。冯马驹想着冯德宽、牛娃、冯来娃及村里很多人对自己抱着希望，于是说，"我不去了"。冯德宽听了，连忙说："生产队的事，一辈子也搞不完。你的前程事关重大，甭一时脑子热了……"冯马驹说："德宽哥，咱们明天该干啥，照样去干，权当没这回事情。"

第十三节：冯马驹准备上县城向冯安国说清自己不想离开冯家滩的打算。他刚走到门外，看见薛淑贤在她母亲、媒人的陪同下来了。冯马驹给他爸冯景藩说："爸，你跟俺妈陪客人坐，我走了！"他爸想儿子一当上司机，恋爱结婚的问题就有优越条件了，于是说，"你走"。冯马驹听见薛淑贤叫他爸为"爸"，叫他妈为"妈"，就痛苦地闭上了眼。媒人安排冯马驹和薛淑贤到厦屋说话。两人于是在屋里谈，但谈得很不愉快。

第十四节：冯彩彩坐在堤坝下的一块河石上搓洗衣服，无意间看见薛淑

167

贤跟她妈朝小河边走去。她瞅着那两个人格低下的人，朝水里吐了一口唾沫儿。她洗着衣服时，冯马驹突然来了。冯马驹给她说了冯大先生伙同他儿子谋算她的事情。她听了，就转身走了。然后，冯马驹看见牛娃提着一串油饼走着。冯马驹拦住牛娃，牛娃说他表嫂给他介绍下了一个女人，需要一个人去向女人说明他的境况。后来，冯德宽让媳妇兰兰去办了这事。牛娃对此很是感激。

第十五节：冯马驹在城里找到冯安国，说了自己手里拴着队里的好多事，不能来城里开车了。冯安国说你不来没有关系，我总算给你爸尽了一份心。冯马驹回家后，给他爸撒谎说："名额让旁人抢占咧……"冯景藩大为吃惊。冯马驹说饮食公司添了一辆车，惹得一山的猴儿都急了，寻冯安国的人不下二三十个，全是县上的领导和熟人……冯安国倒是真心实意给咱办事，但没办法给咱办咧！冯景藩相信了冯马驹的话。冯马驹随后给冯来娃说他不去当司机了，冯来娃却半信半疑。

第十六节：冯家滩来了两辆载重汽车到砖场拉砖，配种站也开庄了。冯马驹和冯德宽商议起冯彩彩医疗站资金所剩无几的事情，冯马驹说："收款！"冯德宽说："只有这样了。"两人随后又说了一会给牛娃说的媳妇的情况！冯马驹回家后，他父亲已经问过冯安国他不去城里工作的原因，就愤怒地、坚决地让他去城里上班。他还是不去。他父亲就把他赶出家门。他只得背着被子，向砖场走去，打算在那儿暂时安身。

第十七节：冯彩彩碰见冯马驹肩头搭着被子走过来。她打算叫冯马驹来吃午饭。但中午去叫冯马驹时，冯马驹却被冯德宽拉去吃午饭了。冯彩彩去冯德宽家里，冯德宽和兰兰打算给冯马驹和冯彩彩牵线拉扯。

第十八节：冯景藩老汉把冯马驹赶出家门的举动，一时传遍了冯家滩的角角落落。河西公社王书记听到这件事后，既惊又喜，他立即来到冯家滩，和冯马驹谈话，互相都受到了鼓舞。冯彩彩去向冯景藩老汉问寒问暖，冯景藩不觉流下一股热泪来。奶牛场的一位职工随便问："是你儿媳吗？多孝顺的儿媳！"冯景藩老汉尴尬地摇摇头说："不是不是，快甭乱说！"

第十九节：冯景藩把冯马驹赶出家门后，他心里也不好受。冯彩彩决定给冯马驹写一封信，从从容容地给他一诉衷肠。突然，冯马驹来了，他对冯彩彩说，"我……想你……"冯彩彩的脸上轰然发热了。冯彩彩跟着冯马驹来到河堤上，冯马驹说《中国青年》上发表了写冯彩彩她爸光荣事迹的文章，明天去给他烧几张纸。冯彩彩扑跌进冯马驹的怀抱里。冯马驹抱住冯彩彩，疯狂地吻着她。

第二十节：牛娃跟着拖拉机搞装卸，发现表哥是个危险的人，就回家了。他母亲说了冯马驹被他爸赶出门了的事，他赶紧去找冯德宽和冯马驹。他看见冯马驹、冯德宽和冯彩彩都伫立在冯志强的坟前。冯彩彩正念着她爸当年写给校党支部的决心书……冯马驹说他将来要给冯志强立一块碑。牛娃最终也走到了他们中间……

1981年4月草于灞桥，1984年1月改于西安东郊

三、《梆子老太》：塑造了一个复杂的形象，反映了人性中本就具有的自卑、复仇、妒忌等东西，以及极左政治使人性的扭曲、变形

《梆子老太》是陈忠实的第三部中篇小说，写成于1984年2月，刊发在该年的《文学家》第2期，获陕西省文艺创作"开拓奖"荣誉奖。

小说写梆子老太死了后，却没人来埋葬，然后追述了原因，主要是她生前的劣迹太多，得罪的人太多。

按陈忠实的说法，他创作《梆子老太》的目的是想写出"极左政策扭曲人性，使人变形"[①]，这是他对该小说在思想内容上所做的一个解释。实际上，该小说并非只反映了极左政策对人性的扭曲、变形，它还写了人性中本就具有的自卑、复仇、妒忌等东西。如果总览全小说，反映政治使梆子老太人性扭曲的情况多体现在小说的中间部分至结尾，占大部分内容；写梆子老太的自卑、复仇、妒忌，在小说的前边一小部分里比较集中，同时在后边也有体现。

陈忠实在给何启治的信中说："经过前三部中篇的试写（指已发表的《康家小院》，已改定并拟刊发《文学家》的《梆子老太》和修改中的《初夏》等三

---

① 陈忠实：《寻找属于自己的句子》，上海文艺出版社，2009年版，第101页。

部中篇），我对中篇的形式兴趣愈浓，想探求中篇的种种表现形式，以丰富艺术表现能力。"①这是从该小说的艺术形式所做的一个解释，具体就像他在1985年2月27日说的："我第一次试着以人物结构小说，而打破了自己以往以事件结构小说的办法。通篇没有一个贯穿始终的事件，而是根据人物的性格和心的轨迹前进。"②确实，《樆子老太》是以樆子老太这个人物来结构小说的，写了在她身上发生的很多事，显示了她的"性格和心的轨迹"。这个特点，陈忠实在1989年1月28日继续谈过："我喜欢这个中篇只是因为《樆子老太》改变了以往以故事和情节结构作品的手法，是以人物来结构的，是创作实验。"③他还说《樆子老太》塑造的樆子老太是一个"复杂的形象"，"我无意伤害一个受过愚弄的没有文化的乡村老太太，不过是想通过这个较为复杂的形象，挖掘一下我们的国民性"。④这里他说到两个关键词，一个是"复杂的形象"，一个是"挖掘国民性"。就樆子老太"复杂的形象"而言，小说先写了她的勤快、孝顺、节俭，是个过日子的可靠人手，是个熟练的庄稼把式，后写了她的缺点，就是强悍，不会针线活，不会做好一点的饭食，结婚五年了还不生娃，由不会生娃，写了她的自卑、复仇、嫉妒，以及在极左政治旋涡中失去做人底线、疯狂陷害村人的事情。

　　樆子老太嫁给景荣老五五年却不生娃，不仅景荣老五对她很冷漠和鄙视，村里的媳妇姑娘也嫌她没生育，不愿和她这个假婆娘待在一起。在传统中国的认知观念里，一对夫妻不生育，罪责常常被归于女方，认为是女方得了不孕症。樆子老太和几乎所有当妻子人的一样，无意识地默认着这样的归因，却不去质疑是不是丈夫得了不育症。在这种观念支配下，她很自卑，也很气愤。她的气愤是她被一群媳妇姑娘孤立后产生的。在自卑、气愤中，她于是爆发了巨大的报复心。她耐心地观察着村里新媳妇腹部的变化，暗暗地盼望着村里娶回一个也不能生男育女的媳妇。终于，她观察到小学老师胡学文的媳妇结婚三年了，仍不见"有"

①　转引自邢小利、邢之美：《陈忠实年谱》，陕西人民出版社，2017年版，第42页。
②　陈忠实：《答读者问》，见《陈忠实文集》（第3卷），人民文学出版社，2015年版，第467—468页。
③　陈忠实：《默默此情谁诉》，见《陈忠实文集》（第5卷），人民文学出版社，2015年版，第166页。
④　陈忠实：《答读者问》，见《陈忠实文集》（第3卷），人民文学出版社，2015年版，第467—468页。

的征兆，她便给这个说，给那个说，结果被胡学文他妈骂了一顿。景荣老五也把她骂了一顿。没过一年，胡学文媳妇生下一个娃娃来，她便不再关注谁家媳妇迟"有"早"有"的事了。这体现了她在自卑、愤怒下寻求同类的心理，从而减少自卑，获得正常的生活状态。

梆子老太也有善良的一面，在人们的生活越来越困难时，她见三恒家断了顿，就给其端去了一大碗苞谷糁子。

但梆子老太又因为嘴长而弄下了戳是弄非的事情。当村里的王木匠老婆做了一顿麦面萝卜叶馅的饺子来招待从甘肃来的娘家人时，梆子老太看见后逢人就说自己的发现，结果使王木匠家没被评上救济户，没有享受上人民政府调来的救济粮。但梆子老太却被评为了救济户。从此，王木匠的老婆和她遇面就骂仗，村子里的家庭主妇也对她提高了警惕性：当心她来串门。很多人遇到她都会主动说他们吃的是啥饭，使她臊红了脸说不上话来。她落下了"盼人穷"的外号。

梆子老太因为是个长舌妇，所以被她丈夫景荣老五也禁止去串门子。

即使如此，梆子老太并没有收敛自己的言行。当政府发布"六十条"，准许社员开荒种粮之后，梆子井村人的困难局面好转了，社员胡振汉用丰收的红苕卖的钱盖了三间新房，梆子老太偷偷数了数胡振汉挖的红苕是四十一车，她把自己通过细心、坚毅而发现的这个事情牢牢地记在心间。当胡学文因发表文章而挣了十九元钱后，她给人散布说胡学文在挣着工资时，通过写文章挣稿费，这样会把学生的念书耽误了；她还说胡学文是在用公家的纸、笔、墨水为自己挣钱，连本儿都不摊。她的话引起了小学校长的重视，校长立即调查起胡学文吃官粮放私骆驼的事情。这个事情反映出，她那喜欢说长道短的心理似乎已经不再是自卑、复仇心理了，而是仇富、妒忌、"盼人穷"的心理。她因此被人们孤立，没人愿意搭理她。

"四清"运动中，梆子老太在极左政治运动的裹挟下开始给从村里人制造灾难，给从村子里走出去工作的、上学的、从军的人制造这样那样的"罪责"，断送他们的前途。比如她给驻村的"四清"工作队队长说了胡振汉在河滩种红苕而后盖起新瓦房的事情及胡学文写文章挣钱的事情，使胡振汉的新房被没收，胡学文的文章被认为是"毒草"而交由县教育局处理。她因为这些贡献、功劳而立即荣任为贫协主任，初步在政治上拥有了地位，掌握了权力。接着，她被两名解放军战士任命为梆子井村的革命领导小组组长，领导南塬上两派的武斗。当她的权力进一步加大后，有人建议她利用已经是政治运动的红人的身份去发号一下施令，积极开展农业生产。她照着做了。但很快，她的长舌本性又显露出来了，她给胡玉民单位的人说胡玉民的老爷当过土匪；给胡选生从军的部队军官说胡选生的父亲是个兵痞，母亲是他父亲拐带回来的财东家的小姐。她的这些胡说八道的结果是：胡玉民、胡选生都被各自单位押回村里来劳动改造了。胡选生不服，和她争辩并把她踢了一脚，三天没过，胡选生就被县公安军管会拘捕了，性质定为阶级报复。她的长舌还使一个正在兰州念书的大学生被遣送回来，一个在陕南当公司经理的人被遣送回来。总之，她已经成了梆子井村人想好好生活的巨大威胁。

"阶级敌人"胡选生殴打了梆子老太以后，梆子老太得到了公社、县上贫协领导的接连慰问；她的事迹很快被整理出来后受到了各级贫协的学习；她参加了公社召开的"活学活用讲用会"，她在会上的发言立即引起了人们的强烈反响，被推选为出席县"活学活用"的积极分子，以及出席地区"活学活用积代会"的代表，出席省会的代表。她的政治地位越来越高，所到之处锣鼓喧天，七碟八碗。她的权力也越来越大，在梆子井村里，凡是她看见的，不分青红皂白，都要被上纲上线，被扣上各种大帽子。地主分子胡振武给儿子解放订媳妇时，家里来了村里的一堆妇女和娃娃，她说这些贫下中农妇女是被地主分子胡振武给拉拢去的。当她知道解放订的媳妇是陕北姑娘兰铃铃后，她就让大队会计花儿去严格审查兰铃铃！花儿让她自己去审查。她就把解放和兰铃铃叫到办公室里审查起来，并将解放的结婚介绍信卡了一个多月。更重要的是，她认为兰铃铃是解放从陕北拐骗来的媳妇，坚决认为这是阶级斗争的新动向，表示一定要管到底。村支书胡长海反对她这样做，她因之与胡长海吵骂起来。

当平反冤假错案的工作开展起来后，梆子老太终于从显赫的政治地位上跌落下来了，被她几句话说得丢了工作、丢了房子的人终于平反了，被她诬陷的胡学文也重新发展自己的兴趣爱好了，被她耽搁得谈不了对象的人也谈起了对象。各级政府也遗忘她了，她心里很别扭，觉得自己简直活不下去了。

但小说最后却没有让梆子老太真的活不下去，而是让她在胡振武的安排下，被胡振武的儿媳兰铃铃要到了自己管理的生产组里。这可能是作者看到了，像梆子老太这样的人，她的坏起初是因为她遭遇了不幸的命运，所以当火热的政治斗争爆发后，她才逐步地走向政治斗争，并成为政治运动的干将，这既是她自身的性格使然，也是她被那个时代的风云裹挟而造成的，她连同她所处的那个时代都是悲剧性的。她死了后，作为村级党政领导人的胡长海和胡振武也没有对她绝情，而是招呼人们最终使她安然入土了。

从"挖掘国民性"而言，根据以上对梆子老太复杂性格的分析，可以看出，陈忠实有意识地接续了以鲁迅为代表的中国现代启蒙文学传统，批判了梆子老太的嘴长、爱戳是弄非、"盼人穷"、仇富、妒忌等毛病，以及她缺乏对政治运动的辨析能力，盲目地被政治运动裹挟着去害人的毛病，她身上的这些毛病是很多国民共有的劣根性，陈忠实对它们所做的批判、审视的目的，是想重新立人。他的这种视野显然是对社会视野的超越。1994年，他在谈这部小说时说："梆子老太的心理估计，作为一个单个的人，不会引起我太多的兴趣。问题恰恰在于，这种不健康的心理，正好造成不正常的政治能够得以疯狂起来的温床，也最容易被不正常的生活所扭曲为一种畸形的灵魂，这种畸形的心灵又会以令人难以理解的恶的方式再去扭曲别的人和整个社会。"[1]对照他此前的小说来看，《梆子老太》虽然继续在政治与文学相结合的模式下写作，但陈忠实还是做出了一定的超越，这也是他在《从昨天到今天》（1984）中所说的想让"昨天与今天"告别的原因。[2]因此，《梆子老太》是陈忠实对自己进行的再一次的自我"剥离"，这次"剥离的实质性意义，在于更新思想"[3]当然，陈忠实也很明白这篇小说的缺憾，他说："因为写作的仓促，而妨碍了作品应达到的深度，不能不是一个遗憾。"[4]

①　陈忠实：《〈梆子老太〉后话》，见《陈忠实文集》（第5卷），人民文学出版社，2015年版，第423页。

②　陈忠实：《陈忠实文集》（第2卷），太白文艺出版社，1996年版，第533—534页。

③　陈忠实：《寻找属于自己的句子》，上海文艺出版社，2009年版，第158页。

④　陈忠实：《答读者问》，见《陈忠实文集》（第3卷），人民文学出版社，2015年版，第467—468页。

陈忠实通过《梆子老太》的写作，寻找到了中国现代启蒙文化与文学的典范叙述形态。只不过他并没有在启蒙叙述话语中停留太久，进入 1985年以后，他的小说创作有了新的突破。他不仅摆脱了社会—个性视角的启蒙叙述成规，而且实现了对文化—国民性视角的经典启蒙叙述范式的跨越。他终于寻找到了属于自己的小说叙述，这就是文化—心理结构视角的叙述形态。陈忠实说："我过去遵从塑造性格说，我后来很信服心理结构说；我以为解析透一个人物的文化心理结构而且抓住不放，便会较为准确真实地抓住一个人物的生命轨迹。"至于如何解析人物的文化心理结构，他解释说："在中国文学中写出人物的文化心理结构，很重要的一点就是揭示出传统与现代的那种文化冲突。这种文化冲突造成了人物心理结构的、观念的改变，从而也就造成了原有的心理结构的平衡的被颠覆、被打破。一旦新的观念形成，就随之形成了一种新的心理结构、新的平衡。对于我们这个民族来说，既有传统的道德观、价值观，也包括一些地方地域形成的民间风俗观念，它们跟当代文明、新的观念之间形成的冲突应该是深层的。"①

白烨指出，陈忠实在这里表现出冷静的理性立场，所谓文化—心理结构视角与文化—国民性视角的最大区别就在于，后者带有明确的主观的文化批判倾向，属于典型的现代性叙述，而前者试图站在"辩证"的立场上客观地审视和剖析民族的文化心理结构的变迁。在中国现代启蒙文学语境中，"国民性"这个概念从来都和"劣根性"连在一起，陈忠实在《梆子老太》中继承的就是这种批判性的国民性叙述。而 1985 年以后的陈忠实不再简单地批判传统文化对国民性的负面塑造，他开始全面地审视现代文明对传统文化的冲击在民族文化心理结构中产生的变化，他的文化价值立场不再是单一的批判，而是变得复杂或者矛盾了起来。陈忠实在对梆子老太因极左政治起势又因政治变化失势的悲剧命运讲述时，渗透的是对社会与人相互改变的后果的历史反思，包孕的是对政治与人的相互利用的遗患的深刻批判，个人的小悲剧里又套着一个社会的大悲剧。可以看出，在《梆子老太》的写作里，陈忠实对于人的命运的省思更为冷峻，对于社会生活的思考更为深邃，与他过去比较偏向于莺歌燕舞看生活的写作，开始拉开了一定的

---

① 转引自李遇春：《陈忠实小说创作流变论——寻找属于自己的叙述》，《文学评论》2010年第1期。

距离。①

李建军认为，《梆子老太》这个题目，明显有作者对人物否定性的情感态度在里头。"梆子"给人一种冷、硬、粗、直的感觉，显然是一个不怎么让人舒服的意象。这个意象虽然传达出了作者对小说人物的反感乃至厌恶的态度，但由于它缺乏隐曲的象征意义，因此，并不让读者觉得多么好。②

附《梆子老太》的故事情节：

"引子"：梆子井村的梆子老太死了。第三天埋葬时，村里只有三五个尚未成年的娃娃扛着铁锨在晃悠，却不见大人来。队长龙生吼喊着人。梆子老太男人景荣老五看拒葬这个最可怕的事情发生了，就惶惑不已。他知道老婆生前劣迹深重，死后才招致如此冷遇。龙生安慰着他，他没有搭腔，而是大喊一声，要奔到街心十字去。龙生死死拉住了他。

"梆子井村的梆子老太"：梆子老太叫黄桂英，脸长得像个梆子，能当梆子敲，便被村里的年轻男女叫做梆子老太。梆子老太新婚后，勤快、孝顺、节俭，是个过日子的可靠人手，是个熟练的庄稼把式。但她强悍，不会做针线活，不会做好一点的饭食，结婚五年了还不生娃。十余年过去，景荣抱养了一个女娃娃和一个男娃娃，组成一个新的家庭。

"盼人穷"：梆子井村在解放后的三四年间发生了惊人变化，一幢幢新瓦房撑起来，一匹匹高脚牲畜牵到村里来了，一个个光棍后生娶回了新媳妇。景荣老五打算攒钱盖一座三合院瓦房。梆子老太一直忘不了景荣老五那几年对她不能生育的冷漠和鄙视。这年春天，梆子老太当选为劳动模范，村长胡长海又安排她负责照顾烈军属和孤寡老人。当她和几个年轻姑娘、媳妇干了一晌后，后晌却没人来了。她打问后才知道她们嫌她没生育过，不愿和她这个假婆娘待在一起。她气得浑身颤抖。此后，她耐心观察着村里新媳妇腹部的变化，也暗暗盼望着村里娶回一个也不能生男育女的媳妇。终于，她观察到小学老师胡学文的媳妇结婚三年了，仍不见"有"的征兆。她便给这

---

① 白烨：《走向〈白鹿原〉的重要过渡——略论陈忠实的中篇小说创作》，《文艺报》2018年1月22日。

② 李建军：《陈忠实的蝶变》，二十一世纪出版社集团，2017年版，第96页。

个说，给那个说。结果被胡学文他妈骂了一顿。景荣老五也把她骂了一顿。没过一年，胡学文媳妇生下一个娃娃来。她便不再关注谁家媳妇迟"有"早"有"的事了。

"艰难时月"：生活越来越困难时，梆子老太的眼睛从梆子井村女人的腰部转移到她们手里端着的碗上，她见三恒家断了顿儿，就给端去了一大碗苞谷糁子。但她也害人。她发现木匠王师一家吃着麦面饺子，就逢人说了自己的发现。当人民政府调来救济粮后，她被评为了救济户，但木匠王师没被评上。王师的老婆给人解释是她娘家哥从甘肃来了，她才给包了一回萝卜叶儿饺子。当梆子老太背着小半袋麦子走过王师家门前，王师的婆娘骂起了她。她使王师家失去了救济粮后，梆子井村的家庭主妇都对她提高了警惕性，当心她来串门。很多人遇到她，就主动给她说他们吃的是啥饭，她臊红了脸说不上话来。于是，景荣老五不许她再去串门子了。她去上工，碰见莲花，问莲花吃饭了没？莲花高喉咙大嗓门说："吃了。吃的大肉白米饭。"她受不住这样的奚落，想破口大骂，但还是忍受了这辱践的话……哎嘘！

"真成了一种毛病"：困难的局面没有延续多久，梆子井村开始逐渐恢复。王木匠家的饺子也不再引起任何人的妒羡。政府发布"六十条"，准许社员开荒种粮食，社员胡振汉便在荒草滩里栽下红苕秧儿，最后大收获。梆子老太暗中数了胡振汉共拉了四十一车红苕。胡振汉很快用这些红苕卖的钱撑起了三间新房。接着，胡学文在报纸上发表了文章，得了十九元钱稿费，轰动了全村，压住了胡振汉建的新房这个新闻。梆子老太认为胡学文在挣着工资时，还挣稿费，这会"把娃儿们的念书给误了……"有人说："放心！"但她还是说胡学文用公家的纸、笔、墨水写文章，"挣钱连本儿都不摊！"听的人都明白她的意思，于是纷纷走散了。小学校长知道后，就来梆子老太家调查胡学文吃官粮放私骆驼的事情。胡学文他妈来了后，校长才走了。景荣老五把梆子老太收拾了一阵，她下决心不再说长道短了。但她已经是个人们不愿搭理的人，娃娃们又给她起了个"盼人穷"的绰号……她在梆子井村活成了一个独人！

"梆子声声里"："四清"运动即将结束时，梆子老太给驻村的"四清"工作队队长说了胡振汉在河滩种红苕而后盖新瓦房的事及胡学文写文章挣钱的事，胡振汉的新房于是被没收了；胡学文的文章也被认为是"毒草"，交县教育局处理。梆子老太随后荣任为贫协主任。除夕夜，南塬上两派武斗的枪声彻夜不息，两名解放军战士来任命梆子老太担任梆子井村的革命领导小组组长，两派的头头都接受她的领导。她在别人的建议下，积极整备棉田，下稻秧，使农事活路纷纷铺开。一天，胡玉民单位的人来了解胡玉民的社会关系，她给来人说胡玉民的老爷当过土匪，被人打死后没人去抬埋。她还在自己说的话上盖了章。再后来，两位军官来调查村上走出去的胡选生，想当苗子培养，她给军官说胡选生的父亲是个兵痞，母亲是他父亲拐带回来的财东家的小姐。两位军人听后叹息着走了。

"报复事件"：胡玉民很快被单位派人押回村劳动改造来了。之后一个正在兰州念书的大学生被遣送回来，一个在陕南当公司经理的人被遣送回来。梆子老太接收他们并安置他们，她把他们都批评训斥了一顿，让他们在每天早晨向她请罪。胡选生也被部队押回来了，他向梆子老太报到时，要求把他爸他妈的历史查清楚。梆子老太说是有人在大字报上揭发的，让胡选生正确对待，相信群众相信党。胡选生说："如果有人贴大字报说，你不生娃，是当姑娘的时候，让野汉子给搞坏了……你能正确对待吗？"梆子老太气得和胡选生打了起来。胡选生照梆子老太的屁股上踢了一脚，差点结果了她的性命。三天没过，胡选生被县公安军管会拘捕了，性质定为阶级报复。梆子井村人知道儿女参军、上学、工作、入党、进步，都需要梆子老太的证明，于是大家聚集在胡选生的父亲胡大脚家的院子里，把村里几年间所有人的倒霉和劫难，都与梆子老太联系了起来。梆子老太的存在，已经对全体村民构成了威胁。

"光荣的孤立"：梆子老太被阶级敌人胡选生殴打后，公社和县上贫协的领导同志都来慰问她。她向领导表示，自己决不怕打击报复。县贫协主任指示秘书把她的事迹整理出来，组织各级贫协学习。然后，梆子老太参加了公社召开的"活学活用讲用会"，景荣老汉埋怨她不该在军队人面前说胡选生他妈的情况。她说："我说得不对，为啥法办他娃子？"梆子老太参加

"讲用会"后，她的发言又引起了人们强烈的反响。她儿子、女儿都表示了对她的厌恶。但她还是讲了她和顽固老汉作思想斗争的情况。她女儿、儿子指责她把丢人当喝凉水！她看自己四面被围攻，气得浑身发抖。景荣老汉早就想和她分家另过。但她还是依然如故。她的"讲用"在外部世界产生了巨大影响，被推选为出席县"活学活用"的积极分子。第二年春天，她又出席了地区的"活学活用积代会"，并被选为出席省会的代表。她大字不识，却能学好用好，在到处都受到重视和欢迎。景荣老五告诫儿女："看清了没？你娘现在落不下马了！凭咱爷儿们劝不回来了！她愿意做啥由她去，咱爷儿们过咱的日月……"

"梆子声声响"：在一年多的时间里，梆子老太参加了各级的"活学活用讲用会"，从公社走到县上，从县上走到地委，从地委走到省上，到处去现身说法，所到之处，锣鼓喧天，七碟八碗。她也大开了眼界，心胸变开阔了。她回到梆子井，觉得川道太狭隘了，街巷太污脏了，五类分子也松懈了。她在村里转，人们都躲着她。她看地主分子胡振武院子里拥着一堆妇女和娃娃，就觉得地主分子太猖狂了，竟然把这么多贫下中农拉拢到屋里去。她后来知道是胡振武给儿子解放订了陕北媳妇兰铃铃，就让大队会计花儿去严格审查！花儿叫她自己去审查。她就把解放和兰铃铃叫到办公室审查起来，将解放的结婚介绍信卡了一个多月。她问支书胡长海，解放两次跑到陕北，请假没请假？胡长海说自己管不着社员请假的事。她说解放从陕北拐骗回来个媳妇，那个贫农女子怎么会心甘情愿嫁给地主的儿子？她认为这是阶级斗争的新动向！表示要管到底！胡长海不同意她这么做。他们就吵骂起来。

"春天的梆子井"：梆子老太看胡长海在大队办公室坐镇，就愈想愈气不顺。她指责胡长海召开支委会为何不叫自己！胡长海给她说要开展平反冤假错案的工作了。她听后想到这不是让自己打自己的耳光吗？但她最终还是默认了。胡振武平反了，他那被扣了整整十三年的地主分子帽子摘了，他听了宣布后"哇"的一声哭了。梆子老太给胡振武定地主成分时，没提供什么虚假证据，只是在把他当敌人专政的时候，却过分了些。胡振汉被没收的三间房退赔后，梆子老太立时闭了嘴。胡学文、胡选生也平反了！在人们的笑声中，梆子老太愈加如坐针毡了。

"跌落"：梆子老太关了门，决心不再到村巷里走动，工分也不挣了。景荣老五出工去了，女儿早已婚嫁了，儿子也在娶下媳妇后分家另过了。梆子老太看到：胡振武平反后，人们都去看望他；胡学文家来了记者，他们鼓励他重新写稿；胡选生也有了对象；梆子井村的人都朝自己翻白眼；会计花儿通知支书胡长海和胡振武参加会议时，却没有通知自己。梆子老太被各级政府遗忘了，她心里很别扭，简直活不下去了。当花儿通知还是贫协主任的她到公社去开会后，她早早来到公社，但公社书记却宣布取消贫协。她说她想不通！回到家后，她扑在景荣老五的怀里，失声痛哭起来。队里推举妇女组长，却没人选她，也没人要她进自己的组。胡振武命令儿媳兰铃铃要了她，她的脸上感到热臊得难受。

"尾声"：胡长海和胡振武参加完县委农村工作会议，领回了包产到户的命令，当他们走进梆子井村时，才知道梆子老太死后没人埋。胡振武就动手在棺材上捆绑抬杠，又叫胡长海去叫人。一会，院里陆陆续续有人进来。梆子老太于是安然入土了。

1984年2月于西安东郊

四、《十八岁的哥哥》：讲述了一个不愿通过考大学改变命运的青年人的故事及他遭遇的倒追式爱情的悲剧

《十八岁的哥哥》是陈忠实的第四部中篇小说，创作于1984年6月至7月之间，刊登在《长城》1985年第1期，获1985年《长城》文学奖。1985年4月，陈忠实在中国作家协会陕西分会三届二次理事会（陕西咸阳）上，被选为陕西省作家协会副主席。

《十八岁的哥哥》写18岁的曹润生高中毕业后，不愿继续考大学，去河滩捞石头挣钱想养蜂。在他昔日同班同学、恋人、公社砂石管理站开票员刘晓兰的特意照顾下，他的石头总能被司机优先装车。他以为刘晓兰还在喜欢他，但当他发现刘晓兰已有新爱，加上他在村里成立捞石头协作会事情的失败后，他最终放弃了捞石头的苦活。

小说展现了在改革之初新的社会环境下，农村青年曹润生的个人苦斗精神。曹润生高考落榜后，不愿继续补习参加高考，企图通过捞石头这样的苦活来实现养蜂致富的愿望。他很善良，当他看到人们为卖石头而和50多岁的长才大叔打起来时，就让昔日恋人——公社砂石管理站开票员刘晓兰派来拉他石头的司机先装了长才大叔的石头。然后他又去找刘晓兰，说村里一个老叔急需用钱，请求管理站多派车，刘晓兰同意了。他没有贪婪之心，村里人为了求他帮着卖石头，给他送了很多礼品之后，他把乡亲们送来的糕点和烟酒装在提笼里，搁到沙滩的路口，挂着一摞纸条，请各人认领自己的东西。他给众人说，"叔伯爷们！我确实没办法给这么多人卖掉石头……""即就是我能替谁卖一些石头，我也不敢收受叔伯爷们的礼物，我是个娃娃呀！哪有长辈人给晚辈人送礼的……"大家很欣赏他这种处事方式。为了安抚中年汉子曹五龙对他拒收礼品而将酒瓶摔碎在石头上的愤怒，他建议人们抓阄决定卖石头、拉石头的次序，然后把一号特意给曹五龙留下，使曹五龙非常感动。众人也被感动。当人们推举他担任捞石头协会的会长后，他积极地去乡砂石管理站，代表曹村所有捞石头的庄稼人，交涉出售砂石的公务。站长爽快地答应了他的计划，但建议他回去和村长谈谈。村长曹子怀听了他的请示后让他去乡政府请示，并说现时要肃清"文化革命"的无政府主义哩！如果是非法组织咋办？只要乡政府批准了，他照乡政府的批示办。曹润生去公社后才知道，村长曹子怀已经报来一份申请，大队已经建立了砂石管理机构，曹子怀的儿媳妇已经经营着曹村砂石管理站的事，再搞一个协会，机构就重叠了。曹润生躺倒了，他背起罗网，走上河岸，再没有回头……

小说同时讲述了曹润生的爱情悲剧。他和刘晓兰是同学，都是校篮球队队员，共同的爱好使他们的心越贴越近。他们的爱情也是倒追式的，一个黑天，他们过河时，他背着刘晓兰，突然，一只青蛙撞到刘晓兰的腿脚上，吓得她抓住了他的肩头。刘晓兰猛然在他脸上亲了一口。他眼花了，双手松开了。刘晓兰从他的后背上跌落到水里了。他猛然把刘晓兰搂到怀里。他第一次接触异性，难以忘怀。刘晓兰对他也早已有心。但当他去砂石管理站找刘晓兰办事时，他才发现刘晓兰已经和站里的一个小伙子关系不一般了。他意识到自己和刘晓兰的关系变得复杂化了。刘晓兰为了表达对他的歉意，给他送了一件新衣服，他想搂抱刘晓兰，但被她挣脱了。刘晓兰说她姑父给她介绍了管理站的会计，他爸是县上的干部。曹润生天真地让刘晓兰辞了管理站的工作，回农村去另寻营生。刘晓兰自然不会同意。他和刘晓兰的初恋就这样完结了。在后来的卖石头事情中，他想着彻底割断和刘晓兰的关系。但残酷的社会现实使他最终陷入了孤立无援的境地，他的理想破碎了，他遭到了村长曹子怀的政治算计，尽力经营的民间劳动组——捞石头协会也被解散了。他的爱情理想也破碎了，由于他与刘晓兰之间存在着巨大的差距，刘晓兰决绝地离他而去。有论者认为，曹润生的悲剧是由他自身的倔强以及外在的力量造成的，体现了作者对社会现实的批判性思索。[①]

小说中有这样一段议论："人需要别人的信任。被别人尤其是被众多的一群人信任、拥戴，会产生一股强大的心理力量，催发人为了公众的某种要求、某种愿望、某种事业而不辞艰辛地奔走，英雄行为，往往使那些极端利己的人迷惑莫解。"李建军认为这段话悬离于作品之上，虽然是对作品题旨的阐发，但似乎并没有"化为一个人的形象"，也没有以平等、可亲近的方式传达出来。这段话高高在上，让人忍受许多难以忍受的苦难，甚至要作出以生命为代价的牺牲，即使这样，也应该在所不惜、心甘情愿。作者的这种观点显然有一种压倒其他声音的不容辩诘的独断语气，从意义层面来看，他宣达的是整体主义的价值观念和生活信条，揄扬的是那种以领袖群伦为乐趣的伪奇里斯玛人格［德国社会学家马克斯·韦伯认为统治的合法性有三种类型：传统型，指多年被运行、被遵守、被接受的规则，大家不会去深究它合理与否；法理型，指被成员服从的规则是因为他认定此规则是合理的，制定程序是适当的；个人魅力型，也即"奇里斯玛（charisma，本义是神圣的天赋）"型，指成员对领袖人物的非凡魅力的服从。——笔者注］，流露出的是那种对个人利益和个体存在的冷漠态度与轻蔑目光，都无不让人顿生反感，很难接受。

李建军还认为，从总体上看，陈忠实1983年至1984年间的小说创作，主要遵循的是社会—个性视角的启蒙叙述形态。与前一阶段相比，他这个阶段的小说创作更深刻地受到了莫泊桑、契诃夫等现实主义小说家的影响，他在"文革"结束

---

① 李遇春：《陈忠实小说创作流变论——寻找属于自己的叙述》，《文学评论》2010年第1期。

后集中阅读莫泊桑、契诃夫小说所播下的种子终于在这时期结下了硕果。这个时期的他醉心于讲述小人物的人生百态和社会命运，所作小说的现实主义精神大大增强。如果说他前一阶段的小说还未摆脱歌颂的套路，那么这个阶段的小说虽说并非"只看生活的阴暗面"，但确实"总体特征是批判性的"，而且在人物塑造上"对特殊的个性予以了大大超过以往的关注"，在"对人的行为的表现中，经济的和肉欲的动机被给予了至尊的地位"，这正好印证了伊恩·P.瓦特对"现实主义"的看法（伊恩·P.瓦特是美国文论家，提出形式现实主义理论，代表作是《小说的兴起》——笔者注）。

附《十八岁的哥哥》的故事情节：

第一节：18岁的高中毕业生曹润生大学考得不咋样。他父亲让他再念一年，他摇摇头，于是在责任田里劳动。后来，他想去放蜂。但他买不起蜂。他就下河滩捞石头，挣买蜂钱。他筛沙子时埋头苦干。当装载砂石的汽车开到河岸边时，他朝着汽车跑去联系卖沙子的事。

第二节：曹润生跑了一阵，突然收住了脚步。因为他看见已经有三四个人拦住了汽车。他们甚至动起了拳脚。他跑过去，看见50多岁的长才大叔被青年曹占孙打得鼻孔和嘴巴全流血了。好多人围着看热闹，却没人拉架。司机突然问谁是曹润生。曹润生说他就是。司机说装他的石头。乡亲们一下子用一种探询的眼光瞅着他：只有暗中买通司机，才会有这种被指名道姓装石头的美事。司机说是公社砂石管理站开票的女子指派他来拉曹润生的石头的。曹润生想是不是同班同学刘晓兰呢？但他却让司机装了长才大叔的石头。

第三节：曹润生走回到自己的罗网前，筛起沙子来，刘晓兰好看的脸蛋和眼睛，在他的眼前闪动着。刘晓兰是女篮替补队员，曹润生是男子队的主力中锋。曹润生被选拔为县中学生篮球队队员。暑假里，他们两人到学校传达室后，他看见了墙上贴着校男女篮球队取得战绩的捷报，刘晓兰在看什么人给她的一封信。天黑了，他们往回走的时候，一只青蛙撞到刘晓兰的腿脚上，她吓得抓住了他的肩头。过河时，他背着她。她猛然在他脸上亲了一口。他眼花了，双手松开了。她从他的后背上跌落到水里了。她换了一条干净的运动裤。他猛然把她搂到怀里。

第四节：18岁的曹润生第一次接触异性，难以忘怀。刘晓兰对他也早已有心了。曹润生没想到刘晓兰是砂石管理站管开票的工作人员了。她依然对他好。

第五节：长才大叔的婆娘叫曹润生吃饭，曹润生就去吃了。他离开时，一个女孩给他捎来他母亲做的饭。他打算继续帮长才叔卖石头。

第六节：曹润生去找刘晓兰。但一个小伙子走到刘晓兰跟前，让曹润生明天再来办事。刘晓兰说曹润生是自己的同学。那青年然后约刘晓兰七点一刻去看电影。曹润生一看，就问刘晓兰能不能多调几辆车去他村，他一个老叔急需用钱。那青年先同意了，刘晓兰也同意了。曹润生离开后，一直想着那青年和刘晓兰究竟是什么关系。他想，后面和她好好谈谈，就清楚了……

第七节：第二天早晨，当曹润生吃着饭时，才意识到自己和刘晓兰的关系变得复杂化了。这当儿，两辆汽车开过来了，司机呼叫曹润生。未等曹润生动静，长才大叔已经把司机领下来了。曹润生心头忽然轻松了，刘晓兰如期调拨来了汽车。自己可能是太敏感了吧？曹润生动手帮那些装卸工装车，长才大婶提着竹条笼送贴晌来了。长才大叔让司机们吃。年轻司机和曹润生都喜欢足球，便交了朋友，并说以后包销他的石头。三三两两的庄稼人转悠过来了，询问卖砂石的事情。年轻司机还给曹润生捎来刘晓兰的信。曹润生坐上年轻司机的车，心随着飞驰的车在狂跳。

第八节：曹润生在刘晓兰跟前吃晚饭。刘晓兰取出一件新衣服让曹润生穿。曹润生一把把刘晓兰搂到怀里。刘晓兰挣脱他，把衣服包好，说算是纪念。曹润生和刘晓兰在田坎上去散步。刘晓兰说她姑父给她介绍了那天和她看电影的那个人，他是管理站的会计，他爸是县上的干部。曹润生让刘晓兰辞了管理站的工作，回农村另寻营生。刘晓兰说她每隔十天八天，会给曹润生放一趟车过去，算她的一点心意。曹润生甩开手，走了。他和她的初恋就这样完结了。曹润生回到家，看到柜子上搁着一堆纸包和一堆酒瓶。母亲说是村里人求他帮着卖石头送的。曹润生说他去还了这些。

第九节：曹润生鸡叫三遍的时候，就在沙滩上撑起罗网了。他把乡亲们送来的糕点和烟酒还没退。他想等攒够钱了，就把东杨村那十箱意大利蜜蜂买到手，然后离开这无聊的曹村的河滩，再把自己和刘晓兰的关系彻底割断。长才大叔说，是他给乡亲们说曹润生有一个女同学在砂石管理站开票的；他建议曹润生在曹村成立"捞石头协作会"，曹润生当会长。但曹润生说他不干。这当儿，大路口拥挤着一堆人，议论纷纷，长才大叔于是站起来看热闹去了。

第十节：乡亲们议论的是曹润生把他们的礼送回来了。他把乡亲们送的礼装在提笼里，搁到下沙滩的路口，挂着一摞纸条，请各人认领自己的东西。他听见大家的议论，很欣赏自己处理这事的方式。长才大叔返回来，说润生要得罪人了。曹润生说天长日久，乡亲会明白的。他然后跑过去说，"叔伯爷们！我确实没办法给这么多人卖掉石头。……""即就是我能替谁卖一些石头，我也不敢收受叔伯爷们的礼物，我是个娃娃呀！哪有长辈人给晚辈人送礼的……"长才大叔先把自己的领走了。中年汉子曹五龙把酒瓶在石头上摔碎了，然后头也不回，背抄着双手走了。有好几个人让曹润生当会长，曹润生说："大家得订出几条规矩来，我才好办理这事……""关键是卖石头的次序，我说咱们抓阄，大家同意了，立马就抓，说不定一会就有汽车来。其余的规矩，缓后再立。"抓阄后，曹润生说："一号我留下了，请大家原谅。"众人一愣。曹润生没有解释，径直朝沙滩上边走去，曹五龙在挥锨抛沙，没有参加抓阄的活动。曹润生朝他走去，把一号纸阄给了他。

第十一节：曹润生是家里唯一的男孩子，上面有六个姐姐。父亲问他是不是当会长了，他肯定了。父亲认真地说，"和村长相比，谁领导谁？""当然……村长领导我……""要是这话，你趁早甭干。"父亲说村长不是个正路货，不要跟着干。父亲还说你"没经过'四清'和'文化革命'你就不懂得世事。"母亲说："润娃，妈听你长才婶子说，你的一个同学，在管理站开票。""说是人家给你派来汽车……""你长才婶子给我叨叨，想给你联扯婚姻……"曹润生说："没那回事！"父亲说："众人信服你，你就干吧。""凡事甭叫人指脊背骂祖先，你已经长大了。就是这话！"曹润生走出屋门，心里第一次有沉重的责任感了。

第十二节：曹润生去乡砂石管理站，代表曹村所有捞石头的庄稼人，交涉出售砂石的公务。他碰上刘晓兰正在院子里打羽毛球。刘晓兰让他打羽毛球，使她那个眼镜对象输得一败涂地。站长来了后，爽快地答应了曹润生的计划，并建议他回去和村长谈谈。村长曹子怀听了他的请示后让他去乡政府请示，并说现时要肃清"文革"的无政府主义哩！如果是非法组织咋办？只要乡政府批准了，他照乡政府的批示办。曹润生又奔公社去了。公社管乡镇企业的吴副主任说他搞迟了，曹村村长已经报来一份申请，大队已经建立了砂石管理机构，再搞一个协会，机构就重叠了。曹润生退出门来，懊丧地转上回曹村的路。刚走到村口，村长在广播上说成立本村砂石管理站，统一经销。长才大叔说村长的儿媳妇经营曹村砂石管理站的事。

第十三节：18岁的曹润生躺倒了！曹子怀连个社员会也没开，就让儿媳妇统管出售石头的业务了。儿媳抽取石头销售总款的8%，作为曹村大队的扣留，其中也包括她的报酬。曹润生强烈地意识到自己的头脑太简单了。鸡叫之后，他朝河滩走去。他看见村长的儿媳正在河岸边远远地瞅着自己。长才大叔问他干啥去？他淡淡一笑，背着罗网走了。五龙问他那个一号号码算不算数？他没有说话。这时，河滩里突然爆发出一阵哄笑，有人打起了呼哨。曹润生看见村长儿媳妇已经站在离他只有三五步远的地方。他背起罗网，从她的身旁走过去，头也没有拧一下。他走上河岸，再没有回头……

1984年6至7月，草改于西安东郊

五、《夭折——献给一位文学的殉道者》：讲述了一个个性狂放的文学爱好者在文学道路上"夭折"的故事，透视了个人在社会中突围的悲剧，批判了社会规范给生命个体带来的压抑

《夭折——献给一位文学的殉道者》（简称《夭折》）是陈忠实的第五部中篇小说，写成于1984年，刊发在《飞天》1985年第1期。

小说写了惠畅的文学创作梦想在"四清"运动、"文革"中的破灭。"文革"结束后，他虽然得到了重圆文学梦的机会，但因他自身的问题，他错失了这个佳机。但他还是热爱文学，不仅决心做专业作家，还出资在县里设立了农民文学奖。

惠畅个性鲜明。他的高中女同学杨琴茹倒追他，杨琴茹考上医学院后，在他们已经接吻的情况下，杨琴茹鼓励他再考大学，他表面上答应，但没过三个月，他就跟秀花结婚了！杨琴茹对他的不守承诺很生气，来到他家见了他一面，然后哭着走了。这说明他是一个坚执读书无用论的人。这点在他又遇到另一件可以改变他命运的事情上体现得更鲜明：公社要办一所中学，招聘老师，"我"报名时，也给他报了，但他却不愿意当老师，他说他既不想通过考大学改变命运，也不想当老师，他迷恋的是创作文学作品，也就是给别人创作读物。于是他无情地放弃了这个好机会。小说更多地展现了他在文学创作上的过度自负。当他和"我"在市剧院听省报文艺副刊肖编辑讲散文创作时，他说："十年，顶多十年，我要以作家的名义，踏上这个剧院的舞台讲创作！""我"在笔记本上记下了他的这句狂言。当他的小说《小河秋高》在省报发表后，他抱住"我"的肩膀，高兴得哭了。他借机计划明年要发表十万字的小说！他不愿意当老师后，计划：第一给每一个家庭写一部家史；第二，培养他的夫人秀花练书法，将来好给他帮忙腾稿子，他已经接到了《春雨》杂志的一封信，准备采用他的另一篇小说《播种记》。但"四清"运动以及"文革"却使他的作家梦破灭了。"文革"结束后，他被当年发表他小说的肖编辑记起，想让他重归文坛，但他落后的文学观念却让他错失了良机。这个时候，他才意识到读书的重要性，决定要好好读书，然后做一个专业作家。可见，小说的批判力度较大，批判了惠畅个性中的狂放，这个使他在文学的道路上"夭折"了。小说也批判了"四清"运动及"文革"，"四清"运动打乱了惠畅的人生设计，也打碎了他的文学梦想；"文革"使他不得不放弃文学理想，成了一个游走谋生的木匠。新时期来临后，他一方面乘改革东风发家致富，一方面想重续文学梦，但他却无力续梦了，他的文学才思已经枯竭，他就这样夭折了。"我"对之只能发出"伤仲永"的感喟。陈忠实在这一带有自述传色彩的故事中表达了自己的人生思考，批判性地审视了个人性格及社会规范给一个人带来的命运归宿。

《夭折》中出现的马罗大叔是一个给队里看守庄稼的光棍汉，在陈忠实后来创作的"我自乡间来"系列小说第一篇《马罗大叔》中为其主人公。

《夭折》使用第一人称叙述，但这却不是真正意义上的第一人称，里面的

"我"不过是一个见证人和叙述者而已，叙事的视点也非常单一，这在某种程度上给人一种明确、宏观的整体印象，但作者在以外视点来介入故事，介绍人物时，又多少给人一些隔膜、单调的感觉，最为严重的是，这种做法使得他的小说缺乏心理深度，读者也很难深入地去了解人物的细腻、丰富的情感世界。尤其在陈忠实那些叙写人的内在情感的小说里，他因为使用了外视点叙述，所以使他的小说显得更加粗疏和简单。比如他后来写出的"我自乡间来"系列短篇小说中的这种状况依然很明显，直到他进入过渡期写作《蓝袍先生》时，才有了改变。[1]

附《夭折》的故事情节：

第一节：惠畅给我念着他刚写完的一篇小说。我静心屏息地听着。他的新媳妇秀花抿着嘴在笑。我和惠畅没发表过一个字。20世纪60年代，我们都高中毕业。惠畅从小迷恋文学创作，表示要拿出上海工人作家胡万春的劲头干它十年。但我们已经高中毕业了，却连一个字也没发表过。

第二节：夜深了，我和惠畅烤着苞谷棒子吃，看守庄稼的马罗来了后，我们和他说了一阵他的情人。第二天，惠畅用马罗作模特，写下了一篇小说。他给我念了这篇小说。几天后，我去县文化馆参加文学讲座，惠畅没去。我去他家，他正在跟秀花拌嘴吵架。惠畅说他媳妇为了他的一个女同学给他来的一封信吵架，说那个女同学是他的"野婆娘"。

第三节：惠畅在县中念书时，和杨琴茹谈着恋爱。杨琴茹毕业后考上了医学院。高中毕业离校那晚，杨琴茹向惠畅表达了爱情，两人还接吻了。杨琴茹鼓励惠畅再考，惠畅假装同意了。杨琴茹上学后，惠畅跟秀花结婚了！杨琴茹得知消息，跑到惠畅家，然后哭着走了。秀花由此看出了破绽。惠畅努力去忘记杨琴茹，可是，她的一封来信，又使秀花心里起疑雾了。我和惠畅来到水沟村，找到了一个客店住下。刚迷糊入睡，我被惠畅的惊叫声吵醒了，原来从墙缝里爬出来的一长线臭虫使他睡意全无。他站在脚地，说我两人中一个是托尔斯泰，一个是曹雪芹。后来，我们睡到好处时，万千饿蚊又翻腾俯冲而来，……托尔斯泰于是丢掉了安娜，曹雪芹也甩掉红楼里的小姐丫头夺门而逃……

---

① 李建军：《陈忠实的蝶变》，二十一世纪出版社集团，2017年版，第108页。

第四节：我们在满天星斗里逃到市剧院，准备听省报文艺副刊的肖编辑讲散文创作。惠畅说："十年，顶多十年，我要以作家的名义，踏上这个剧院的舞台讲创作！"我掏出笔记本，记下了他的狂言、时间、地点，双方还签字为证。惠畅有天晚上看见惠家庄的团支书和一个女的在野外干风流事，那女的要惠畅替她保存脸面，团支书也来找他，许诺增添他为团支部宣传委员。他想揭露团支书，秀花劝他不要。团支书后来用尽一切手段，限制、打击、毁谤惠畅。惠畅表弟订婚时，陪他们去省城扯布，在经过省报门口时，惠畅琢磨了几匝，想进去看自己寄给他们三四个月了的那篇用马罗作模特而写的小说怎么样了。但他最终没敢进去。

第五节：惠畅的小说《小河秋高》在报纸发表了。我惊呆了。惠畅抱住我的肩膀，哭了，并说他得了20块稿费。他要庆祝一番。我们买了烟酒等，来到马罗的庵棚，但马罗去吆雁了。我和惠畅坐下等他。惠畅说他明年要发表10万字的小说！马罗回来后，惠畅搂住马罗的肩膀，告诉他自己的文章在省报上发表了！马罗扛起火铳，放了一炮。

第六节：我、马罗、惠畅吃光吃食后，惠畅给马罗念起了《小河秋高》，马罗听着时响起鼾声。公社要办一个民办中学，我给我和惠畅都报了名，但惠畅不想当老师，说他宁愿在生产队里劳动，也不想干他不喜欢的工作。他说他的规划是：第一，给每一个家庭写一部家史，第二，培养夫人，每天练习书法，将来好给自己帮忙腾稿子。他昨天接到了《春雨》杂志准备采用他的《播种记》的信。杨琴茹在省报上也看见《小河秋高》了，剪贴下来后每天在晚修课上看。我考上了民办教师，到社办中学去任教了。第二年春天，我的一篇散文在市里的《晚报》上发表了。我和惠畅再次找到马罗，马罗却没有为我放一声火铳。惠畅也没有惊美之情。但就在我们欢乐的时刻，"四清"运动开始了，惠畅也应声趴下了。

第七节：惠畅当作家的梦想彻底破灭了。周六晚上，秀花来找我说惠畅在屋里喊着要翻案，又逼着她跟他离婚，说他要满世界去逛呀。我去看惠畅，他说那个团支书任大队长了，要整垮他，他完了！我劝他写作，就是地主成分，谁也没规定不许地主家庭出身的人搞创作。

第八节：惠畅说他从秀花和孩子的前途考虑，才让她们从这个鬼地主的门楼下逃出去。后来，他仍然生活在惠家庄。"文革"后，惠畅在西安做木匠活。他说那个爬上惠家庄最高坐椅的流氓团支书被造反派批斗得尿在裤裆了。他说整个国家机器失控了，著名作家柳青在西安的大街上被人押在汽车上游街。中国连柳青这样的作家都要打倒，我们还瞎折腾啥呀！他说他觉得刨子凿子比钢笔还是更有用，更实在。后来，肖编辑给惠畅平了反，并说《小河秋高》就是他给惠畅发表的。平反大会召开时，马罗给我说没有千古不明的冤喀！自古以来，好贼没一个能好到底的，忠良也没一个窝囊不明的。

第九节：肖编辑让惠畅尽快写出一篇小说，或者散文，他给加上按语发出去，在报上再给他平一下反。惠畅说他已经写下一篇了。肖编辑看过稿子说写得不理想，最终没有发表。我看稿子写的是一位爱队如家的老队长的事情，与那篇写一位铁面无私，守护集体财产的老贫农的《小河秋高》的笔调一样，仍然是60年代报刊上常见的笔调。在伤痕文学席卷文坛的时候，这篇稿子显然太浅了。惠畅又给了我两篇稿子，让我修改。我读完后感觉他的文学表现方式和能力依然停留在《小河秋高》的水平上。我劝他多读些书。两个月后，他说他要去一家工厂做工。后来，我到市剧院讲创作体会，突然记起我和惠畅那年来此听老肖做"散文散谈"讲座的事。我讲完后，到一家小饭馆吃饭，遇见惠畅，他说他是来听我报告的。他刚从木工车间来，身上散发出一股松脂的气味。

第十节：二十年前，惠畅鼓励我从泥泞的乡村小道上走过来。他却被整垮了！他办了个水泥预制厂。他说他现在把预制厂交给了儿子去经营了，他要退下来读书，要做专业作家，哪怕十年时间发表一篇作品，也要争一口气！他拿出五千元，交给县文化馆，设立创作奖金。县委书记找到他，鼓励他，并给那奖项起名"农民文学奖"。文化馆还确定了举行第一次颁奖活动。惠畅领着我参观他的工厂，他儿子正捉着捣浆机，秀花看见我，一下子大呼小叫起来……

六、《旅伴》：通过两个同学的对话批评了昔日他们共同的恋人，也表达了小说人物及陈忠实对恋人丈夫的不屑

短篇小说《旅伴》1983年10月20日写成，刊发在《丝路》1984年第1期。

小说写在同一车厢的同一隔间里，两位高中同学相遇。二十多年前，他们同时爱上了班里一位名叫东芳的女生。于是，两人关系破裂，结下了怨。现在，他们闲聊一阵后，才闹明白，谁也没有娶到东芳。从事科学工作的说东芳和小赖子结婚了。当作家的说他也听说了，小赖子是个侏儒，但在困难时期能弄到别人弄不到手的"进口"物资。两人都感到自己把一个俗不可耐的女人看得太神圣了！

小说显然在批评东芳这个物质型女人，也表达了对她的丈夫小赖子的不屑，一方面是他是个侏儒，这与其说是小说里两个人物——从事国防尖端学科研究的数学王子和已是当代颇有点名气的工业题材作家、文学天才的不屑，不如说是陈忠实的不屑。另一方面，小赖子虽然是个猥猥琐琐的侏儒，但科学工作者说："可他当时比你比我都更优越。他当了汽车司机，走南闯北，能弄到别人弄不到手的'进口'物资，别忘了当时是困难时期……不过，我总不愿意这样想。"数学王子和文学天才曾经为了东芳而弄得关系破裂，结下了怨。当他们弄清东芳嫁给有钱人小赖子后才觉得东芳是一个俗不可耐的女人，他们把她看得太神圣了！小说通过数学王子和文学天才转述东芳的话，说明数学王子聪明，冷静，死板，文学天才开朗，浪漫，有诗人风度；又通过转述的话说明东芳的母亲很不喜欢搞笔墨文学的人，认为这类人容易招灾惹祸，这也表明了东芳的婚姻是不自主的婚姻。数学王子家里穷，当过地质勘探队员，当过兵，上过军校，又到部队工作，经历丰富，和文学天才相比，他待人和善，而文学天才却说话尖刻，傲气逼人。

1983年早春，陈忠实还参加了中国作家协会在河北涿州召开的农村题材创作研讨会。春夏之交，他的妻子儿女因为农转非成为城镇居民。这一年，他还发表了特写《诗情不竭的庄稼汉》以及创作谈《突破自己》。

附《旅伴》的故事情节：

在同一车厢的同一隔间里，两位旅客发现对方竟然是自己的高中同学，一个是数学王子，一个是文学天才。现在，数学王子是国防尖端学科的研究

员，文学天才也是当代著名作家。二十多年前，他们同时爱上了班里一位名叫东芳的女生……为此，他俩的关系破裂了。

现在，他们都是40多岁的中年人了！闲聊之后，作家说："东芳现在好吗？"研究员说："她不是嫁给你了吗？"他们才明白，谁也没有娶到东芳。作家说："我当时感觉出来，她更喜欢你，说你聪明、冷静。她说她母亲不喜欢搞笔墨文学的人，容易招灾惹祸……二十多年了，我一直以为你们生活在一起……"研究员说："我当时判断出她更喜欢你。她常当我的面说你开朗、浪漫，有诗人风度……说我太死板……"然后研究员说他毕业后，跟着舅舅到青海，进了地质勘探队，后来参军并上了大学，毕业后又回到部队；一次回家探亲，听人说东芳和小赖子结婚了。作家说他也听说东芳和小赖子结婚了，小赖子是一个猥猥琐琐的侏儒，东芳怎么能嫁给他呢？研究员说小赖子虽然猥琐，但他走过南闯过北，能弄到别人弄不到手的"进口"物资……作家说："我们都犯了一个错误——把一个俗不可耐的女人看得太神圣了！"研究员说："可笑的是——我们之间因此而曾经互相妒恨！"两人说罢举起酒来。此时，火车正在北方的原野上疾进……

1983年10月20日于西安

七、《送你一束山楂花》：塑造了一位善良的图书管理员的形象

短篇小说《送你一束山楂花》于1984年1月写成，刊发在《延河》1984年第4期。

小说写刑满释放的黄草在小镇阅览室得到图书管理员山楂的关心，于是向山楂表达了爱情，并于"五一"时送给山楂一束山楂花，但山楂却给他介绍了自己的爱人。黄草顿然明白了一切，于是把山楂花献给了他们两人。

小说写了一个感人的故事，包括两个方面：一个是小镇阅览室管理员山楂对刑满释放青年黄草的关心。黄草爱看书，后来因偷卖生产队化肥被逮捕，公安人员搜查时，发现了他从远门哥哥那儿买来的一箱"封资修"坏书和他自己的两本内容"反动"的日记。于是，本该拘留教育的小偷小摸，一下子变成了"思想反动"的政治案件。黄草被释放后，在回家路上，他走进了小镇阅览室看书，管

理员山楂了解他的情况时，一个男青年却当众揭发了他坐牢的事情，他将青年打倒后快速逃离了镇文化站。山楂随后给他来道歉，并送来了他遗落的日记本，还给他办了借书证，借了两本小说。那日记本里被踩烂的几页纸也被山楂精心地修补过了，里面勾着红线的字句，是他受苦刑的"罪证"。随后，山楂多次主动给黄草送来图书，收存别人寄给黄草的信件，鼓励他好好写小说，并带来县上辅导创作的张老师让他参加创作会议的通知以及送给他的三本稿纸……山楂对黄草的关心，使他心里极其温暖，也让读者感到温暖。另一个是在山楂对黄草友好的基础之上，黄草对山楂产生了超越关心之情的爱情，加上他的文学创作梦想终于实现，他由原来的极度自卑一下子自信起来，于是大胆直白地向山楂表达了爱慕之情："我喜欢你！""我真心喜欢你……""你是我心中的……维纳斯！""我早就想提出了。在山里修水库时，你给我送书那天晚上，我就想说……""那时候，我觉得我没有资格说……""我是个农民，又很自卑……""我不能没有你。"但山楂却说："你有资格了，我却没有资格了，不可能的事。"然后，山楂约黄草"五一"那天再见面。黄草于是精心采摘了一束带着露珠儿的山楂花去见山楂。小说所写的两段故事都很自然，有鲜明的真实感，脱离了作者在以往所写的此类小说中将爱情写得有些做作或为写爱情而写爱情的痕迹，尤其是不再套用那种女追男的倒追爱情模式。最后的结尾出人意料，山楂已有爱人，他是桑树镇小学的体育教师，这就进一步显示了山楂的善良——她不因为黄草坐过牢而歧视他，她对黄草的关心是发自内心的关心，也是她的图书管理工作的要求——要对爱书的人极尽爱护，极尽支持，真诚地为他们服务。

小说里黄草的形象在大多时候显得很忧郁，这与他蒙冤坐牢有关，与他出狱后那个长发男青年的羞辱有关，但在山楂的多次关心下，在他终于发表了小说的情况下，他阳光了起来，自信了起来，并大胆地向山楂表达了爱情，尽管结局令他失望，但他并不悲伤难过。他在山楂的关爱力量激励下，将进一步实现自己的文学梦想。山楂是小说里比黄草的分量更重的人物，她漂亮、善良、热情、尽职，主动去关心素不相识的黄草，而且在她知道了黄草是一个出狱者之后，并未鄙弃、歧视他，而是从精神、意志上去鼓励他。山楂在小说中的存在犹如晚春初夏中的一束山楂花一样洁白优美，又如炎夏中的一缕清风，残秋中的一抹碧绿，寒冬中的一股暖流一样令人心情舒畅，令人难以忘记。

附《送你一束山楂花》的故事情节：

黄草因为偷卖生产队化肥被逮捕。公安人员搜查时，发现他藏有"封资修"的坏书和两本内容"反动"的日记。于是，本该拘留教育的小偷小摸，一下子变成"思想反动"的政治案件，判刑七年。

有一天，黄草平反了，可以回家了。18岁的他向公安要那些日记和书，公安却说日记本可以给他，书已经烧了。

黄草走进小镇后，来到镇阅览室想借一套《外国短篇小说选》。管理员问他要借书证。但他没有。管理员让他到大队开一张介绍信，领一张借书证。他退出人窝，在阅览室大厅看《人民文学》杂志。女管理员问他是哪儿的？他说是黄家坪的。她问："你们公社没有办文化站吗？"他这才明白，桑树镇文化站是桑树公社办的。他说要是不准外公社的人进来，那他就走。女管理员说，"看书是可以的……只是得打个……招呼"。一个长头发男青年说："看书可以，可不准偷书！"他的胸口像扎进了一把刀子。青年然后给人说了他坐牢及刚被释放的事情……"贼娃子，装模作样来看书……"青年说着时把他的被卷扔到了门外。他的血一下子冲上头顶，挥起拳头，照那张圆脸砸去。青年跌倒在地……他然后逃出文化站，一跃扑进河水里。

回到家后，他正在酣睡时，桑树镇文化站的图书管理员来向他道歉，检讨，并送来他打架时遗落的日记本，还送来一张借书证和两本小说。但他将它们递回到她手上。她说书和借书证先留下，啥时候到镇上赶集，顺便捎来就好了，然后说她叫山楂。他翻开日记，看到被踩烂的几页已经精心修补过了。他喜欢写小说，当读完山楂送的小说后，他写出了三篇短篇小说。他到桑树镇去，把小说稿投寄给杂志社。他马上要去修水库了，于是到文化站借书。山楂说他是作家，就给他借了不少。

他又在写小说时，山楂来了，给他带来几本书及一封寄到文化站的信。他给山楂解释他爸不许他写文章了，一旦发现他写，就塞到锅下去了。山楂鼓励他只管写，她替他收存，并说她把他的情况给辅导创作的张老师汇报了，张老师说县上以后召开创作会议，通知他参加，还托她给他带来三本稿纸。他想握住她的手，说一声谢谢……但他却没有勇气。

他已经写了三十篇小说，这些小说投出去后总是被退稿！他明白，自己不是当作家的料。但有一天，母亲告诉他："邮差刚送来一封信，你爸一拆，就往灶洞里塞。"他打开后，看到他的小说《脚印》发表在一本叫《苗圃》的杂志上。他激动极了，猛喊一声："老天爷呀！"

他来到桑树镇文化站，给山楂摊开《苗圃》杂志，又向山楂说："我喜欢你！"山楂祝贺他成了作家，并说："这样吧，'五一'那天，我请你到这儿来，……好吗？"

"五一"到了后，他精心采摘了一束山楂花，走进文化站的小院。山楂迎接他时给他介绍一个男青年："这是我……爱人，桑树镇小学体育教师……"他明白一切后，把那一束鲜红的山楂花举到他们面前，满怀真诚地说："祝你们……幸福！"

1984年1月于白鹿园

第十章 "我自乡间来"系列小说：塑造了几个鲜活的人物形象

（1984年—1985年）

1984年，陈忠实发表了总题为"我自乡间来"的系列短篇小说《马罗大叔》《鬼秧子乐》《田雅兰》《拐子马》，刻画了四个闪耀着个性光彩的农村人物形象，集中体现了他在这时期的小说叙述中的启蒙诉求。《马罗大叔》《鬼秧子乐》《田雅兰》1985年发表。《拐子马》发表情况不明。

一、"我自乡间来"系列小说之一《马罗大叔》：写了人物生时的寂寞，死时的热闹

《马罗大叔》于1984年10月写成，刊发在《延河》1985年第1期。

小说先写马罗叔死了，然后回忆了"我"和他的交往，主要写了他生时的寂寞，死时的热闹。

小说中的马罗是一个性格乖僻、善良的农村老光棍汉。一天，我掰了队里的玉米棒子啃起来，被终年四季给生产队看守庄稼的他逮住了。但他没把我交给干部，而是把我带到他所住的搭在玉米地里的庵棚里善待了一番。这与他平时抓住偷庄稼的贼后要么用皮带抽打他们，要么用咳嗽声警告他们的做法不一样。他是光棍汉，但却有极其私密的感情生活。他和一个女人经常在庵棚里幽会，跟她混了十四五年。他和"老相好"的关系被"我"看作是《静静的顿河》里的格利高里和阿克西尼亚之间的关系。他说女人的男人是个傻子，他为了救济女人的几个娃，就经常接济她，使她的儿女们没挨饿。这进一步体现了他的善良，说明他

是一个富有同情心的人，是一个敢于冲破世俗观念而去与自己的相好约会的有情人。他也是一个对当时的政治运动的是与非很清醒的农村老汉。他在我面前大骂赫鲁晓夫的"修正"把中国人害得好苦！大骂那些哄着毛主席放"卫星"的人。这些说明他是一个在极左环境下敢于愤世嫉俗，敢于说真话的"真汉子"。他面对公社干部私分了他的贫寒救济款的事情时大闹了一场，他说他不是为要钱，为的是闹事！他要让全村人都知道这个事情，还要寻县委反映。这体现了他是一个有正义感、个性坚毅、豪爽达观的人。当土地下户以后，他没有心思抚养庄稼，被村民们推举为护田人。对之，他不求人们的回报，而是默默地、尽职尽责地护卫着庄稼，所以他是一个大写的人。从他身上，读者看到了他闪耀着的人性光芒。他死后，他的老相好也来了。他的丧礼办得很隆重，村民们把他看守庄稼的酬金按户收齐，给他筹办了丧葬。乐人班子唱起了《祭灵》，电影放映员放映了电影。他生时寂寞，死时却很热闹，能得到这种结局，确实不容易。

附《马罗大叔》的故事情节：

我星期六回家，母亲说马罗叔不在了。我记起了有一年和马罗大叔共进晚餐的事情。

当时，我企图闯进某大学，蜷缩在屋里复习。一天，我走出门，走出村庄，掰了队里的玉米棒子啃起来，结果被终年四季给生产队看守庄稼的老光棍马罗逮住了。但他没把我交给干部，而是把我带到河滩里，我不禁毛骨悚然了。我听说马罗把偷庄稼的贼抓住后用牛皮裤带教训一番后才放掉，很少交给干部去处置。他生性孤僻，是个老光棍，不爱热闹，见不得闲人进门。有人说，他在窑里常会野婆娘。他一年四季看守庄稼，曾用梭镖扎透过一头公猪的肚子。他曾把一个偷摘棉花的汉子捆在树上抽打。到了他住的庵棚，他突然抱住我大哭起来，戛然而止后说："咱们……好苦哇……"我才理解了这个老光棍举动的含义了。他又大骂起赫鲁晓夫的"修正"害得中国人好苦哇！我被他的骂声逗笑了。我知道公社某些拙劣的宣传家向村民宣传的结果，就是造成了像他这样的胡拉乱扯的可笑心理。他跳着骂着那些哄毛主席放"卫星"，却叫社员们受罪的人。他骂着时，扳了一摞苞谷棒子，然后烤熟让我吃。我说："我还想你会把我送给干部哩！或是……用皮带抽我一顿呢！没想到……"他说我多亏没跑，"好汉做事好汉当，偷了就偷了，吃了就吃了！……我就见不得那些蛇溜鼠窜的东西！……这娃子有种……" 那晚，我和马罗大叔挤睡在他的庵棚里的吊床上没回家。他解释，他扎死的那头公猪，是一个尽干狗事的人家的，但他还是悄悄给人家赔了猪款，他只要那威慑的声势而已。他用皮带教训那个偷棉花的汉子，目的在于震慑外村的偷盗惯犯。至于一般人偷摸一把两把，他只是大声咳嗽一声，让他们走掉就完了。对于我这样的偷而不逃的蠢汉，他反而视为上宾了。

我后来又来到他的庵棚前，他正和一个女人幽会，把他差点吓失塌。他说解放前，他在河北岸王财东家熬活的时光，那女人就跟他好上了。她男人是王财东的傻子大少爷。土改时，王财东一上斗争台，他傻儿子吓得拉下一裤裆稀屎，她更见不得他了。我说他和那女人应该结婚。他说那女人不忍心把自己的傻男人撂下，也怕旁人骂孩子是"野种"，就一直跟他这么混了十四五年。他给她救济，使她的几个娃儿没挨饿。

我后来在公社里工作过，想起有一天，马罗大叔到公社院子转。我和他说了几句后送他出门。当我再次从院子走过的时候，又看见了他的背影。他发觉了我，竟仓皇地从墙角消失了。我来到民政干部老乔屋里，他说马罗来领贫寒救济款，但队里不给他盖章，并说去年的贫寒救济款和物资都被干部悄悄地私分了。他说他不为要钱，为闹事！他要让全村人都知道，还要寻县委去反映。老乔说，"我给他说，让他找你反映反映，他可直摇头，我还当是他和你不合卯窍哩……"我让老乔给他送去了救济款和棉布棉花。老乔说他把棉布棉花直接交给妇女队长，让她给老汉缝制一身棉衣棉裤。

我立在马罗的灵桌前，脑子里一片空白。我看见马罗大叔的她也来了。马罗的丧礼葬仪是几位热心人组织的。土地下户以后，马罗没有心思抚养庄稼，在一亩多责任田里全部种上了树苗。但他仍然被村民们推举为护田人。他死后，村民们把他看守庄稼的酬金按户收齐，给他筹办了丧葬。乐人班子唱起了《祭灵》，电影放映员正挂着银幕……

1984年10月草改于西安东郊

二、"我自乡间来"系列小说之二《鬼秧子乐》：描写了人物在改革开放环境中的焦虑

《鬼秧子乐》于1984年10月21日写成，刊发在《文学时代》1985年第4期。

小说写一个绰号叫"鬼秧子"的远房乐叔的故事，乐是一个农村汉子，一辈子都活在一种充满了不安全感的心理焦虑中。他在改革开放的新经济环境中既想个人开店挣钱，又时刻担心着政策改变后被抓了辫子。小说活灵活现地刻画了他曲里拐弯的焦虑心理。

《鬼秧子乐》和作者早年的短篇小说《猪的喜剧》（1979）不同，《猪的喜剧》明显带有西戎的名作《赖大嫂》的影子，它们都是从政治视角切入，写政策的频繁变更给农民带来的悲喜，而《鬼秧子乐》的着眼点不在于政治，而在个人在社会中的处境，尤其是人物内在的精神心理处境，这就在写作境界上高了一层。[①]

"鬼秧子"的户籍卡名字是一个单字：乐。他的绰号里的"鬼"字含蕴着"诡"的意味，是指他的处事和为人不那么豁达爽直，不那么憨厚实诚。具体就是指他不管对待大事小事，家事和外事，都显出一副诡的样子：实话少，空话多，绝不会显山露水；他要是说去西京，实际上却去了东京。"我"自幼对他自觉地保持着一定的警惕和戒备，老觉得他很诡秘。小说详尽地描写了他在新时期社会经济发展政策发生重大调整时害怕政策再次发生变化，政治运动继续回潮的惶惑心理。这也是当时很多被政治运动吓怕了的普通农民普遍存在的心理。

乐叔的心理变化经历了一个复杂的过程：我在县文化部门工作，他先问我有人在县城摆摊卖油糕、凉粉，政府不干涉？我说不干涉，政策允许了，"中央从几十年的失误中总结教训，清醒过来了，对农民不能卡得太死"。乐叔有炸油糕的手艺，几十年没派着用场，现在可以用上了。但他说他不会去干那营生的，"投机倒把那营生，咱绝对不能干"。他说罢这话，话锋一转，又说："其实嘛，我要是想卖油糕，条件谁也比不过。手艺咱自带，不用请把式。俺二女子家在五里镇，正好街面上有两间门面，在街心十字左拐角，人来人往刚适中。前几

---

① 李遇春：《陈忠实小说创作流变论——寻找属于自己的叙述》，《文学评论》2010年第1期。

天女子来，跟我咕叨这事，我把她一顿狠骂，骂她年轻轻的，倒比我老汉思想差池。我骂得她再不敢胡说乱扑了……"我知道听他的话，要懂得他在正话反说，或者反话正说，他其实是想到五里镇重操旧业炸油糕的，而且已经和二女儿商议过不止一次了，甚至连门面的位置也窥测过了。果然，过了俩月，他来到我工作的单位，曲里拐弯地让我在县工商局打问他二女子开油糕铺子的营业执照批下来没。临了，他特别强调，营业执照"不是我的，是我二女子的"。不久，他二女儿的油糕铺子开张了，那其实是他和女儿合股的，生意特别兴隆。两年后，县委要给万元户披红戴花，以鼓励农民放开手脚发财致富。在对万元户调查摸底时，乐叔是第一批万元户中的一个，但他却否认自己已经挣下了上万块钱，并说："八年以后看咋样！"他之所以这样，心里还是惧怕政策发生变化，使他成为回潮的政治运动的第一个被批斗者，为此，他讲了1960年发的"六十条"鼓励农民开荒种地度荒年的事情，但当开了的荒地收了二四料后，"四清"运动来了，很多农民被整惨了。他说："我老是心里不踏实，老觉得祸事快来了。"我再次向他解释后，他最终参加了县委县政府召开的表彰大会。但过了半年，他却洗手不干了，因为镇书记的广播讲话把他又吓住了。书记说社会上出现的坏现象的根子归结到底就是"一切向钱看"。他听了对自己卖油糕的事情也产生了质疑：这是不是也是为了挣钱？"挣钱是不是'向钱看'？'向钱看'当然就是污染嘛！"他卖油糕总共卖了三年多时间，确实挣了钱。他给儿子们交代："日后要是来运动，要退赔，那好，咱把钱交给工作组。要是真的不来运动，那当然好，就算是爸给你们留下的家当，你们兄弟俩一人一半。这钱是我揉面团挣下的，我现时不敢花，你们也不要花。等我死了，随你们的便！我活着，你们不要想动它一张……"随着国家政治经济形势的日日好转，他不再怀疑这怀疑那了，他盖了两层六间的楼房，楼楣上写着"一字歌饺子馆"几个字。他说他豁出去了，要大干大闹了。过了几天，他还给学校捐了一万元。公社书记向他鞠躬致礼，他要求给他立碑，书记答应了。

小说淋漓尽致地描写了乐叔吃不准新时期农村经济政策会不会发生变化的困惑者形象，作者尤其把笔墨放在了他那个"鬼"性格的展示上，这给读者留下了深刻的印象。①

小说末尾有一段议论，带有自嘲或反讽的意思："小说写到这里，本可告一段落；又一回想，觉得不免有图解政策之嫌；再想想，却无法完全回避。鬼秧子乐叔的所有诡秘的言行举措里，无一不折射着我们施行过的政策的余光。也许在世界上所有的不同肤色的农业人口中，鬼秧子乐叔的诡秘心理算是一种独有的怪癖；因为世界上不同地域不同社会制度下的农民毕竟有职业上的共同之处，譬如丰年的欢乐和灾年的忧愁，譬如对于粮食价格升跌的担忧。独有鬼秧子乐叔除了御自然灾害之外，又多了一层奇特的又是根深蒂固的变态心理，使人难以揣准确……令人可喜的是，而今刚刚成年的一代农民，譬如鬼秧子乐叔的二女儿凤子和她的丈夫，将不会循着鬼秧子乐叔曲里拐弯的心的轨迹思谋筹划他们的前程了！"

李建军认为，《鬼秧子乐》确实具有"图解政策"的色彩，这也使得作者有点不自信，就像他对自己的小说《初夏》一样，他只好去用某种外在的东西来化解。当他听到中共中央下发了农业改革研究室主任的报告后，他说"我的心里才踏实了"。作者对《鬼秧子乐》的不自信，既用外在的东西化解，也内求于己，就是在小说中通过议论，去说服读者，也说服自己。但这段议论，是那种典型的赘疣式的议论：作者膨胀的自我形象，毫无顾忌地成为遮蔽一切的阴影；肤浅的认识，粗率的判断，盲目的乐观，近视的展望，再加上没有趣味，没有可爱的面孔，凡此种种，便对读者产生了与小说修辞所追求的吸陷力和征服力相反的力：推拒力和挫伤力。②

附《鬼秧子乐》的故事情节：

鬼秧子是我一个远门堂叔的绰号，他的户籍卡的名字，是一个单字：乐。村里人却唤他鬼秧子乐。因为他的处事和为人一贯不那么豁达爽直，也不像一般庄稼人那么憨厚实诚；举凡大事小事，家事和外事，与人交手，总显出一副诡的样子；实话少，空话多，绝不会显山露水；有人概括说，他要

① 王鹏：《陈忠实社会转型期乡土小说论》，《小说评论》2011年第4期。
② 李建军：《在通往〈白鹿原〉的路途中——陈忠实前期小说的修辞分析》，《延安大学学报》（社会科学版）2008年第5期。

是说他去西京，实际准是去了东京，你要是按他说的到西京去找他，准会扑空上当的。

我对他自觉保持着一定距离，一种警惕和戒备；甚至看见他瘦小的身影，轻快的脚步，灵活的手势，都会产生一种诡秘的印象；至于他那奔突的前额，深藏在眉棱下的那两只细小而灵活的眼珠，就更集中地蕴藏着深不可测的诡秘的气象了。

我星期六回到家中，一进门便看见他正心不在焉地和我母亲扯闲话。他问我有人在县城摆摊卖油糕、凉粉，政府不干涉？我说不干涉，政策允许了。他说："政策怎能允许私人开铺面，做生意？""共产党怕是睡迷糊了？"我说："正好相反。""中央从几十年的失误中总结教训，清醒过来了，对农民不能卡得太死。"母亲插嘴说乐叔也有炸油糕的手艺，几十年没派着用场，现时用得上了。乐叔说他不能再干那号营生了！"投机倒把那营生，咱绝对不能干。""其实嘛，我要是想卖油糕，条件谁也比不过。手艺咱自带，不用请把式。俺二女子家在五里镇，正好街面上有两间门面，在街心十字左拐角，人来人往刚适中。前几天女子来，跟我咕叨这事，我把她一顿狠骂，骂她年轻轻的，倒比我老汉思想差池。我骂得她再不敢胡说乱扑了……"

但他的话其实是说他想到五里镇重操旧业炸油糕，已经和二女儿商议过不止一次了，甚至连门面的位置也窥测过了。我觉察出他想做油糕生意的心情很急切，但他却要朝我探听政策的可靠性如何。他问我："听人说，县城那些小摊小铺，县政府给发下营业执照了？"我说发了："完全是合法的。"他说："合法咱也不干。""叔早把世事看开罗！要那么多钱做啥？嘴里有吃的，身上有穿的，成咧！叔早都不想发财好过啰……"

过了俩月，他来到我工作的县文化部门要喝茶，我明知他是"王顾左右而言他"，果然，他说他二女子要开油糕铺子了，贼女子给县工商局递了申请报告，一月多了，营业执照还没见批下来。"三天两头寻我，叫我到县上来探问。我才不管这号事哩！我盼得县上不要批准她的申请，不要给她发营业执照，省得把我搅和进去……"我已经清楚他的真实来意了，就说："回头我问问，看你的那个营业执照批准了没。""不是我的，是我二女子的。""她早就催我来寻你，说是要你帮忙，办下了营业执照，她记你一辈子好处。我给她说，我不给人家添麻烦，你哥在县上工作忙得很，哪有闲工夫操心这些闲杂事……"他不愧是鬼秧子，他的谈话艺术太高超了。

他和二女儿合股的油糕铺子开张后，生意特别兴隆，忙得他平时连回家的空儿也抽不出。我和他两年没见面了。有一天，县委准备在元旦那天给万元户披红戴花，以鼓励农民放开手脚发财致富。县委让宣传部和工商管理局先调查摸底，然后确定表彰对象。在第一批被相中的万元户名单中，就有鬼秧子乐叔。同事老杨先去和他谈，但他不说真话，不露实底。我和老杨去后，他还是说自己没挣下一万块。我给他解释疑虑，他说他离一万块还远："八年以后看咋样！"

老杨回县后，鬼秧子乐叔神秘地问我，老杨来做啥？我说是要表扬你，不仅披红戴花，还有奖品和奖金。他说："只要你县上不要变来变去，按而今的政策往下行，老百姓就给你县长磕头叫爷哩！何必要你披啥红，戴啥花哩！"我说："给万元户披红戴花，这也是解除农民心头疑虑的……一种形式。""比如你自己……顾虑就不少……"

鬼秧子乐叔于是说起1960年发的"六十条"鼓励农民开荒种地度荒年的事情，当时刚开了荒地收了二四料，碗里稠了，就来了"四清"运动，算账、批判、退赔，把农民整惨了。他说着时准备收摊了："自打老杨那日一来，我几夜睡不着觉了。""没钱用时发凄惶，挣下俩钱心里又怕怕。钱挣得越多，心里越发慌慌。我老是心里不踏实，老觉得祸事快来了。老杨前日来了，我后来跟俺二女子的老阿公一商量，你猜老亲家咋说？'趁共产党而今迷糊了，挣几个钱赶紧撒手！共产党醒来，小心再来运动！'我就下狠心收摊……"

我再次向他解释，老杨可能急了点。他说着时居然流下眼泪。

县政府召开表彰大会时，十五个首先达到万元家当的农民，接受了褒奖，并乘彩车在县城游了一圈。鬼秧子乐叔被通知来开会，他的脸上有了光彩。

过了半年，他却洗手不干了。他说五里镇公社书记在广播上讲话，把社会上出现的坏现象的根子归结为"一切向钱看"，"卖油糕是不是为挣钱？

挣钱是不是'向钱看'？'向钱看'当然就是污染嘛！我给自己也会上纲挂线了。""我干了三年多，确确实实挣了一点子钱。我把这钱全数存着，房不盖一间，家具也没添一件。我给娃们交代：日后要是来运动，要退赔，那好，咱把钱交给工作组。要是真的不来运动，那当然好，就算是爸给你们留下的家当，你们兄弟俩一人一半。这钱是我揉面团挣下的，我现时不敢花，你们也不要花。等我死了，随你们的便！我活着，你们不要想动它一张……"

今年春天，我看见在鬼秧子乐叔和他二女儿家的那片铺店地址上，已经竖起两层六间的楼房，楼楣上写着"一字歌饺子馆"几个字。乐叔说他这回豁出来啰！我惊异他的变化，他告诉我，春节时，两个女儿和女婿来拜年，向他声明，他们要大干大闹了，只是资金欠缺，要他把那一笔款子借给他们兴建楼房。他于是把全部家当拿出来了。

前几天，他还给学校捐了一万元。公社书记向他鞠躬致礼，他要求给他立碑，书记答应了。

小说写到这里，……无论如何，我仍然虔诚地祝愿，鬼秧子乐叔开张不久的"一字歌饺子馆"生意兴隆……

1984年10月21日于西安东郊

三、"我自乡间来"系列小说之三《田雅兰》：塑造了一个天不怕地不怕，性格泼辣、意志坚强、知恩图报的女强人形象

《田雅兰》于1984年写成，刊发在《中国西部文学》1985年第2期。

小说写我在县城汽车站等车，一位中年妇女让我坐她的卡车。她知道我在报社工作后，说她叫田雅兰，请我在报纸上报道她，她办了个家庭农场，通过养鸡、承包果园致富了。她热情邀请我去她的家庭农场去看看。我答应了她的邀请。

田雅兰在不同的历史时期经历了不同的人生转变。在集体化年代里，她在公社院里，大闹着让公社给她开一张"讨饭证"，引来很多人围观，被视为敢于顶撞干部的胡搅蛮缠的"泼妇"。民政干部老乔不给她开"讨饭证"，她就一直缠着老乔不放。后来，我答应给她开"讨饭证"，并去她家里调查，知道了她的丈夫是个癌症患者，生活已经不能自理，他为了不拖累田雅兰及三个儿女，就想用

裤袋勒死自己，结果被田雅兰发现了，痛哭着把他骂了一顿。后来，他还是病故了。新时期到来后，田雅兰通过养鸡、承包果园致富了，她去找老乔，想把公社发给她的各种补助还了。老乔自然不要。田雅兰于是给田家湾团支部买了一台大彩电。

小说通过这两件事情，塑造出的田雅兰是一个天不怕地不怕、性格泼辣、意志坚强、知恩图报的人。她在集体化的年代里，是一个整天喊着让政府救济的农村歪婆娘；在农村经济改革中，她成了改革的最先受益者，这时候，她的心病——过去向政府要救济的事情给她带来的耻辱使她很不安，她于是找老乔要把发给她的各种补助还回去。老乔拒绝后，她以给田家湾团支部买了一台彩电的事情消除了心病。到这里，她的形象更加高大了，她是个没有被生活打垮的、不屈不挠的农村妇女，是个说话算话、不愿遭人指责而珍惜名誉的女强人。

附《田雅兰》的故事情节：

我在县城汽车站等车，一辆卡车疾驰过来，一位中年妇女叫我"老陈"，并问我去哪里，我说去县城，她就让我坐卡车去县城。但我却一直想不起她是谁。坐到驾驶室后，她给开车的儿子说我是他们家的恩人。她知道我在报社工作后，问我怎么不采访她？我还是不知道她是谁？她说她叫田雅兰，又说我在报纸上报道她，她可以给我开工资，她办了个家庭农场。

我于是想起曾经在公社院里，看见田雅兰大闹着让公社给她开一张"讨饭证"，引来很多人围观的事情。民政干部老乔肯定不能给她开这个所谓的"讨饭证"，她就一直缠着老乔不放。老乔说国家的困难补助、救济款下来后，也给田雅兰几年来给了四百多元了。我看老乔实在不想见田雅兰，就答应给她办"讨饭证"，并把她叫到老乔的办公室里。我们了解了田雅兰的情况后，去她家里调查，还没进门，就听见她在骂丈夫。原来她丈夫是个癌症患者，生活已经不能自理，他为了不拖累田雅兰及三个儿女，想用裤带勒死自己，结果被田雅兰发现了，就失声痛哭着把他骂了一顿。

现在，我坐在她家的汽车上，她给我介绍着自己通过养鸡、承包果园而致富的情况，并说自己去找老乔，把他发给自己的各种补助想还上。但老乔不要，她于是给田家湾团支部买了一台大彩电，才去掉了自己的心病。她热情邀请我去她的家庭农场去看看，并热切希望我能报道她的经历，以让人看看是生活，是贫穷，是丈夫的疾病（她丈夫已逝五年）把她逼上了致富之路。我答应了她的邀请，她高兴极了。

四、"我自乡间来"系列小说之四《拐子马》：讲述了一个民告官的故事

《拐子马》于1984年写成。小说写了主人公拐子马（马长道）为了维护集体利益，屡次到乡政府反映村支书马成龙侵吞集体财产的事情，但没起作用。没办法，他就故意砍伐树木，让马成龙向上反映，并把公安引来，把他逮捕了。最终，他真的因为故意砍树而被县公安局拘捕了。

小说讲述的马长道的故事令人感到悲伤，他为了扳倒以权谋私的支书马成龙，无奈地去干违法的事情。他的被捕是他为了保护集体财产不被侵吞而在采取一个笨办法后落下的结果。虽然马长道被拘役了10天，但他通过这个事情张扬了自己的独立个性与生命意志，表现了他刚强的意志力，以及他不畏艰险去"民告官"的精神，所以他是一位性格光彩照人的英雄。当马长道被拘役了10天后，村支书马成龙不仅毫发无损，而且还被认为他虽然砍树卖树，但却没犯法；而马长道却犯法了，因为他砍了三棵树后，带了一个不好的头，使那里的树很快被村里的人砍伐光了。在这种情况下，马长道只得去县纪委继续告马成龙了。李遇春指出，残疾老头马长道是一个倔强的英雄，他的民告官行为唤醒了社会对以权谋私者的关注。从他身上，不难看出陈忠实对社会阴暗面的洞察和对新时期个体生命意志的张扬。[①]

马成龙在小说中出场不多，但他的阴影却无处不在。马成龙干的侵吞集体财产的事情被写了两件：一件是他花了1000元买了队里的一台拖拉机，然后以1800元卖给另一个村的人，他自己净赚了800元；二是他把只有一条腿的马长道在农业学大寨的年代里精心看护长大的树伐了后卖给他的关系户、亲戚，并拿着540元一年的干部补贴。他在拿了这么多的补贴后，却不给村上办实事，不组织人浇

---

① 李遇春：《陈忠实小说创作流变论——寻找属于自己的叙述》，《文学评论》2010年第1期。

地，使地旱得都裂了口子，村里的四口机井的马达也丢了。另外，马成龙表面上在"我"这个驻村干部面前说要让马长道当三队队长，以振兴三队，但在暗中却对马长道怀恨在心，因为马长道曾经扣过他老婆的工分，他于是指使马成芳给马长道贴大字报，说马长道复辟资本主义，实行刘少奇的路线；选举三队队长时，马成龙又在私下里把群众组织好，让马长道落选，然后使马成芳当了队长。

小说中的马成芳是马成龙手中的一颗棋子，马成龙让他怎样他就怎样。马成芳之所以对马成龙唯命是从，目的是想当上三队队长。他当上后，却并没有使三队改变模样，菜都烂在了地里。三队的三个老汉找到"我"，要求让马长道当队长。马长道在马成龙、马成芳处处给他设绊子的情况下也愿意参加三个老汉将要组织的选举队长的大会。自然，选举队长的大会最终没有召开起来，原因是社员们在马成龙、马成芳的淫威下不敢参加会议。

小说的叙事时序变化多端，稍有疏忽，可能就混淆了所写之事的发生时间。具体而言，小说的叙事时序是这样的：（1）先写了拐子马（马长道）被县公安局拘捕了的事情。（2）接着倒叙了马长道春节后在花鸟市场上给"我"说他准备去坐监狱的话。（3）回忆了有一年年底"我"被分到马长道所在的村子抓年终分配时选举三队队长的事情，社员马成芳被选为队长了，马长道却没选上。但三队的三个老汉却强烈要求马长道当队长，因为马成芳把队里管得越来越糟糕了。马长道也同意了。（4）小说又回到花鸟市场上，追忆了马长道给"我"说的一个惊人的事情，那年马成芳能被选上队长，是因为村支书马成龙在私下里把群众组织好了，结果选了马成芳。（5）小说再回到"那年"之后的一天晚上，讲述了马长道拉稀粪时，卡车砸断了他的右腿。他伤好后，向马成龙提出去河堤上护树，马成龙同意了。他护树后，使河堤上的树健康成长，最终形成了一片浓密的林带，被县上树立为植树模范，同时获得了"拐子马"的绰号。（6）小说又回到开头所写的马长道被县公安局拘捕了的事情上，他最终还是因为故意砍树而被捕了。（7）小说写了"我"去看守所看望马长道，但他已经被释放了。所长让"我"看了对马长道的审讯笔录，马长道的回答令人惊异，他说自己砍树的原因是想"让人知道村里有人侵吞群众血汗，上级就会派人来处理了"，等等。所长说，马长道被释放后，准备承包河堤，再育出一条白杨林带来。另外，他又去县纪委告马成龙了。

附《拐子马》的故事情节:

拐子马（马长道）被县公安局拘捕了。我知道消息后一惊，立即想到春节后在花鸟市场上见到他的情况。他说自己种了些泡桐苗，让儿子用架子车拉着他和五六百棵树苗来市场上卖，儿子逛会去了。我问他已经是万元户了吧？他说别听广播上瞎报道，农民哪能成万元户，挣钱太不容易了。

然后，他正儿八经地说他要坐监狱了，并说村支书马成龙连人气儿都没有了。承包时，马成龙要把队里的一台拖拉机买了，小伙子们都等着，但过了几天，他说他自己买下拖拉机了，大家打问后才知道他只掏了1000元。又过了几天，他把拖拉机以1800元卖给了另一个村的人，自己净赚了800元。农业社散伙后，干部拿不成补贴工分了，就拿补贴工资，钱由队里出。马成龙一年拿540元，但他给村上啥事情也不办，地旱得裂了口子，他也不组织人浇地，四口机井的马达都丢了。他的补贴工资来自他卖了村里的树，这些树都卖给了他的关系户、亲戚。

马成龙卖的树是只有一条腿的拐子马在农业学大寨的年代里精心看护才长大的，他为它们付出了很多。他看马成龙卖树，心里很难受。

我劝拐子马到乡政府反映情况，他说反映了，不起作用。我让他找县纪委，他说不找，让县纪委找他。他要砍伐树木，让马成龙向上反映，并把公安局的引来，把他逮捕了，他就好说话了，也会有人听了。我说这是蠢办法，还是应该找县纪委。他说自己知道，于是要和我商量。

有一年年底，我被分到马成龙的村子抓年终分配，我见到了马成龙，他待人很冷漠，好在我早就认识他，也就不计较。我让他和我一块去找三队队长马长道，他不愿去，我就一个人去了。马长道正领着人挖胡萝卜，其间，他训骂着干活的人，说再磨洋工，到年底准吃亏。他的话很粗俗，人们不理他。我于是为他感到悲哀。散工后，我让马长道谈谈他们三队的经验，他说只有两个字：骂和罚。我说这些都不能拿上台去讲。但他说，除此，他没有什么办法，如果能给他配个专做思想工作的，他就保证不骂人了。

我给马成龙说了对三个队的工作方案，他完全赞成，重点是二队要建一个强硬的领导班子。

但这时，突然有人给马长道贴大字报，说他复辟了资本主义。马成龙找我问大字报的事情咋办？我说先不管。

一个晚上，一个叫马成芳的人找我，说大字报是他写的，问我有啥看法。我说对马长道要一分为二看待。他说马长道实行的是刘少奇的路线，也要一分为二吗？我说马长道是农民，难免有缺点。他说我在袒护马长道。然后就气愤地走了。第二天，他又贴出一张大字报：对马长道能一分为二吗？

我怕马长道经受不住侮辱，就去看他，但他很豁达。

马成龙建议通过选举继续选马长道为三队队长，以堵住马成芳的那张臭嘴，他说他有把握让马长道连任；如果让马成芳当了队长，三队的日子就不好过了。我同意了马成龙的办法。但结果，马长道却落选了，马成芳当了队长。我心里很不舒服，我太相信群众了，马成芳之流的活动量太大了。马成龙对这个结果也很震惊。

春节过后，我负责一个防洪工程，便把马长道叫来当负责人，目的是不让他在马成芳手下受气。他来后，脾气不改，还是爱骂人。一天，三个老汉找我，要求让马长道回去当队长，说队里的菜都烂地里了。我说，三队有马成芳，马长道怎么回去？三个老汉说他们晚上召集人，重选队长。马长道收工后，我问他回不回？他说回。随后，他就跟着三个老汉回去了。

马长道说，马成芳那年给他贴大字报，是因为他扣了马成龙老婆的工分，马成龙便指使马成芳给他贴了大字报。选举时，马成龙又在私下里把群众组织好了，结果选了马成芳当队长。年底，三队收成不好，社员们认为要是让马长道当队长，就不是这个样子。

一天晚上，拉稀粪的卡车砸断了马长道的右腿，伤好后，他向马成龙提出去河堤上护树，马成龙同意了。他护树后，使河堤上的树健康成长，最终形成了一片浓密的林带，被县上树立为植树模范，同时获得了"拐子马"的绰号。

"拐子马"马长道最终还是因为故意砍树而被捕了。我去看他时，他却在先一天被释放了。看守所长让我看了对他的审讯笔录，他的回答令人惊异。他说自己砍树的原因是想"让人知道村里有人侵吞群众血汗，上级就会派人来处理了"，等等。所长说，马长道的办法既奇怪又愚蠢，但他说他再找不到好办法了。他被关了十天才释放。马成龙虽然砍树卖树，但却没犯法，马长道却犯法了，因为他砍了三棵树后，带了一个不好的头，使那里的树很快被村里的人砍伐光了。他被释放后，准备承包河堤，用十年时间再育出一条白杨林带来。另外，他又去县上找纪委，告马成龙了。

第十一章 新叙述形态形成时期创作的小说

（1985年—1986年）

    1985年及其之后，陈忠实选择了文化—心理结构视角作为自己创作小说的新叙述形态，这表现在他同时期创作的一些短篇小说里。他这个时期创作的短篇小说多为现实题材，一方面主要聚焦了20世纪80年代中后期商品经济大潮背景下兴起的现代性价值观念对中国传统道德伦理观念形态的猛烈冲击和碰撞，如写成的短篇小说《夜之随想曲》《毛茸茸的酸杏儿》《我们怎样做父亲》《灯笼》《广播体操乐曲算不算音乐》，写成的第六部中篇小说《最后一次收获》等作品；另一方面，陈忠实把笔锋集中在人物的文化心理结构上，对其心理冲突进行了深入而精细的解析，揭示出隐含在人物心理结构中的文化冲突，描绘出一幅幅在现代社会商品价值观念冲击下传统中国人的精神失重和价值倾斜的心理图景，如他的第七部中篇小说《蓝袍先生》。短篇小说《我们怎样做父亲》见不到原文，在此存目。《毛茸茸的酸杏儿》《蓝袍先生》于1986年发表。

一、《夜之随想曲》：反映了当时城乡之间巨大的生活差异

    《夜之随想曲》于1985年1月12日写成，刊发在《现代作家》1985年第6期。

    小说写"我"陪农村调研组组长坐在小河边时，他说他的小孙女长到8岁了，却没有见过河水，没摸过沙子，他本想把孙女领来农村玩，但她妈妈不允许。他说城里的孩子很可怜，吃不上任何新鲜的东西，呼吸不上新鲜空气。他说他喜欢农村，城里没什么好留恋的，劝"我"甭往城里钻！教育"我"干革命不

能讲价钱！要艰苦奋斗，继承传统……

　　小说里的核心人物是组长，他作为农村调研组长，地区的一位中层领导干部，在下乡"抓点"的事情中，却看不到农村的真实情况，而是一味地抱怨自己八岁的小孙女没有见过河水，没有摸过沙子。每到星期日，他总要领着孙女去公园，但公园里的景致却不能让孙女尽兴，让他尽兴。他想领孙女到农村来，但孙女的妈妈却怕女儿得病，就怎么也不让来。他还说他城里的孙女吃不上任何新鲜的东西，等等。比如奶粉是加工过的！苹果是失去了水分的！西红柿是催熟的！面粉是囤积了多年的小麦磨下的陈货！他说他的小孙女太可怜了，啥好东西也吃不上……"我"听了不置可否地笑了笑。

　　"我"和组长住在一个叫作前庄的村子里，搞农村调研，是他手下的组员。"我"每月的工资，只抵得他工资零头的一半。"我"有三个孩子，还有一个农民老婆。"我"从来不敢用那一点可怜的工资去心疼孩子。"我"想尽一切可以节约的途径省下每一块钱，再到渭北的富裕地区去买苞谷。我们队里的粮食总是欠缺，"我"能保证一家老少填饱肚子，就自以为是对他们的最大心疼了。组长却在美妙夏夜的大自然的怀抱里，为他的小孙女不能呼吸新鲜空气，不能尝新鲜水果，不能喝到鲜奶而深深惋惜。他说他喜欢农村，城里没什么好留恋的。他叫"我"甭往城里钻！

　　"我"1960年从省水利学校毕业，工作整整十五年了，工资一次也没涨过。组长教育"我"干革命不能讲价钱！"我"拒绝接受这样的教育。组长在"我"这个年龄的时候，有保姆料理家务。他不满足的是孙子看不见大自然的真山和真水，呼吸不上乡下新鲜的空气，尝不到从树上刚摘下的带着露珠的苹果！他一边抱怨孙女吃不上新鲜水果和牛奶，一边教导"我"要艰苦奋斗，继承传统……他说他一定要说服孙女的奶奶和妈妈，带她到乡下来，看看真山真水，呼吸新鲜空气。"我"提示这位城里人把时间选择得稍晚一点，那时候，前村大队果园里的苹果就要成熟了，很新鲜……他高兴地点点头，居然把"我"的话当真了。

　　小说写出了"我"与组长交谈过程中的心理变化。组长夸赞乡下人在"享受清新的空气财富"方面比城里人富有，"我"感到"很自豪"，这是"我"当时的真实心理感受，"我"便满怀热情地邀请组长孙女下乡来玩；当"我"听到组长儿媳不让女儿到乡下，担心乡下卫生条件对女儿健康不利时，"我"觉得他儿媳对乡下存在着偏见，就热情冷却，心生怨气；组长忧虑孙女不能像乡下人那样吃上新鲜东西时，"我"想城里孩子还能吃上糠苹果，而"我"的农村孩子连糠苹果都吃不起，"我"感到了城乡生活的差异，反映了"我"和组长之间存在着巨大差距，也反映了组长工作的不扎实，他作为农村调研组长，地区的一位中层领导干部，却"调研"不出农村的真实情况，"我"于是感到很失落；组长对"我"进行的"传统教育"以及对"我"的埋怨的毫不理解，使"我"感到了悲凉。可以说，"我"与组长观念的不同，实则是两种意识、两种文化背景的不同。小说通过"我"与组长的对白，体现了意识、文化对人的性格、命运的影响。本文与"小夜曲"具有不同的曲风，叙述平静、自然，所以起名"随想曲"。

小说的环境描写如新月迷蒙、柔柳低拂等，营造出了静谧、清新的氛围。小说叙事扣住了题目，交代了故事发生的背景是乡下月夜；在情节上，引出了下文，为组长赞美乡下空气作铺垫；景中寓情，烘托出"我"有幸陪组长坐在小河边时的喜悦之情。

附《夜之随想曲》的故事情节：

我陪他坐在小河边。他说小孙女长到8岁了，没有见过河水，没有摸过沙子。每到星期日，总要他领着去公园，而公园里的假山光溜溜的，假湖里是沤得发黑的一潭臭水……我让他把孙女领来玩。他说孙女本来要来的，但她妈妈说病了怎么办，就不让来了。他又说城里的孩子真可怜，吃不上任何新鲜的东西。奶粉加工过了！苹果是失去了水分的！西红柿是催熟的！面粉是囤积了多年的小麦磨下的陈货！他的小孙女也可怜，啥好东西也吃不上……我不置可否地笑了笑。

我和他住在一个叫作前庄的村子里，搞农村调研，他是组长，我是组员。半个多月的相处，我大体得知，他是地区的一位中层领导干部，下乡"抓点"来了。我每月的工资，只抵得他的工资零头的一半。我有三个孩子，还有一个农民老婆。我从来不敢用那一点可怜的工资去心疼孩子。我想尽一切可能节约的途径省下每一块钱，再到渭北的富裕地区去买苞谷。我们队里的粮食总是欠缺，我能保证一家老少填饱肚子，就自以为是最大的心疼了。他现在在美妙夏夜的大自然的怀抱里，为他的小孙女不能呼吸新鲜空气，不能尝新鲜水果，不能喝到鲜奶而深深惋惜。他说他喜欢农村，城里没什么好留恋的。他叫我甭往城里钻！

我1960年从省水利学校毕业，工作了十五年，工资一次也没涨过。他教育我说干革命不能讲价钱！我拒绝接受这样的教育。他在我这个年龄时，有保姆料理家务。他不满足孙子看不见真山真水，呼吸不上新鲜的空气，尝不到带露珠的苹果！他一边抱怨孙女吃不上新鲜水果和牛奶，一边教导我要艰苦奋斗，继承传统……他说他一定要说服孙女的奶奶和妈妈，带她到乡下来，看看真山真水，呼吸新鲜空气。我提示这位城里人把时间选择得稍晚一点，那时候，前村大队果园里的苹果就要成熟了，很新鲜……他高兴地点点头，居然把我的话当真了……

1985年1月12日于西安东郊

二、《最后一次收获》：写了一个工程师在妻儿"农转非"前收获庄稼的情况，表达了他对土地的依恋，也表现了陈忠实浓厚的乡土情结

《最后一次收获》是陈忠实写的第六部中篇小说，于1985年春写成，发表在《莽原》1985年第4期。

小说写赵鹏在西北工业大学上班，家里的小麦成熟后，他回家收割小麦，这是他最后一次收割小麦，因为他很快要给妻子淑琴和一双儿女"农转非"了。但淑琴面对这最后一次的收获却犹豫了，她依恋农村的这片土地，依恋家乡的小河霞光、沙滩与峰巅……总之，她依恋家乡土地上的一切。

小说通过一个即将举家迁往城市而最后一次回到家乡收获庄稼的文化人的生活经历和人生感悟，再次表达了作者浓郁的乡土情结，深刻地融入了作者自己的人生经历和生命体验。

邢小利认为，一般作者面对这样的题材，可能会写成抒情性的感慨之作。但从这部小说看，陈忠实显然不是一个仅仅喜欢抒发个人感慨的作家，他正面切入这个题材，"硬碰硬"地展开描写，而且进行了深入开掘。人物性格真实、准

确、生动，人物情绪酣畅饱满，乡土生活气息浓郁。由此可以看到陈忠实创作的一个特点：他不大选取侧面取巧的方式处理素材，一般都是正面切入，直接面对笔下的人物和生活。①

陈忠实对这篇小说较满意，在后来的一篇文章中说："我至今不敢写工厂，唯一的一部以工程师为主人公的小说，也只能把他置于农村的环境来表现。其中无法回避的一节工厂生活，是凭我在灞桥工作时到临近一家工厂参观时的感受，而我正好在那个工厂里结识了一位同龄的工程师朋友，包括他介绍给我的一些技术术语。"他在谈观察之于风景描写的重要性和必要性时说："我恪守这样的创作规程：无论这部小说孰优孰劣，必须是自己对生活的独立发现，人物描写是这样，风景描写也必须是这样。作品中人物活动的天地和环境，必须是我可以看得见的具体的东西，其前提必是我经见过也观察过的东西，我没有见过的东西，是无法写出一词一句的。迄今为止，在我所有的习作中，仅就风景描写而言，我较为满意的是中篇小说《最后一次收获》里对于渭河平原边缘地带塬坡地区麦熟时节的景象的描绘，从景象到气氛，基本传达了我对这个特定地域的观察和感受。"②

但这部小说在情节安排上，还是存在一些逻辑不通的地方及失真、做作的地方：

第一，首章写赵鹏有二十多年没目睹过家乡麦收的景象了，第四章又写他上大学及在西北工业大学制造机械的工厂里工作后，三十多年来，他每到周日，就回到乡下的家里干农活，然后又去上班。

第二，小说写赵鹏回家收麦子时，他的妻子淑琴正在割着麦，淑琴一见他，就扔下手里的麦索子，过来抱住他的脖子，用她黏着粉灰的脸，和他的脸紧紧地挤挨在一起。淑琴对赵鹏这般亲昵的动作似乎显得有些失真。小说对赵鹏与淑琴的相识情况的叙述更是让人觉得牵强：赵鹏高中毕业时喜欢上了同学的妹妹淑琴，考上大学后，去找淑琴，还没说上十句话，就对淑琴说："我要跟你恋爱！"然后抱住淑琴；淑琴上的技校解散后，赵鹏直接提出和淑琴结婚，并在一

① 邢小利：《论陈忠实的创作道路与文学地位》，《西北大学学报》（哲学社会科学版）2014年第3期。
② 陈忠实：《创作感受谈》，见《陈忠实文集》（第3卷），人民文学出版社，2015年版，第483、481页。

家饭店宣布："我们今天结婚！"淑琴无法抑制自己，就答应了赵鹏；随后两人就走进了赵鹏的家；赵鹏向父母宣布，自己和淑琴已经在学校举行过"革命的新式婚礼"了，二位老人完全听信了，挪出一间厦屋，淑琴和赵鹏就这样走进了洞房。

第三，小说安排的一些情节显得有些不自然，比如赵鹏童年在一支麦穗上扣绿蚂蚱，然后被冷娃打骂了一顿的情节；两个小伙求赵鹏给他们找活干的情节；赵鹏回厂和洋人谈判的情节；两个小伙对村干部贪腐的揭露以及对他们上告的情节；村支书儿子开着手扶拖拉机给赵鹏拉麦子的情节；村支书给赵鹏说自己应该爱护赵鹏这样的国家重要人才及他说的"俩东西到处告我，告能怎样呢？我不怕"的情节都不自然，让人感到是为了安排情节而安排的。

第四，作者对小说里出现的人物的称呼易让人混淆。小说写赵鹏高中毕业时喜欢上同学的妹妹，同学的妹妹就是淑琴，但作者却没有直呼淑琴，到后来才突然说起她的名字。赵鹏到河里洗澡，回忆往事时，两个小伙子求他在他厂里找个活，两个小伙实际上是虎生和根长，但作者在第八章才突兀地直呼起他们的名字，此后却几乎不叫他们的名字，而是叫他们的头上特征，虎生留着长头发，所以叫虎生为长头发，根长是光葫芦，所以叫根长为光葫芦或和尚。第四章说两个小伙大骂着队长把村里的手扶拖拉机的价钱合得极低，占下后让儿子开去了，村里的六间新库房，被会计和队长各占了三间，到第八章却说是支部书记的儿子开着手扶拖拉机来给赵鹏拉麦子；第九章写赵鹏去请支书的小儿子来吃饭时，被支书拒绝了，赵鹏于是去请长头发、光葫芦吃饭；两个小伙吃饭时，说他们到县上、公社告了支书赵生济，指控他白拿不少钱！在这里，小说一会称队长，一会称支书，一会又称赵生济，其实都是一个人。第五章写下雨了，旁边一位嫂子劝阻大骂赵鹏的淑琴，这位嫂子应该就是第七章所说的王秀珍。小说还说赵鹏和淑琴有一双女儿，很多时候都称呼他们的女儿为赵鹏女儿，第八章却称呼赵鹏女儿为倩倩；很多时候也称呼他们的儿子为赵鹏儿子，在第八章才称呼他为毛娃，也叫他大儿子毛毛。人物姓名的迟出与人物称呼的混乱给读者的阅读带来了不少困惑。

附《最后一次收获》的故事情节：

第一章：赵鹏在西北工业大学校办工厂上班，是工程师，是工厂新的"四化"干部人选。土地承包到户后，他回农村的家收麦子。他的妻子淑琴说麦子已经熟透，可以开镰了。他忆起童年的事情，他在麦穗上扣绿蚂蚱，冷娃嫌他糟践麦子，就把他连骂带打了一顿。他连声告饶后，才得以逃脱。他工作后，再也没有机会目睹家乡麦收的景象了，竟然有二十多年了！眼下，他来拉麦，淑琴割着麦。

第二章：赵鹏也割起麦来。他让淑琴歇着，淑琴让他歇着。赵鹏高中毕业时喜欢上同学的妹妹淑琴。他考上大学后，淑琴在次年考上了无线电技校。赵鹏去找淑琴。淑琴认出了赵鹏。赵鹏说："我要跟你恋爱！"并抱住淑琴。淑琴上了一年技校，学校解散了。赵鹏提出结婚，淑琴于是嫁到他的家里。淑琴扔下手里的麦索子，过来抱住赵鹏的脖子，两人挨在一起。收完麦，淑琴的户口和粮食关系可以迁转进城市，成为城市居民了！赵鹏说这是最后一次收获。

第三章：赵鹏装上麦，拉着车时，发现没有路。淑琴说土地一下户，干部啥心也不操了，只顾拿一月三十六块的补助款！赵鹏拉着车摔倒在斜坡上了，小推车也滚下了斜坡。两人把车子扶起，拉车下坡，车子还是朝沟里翻倒了。赵鹏和淑琴扶起车子，最终把第一车新麦拉上场了。赵鹏想，再过几天，淑琴和儿子以至将来的孙子和曾孙，都不在这个黄土峁儿里抓摸了。

第四章：赵鹏到河里去洗澡。12岁那年，他第一次看见了火车，老师鼓励学生好好念书。他按照老师的话，读了大学，现在是西北工业大学制造机械的工厂里的工程师。三十多年来，他在城里上学、工作，每到周日，回到乡下家里干活，然后又去上班。麦收以后，他准备举家搬进城里去。赵鹏正想间，两个小伙来到他跟前，一个是留着长长的头发小伙，一个是光葫芦脑袋。两小伙求赵鹏在厂里给他们找个活。赵鹏答应了。两个小伙说着新的生活观念，大声骂着队长，说他在实行责任制过程中，捞了很多油水：把拖拉机的价钱合得极低，占下后让儿子开去了；他和会计各占了三间村里的六间新库房，合下的价钱连木头也不够买。赵鹏对这类事早有耳闻，淑琴给他说

216

过不止一件，他劝淑琴少言，吃了亏算了。

第五章：赵鹏接连干了四天，累垮了。他想，如果长年累月地这样劳动下去，自己会忘记刷牙、洗澡，使头发和手脸上积满灰尘和污垢，到老年的时候，会和许多庄稼汉老头一样有着丑陋的罗圈腿。赵鹏躺在炕上，脑子里一片空白。他儿子喊着要下雨了时，他才奔到自家的场头里。淑琴骂着他："你死在屋里了吗？""眼窝瞎了？看不见天变了呀！？"旁边的一位嫂子说："大雨来咧！还不垒麦子，斗啥气嘛！"她说完，大雨就"哗啦"一声倾倒下来了……赵鹏拽着女儿，从场间跑了出来。淑琴进了西屋。赵鹏给淑琴剥下湿溜溜的衣裤后，淑琴感动得搂住赵鹏的脖子，流起了泪来。

第六章：一夜睡起来，淑琴又恢复了麻利和勤快。赵鹏也躺不住了，他跳下炕来饱餐了一顿。这时，儿子说厂里来人找他。正说间，厂里的小车司机老孟走进来说："厂长叫我来请你，赶紧回厂。"赵鹏便回城了。赵鹏坐在车上思考着怎样接待外商，怎样把自己设计并试验成功的产品打入西欧市场。

第七章：淑琴在碾场。她十分高兴、骄傲，她的男人被明光锃亮的小轿车接走了，与金发碧眼的洋人坐在一张桌子上去谈判了。王秀珍问淑琴收毕麦是不是就搬进城去？淑琴做了肯定回答。王秀珍很羡慕淑琴能跟赵鹏这样的大知识人儿睡一辈子，说她要是有赵鹏这样斯文的男人，她一天到晚都把他当神儿一样敬着！淑琴爽快地笑着说："那好哇！我回头给你鹏哥说，你稀罕他做男人！""让他跟你睡去！"王秀珍说："要是你不干涉——""我才巴不得哪！哈哈哈……"淑琴想起赵鹏和自己第一次见面的情景：赵鹏找到她的学校，前后没说过十句话，就说他爱上她了。她答应了！中专停办后，她想主动提出解除婚约。赵鹏却在一家饭店宣布："我们今天结婚！"她无法抑制自己，完全信赖了赵鹏。她和赵鹏走进赵鹏家，赵鹏向父母宣布，他和她已经在学校举行过"革命的新式婚礼"了。二位老人完全听信了，挪出一间厦屋，她和赵鹏就这样走进了洞房。

第八章：赵鹏谈判的胜利给予了他很多的喜悦心情。他谈判完就往麦场上跑。女儿倩倩正坐在一捆麦子上看守着麦子，儿子毛娃和他妈拉麦去了。

赵鹏来到自己家的责任田里，淑琴正拉着装满麦捆的车子，淑琴说，虎生和根长帮忙拉着车子在前头走着。赵鹏想起虎生和根长求他在工厂找一份合同工干的事情，但两三天来，自己集中精力，对付来做生意的洋人，把他们的希求忘得干干净净了。赵鹏心里很是过意不去。大儿子毛毛正把散摆的麦捆抱到一堆。赵鹏想起自己昨天还坐在豪华的饭店里，穿着笔挺西装，和洋人侃侃而谈；今晚却驮载着200多斤的麦捆子，汗流浃背，气喘如牛。真是差距太远了！他在上一个陡坡前，歇着力气。光葫芦根长让他回去吃饭。他将车子拉上坡后，村支书的儿子开着手扶拖拉机来给他拉麦子了。赵鹏对淑琴说："拉就拉吧！反正硬挡也不好。你立马回去，炒两盘菜，我的提兜里有一块熟肉，正好。看看小卖部开门没有，买一瓶好酒……"

第九章：赵鹏去请给自己拉了麦的支书的儿子来吃饭。支书说不值得请，并说赵鹏是国家的重要人才，应该爱护知识分子，但有的人总是不执行！赵鹏去请矮个光葫芦和长头发小伙来吃饭，两人吃饭时，说他们到县上、公社告过支书，他白拿了不少钱！但啥也不顶。赵鹏听到过人们对老支书赵生济的议论，说他把队里的小拖拉机、公房折价买下来。王秀珍在门外说："告不倒归告不倒，搔搔他的皮毛也叫他甭贪吃得安然！"然后，她给淑琴说队里明天开脱粒机，五户一组，自由结合，她想和淑琴结合。淑琴答应了。王秀珍又问虎生和根长愿意结合不？他们答应了。虎生和根长又问起赵鹏找合同工的事，赵鹏说："问题……不大吧！"两青年又说起他们准备给西安一家烧鸡店送活鸡的事情，一次能赚三十多块。赵鹏夸赞是好事！淑琴让王秀珍把前日在麦场上说的几句话给赵鹏说一下，赵鹏问说什么话来？淑琴说："她说她想跟你睡觉！"赵鹏的脸一下子红了。

第十章：脱麦劳动终于结束了！王秀珍躺在麦堆上，扯长声音叫唤。淑琴扫着麦粒。赵鹏让淑琴歇一会。淑琴仍然在扫着。王秀珍说："男人心疼你哩！瓜呆子！"淑琴扫完，在王秀珍耳边说了句什么逗趣话，两人抱着、笑着，在麦堆上滚作一团了。支书赵生济来后，夸赞脱粒机工效高，说他相信科学！他对赵鹏说：国家朝这个样子往下走，怎么得了呢？长头发与和尚是两个捣蛋锤锤子，不交脱麦的工钱，搅得全村不安宁……这俩货，是标准的"流毒"！"俩东西到处告我，告能怎样呢？我不怕。"最后，赵生济又让赵鹏的工厂需要砖头、沙子了，或是需要干其他什么活儿了，他用拖拉机包运。赵鹏听罢点了点头。

第十一章：吃罢夜饭，赵鹏到麦场里去看守麦堆。淑琴来后问道："赵鹏，夏收后我们真的就走么？""我不想进城了。""种地有种头儿了。"一会，王秀珍来了，问淑琴："啥时候进城呢？"淑琴说："原来想……麦收完了去。"赵鹏听罢没说话，他看看表，四点钟了，天快明了。王秀珍站起朝自己的麦堆走去。赵鹏想天快亮了，还睡什么觉呢？于是卷起了被子。

第十二章：赵鹏来到河川里。他想，在取得了第一个丰收后，自己却要永久性地从这块土地上拔脚离开了，这竟成了自己的最后一次收获。但这第一次获得的劳动果实，却强烈地诱惑着淑琴，使她不想进城了。赵鹏决定去说服淑琴进城。他于是转过身，朝村里走去。他也决定立即回工厂去，让厂里腾出一间房子，然后把淑琴、儿子和女儿，以及吃穿用具全都搬进工厂的家属区里去。但当他走上场塄时，他却一眼瞅见，淑琴正在用木板锨摊搅着麦子，他于是向她走过去……

三、《毛茸茸的酸杏儿》：一篇爱情美、志向美、语言美的小说

《毛茸茸的酸杏儿》于1985年5月15日草成，11月小改后，刊发在《北京文学》1986年第8期。

小说写已为人妻的姜莉在电视上看见初恋男友后引起的回忆：她倾心于活泼不羁的他，却被父母指责为不成熟，遂在父母的安排下，嫁给了一个老成持重的医生；她在一种平静而乏味的家庭生活中，渐渐变得"成熟"起来——"既不会任性，也不会撒娇了，甚至说话也细声慢气的了"；然而，她总是不能忘记自己那"不成熟"的初恋生活，总是怀恋同他一起打闹嬉耍，一起吃那未成熟的毛茸茸的酸杏儿时嘴角泌出酸水来的滋味。

小说没有什么曲婉引人的故事，只写了姜莉在电视上看见从事外交工作的初恋男友后，一下子引发了她对初恋的回忆。可以说，本篇小说是目前多个陈忠实年谱里记录的他一生所创作的79篇（部）长中短篇小说里写得较好的一篇短篇小

说。结合前面介绍过的陈忠实写的很多涉及爱情的小说可以看出，他已经形成了写爱情的固定模式，就是女孩倒追男孩的模式，这种模式人为地消弭了女孩子的矜持和羞涩天性，而是把她们普遍写得大胆、超俗，义无反顾地去爱一个男孩，并且钟情终身。比如《回首往事》的主人公回忆了自己和男同学的爱情往事，男同学后来遇到的爱情是倒追式的爱情；《枣林曲》讲述了主人公扎根农村，拒绝进城工作的故事，他遇到的爱情是姑娘倒追他的爱情；《丁字路口》讲述的爱情故事也是姑娘倒追小伙的模式；《十八岁的哥哥》中的曹润生遭遇的爱情也是倒追式的爱情；《初夏》中的冯马驹、冯德宽分别遭遇的是冯彩彩、兰兰的女追男的爱情模式；《地窖》中的女主人对男主人公的献身也带有主动自愿的鲜明色彩。

《毛茸茸的酸杏儿》写了漂亮的城市姑娘姜莉到乡下当知青期间，常常会在很多地方撞见他。她的心里早就萌生了和他待在一起的渴望。有一天，她在公社开完知青会回村时在半道上遇到了他，他是专门等她的。他随后赤裸裸地说出了自己倾慕她的话："我一天不见你，心里就慌慌，没有办法抑制。""最好的办法，就是想办法立即找到你，说几句话，哪怕从老远看一眼也好。"他向姜莉主动倾吐心声，表达爱意，这使早就对他有好感但却一直把这种好感埋藏在心里的姜莉默默地接受了，她想这是自己长到19岁，第一次听见一个男子说他想自己，离不得自己的话。随后，姜莉就心甘情愿地和他嬉戏、说话，最后一起去吃一棵大杏树上的绿杏来。

细细品读《毛茸茸的酸杏儿》，它具有三美：爱情美、志向美、语言美。

前面说过，陈忠实有一些小说一旦写到爱情，往往给人感到和政治紧密结合在一起，有些似乎是为写爱情而写爱情，比如上边所说的《回首往事》《枣林曲》《丁字路口》《十八岁的哥哥》《初夏》等都具有这些色彩。

但《毛茸茸的酸杏儿》却写了自然、纯洁、美好的爱情。该小说写于上边这些小说之后，改变了它们里面的爱情模式，自然地展现了姜莉和他的爱情发展过程，令人感到他们的爱情很美。姜莉和他先前就认识，在这个基础上，他们逐步熟悉——她开完知青会回村，在半道上洗手脸时，他的突然出现吓得她瘫坐在地上，膝盖都磕出血来了；他急忙揉烂几片刺蓟叶，盖在她的伤口上；他的医术生效后，他说了一句笑话，姜莉听了脸颊腾地红了，然后问："你到这儿来干啥？"他毫不含糊地答："等你。我一天不见你，心里就慌慌，没有办法抑制。最好的办法，就是想办法立即找到你，说几句话，哪怕从老远看一眼也好。"姜莉的脸上烧燥燥的，嘴里也有点干涩了。姜莉对他回避不得，随后很想听他继续说出些更多剖白的话。他们往回走的时候，他抓住了姜莉的手，在一个水潭跟前，姜莉看见了水潭里自己的影子，也看见了他那双火辣辣的、英武的眼睛，这使她心跳不止。在一棵大杏树上，他们摘杏子、吃杏子时，姜莉搂住了他的肩膀，他也搂住了姜莉的腰。当他叫姜莉"姐……"之后，姜莉一下子抱住他，头枕在他的胸脯上，再也说不出话了。姜莉和他还站在树上争着咬头顶上的一嘟噜绿杏儿，他们的嘴唇便碰到了一块，一刹那间，他那双强悍的胳膊搂住了姜莉的肩膀，姜莉也伸出了双手……他们跌到树下去了，依偎在一起，姜莉感觉到了他嘴唇上绿杏儿的酸味儿……

关于志向美，小说写他喜欢研究国际关系，"甭看他是个农村青年，才二十出头，他到处搜集资料，把世界各国的政治、历史、地理以及民族风俗都研究了……"姜莉的父亲惊奇："他研究这些干什么呢？"姜莉说："他说他将来在国家需要的时候，准备出任驻国外的外交官。""他正偷偷跟一个中学老师学英语……"姜莉母亲早已忍俊不禁，大笑起来，胖胖的身体笑得颤抖着，掏出手帕擦眼泪；姜莉忍受不了母亲轻蔑的笑声，就看看父亲，父亲却冷漠地扭过头去；姜莉看不清父亲的脸，就急忙解释说："他对非洲最有兴趣，如果能出任到非洲某个国家，他将来要写一部研究黑人的书……"姜莉母亲挥着胳膊，没有耐心再听下去，说道："神经病！绝对是个神经病！"姜莉顶了妈妈一句："什么'神经病'！我觉得他……"姜莉爸爸的语气虽不严厉，却是肯定无疑的："起码可以看出他不成熟。莉莉，甭计较你妈妈的话，她说得不准确。我看呢？咱们既不嫌弃他是农民，也不要想高攀未来的大使。我觉得关键是他不成熟，二十几岁的人了，有点想入非非吧？我想看见你找一个更稳当更成熟的对象。"姜莉说："我只是说他的兴趣和爱好。我压根儿也没指望他当什么外交人员。我就是要跟他这个纯粹的农民。"姜莉父亲站起来，摇摇头说："你呀……你也更不成熟。"然后走出门去了。

最后是语言美，这里有两点。一是小说里描写景物的句子随处可见，读起来优美舒心。比如灿烂的夕阳给那个黄土塬坡涂上了一层绚丽的色彩，即使那些寸草不生的丑陋的断崖和石梁，此刻也现出壮丽的气势。姜莉从公社开完知青会议，爬着一条弯弯曲曲的小坡路，小路在夕阳里闪晃，在山坡的秃梁和茅草间蜿蜒，把塬坡上的村庄和河川里的世界联结沟通起来。姜莉走下沟底，沟南的阳坡上稀稀落落的几株榆树，干焦萎靡，像贫血的半大娃子，沟北的阴坡上，刺槐密密层层，毛白杨杆粗冠阔，椿树和楸树夹杂其中，竞争拔高，争取在天空占领一块更加宽大的空间，领受阳光。蓑衣草和刺蓟、野蒿，铺满了地皮。姜莉在泉水里洗手脸，甚至想扒掉长衫长裤，痛痛快快洗一洗爬坡时渗出的黏汗，等等。这些描写自然景物的句子自然而贴切，形象生动，使读者随着它们的变换而如临其境，如见真物。

二是小说里的对话自然，没有做作感，基本都是水到渠成的。姜莉撩水洗手脸时，他从树后蹿了出来，被吓坏了的姜莉在他的脊背上擂起拳头。他说："打呀！砸呀！使上劲呀！看你有多大劲儿吧！打得我……好舒服哟！"他看见姜莉腿上流出血来后揪下刺蓟叶，揉烂后按在她膝盖的伤口上。姜莉吓得问道："那是什么东西？敢乱涂！"他说："刺蓟，消毒良药，中药材里的药名叫小蓟。还有大蓟，乡里人叫马刺蓟。""我割草割麦时，不小心给刀刃刮破了手指，用这绿汁子一涂，就消炎消毒了。好得很哪！"他和姜莉奔到一棵大树下面后，姜莉随意问他："你到这儿来干啥？"他毫不含糊地回答在等她，并说了他见不到她的心理情况。当他和姜莉来到一个水潭跟前后，他们就水潭里有没有鱼的事情发生争辩，争辩的话语自然、流畅，推动了故事情节的发展，加深了姜莉对他的感情。他吃着姜莉带的点心时，他们的对话亲昵、幽默。他们向一棵大杏树走去时，又说又笑，俨然成了一对准情侣的样子。在摘杏、吃杏期间，他们的对话使他们的关系更进一步地得到发展。他晃着摘下的绿杏儿，久久不松开，而是对姜莉说："你张开嘴巴，我给你丢到口里去。""……你先叫我一声哥哥吧？"姜莉回道："你……先叫我姐姐吧！"他却坚持让姜莉叫哥，姜莉便叫道："哥……"然后，姜莉迷迷瞪瞪被他拉上树杈，由于脚下不稳当，姜莉便不由得搂住了他的肩膀。他搂住了姜莉的腰，并颤声叫了姜莉一声"姐……"姜莉一下子枕在他的胸脯上，再也说不出话了。接下来，他把一颗杏儿悄悄塞到姜莉手里说："成熟了的杏儿，把儿松了，风一吹就落地了，风不吹也要落掉了。成熟是胜利，也是悲哀。"姜莉听了他说的话，认为是"谬论"！但姜莉的心里却很佩服他无意间说出的富于诗意的话来。当他提议两人一起咬那吊在头顶的一嘟噜绿杏儿时，姜莉便和他咬住了那颗毛茸茸的绿杏儿，他们的嘴唇碰到了一起，也一起都跌到了树下的草地上，搂在了一起。姜莉觉得他嘴唇上绿杏儿的酸味儿是那样甜……他和姜莉的爱情发展得是那般自然，没有一点做作的色彩，没有一点功利的成分掺杂其中，可以说，本小说超越了陈忠实之前写人物爱情的固定模式，写出了爱情的美好样子。

附《毛茸茸的酸杏》的故事情节：

整整十年过去了，姜莉一想到吃过的那一次酸杏儿，嘴里就会有酸水泌出来。她在看中央电视台的新闻联播时，看见他在首都机场陪同一位首长登机出访。他走进舱门极迅速，但她还是瞅见了他熟悉的面孔。她于是想起在黄土塬坡上和他发生的故事。

她刚从公社开完知青会议，先坐了三站公共汽车，然后在河川的一个小站下车，爬坡返回她下乡锻炼的村庄。时令五月，一路繁花盛开。她在泉水里洗手脸时，他从树后蹿了出来，她吓坏了。她认识他。他给她膝盖上蹭破了的皮肤止血。止血的是嫩嫩的刺蓟叶。她吓得缩回腿，从来没见过用这种草汁消炎治伤。他说还可以在伤口上浇一泡尿消毒。她脸颊腾地红了。他才意识到她是一位姑娘。她说："你——瞎得很！"他说："就是。"她问："你到这儿来干啥？"他毫不含糊地答："等你。"她的心忽闪一下，不知该怎么说了，他连一丝弯儿也不绕。他说："我一天不见你，心里就慌慌，没有办法抑制。"她长到19岁了，第一次听见一个男子说他想她，离不得她，她的脸上烧燥燥的，嘴里有点干涩了。她在东田村每天都有撞见他的机会，心里不知从哪天起，萌生了喜欢和他待在一起的渴望。她明白，他和她一样，总是寻找能凑到一块的机会。他们来到一个水潭跟前，她看见水里有一双火辣辣的、英武的眼睛，一双使人心跳不止的眼睛。她说："天要黑了，回吧！"他挽着她的胳膊，却走到了一棵大杏树下。他跃身站到树杈之间，摘下几颗绿杏儿来。她等他把杏儿扔下来。他却说："你张开嘴巴，我给你丢到口里去。"他拉她上到树上。他让她："叫声哥哥！"她叫道："哥……"她的脸上燥热难忍，脚下又不稳当，不由得搂住他的肩膀。他搂着她的腰，颤着声叫她："姐……"她一扑抱住他，头枕在他的胸脯上，再也说不出话了。他把一颗杏儿悄悄塞到她手里。杏儿有一层毛茸茸的细绒。她咬了一口，酸得不敢再咬了，却又舍不得吐掉，那酸味里有一种无可企及的香味的诱惑。他说成熟了的杏儿，是胜利，也是悲哀。她说："谬论！"他不计较是谬论还是真理了。他提议一起咬吊在头顶的一嘟噜绿杏儿，她和他同时站起，去吞咬那颗毛茸茸的绿杏儿。她没咬住绿杏儿，却碰到了他的嘴唇，一刹那间，他那双强悍的胳膊搂住了她的肩膀，她也伸出了双手……俩人跌到树下去了。她和他全忘记了是站在树上。俩人跌落在草地上还搂在一起。她和他依偎在一起，感觉到了他嘴唇上绿杏儿的酸味儿……

她招工回城了。一年多时间里，母亲给她介绍了七八个对象，她一律拒绝结识。母亲打听到她在下乡时交下一个男朋友，经过几次劝解，不得结果。父亲说："我们应该尊重莉莉的自主权。"母亲说："但总得让我们知道他是谁，了解一下情况嘛！"她说："他是个农民。"父亲说："农民又怎么样呢？农民是我们国家的根基。我不反对你嫁给一个农民。"父亲毕竟是领导干部，他说："问题不在他是不是农民。你说说，你喜欢的那位青年农民是个什么样的人呢？"她说他是贫农，但不是党员、团员，他写过申请，团支部老是怀疑他，因为他喜欢研究国际关系，说他里通外国。父亲问他研究国际关系干什么？她说："他将来在国家需要的时候，准备出任驻国外的外交官。"母亲轻蔑地大笑起来。父亲则冷漠地扭过头去。母亲说："他是个神经病！绝对是个神经病！"父亲肯定无疑地说："起码可以看出他不成熟。我看呢？咱们既不嫌弃他是农民，也不要想高攀未来的大使。我觉得关键是他不成熟，二十几岁的人了，有点想入非非吧？我想看见你找一个更稳当更成熟的对象。"父亲说完摇摇头，走出门去了。

随后，她听从了父亲的指导，与父亲的战友介绍来的一个青年结识了，这就是她现在孩子的爸爸。他是个医生，一个真正成熟的人。他给她做饭、洗衣，做一切家务中的琐屑的事，从来不厌其烦，而且根本无须她开口。他从来没有和她争论过什么问题，更谈不到吵架拌嘴了。即使她偶然火了，他即刻就默然了，过一会儿又来嘘寒问暖。……近年来，在这样的家庭环境里，她不会撒娇了，说话也细声慢气的了……她也成熟了？

他在恢复高考制度的头一年，考进了国际关系学院，而今做着驻某国大使馆的秘书。

她在电视里看见他在舷梯上回过头来的一笑，看不出他任何成熟的标志。她却不可挽回地成熟了！丈夫和儿子看电视连续剧《陈真》，他们的快活时间到来了。而她准备去备课，但却集中不起思维来，眼前总有那么一嘟噜毛茸茸的酸杏儿……

1985年5月草成，11月小改于西安

四、《蓝袍先生》：主要讲述了人物在生年60岁的时间里只过了20天舒心展眉的自由生活的情况，是引发陈忠实创作《白鹿原》的重要小说

进入1985年，陈忠实觉得自己应该从赵树理、柳青的文学影响中剥离出来，他便在新历史主义、寻根文学等上寻找思想及写作理路。这年夏天，陕西作协召开促进青年作家从事长篇小说创作的会议，陈忠实当时正热衷于中篇小说的写作；从8月到11月，他创作了8万字的中篇小说《蓝袍先生》，这是他创作的第七部中篇小说。小说发表在1986年第2期的《文学家》杂志上后，和他在这年创作的中篇小说《四妹子》一样，都属于《白鹿原》"前史"中的重要作品，它们都有新的突破，不仅摆脱了社会—个性视角的启蒙叙述成规，而且实现了对文化—国民性视角的经典启蒙叙述范式的跨越。

《蓝袍先生》写了徐慎行人生命运的跌宕起伏。小说先写徐慎行是"我"的启蒙老师，他在老伴初逝后打算再娶，于是委托"我"给他的大女儿做思想工作，大女儿的思想做通后，他的二女儿却唆使弟弟出面闹事。徐慎行便掐灭了再娶的打算。然后，小说回忆了徐慎行的过往，主要写了这些事情：徐慎行按父亲的要求穿上蓝色长袍，接替父亲的教职在学馆执教，因为他的言行穿着像一个老

学究，便被学生们叫作蓝袍先生；解放后，人民政府给学馆派来了老师，徐慎行就主动辞职回家种地了；不久，政府通知徐慎行去师范学校进修，他在同学、同桌田芳的鼓励下将蓝袍改成了列宁服，他的言行举止发生了很大变化，成为一个新时代的青年；两年时间的进修结束后，徐慎行被分配在一所小学教书；"大鸣大放"时期，徐慎行因为说同班同学刘建国当了校长后好大喜功，就被刘建国批斗了好几年，书也教不成了，干的是打杂的事务性工作；三四年后，徐慎行恢复教职工作，他却不会讲课了，便继续做着事务工作；徐慎行参加同学聚会时，与昔日恋人田芳重忆旧事，田芳说他又拘谨起来了；徐慎行平反后，他儿子顶替了他的工作；徐慎行老伴去世后，他打算再娶，儿女们不同意，他便掐灭了再娶的打算。

《蓝袍先生》先表现儒家礼教文化对徐慎行心理和命运的影响，通过他的遭际解析了我们民族的文化心理结构。徐慎行出生在一个恪守着耕读传家传统的家庭里，替父亲坐馆教书后，父亲同时给他娶回一个丑媳妇，以绝他的色念。他和大财东杨龟年二儿子漂亮的小老婆有点来往，被父亲坚决禁止；父亲还要求他在学馆里要按自己走八字步的姿势走路，写字必须写颜柳体，为师需严；等等。这些规矩遏抑着他，就像他穿在身上的蓝袍一样，禁锢着他的灵魂和天性。徐慎行在师范学校的教师速成班进修时，他穿的蓝袍引得班上的同学嘲笑他。随后，他的很多行为，如吃饭、走路、睡觉、说话都被同学们模仿、取笑。他向班主任请了病假，离开了学校。在这里，陈忠实从文化心理结构视角，对徐慎行深受儒家礼教文化进行了表现，说明他在传统文化体系中养成的人格与新的社会文化格格不入。从这点上说，小说对他充满儒家礼教文化影响的言行进行了反讽，也对这种传统文化进行了反讽。这种从文化心理结构视角来塑造人物的方法，成为陈忠实此后小说创作的叙述范式。

徐慎行向班主任请假离开学校时，同桌田芳却把他拦了回来。然后他在田芳所具有的全新的文化观念引导、劝导下，他身上的蓝袍被改成了列宁服，他的言行举止发生了巨大变化，变成了一个英俊帅气的青年学生；他悖逆父亲给他的包办婚宴以及让他忠于家中丑妻的训诫、威胁，主动和田芳谈了一场甜蜜的恋爱；他施展了他天生的高超演技，扮演了《白毛女》中的黄世仁，使观众误以为黄世仁复活了，于是打了他；他内心中深恶包办婚宴的观念使他举起砖头拦住了绑架田芳的几个野蛮男人，展示了他天不怕地不怕的顶天立地的男子汉形象；他想彻底对自己来一个脱胎换骨的想法使他烧掉了离家之前父亲写给他的"慎独"二字。这些都显示了儒家文化观念对他的言行穿着的影响几乎消失殆尽。

在"大鸣大放"（1957年春夏，国家开展整风反右运动，提倡百家争鸣、百花齐放，允许人民群众可以充分发表自己的意见）这种新的政治运动突然而至的情况下，由于徐慎行把儒家礼教文化全部抛弃，所以，他的人生之路又发生了巨大转折。他忘记父亲一再叮嘱的"慎言""慎行"，尤其是烧了床头上贴的"慎独"条幅，直率地批评校长刘建国好大喜功，刘建国从此让他接受监督改造，他的预备党员也被取消了，而且只准他代一些副课。没多久，他被要求只干打铃、烧开水、扫院子的事情，连课都上不成了。过了一年，刘建国以他和田芳密切来往为由，认为他的作风有问题而继续批斗他。在这些年里，他不止一次地想到了死。"鸣放"运动使他遭受了比儒家文化还要惨痛的迫害和束缚。"鸣放"结束后，他被恢复了教师的职位，但他已经习惯了自己在被批斗时期形成的那种畏畏缩缩的活人状态，所以他去上课，竟然不会说话了。新校长便让他继续做事务工作。他平反后，却觉得田芳虽然把自己身上的那件蓝袍揭掉了，内心的束缚去除了，但自己的脊骨却弯曲了，而且无法被捋抚舒展了。他觉得自己的心又被什么东西给箍住了。自然，重新箍住他的是双重的东西，既有政治文化，也有儒家文化。这些都使他退回了早年的唯唯诺诺、谦卑谨慎的状态，甚至比那时还要厉害。

儒家文化是让人修身的，徐慎行早年却被它严重束缚了身心，但完全抛弃它，是否就是正确的选择？陈忠实通过徐慎行的故事表达了自己对儒家文化的辩证认识，或者内心的困惑。可以说，"慎言""慎行""慎独"既是儒家文化中积极的东西，又是其消极的东西。从消极方面看，它确实使徐慎行没有了自己，他在被田芳改变之前，一直是个胆小怕事、唯唯诺诺的人，就像契科夫那篇《装在套子里的人》中的别里科夫一样，畏手畏脚，拘谨有余，而率性缺失。他身上的蓝袍象征着束缚他的封建礼教，他内心里更是被"慎言""慎行""慎独"所束缚。当他把这些东西彻底抛弃后，他其实走上的是一条极端的道路。"大鸣大放"运动开展后，由于他失去了"慎言""慎行""慎独"对他的规约，他便直率地批评了校长刘建国，于是，刘建国给他带来了长达几年的灾难。在灾难中，他思索着父亲给自己起的"慎行"的名字，给弟弟起的"慎言"的名字，以及父亲临别时嘱咐他的"慎独"，他才真正体味到了它们的正确性。他想自己如果在心里给父亲的嘱言留下一个小角落，自己就不会说刘建国"好大喜功"，就不会有现在的处境了。他最终认识到了"慎言""慎行""慎独"对自己的保护作用，看到它们是儒家文化中积极有用的东西，于是，取出笔和墨，重新写下"慎独"二字后把它贴在床头，提醒自己再不要出乱子了。陈忠实对徐慎行的文化回归没有做简单否定，而是抱着同情和理解的态度。徐慎行明白"慎独"的意义后，便退守到了传统的独善其身的人生状态上。但他贴在床头上的"慎独"二字，却被校长刘建国撕下拿走了。当天晚上，刘建国临时召开教师会，批判他的"慎独"。这样的批斗持续了三个晚上。此后的他又回到了早期拘谨、恐惧的人生状态。可以说这是长期的政治受难才让他又蜕变成一个谨言慎行的"蓝袍先生"的，他最终在政治文化和儒家礼教文化的双重阴影里苟活着。根据小说所写，徐慎行只活了60岁。六十年里，他上师范时和田芳等去乡下巡回演出《白毛女》的二十天才是他活得真正像个人的二十天！陈忠实通过写"慎言""慎行""慎独"在徐慎行身上产生的正反作用，也表达了自己的观点，一个人若真诚遵守"慎独"等训诫，那么他可能活不出真正的人的样子，但抛弃、否定它们，也会在突变的一些事情中因为缺失它们对自己的规约而遭受磨难。可见，有些真理也是具有辩证性的。

小说里的田芳形象很鲜明。第一，田芳是一个被封建的"父母之命媒妁之言"伤害的人，10岁时，她被父亲许了人；上师范后，她被一帮蛮汉在学校里抢着回去拜堂结婚，经过徐慎行及师范师生们坚决、勇敢、仗义的阻拦、交涉，她的包办婚姻最终被解决。第二，田芳很善良，富有同情心，真心帮助徐慎行从一个备受儒家礼教文化影响的人变成了一个富有现代气息的青年学生。当穿着蓝袍的徐慎行被班上的很多男生女生嘲笑时，当徐慎行吃饭、走路、睡觉、说话等言行动作和同学们格格不入而被同学们模仿、取笑时，田芳鼓舞他渐渐摆脱了老学究的样儿、一派正儿八经的样儿、走路迈八字步的样儿、说话斯斯文文咬文嚼字的样儿，尤其是让他穿着的蓝袍变成了列宁服，获得了解放。第三，田芳和徐慎行一样，都具有卓越的表演才能。在学校举行的庆祝元旦节目表演中，他们分别扮演的《白毛女》中的喜儿、黄世仁，获得了极大的成功。因为徐慎行把黄世仁演得太像，结果腿上被一个小伙子砸了一砖头。田芳主动挽着徐慎行，徐慎行也大胆地搂住了田芳的腰。不久，徐慎行和田芳约会时，吻了她的脖子。第四，田芳对徐慎行的爱是发自真心的爱，为了爱情，她在徐慎行遭难时，多次为徐慎行伸张正义，毫不畏惧。徐慎行被监督改造后，田芳来到徐慎行的学校，给徐慎行留下一张小纸条：我永远等你！说明她对徐慎行遭难并没有落井下石，出于对他的爱，她大胆告白了自己的爱情，用其来鼓励徐慎行不要气馁。尤其，田芳通过指责"徐慎行身为人民教师，预备党员，却恶毒反党，攻击社会主义，所以要坚决批判他"的话来指桑骂槐地痛骂刘建国的情节，显示了她的大胆、耿直性格。过了十天，田芳继续多次来学校故伎重演，大骂刘建国，使刘建国很恼恨她。而徐慎行却从后窗逃走了，这显示了他的懦弱。田芳为了徐慎行，锲而不舍地给徐慎行来了几封信，但徐慎行连拆也不拆就把信扔进炉膛里。此后，徐慎行仍然被刘建国批判着。徐慎行恢复教职后，和过去的同学聚会，田芳指出他又拘谨起来了，鼓励他积极面对人生。徐慎行在田芳的鼓励下，勇敢地在同学们给县委提议的，将当了教育局副局长的刘建国调开那个位位的请求上签了名。

徐慎行父亲是一个复杂的人，既有被儒家礼教文化严重束缚的一面，又有在新社会里主动变化自己的一面。白烨说，作者并未把他塑造成一个封建文化的卫道士，而是客观剖析了他的文化心理结构，没有简单地从文化和道德上批判他。[①]从儒家礼教文化对他的严重束缚说，他是一个坚决要在徐慎行身上贯彻自己父亲"读"之遗训，贯彻儒家礼教文化的人。旧社会时期，他忠实践行着父亲的"读"之遗训，在学馆里当着教书先生。徐慎行换上蓝袍接替父亲教书后，父亲则回家统领家事。小说通过徐慎行二伯给徐慎行的抱怨，反映了徐慎行父亲的守旧、固执，还在按照徐慎行爷爷在世时的主意管着家。徐慎行在师范学校进修时，徐慎行父亲多次要求徐慎行回家，并让徐慎行媳妇按自己说的去服侍徐慎

---

① 白烨：《走向〈白鹿原〉的重要过渡——略论陈忠实的中篇小说创作》，《文艺报》2018年1月22日，第5版。

行。当徐慎行给县法院寄去了和妻子离婚的申诉书后，徐慎行父亲坚决反对，并以自杀威胁，逼迫徐慎行撤销了和媳妇的离婚状子！这是徐慎行父亲对自己脑子里包办婚姻观念的顽固维护。徐慎行没办法，只得撤销诉状。徐慎行没料到，父亲最终还是胜利了！从徐慎行父亲在新社会里的主动变化说，他又是一个能跟上时代，能认清人生、职业和时代政治的人。他看徐慎行将蓝袍改为列宁服，说改了也好。这体现了他对新事物的认同和接受。他多次要求徐慎行要记住教师的职责，尤其要慎行慎言！说明他对教师职分的清醒，对人生的清醒，也包含着他认为教师的一言一行影响着学生，所以要慎行慎言。徐慎行毕业后想和田芳结婚，父亲就给徐慎行写了三封信，要徐慎行至少每个月回一次家。徐慎行给舅舅说如果父亲逼得太紧，他就自杀。父亲才不再逼徐慎行回家了。徐慎行父亲最终也失败了。本来，毕业了的徐慎行是可以和田芳结婚的，但却在单位被批斗，这时徐慎行连命都不想要了，和妻子离婚，再和田芳结婚的事情也已经顾不上了。徐慎行想着的是通过上吊来离开这个世界。父亲知道徐慎行上吊的事情后，抽了徐慎行两个耳光，并问他要那条"慎独"的条幅，徐慎行说毕业时乔丢了。徐慎行父亲指责徐慎行在"鸣放"会上没听党的话，说明父亲在政治上的清醒。慎行慎言不光是对身为教师的徐慎行的要求，也是对他在政治上的要求，是保护他的法宝。徐慎行父亲最后无奈地告诫徐慎行：你想死的话，先给我招呼一声。徐慎行听了，哭出声来。

校长刘建国是"鸣放"时期出现的畸形政治人物，他和徐慎行都追求过田芳，但田芳讨厌他，喜欢徐慎行，他于是以之为由，也以徐慎行批评他好大喜功为由，认为徐慎行"攻击党的领导"，然后对徐慎行进行了长时期的批斗。徐慎行将"慎独"二字贴在床头后，事务员韩民民给刘建国做了报告，刘建国拿走了"慎独"二字，然后在当天晚上召开教师会，批判徐慎行的"慎独"。这样的批判持续了三个晚上。但他也有善良的人性，徐慎行在房梁上上吊时，是他救了徐慎行，说他早已看出徐慎行的"神色反常"，就悄悄地防着了。徐慎行被父亲打骂时，他拉住了徐慎行父亲。说并不在意徐慎行当众说他"好大喜功"的话，只是认为这话说得不是时候，投合了右派的需要。炊事员杨师傅揭发徐慎行后，刘建国主持批判徐慎行。韩民民在徐慎行每次汇报改造情况时，第一个站起来说徐慎行交代得不彻底，刘建国就嫌韩民民在众人面前的讨好太显露。刘建国的理解力也很有限，田芳指桑骂槐地多次骂他时，他却听不出田芳的目的，而是说："你不能随便来批判人呀！要批也得通过组织……"最终，他听出来了，于是对田芳很恼恨。这是小说的一个讽刺，又一个讽刺是刘建国后来被调到县文教局当人事干部去、当副局长去了，韩民民也被调到县文教局的物资供应点上工作了。速成二班同学聚会时联名反对同学刘建国当教育局副局长，这是小说对他表现出的极致厌恶。

新校长赵永华是一个对徐慎行的遭遇很同情，但又很无奈的人。徐慎行重新当了教师后，赵永华把他从库房里调出来，安排他到一个二人居住的教师宿舍居住。赵永华也让徐慎行去上课，但徐慎行却不会上课了；徐慎行去参加会议，未发言就汗流不止。在这种情况下，赵永华便无奈地让徐慎行继续去做事务性的工作，并让他回到库房去住。

徐慎行媳妇叫张淑娥，长相丑陋，丑到何种程度，小说没写，小说只写两人婚后半个月，徐慎行都没动过她一指头。徐慎行和田芳恋爱后，给县法院寄去了和张淑娥离婚的申诉书。在他父亲的阻拦下，徐慎行先放弃离婚；父亲妥协后，徐慎行继续想离婚，然后和田芳结婚。徐慎行被批斗后，他已经没有和张淑娥离婚的想法了。他回到家，张淑娥认不得他了！认出后把他连刺带戳地骂了一阵，并提出离婚。张淑娥过去像个绵软的蛾子，现在却变成了一只凶恶的黑蛾！徐慎行母亲给张淑娥说好话，也不济事。徐慎行于是和张淑娥去县法院离婚。但在路上，张淑娥要求徐慎行给她买了饭、雨鞋后，她在法院门口却不见了。徐慎行往回走时，在半路上看见张淑娥，张淑娥说离婚的傻事她才不干呢！然后，她哭着一甩头向家里走去。此后，徐慎行和张淑娥生有一子两女。他平反后，和张淑娥艰难度日。张淑娥已不再怯徐慎行，指挥他种地、洗衣、做饭。一年后，张淑娥死于心肌梗死。

陈忠实对自己的《蓝袍先生》评价说："就我自己所经历的探索过程而言，《蓝袍先生》这部中篇是对此前中短篇小说写作的一次突破。"[1] "写《蓝袍先生》发生的转折，（使我）第一次把眼睛朝背后看过去，我生活的关中的昨天，

---

① 陈忠实：《有关我的创作——答〈黄河文学〉和歌问》，见《陈忠实文集》（第10卷），人民文学出版社，2015年版，第375页。

这里的人是如何生活的。这是1980年代中期发生的事情。""这部中篇小说与此前的中、短篇小说的区别，我一直紧盯着乡村现实生活变化的眼睛转移到1949年以前的原上乡村，神经也由紧绷绷的状态松弛下来；由对新的农业政策和乡村体制在农民世界引发的变化，开始转移到人的心理和人的命运的思考，自以为是一次思想的突破和创作的进步。"①《蓝袍先生》"是我用心着意颇为得意的一次探索"②。的确，《蓝袍先生》在陈忠实之前的中短篇小说和此后的长篇之间具有无可替代的过渡、转型和转向意义，它突出展现了文化观念对人的行为的影响，特别是传统礼教与政治文化对人的束缚。

《蓝袍先生》中徐慎行的背时遭际与坎坷命运里，寄寓着陈忠实很多的、深厚的内涵，其中的一些元素与意味，在后来的长篇小说《白鹿原》里继续表现着，这也是陈忠实多次讲的是《蓝袍先生》引发了他写作《白鹿原》的欲望。他说《蓝袍先生》写完后，"还有一点始料不及的事，由《蓝袍先生》的写作勾引出长篇小说《白鹿原》的创作欲望"③。"在作为小说主要人物蓝袍先生出台亮相的千把字序幕之后，我的笔刚刚触及他生存的古老的南原，尤其是当笔尖撞开徐家镌刻着'耕读传家'的青砖门楼下的两扇黑漆木门的时候，我的心里瞬间发生了一阵惊悚的战栗，那是一方幽深难透的宅第。也就在这一瞬，我的生活记忆的门板也同时打开，连我自己都惊讶有这样丰厚的尚未触摸过的库存。徐家砖门楼里的宅院，和我陈旧又生动的记忆若叠若离，我那时就顿生遗憾，构思里已经成形的蓝袍先生，基本用不上这个宅第和我记忆仓库里的大多数存货，需要一部较大规模的小说充分展示这个青砖门楼里的几代人的生活故事……长篇小说创作的欲念，竟然在这种不经意的状态下发生了。"④1949年前的乡村生活记忆："一打开，对于我来说是个惊喜，一种惊讶，完全陌生而又新鲜的感受性记忆直接冲击着我。我也同时惊异地发现，1949年前或稍后关中乡村生活的记忆，我有一个库存，从来没有触动过，现在突然感到很珍贵……于是萌生了长篇小说创作

① 陈忠实：《寻找属于自己的句子》，上海文艺出版社，2009年版，第33页。
② 陈忠实：《文学的信念与理想》，见《陈忠实文集》（第7卷），人民文学出版社，2015年版，第332页。
③ 陈忠实：《寻找属于自己的句子》，上海文艺出版社，2009年版，第33页。
④ 陈忠实：《寻找属于自己的句子》，上海文艺出版社，2009年版，第2页。

的想法……这就是《白鹿原》最早创作欲望的产生，由这个中篇小说而突然引发的。"陈忠实还说，除过《蓝袍先生》，后来的《四妹子》也是诱发他创作《白鹿原》的作品，它们"鼓舞我进一步在更大的层面上深层次解析民族的文化心理结构"①，"无论是《四妹子》写的当代生活，还是《蓝袍先生》中的历史生活背景，我都是从文化心理结构的角度去写人物的。我自己感觉人物的深度和厚度比以前更好一些了"②。他说他以前在塑造人物时，用的是传统现实主义方法及他所崇拜的作家柳青的人物典型论，而在《蓝袍先生》和《四妹子》中，他却超越了这些。创作长篇小说《白鹿原》的欲念被引发后，陈忠实便经历了调阅县志、研读家谱、踏访人物等事情，最终写出了堪称"民族的秘史"的《白鹿原》。

如果把陈忠实的创作分为《信任》时期、《初夏》时期和《蓝袍先生》时期，显然在第一阶段，陈忠实在注重生活实情时关注的是生活本身的演进；在第二阶段，他在深入挖掘生活时更注重表现社会心理的替嬗更变；在第三个阶段，他则在对生活的深入思考时，趋于对我们民族的命运进行探求与思忖。这一次次的递进，都是由生活出发，然后才不断地走向了对其进行艺术把握。由于有这样的坚实铺垫，他才拿出了集自己文学探索之大成的《白鹿原》，并以它的博大精深令文坛惊异。③

1986年这年，陈忠实在白鹿原上盖的新房竣工；6月，他在上海文艺出版社出版了第一个中篇小说集《初夏》；另外，还发表了短篇小说《到老白杨树背后去》《打字机嗒嗒响》《失重》《桥》，散文《湄南河上——访泰散记》（《西安晚报》5月11日）、《大地的精灵》，报告文学《皮实》，创作谈《创作感受谈》《收获与耕耘》等。

附《蓝袍先生》的故事情节：

"引子"："我"的启蒙老师徐慎行在老伴初逝后打算再娶，他委托"我"给他大女儿做通思想后，但他二女儿却唆使弟弟出面闹事。他便掐灭

---

① 陈忠实：《在自我反省中寻求艺术突破——与武汉大学文学博士李遇春的对话》，见《陈忠实文集》（第7卷），人民文学出版社，2015年版，第332页。

② 白烨：《走向〈白鹿原〉的重要过渡——略论陈忠实的中篇小说创作》，《文艺报》2018年1月22日，第5版。

③ 白烨、何启治：《忆怀陈忠实》，中国文艺网，2016年5月4日。

了这个打算。

"耕读传家"：徐慎行家是杨徐村除过大财东杨龟年家之外的另一户与"耕读传家"名副其实的家庭。徐慎行爷爷徐敬儒临死前，让三儿子即徐慎行的父亲坐学馆，体现了"读"；让大儿子二儿子做务庄稼，体现了"耕"。解放后，徐慎行的父亲脱下蓝色长袍，换上藏青色布袍继续教书。当徐慎行的大伯让大儿子去西安学做生意时，徐慎行的父亲看父亲的遗训难以践行，知道老大在家里唆弄是非，便让18岁的徐慎行接替自己教书，他自己则回家统领家事。

"蓝袍先生"：写徐慎行坐馆执教后，他父亲突然给他娶回一个丑媳妇。婚后半个月，他都没动过媳妇一指头。他父亲让他换上一件蓝袍后，领着他去敬徐家祖宗。后来，徐慎行在学堂里也穿着蓝袍，他按父亲的走路姿势走路，被学生们叫作蓝袍先生。

"萌动的邪念"：徐慎行和杨龟年二儿子漂亮的小老婆有点来往，他父亲知道后，警告他不能再来往。解放后，人民政府给村里派来了三位先生，徐慎行自动辞职后跟父亲种地。半年后，乡政府通知徐慎行去师范学校进修。徐慎行穿上蓝袍去了，引得班上的同学嘲笑他。随后，徐慎行的很多行为如吃饭、走路姿势、睡觉穿戴、说话都被同学们模仿，取笑。徐慎行向班主任请了病假，离开了学校。但同桌田芳却把他拦了回来。

"自由多么美好"：徐慎行在田芳的鼓舞下，渐渐摆脱了老学究的样儿、一派正儿八经的样儿、走路迈八字步的样儿、说话斯斯文文咬文嚼字的样儿，尤其是脱下了蓝袍穿上了列宁服，获得了"解放"。

"还俗"：写田芳例假没来上课，徐慎行便去宿舍看望。因为学校要庆祝元旦演节目，田芳让徐慎行演《白毛女》中的黄世仁，她自己演喜儿。但新年临近时，田芳却被一群野蛮的家伙绑架了。

"拳头之歌"：田芳被七八条大汉绑在马车上，徐慎行用一块半截砖把拉车马挡住不动了。徐慎行也被车上跳下来的三四个汉子打倒了。田芳最终被班上的男女同学救了。田芳10岁被许了人，那帮蛮汉就是抢她去拜堂结婚的。田芳的痛苦，其实是班上很多男生女生都有的遭遇。元旦晚会上，田芳、徐慎行等演的《白毛女》是压轴戏。未演前，徐慎行坐在大礼堂里，欣赏着各个班里的文娱节目。

"新浪潮拍击下的老农民"：徐慎行等演的《白毛女》歌剧获得了极大的成功。"田芳事件"发生后，她父亲仍不许她毁弃与那个人的婚约。为了还田芳父亲收的男方给的八石麦子，师范学校募捐三百多块钱，顶作麦子退给男方。徐慎行等人去田芳家后，田芳父亲说他不能失信于人！田芳母亲乘机把他压迫自己一辈子的事情揭露了一番，说土改时，工作组分给他们一张桌子，两把椅子，老汉却给人家送回去，结果让民兵抓住了，审了半夜。"这就是他的礼性！"

"归来已觉不是家"：徐慎行接到了父亲的信，于是乘《白毛女》下乡演出的机会回了赵家。田芳要徐慎行把募捐的名单给她，她将来要偿还。徐慎行回家后，媳妇的言行全按公公要求的做。父亲看他穿着列宁服，说改了也好。徐慎行去给大伯、二伯问了安。大伯把新社会夸赞了一番。二伯却抱怨徐慎行他爸还在按照徐慎行爷爷在世时的主意管家。徐慎行父亲要求他记住教师的职责，尤其要慎行慎言！徐慎行媳妇伺候他休息时，他忽然想到如果和媳妇离了婚，媳妇会怎么样？父亲会怎么样？家会怎么样呢？

"六十年里的二十天"：在乡下演《白毛女》时，徐慎行因为演黄世仁演得太像，结果腿上挨了一砖头。社员们在争着领演员们去家里吃饭时，徐慎行却没人领。后来，一个小伙子把徐慎行拖到他屋里，叫母亲用白酒给他擦洗了腿伤。原来砖头是小伙子扔的。小伙子的姐姐被村里财东的二少爷糟践了，跳井自杀！他父亲气得亡故了。田芳也来到小伙子家里。回去时，田芳挽着徐慎行的胳膊。徐慎行大胆地搂住了田芳的腰。徐慎行躺在床上问自己这是不是爱情？这样的爱情简直要把他要融化了。他翻出父亲写的"慎独"二字条幅，把它烧了。巡回演出共二十天，这是徐慎行一生六十年生活中活得真正像个人的二十天！徐慎行回到学校后，给县法院寄去了离婚申诉书。第二天，他和田芳约会时，吻了田芳的脖子。

"父与子"：徐慎行父亲来到学校，叫徐慎行到山门镇上去一下。路上，徐慎行父亲摸出剃头刀，以自杀相威胁，逼迫徐慎行撤销离婚的状子！

徐慎行没办法，只得撤销诉状。徐慎行回到学校后，给田芳说了他爸逼迫他的事情。田芳劝他慢慢来，还说自己的包办婚姻已经解决了。徐慎行提出毕业后和田芳结婚。但徐慎行父亲却接连写来了三封信，要徐慎行至少每个月回一次家。徐慎行到舅舅家，说如果他爸把他逼得太紧，他就自杀。他舅舅怕真的酿出人命来，就去找他爸他妈。他爸于是不再来信逼他回家了。他修业期满，工作了二年后，这种僵局仍然维持着不动。毕业离校前一晚，徐慎行和田芳难分难离。他没料到，他父亲最终还是胜利了！

"惑惶"：暑假里，县上叫教师们"鸣放"时，徐慎行说同班同学刘建国当了校长后好大喜功。刘建国说徐慎行"攻击党的领导"，就让他接受监督改造。他的预备党员被取消了，而且只准他代一些副课。没多久，他被要求只干打铃、烧开水、扫院子的事情，连课都上不成了。为此，他一直想自杀！田芳来到学校后，不说话，只是流泪。走时，也没有告别。后来，徐慎行看到田芳留的一张小纸条：我永远等你！过了一年，刘建国继续批斗徐慎行，大家还说他的生活作风有问题。刘建国让他说说他的婚姻问题。他说他的婚姻是包办婚姻。刘建国说田芳比较轻浮。徐慎行记起刘建国曾追求过田芳。晚上，徐慎行准备在房梁上上吊，刘建国却把他救了，因为他早已看出徐慎行的"神色反常"，就悄悄地防着他了。徐慎行的父亲来到学校后，把他抽了两个耳光……

"这下该信我的话了"：徐慎行父亲第三次要打徐慎行时，被刘建国拉住了。刘建国走了后，徐慎行父亲问徐慎行要那条"慎独"的条幅。徐慎行说他毕业时弄丢了。父亲指责他在"鸣放"会上没听党的话。徐慎行说他虔诚地拥护"大鸣大放"和"反右派斗争"，但没想到自己成了右派。他父亲让他回乡务农，他说去哪里要听从教育局的调拨安排。他父亲说，你想死的话，先给我招呼一声。徐慎行听了，哭出声来。徐慎行父亲走后，田芳说徐慎行身为人民教师，预备党员，却恶毒反党，攻击社会主义，所以要坚决批判他。好多教师都围过来看热闹。刘建国校长来后，田芳说自己是专门来批判徐慎行的坏思想的，然后指桑骂槐地把刘建国骂了一顿。徐慎行听出了这个意思，心里就快乐了好多。过了十天，田芳又来故伎重演。刘建国却听不出田芳的目的，而是说："你不能随便来批判人呀！要批也得通过组织……"后来，田芳又来了两次。所有教师都听出了她的目的，刘建国也终于听出了，很恼恨田芳。田芳第五次来时，徐慎行从后窗逃走了。

"自觉进入"：徐慎行收到田芳的一封信，信上只字不提她几次到牛王砭小学来批判徐慎行的事，只说她拒绝了刘建国的求爱。后来，田芳又来过几封信，徐慎行连拆也不拆就把信扔进炉膛里。过了一段时间，田芳又找了两次徐慎行，徐慎行又从后窗逃走了。田芳到牛王砭小学批判徐慎行，完全撕开了徐慎行和刘建国的同学关系。刘建国说他并不在意徐慎行当众说他"好大喜功"的话，只是认为他的话说得不是时候，投合了右派的需要。田芳来过几次以后，刘建国再也不对徐慎行说什么了，他主持批判徐慎行。炊事员杨师傅受了刘建国的批评，便对徐慎行好，给他两倍的饭菜让他吃。刘建国表扬杨师傅后，杨师傅又骂徐慎行，还到刘建国面前揭发徐慎行。寒假里，徐慎行回到家，妻子张淑娥认不得他了！认出后把他连刺带戳地骂了一阵，并提出离婚。张淑娥过去像个绵软的蛾子，现在却变成了一只凶恶的黑蛾！徐慎行母亲给张淑娥说好话，但不济事。徐慎行于是在社主任跟前开了介绍信和张淑娥去县法院离婚。走过一家饭馆时，张淑娥说她饿了，徐慎行就给她买了饭。张淑娥走进县百货公司后，徐慎行给她买了一双雨鞋。两人走到法院门口后，张淑娥却不见了。徐慎行往回走时，在半路上看见张淑娥，张淑娥说离婚的傻事她才不干呢。然后，她哭着一甩头向家里走去……

"我的那间小房子"：徐慎行当了右派后，和事务员韩民民相邻而居。韩民民在徐慎行每次汇报改造情况时，第一个站起来说他交代得不彻底。刘建国听了嫌韩民民在众人面前的讨好太显露。徐慎行思索着父亲给自己起的名字，给弟弟起的慎言的名字，以及他临别嘱咐的慎独，真正体味到了它们的正确性。他想自己如果在心里给父亲的嘱言留下一个小角落，自己就不会说刘建国"好大喜功"，就不会有现在的处境了。他取出笔和墨，写下"慎独"二字后把它贴在床头，提醒自己再不要出乱子。过后两天，刘建国看见徐慎行床头的字，撕下拿走了。当天晚上，刘建国临时召开教师会，批判徐慎行的"慎独"。这样的批判持续了三个晚上。徐慎行想起贴在床头的"慎独"两字只有韩民民见过,一定是他报告的。三四年后,徐慎行又当教师了。但半月没过,他被从那间小库房调出来,安插到一个二人居住的教师宿舍。他去上课,突然觉得自己不会说话了。他去参加会议,发言时未说先流汗。新校长赵永华让他做事务工作,并让他回到库房去住。刘建国调到县文教局当人事干部去了。韩民民调到县文教局的物资供应点上工作了。一次,老师们要去县上听报告,赵永华让徐慎行看门。徐慎行也不想去开会,因为他害怕碰见田芳。几天后,速成二班的同学聚会,徐慎行来到师范学校门口,学校已改为师专。田芳来了,徐慎行没有向她问好。田芳也没有问徐慎行好。他们默默地呆站着。他们坐在草地上时,几个同学催促他们跳舞唱歌,田芳便唱了《白毛女》中"扎红头绳"一节。徐慎行和田芳后来来到速成二班的教室前面,但教室住了一对年轻夫妻。他们在当年的座位那里坐了一会儿,就离开了。在一家服装店门口,徐慎行想起当年田芳拉着自己把蓝袍改成列宁装的事情。徐慎行穿上列宁装,戴上八角帽后,轻松了,自由了,也不再按八字步迈步了……田芳现在说徐慎行又拘谨起来了。同学们在操场聚会时,主持人说速成二班四十一名学生,一人死于"文革"武斗,三人死于疾病,现在本地区工作三十人,另有七人随家随夫调往外省或外地。聚会通知了三十人,实到二十九人,其中三人抱病赶来。唯一的缺席者是刘建国。主持者提议后,大家在给县委提建议将当了教育局副局长的刘建国调开那个位位请求上签了名。徐慎行自然也写上了自己的名字。

"咒符":徐慎行平反后,儿子顶替了他的工作,女儿早已出嫁,屋里只剩下他和老伴。老伴已不再怵他,指挥他种地、洗衣、做饭。一年后,老伴心肌梗死死了。别人给徐慎行介绍下一个女人,但子女们都反对。娃他舅更是怒气冲天。徐慎行的老姐和小妹子看他生活艰难,劝他的子女,他们总算勉强同意了。但要办事的时候,徐慎行却动摇了,因为他总觉得自己还在牛王砭小学那间小库房里蜷着,无法舒展了。田芳能把他的蓝袍揭掉,现在却无法把他弯曲的脊骨拊抚舒展。徐慎行随后送他的启蒙先生回了杨徐村。他看见先生的背脊躬起来,缓缓地向小路走上去。他的心似乎也被什么东西箍住了。

1985年8月至11月草改于西安东郊

五、《灯笼》：讲述了一个民告官的故事，批评了领导干部身上存在的"文革"遗风

《灯笼》于1985年10月写成。

小说写农民田成山挑着灯笼到县委大院状告村支部书记刘治泰在盖了新房，搬了家后，却不愿意拆掉旧房，使田成山想建一院新房却没办法建，然后他就找乡政府、县政府、市纪委去"寻找真理"的故事。县纪委书记焦发祥知道后，亲去乡政府，解决了田成山遭遇的问题。

小说通过对人物的外貌、动作、语言、心理等或正面或侧面的描写，塑造了几个性格鲜明的人物形象。田成山告状的方法很独特，他挑着灯笼到乡政府、县政府、市纪委告状，表现出他遇到的问题的严重性，他是被逼得没办法了，才用挑着灯笼的方法去各级政府寻找真理！寻找共产党的真理！他的性格中具有锲而不舍的一面，也具有对问题解决不了而另辟蹊径的创造性的一面。乡上的杨书记认为田成山的行为破坏了安定团结的大好形势，是"文革"流毒，是"自由化"的影响；田成山的老婆在"文革"中参加过一个组织。县纪委书记焦发祥感觉到杨书记身上真正存在着"文革"流毒。在焦发祥的命令下，杨书记用了不到三天时间调查了田成山遇到的问题，最终使刘治泰拆了房，使田成山有了盖新房的庄基地。

纪委书记焦发祥显然是一个干事情雷厉风行的党的好干部。他听了田成山的遭遇，并没有推脱或打着官腔应付，而是立即安排乡上的杨书记调查、处理问题。当他知道杨书记偏离田成山和刘治泰的庄基地纠纷正题，而去查田成山在"文革"中的表现、他的背景、他说的"寻找真理"这样"高级的话语"的幕后主使之类的所谓问题时，他就去调查，处理纠纷。他批评杨书记说："一个共产党的领导干部，仅仅够上封建社会一个清官的标准，还值得称道？我让你处理田成山和刘治泰的庄基地纠纷，你反倒查起他老婆'文革'时参加什么狗屁组织的事来？你为啥没有想到是刘治泰欺侮了田成山？田成山找过你好几次，按说你该了解其中曲直，你不给他解决问题，反过来还要查他在'文革'中的表现，还要进一步查他的背景，还怀疑谁教给他的'寻找真理'这样'高级的话语'。这

样搞，他能服？出了问题，先在田成山身上查根子，找背景，这是一种什么习惯呢？纠正刘治泰这样的作风问题并不难，只要政策和群众一见面，他就收脚蜷手了。难就难在我们的这个可怕的习惯！你想想，这到底是一种什么习惯呢？"这些话犀利而不留情面，显示了焦发祥的耿直、公正、铁面，以及一心为老百姓解决问题的积极态度。他的话使杨书记红了脸，渗出了汗水。他的话使村子里的人们拍起了掌。

村支部书记刘治泰是一个仗权欺人的干部，也是一个善于察言观色，善于耍滑头的干部。他和田成山住一个院子，田成山想另建一院新房，就朝队里申请庄基地。刘治泰却给自个划了庄基地，田成山的没有被批准。刘治泰让田成山继续住在老院里。田成山同意了。但刘治泰盖了新房，搬了家后，田成山想拆掉旧房，盖新房，刘治泰却一味推脱，不拆老房子。后来，刘治泰干脆不拆房了，在老屋里拴牛喂牛了。最后，刘治泰要把老房子卖给田成山，而且要价很高。当焦发祥出面解决纠纷时，刘治泰被焦发祥要求把县政府的文件当着全村人的面宣读一下。刘治泰读完文件，又检讨了自己的错误，企图躲过焦发祥的批评。但焦发祥还是毫不客气地批评了他：他把自己和田成山共同分下的胜利果实，把如今烂得快要塌了的房子要卖给田成山，说明他的心太黑了。这最后一句戳到了刘治泰的贪婪之处，使他脸红不已，使他双手都哆嗦起来。就像焦发祥说的，刘治泰已经忘了自己是共产党的干部……可以看出，刘治泰是那个时代的村霸，他靠手中权力为自己谋利，捞好处。但他遇到了一身正气的焦发祥，所以最终将自己的贪婪之心、嚣张气焰收拢了起来。

小说里的重要意象或物象灯笼以及田成山说的"寻找真理""寻找共产党的真理"是促使他的问题得以解决的重要原因，而且灯笼被焦发祥送给杨书记作为纪念，鞭策他以后遇到百姓的求助不能再推三阻四。焦发祥还警告他要抛弃那个遇事查人根子的习惯，以灯笼为警示之物，改变自己的工作作风。

附《灯笼》的故事情节：

农民田成山挑着灯笼到县委大院告状。纪委书记焦发祥问田成山干什么？田成山说寻找真理！围观的干部们笑起来。焦发祥问寻找什么真理。田成山说寻找共产党的真理！焦发祥让田成山说具体点。田成山说他跟支部书记刘治泰住一个院子。他想另建一院新房，就朝队里申请庄基地。刘治泰却给自个划了庄基地，他的没有被批准，让他继续住在老院里。他同意了。但刘治泰盖了新房，搬了家后，他想拆掉旧房子，盖新房子。刘治泰说自己忙，没工夫拆老院里自己的房子。过了半年，刘治泰说自己更忙了。又过了半年，刘治泰干脆说不拆房了，要在老屋里拴牛喂牛了。田成山说老院已经划归他使用了。别人建议他花钱把刘治泰的房子买下来。他嫌刘治泰的房子太破烂，没同意。他托人去跟刘治泰商议价钱，刘治泰要价很高。他找乡政府，不下八回，乡政府不管，没办法，他就打上灯笼来了……

焦发祥立即打电话让乡上的杨书记解决。杨书记保证三天后给焦发祥汇报处理结果。

第三天早晨，焦发祥接到市纪委打来的电话说田成山挑着灯笼到市委来"寻找真理"。焦发祥问杨书记。杨书记说已经处理了，他找田成山谈了话，指出田成山的行为破坏了安定团结的大好形势，是"文革"流毒，是"自由化"的影响。田成山在"文革"中虽然没参加派性组织，但他的老婆却参加过一个组织。焦发祥听了杨书记的汇报，哭笑不得。当杨书记知道田成山到市委去"寻找真理"后，变粗了声音，出气声都特响。

焦发祥决定去一趟清水湾。到了后，焦发祥让刘治泰把县政府关于给村民划拨庄基地的××号文件当着全村人的面宣读一下。刘治泰读完文件，做检讨说他没有及时搬迁老房子，影响了田成山盖房。焦发祥觉得这个老支书太聪明，焦发祥没让他做检讨，甚至连问这件事也没问，他就做检讨了。他抢到自己前头了。焦发祥问："听说有一阵子你想把朽房子卖给田成山，这话当真不？"刘治泰承认了。焦发祥说这房是你和田成山分下的胜利果实。你要是把这座快要倒塌的房子卖给田成山，你的心就太黑了。刘治泰听后脸红了，捏着短管旱烟袋的大手在哆嗦，尴尬地笑着，不搭腔。焦发祥说，刘治泰同志呀！甭忘了你是共产党的干部……

焦发祥的话被清水湾村民的呼喊和掌声淹没了。乡党委杨书记也使劲鼓掌。

回去时，焦发祥和杨书记并排坐在后椅上，杨书记赞颂着焦发祥，焦发祥说："一个共产党的领导干部，仅仅够上封建社会一个清官的标准，还值得称道？我让你处理田成山和刘治泰的庄基地纠纷，你反倒查起他老婆'文革'时参加什么狗屁组织的事来？你为啥没有想到是刘治泰欺侮了田成山？田成山找过你好几次，按说你该了解其中曲直，你不给他解决问题，反过来还要查他在'文革'中的表现，还要进一步查他的背景，还怀疑谁教给他的'寻找真理'这样'高级的话语'。这样搞，他能服？出了问题，先在田成山身上查根子，找背景，这是一种什么习惯呢？纠正刘治泰这样的作风问题并不难，只要政策和群众一见面，他就收脚蜷手了。难就难在我们的这个可怕的习惯！你想想，这到底是一种什么习惯呢？"

杨书记红着脸，渗出汗水来了。

到了乡政府大门口，焦发祥手里挑着一只灯笼，对杨书记说："把这只灯笼送给你做个纪念。关于那个'习惯'问题的答案，就在这只灯笼里。你若找到了，就告诉我，再把灯笼还给我。"杨书记红着脸，接过了那只小灯笼。

焦发祥钻进吉普车。车子在柏油公路上飞驰，他却自言自语：这种习惯！可憎的习惯！这种恶习……

1985年10月

六、《广播体操乐曲算不算音乐》：讲述了一位老干部被老伴阻止不能参加舞会的故事

《广播体操乐曲算不算音乐》于1985年写成。

小说写田部长因为想去参加一场舞会，和老伴发生的争执。争执的焦点两人都心知肚明。老伴认为田部长已经60多岁了，不应该和小青年在一起扭……田部长却揣着明白装糊涂，"谁也没规定多大年龄才能跳舞"，"和青年们扭一扭，我倒觉得自个变得年轻了"，"那对身体是一种很好的锻炼"。老伴认为："广播体操也能锻炼身体，而且是最好的锻炼。"说着就放了体操磁带。但田部长根本不做体操，他也没有勇气告诉老伴他想跳舞的主要原因，他只是说："舞会上的乐曲很好听，跳不跳舞在其次，我想欣赏舞曲音乐。"老伴认为："广播体操里也伴着乐曲嘛！""老头子，锻炼身体，欣赏音乐，你随意挑选吧！咱们家是自由的。"田部长一下子兴趣索然，他说："关上吧！我不锻炼了，也不欣赏音

242

乐了。"说完朝屋里走去。老伴在厨房洗杯盘时的愤怒也响起。

附《广播体操乐曲算不算音乐》的故事情节：

田部长吃完晚餐，老伴收拾餐桌时，给了他一杯刚沏好的酽茶，这已经是习惯了。田部长把茶杯放到桌上，兴致勃勃地说："不喝了，我要出去。""部里今晚有场舞会。"老伴说："我当是有啥紧急事情要办哩！你想跳舞了？也不想想自己的年龄？"田部长不在意地说："谁也没规定多大年龄才能跳舞。"老伴说："可你毕竟六十了，和那些小青年在一起扭……"田部长仍然兴致勃勃地说："和青年们扭一扭，我倒觉得自个变得年轻了。"老伴讥诮着说："算了吧！甭赶时髦了！"田部长不听劝阻，说："赶什么时髦！那对身体是一种很好的锻炼。"老伴说："广播体操也能锻炼身体，而且是最好的锻炼。你要不要锻炼？我马上给你放磁带。"老伴明知田部长此时根本不做体操，还是放了体操磁带。田部长没有勇气告诉老伴他想跳舞的主要原因，而是说："舞会上的乐曲很好听，跳不跳舞在其次，我想欣赏舞曲音乐。"老伴说："广播体操里也伴着乐曲嘛！""那怎么能算音乐呢？""那怎么能不算音乐呢？""那不算。""算！""那怎么说也不能算！""那怎么说也得算！"两个人争执的时候，广播体操的乐曲响起来了。老伴说："做操吧！听乐曲吧！老头子，锻炼身体，欣赏音乐，你随意挑选吧！咱们家是自由的。"田部长说："关上吧！我不锻炼了，也不欣赏音乐了。"说完转过身，朝屋里走去。老伴走进小厨房后，传来水池里的杯盘互相撞碰声，宽敞的住屋里，也恢复了平素的静寂……

第十二章　再次关注道德、人性、文化、社会与人的内在关系的小说

（1986年—1987年）

　　1986年，陈忠实写成短篇小说《失重》《桥》《到老白杨树背后去》《打字机嗒嗒响——写给康君》。《到老白杨树背后去》是陈忠实"从现实生活的复杂性反观少年生活的一部作品……所以那实际上算是一种生活咏叹式的作品"①。写成了第八部中篇小说《四妹子》，该小说是陈忠实写农村体制改革"最用心也最得意的一部小说"②，体现了1980年代中期的文化自觉意识和对文化心理结构的关注，"展示（了）不同地域文化引发的心理冲突"③。《四妹子》和《蓝袍先生》一样都是陈忠实用文化心理结构学说写成的小说，是他小说创作的一种新突破和实验。《四妹子》《到老白杨树背后去》《打字机嗒嗒响——写给康君》于1987年发表。1986年，陈忠实在上海文艺出版社出版中篇小说集《初夏》，内收《康家小院》《梆子老太》《初夏》《十八岁的哥哥》等四部中篇小说。这是陈忠实的第一部中篇小说集。

---

① 陈忠实：《在自我反省中寻求艺术突破——与武汉大学文学博士李遇春的对话》，见《陈忠实文集》（第7卷），人民文学出版社，2015年版，第430、389页。
② 陈忠实：《一个人的邮政代办点》，见《陈忠实文集》（第10卷），人民文学出版社，2015年版，第105页。
③ 陈忠实：《慢说解读且释箪写》，见《陈忠实文集》（第10卷），人民文学出版社，2015年版，第292页。

一、《失重》：讲述了一个反腐败的故事

《失重》于1986年1月写成，刊发在《延河》1986年第4期。

小说写吴玉山老伴妹妹的丈夫郑碎狗（郑建国）被公安局逮了后，吴玉山、吴玉山儿子吴友年，给郑建国行贿的水泥预制品厂厂长、郑碎狗老伴寻找"打劲人"去疏通关系，替郑碎狗"消积化食"，想法把郑碎狗救出来的故事。吴玉山决定应对法院时，感到脚步很沉重，精神也提不起来。

小说写的是一个反腐败故事，正面写了吴玉山等许多人欲从拘留所捞出郑建国局长。

作者先写了解放前后二十年里，吴玉山老伴和郑建国老伴失和、互不来往的情况。吴玉山老伴是姐姐，郑建国老伴是妹妹。妹妹嫁给在西安一家鞋铺当学徒的郑碎狗后，生活贫困，经常去姐姐家借米，姐姐有点烦，就奚落了几句，妹妹一听，就把装进去的米又倒出来，甩手走掉了。从此，再也没登过姐姐家的门槛。解放后，郑碎狗成了公家干部，改名郑建国。他媳妇扬眉吐气，摸出一沓票子送给姐姐，说前两年受苦时吃的姐姐家的二斗三升面、八升小米，都折价一次还清。吴玉山妻子抓起票子，一把甩出去把妹妹骂了个狗血淋头。从此，姐妹俩的关系更加恶化，互不来往。

次写政治运动期间，在省城当官的郑建国被造反派追捕，他逃到吴玉山家，吴玉山把他藏在后院储存柴火的小房里，吴玉山老伴不计前嫌，尽其所有，调养郑建国被摧残了的身子，然后把郑建国转移到大女儿的家里，使其避免了灾难。

再写运动结束后，郑建国升为什么局长，把吴玉山的小儿子吴友年招为国家正式工人。分田后，吴玉山盖平房，卖楼板的厂长让吴玉山找个在政府，在工厂干事的亲戚或门道给他弄些平价钢材，他将会给吴玉山高额提成。吴玉山找到郑建国后，厂长就多次弄到了平价钢材。厂长给吴玉山白送了楼板，给郑建国局长送了大彩电。吴友年也辞了工作，给水泥预制品厂当采购员了。郑建国给厂长等人帮忙买钢材、木材，结果事发，被逮捕。

最后写吴玉山觉得自己对不住郑建国，对不住娃他姨，就哭了。吴友年和水泥预制品厂厂长说只要证人一口咬定郑建国没受贿，郑建国就没有啥事了。吴

玉山听了，对儿子和厂长这种人共事有点害怕，感觉好像潜伏着某种危险。厂长说他给郑局长送的东西全是报恩哩！郑局长受难，他得讲义气。吴友年说，法院人说厂长的贿赂行为，腐蚀了公家干部，把一些老干部都拉下水了。厂长却说他不怕，公家允许农民办工厂，但不给材料，咋能办好？郑局长响应党的号召，扶持农民致富，分给一点钢材，厂子才活了！他心里过不去，只给郑局长送了点点心、烧酒，至于彩电、票子却没有送过。

吴玉山决定按照儿子吴友年和厂长的安排去应对法院，但他感到脚步很沉重，精神也提不起来。

小说叙事总体上感觉平和，只是客观地把这个行贿受贿及众人想方设法救郑建国的商议情况细腻地写了出来。厂长说的话：公家允许农民办工厂，但不给材料，咋能办好？郑局长响应党的号召，扶持农民致富，分给一点钢材，厂子才活了！这些话似乎是小说要表达的核心观点，有理无理，读者自会辨析。小说人物性格平平，没有特立独行者，似乎更符合生活的真实。

附《失重》的故事情节：

吴玉山老汉悄没声地哭了，老伴到她妹子家去了，儿子和媳妇也出门去了。吴玉山太痛苦了。他老伴妹妹的丈夫郑碎狗被公安局逮了！他瞅着小院里的二层阁楼，希望它突然倒塌，把自己压死。

吴玉山老伴姊妹俩只差一岁，模样都俊。但老伴有心计，老伴妹妹性子太强。老伴能纺一把细线，织一手好布，她妹妹织出的花布和纺下的细线也不比姐姐差一分成色。两人都争强好胜，互不服气。吴玉山家道小康，吃穿不愁；他挑担郑碎狗家亦属小康人家。在郑碎狗婚后一年，他的二弟被抓了壮丁，卖地交款后才避了灾难，但他母亲却猝然而殁。他老父亲于是把兄弟三人分开，自奔前程。郑碎狗在西安一家鞋铺当学徒。郑碎狗成家多年后，他老伴的妹妹常来借米，老伴有点烦，奚落了几句，她妹妹一听，把装进去的米又倒出来，甩手就走掉了，从此，再也没登过姐姐家的门槛。姊妹俩就这样绝了情。

全国解放后，郑碎狗成了公家干部，改名郑建国。他媳妇自然扬眉吐气，摸出一沓票子说前两年受苦时，吃过姐姐家的二斗三升面、八升小米，现在折价一次还清。姐姐抓起票子，一把甩出去说："你男人当官了，你当官太太了，俺不眼红！甭在我跟前摆阔耍烧包！我那二斗三升白面、八升小米，权当喂了狗咧！喂给了一条喂不熟的狗……"姊妹俩当面骂了起来。从此，姐妹俩绝了往来。

物换星移，江河改道。有天晚上，差点被造反派打死的郑建国带着满脸血痕，跛着一条腿，蓬乱着头发从当官的省城逃了出来。吴玉山让郑建国在后院储存柴火的小房里藏了下来。老伴也已不计前嫌，尽其所有，调养着郑建国被摧残了的身子。戴着红袖章的人追寻到吴玉山家时，他说郑建国当官为宦，从来也没踏进过自己的门槛！郑建国躲过了这一关。后来郑建国又被吴玉山转移到他们的大女儿家。灾难把他们断绝了近二十年的关系恢复了。

郑建国后来升为什么局的局长后，就把吴玉山的小儿子招为国家正式工人。

分田后，吴玉山盖了楼板平房。卖楼板时，厂长给吴玉山说只要他通过在政府、在工厂亲戚、门道儿能买来三吨平价钢材，就给他白送四十五块楼板。

吴玉山想到了挑担郑建国。他在老伴的怂恿下立即去找郑建国。郑建国就亲笔写了一张纸条，三吨钢材就给厂长弄到手了。后来，吴玉山又弄到三四吨平价货，厂长给他白送了两层楼房的九十块楼板。隔了几天，厂长把吴玉山拉到城里，让他引见郑局长。厂长给郑局长送了一台大彩电，吴玉山的儿子辞了合同工后，也给水泥预制品厂当采购员了。

现在，郑建国戴上手铐了，吴玉山简直羞愧得无地自容了。老伴回来了，说还没给郑建国定下啥罪，他全是给旁人帮忙卖钢材木材，结果把自己的手压死了！吴玉山觉得自己对不住郑建国，也觉得对不住娃他姨。老伴说娃他姨心数不乱，整日整夜在外头跑着，半夜回来了，天明又走了。她在找"打劲人"哩。吴玉山心里佩服起娃他姨来，她有心计，撑得住，有主意。

儿子友年和水泥预制品厂厂长来了，吴玉山急忙问他们把官司打得怎么样了？儿子说作证人如果一口咬定没那回事，他姨父郑建国就没有啥事了。厂长说郑局长没出事之前，公安局人寻他，他一口回绝了，他没给过郑局长一分钱的东西！吴玉山心里有点害怕，儿子和这样的人共事，似乎潜伏着某种危险。厂长说，郑局长给他支援了钢材，他的厂子才发展了，也真的挣下钱了，他给郑局长送一点东西，也是报恩哩！现时，郑局长受难，他得讲义气……吴玉山听罢连连点头，觉得厂长讲义气，是一条好汉！儿子说，法院人说厂长的贿赂行为，腐蚀了公家干部，把一些老干部都拉下水了。厂长说他不怕，口气比法院的人还硬，谁腐蚀谁来？公家允许农民办工厂，但不给材料，咋能办好？郑局长响应党的号召，扶持农民致富，分给一点钢材，厂子才活了！他心里过不去，给郑局长送点点心，烧酒，这是真的！而彩电、票子却没有。友年说他姨父郑建国的案子，关键有两宗事，一宗是南郊大塔区建筑公司的事，一宗是城里一家街道工厂的事。他姨去解决街道工厂的事，他去通融大塔建筑公司的事，只要能私下"消化"掉了，他姨父就没事了。

吴玉山听了觉得自己完全是个废物，大笨蛋一个。大家都在积极地替挑担"消积化食"，自己却帮不上忙！他明白：公家要把郑建国打入牢狱，而许多人正在想法把他救出来。吴玉山后来去法院时，决定按儿子友年和厂长说的用"不知道"来应对法院。但吴玉山也感到自己去法院的脚步很沉重，精神也提不起来……

1986年1月于白鹿园

二、《桥》：表达了陈忠实对现实里越来越多的腐败现象的憎恨、不满

《桥》于1986年6月27日写成，刊发在《延河》1986年第10期。

小说写王林为了让女儿在学校里穿得体面，为了盖一幢大瓦房，就和老婆挖砂石时，决定给河上架一座独木桥，靠收一毛钱的过桥费致富。他架桥收费后，引发了人们的批评。小说重点写的是王林架桥后，他的同学、乡政府小干事王文涛先写了一篇《连心桥》的稿子，登在市报上，赞扬王林舍己为人的崇高风格。但报社却接到投诉信说有人借桥坑拐群众钱财，于是让王文涛去澄清通讯里所写的事是否失实？王文涛见了王林后，王林的一番话揭露了村里几个在外工作的人以及乡长接受贿赂，公开违法乱纪却没人管，没人报道。王文涛听后无言以对，转身走掉。

王林架桥收费先受到了一对卖大肉父子的抵制，老汉说没钱交，等卖了肉，回来时交双份。王林说不行，现时就交清白。儿子就从肉扇下抽出一把尖刀来。王林也从腰里拔出一把明光锃亮的刀子。老汉夺下儿子手里的刀子，削下猪尾巴，让王林拿回去下酒。王林装了刀子，转身走了。然后，王林架桥收费受到了他丈人的抵制，他丈人骂他爱钱不要脸，随后把写着"过桥收费壹毛"的木牌扔到河里。王林把木牌捞起来，又竖立起来。他感到小河两岸的人都成了他的敌人！

王文涛来落实自己所写的通讯里的事情是否失实时，他自然知道自己确实写的是假消息，因为王林真的在架桥收费。他就给王林说自己曾经报道过他舍己为人的崇高风格。但王林说："我也没让你在报纸上表扬我，是你自个胡骚情，要写。这怪谁呢？"这句话把王文涛噎得回不上话来。他在写《连心桥》时确实没有实地调查、采访过，没征得王林的同意。然后，王林就说村里在县物资局干事的人，盖的两层楼房的楼板、砖头、门窗，全是旁人免费送到家里的。村里在西安一家工厂当基建科长的人盖二层洋楼，是大塔区建筑队给他包工包料免费盖的。村里王成才老汉的女婿给公家开汽车，经常给他从陕北拉来荞麦，运费最后都摊到公家账上了。王林给王文涛说："你给报上写的那篇《龟渡王村庄稼人住上了小洋楼》的文章全是瞎吹，你听没听到咱村的下苦人怎么骂你？"

王文涛听了还是想让王林停止收过桥费，但王林语气坚决地说："门都没有！"王文涛搬出乡长的指示，让王林停止收费。王林乘机又说乡长也是个爱钱不要脸的货，干下过不少七长八短的事，乡长来寻他，他就全都给端出来亮给他，叫他吃不了兜着走。王文涛于是转身走了。

小说告诉人们，王林架桥收费是被败坏了的社会风气逼迫的，是对这种风气的主动抵抗，新闻媒体，社会舆论如果能真正去关注、关心领导干部贪污受贿，违法乱纪的事情，普通老百姓也不会在明知有些事情不能干而要强行去干了。小说结尾说王林忽然后悔自己把王文涛劈头盖脑地连损带挖苦了一通。村里那些人通过不正当手段盖起了小洋楼，与王文涛有啥关系呢？乡长的事又关王文涛啥事呢？一个女人丢下一毛钱后踏上了小桥，王林看着一张一毛钱被风吹着卡在一块石头根下，他没有去拾它。说明他可能要撤销这个收费点了。他瞅着河水，忽然想大哭几声。

附《桥》的故事情节：

王林把桥面木板上的雪粒扫干净后，一个穿戴阔气的人要过桥，王林向他收了一毛钱过桥费。两个推着独轮小车的人走上木板桥，王林让他们交费。老汉说没钱交，等卖了肉，回来时交双份。王林说不行，现时就交清白。小伙子就从肉扇下抽出一把尖刀来。王林也从腰里拔出一把明光锃亮的刀子。老汉夺下小伙手里的刀子，削下猪尾巴，让王林拿回去下酒。王林装了刀子，转身走了。

王林的正经营生是给城里那些建筑单位卖沙子，收取过桥费是他灵机一动的临时举措。他一年有十个月在挖砂石，卖砂石。他捞石头之前的一年，在建筑队做普工，工头在工程完工后，携款逃跑。他为了让女儿在学校里穿得体面，为了盖一幢大瓦房，就和老婆挖砂石时，觉得靠挖砂挣钱的方式太笨、太慢，于是给河上架起一座独木桥，想靠收一毛钱的过桥费致富。他丈人骂他收过桥费，骂他爱钱不要脸，随后把写着"过桥收费壹毛"的木牌扔到河里。王林把木牌捞起来，又竖立起来。他感到小河两岸的人都成了他的敌人！

村里的王文涛是乡政府的小干事，要过河，王林收了他一毛钱。王林在接了王文涛的一支烟后，又决定不收了。王文涛掏出一封信给王林，王林读完后大笑起来。原来，王林架起桥后，王文涛写了篇《连心桥》的稿子，登在市报上，赞扬王林舍己为人的崇高风格。现在，报社接到投诉信说有人借桥坑拐群众钱财，于是让王文涛澄清通讯里所写的事实是否失实？

王林说："我也没让你在报纸上表扬我，是你自个胡骚情，要写。这怪谁呢？"

王文涛回不上话来。

王林说村西头那家人在县物资局干事儿，管着木材、钢材和水泥的供应分配，盖的两层楼房的楼板、砖头、门窗全是旁人免费送到他家里。村中间那家的男人在西安一家工厂当基建科长，把两幢家属楼应承给大塔区建筑队了，建筑队给他盖起了一幢二层洋楼，包工包料，一分不取。村子东头的王成才老汉盖起的二层洋楼，是凭他自己下苦挣下的钱盖的；他的女婿给公家开汽车，每回去陕北出差，顺便给他拉回荞麦，价钱便宜，又不掏运费，运费最后都摊到公家账上了。王林说："你给报上写的那篇《龟渡王村庄稼人住上了小洋楼》的文章全是瞎吹，你听没听到咱村的下苦人怎么骂你？"

王林的一串连珠炮，直打得王文涛有口难辩，彻底败阵。

王文涛说："你说的都不是空话。好老哥哩！兄弟不过是爱写点小文章，怎么管得了人家行贿受贿的事呢？"

王林说："管不了也不能瞎吹嘛！""你要是敢把他们盖洋楼的底细写出来，登到报纸上，才算本事！才算你兄弟有种！你却反给他们脸上贴金……"

王文涛说："好老哥，你今日怎么了？对老弟平白无故发这大火做啥？老弟跟你差不多，也是撑不起二层小洋楼……你还是给老弟帮忙出主意，该怎么给报社回答呢？"

王林说："你不给他回答，日后不写稿子就行了。或者你把责任全推到我头上，就说我当初架桥的目的就跟你写的一样，后来思想变坏了，爱钱不要脸了。"

王文涛说："老哥，我有个想法，说出来供你参考，你是不是可以停止……收过桥费？"

王林说："门都没有！"

王文涛说："乡长也接到报社转来的群众来信，说让乡上调查一下坑拐钱财的事。乡长说，让我先跟你说一下，好给报社回答。让你停止收费，是乡长的意思……"

王林说："乡长的意思也没门儿！他自己来也没门儿。我收过桥费又不犯法。哼！乡长，乡长也是个爱钱不要脸的货！他也有不少七长八短的事了，他来寻我，我全都给他端出来亮给他，叫他吃不了兜着走……"

王文涛转身走了。

王林瞧着王文涛走上河堤，忽然可怜起这位村里的同辈兄弟来，听说他写的《连心桥》只挣下十来块稿费。王林想自己为啥把王文涛劈头盖脑地连

251

损带挖苦了一通呢？村里那两家人通过不正当手段盖起了小洋楼，这与王文涛有啥关系呢？乡长的事又关王文涛啥事呢？再回头一想，又关自己啥事呢？

王林对自己刚才的失控行为十分丧气，恼火！

一个女人抱着孩子走过来，丢下一毛钱后踏上了小桥，向北岸走去。王林看到一张一毛钱被风吹着卡在一块石头根下，他没有去拾它。他瞅着河水，忽然想大哭几声。……

1986年6月27日于白鹿园

三、《四妹子》：第一次写了地域文化对人物心理性格的影响，写了人物人生的不自在

《四妹子》于1986年8月至9月写成，是陈忠实的第八部中篇小说，八万字，刊发在《现代人》1987年第3期。

小说写从陕北嫁到西安东郊农村的四妹子和公公吕克俭之间由观念习俗冲突到最后获得吕克俭欣赏的过程。四妹子嫁入的是一个等级秩序森严的家庭，她的公公吕克俭有着至高无上的权威。但她通过自己的智慧，使家庭逐渐富足起来，她的公公也不得不钦敬她的能力。

小说核心写了四妹子的两件事情：一是十八九岁的四妹子和吕建峰成家后，由于不太懂关中乡村甚为严格的礼行，使得公公吕克俭对儿子吕建峰进行了一次家训，要求四妹子以后不要唱歌，走路要稳稳实实，不要串门，不准嘻嘻哈哈，不准没大没小。二是写了四妹子不满足于贫穷的现状，在割资本主义尾巴很盛行的年代里，偷偷地贩卖鸡蛋，赚下了不少钱，盖了新房；"四人帮"垮台后，她又干起了贩卖面粉的生意，赚的钱数不清，然后成功地创办了一个家庭养鸡场，使得记者发表文章报道她，县委书记、县长、副县长来看望她；但由于妯娌、侄女和她产生了矛盾，一场打架使养鸡场最终倒闭；她创业的成果也被吕克俭的大儿子、二儿子一同瓜分了；吕克俭老汉很同情她的遭遇，积极准备给她承包的果园当看门人。

小说涉及了很多人物，主要塑造的是四妹子和其公公吕克俭两个人。

四妹子长相漂亮，小说通过她和吕家人正式见面时一伙姑娘媳妇对她的欣赏

展现了她的漂亮。

四妹子出生成长在陕北，家境贫寒，家里孩子多，吃的粮食比较粗糙，使得她家人解大便解不出而互相帮忙。她第一次来到关中后，对一切都感到那么新奇，她看到平坦的土地，长势特别好的麦苗，就连连发出惊叹声，似乎一切都是崭新而且充满希望的。她受陕北文化的影响很深很重，爱唱歌，像在家乡一样，像她父亲、母亲一样，想唱就唱喝起来，随时都会哼一阵小曲儿；她也经常嘻嘻哈哈，走路风风火火，爱串门，对长辈有点"没大没小"。这些都被家法很大的公公吕克俭看不顺眼，尤其对她在吕建峰的二舅来家里后，她居然靠在桌子边问这问那的事情很不满，认为她有点没大没小、有失体统。吕克俭通过儿子吕建峰警告了一番四妹子。吕建峰给四妹子说："日后，你甭唱唱喝喝的了。咱爸说咱家成分不好，唱唱喝喝，要让别个说咱张狂了。咱爸讨厌唱歌。咱爸脾气偏，见不得谁哼哼啦啦地唱喝。"四妹子说："那好，不唱了。除了不准唱歌，咱爸还说啥来？"吕建峰说："咱爸说，走路要稳稳实实地走，甭跳跳蹦蹦的。（别）让人见了说咱不稳重。"四妹子说："不准唱，不准蹦。还有啥呢？"吕建峰说："还有……甭串门。咱爸说，大嫂二嫂的屋里也尽量甭串。各人在各人的厦屋做针线活儿，串过来串过去不好。咱爸说，男人要像个丈夫的样儿，女人要像个媳妇的样儿。不准嘻嘻哈哈、没大没小的。"四妹子知道这些后，决定压制自己乐观、开朗、豪爽的天性，她给吕建峰说："从明日开始，我绷着脸儿就是了。"她说到做到，此后难见她嘻嘻哈哈的乐观样子，这说明了吕克俭代表的严肃的关中人与天性乐观的陕北人的区别，也是两种文化的区别。

四妹子胆大不受气。她对公公吕克俭给予她二姑的歧视态度敢于反抗。二姑来家里做客，吕克俭冷脸相待，他老婆竟然连二姑的面也不见，使得二姑别别扭扭地吃罢饭，就告辞了。四妹子越想越觉得窝气，这也太作践人了呀！于是她走进吕克俭的里屋，说自己明日想到二姑家去。虽然被吕克俭拒绝了，但她却认清了公公的为人。她的反抗在她怀孕之后更是大胆，她想吃酸汤面条、桃、西红柿，但吕克俭咬住牙也不准买。她决定：向老公公吕克俭示威！她睡下不起来，装病。她的示威最终取得了胜利。吕克俭给吕建峰给了五块钱，让他带四妹子到县地段医院去看病。四妹子却进了一家国营食堂，吃了三碗饸饹，又买了三斤西红柿，吃了一个西瓜。她浑身都恢复了力气。她一下子吃了五块钱，使和睦贤良的吕家立即战火纷飞，人仰马翻！大媳妇、二媳妇和她为了这事对骂起来。吕克俭弄清原委后，不准大媳妇和二媳妇乱骂四妹子，又指责四妹子花钱太大手大脚了，下不为例。然后气愤决定：分家。但三个儿子不想分。分家于是作罢。四妹子的胆大还表现在她穷则思变的观念上，她和当时处在贫穷生活状态中的人们不同，不想绝对服从公公吕克俭的权威，不想与贫穷为伍，而是决定服从自己的想法，那就是冒着被批斗甚至是被法办的巨大危险去偷偷贩卖鸡蛋，投机倒把，走资本主义道路。结果，她被公社抓获了，被推到吕家堡的戏楼上斗争了一家伙！吕克俭得知四妹子贩卖鸡蛋及被批斗的事情后，认为是自己对四妹子疏于管教才让她铸成了大错。对此，他又想起了分家的事情。不久，被批斗后的四妹子不但不悔改，反而继续贩卖起了鸡蛋，并且赚了不少钱。吕克俭又被气得吓得吃不下饭，于是请来大队的调解委员和小队队长，以及吕建峰的二舅，村里的长老后，给三个儿子彻底分了家。四妹子对分家很高兴，立即拿出一厚沓人民币盖起了新屋。

四妹子不服贫穷，敢想敢干、自立自强，不服输的劲头令人敬佩。"四人帮"垮台后，四妹子被公开平反，损失也被退还。她敏感聪慧，立即感到一个可以光明正大地做生意的时代到来了，她不满足自己在家带孩子的事情，而是在听到南张村要卖储备粮的消息后，立即看到商机已经来到自己眼前，于是问二姑借了五百块钱，从事买麦卖面、卖麸皮的生意，挣了不少钱。这是她在贩卖鸡蛋的经验基础上做出的发家致富的一个大手笔，她不仅做得果敢坚决、滴水不漏，而且阵势很大。春节过后，对生财之道留了心眼的四妹子又产生了一个主意，就是创办一个家庭养鸡场。她的想法铁定之后，说办就办、雷厉风行。她把养鸡场办起来后，公公吕克俭和婆婆都来给她帮忙了，老两口被她那敢闯敢干的精神感动了。小说写吕克俭按四妹子教的方法精心地用饲料喂鸡，使养鸡大获成功，声名四处传扬，连记者都来采访四妹子了，连妇联主任都来做调查研究了，但四妹子却让记者采访公公，让妇联主任询问公公，目的是让公公多跟记者、干部接触，以消除他对干部的畏怯心理。四妹子还给公公和婆婆发工资，这件事被报纸报道后，她的做法得到了人们的普遍赞誉。四妹子将养鸡场的规模扩大后，吕克俭建议她将她大嫂、二嫂及几个侄儿侄女叫来一起养鸡。她分家时很大度，这一次她为了提携家人，同意大嫂她们来养鸡。不久，吕克俭的大儿子提出三家联营，此时，四妹子的养鸡场与吕建峰的电机维修部各自独立经营着，吕建峰单枪匹马，四妹子却有公公婆婆、大嫂、二嫂、侄子侄女帮忙，于是，她对大哥的提议立即爽然应承。三家联营养鸡场后，很快打败了另外三家竞争者。四妹子也经常去给本村及外村养鸡的农户治鸡病，这使得二嫂及侄女们很不满，她们联合起来骂她，和她打在一起，每个人都伤痕累累。土地分配到户后，三家联营的养鸡场彻底散伙。这似乎预言了后来的一个普遍现象，很多家族企业都因为内斗、内讧而倒闭破产，说明做企业最好还是要避免任人唯亲，而是要任用他人方可使企业兴旺发达。又不久，吕克俭大儿子主张将鸡场里的一切卖掉，所得之钱除掉还贷外，盈余的按劳力分配。最终，四妹子分得的钱和其他人分得的钱数量悬殊，她觉得自己创下的家业，终究全让哥哥嫂嫂们分赃盗包了！四妹子在养伤时，又决定承包大队的果园。几天后，她走在通往果园的石子大路上，张开双臂大声喊道："砸不烂的四妹子，又闯世事来了……"这些说明四妹子是一个能从旧文化中蜕变，但又没完全抛弃旧文化，而是在保持旧文化的基础上对新文化进行自觉追求的一个新时代独立女性。小说所写很贴近陕北女人的性格，四妹子是一个不满足于现状的具有开拓型性格的人，这也体现了陈忠实乡土情结中的创新开拓意识。

吕克俭老汉首先是一个严格恪守关中礼仪文化的人，他在四妹子和吕建峰结婚时就显现出这一点来。当四妹子和吕建峰进洞房，被闹房的年轻人推倒在炕上时，他派大儿媳把吕建峰和四妹子叫到自己屋里，让他们给爷爷奶奶烧香、下跪、磕头，此后，他一句话没说，只是挥手示意他们重回厦屋。结婚拜祖是几乎所有地方的传统习俗，无可非议。但吕克俭的无言却胜有言，他给吕建峰和四妹子的心理带来了不小的压力，也让闹房者就此停止。四妹子被娶进吕家后，吕克俭渐渐发现四妹子是吕家院里一个不太谐调的成员，四妹子的针线活不强，灶锅上的手艺不行，不太懂关中乡村甚为严格的礼行。于是，他通过儿子吕建峰对四妹子传达了一通家训、家规、家教。自然，这些里面该遵守的确实还是应该遵守，并不严苛。但他要求四妹子以后不要唱歌，走路要稳稳实实，不要串门，不准嘻嘻哈哈，不准没大没小，却是对四妹子天性的限制、扼杀。四妹子没想到，自己哼一哼小曲儿就会不合家法，甚至连说话，走路，都成了问题，她在心里发问，这究竟是关中的地方风俗，还是老公公严厉的家教？最终，她醒悟了，公公早晨起来在院子里的咳嗽以及很响的吐痰，都会让大嫂、二嫂起床；公公出工收工出进院子时的目不斜视、不苟言笑，都能使教书的大哥、当木匠的二哥及其媳妇们悄悄默默。四妹子想到这些，觉得自己确实有点不谐调，那么，自己往后就绷着脸儿吧！从此，活泼、开朗的四妹子就在公公用无言方式昭示的礼行中改变着心性，使她一天天失去了自己。

其次，吕克俭老汉也是一个具有地域歧视观念的人。那个年代，陕北人由于自然地理条件艰苦，普遍很贫穷，于是关中人普遍对陕北人另眼相看。小说通过吕克俭对待四妹子二姑的态度就体现了这一点。二姑来吕克俭家做客，吕克俭对她的态度很冷淡，他老婆甚至连二姑的面都不见。小说通过四妹子说的"公公的做法也太作践人了"的话批评了吕克俭的傲慢！四妹子决定去抚慰一下被慢待的二姑，吕克俭却不准，说明他并没有意识到自己的傲慢。

再次，吕克俭对四妹子的态度出现了几次变化。一个变化体现在四妹子怀上后发生的一个事情上。四妹子怀孕后装病大吃了一通，使得吕克俭的大儿媳、二儿媳心里极不平衡，她们和四妹子对骂了起来。吕克俭在处理这场矛盾时把三个媳妇各打了五十大板，也就是他没有向着大儿媳二儿媳，而是批评了她们。这件事也使他产生了分家的想法，认为分家才是解决媳妇们已在的和将在的矛盾纠纷的办法。但他的想法并没实现。另一个变化体现在四妹子因为偷偷贩卖鸡蛋而被批斗的事情上，这个事情使他回到了原先对四妹子的认知上，他觉得四妹子之所以偷偷贩卖鸡蛋，是自己对她疏于管教才造成的，但自己却管不了她，她不仅不懂关中的礼行和规矩，而且性子野，爱唱歌，花钱大手大脚，骂人比本地女人骂得更难听。于是，他又想起了分家的事情。实际上，吕克俭恢复原先对四妹子的认知，核心原因是出于他内心的恐惧、畏怯，他曾经历过过去年代里的多次政治运动，他家的上中农成分封住了他的嘴巴，使他不能畅畅快快地在村子里说话和做事。上中农，也叫富裕中农，庄稼人卑称大肚子中农。政府在乡村的阶级路线是依靠贫农下中农，团结中农，打击孤立地主、富农。对上中农怎么对待呢？

没有明文规定，似乎是处于两大敌对阵营夹缝之中。队里开会时，贫下中农站在左边，地富反坏右站到右边。这种时候，吕克俭就找不到自己应该站立的位置了。他的上中农成分是1950年土改时订的，他那时三十出头。"四清"运动时，村里原有的三户富裕中农，一户升为地主，一户升为富农，他仍保持上中农成分。"四清"运动结束后，他琢摸出工作组为啥让他保持上中农成分的原因，就是因为他在村里没有敌人！他对老婆说："没有敌人就没有人在工作组跟前乱咬咱，工作组就说咱是诚心跟贫下中农走一条道儿的。因此嘛！就留下咱继续当上中农。"他归结出这条幸免落难的原因后很振奋，就把儿子、媳妇、孙子喝叫起来训示他们甭张狂："你只要一句话不忍，得罪一个人，这个人逢着运动咬咱一口，能受得了？人家好成分不怕，咱怕！咱这个危险成分，稍一动弹就升到……明白了吗？咱好比挑了两筐鸡蛋上集，人敢碰咱，咱不敢碰人呀！我平常总是说你们，只干活，甭说话，干部说好说坏做错做对咱全没意见，好了大家全好，坏了大家全坏，不是咱一家受苦害，用不着咱说长道短。干部得罪不起，社员也得罪不起。咱悄悄默默过咱的日月，免遭横事。这一回，你们全明白了吧？不怪我管家管得严了吧？"一家人全都信服老家长了。"四清"收场，"文革"开锣，吕克俭给三娃子吕建峰娶了四妹子做媳妇，但四妹子却冒天下之大不韪，竟然偷偷地贩卖起了鸡蛋，这自然使他内心里日夜都惴惴不安，他又产生了分家的想法，从而撇清和四妹子的关系。这时候，受到批斗的四妹子还在继续贩卖鸡蛋赚钱，他终于给三个儿子分了家。吕建峰和四妹子分得的家产是家里的走道，不能住人安铺，两人只能去四婶家借房居住。半年时光后，四妹子利用卖鸡蛋挣的钱盖起了新屋并搬进了新屋。四妹子这时也生了孩子。

最后，吕克俭终于欣赏起四妹子了，从心底里很佩服四妹子，这是他对四妹子态度的一个巨大变化。"四人帮"垮台后，四妹子顺应改革政策，买起麦，卖起面粉、麸皮发家致富起来，不久，她又创办了家庭养鸡场，这些使吕克俭对四妹子的态度发生了转变，他和老婆一起给四妹子帮忙，按四妹子教的方法用饲料喂鸡。在四妹子的养鸡获得成功后，他心里对政策是否会变化的担心还存在着，他对来家里的记者、干部很畏怯。四妹子看出了他的心病，为了克服他心里的胆怯，锻炼他的胆量，坚定他对党的富民政策的信念，就故意让他接受记者的采访，回答妇联主任的问题。他却认为这是四妹子在报复他，于是心里气闷得难受。四妹子只好挑明自己故意让他跟干部接触，就是为了消除他对干部的畏怯。他之后就渐渐发生了明显的变化，主动承担起了给兵工厂食堂送鸡蛋的事情。但他对四妹子给自己和老婆发工资的新鲜事还是不能接受，就警告四妹子不敢胡来，他说："虽说目下政策宽了，雇人可是剥削，是共产党头号反对的事！"四妹子却不怕这点。但她也说不清可不可以雇工和雇工算不算剥削的事情。她问记者，记者也说不清。当她和大嫂、二嫂、侄女在养鸡事情上发生矛盾冲突时，公公吕克俭的处理方式照样是各打五十大板。在四妹子辛苦创下的养鸡场散伙，收益被瓜分，设施等被卖掉之后，吕克俭看到分到三个儿子手里的财产存在着巨大的悬殊，才一下子看清了大儿子的奸诈贪婪，看到了四妹子创下的家业被老大老二分赃盗包时的无情！他几次想去给四妹子赔情道歉，却没勇气进去。他只是叮嘱老伴，多宽慰四妹子。在一位副县长来看望四妹子，记者也来采访四妹子时，他终于问候了四妹子，这使四妹子感动不已，因为这是她踏进吕家门槛几年来，第一次听到公公知疼知冷的话。四妹子说她想承包大队那个果园，得一个看门的可靠人手时，吕克俭惊得半天说不出话来，最终下决心要给三儿媳当好果园的看门人。

小说写出了吕克俭身上存在的关中文化的呆板性、封闭性、滞后性，也反映了陈忠实对此的深刻认识。但小说更重要的是反映了吕克俭对四妹子的认识变化，他经历了对四妹子的不在意—否定—观察—肯定—妥协—欣赏这样一个巨大的转化过程。也就是他经历了由开始看不惯四妹子的无拘无束、自由、泼辣，到最后的主动认同的过程，这是他自己对关中固守文化的突破。四妹子经历了被公公的看不惯，到最后被肯定的过程，这表现了她对关中固守文化的突破，也是陈忠实对她身上体现的新时代开拓精神的肯定。最终，两种文化达成了新的平衡。

小说反映了时代变化，反映了人们的思想随着时代的变化而发生的变化，这是这篇小说被写作时的时代决定了的。这在今天算不上什么新鲜事，但在那个年代却是一件激动人心的事情。该小说也因之而成了一件激动人心的小说。小说里塑造的四妹子成为那个时代最先富裕起来的人，她通过自己的大胆，通过自己对政策的敏感聪明，通过自己的勤劳、大度、节俭、开通，成了一个敢想敢干敢闯的致富能手。进一步说，她是一位敢于冲破封建思想牢笼，大胆去爱、大胆去表达、大胆去尝试的新时代的优秀女性。

小说的结局是理想化的结局，四妹子的创业遭受巨大挫折后，她矢志不移，产生了承包大队果园的打算，按她的性格，她一定会去践行。这种结局与《蓝袍先生》的结局不同，后者是主人公徐慎行在新社会的教育下，脱下了老式蓝袍，但他却在新社会的"鸣放"中受到了迫害，最终又把自己封闭了起来，回到了传统之中。两部小说都体现了陈忠实对人物所依存的文化心理的思考与洞见。文化心理结构学说是李泽厚提出的，他说：所谓"文化心理结构"，归根究底，本就是指在文化传统长期塑造下的人们心理中情理结构的特定状态，它主要为表现自然情欲和社会理性的不同比例、配置和关系的组合。[1]陈忠实除了在《蓝袍先生》中抨击了传统对于人性的压迫，也在《四妹子》中对其进行了抨击。他说自己写《四妹子》就是为了"探究不同地域人的文化心理结构，相处时引发的关于生活和亲情的冲突"。他自述，四妹子有现实生活的原型，1980年代初，"我曾在该报（指后文提到的《西安晚报》——引者注）上读到一位农村女人首创家庭养鸡场的新闻报道，竟然兴奋不已，随之便搭乘汽车追到西安西边的户县，花了两天时间进行采访，先写了一篇报告文学发表在《西安晚报》，后又以其某些事迹演绎成八万字的中篇小说《四妹子》，这是我写农村体制改革最用心也最得意的一部小说"[2]。在该小说的主题内涵和写作初衷上，陈忠实想体现1980年代中期人们的文化自觉意识。他说："有一些作品涉及陕北人和陕南人，并非纯一色的关中人，其中一部篇幅较大的中篇小说《四妹子》，其主角四妹子就是陕北人，我把她从陕北嫁到关中乡村的一家农户，就是要展示不同地域文化引发的心理冲突。"[3]

但陈忠实在将四妹子置放在传统和新时代的交接点上时，他却为难起来，他对关中固守文化的呆板性、封闭性、滞后性进行批判时，对它的某些方面又进行

---

① 李泽厚：《中日文化心理比较试说略稿》，《原道》1990年。

② 陈忠实：《一个人的邮政代办点》，见《陈忠实文集》（第10卷），人民文学出版社，2015年版，第105页。

③ 陈忠实：《慢说解读且释摹写》，见《陈忠实文集》（第10卷），人民文学出版社，2015年版，第292页。

了坚守、敬重、肯定。比如四妹子从陕北刚到关中后，在二姑的点拨下，她经历了背见、扯布、见面、订婚、结婚等过程。这些程序是关中农村长期形成的婚俗文化。陈忠实对其进行了肯定。四妹子经历它们后，成为吕家的一个成员。但她也成了吕家院里的一个不太谐调的成员，原因是她不太懂关中乡村甚为严格的礼行，这使她的公公吕克俭极为不满。她在得到吕建峰向她传达的公公的家训后，自觉地按照关中乡村的这些礼行来改变着自己，使自己自小受陕北文化深刻影响而形成的乐观、豪爽、勤苦、节俭、大胆、泼辣、开通中的一些东西渐渐消失，最终似乎只剩下了勤苦、节俭、大胆、开通，使自己由一个单纯、可爱的小姑娘变成了一个和吕克俭的大媳妇、二媳妇以及侄女对骂打架的人。这些都是吕克俭身上表现出的当地某些消极文化逼迫而生的。小说自然是批评了这些消极文化。四妹子保留下的勤苦、大胆、开通使她在严厉禁止投机倒把，走资本主义道路的年代里，偷偷地贩卖鸡蛋，继而在"四人帮"垮台后，她又抓时机，看需求，从事买麦卖面的生意，赚来的钱数不清。不仅如此，她又创办养鸡场脱贫致富，这彻底改变了吕克俭和老婆对她的态度，他们被她的创业精神感动了，主动来给她帮忙。随后，她开通、大方地同意了吕克俭大儿子提出的三家联营养鸡场的建议，但这却让她辛苦办起的养鸡场走向散伙、倒闭。最终，她的家业全让哥哥嫂嫂们分赃盗包了！记者要把她的委屈公之于世，她却大度地说权当自己没挣钱，权当自己尽了义务，权当自己像过去偷贩鸡蛋一样被没收了。四妹子这种不满足于现状的开拓型性格是在边缘文化——陕北文化中形成的，这种文化充满了野性和自由的民间精神。而公公吕克俭及其家人身上体现出来的是关中文化，这种文化十分注重家庭伦理礼节，严格践行着传统儒家文化。陈忠实着力站在四妹子的民间文化立场上，对吕克俭代表的关中固守文化进行了批判，他通过对四妹子和吕克俭的文化心理结构的变化的刻画，展现了边缘与中心两种不同文化的碰撞与交流。作者对四妹子的个性精神给予了肯定和赞赏，但他并没有就此简单地否定吕克俭老汉，而是在小说最后，写他主动对遭受兄嫂算计的四妹子表现出关心和理解，并写他自告奋勇地要去给四妹子将要承包的果园当看守者，这进一步显示了四妹子代表的陕北文化与吕克俭代表的关中固守文化的融合，或者说，陈忠实通过对四妹子和吕克俭的文化心理结构的变化的刻画，展现了关中固守文化对陕北文化的认同和接纳。

《四妹子》后来由中央电视台改编拍摄成上下两集电视剧。陈忠实说："这两部电视剧剧本（另一部指《信任》）都是我自己改编的，没怎么打响。"[1]

1988年，陈忠实出版了中篇小说集《四妹子》。1999年1月13日，陈忠实在写成的散文《自己卖书与自购盗本》中谈到这本小说集《四妹子》出版时遭遇的尴尬、难堪和"难以启齿的羞愧"。这促使他开始反省和理解"文学和小说创作的原始意义"。他认为："作家之所以写作，就是要把自己关于现实和历史的体验用一种自以为美妙的艺术形式表述出来，与读者进行交流。"对于作家来说，"这种体验从生活层面的体验进入到更深一层的生命层面的体验，而表述的形式也是由艺术的表现和艺术的体验显示着差异的。无论生活体验抑或生命体验，致命的是它的独特性，是唯独自己从现实生活历史生活以及自身经历中所产生的独有的体验。独有的体验注定了体验的独特性和独到之处，从根本上就注定了某部（篇）作品的独立个性，自然不会重复别人也不会重复自己，这是中外古今作家的所有杰出创作的最根本的成因"。对于读者来说，"人们阅读小说，就是要享受电影电视所感受不到的文字的乐趣，通过阅读验证自己的生活体验，领悟自己尚未领悟到的属于作家的独到的体验"。因此，"作家靠独特的体验（生活的生命的和艺术的）创作小说。读者才是作品存活的土壤"。陈忠实经过《四妹子》出版过程的波折和他自己卖这本书的尴尬，"终于从《四妹子》自销的羞愧境地重新爬出，重新审视案头正在操作着的《白》稿，审视《白》的全部构思和表述形式，包括读者直观的文字"。他说："我后来总是想到自销《四妹子》的羞愧造成的挫伤对促成我反省的决定性意义，尤其是在第一部长篇《白》书写作的关键时刻发生。""这件事对我的刺激很大，我被迫认识到作品的可读性问题，必须把可读性作为文学作品不可忽略的因素。"[2]

附《四妹子》的故事情节：

第一节：四妹子念五年级那年，家里来了一个来自西安的跛子，第二天，二姑就跟着跛子走了。四妹子十八九岁时，跛子姑夫说，他和她二姑给

---

[1] 《陈忠实谈写作追求：写一本"死后可当枕头的书"》，《大众日报》2011年3月4日。

[2] 陈忠实：《自己卖书与自购盗本》，《时代文学》1999年第3期。

她在一个村子找下了婆家。四妹子就从延安来到西安。

第二节：四妹子在二姑家住下后，冯家滩的刘红眼给她介绍了一个"模样不难看，似乎还在笑着，五官尚端正，两条胳膊有点局促地垂在两边，两条腿一样长，不是跛子娃的"男娃。二姑第二天打问了一程，知道男娃是下河沿吕家堡吕克俭家的老三，是弟兄里顶灵气的一个。二姑给刘红眼回了话，说好了让四妹子见男娃的日子。

第三节：二姑安排四妹子在家里与那个男娃先互相看一看，谈一谈，如果满意，再举行正式的见面仪式。四妹子打扮完，二姑家来了四五个人，刘红眼指着一个小伙子说："这是吕建峰，小名三娃子。"四妹子然后在刘红眼的安排下和三娃到前头厦屋去说话。两人到了后，吕建峰说他没意见。四妹子给刘红眼也点了点头。刘红眼然后安排男方扯布，准备定亲。

第四节：四妹子跟着二姑和吕家人正式见面。三天前，二姑陪着四妹子，吕建峰的二嫂陪着吕建峰，跟着刘红眼到西安扯布。刘红眼告知二姑，男方出二百块钱扯衣料。四妹子瞅中了一卷毛哔叽，但吕建峰嫌太贵，不扯，并走掉了。二嫂把吕建峰拽过来，说她做这主意了！买！吕建峰于是不高兴地掏了钱。四妹子想到这事心里挺伤心，和二姑进了吕家院子后，刘红眼介绍了吕建峰的父母等一大帮人……四妹子一一叫过后，刘红眼就把四妹子交给吕建峰。吕建峰引着四妹子进了厦屋看了看。一会，大嫂拉四妹子去吃臊子面。吃罢饭，四妹子被一伙姑娘媳妇欣赏着，都说她漂亮。完后，四妹子被大嫂拉上饭桌，举行订婚仪式。仪式结束，四妹子才和二姑走出门来，吕建峰在刘红眼的批评下送她们回家。十天没过，刘红眼带来吕家的动议："五一"结婚。四妹子同意结婚。

第五节：结婚时，四妹子换新衣，看见自己的胸脯已经很高了，那两个东西什么时候长得已经很大了！她捞起新背心，慌忙穿上。她去烧火、扫地，姑婆让她静静坐着，等着吕家迎亲的马车来。她猛然倒在二姑怀里，眼泪涌流了下来。二姑紧紧地抱着她，也哭了。吕家迎亲的马车来了后，四妹子坐上马车，进入了吕家堡。四妹子下车后，踩着地上铺的一层麻袋走进洞房。婚礼举行完毕，年轻人把四妹子和吕建峰面对面捆绑在一起，推倒在炕上。大嫂笑着进来，解开了绳子，对吕建峰和四妹子说："咱爸叫你俩去一下……"两人去了后，老公公让他们给爷爷奶奶烧香，下跪，磕头。然后，老公公一句话没说，挥手示意他们重回厢屋。他们还没坐稳，二嫂端来两碗合欢馄饨，让他们快吃，吃了睡觉。四妹子吃时吃出一枚硬币，知道是福气的象征。二嫂又让吕建锋把硬币吃到嘴里，吕建锋就吃了。四妹子的身上一下子热燥燥的，呼吸不畅。大嫂、二嫂走了后，吕建锋脱得一丝不挂，然后把四妹子压倒，撕她的裤带，摸她的胸脯，很快，他就莽撞蛮横地进入到她的身体。她几乎晕昏了……

第六节：四妹子和吕建峰在结婚第二天，到女方的娘家去回门。四妹子的大和妈远在陕北，他们便去看二姑。他们离开二姑家往回赶时，四妹子觉得自己和吕建峰已经有了夫妻生活的第一夜，但好像在一个月时间里，只说了十来句话。她于是和吕建峰说起话来。过一条大渠时，吕建峰先跨过去，然后在对岸上让四妹子叫他哥，他背她过去。四妹子转过身，朝原路往回走去。吕建峰跑着堵在她面前哄她，她哭也不是笑也不是，只是用拳头打着他的肩膀。吕建峰叫她唱一段陕北民歌，她让他叫自己姐再唱。吕建峰就大声地叫起姐来，结果引来浇地农民的注意。她恐慌了，让吕建峰别叫了。然后，她唱起歌来。吕建峰听着时直叫好，表示一辈子都要和她好好过！吕建峰把她抱离地面，搂到怀里，那双胳膊简直要把她的腰拘断了。天色完全暗下来，她就伏在吕建峰的怀里，双手勾着他的脖子。回到吕家堡，他们在那间小厢屋里，过起了比昨晚更美妙的生活……

第七节：吕建峰把四妹子娶进门后，吕克俭心头的疙瘩顿然消散了。但渐渐地，他发现四妹子自从踏进门楼后，就成了院里的一个不太谐调的成员。四妹子人不错，勤苦，节俭，但她的针线活不强，灶锅上的手艺不行，不太懂关中乡村甚为严格的礼行。吕建峰大舅来了时，她居然靠在桌子边问这问那，有失体统。吕克俭想：该给三儿子进行一次家训，让他明白，应该怎样当好丈夫，这个小东西和媳妇刚混熟了，有点没大没小的样子。一个男人，一旦在女人眼里丢失了丈夫的架势，一生就甭想活得像个男人，而且后患无穷。训媳莫如先训子。

第八节：吃罢晚饭，四妹子看见吕建峰正坐在椅子上看书，她双手蒙住他的眼睛。吕建峰伸过手来，在她腰里搔了一把，然后把她按倒在炕上，搔她脖窝和胳肢窝。这时候，传来吕克俭老汉呼叫"建峰"的声音。吕建峰走出门去了。吕建峰回来后，给四妹子说："咱爸训了我一顿。说我没家教。"然后要求四妹子以后不要唱歌，走路要稳稳实实，不要串门，不准嘻嘻哈哈，没大没小的。四妹子听了想自己在陕北家乡，想唱就唱喝起来了。母亲、父亲也唱。四妹子没想到，哼一哼小曲儿就会不合家法，甚至连说话、走路都成了问题，这是关中地方风俗不一样呢？还是老公公的家教太严厉了？四妹子突然才有所醒悟，公公早晨起得早，在院子里咳嗽两声，很响地吐痰之后，大嫂和二嫂的门就都开了。公公一天三晌扛着家具去出工，回家来就喂猪，垫猪圈，起猪圈里的粪肥，他噙着短烟袋，可以在猪圈里蹲上一个多钟头，给那两头壳郎猪刮毛、搔痒、捉虫子。公公总是背着一双手进院出院，目不斜视，那双很厉害的眼睛，从不瞅哪个媳妇的开着或闭着的屋门。而自己进到这个家一月多来，从没见过公公笑过。大哥在外村一所小学教学，回来也是悄没声儿的。二哥是个农民，有木工手艺，回来了也是悄悄默默的。四妹子回想到这些，才觉得自己确实是有点儿不谐调了。她明白了，公公的家法大、家教严。她给吕建峰说："从明日开始，我绷着脸儿就是了。"吕建峰说："咱家的规矩，凡家里来了客人，亲戚也罢，外边啥人也罢，统统都由老人接待，晚辈人打个招呼就行了，不准站在旁边问这问那。咱爸说，前一回二舅来了，你在旁边说这说那，太没得礼行……"二舅在西安一家什么信箱当干部，问她在陕北哪个县、哪个公社，离延安多远等，人挺和气，不像公公那样令人生畏。四妹子说："赶明日我绷紧脸儿，抿着嘴儿就是了！"

　　第九节：四妹子的二姑来了，四妹子给二姑做了顿糁子面。吕克俭回来后，二姑笑着问候，他只"嗯"了一声，立即转过身走了。二姑吃饭时，吕克俭坐在桌子旁吃饭，老婆婆却连二姑的面也不见。等二姑别别扭扭地吃罢饭，她就告辞了。四妹子越想越觉得窝气，这也太作践人了呀！

　　第十节：晚饭后，四妹子走进吕克俭的里屋，说自己明日想到二姑家去。但被吕克俭拒绝了。四妹子知道自己怀上了，想吃点酸汤面条，但老婆婆没给她下面；她想吃桃，但一颗桃儿也没有；她想吃西红柿，但吕克俭咬住牙也不准买。四妹子想到这个家，其实最可怜的人就是她和男人吕建峰了。她终于决定：向老公公吕克俭示威！她睡下不起来，装病。

第十一节：四妹子的示威取得了决定性胜利。吕克俭给吕建峰给了五块钱，让他带四妹子到县地段医院去看病。四妹子却进了一家国营食堂，吃了三碗饸饹，又买了三斤西红柿，吃了一个西瓜。她浑身都恢复了力气。

第十二节：四妹子吃了五块钱，一下子把一个和睦贤良的十口之家搅得人仰马翻了！大媳妇、二媳妇和四妹子为了这对骂起来，把吕克俭气得脖颈上青筋暴突起来。吕克俭摔了一只喂鸡的瓦盆，大媳妇才率先闭了口，二媳妇也不出声了。四妹子却喊了一句："想合股欺侮我，没向！"吕克俭把四妹子多骂了一句。吕克俭弄清原委，原来是二媳妇听村里人说，四妹子根本没进医院门，而是进了馆子吃饭，又吃了西瓜。二媳妇就无法忍受了，先给大嫂说，然后她们就骂起四妹子来。骂得正热乎，四妹子回来了，于是就开火了。吕克俭当着三个媳妇的面作了裁决，大媳妇和二媳妇不该私下乱骂，三媳妇花钱太大手大脚了，下不为例。大媳妇和二媳妇都不吭声，四妹子说："这五块钱，我给建峰说了，日后我还。"吕克俭躺在炕上决定：分家。但三个儿子却不想分。吕克俭说那我就给你们再掌管一段家事。此后多日，家里僵硬的气氛恢复过来。但一件意料不到的打击却突然降至了，四妹子被推到吕家堡的戏楼上，斗争了一家伙！吕克俭得知，是四妹子偷偷贩卖鸡蛋，投机倒把，走资本主义道路，被公社抓获了。吕克俭忽然意识到，这种灾祸的根源，全是自己铸成的大错！四妹子不仅不懂关中的礼行和规矩，而且性子野、爱唱歌，花钱大手大脚，骂人比本地女人骂得更难听。吕克俭想必须坚决分家。

第十三节：四妹子继续贩卖鸡蛋，赚下了钱。她明白被人抓住后就会被没收了"赃物"，会把一月辛苦的赚头全部赔进去。她小心地在山民那里收购鸡蛋，但还是被公社供销社的管理人员逮住了一次，在工厂家属区被拦截了两次，加上她被吕家堡大队批判过，她贩卖鸡蛋之路异常坎坷。但她却不在乎！吕克俭被气得吓得吃不下饭，两位嫂子又讥笑她。她想只要不抓进监牢，她就要自己去挣钱。她很感激二姑，是二姑为她寻到了这个不错的挣钱门路。二姑说，你家里兄弟三个，终究要分家。人家老大老二都有收入，你和吕建峰没有私房，说一声分家，你连一双筷子都买不起。你公公叫成分问题给整怯了，又摆一身臭架子，你犯不着跟他闹仗打架。你得给自己攒钱，以备分开家来，心里不慌。二姑给她的谋划是最实际的了。她在路上走着时，遇到吕建峰来接她。吕建峰说："分……分家了！"她听了说："分了好！好得很！我就盼这一天哪！"

第十四节：四妹子弄清了分家的始末，公公吕克俭请来大队的调解委员和小队队长，以及吕建峰的三舅，村里的长老后，给三个儿子分家。家里有三间上房，一明两暗，明间是走道，不能住人安铺，暗间归老两口住，明间给吕建峰；四间厦房，老大老二各占两间，他们得给老三筹备一间厦房的材料，让他朝队里申请一块新庄基地，盖两间厦房。老两口活着时单吃另做，死了由老大老二负责后事。老大管老汉，老二管老婆，老两口下世后，三间上房，老大老二各一间半，算是补偿。四妹子知道后让吕建峰立马给队里写申请，划一院新庄基，并拿出一厚沓人民币给吕建峰。吕建峰捏着钱，把四妹子搂进怀里啜泣起来。

第十五节：四妹子去四婶家借房子住了半年时光后，就盖起了新屋并搬进新屋。四妹子也生了孩子。老婆婆端来鸡蛋、小米米汤。两位嫂嫂也拿着鸡蛋来了，礼仪性地探望。二姑带着小米、大米、红豆、鸡蛋和红糖以及上等细面馍馍来了。二姑晚上没有回家，叮咛四妹子怎样给孩子喂奶，换尿布。"四人帮"垮台后，四妹子因为有娃娃，出不了远门，挣不了工分。吕家堡给在"四清"和"文革"中受整的干部和社员赔偿损失，退还房屋，四妹子也被公开平反了，退还了她的损失。四妹子听说南张村大队为了给平过反的人退赔经济损失，把库存的储备粮拿出来卖，每斤二毛钱，却不零售，最少起数是一千斤。好多人却没有现款去买。四妹子跑到二姑家，借下五百块钱，当晚到南张村买下了一吨半小麦，连夜加工成面粉，到火车西站出售，一顿饭工夫，倾销一空，收来的钱数不清。然后，四妹子又赶回南张村，买了一吨半小麦，加工成面粉，又卖完了。再然后，四妹子将麸皮卖给奶牛场，挣了不少钱。

第十六节：四妹子和吕建峰过了个热闹、幸福的春节。四妹子打算办一个小型家庭养鸡场，吕建峰不同意。最后，两人决定各干各的。吕建峰到桑树镇办了个电器修理门市部，四妹子办了个养鸡场，一次买回来五百只小鸡，刚刚交上农历八月，三百只母鸡相继开始产蛋。

第十七节：吕克俭和老婆过来给四妹子帮忙。四妹子隔一天两天去卖掉鸡蛋。吕克俭按四妹子教的方法用饲料喂鸡。四妹子与兵工厂职工食堂的采购员达成协议，每天送三十斤鸡蛋。四妹子养鸡获得成功，四处传扬。记者来采访她，她却让采访公公吕克俭。妇联主任来做调查研究，她又让吕克俭回答她们的问题。吕克俭明白三儿媳妇在报复他，心里气闷闷得难受。四妹子怕公公真的犯心病，就说是故意让他跟干部接触，消除他对干部的畏怯。记者的文章发表后，四妹子的小院里就更加热闹，好多代表团来参观，县委书记和县长也来了。吕克俭就主动承担了给兵工厂食堂送鸡蛋的事。四妹子也给公公和婆婆发了工资，一家人全惊呆了。吕克俭让她不敢胡来："虽说目下政策宽了，雇人可是剥削，是共产党头号反对的事！"四妹子说她不怕："我给人家开工资。我也不知道这算不算剥削。"过了几天，记者又来了，四妹子问记者可不可以雇工和雇工算不算剥削，记者也说得含含糊糊。但他知道了四妹子给公公婆婆开工资的事，几天后，报纸上就有《媳妇给公婆发工资——中国农村家庭结构的质变》的报道。四妹子计划买一台孵化雏鸡的机器。吕克俭暗暗佩服起这个陕北女人。孵化器买下后，四妹子也不知道敢不敢雇人，吕克俭就建议让大媳妇、二媳妇及几个侄儿侄女过来干。四妹子同意了。

第十八节：四妹子的侄女雪兰、小红都来养鸡场了。孵化器终于孵出第一窝小鸡来。吕克俭从早到晚没有闲暇的工夫。春节期间，大儿子提出三家联营。老二也拥护。四妹子便爽然应承了。她向公社信用社贷了款，将款子贷到老大女人和老二的名下。三家联营鸡场后，打败了另外三家竞争者。人们都涌到四妹子的屋院里，使小鸡供不应求。四妹子因此也惹下了麻烦，那就是她得去给那些农妇们治鸡病。她的负累越来越重。她家里的矛盾也正在酝酿着，二嫂、雪兰、小红联合起来骂她，话难听至极。她听见了，就和她们打在一起。她摔倒在地上的木槽里，小鸡被压死了一大片。二嫂一只手抓向她的下身，一阵钻心的疼痛之后，她昏死了。吕克俭颠跑过来，瞅见孙女小红被扯破了衣衫，裸露着胸膛；二媳妇的脸孔被血水糊浆了；大孙女雪兰披散着头发，嘴角着淌血；四妹子被撕光了裤子的屁股下鲜血斑斑。吕克俭不由得怒吼一声："都不要脸了吗？"夏收以后，吕家堡生产队的土地分配到户了。吕克俭三个儿子联营的养鸡场也散伙了。吕克俭同老伴回到老窝，大儿子主张将鸡场里的母鸡全部卖掉，孵化器也卖掉，除掉还贷，盈余的所有钱按劳力分配。最终，四妹子只分了一份。吕克俭看分配结果悬殊，就十分懊恼。老大却在本子上记录着自己参加劳动的时间，一天不拉，一分钟不差。他的弟媳、弟弟和侄女们看到后都目瞪口呆。吕克俭也觉得不认识大儿子了。四妹子有苦说不出，她觉得创下的家业，全让哥哥嫂嫂们分赃盗包了！吕克俭几次踅摸到三儿子的门前，却没勇气进去。他只是叮嘱老伴，多宽慰四妹子。秋收前后，老大带领全家人挖垫地基，准备盖新房；老二也辞了合同，领着老婆娃娃，准备盖置新房。

第十九节：四妹子养着伤时，吕建峰关闭了电器修理铺，专意侍奉四妹子。一位副县长来看望四妹子，记者解侃也闻讯赶来，让四妹子把鸡场倒闭的过程说说，四妹子说过去的事，她不管了，她只想日后的事该怎么办？并要求解侃以后甭写她了。解侃只好算了。吕克俭来问候四妹子，四妹子忽然感动了，这是她踏进吕家门槛几年来，第一次听到公公知疼知冷的话。四妹子说她想承包大队那个果园，"需得一个看门的可靠人手……"吕克俭惊得半天说不出话来。几天后，四妹子走在通往果园的石子大路上，她张开双臂大声喊道："砸不烂的四妹子，又闯世事来了……"

1986年8月至9日，草改于白鹿园

四、《到老白杨树背后去》：讲述了一个童年游戏在叙事者心灵上留下的美好记忆，但游戏当事人却成了别人的新娘

《到老白杨树背后去》于1986年11月22日写成，刊发在《延河》1987年第4期。

小说写我儿时的一个玩伴薇薇多年后来找我，她述说着她的幸福家庭、幸福生活，而我却想起了她儿时和我玩的一个游戏——假装结婚的游戏，我要带她到老白杨树背后去，即到那里的洞房里去。但她长大后却嫁给了一位在青藏高原当过兵，立了功，当年国庆时上了天安门观礼台，见了毛主席，照了相，然后从北京回来后，提了干的人。她和他"到老白杨树背后去"了后（结婚），也随军了。她的英雄丈夫复转后，又进了大厂子，当了保卫科长。

关于小说的取名和写作情况，陈忠实曾自述道："大约1980年代中期，我正热衷中、短篇小说写作。有一个短篇小说起初取名为《野蔷薇》，草拟到不足一半时就没有耐心再做草稿，从感觉上以为完全有直接写稿的把握了。正式写稿伊始，便更换了篇名，改为《到老白杨树背后去》。这个更换篇名的举动是始料不及的，起初丝毫也没有想到的名字，在起草到不足一半时，作品中'我'的一句对话冒出来，正在写作的我的心悸动了一下，不仅觉得'我'说出了一句美妙的话，对完成本篇的自信心也突然强大起来，连继续草拟的耐心也没有了，连作品的篇名也在这一瞬间重新确定无疑了。"[1]该小说"是我从现实生活的复杂性反观少年生活的一部作品……所以那实际上算是一种生活咏叹式的作品"[2]。

显然，"到老白杨树背后去"是一句具有寄意的话，就是指男女结婚后的洞房、新房，直至此后所过的婚姻生活。小说中的薇薇出场时已经是一个中年女人。我已经认不得她了。我随后想起小时候，我和她玩游戏，她当新娘子，我们一拜天神，二拜地神，三拜祖宗神灵。现在，她见了我，说她没料到我成了作家！说我小时候很犟。然后又问我工资、稿费、家属户口、城里住房等。她听了我的回答后说我不该继续住在乡下。她说她看过我的小说，赞扬我竟然把那个烂

---

① 陈忠实：《取名》，见《陈忠实文集》（第6卷），人民文学出版社，2015年版，第182页。

② 陈忠实：《在自我反省中寻求艺术突破——与武汉大学文学博士李遇春的对话》，见《陈忠实文集》（第7卷），人民文学出版社，2015年版，第430、389页。

山沟写得很美好！她说她十多年没回家了，老不想回去，她丈夫复转后在大厂子当保卫科长，爱发牢骚，看不惯新生事物、新的社会现象，是个犟人，是个死脑筋。小说在写以上事情时，写得极为细腻，人物对话自然，有一种明显的密不透风的感觉，展现的薇薇是一个豪爽的、善言的，但有些浮躁，有点没文化，有点世俗，有点爱显摆的女人。

作者然后以回忆的笔调写了薇薇当年跟随英雄的旧事。二十多年前，英雄凯旋，轰动了十里八村。英雄在好多姑娘照片里，瞅中了薇薇。当晚，薇薇来到我家，喜不自胜。她和英雄订婚时，让我去送她。我说我要上学，她转身就走了。她元旦结婚时，我去送她。她一直低头站着，脸腔红扑扑的、羞答答的样子。宣读结婚证书时，我的耳际轰响着一百个声音：到老白杨树背后去……我逃离了。

小说所写的宣读结婚证书时，我逃离的事情，是因为我一下子意识到了我暗恋着的薇薇从此成了别人的新娘，所以我似乎听到了当年玩游戏时一个小伙伴喊起来的"到老白杨树背后去"的话，这话似乎在我的耳畔百遍地传来，我受不了她嫁给别人，丁是从婚礼现场逃离了。小说然后写薇薇结婚后，随军当了家属，在军人服务社工作。后来，她第一次回家，其间来看我，但我的屋子兼办公室里贴满了大字报。说明时间是"文革"时期。薇薇当时表达出对我的些微同情或怜悯，但被她那英雄丈夫用严厉的表情制止了。

薇薇走了后，我想她和英雄"到老白杨树背后去"是对的，如果和我"到老白杨树背后去"，她会有今天的这种风光么？

薇薇约我到她家去做客。我谢绝了。她告辞时，没提我们当年在白杨沟玩的那场游戏，是她忘了，还是她本身就认为那场游戏不值一顾？这是小说的结尾。

小说的情节稍微有点混乱，但叙事总体流畅，能切实感觉到作家陈忠实激情澎湃的性格，才思泉涌的天赋文思。

附《到老白杨树背后去》的故事情节：

我在浏览异地金关市的夜色时，中年女人薇薇找我。我想起有一年，薇薇和我玩游戏，她当新娘子，我们一拜天神，二拜地神，三拜祖宗神灵。然后在小伙伴喜娃、厚儿等喊起来的"到老白杨树背后去"的话中进入了"洞房"。

现在，薇薇一见到我说：没料到你成了作家！那时候咋就看不出你会当作家！我说：瞎碰的。薇薇说：那时候只觉得你很犟，"犟牛黄"。我说：沾了一点犟光，也吃了不少犟亏。薇薇说：你小时候好强，好强得很咧！我说：我沾了好强的光，吃亏也吃在好强上头。薇薇说：犟人，好强人，都有出息，也都遭难特多。我看电影，听广播，知道那些成大事的人，都是些犟人，都是些好强的人，又全都是些倒霉蛋。倒霉得要死，可还是犟……我说：对……但那些电影都几乎千篇一律。薇薇问：你的工资提了吧？我说：提了。她又问我写书挣了多钱？我说：一个字只挣一二分。她"啊呀"了一声又问：家属户口进城了么？城里分房了没？分了多少平米？我一一回答了她。她说：这还算照顾知识分子？……你这个人不知打的啥主意。住在乡下做啥？离不得那个山沟？下雨街巷里烂得像猪圈。吃的还是那股泉水，听说上边村子的女人在泉水里洗裤片子……我说：我图清静……她"噢"了一下说：对咧！你怕人打扰，这倒也是。不过，我看过你一篇小说，叫《收获》。你把那个烂山沟写得好美！我咋就看不出，想不起有啥好看的，好美的。我就记着那洗过裤子的泉水，一想到喝那水，吃那水做的饭，就恶心，就起鸡皮疙瘩。我从你的小说里看到，还是没球啥进步，还是人拉独轮车，还是裤子水！不就是破白杨沟吗？你可写得诗情画意。怪道人说看景不如听景……

我有点惭愧，有点惶惶然，有点被揭穿了西洋景后的尴尬。然而，我又有点犟起来，难道我和喜娃、厚儿给她头发上插的香气四溢的野花不能在她的心里留点什么吗？我希望她能记得那场嬉戏。但令我失望的是，她漫不经心地把话题转移了。

她嘲弄家乡的贫穷落后，比一位异乡人还要刻薄。我有点心酸。她说：那年我回去，我舅没在家，到渭北买粮去了。我等了两天，半夜里拉回几口袋苞谷来，像做贼似的。我每年都给舅家寄钱，简直是填不满的穷坑，闹得我的日子老也不得宽展。一想起来我都头疼，怎么也想不到家乡有什么可爱……我十多年没回家了，老了也不想回去。我说：我纯粹是文人多情……她说：你也写点城市人的小说嘛！农村小说……谁看！我反正一看见猪呀牛呀穿大襟的女人呀就烦了……

我想把话引开，不让她再说家乡了：你在这儿，生活还好吧？她说：

可——以。俩娃都工作了，可以养活自个了。老头子跟我的工资吃不清用不完，行啰！只是老头子……不大顺心……我问：有什么不顺心的事呢？她说：老头子就是这也看不惯，那也听不顺，听了广播上的一句新名词就火冒三丈，看了电视上的一个镜头就骂爹咒娘。……我问：他做什么工作？她说：当保卫科长，几千人的大厂子的科长。……哎！这老头子也是个犟人，死脑筋，总说自己亏了……他当兵那阵儿，在青藏高原开车。雪下得半人深，车开不过去，旁的人都钻在驾驶楼不敢出来，这个犟家伙硬是用铁锹把几十里公路铲开了。他立了功，当年国庆就上了天安门观礼台，见了毛主席，照了相。回来就提拔了干部……

我早就听说过她丈夫的英雄事迹了。英雄因为受过毛主席的接见，凯旋归来，轰动了我们小河两岸的十里八村。亲戚和媒人挤得碰破了脑袋，竞相把自己熟悉的好姑娘的照片掏出来，展示在英雄面前。英雄在纷如花瓣般的照片里，瞅中了薇薇。我那时正读中学，听说了薇薇许配给了英雄的事。当晚，薇薇来到我家，喜不自胜，述说着英雄的故事。我听着时闭口不语。

薇薇和英雄订婚时，她让我去送她。我说我要上学。她转身走了。

薇薇元旦结婚时，我决定去送她。我也想起了当年的游戏——入洞房。洞房在老白杨树背后，具体就是跷尿骚。

我们这些送薇薇的客人坐定之后，村干部主持了婚礼。宣读结婚证书时，我的耳际轰响着喜娃、厚儿一百个声音：到老白杨树背后去……

我飞快地走出村巷，我憎恨那个英雄。

薇薇结婚时，我17岁，第一次领受到了空虚的折磨。

但薇薇和英雄却到"到老白杨树背后去"了。

后来，薇薇随军当了家属，在军人服务社工作。

现在，我已过不惑之年，然而老毛病又发作了——我又忌妒起来。

薇薇随军后第一次回家给舅舅（我的五叔）奔丧。完后，她和英雄到我任教的乡村学校来看我。我的屋子兼办公室里贴满了大字报，门上和窗上贴着白纸对联。薇薇有点难受，眼角湿湿的。英雄却暗暗用眼睛瞅她，有所示意，有所警告。

他们走了后，我想起了我逃脱他们婚礼的举动。我曾经忌妒她和他"到老白杨树背后去"，但生活实际证明她和他"到老白杨树背后去"是对的，如果和我"到老白杨树背后去"的话，她会有今天的这种风光么？

薇薇说："我这人容易满足。房子比不上教授标准，可也够住了。吃的虽不是山珍海味，一天总要炒俩菜。彩电洗衣机录音机也有了，我是满足了。我想咋也比在舅家给牛割草的日子好过了。老头子这人犟得很，对目下的新潮流扭不过弯儿，自寻烦恼，自寻的不自在……"我说："他做好工厂的保卫工作就行了呀！何必……"她说："我也这样说哩！谁知他……"

薇薇约我到她家去做客。我谢绝了。她就告辞了，没提我们在白杨沟的游戏。她是忘了，还是认为那游戏根本就不值一顾？

这样动我心魄，令我空虚，令我猴急，令我彻底暴露出忌妒天性的游戏，怎么会能完全忘记？哦！我那白杨沟里的老白杨树哟……

1986年11月22日于白鹿园

五、《打字机嗒嗒响——写给康君》：讲述了人物在真爱和正式工作之间的选择，最终选择了后者

《打字机嗒嗒响——写给康君》于1986年12月11日写成，刊发在《奔流》1987年第7期。

小说写了主人公在正式工作和权位的诱惑下，与痴情相爱并献身于自己的姑娘小凤分手，然后与县委组织部部长之女韩晓英结婚的故事。

小说里的我（老康）根正苗红，曾在青海当过七年兵，又很有才华，在县百货公司当仓库保管员时，写了几篇新闻通讯报道，于是被县商业局的孟局长弄到了局里工作。在那里，我常给县委或省商业厅写工作总结汇报，也给孟局长写讲话稿。在那里，我与打字员小凤相识相爱，她还把她最珍贵的奉献给了我。但孟局长却把我介绍给了县委组织部部长的二女儿韩晓英。韩晓英在县百货公司做出纳员，早就看上我了。她爸韩部长也赏识我。但单纯的小凤却动员我，如果我这个合同工被辞退了，她愿意放弃城里的正式工作以及舒适的生活，跟随我去农村，去开饭馆、开杂货店过一辈子。在漂亮、美丽的小凤和后台很硬的韩晓英之

间，我痛苦地进行着选择。这时，孟局长说："全县招工招干的名额指标都从韩部长手下过，你还愁转不了正式干部？"我于是选择了韩晓英。后来，我在县委宣传部做专职通讯干部。年底，韩部长给我解决了正式工作，我于是和韩晓英结婚了。后来，我又当了县委宣传部副部长。而小凤则和一位技校毕业的工人结婚，然后离开西安去了汉中。从此，我再也没有见过她。

对于小说里的我（老康）的抉择，我们似乎不能轻易地进行否定，进行道德上的谴责。陈忠实也没有像以前的小说那样对老康的抉择表达出鲜明的臧否态度，没有用他浓厚的恋乡恋土情结让老康听从小凤的话辞职去农村度过一辈子，或去开饭馆、开杂货店过一辈子。他只是客观地将老康的无奈讲述出来，显示了老康在留城与还乡、真爱与权势之间的痛苦抉择。老康最终选择了父亲是县委组织部部长的韩晓英，说明陈忠实已经能正视现实，让老康去追求更加便捷的人生。老康和韩晓英结婚后，官运亨通、平步青云。但他内心里还怀有对小凤的思念与愧疚，所以在被擢升为县委宣传部副部长的那天晚上，借酒浇愁，独自一人溜到河滩上那个已经倒坍的窝棚跟前默默地坐着，他对自己无法评价，耳边似乎又响起了嗒嗒嗒的打字机的响声。

小说里的老康曾对知青文学说过这样的话："狗屁小说，写知青下乡简直跟下地狱一样。那么，想我这号祖祖辈辈都在乡下的人咋办？一辈子都在地狱生活？谁替我喊苦叫冤？所以说，我最痛恨的就是那些心安理得吃商品粮还要骂我们农民的城里人。"这话曾经引起过争议，不仅是小说人物的观点，也代表了陈忠实对城乡差别和对知青文学的看法。2010年8月，陈忠实继续表达了对知青文学的看法："包括很敏感的知青题材，很多知识青年下到农村以为很苦，跟下地狱一样。包括后来很多文学作品都有这方面的反映，上世纪80年代初很多写知青生活的作品，都是带有控诉性的，知青到农村多么苦多么苦，多么灾难。可是农村青年呢？甚至在同一个中学念书，高考落榜和高考停止以后，不用政府往下压，他们自觉就回到农村家里去了，我就是其中之一。"[1]说明他对知青文学将农村写得很苦的矫情做法依然持否定态度。他说他自己当年就是农村青年之一，

---

[1]　陈忠实：《自我定位，无异自作自受》，见《陈忠实文集》（第10卷），人民文学出版社，2015年版，第362—363页。

并没有感到农村就是地狱。这与他一贯热爱农村的精神相统一。

附《打字机嗒嗒响——写给康君》的故事情节：

自从我挂上县百货公司仓库钥匙的那一刻起，我就梦想过或者说预感到我将成为县城里的一个举足轻重的人物。这个梦想、预感果真被证实了，我今天被正式任命为县委宣传部副部长了。但我忽然想起了接过那串钥匙的情景来。

我是从青海高原的部队复员回来的，当了整整七年兵。在部队，连队把提拔我当干部的报告早已呈报上去了，但我等待了四年，最终等来的是一张复员回乡的通知书。理由是我谈恋爱了，没公开的原因是营里一位年轻的参谋正在追她。

我回到家乡时，土地刚刚分到农户手中，我父亲在县百货公司当营业员，公司张主任同意我去上班，他把那串钥匙交到了我的手里。我认真工作，张主任很满意，公司的干部和营业员们也满意。三个月的试用期一过，张主任就给我签订下一份为期五年的合同工合同，并给我定了一级工资。后来，我写的一篇表扬张主任亲自送货到山区水库工地的通讯稿在省报上见报了。接着我又发表了五六篇写供销社的通讯报导，县商业局局长便把我安置在局里。我给县委或省商业厅写工作总结汇报，也给孟局长写讲话稿。孟局长的用人标准是漂亮，即五官要端正。商业局二十几个男女干部，确实全都人模人样，最漂亮的数那位女打字员小凤了。每逢开饭时，好多人端上饭碗和菜盘到小凤的打字室里和她开玩笑、逗趣。孟局长也喜欢和小凤说笑逗趣。我与小凤的接触也很多，就是写下汇报材料、工作总结或会议通知了交给她打印。

和小凤交往多了后，我们就随便了一些。我给她讲《斯巴达克思》，她端正地坐着，专注地听着。后来，我给她讲《牛虻》，她和我热烈地讨论起《牛虻》。我能看出她对世界史很无知，也能看出她很喜欢《牛虻》。她说我有点像牛虻。而且不再叫我老康，而叫我牛虻了。后来，她又叫我亚瑟。我从她的神情里看见了一种异样的东西，令我的心一蹦一蹦的。但我是合同工，时刻都有可能被解雇。我在部队和一位可爱的女护士恋爱的教训，使我不敢向她表白。

有一天，当局里的人都下乡后，小凤叫我给她帮忙整理材料，其间，我的手碰了她的手，她的手也碰了我的手。我有一种异样的感觉，那是一种碰一下就难以忘记，而且很诱使人想再碰一下的奇异感觉。我让她帮我写大字。她高兴地接受了。我提笔蘸墨汁时，无意中看到了她领口的衣服张开着，露出了一块三角形的赤裸的皮肤。她的手上沾了不少墨汁，她让我给她洗。我便给她洗。她的耳根潮起一缕红晕，我一把抱住她的脖子亲吻起来。她终于推开我，跑走了。

我后来到打字室，小凤忽地跳起来扑到我的怀里，双手搂住我的脖子，箍得我简直透不过气来……在河边，她和我一起摔倒在沙滩上。我搂着她的肩膀，她勾着我的腰。我看过一篇写知青下乡的小说，里面把知青下乡写得跟下地狱一样，说乡下人都生活在地狱里，没法活了。我给小凤讲了这篇小说，还给她说我最痛恨那些心安理得地吃着商品粮，却还要骂农民的城里人。小凤是县城吃商品粮的，我说她另当别论。我看见河滩有个窝棚，就抱起她走进了窝棚……她把她最珍贵的东西奉献给了我。

商业局孟局长把我叫到办公室，我猜想可能是我和小凤的事漏风了。但局长说他受县委组织部部长之托，给我介绍了部长的二女儿韩晓英。韩晓英在县百货公司做出纳员，我认识她。孟局长说，我在县百货公司管库房时，韩晓英就瞅中我了。我说我还是个合同工……孟局长说："全县招工招干的名额指标都从韩部长手下过，你还愁转不了正式干部？"我陷入了痛苦的深渊之中。

韩晓英和于小凤整天在我脑子里翻腾。三天后，我父亲来找我，说孟局长跟他谈了给我做媒的事。父亲看我犹豫，就恨声训斥了我。

这天晚上，我和小凤相约来到窝棚跟前，但我不敢给她直说，我只说如果我有一天被解雇了，我们咋办？小凤说她跟我回东塬上去。小凤后来郑重地说："我早想过了，合同工有解雇的可能。要是你真的被解雇了，我们在县城开个小饭馆，或者开个杂货店，咱俩经营，我也不当打字工了。你愿意干吗？"

第二天，孟局长告诉我，韩部长请我晚上到他家去坐坐。我和孟局长一起去了。

后来，我就被调到了县委宣传部做专职通讯干部。年底，我被转成正式国家干部，和韩晓英结婚了。

县委实行干部"四化"，我正好是人选。我于是被擢升为县委宣传部副部长了。孟局长退居二线，我岳丈韩部长成了县人大副主任。小凤早已远走高飞了，她和一位技校毕业的工人结婚后到汉中去了，我再也没有见过她。

任命我做宣传部副部长的那天晚上，我喝得有点过量，独自一人溜到河滩上，但那个窝棚已经倒坍了、散架了。我无法评价我自己。我默默地坐着，耳边又响起了嗒嗒嗒的打字机的响声……

1986年12月11日于白鹿园

第十三章　展现复杂多样人性的几篇小说

（1987年—1988年）

　　1987年，陈忠实写成短篇小说《兔老汉》《石狮子》《山洪》《窝囊——献给古原的女儿》，以及第九部也是最后一部中篇小说《地窖》。《地窖》是"直接面对'文革'的"小说，它和《四妹子》是陈忠实穿插在构思《白鹿原》期间写成的最后两部中篇小说。1988年，写成短篇小说《轱辘子客》，它"纯粹是为着叙述语言的试验而作的"[①]。这些小说中的人物各有故事，其表现出来的人性也显得复杂多样。

一、《兔老汉》：写了一个善良的老汉被偷被抢的经历，说明人不能迷信神对自己的保佑，能保佑自己的是自己具有的报警意识，是警察的保护

　　《兔老汉》于1987年2月写成，刊发在2月15日的《西安晚报》。

　　小说写善民的兔子被贼偷了，他操起斧头蹿到门外，看见贼丢下了一只装有五百元的小布兜。善民认为不能收下这不义之财，决定把钱还给主家。善民睡觉时，四个贼人来要钱了，他们绑了善民和老伴。善民把布兜交给贼人，贼人又抢了他一张千把元存折和三百多元现金。善民和老伴哭了。哭声惊动了四邻，他们报案后，警官逮住了这伙贼中的七个人。

　　这篇小说反映了善民老汉的善良、贼人的凶残，同时也反映了善民老汉对

[①]　陈忠实：《寻找属于自己的句子》，上海文艺出版社，2009年版，第101页。

自己供奉了一辈子的土地爷的遗弃，它一直被他当神敬，但它并不能保护、保佑他。贼偷了他的二十三只兔子，又捏死了两只兔子后，他们在紧张、慌忙中遗失了一只装有五百元的小布兜。善民老汉以自己的善良之心去度贼人之心，认为他们一定会回来找钱的，到时把他们教育一番，然后把钱还给他们。他没有考虑自己的损失，而是考虑了贼人的损失。他的善良、厚道可见一斑。他的善良、厚道在他看来，来自于神对他的保佑。他年轻时被拉去当壮丁，在河南打了两仗后，就和同村的姚兴娃偷跑了。但姚兴娃被追来的子弹打死了，他却逃脱了，安全回到了家里。他爹认为他能逃过一劫与神灵的保佑有关，于是让他去拜灶君、拜土地爷。让他行善积德、善待别人，这样可以永葆身体健康、财产安全。他从此以后，经常敬神。政策松活后，他更是对土地神、灶君虔敬有加。他认为贼娃子丢下的钱是土地爷给拽下来的。神无时无处不在！他老伴也这样认为。他认为不能收下贼人丢下的不义之财，而是应该把钱还给主家，等待他自己来取。他来了，让他认个错，再把钱跟布兜还给他。老伴同意了。

但善民老汉的善良愿望却被他的期望粉碎，他盼望贼人回来取钱，贼人来了后却把他和老伴绑了，不准他们穿衣，使他们赤身裸体地遭受侮辱、恐吓、威胁、毒打。他们赤身裸体着时，差点被冻死。贼人得到五百元钱后，又抢了他的一张千把元的存折和三百多元现金。贼人走了后，他和老伴才得到了自由。

当善民老汉和老伴的哭声惊动四邻后，人们才知道他们遭遇了一次生死劫难。善民老汉的侄儿立即去派出所报案，他的二儿子也迅速回来了。警察来了后，和他的二儿子一样，把他数落了一顿他：贼偷了你的兔，你反而等着贼来取钱！你这人真是……他经历了这次劫难，彻底不信灶君了，不信土地爷了，他撕了灶君的像，毁了土地爷的泥坯身躯；他也开戒杀生，宰了两只兔子，准备吃兔肉！他终于悟到：人不能像兔子一样太软绵了，对待恶人要恨，恶人是狼，狼才吃兔。"人都怕狼，我也学狼呀！"当案子破了后，他才知道这是一个贼人团伙，共八只"狼"，警察逮住了其中的七只。那个侮辱善民老汉和老伴最厉害的贼人竟然是韩豆腐的儿子。善民老汉想不通，韩豆腐磨了一辈子豆腐，是那样善良的一个顺民百姓，他的儿子怎么这么凶残？他也对那个外逃的"狼"记忆犹新，觉得他不像是没钱花、没饭吃的人，但他怎么做起了贼，抢起了人呢？他最后也悟出了这样的道理：看来人并非是饥寒了才当盗贼，并非是人得到温饱了才修礼义，并非是父亲善良了儿子就一定善良！这也是小说在最后带给读者的思考。

附《兔老汉》的故事情节：

晚上，善民听到贼娃子偷兔，就操起斧头蹦到门外。但贼还是跑了。他来到养着百余只兔子的屋里，看见差了二十三只，贼还捏死了两只。他追到大门口，看见贼丢下了一只装有五百元的小布兜。老伴说五百元刚好顶二十五只兔子的损失。善民没有说话。

善民年轻时被拉了壮丁，到河南打仗，打了两仗后，就和同村的姚兴娃偷跑了。但姚兴娃被追来的子弹打死了，他却逃脱了，回到了渭河平原东部的姚店村。当他给他爹叙述了姚兴娃之死，自己丢了半拉子耳朵的经历后，他爹就拉着他先拜灶君，再拜土地爷。从此他就月月初一跟他爹一同跪拜灶君和土地爷。"文革"时，他家的土地堂、灶君都被挖掉了，烧了。政策松活后，村里的大寺小庙又修复起来了。他也修复了土地堂，塑了土地神，买到了灶君纸像。他的大儿子盖了新屋分家另过，孙子也娶下了媳妇，儿子和孙子对他很孝顺。二儿子从部队复员回西安，两口子都是吃公粮的人，也很孝顺。他和老伴农闲无事，就养下一群长毛白兔、红兔和青紫兰兔，靠卖兔毛收入不少。姚店人便叫他兔老汉。他每月初一都要敬奉灶君和土地爷。

善民认为贼娃子丢下的钱是土地爷给拽下来的。神无时无处不在！老伴也这样认为。善民认为不能收下这不义之财，决定把钱还给主家。让他自己来取。他来了，让他认个错，再把钱跟布兜还给他。老伴同意了。

善民和老伴被四个贼人绑了，他们来要钱了。他把布兜交给他们，他们却抢了兔老汉家一张千把元的存折和三百多元现金，然后把他和老伴的手脚捆起来，扔到炕上，用被子盖住后走了。他弄掉嘴里的毛巾，以及手腕和脚腕上的绳索后，又拔了老伴嘴里的烂布袜子，手脚上的绳索，搂住老伴哭了。哭声惊动了四邻，男人女人来后听着他的叙说。他的侄儿姚天喜知道事情后，奔派出所报案去了。警官到来后，天已微明。一位警官对他说：贼偷了你的兔，你反而等着贼来取钱！你这人真是……二儿子接到姚天喜的电话，回来数落了一顿他。他等着派出所的报信，等了五天，还不见音讯。他烦了，就撕了灶君的像，毁了土地爷的泥坯身躯，然后宰了两只兔，吃了兔肉！他说："咱不能当兔子，当兔子太软绵了，我要吃兔，狼才吃兔。人都怕狼，我也学狼呀！"警官把他接到派出所，他看见一个小伙站在房子中间。他一巴掌扇过去，那小子被打了个趔趄，然后警官把他又送回家。小伙他爸叫韩豆腐，磨了一辈子豆腐，是个顺民百姓，善得跟菩萨一般样儿。警官说这伙贼共有八个人，只有一个外逃，其他的都抓了。他感叹：那小伙不像是没钱花没饭吃的人，怎么做起了贼抢起了人呢？并非是饥寒才生盗贼，并非是得温饱而能修礼义吧？

1987年2月于白鹿园

二、《石狮子》：写两家邻居因为一件古董失和及和好的故事

《石狮子》于1987年写成，刊发在《飞天》1987年第9期。

小说先写王二和张三做生意，王二虽然精明，但爱倒腾，赔了钱；张三木讷，缺言短语，但他能守住一门生意一心一意做，挣了钱。王二赔了钱，就请神汉一撮毛先生讲迷信，一撮毛说是他家的一块石头是个石狮娃，才让他家不得安生，把石头扔到河滩里最高的石坝根下就好了。但王二却没按一撮毛说的做，而是把石狮娃搁到了张三街门外的猪圈围墙上头了。两位文物普查工作者发现石狮子后，拿去鉴定，得出它是一尊汉雕石狮的结论，并给张三奖励了五百元。但张三把钱给了王二。王二感动得眼泪涌了出来。

小说里出现了好几个人物，都各有特点。

王二首先是个心浮气躁、站在这山看见那山高的人。他做生意倒来倒去，最终赔了钱。其次，他迷信。当他听信了一撮毛的话后，就撂了石狮子。但他也精明，就是给自己留了一手，并没按一撮毛的话，把石狮子扔到河滩里最高的石坝根下，而是搁到了张三街门外的猪圈围墙上头。当文物普查工作者要带走石狮子后，他又说石狮子是他的！村长出面后，才弄清真相。当文物普查工作者说石狮子是清末民初的石刻，没啥价值，是谁的谁抱走。王二想自己钱没捞上，倒给村里人留下一个瞎心眼的坏名声。他突然说他请一撮毛捉鬼的事是临时编的，没那

事。当文物普查工作者宣布石狮子是汉雕石狮后，他又后悔不已，羞愧不已。

张三生性木讷，缺言短语，但做生意能专心致志，一心一意，赚了大钱。当王二要拿回石狮子时，他自然知道石狮子确实不是自己的，但他并未轻易许可，而是丝毫不让。村长想出折中办法后，他立即同意。当石狮子被鉴定为珍贵文物，并奖励了五百元后，他分文不取，全给了王二，体现了他无功不受禄的高尚品格，以及从邻里和睦角度出发去处理事情的聪明。

神汉一撮毛是个心术不正、贪得无厌、凶残狡诈之人。他知道石狮子价值不菲，就让王二把其扔到河滩里最高的石坝根下，目的是后面了拿去卖给文物投机商，赚大钱。他用尖刀威胁王二到河滩里找石狮子，但王二心眼多，说他是黑天扔的，记不清地点了。一撮毛继续许诺石狮子卖了钱，两人二一添作五。王二终于知道他在给自己捣鬼，就如实说了石狮子被文物普查工作者拿去的事情。一撮毛用刀尖指着王二说："此事就此了结。你不许再给人说我来找过你，要是说了，我就不客气了！"

两位文物普查工作者在对待王二和张三的矛盾纠葛时，虚晃一枪，先假后真，说石狮子是清末民初的石刻，没啥价值，是谁的让谁抱走。张三抱走后。他们又郑重地说了石狮子的价值，使王二和张三的人品进一步彰显出来，前者知道羞愧，后者更加厚道、高洁。

附《石狮子》的故事情节：

东堡子的王二和张三左右为邻，几十年来，两家人和睦相处。

王二是五十年代初中毕业生，因为家穷，早早回乡务农，当过团支书、出纳、会计、两任队长，因他心眼太灵，经常搞些小手小脚的事，失去了群众信赖，所以当啥干部都弄不长时间。

张三小学毕业，生性木讷，缺言短语，没当过干部，人称张三直杠。

乡村政策放宽后，王二靠养鸡挣下半万块钱。张三直杠也学样养鸡，但鸡蛋一多，价格下降。王二把五百只母鸡全部卖掉，又养起貂来。他给张三直杠说啥正兴时，不敢撵啥！啥还没兴时，赶紧撵！张三杠子于是想把鸡卖了。但这时候，好多养鸡户纷纷卖鸡倒圈，另谋营生。张三杠子想大家都卖鸡了，明年鸡就少了，于是把母鸡继续饲养起来，后来果然蛋价上涨，赚了大钱。

王二的养貂生意却成倍下跌，无奈之中，他又养起獭兔，但獭兔价又跌落千丈，还赔了头二年养鸡赚下的半万块钱。张三杠子靠养鸡却成了万元户。王二听信乡人的劝告，请神汉一撮毛先生讲迷信。一撮毛说他家一块石头是个石狮娃，是它让王二家不得安生。一撮毛要了一百元后说，把石头扔到河滩里最高的石坝根下就好了。王二在电灯下把那块石头仔细看看，真是一头石狮子。第七日，王二却把石狮娃搁到了张三杠子街门外的猪圈围墙上头了。

第二天，两位文物普查工作者发现了那尊石狮子，就给张三杠子打了一张借条拿去检验它的价值。王二知道缘由后，拉住那位同志的手说石狮子是他的！他不敢把石狮子的来龙去脉说出来，只是不让人家拿走。村长问王二事情的真实情况，王二就把一撮毛说石狮子是不祥妖物，必须扔掉的事叙述出来。在场的人全惊呆了。

张三杠子继续说石狮子是他的，寸步不让。村长说要是鉴定后真是有用的文物，政府收买的钱，你俩人一人一半，不服可上告去。张三杠子同意了村长的意见。王二也只好说按村长说的办。

晚上，一撮毛来找王二，王二说他把石狮子扔在河水里了。一撮毛说狮子本是旱兽，你却水淹了它，必对你仇恨万分！你必定会大祸临头。王二说你骗了我一百块钱，害得我在乡党面前丢人现眼。一撮毛从腰里摸出一把尖刀，叫王二到河滩把扔石狮子的地方指给他，不然的话，他就让阴间的大鬼小鬼恶鬼泼鬼闹得他死不下也活不旺！王二早已不信什么大鬼小鬼的事，他说他是黑天把石狮子撂下河的，已记不清具体地点了。一撮毛说那个石狮子是个"古董"，王二领他去捞出来卖下钱，两人二一添作五。王二最终知道一撮毛在给自己捣鬼，自己又捣张三杠子的鬼。一撮毛靠这发现了不少"古董"，想着法儿骗走后，转手卖给文物投机商，赚得不少钱财。

王二把白天发生的事说了，一撮毛跳起来用刀尖指着王二说："此事就此了结。你不许再给人说我来找过你，要是说了，我就不客气了！"王二连连点头。

三天后，两位文物普查工作者说石狮子是清末民初的石刻，没啥价值，是谁的让谁抱走……王二想自己钱没捞上，倒给村里人留下一个瞎心眼的坏名声。他突然说他请一撮毛捉鬼的事是临时编的，没那事。张三杠子说石狮子虽不值钱，但垒猪圈还能派上用场，他抱走了。王二也跟着走出去。村长撵到门口，把两人又唤回来。

文物工作者又郑重地对他们说：经过专家鉴定，这是一尊汉雕石狮，造型朴拙，浑厚，正是汉代时的艺术风度。张三同志，政府奖给你五百元人民币。请你签字。

张三杠子接过了钱，王二蹲在地上，再也说不出一句话来。张三杠子把钱却塞到了王二手里。王二说这钱他没脸拿。村长说还是按那天的口头协议一人一半。张三杠子说这石狮子确实是王二的，只是他捣来捣去倒给我了，我可不能白拿旁人的钱财。王二这几年家事不顺，经济紧张，这五百元还是他拿吧。

王二盯着三杠子出了门的背影，眼泪涌出来了……

三、《山洪》：讲述了供电局一个电霸王、电老虎、电狼在洪水中遇险被救，然后又被施救者屡次撂进洪水屡次救起的故事

《山洪》于1987年10月20日写成，刊登在11月8日的《西安晚报》。

这篇小说写得较精练，写了供电局电霸王、电老虎、电狼老李下河捞盖房的木料，结果被洪水吞没。贺家村村民搭救了他后，知道了他的身份，然后屡次把他扔进河里，又屡次救起的故事。

小说充满了黑色幽默的味道。老李是个再平凡不过的人，当洪水中漂浮着木料时，他也想和许多人一样，占占便宜，捞些好处，他于是在洪水中去发这个洋财了。但他却遇险了，洪水要夺走他的性命了。在这危急关头，善良的贺家村村民救他于将被淹死的险境中。但救了他后，却发现这是供电局的电霸王、电老虎、电狼老李，于是人们想起了他干下的许多无情无义的事情来，比如当他们正在脱离麦子的时候，他说断电就断电，一点也没有商量的余地。他对规定或制度的严格执行，自然显示了他对工作、对职责的坚决负责和坚守，是一个铁面无私的供电管理者。但被他伤害了的用电者却不这么想，不认同他的冷面无私，于是

屡次把他撂进洪水中，然后，又屡次把他救起，以泄他们心中的愤恨之情。

贺冷娃是小说中实施这种报复行为的主角，他做起这个事来，就像他的名字一样"冷"，一点都不留情，不考虑老李可能会被淹死的后果。

在关中话中，说一个人遇事不能采用聪明的、冷静的方法去处理，就被叫作"冷怂人"，小伙子叫冷娃、姑娘娃叫冷女子等。关中话中还有一个普遍的称呼是，把明知某个事情干起来有危险、得不偿失，但却要硬干的人叫作愣人、愣娃，比如声名卓著的"关中愣娃"这个叫法就是如此。

贺冷娃做事不计后果，只图泄愤的快乐，但一个老者却是清醒人，他说了"救了人又把人扔到河里，这等于杀人害命"这句话后，贺冷娃又把老李拉上来。老李活下来后，为那年贺家村人正打麦子时他强行断了电等事情道歉。但他又被贺冷娃和几个青年扔到河里。他快被淹死时，贺冷娃再把他拉上来。他是个比省长、比皇上还厉害的人，谁都不敢惹，他说断电就断电！他落到村民们手里，小伙子们还是想把他撂到河里，老者说难道咱们日后不用电了吗？这句话才把在场的人镇住了。

老李最终没死，还管着人们的用电，还是电霸王、电老虎、电狼！村民们拢火给他烘烤，给他擦着身上脸上的泥污。说明本性善良、厚道、仁义的村民们并没像他那样冷酷无情，他们这样做的时候，也许想着他那样做是职责使然，是出于维护电力设施安全、缓解用电紧张等的目的。

贺冷娃最后说他准备以后不用电了，他用牛碾麦子，用石磨磨面，用煤油点灯，看他还坑自己不？这表达的是人们的一种无奈的心声，或者是对自己的一种心理安慰，因为连老李也做不到以后不再对人们拉闸限电。小说最后写到，他听见人们的议论，感觉到了他们对他的关心和救助。他在心里感谢他们的救命之恩。但他能做的也只能是这些，而不是去违反规定让人们随意用电，所以他还是电霸王、电老虎、电狼！

附《山洪》的故事情节：

小河年年都要发几场洪水。水性好的借机发洋财。上游漂下来的木料可以盖房，令不习水性的人眼红。然而也有失马丢了性命的人。

供电局的老李就挨了这个挫。老李曾被洪水吞没过，但他被贺家村村民搭救了。头一个发现他且率先跳下河的是贺冷娃。随后跳进河心的是三个青年。四个人把老李拉上岸，然后把他扶上牛背，他吐出黄泥汤后就活了。

但当众人听到是收电费的电霸王老李，就后悔救他。贺冷娃也变得不那么伟大了。老李是贺家村村民讨厌甚至憎恨的人。曾指挥着把他扶上牛背的老者也后悔了救他。贺家村的人说："冷娃瓜不唧唧的只知下河捞人，捞上来个啥玩意儿！"冷娃听了把老李举起来，又扔到河里去了。众人大惊。老者说："救了人又把人扔到河里，这等于杀人害命！"冷娃便跳下水把老李拉上来。老者又让黄牛驮上老李倒黄水。众人哗哗大笑。

老李恢复后，坐起来说："乡党爷们……我不是人……"老者动了恻隐之心，点燃了柴草，烤着老李，奚落说：那年我们正打麦子，你断了电，你欺侮的是全贺家村农人……

冷娃和几个青年又将老李扔到河里。众人看老李在水里没死没活地乱扑乱打乱刨。冷娃又跃下水去，把老李拉上来。然后又被驮上牛背倒着黄汤。众人很开心地笑着。

老李是个比省长、比皇上还厉害的人，干部和村民没人敢惹，说断电就断电！现在，他落到村民们手里，小伙子们又喊着要把他撂到河里，老者说难道咱们日后不用电了吗？这一句话把在场的人镇住了。

老李没死还管人们的用电，还是电霸王、电老虎、电狼！几位村民于是蹲下身来拢火给老李烘烤，他们帮老李擦着身上脸上的泥污，有人还抱怨冷娃不该把老李三番五次地扔到水里折腾……冷娃说他准备用牛碾麦子，用石磨磨面，用煤油点灯，看他电狼、电老虎、电霸王还坑他不？

老李听见人们的议论，感觉到了他们对他的关心和救助。但人们还是怕他断电……

四、《地窖》：一篇探索爱情及性的小说

《地窖》于1987年写成，刊发在《延河》1988年第1期。是陈忠实的第九部也是最后一部中篇小说。

小说写河西人民公社社长关志雄被河口县造反司令唐生法等人追赶着，他最

后被唐生法的媳妇玉芹藏在红苕窖里，和玉芹发生了性事、情事。

　　该小说是陈忠实"直接面对'文革'的"小说。小说中的关志雄在唐生法家避难及与唐生法媳妇玉芹发生的性事、情事是小说叙事的重点。关志雄的"沦陷"是玉芹主动献身的结果。玉芹让关志雄下到红苕窖里去躲藏唐生法的追赶，自然是她善良品性的体现。小说里写了她对关志雄的评价，说关志雄是个好人，是好社长。这些话是她救助关志雄的核心原因，说明她是一个明事理、知恩图报之人。关志雄曾经给玉芹的村里减了"光荣粮"，老人碎娃都夸他实在，说他比原先那个苟社长好。那个苟社长总是嫌干部报的"光荣粮"报得少，总要往上加，总是不管社员锅里有没有米下，只管叫多交"光荣粮"。关志雄也曾经把玉芹阿公的村支部书记的职务给撤了，使他成了"四不清"下台干部，使他抬不起头，使他一家人都把关志雄恨得咬牙。唐生法于是扯旗造起了关志雄的反，以替他老子申冤出气……玉芹说她也应该咬着牙恨关志雄才对，但她却恨不起来。她娘家爸在"四清"中当了贫协主任，又入了党，是关志雄工作组的积极分子。两亲家分成两派的复杂情况使得她爸和她公公自"四清"以后就不来往了，见了面都说不到一搭。"文革"开始后，唐生法扯旗造反当了司令，她娘家一家人都参加了"联合"那一派。在这种情况下，她就啥也不管，也管不清了。她只想跟她娃娃混日月……！至于两派谁错谁对，她也不知道！这些话真实地反映了那个年代像玉芹这样的普通群众对接二连三的运动的困惑。尽管这样，玉芹却没有给落难的关志雄投井下石，而是想方设法保护他。她虽然给回家的唐生法说关志雄就藏在窖里，但她这样做并不是要出卖关志雄，而是她深知丈夫唐生法是一个好色之人，她就用关志雄藏在窖里的真话去试探唐生法的反应，但唐生法却没有相信，而是要和玉芹行房事。小说写到，当唐生法听了玉芹说关志雄就藏在窖里的话后说："耍笑我哩！哎！你这婆娘……"然后，他吹灭煤油灯，着急地要和玉芹温存，玉芹不愿意。她乘机揭露了唐生法在外面的出轨之事，她说："你跟那个女政委，那个婊子，村里都摇了铃！你还哄我……"对于玉芹说的唐生法的这个事情，小说让关志雄通过在地窖里的回忆去进行了详细叙述：有一晚，一个造反队员想吃鲜物，溜到农民的苞谷地里去掰棒子，一脚踩住个软囊囊的东西，原来是唐生法和造反司令部那个女政委在地上光溜溜地干着事。玉芹给唐生法说关志雄就藏在窖里的话是一句重要的话，是小说的一个重要情节，关乎关志雄后面的命运，也引发了后面的关志雄和玉芹的性事、情事的发生。

小说随后写了关志雄在红苕窖里一会儿上来，一会儿下去的事情。上是因为玉芹怕关志雄在窖里待得时间长了，得下风湿病等；下是因为玉芹家里总是来人，借木斗，借杆秤，抱着孩子串门的络绎不绝。关志雄上了地窖后，不超过30岁的玉芹竟然当着他的面解开衣襟奶着娃。这个细节为两人后面的相好埋下了伏笔。

小说接着讲述起关志雄对现实里发生的批判斗争的回忆。他被唐生法追赶、抓捕的一个直接原因是：河口县委的杨书记和汤县长被打倒了，关志雄虽然只是一个小小的公社社长，但也面临着垮台的危险。造反派叫他交代"三反"罪行，他把他们臭骂了一顿。造反派叫他手敲铜锣，胸挂纸牌游村，他游了。在《人民日报》发表的社论要求被打倒的领导干部表态、亮相后，河口县的三十二个公社的头儿们大都"亮相"了，轮到关志雄"亮相"时，他却写了"我要和联合司令部的革命派一起捍卫毛主席的无产阶级革命路线"的大字报。这样的大字报一下子让"造"字号头头唐生法火冒三丈，于是带领着人马来捣毁河西公社的"联"字号老窝了。

关志雄参加过抗美援朝战争，战后，他和一个漂亮女工结婚了。在地窖里，他想起了在朝鲜战场上牺牲的很多战友，想起了当时吃冷炒面就雪团的滋味，想起了坑道里滴滴答答的水声、炮弹轰击时迎面扑来的热浪、战士们抱着冲锋枪跃出战壕时的义无反顾、脚下扑倒的战友的尸体……，尤其是那个像姑娘一样的秀气却又沉静勇敢的"小江苏蛋子"，那个像周仓一样疾恶如仇、秉性刚强的"河北老虎"，那个纯厚诚挚的"关中牛"，他不由得一阵阵壮怀激烈，一阵阵忧愤压抑，因为他们都长眠在了异国的山沟里！而现在，自己却藏在红苕窖里，他又一阵阵地感到沮丧灰心……

关志雄被玉芹叫出地窖，睡在炕上后，他想起了自己在男女关系上的干干净净。而现在，他却要和玉芹睡在一起了。玉芹当着他的面奶孩子，那淡淡的乳香强烈地诱惑着他。尤其是有一晚他迷迷糊糊地伸出手时，竟然触到了玉芹的乳房。他看见玉芹柔软的腹部偎着他，两只饱满的乳房压着他的脸，乳汁挤压出来，流进了他的眼眶、嘴角。他就一把搂住了她的腰，翻过身来……往后的夜晚，玉芹都贴着他睡下来。

在老人家发下保卫"四清"成果，恢复农业生产的最高指示后，关志雄才离开了玉芹的家。

1977年，关志雄当上县委书记后，唐生法来给他说自己跟女政委的"麻哈"事，希望他甭再追究了。他答应了。唐生法还说了自己在"文革"中的其他问题，他说他都承认，愿意接受处罚，并说那天晚上追赶关志雄，关志雄要是逃不掉，他就犯下大罪了；那晚亏得他跑了，救关志雄也是在救他自己！他当时真是一条疯狗。

小说塑造的唐生法是一个复杂的形象，一个随着形势变化而变化自己的人。他原来是一个民请教师，因为他爸被免职而失去了教书育人的工作。他性欲望强烈，怨恨关志雄的心很重，借着运动当起了全县"造反司令部"的副司令，然后一心要报复关志雄撤了他父亲东唐村支部书记的仇，以替他老子申冤出气，就像关志雄给玉芹说的，唐生法抓住他，就会把他杀了！足见那时运动的残酷。1977年，关志雄担任了县委书记后，唐生法认识到了自己在过去犯下的错误，就真诚地请求关志雄不要追究自己跟那女政委的"麻哈"事了，真诚地请求关志雄对自己在"文革"中犯下的错误进行调查，他说自己承认过的，不反悔，没有说清楚的问题，自己再进一步往清楚说。同时，他对自己在"文革"中迫害关志雄的事情赔情认错，请关志雄处罚。他说那天晚上追赶关志雄，关志雄要是不逃掉，自己就犯下大罪了，因为自己当时真是一条疯狗……小说最后写到，唐生法后来"说清楚"了一些问题，但一些说不清楚的问题也按惯例给"挂起来"了。他的公社革委会副主任职务被撤了，他回东唐村去了。他回去后，在东唐村开办了个小加工厂，挣了大钱。他给东唐村小学捐献了一座二层教学楼，又给东唐村修建了自来水塔。他给家里盖下了小洋楼，把厦屋拆掉了，那个地窖也消失了。1979年春天，他给关志雄写了一封信，讲了关书记给他爸平反了，他爸又是东唐村的支部书记了；"四清"运动中没收的他们家的房屋和粮食以及钱款也都退赔了；他们一家老少，尤其是他父亲，十分感恩关志雄；等等。他还在信中对"四清""文革"进行了反思，说多年来，政治失去了它最基本最正常的含义，变得于人民无利了。

　　小说在讲述学习班结束后，唐生法"说清楚"了一些问题回东唐村后的经历有些乱。比如说1975年"批邓反击右倾翻案风"时，唐生法在公社大门两边张贴了关志雄排挤打击造反派的大字报，以及关志雄又把唐生法从东唐村请出来，安排到公社农具厂任厂长。现在，当唐生法的一切职务都给撤光了后，他又悄悄默默地回东唐村去了。关志雄却继续担任着河西公社党委书记。这几句的思维比较乱。小说最后写作者自己创作这篇小说的动因时，人物的称谓也有点混乱。按作者自述，是作者的一个朋友向他讲述了自己在"地窖"里的那段奇特经历。作者于是写了《地窖》这篇可以叫作报告小说或纪实小说的作品。但这段说明性的文字后面说自己在听了朋友讲述他后来见玉芹的事情后，我不禁畅怀大笑，关志雄却没有笑，他在窗前抽着烟，他现在是河口县人大常委会副主任，他对着黑沉沉的夜空，站了很长时间。后来，我们就睡觉了。按逻辑，应该是我朋友没有笑，他抽着烟，站在窗前……而不是关志雄没有笑，他在窗前抽着烟。

　　《地窖》和《四妹子》是陈忠实在构思《白鹿原》期间穿插写成的最后两部中篇。陈忠实在谈到小说对男女感情和性探索与表现时说："这两部中篇小说的男女角色和情感纠葛，提供了可能稍微放纵一笔，写他们和谐或不和谐的性心理感受里的性行为，我却依旧没有放开手笔。"他说他把握着点到为止的原则，"原因很简单，性在《白》的构思中刚刚有所意识，同时就显示给我的是这个甚为敏感的话题的严峻性，岂敢轻易放手；还有一点不好出口的心理障碍，读者对我的一般印象是比较严肃的作家，弄不好在将来某一日读到《白》时可能发出诘问，陈某怎么也写这种东西"。[①]

　　1993年，陈忠实与李星对话时，解释了他提出的写爱和性的三原则：不回避，撕开写，不作诱饵。他说："我决定在这部长篇（指《白鹿原》）中把性撕开来写。这在我不单是一个勇气的问题，而是清醒地为此确定两条原则，一是作家自己必须摆脱对性的神秘感羞怯感和那种因不健全心理所产生的偷窥眼光，用一种理性的健全心理来解析和叙述作品人物的性形态、性文化心理和性心理结

　　————————

① 　陈忠实：《寻找属于自己的句子》，上海文艺出版社，2009年版，第77页。

构。二是把握住一个分寸，即不以性作为诱饵诱惑读者。"①

2005年3月26日，陈忠实在一篇文章中谈到"性""爱"与文学的关系时，写道："'性'和'爱'无疑是诸多浮泛现象里最热门的一种。中外当代的许多杰出作家，在这个精神和心理领域，作出了震撼读者心灵的探索，无须一一列举那些堪为经典的作品。"对于当时流行的"身体写作""下半身写作"，陈忠实认为："其兴趣集中在性的种种形态种种过程和种种感受的展示上。稍有教养稍有欣赏雅趣的人，就会有自己阅读的判断和选择。然而，也不能无视人的某种窥阴癖的潜意识习性。"至于造成这种现象的原因，他认为主要有两点："主要是一个商业利益的驱使，出版方想以此谋利，写作者也以此获得厚酬。还有'名'的诱惑，不能正道出名就想绝招歪招，在钟鼓楼广场脱光衣服蹦跶，吸引的好奇者肯定比任何穿戴整齐的人要多得多。"②

2011年8月9日，陈忠实在文章写道："我……写过几篇男女爱情的小说，发表后无人喝彩、反应平平，我便知道女性世界的障碍仍未打通。及至中篇小说《四妹子》和《地窖》，爱情包括性的探索才有了一些令我鼓舞的读者反应。而到《白鹿原》的写作，我梳理出那个时代存在着的几种幸福和灾难的婚姻形态，不可避免要涉及性，这在我当时视为严峻的一个命题。我给自己确定了写爱和性的'三原则'：不回避，撕开写，不作诱饵。"③

附《地窖》的故事情节：

河西人民公社社长关志雄从公社围墙上翻过去，跳进了派出所；从派出所围墙上翻过去，又进了供销社的杂院；从供销社围墙上翻过去，最终进了河西村鸡肠子似的村巷里，跑到了一座门楼下。

关志雄之所以跑，是因为他被河口县造反司令唐生法等人追赶着。他站着的门楼是唐生法的家。唐生法的媳妇玉芹把门拉开后，关志雄说："我是

---

① 　陈忠实：《关于〈白鹿原〉与李星的对话》，见《陈忠实文集》（第5卷），人民文学出版社，2015年版，第370—371页。

② 　陈忠实：《热情率性与悄没声息——王愚印象》，见《陈忠实文集》（第10卷），人民文学出版社，2015年版，第11—12页。

③ 　陈忠实：《有关我的创作——答〈黄河文学〉和歌问》，见《陈忠实文集》（第10卷），人民文学出版社，2015年版，第383、378页。

关志雄关社长。你男人带着人马到公社抓我……他抓住我，就把我杀了！我逃脱他的手了！我想来想去，只有你这儿最安全。"玉芹便让他下到红苕窖里去。

一会，唐生法突然回来了，他给玉芹说："今日我们把'老保'的窝给捣了！可惜让关志雄那个老狐狸跑了！"玉芹说关志雄在红苕窖里藏着。唐生法说："耍笑我哩！哎！你这婆娘……"然后吹灭煤油灯，要和女人温存，女人不愿意，说："你跟那个女政委，那个婊子，村里都摇了铃！你还哄我……"唐生法说："那是保皇狗给我造谣！"

关志雄用指头塞住了两只耳朵孔不想听了。他闭了眼，想起唐生法和造反司令部那个女政委的风流传言。有一晚，一个造反队员想吃鲜物，溜到农民的苞谷地里去掰棒子，一脚踩住个软囊囊的东西，原来是唐生法和女政委光溜溜地摞在地上。关志雄现在蜷卧在唐司令和他女人睡觉的火炕下的地窖里，他已经很累了，就靠着窖壁睡着了。

关志雄醒了后，玉芹叫他上来吃饭。他爬上地窖，洗了手脸，端起碗来。玉芹坐在炕边上，解开衣襟奶着娃。关志雄漫不经意地打量着玉芹。玉芹比他昨晚见第一面要年轻些，不会超过30岁，模样很好看。玉芹让他再下去时拿上墙上的一张生狗皮。

街门响了！有人要来。关志雄慌忙钻到地窖里。来的是一个女人。两个女人畅快地说笑着粗话。那女人说："玉芹，借我些毛票儿，我要买一扎卫生纸……"

关志雄静静地坐着，想到批判斗争的事，河口县委杨书记和汤县长被打倒了，自己一个小小的公社社长，也垮台了。造反派叫他交代"三反"罪行，他把他们臭骂了一顿。造反派叫他手敲铜锣，胸挂纸牌游村，他就游了。《人民日报》的一篇社论说要让被打倒的领导干部表态、亮相。他把那篇社论看了又看，几乎能倒背如流了。他告诫自己：不敢"亮相"！千万不敢！直到全县三十二个公社的头儿们大都"亮相"，他才写下了一张"亮相"大字报：我要和联合司令部的革命派一起捍卫毛主席的无产阶级革命路线。"造"字号头头唐生法火冒三丈，带领人马来捣河西公社"联"字号的老窝。他在心里怨恨《人民日报》的那篇社论，讥笑炮制社论的理论家鼠目寸光，连他都能预计到的后果，他们却预计不到。他"亮相"的后果证明了他预计的正确和他们社论的破产。公社社长心目中神圣至上的党报的声音，也不过如此水平！

关志雄坐在生狗皮上时，昏昏地睡过去了。玉芹叫他，他爬出地窖来。天已黑了。玉芹纳着鞋底。关志雄想起饿死的奶奶也是这样，奶奶死后把拧绳子的枣木架子传给妈妈，妈妈又用它拧着麻绳。妈妈死了三年了，那只枣木架子被姐姐拿去了，也还在拧着麻绳。他的妻子是纺织女工，再也不会使用它了。

玉芹让关志雄晚上不要再下地窖了，让他睡炕上。关志雄不好拒绝，就悠悠地吸着烟。

唐生法从东唐村杀出来，闹到公社，不久就在县上当起了全县"造反司令部"的副司令了。他的女人玉芹却住在昏暗的厦屋里。

玉芹让关志雄睡觉，关志雄觉得难为情，不好意思地爬上火炕。玉芹绷着脸，一口吹灭了煤油灯。

关志雄躺在炕上，却无法入睡。他自认在男女关系问题上干干净净。他16岁从家乡河南参军，到朝鲜和美国佬打仗。回国时，他是一个战功赫赫的连长。归来后，在西安与一位河南籍的漂亮女工结合了。现在，他和一个女人睡在火炕上。女人给孩子吃着奶！淡淡的乳香和火炕的热气混合着，他感到一种诱惑。他终于迷糊了。不久，他被一阵响声惊醒。他听到她在撒尿。他想自己如果一伸手，就可以从炕下把她的胳膊拉住，她可能会自然地钻进自己的被窝。但他控制住了自己，佯装睡得很死。她爬上炕时，踩了他的脚，然后钻进了靠墙的被窝里。他努力使自己再度入眠，终于迷糊了。

关志雄醒来后，听见玉芹正在烧锅。玉芹让他没人来时，就坐在炕上；有人来了，再下地窖去。

屋里总有人来，借木斗，借杆秤，抱着孩子来串门的络绎不绝。关志雄不停地进出地窖。后来，他干脆就待在地窖里，闭目养神。他努力地抑制着瞌睡，目的是到晚上能听到她撒尿，再闻尿臊味。他想起了在朝鲜战场上长眠的战友们……而现在，自己却藏在这个红苕窖里，不由地沮丧灰心……

喝罢汤，玉芹已经在炕上铺好了被子。她比昨晚随便自然了，没有吹煤油灯，就脱下了棉裤。关志雄也不再忸怩，脱下棉衣棉裤，就躺下来。玉芹的儿子爬过来，辨认着他，他亲了一口小娃，小娃"哇"的一声哭了。玉芹把儿子拽进怀里，把奶头塞进孩子的嘴里，吹灭了灯，搂着他睡了。玉芹说他是个好人、好社长，是个直杠人。说村里人都说他好……他给村里减了"光荣粮"。原先那个苟社长却不管社员锅里有没有米下，只管叫多交"光荣粮"。又说他把她阿公撤职了，一家人都把他恨得咬牙！可她却恨不起来。

小厦屋沉寂下来后，关志雄感到憋闷，本能地伸出手，却触到了玉芹的乳房。玉芹柔软的腹部偎着他，两只饱满的乳房压着他的脸，乳汁挤压出来，流进了他的眼眶、嘴角。他一把搂住她的腰，翻过身来……

往后的夜晚，玉芹就贴着关志雄睡下来。

刚满十天的那天晚上，唐生法回来了。他说"革命"遇到困难了……老人家又发下最高指示，要保卫"四清"成果哩！

关志雄坐在地窖里的生狗皮上，几乎要蹦起来了。老天爷啊！毛主席发下最新最高指示，要保卫"四清"运动的成果哩！唐司令你沮丧了。

唐司令一早上走了后，玉芹对他说，她要去上工了。玉芹上工回来后，让关志雄从窖里出来，并说公社叫社员搞生产哩。关志雄心里有数，等着天黑走。

玉芹搂住他的脖子，眼泪顺着脖颈流了下去。天黑了。他和她躺进被窝，反倒没有那种欲望了。他搂着她。她静静地贴着他。两人都不说话……

多年过去后的1977年的春天，关志雄正在翻阅着有关唐生法"文革"作乱的材料，唐生法来了。他说："关书记，我想跟你说一件心事……我跟女政委……那个'麻哈'事……再甭追究了……实在不行的话，你可以按有这事定罪。我只求你……甭张扬出去。我的女子都长大了……"

关志雄豁朗地说："我答应你。"

唐生法又说对于自己在"文革"中的问题，他承认过的，他不反悔，他没有说清楚的，他再进一步往清楚说。关志雄让他相信组织会辨别清楚的。

唐生法又给关志雄在"文革"中受到的迫害赔情认错，请求处罚。说那天晚上，关志雄要是不逃掉，自己就犯下大罪了。自己当时真是一条疯狗……

关志雄答应了唐生法，说他不再追究了！

唐生法站起来，蔫蔫地走出去。

关志雄突然想起那潮湿憋闷的地窖、热烘烘的火炕、压得他透不过气来的饱满的乳房和挤压出来的奶汁……

学习班结束了。唐生法"说清楚"了一些问题，还有一些说不清楚的问题按惯例"挂起来"。他的公社革委会副主任职务被撤了，他回东唐村去了。

关志雄继续担任河西公社党委书记。

1979年的春天，关志雄收到唐生法的一封信。

信里对关志雄给他爸平反，使他爸又担任东唐村的支部书记表示感谢。他说在"四清"运动中，他父亲倒台后，他在学校教书的工作不让干了，被清除回家。"文革"期间，他造关志雄的反，他不后悔。关志雄为那些被他打倒的农民平反，他认为多年来的政治已经失去了最基本最正常的含义，而变得于人民无利了。关志雄要给他恢复民请教师的工作，但他不去做教师了，他作过乱、骂过人、打过人、造过谣、搞过阴谋，可以说臭名远扬，没有了面对孩子们的自尊自信了，不能去教育后代人了。他现在想向被他伤害过的一切人忏悔。（1979年5月20日）

关志雄读完信，立即给公社派驻到所有村庄的干部打电话，让他们晚上回公社机关汇报纠正"四清"运动"冤假错"案的进度和状况。

晚上，关志雄向我道出了"地窖"的那段奇特经历。他说他把他一生中最见不得人的事告诉我了，心里松泛了一些。他让我这个作家可以把这个事儿写出来，写成小说，只是不要胡球编！"现时有些小说、电影编得太虚了！"

我于是写了《地窖》，可以把它叫作报告小说或纪实小说。里面主人公的名字是我随意改换的。我朋友不叫关志雄。那一晚，我问朋友后来还见过玉芹没有？他说："见过一次，是她和唐生法开着汽车把我请去的。"唐生法有文化知识，在东唐村开办了个小加工厂，挣了大钱。他和女人开着大卡车到县上来把朋友拉去，备下家宴，把他父亲也请来。他挣下几十万，给东唐村小学捐献了一座二层教学楼，又给东唐村修建了自来水塔。他家再也找不到那个地窖了，他盖了小洋楼，厦屋拆掉了，地窖早已填平夯实了。玉芹是小加工厂的会计。玉芹进门一见我朋友的面，她的脸一下子红到脖颈。唐生法大瓜熊不知底细，还对着我朋友开她的玩笑，"都老球了，见人还脸红哩！"……

我不禁畅怀大笑。我朋友却没有笑，他在窗前抽着烟。他现在是河口县人大常委会副主任。他对着黑沉沉的夜空，站了很长时间。后来，我们就睡觉了。

五、《窝囊——献给古原的女儿》：一篇实验了形象化叙述方法的小说

《窝囊——献给古原的女儿》（以下简称《窝囊》）1987年冬写成，刊发在《飞天》1988年第2期。

小说写她被两位红军战士押到一个山沟去活埋的事情。在押解她的路上，她给两个战士反复说自己不是特务。但他们只是执行命令的，无权决定她的生死。他们只是坚信她是狗特务，于是催着她走。她看争取生的希望一点都没有，就感到了窝囊，就感到这么窝囊地死去，竟然连申诉的机会都没有！她被活埋之前，她说："你俩……叫我一声……同志吧？"但两个战士却说："特务！"然后把她推进了土坑。

小说结尾写道，她叫张景文，窝囊至死时，年仅24岁。1950年，当第一个国庆纪念日到来时，人民政府追认张景文为烈士。

张景文是陈忠实在蓝田县档案馆查阅资料时看到的一位女革命者。党史回忆录里说，张景文出生在白鹿原东南部蓝田县安村乡宋家嘴村一个新派地主家庭，生于1911年，父亲信奉基督教，主动送女儿到陕西教会学校读书。1928年，张景文考入陕西省第一女子师范学校，思想更趋进步。大革命失败后，张景文先加入中国共产主义青年团，然后在同年转为中共正式党员。1931年7月，张景文受中共陕西省委委派，冒着生命危险回到蓝田县建立地下党组织。九一八事变后，张景文和西安学生痛打了国民党政府考试院院长戴季陶，结果被捕。张景文当时是

女子师范团组织和学生会的负责人,是那次学生革命行动中的骨干之一。具体情况是,1932年4月25日,国民党政府考试院院长戴季陶来西安视察,陕西省教育厅在民乐园礼堂召开了各校学生代表参加的欢迎戴季陶的大会。戴季陶向学生兜售了蒋介石的"攘外必先安内"的反动政策,激起了西安高中、西安女师及其他学校两千多学生的愤怒。张景文等学生给戴季陶递上条子质问他一些问题,但戴季陶支吾搪塞,这一下子激起了学生们的愤慨,学生们高呼起"打倒顽固派,打倒戴季陶"的口号声。张景文首先响亮地喊了一声"打",学生们于是把早已准备好的石头、砖块、瓦片扔向戴季陶。她一砖头砸断了陶季陶的鼻梁。混乱中,戴季陶的衣服被扯烂,他乘坐的汽车也被烧毁。最后,戴季陶在军警的保护下狼狈而逃。第二天,张景文被捕。由于她父亲是蓝田县有名的地主,哥哥也是国民政府蓝田县的官员,在家族的斡旋下,当局准备释放她,但遭到她的拒绝。后来,在地下党组织和社会各界的施压下,张景文与被捕学生被全部释放。这次事件后,张景文成为西安地区学运的领袖。此后,张景文在蓝田县以小学教师身份为掩护,继续从事党的地下活动。她的父兄虽然知道了她的共产党身份,但却无法阻止她的革命活动,他们只能为她的地下活动提供庇护。1933年1月,张景文与丈夫徐国连及蓝田地下党负责人白耀亭、林子屏等再次发动了声势浩大的学生运动,结果四名教师全部被捕。张景文获释后,与徐国连一起投奔到刘志丹率领的红二十六军,受到了刘志丹、习仲勋等的热烈欢迎。1934年,陕甘边苏维埃政府成立,张景文担任苏区政府妇女委员长。1935年3月,张景文的丈夫徐国连在一次遭遇战中不幸牺牲。1935年秋,红二十六军长征到达陕北后,在极左路线指挥下,红军开始了一场肃反运动,张景文被诬为国民党特务机关派往根据地的奸细而被杀害,死时年仅24岁。解放后,蓝田县召开追悼大会,为张景文平反昭雪,追认她为革命烈士。[①]

张景文的传奇经历使陈忠实先写出了《窝囊》这篇小说,然后又让张景文成为他后来的大著《白鹿原》中白灵形象的原型。

小说中的她是在陕北肃反运动中被当作国民党特务机关派往根据地的奸细而

---

① 2008年4月27日,陈忠实在现代文学馆的演讲《我与〈白鹿原〉》,发表于2008年12月25日的《光明日报》。

处决的。陕北肃反运动是在王明"左"倾机会主义路线指使下对红二十六军和陕甘边革命根据地进行整肃的一场运动。这场运动的发生还与当时盛行于红军中的主观主义、宗派主义有密切关系。肃反运动开始后，原西北工委和西北军委的主要领导刘志丹、杨森、惠子俊等同志被下狱；红二十七军八十四师师政委张达志被撤职；红二十六军连以上的干部，先后被扣上了"右派反革命"的帽子，在狱中遭到了严刑拷打。最后这场运动波及甚广，使大量知识分子也成了被整肃的对象，甚至发展到只要是戴眼镜的、别钢笔的，都在整肃之列。1935年10月19日，中共中央到达西北根据地吴起镇后，局面终于有了转机。中央领导在听取了关于审查肃反案件的汇报后，立即将受迫害的同志从"左"倾的屠刀下解救了出来。尽管如此，仍有230多人被害。张景文就是其中一个极不幸运的女子，她面对的是被活埋的命运。对此，她一点办法也没有，因为前头有十多个人已经在半夜里被拉出去或枪毙或活埋了。当两个要对她执行死刑的红军战士叫她去见队长时，她就知道自己的生命将要结束了。她没有放弃为自己进行最后申辩的机会，但她还是被拽出了窑洞。然后，两个战士一个扛着铁锨，一个扛着铁锹，押着她出发了。她曾在认识的一个小战士跟前知道她是关她的屋子里要被处死的第九个人，而且是唯一的一个女的。她和他们都从西安来投奔红军后，齐个儿地被审查，然后都要消失得无影无踪。其实，当她跟着两个战士走向死亡的时候，周恩来已经愤怒地制止了这场由"左"派发动的内戕。但她却没这个好运气。她的家庭是财东，她父亲不准她裹脚，主张男女平等，还牵着她的手送她去上学，后来又把她送到西安的教会中学上学。她在去行刑的路上，反复述说着上级领导的命令是错误的。但两个战士却说不会错，并说他们只知道受压迫受不住了的人才闹革命，而从西安跑来的人又不是党派来的，都有吃有穿，又有书念，闹啥革命嘛？！她无法向他们说清自己为什么要投奔根据地的原因。她能想起的是肃反小组干部说她由一个老财主家庭的才女、掌上明珠、阔小姐，摇身一变成为共产党员和红军战士，戏变得太拙劣了，简直是漏洞百出！如果靠一两本进步书刊就能把一个阔小姐影响成红军战士，那么他们干脆都扔掉枪杆子去印进步书刊，去影响反动阶级的军队、警察、特务算了！最后，那干部一锤定音，说她就是反动阶级的爪牙——国民党的狗特务。两个战士也坚信她就是狗特务，于是推搡着她向埋她的一个山沟里走。她的嘴被他们塞起来了！胳膊也被捆起来了。她想起自己曾抡起过一块砖头打过国民党的教育部长戴季陶的事情，当她暴露之后，她就和丈夫投奔红军游击队来了。她和丈夫生过一个男孩，他们投奔红军时把儿子寄养到男方的家里了。但丈夫已经牺牲了。不久，她走到了埋葬她的地方，两个战士几下挖了一个土坑，她被他们弄到跟前后，她就跌了进去，然后他们就把她活埋了。

小说整体叙事基调如泣如诉，满含悲愤之情，把她的无助、绝望，甚至天真都细腻地表现了出来，字里行间流溢出对那场危害甚大的肃反运动的反思。小说题目用"窝囊"，文中也几次出现"窝囊"，其含义不言自明。她和那些或被枪毙或被活埋的红军战士的确死得太窝囊了，他们从西安跑到陕北的山沟里闹共产，没有战死在疆场上，没有死在敌人的监狱里、刑场上，却死在了自己人的手上。他们被"左"倾主义者、主观主义者、宗派主义者轻而易举地判定为特务、奸细等后，连给他们申辩的机会都不给，就立即把他们处死。这样的历史惨剧、闹剧，荒谬得让人难以置信，但却真实地上演过，足以惊醒无穷后世。

附《窝囊》的故事情节：

窑门里闪进来两个红军战士，朝她喊着，叫她出去。她确信他们是拉她出去枪毙或活埋的。她问："出去干什么？带我出去干什么？我不去……"回答是队长要和她谈话。她不信，前头已经有十多个人就是这样在半夜里被拉出去枪毙了或活埋了。

两个红军战士还是把她拽出窑洞来了。然后，一个红军战士从地上拾起铁锹，一个从地上捞起铁锹，押着她朝前走。她断定自己将被活埋。她自三天前被投进这个囚窑以来，认识了看守她的小战士。小战士告诉她，这个窑洞和50米外的另一个窑洞里，囚过十七八个人了，他看守的这个窑洞囚过九个人，她是第九个，又是唯一一个女的。连她在内的九个人，都是从西安来的，从口音上断定没有山里人。

她听说从西安投奔到游击队里来的红军战士，齐个儿要审查，审查过后都消失得无影无踪了……

她感激小战士向她说了这点情况。

她知道山的那一头埋葬着黄帝，这一头从陕西伸展到甘肃东部，是陕甘红军的根据地。因为从西安混进来一个国民党特务，"左"派领导人就把从西安来的红军战士全部清除了。这当儿，毛泽东领导的中央红军已经进入陕北了。

她在跟着那两个红军战士走向死亡的时候，尚不知道周恩来已经愤怒地制止了"左"派的这种自戕。

她从西安跑到这个荒僻的山沟里来闹共产，设想过战死或被敌人抓住处死，唯独没有想到会被自己人活埋了！

她出生在挖出半坡遗址，发现猿人遗骨的古原。古原西边是西安。她的家庭在她活着时被称作财东，在她死后被称作地主。她一出生就成为老财东的掌上明珠。她有三个哥哥。妈妈给她裹脚时，她疼得在地上打滚，老财东一把把妈妈推了个仰八叉，解开了给她裹脚的白布，说谁以后再敢裹她宝贝女儿的脚，他就把谁的手用刀斫掉！天足天足，天赐之足，神圣不可改样儿！老财东是个虔诚的基督徒，不信土神，信洋神，首先在自家屋里废除了男尊女卑，提高女权，提倡天足。老财东牵着女儿进了村办的学堂，村里人像看西洋景一样看着她走进学堂。老财东安排了她的学习和待遇上的问题，却忽视了她拉屎尿尿的问题。她想尿了，就在小院一角的另一个小茅房里撒尿。但这是老财东的茅房。老财东先是难堪，然后哈哈哈笑起来。她于是落下了疯女子的绰号。她长到十四五岁，老财东又把她送到西安的教会中学……

就要翻过一道梁了，她的嘴被堵塞死了，双臂缚着，她摔倒了。两个红军战士解除了她的胳膊上的绳索，拔掉了她嘴里的烂布。她问两个小战士说："你俩非活埋我不可吗？""这是命令！上级领导的命令！""这命令要是错了呢？""不可能！""那么你就相信我是狗特务无疑了？""那不会错！""你怎么知道不会错呢？""你怎么从西安跑到这儿来？又不是党派你来，又不是像俺俩一样，受压迫受不住才来造反！你不是没吃没穿，又能念书，你跑到这山沟来闹啥革命嘛！洋学生……"

她无法向他们说清自己为什么要投奔根据地。他们可能是陕北或陇东某个山屹崂里的穷娃子，没吃没穿，遭恶霸欺凌，于是投奔了红军。

她想起肃反小组和她的谈话。那位肃反干部问她："你出身于一个老财主家庭，对吗？""是的。""你先受封建教育，后受基督教洗礼，是个才女，能写一笔好字，是老财主的掌上明珠、阔小姐，你随身一变又成了共产党员红军战士？你的把戏变得太拙劣，漏洞百出，你还想继续欺骗！既然这个反动阶级主宰着的反动社会能满足你享乐，能提供你受教育的种种机会，你为什么要与你所属的反动阶级相对抗呢？如果一两本进步书刊能把一个阔小姐影响成红军战士，那么我们都扔掉枪杆子去印进步书刊，去影响反动阶级的军队、警察、特务岂不更轻松！这种说法如果是美妙的幻想，那么把你的家庭和你接受的教育和影响与一个反动阶级的爪牙——国民党的狗特务连接起来，更切合规律也更合理！我没有时间再看你尚不圆熟的特务手段……"她于是又被送进了囚窑。

她看着那两个小战士，他们坚信不疑她是狗特务。两个战士说："走——"

她要求重新把她的手捆起来，把她的嘴塞起来！她说她要麻木！他们于是拉着她的胳膊，朝坡梁的背面走下去……

但她没有麻木，她清醒着。她感到了窝囊……

教会中学里的女教员，都骂共产主义是邪说。她忍不住说："老师，最好给我一本宣传共产的书，看看到底怎么混账！"老师大惊失色，觉得她奇怪、神秘。

后来，一个成了她丈夫的人借给了她这样的一本书，她便成了共产主义学说狂热的追随者与实践者。她和丈夫生过一个男孩，两人投奔红军时把儿子寄养到男方的老家里了。他和她是乡党，他是古原上的一个财东的儿子，是中山中学学生地下组织的头儿。他已经在半年前牺牲了。

三年前，国民党教育部长戴季陶来西安视察，她听了戴部长从理论和道德的几种角度阐释委员长要求学生潜心读书，抗日的事由政府来管的话后，就向戴部长抡去了一块砖头。她完全暴露了。她就和丈夫投奔红军游击队来了。

下到河沟里后，两个战士把她的双手和双脚都捆缚起来，然后给她挖造墓穴。此时，她又感到了窝囊。他们挖好了土坑，又解开了她脚上手上的绳子，说："你还有什么话要说？"她说："你俩……叫我一声……同志吧？"两个战士却说："特务！"她浑身一颤，随之就跌进了土坑，疯了似的喊道：

"你们终究会明白的！回去捎话给肃反小组那个眼镜，他会后悔的……"

1950年，当第一个国庆纪念日到来时，她被追认为烈士。她叫张景文，窝囊至死时，年仅24岁。

1987年冬

六、《轱辘子客》：批判了传统文化留下的后遗症，试验着叙述语言，试验着形象化叙述

《轱辘子客》于1988年2月13日写成，刊发在《延河》1988年第5期。

小说写王甲六好赌，被称为轱辘子客。王甲六年轻时长得俊俏，会写会画，被村里的王支书培养成接班人。队长刘耀明想把王甲六弄下来，就设了陷阱让他身败名裂。刘耀明又给他说下媳妇。几年后，刘耀明和王甲六的媳妇出现奸情，王甲六侮辱刘耀明的老婆进行了报复。一次，王甲六赌博被派出所逮了。乡长和派出所所长安排村里召开大会批斗王甲六。王甲六不同意刘耀明主持大会。但乡长、所长都不听他说的话，刘耀明还是主持召开了批斗大会。

小说将赌徒王甲六的经历描写得生动有趣。王甲六好赌，他女人拿着切面刀满村撵着他，逮住他后，打得他要外逃。他女人反应快，搜出他一只棉鞋里藏着的人民币。但他另一只鞋里藏着的五六百块钱却没被搜出来。他于是又赶往赌场。王甲六年轻时被村里的王支书当接班人培养，队长刘耀明观察到王甲六和女青年王小妮眉来眼去，意意思思，就想找机会把王甲六弄下来。王甲六加班夜修水库时，和王小妮在炕上云雨起来。这是刘耀明设下的陷阱。刘耀明给王小妮她爸王骡子说了，王骡子手提板斧吓得一双男女魂飞魄散。王骡子最终将女儿嫁到山里。王甲六成了流氓，年龄老大没人给他提亲做媒。刘耀明给王甲六说了一个和一名下乡搞路线教育的干部发生了关系的女人。王甲六便娶了这个女人。这个女人就是拿着切面刀满村撵着王甲六要剁他手腕的女人。多年以后，王甲六知道是刘耀明在自己和王小妮的事情上做了手脚，就把刘耀明恨得咬牙切齿。当刘耀明对王甲六的女人打主意时，王甲六拿着杀猪刀，直奔刘耀明家，让刘耀明的女人去看丈夫。刘耀明的女人到了砖场的窗户下后，听到屋里床上传来淫荡的声音，一下子就气死了。王甲六一刀割断刘耀明女人的腰带，脱下了她的裤子。刘

耀明后来给王甲六给了一厚扎票子，但王甲六没要。王甲六干起杀猪的祖传营生后，他媳妇跟着他压猪腿、拔猪毛、卖猪肉。他的日子好过多了。一天，他腰里塞了钱，去山里找王小妮，才得知王小妮在新婚之夜就进了坟墓。王甲六回来时带了一副麻将，打麻将赌博时被派出所逮了。在派出所，他给所里淘厕所。晚上，王甲六被要求在村里召开的村民大会上检讨。刘耀明和所长、乡长安排着大会议程。王甲六蹦到所长跟前，说自己不同意刘耀明主持这个大会。他很想把刘耀明从根到底连兜子翻一遍，但他忽然想起自己曾经用杀猪刀割断过刘耀明婆娘的裤腰带，就半天没说一句话。后来，他只说刘耀明倚仗职权，承包了村里的集体砖厂，承包租金少得跟白占一样，乡长、所长为什么不管他，只抓我王甲六赌博？但乡长、所长都不听他说的话，他就"扑通"一声跌坐在地上。村民大会最终还是由刘耀明队长主持召开了。

王甲六有点像《白鹿原》里的白孝文，白孝文一直被白嘉轩当作未来的族长继承人来培养。王甲六和白孝文最初都是以高尚的传统道德人格形象示人，但在私底里他们都有着无法按捺的本能欲望，他们的传统文化心理结构由此露出了破绽，连环美人计中一步步下水，直至最后被彻底颠覆，沦落为沉迷于性欲、物欲和权欲的小人，完全走向了当初君子人格的反面。王甲六的道德人格形象是被刘耀明队长一步步摧毁的，是刘耀明设计的风流圈套使他身败名裂。刘耀明把他玩弄于股掌之间，先是颠覆了他的道德人格和心理结构，随后又主动地促使他的心理结构恢复平衡，帮他找了一个形象不错的女人成家过日子。但他的噩运还没有完，不久他发现刘耀明暗中勾引自己的老婆，他渐趋平衡的心理结构再一次被打破，他开始了疯狂的报复，割断刘耀明妻子的裤带，重建了短暂的心理平衡。此后他陷入了彻底的虚无。他破罐子破摔，成了人见人厌的轱辘子客。在他或者白孝文的身上，寄寓了陈忠实对传统道德文化心理的暗角或者软肋的反思。①

该小说的编辑曾说他当年在编发这篇小说时，发现小说中有一千字的描写游离于叙述之外，就毫不犹豫地删掉了。刊物出版后，陈忠实见到他，呵呵笑着对他说："小张，你把我一条烟钱给删没了。"那时，《延河》的稿费标准是每千

---

① 李遇春：《陈忠实小说创作流变论——寻找属于自己的叙述》，《文学评论》2010年第1期。

字15元，大概正是当时的一条烟钱吧。今天，编辑再次找出《延河》的合订本，阅读这篇将近三十年前的旧作，读着读着，再次泪眼模糊。他在想，若是现在，他是否还能毫无顾忌地对著名作家的文稿放心大胆地动刀子？

《轱辘子客》和陈忠实后来写成的短篇小说《舔碗》一样，把批判的锋芒主要指向传统文化心理结构所留下的后遗症上。

2010年4月15日，陈忠实写就追忆评论家王愚的文章，里面说："我在80年代中期写过一篇短篇小说《轱辘子客》，在《延河》发表。我那时住在乡下老屋，有一日回作协办事或开会，在作协院子里碰见王愚，匆匆地擦肩而过时，他停住脚：'刚看了你发在《延河》上的短篇小说，不像原来的陈忠实了，变得好。'这是这篇短篇小说面世后我听到的第一声评说。仅仅一句话的好评之所以经久不忘，在于我对这篇小说写作的用心非比寻常。我已在构思着《白鹿原》，需要用一种叙述语言完成，《轱辘子客》这篇小说的写作，纯粹是为着叙述语言的试验而作的，通篇故事和情节都以叙述实现，只在结尾处有几句人物对话。这种叙述语言的艺术效果如何，在我已不仅是这篇短篇小说的成败，而是牵涉未来长篇小说的写作，能否有自信实现叙述语言的新探索。"①即《轱辘子客》的意义不在于这篇小说自身的艺术性如何，更在于这篇小说展示着陈忠实艺术追求上追求一种更为简洁概括和形象化的叙述语言的新变化。

陈忠实对这种叙述语言有着充分的自觉意识和细致深入的阐述。他将这种叙述语言称之为形象化叙述。所谓形象化叙述，就是"以叙述语言统贯全篇，把繁杂的描写凝结到形象化的叙述里面去。这个叙述难就难在必须是形象化的叙述，就是人物叙述的形象化"②。形象化叙述尽量压缩肖像面貌和言语行为等细节描写的成分，"我感觉这种形象化叙述是缩短篇幅、减少字数、达到语言凝练效果的途径"③。为了达到理想的叙述语言效果，他在短篇小说《窝囊》和《轱辘子

---

① 陈忠实：《〈白鹿原〉创作散谈》，见《陈忠实文集》（第10卷），人民文学出版社，2015年版，第147页。

② 李遇春、陈忠实：《走向生命体验的艺术探索——陈忠实访谈录》，《小说评论》2003年第5期。

③ 陈忠实：《关于〈四妹子〉的附言》，见《陈忠实文集》（第5卷），人民文学出版社，2015年版，第320页。

客》中进行了试验，"用意十分明确，就是要试验一种纯粹的叙述。选择这两个题材的人物和故事，自然也是适宜使用叙述的语言的。我确定尽量不写人物之间直接的对话，把人物间必不可少的对话，纳入情节发展过程中的行为叙述；情节和细节自不必说了，把直接的描写调换一个角度，成为以作者为主体的叙述。印象最深的是《轱辘子客》，近万字的一篇小说，通篇都是以形象化的叙述语言完成的，只在结尾处有几句对话。我切实地体验了叙述语言的致命之处，不能留下任何干巴巴的交代性文字的痕迹，每一句都要实现具体生动的形象化，把纯属语言的趣味渗透其中，才能展示叙述语言独有的内在张力，也才可能不断触发读者对文字的敏感性，引发他读下去直至读完的诱惑力"[①]。

附《轱辘子客》的故事情节：

轱辘子客是乡间对那些赌博成性的赌徒的通称。轱辘子客就是王甲六。王甲六好打麻将，如果没有派出所的民警和提着菜刀的他女人的惊扰，他可以一直打下去。有一个晚上，他进入地道（备战年代修的）赌博时，小麦才现黄色，出来时，满川满原的麦子已收割过大半。他的女人扬着割麦的镰刀照他的脖子砍来时，他一把把她推进大门，然后从腰里摸出一厚沓票子塞到她的怀里。女人被票子镇住了，气也消了大半。

王甲六的正当营生是杀猪卖肉，但获得的收入都被他孝敬给其他赌徒了。他把女人的存折搜出来也输了。女人终于逮住了一回，撕着他的耳朵，扒光他的衣服，把他打得跳到炕上又窜到桌下，头上脸上都隆起了一个个鸡蛋似的疙瘩，身上横竖交错着红血印子。他撑不住了，就外逃了。女人赶上两步，一棍子砸在他未跨过门槛的腿腕上。他"扑通"一声栽倒在门外，棉鞋甩掉时，里面又飞出七八十张十块面额的人民币。女人捡拾票子时，他才金蝉脱壳了。但他的另一只棉鞋里还藏着五六百块。他又赶往赌场里去。

王甲六刚入不惑之年，天生一副俊相，开口自带三分笑，谁见了都愿拉上几句闲话儿。他爸是个老屠夫。他长得俊俏但命运不济，高中刚念了一年就遇上"文革"，他便被推迟了几年毕业。他回到村后，就参加农业学大寨

---

① 陈忠实：《创作成就取决于作家的敏感、深刻和独特——与西安工业大学人文学院邰科祥教授对话》，见《陈忠实文集》（第9卷），人民文学出版社，2015年版，第526页。

运动。他会写会画，帮着党团支部搞宣传工作，满村满街的墙壁上都是他写的标语，画的图画。他很快成为青年们的领袖，取代了已经超龄的团支部书记而成为村里的重要角色。年过六旬的王支书特别器重他，要把他培养成接班人。王支书与队长刘耀明几十年来貌合神背，他很想在王姓姓氏里培养一个年轻人来接班，以免大权旁落，王甲六应运而至。

刘队长厌恶王支书把王甲六安排为副书记，因为他早已观察到王甲六和女青年王小妮眉来眼去，意意思思。王小妮很活泼，很积极，很泼辣，也很漂亮，是村里学大寨运动中的"铁姑娘"。她父亲王骡子却是个顽冥不化的拗熊。王骡子与王甲六的父亲有旧仇，他早就警告过女儿，除非王甲六当了村里的接班人，才可以和他成婚。

刘队长想找一个机会把王甲六弄下来。当王支书到县上开会去后，他和王甲六商量青年突击队加班夜修水库时，他说他老舅要盖新房，他得去帮忙庆贺，但却不能脱身。王甲六自告奋勇代替他值班。夜半时分，他便和王小妮在炕上云雨起来。

这其实是刘队长设下的陷阱。刘队长给王骡子说了他女子的事情后，王骡子手提板斧奔到大队办公室窗根下，一斧头劈断了纱窗，吓得两个正在柔情蜜意中的男女魂飞魄散、抱头鼠窜。王骡子未跳进窗子，就气死在了窗台上。看热闹的人看到办公室大炕上遗丢着王甲六和王小妮的衣裤鞋袜和擦过排遗物的烂纸。

王支书回村后，王骡子托亲告友为女儿觅寻落脚之地。"铁姑娘"最终被嫁到山里。

王甲六成了令人厌恶的诱人干坏事的流氓。年龄老大了还没见任何媒婆媒汉给他提亲做媒。有一天，刘队长悄悄给他说了一个女人，但那女人和下乡搞路线教育的一位干部发生了关系，名声倒了，难以出嫁。王甲六便娶了那个失身的女青年，她就是现在拿着切面刀满村撵着王甲六要剁他手腕的女人。

多年以后，王甲六对刘队长恨得咬牙切齿时，也把他折服得五体投地。和王小妮的风流韵事发生后不久，他就知道是刘队长在其中做了手脚。当刘队长给他介绍下女人时，他又折服刘队长的为人。令他安慰的是，刘队长介绍的女人长得虽不及王小妮，可也算得是女人中的上品。后来，刘队长却对他的女人打主意。那一年，刘队长承包了大队的砖厂，雇用了王甲六去当推销员，又请他的女人做会计和给雇工计工计时。一个晚上，王甲六从西安回来后，在砖厂刘队长卧室的小窗户外听到了那种动静和声音。他奔回家，摸出杀猪刀，直奔刘队长家，让刘队长的女人去照顾喝醉了的丈夫。王甲六拉着老女人走出村子以后，把刀子横在她的鼻尖上，威胁她无论看到什么，听到什么都不许轻举妄动。到了砖场的窗户下后，老女人听到屋里头床上淫荡的声音，一下子气死过去了。王甲六一刀割断老女人的腰带，又脱下了她的裤子。

过了一天，刘队长在砖厂邀请王甲六，他掏出一厚扎票子给王甲六，但王甲六没要。酒后，他们各行其是并忘却前嫌。刘队长承包的砖厂，生意一年比一年好。王甲六干起了杀猪的祖传营生，他媳妇经过一番风流，二番惊吓之后收了心，跟着他压猪腿、拔猪毛、卖猪肉。他的日子好过多了。他老娘仙逝后，他大动响器安埋了老娘。他的两个妹妹早已出嫁，弟弟入赘过继到县城跟前一个无男娃的人家里去了。当他跪在母亲和父亲的墓堆前时，他很茫然。他想起自己的过去，觉得自己可怜、可笑，又十分可憎。他想起刘队长，觉得对方也十分可憎、可笑、可怜。

第二天早晨，王甲六把千余元现钞塞进腰里，去逛西安了。他看见穿着时髦的年轻男女，忽然想到了王小妮！他找到山里，弄清了王小妮的下落，才得知她在新婚之夜就进了坟墓。

王甲六在山里小镇逛了两三天，回到西安，回村时从西安带回一副麻将。他打麻将赌博时被派出所逮了。

在派出所，王甲六给所里淘厕所。午后，所长通知王甲六晚上在村里召开村民大会，让他和其他一帮转辘子客向村民检讨。

王甲六回去后，看到刘队长和所长、乡长在安排着晚上的大会议程。王甲六蹦到所长跟前，说自己不同意刘队长主持这个大会，自己宁愿去坐监，去劳改，也不愿意再听见刘队长在自己面前说三道四！乡长问他到底有什么问题？他很想把刘队长从根到底连兜子翻一遍，但忽然想起自己曾经用杀猪刀割断他婆娘裤腰带的事，就半天没说出一句话来。他又想，自己不说就会给乡长和所长造成无理取闹的印象，他于是脑子一转说刘队长倚仗职权，承包了村里的集体砖厂，承包租金少得跟白占一样，乡长、所长为什么不管他，只抓我王甲六赌博？乡长说刘队长的问题归刘队长，砖场承包合理不合理也不是你王甲六一个人说了算，你王甲六赌博成性屡教不改，至今仍混闹不休，看来真是无可救药了，立即召集村民开会！所长也厉色道："看来你是不想珍惜我给你的这个最后机会了？"王甲六"扑通"一声跌坐在地上。村里几年来甚为稀罕的村民大会，最终还是由刘耀明队长主持。

1988年2月13日于白鹿园

308

第十四章　创作《白鹿原》期间写成的几篇短篇小说

（1988年）

1988年4月，陈忠实开始草拟长篇小说《白鹿原》，1989年1月草拟完成。1989年4月至1992年3月，陈忠实正式写成了《白鹿原》。在1988年4月动笔草拟《白鹿原》之后，陈忠实写成了《害羞》《两个朋友》《舔碗》这三篇短篇小说。陈忠实说《两个朋友》《舔碗》"继续着叙述语言的演练"。《舔碗》的内容经过改造后加入了《白鹿原》中。《害羞》《两个朋友》《舔碗》三篇小说也是陈忠实在20世纪80至90年代所写的最后几篇短篇小说。2001年，他才重新接续上中断了十二三年的短篇小说创作之路，写了九篇短篇小说。

一、《害羞》：表面写一位老师卖冰棍很害羞，实质上呼吁人们在做某些事情时，应该害羞一些

《害羞》于1988年6月27日写成，刊发在《鸭绿江》1989 年第1期。

小说写59岁的王老师在小学门口卖冰棍时很害羞。他曾经的学生何社仓是鞋厂老板，最后把他的一箱冰棍全卖了。杨小光老师说他为了多卖冰棍多赚钱，竟然让班干部给他当推销员、广告员，骂他是伪君子！王老师说他没有。刘伟老师让杨小光给王老师赔礼道歉，两人差点打起来。王老师快退休了，临走却被杨小光骂成"伪君子"，他于是铁定提早退休！校长成斌调查后弄清了事情真相，要求杨小光向王老师赔礼道歉。王老师曾打了何社仓儿子何小毛一个耳光，成斌陪同他去向何社仓赔情。何社仓说自己小时候怕羞！今天胆子大了，儿子也不知道

害羞了！王老师乘机说了让众人都有点愣，怀疑他可能醉了的话："我倒是觉得小孩子害点羞更可爱……"

小说反映的是在全民皆商后，连教师都开始搞副业——卖冰棍了，使小孩子失去了应有的"害羞"心理，一个个的小大人成熟得让人忧惧，就更遑论尔虞我诈的成人世界了。

"害羞"一方面指王老师卖冰棍害羞，另一方面指我们每个人可能都有自己相对固定的职业，当从事其他职业，比如当教师的去从事卖冰棍赚钱的商业活动时，应该感到害羞，因为这不是他该干的事情。但随着商品经济社会的到来，连小孩子都大受濡染影响，具有了商品经济意识，张嘴谈钱甚至从事起经商活动，一点也不觉得自己不该干这个事情，所以就不害羞了。陈忠实借小说呼吁人们应该适当回归害羞，在某些事情上保持害羞。除本篇之外，还有一些小说也是如此。比如《两个朋友》中的王育才年轻时是一个一说话就脸红的羞怯的青年，当了民办教师后，改变了内向、怕羞的性格，停薪留职搞公司后，为了报复昔日恋人吕红没有嫁给自己的仇，就和吕红形成婚外情，造成吕红和丈夫离婚，然后他大言不惭地说自己其实在耍吕红，让吕红离婚，就是自己设的圈套。而更歹毒的是他所办的公司原来是个骗钱公司，他把人们的钱骗腻后，想去一个能使自己恢复羞怯的地方。他说他不想自杀，他想在恢复了人应有的羞怯后，再论死生之事。

《害羞》中的王老师快退休，却在学校门口卖冰棍，为此他觉得师道尊严受损，很不好意思、很害羞。他没有料到卖冰棍会卖出不堪收拾的局面。当他知道何小毛是何社仓的儿子后，才知道是何社仓让何小毛帮着自己卖冰棍的，但他看到当年何社仓眼里害羞的神光已经在何小毛眼里荡然无存，心里就不由得泛起一股很强烈的反感，他让何小毛不要管这些事！他想起自己在校务会上讨论卖冰棍时自己说过的卖冰棍影响不好的话，但自己却没有坚持。他想自己快退休了，临走却被一个年轻的体育教师骂成"伪君子"。再三思虑后，他写了"退休申请"几个字，心里铁定：提早退休！

小说中的刘伟是个乐于助人的年轻人，他给王老师示范了卖冰棍的规范动作。刘伟挡住王老师不让他退场，然后对杨小光说："杨小光你骂谁哩？六甲班的学生干部是我组织起来行动起来的，你有什么意见朝我提好了。你骂错了人，先向被你错骂的王老师赔礼道歉，然后你再来骂我。"杨小光和刘伟吵了起来，刘伟说："你杨小光牛什么？不就是蹦了一下得了一块没有金子的金牌才混上个体育教师！你整日里骂这个训那个，你凭什么要厉害？领导怕你我也怕你不成？"杨小光被讽刺嘲笑得急了，拳头攥紧了要打刘伟。校长成斌拉走了刘伟，再推走了杨小光。

何社仓是个商人，知恩图报，上学时是个三好学生，但性子较羞怯，当年推荐他上大学，支书却把自己的侄儿报到公社，社员们让他到公社闹，他因为羞怯，在公社门口转了三匝又回来了。他忘不了王老师曾经教他的做人的道理，做人的品行，帮着买王老师的冰棍，让王老师不好意思。他还让儿子何小毛帮助王老师卖冰棍。王老师打了何小毛一个耳光之后，校长成斌、王老师、刘伟向他赔情，他坚决"只叙友情，不谈其他"，当王老师再次提起，他说打了就打了嘛！然后，盛情招待他们，其间说自己小时候那么怕羞！而今却不怕羞了，胆子大了。儿子根本不知道害怕害羞！倒觉得小孩子害点羞更可爱……王老师借机说，小孩子、他自己、校长、学校，以及整个社会都应该保存一点可爱的害羞心理。

六甲班班长何小毛是何社仓的儿子，何社仓让他帮助王老师卖冰棍。何小毛于是动员王老师在学生们上学来时，利用未上课的时间卖冰棍。王老师听了觉得他小小年纪就热衷于冰棍买卖之道，叫人有点反感。他让王老师休息，自己卖一会儿冰棍。他当众揭露上体育课的杨小光老师硬把冰棍摊派给学生，一人一根不吃不行。还说一律都买他的。替被冤枉的王老师出了气。

校长成斌能积极处理杨小光辱骂王老师的事情，调查后弄清楚，是何小毛和六甲班学生干部到各班动员学生们买王老师的冰棍，不是王老师策划的，也不是刘伟策划的。要求杨小光向王老师赔礼道歉。他还就王老师打何小毛一个耳光之事陪着王老师向何社仓赔情，得到了何社仓的敬重。

附《害羞》的故事情节：

59岁的王老师在小学门口卖冰棍时很害羞。他的助手，六甲班的副班主任刘伟给他示范了卖冰棍的规范动作后就走了。一个牵着孩子的女人买了一支冰棍走了。王老师感觉冰棍生意开张了。入夏之前，学校买回来一套冰棍生产机器，让老师们轮流卖冰棍赚钱。王老师卖冰棍，外界对他的反应不强烈。但他自己的心理负担很沉重。

骑着摩托车的何社仓给王老师说，就是勤工俭学，也不该让王老师卖冰棍。王老师记起何社仓是自己教过的三好学生，但性子较羞怯，当年推荐他上大学，支书却把自己的侄儿报到公社，社员们让他到公社闹，他因为羞怯，在公社门口转了三匝又回来了。他现在在家办了个鞋厂。他最后把王老师的一箱冰棍全卖了。王老师让他到学校冰棍厂去趸货，便宜。他说自己还是买王老师的，让王老师甭不好意思，说自己常常想到王老师给他们讲的做人的道理，做人的品行，现在还觉得对对的。只是现在行不通了！王老师听了说不出话。又一辆摩托车驰来，何社仓吩咐他把王老师的冰棍箱子带走，毕了把钱和箱子一起送过来。何社仓让王老师回去休息，他自己要进城办事，过几天请王老师到家里坐坐，有好多话想跟王老师说！他说王老师是个好人，是个好老师。

王老师望望消失了的人和车，有点怅然，心里空荡荡的，脑子也有点木了。

中午放学以后，王老师卖了半箱冰棍儿。往日放学时他站在校门口，检查出门学生的衣装风纪。现在，他却给他们卖冰棍，心里总有点不好受。这时候，他的六甲班班长何小毛跑过来执意要帮他卖冰棍。何小毛抓住一个偷冰棍的男孩，男孩辩解说他给王老师交过钱了。王老师瞅着男孩眼底透出的一缕畏怯的羞涩，就证明了这男孩交没交钱了。最后，他说男孩交了。男孩深深地向他鞠了一躬，反身跑走了。但男孩刚跑上公路，就把冰棍儿扔到路下的荒草丛中去了。

王老师的同事杨小光背着冰棍箱子来了后，王老师背着箱子进校门去了。杨小光把板凳挪到公路边上，响亮地吆喝起来。

王老师回到宿舍，躺下睡了。恍惚迷离中被人摇醒，睁开眼睛，看到是何小毛。何小毛说同学们都上学来了，趁着没上课正好可以卖一些冰棍儿！王老师听了有点反感，小小年纪却热衷于冰棍买卖之道，叫人反感。但他又不好伤了学生的热情，只好说我这就去。何小毛说老师你要是累了，我去替你卖一会儿，赶上课时你再来。我爸叫我后晌回去时再带一箱冰棍儿，他说要从你手里买，让你多赚钱。王老师此时才把何小毛与何社仓联系到一起。

他听了心里泛起一股很强烈的反感。何小毛说体育杨老师已经卖掉三箱了。王老师……你太……，王老师冷冷地让何小毛去准备上课，说小孩子不要管这些事！何小毛走了。

王老师背着箱子朝后门口走去，他坐在石凳上，脑子里浮现着何小毛父子的影像。何社仓眼里害羞的神光在儿子何小毛眼里已荡然无存。这时，一串男女学生来买他的冰棍，他的生意顿时红火起来。杨小光说他要引着王老师去看一场西洋景儿，王老师于是朝校园里走去。当他站在一个教室窗外时，他几乎被气得、被羞得昏厥过去——三年级丙班教室的讲台上，站着何小毛，他正在动员学生们买王老师的冰棍儿。他说王老师有教学经验，年年都带毕业班，在座的同学将来上六年级了，王老师当你们的班主任，教语文。现在王老师卖冰棍，大家都帮帮他，让他多卖冰棍多赚钱……王老师眼前一黑，几乎栽倒。

杨小光说对王老师说，你要是有兴趣，到各班教室都去看看，班干部们都在给你当推销员广告员了……王老师手打抖，嘴里说不清话："杨老师……我不知……这些娃娃……竟这样……"杨小光撇撇嘴："王老师，我可想不到你有这一手哩！往日里我很尊敬你，你德高望重、修养高雅，想不到你竟是个……伪君子！"王老师立时煞白了脸，说不出话来。

何小毛出来后，毫不胆怯地说："我当推销员有什么不好不对？你上体育课硬把冰棍摊派给我们，一人一根不吃不行。你昨日上体育给同学们说今日轮你卖冰棍儿，要大家都一律买你的……"王老师听着就扬起了手，"啪"的一声响，打了何小毛一记耳光。何小毛冤枉委屈地瞪他一眼，捂着脸跑了。

杨小光愈加恼怒，大声吵嚷起来："太虚伪了嘛！王老师！学校开会讨论卖冰棍问题时，你说教师卖冰棍影响不好啦！不能向钱看啦！我以为你真是品格高尚哩！想不到你比我更爱钱，而且不择手段，发动学生搞阴谋活动……"王老师看见有不少学生和教师围观，窘迫地张口结舌、有口难辩，恨不得一头碰到砖墙上去。杨小光更加得意地向围观的学生和教师羞辱王老师："我杨小光爱钱，可我赚钱光明正大。我心里想赚钱嘴里就说想赚钱，不像有些人心里想赚钱嘴里可说的是这影响不好那影响不佳，虚——伪！"王老师再也支持不住，干脆回屋子里去。

刘伟挡住王老师不让他退场，然后对杨小光说："杨小光你骂谁哩？六甲班的学生干部是我组织起来行动起来的，你有什么意见朝我提好了。你骂错了人，先向被你错骂的王老师赔礼道歉，然后你再来骂我。"杨小光和刘伟吵了起来，刘伟说："你杨小光牛什么？不就是蹦了一下得了一块没有金子的金牌才混上个体育教师！你整日里骂这个训那个，你凭什么要厉害？领导怕你我也怕你不成？"杨小光被讽刺嘲笑得急了，拳头攥紧了要打刘伟。校长成斌拉走了刘伟，再推走了杨小光。

王老师没有料到卖冰棍儿会卖出这种不堪收拾的局面。他想到校务会讨论卖冰棍儿时自己说过影响不好的话，但没有坚持而放弃了。他想自己快退休了，临走却被一个年轻的体育教师骂成"伪君子"。再三思虑后，他写了"退休申请"几个字，心里铁定：提早退休！校长成斌说问题全部调查清楚，何小毛和六甲班学生干部到各班动员学生买王老师冰棍儿的举动，完全属于何小毛的个人行为，既不是王老师策划的，也不是刘伟策划的。所以杨小光辱骂王老师是错误的。杨小光向王老师赔礼道歉。但王老师失手打了何小毛一个耳光，成斌和吴主任研究过后决定，王老师向被打学生家长赔情，然后再在本校教师会上检讨一下。成斌征求王老师的意见。王老师对校长研究下的两条措施都接受了。成斌不放心，执意要陪着王老师一起去何小毛家，向那位在本乡颇具影响的企业家赔情。刘伟也执意要去，理由是与自己有关。

何社仓闻声迎出来，把三位老师引进会客室，说成校长、王老师、刘老师，你们来不说我也知道为啥事。此事不提了，我已经知道了。我那个小毛不是东西，我刚刚训过他。咱们"只叙友情，不谈其他"。成校长企图再次引入道歉的话题，何社仓反而有点烦。王老师觉得心里憋得慌，说："社仓，我打了小毛一个耳光，我来……"何社仓说："王老师，打了就打了嘛！我也常是赏他耳光吃。这孩子令人讨厌我知道。我在你的班上念了两年书，你可是没有重气呵过我……好了好了不提此事了。大家要么去参观参观我的鞋厂。"

然后，何社仓把三位老师重新领进会客室里吃呀喝呀。何社仓说："王老师，我现在有时还梦见在你跟前念书的情景……怪不怪？多少年了还是梦见！我小时候那么怕羞！我而今不怕羞了胆子大了。我那个小子小毛根本不知道害怕害羞！我倒是觉得小孩子害点羞更可爱……"王老师说："对对对！何社仓，小孩子有点害羞更可爱！我讨厌小小年纪变得油头滑脑的小油条。"说着站了起来，拍着校长和刘伟的肩膀，两行老泪潸然而下着说："其实何止小孩子！难道在我、在你们、在我们学校、在我们整个社会生活里，不是应该保存一点可爱的害羞心理吗？"三个人都有点愣，怀疑王老师可能醉了。

1988年6月27日于白鹿园

二、《两个朋友》：批判、反思了商品经济社会中民族道德精神的滑坡，人性的可怕等问题

《两个朋友》于1988年写成，发表于1989年。

小说写王育才和农村媳妇秋蝉的离婚案持续了五个年头还是离不了。秋蝉不同意离婚，王育才的父亲母亲也不同意他们离婚。王育才年轻时和刚刚从师范学校毕业的年轻姑娘吕红恋爱。但吕红的村支书父亲不同意，吕红最终嫁给了一个工人。但吕红婚后，继续和王育才偷偷摸摸地来往。她的丈夫知道后，他们离婚了。王育才的目的就是要吕红和丈夫离婚，因为他要报复吕红当初对自己的背叛，他和秋蝉的离婚案闹了四五年，其实全是假的！

小说展现了可怕的人性。主人公王育才年轻时是一个一说话就脸红的羞怯的青年，他高中毕业后当了农民，同学王益民当了教育主任后，举荐他当民办教师。他后来改变了内向、怕羞的性格，成了学校的权威教师。后来，他和刚刚从师范学校毕业的年轻姑娘吕红恋爱。但吕红的父亲不同意。他于是和王益民媳妇的一个远房表妹秋蝉结了婚。但几年后，他提出和秋蝉离婚，和吕红结婚的要求。他认为自己和吕红的婚姻才是最符合道德的，和秋蝉的婚姻是一种没有感情的死亡婚姻。但他想起和秋蝉生的三个孩子，又很痛苦，认为离了婚，自己就是

十恶不赦的罪人，这是他为离婚最伤脑筋的地方。但若能离婚，他会从财力上保证三个孩子的求学读书，满足他们生活上的一切需求。他说自己与吕红已经没办法分割开了。吕红和丈夫也闹翻了。王育才说，他没有吕红一天都活不下去。他向桑树镇民事法庭赵法官申诉离婚，他父亲王子杰在法庭门口向赶集的男女揭露着他离婚的内幕，男女们一齐骂他忘恩负义。过了半年，他又到法院上告离婚，但这场离婚官司还是旷日持久地被拖下来。其间，他和吕红仍然偷偷摸摸地来往。吕红的丈夫、父亲找王益民，希望他劝一下王育才，甭瞎折腾了。吕红也找王益民，她的精神已经不正常，她说王育才是个野兽！是个吃人不吐骨头的豺狼！把她害得好苦！但一直觉察不出他设了圈套。她和丈夫已经离婚了，但王育才突然从法庭抽回了起诉，不离了……王育才这是在报复她。王育才和秋蝉的离婚案闹了四五年，其实全是假的！他虽然一次一次上诉，但又一次一次托人给赵法官塞钱，不要判决离婚。王育才演这场假戏的目的就是让吕红离婚。他其实在要吕红，他一直记着当初吕红离开他的旧仇。他说君子报仇十年不晚。王育才说吕红丈夫欺侮了他，吕红父亲欺侮了他，使他有了个政治黑疤……现在他全都要报复。王育才给王益民打来电话，说吕红说的事是真的。吕红已经离婚了，这是他设的圈套。吕红和她父亲扔掉了他，选择了那个比他家庭出身好的工人。他现在就是要让她尝一尝痛苦的滋味。更歹毒的是他所办的公司是个骗钱公司，他把人们的钱都骗腻了，最后，他要去一个能使他恢复羞怯的地方。他说他不想自杀，他想在恢复了人应有的羞怯后，再论死生之事。李遇春认为，从这些可以看出，王育才在商品经济大潮中已经异化成了一个伪善而歹毒的家伙，他完全丧失了传统的道义廉耻观念。陈忠实通过该小说对商品社会中的民族道德精神的滑坡进行了批判性审视，他也站在传统道德伦理文化的价值立场上反思现代性。[①]

　　小说中的赵法官在王育才父亲王子杰眼里是个好法官，认为王育才到法院上告离婚是白告，赵法官是不准他们离婚的。王育才爱告尽管告，告一百次也是白告。但实际上，赵法官是个见钱眼开的人，只要谁给他塞钱，他就会把离婚一类的案子不判决，让其遥遥无期地拖下去。王育才给他塞了钱后，他就让王育才和

---

①　李遇春：《陈忠实小说创作流变论——寻找属于自己的叙述》，《文学评论》2010年第1期。

秋蝉的离婚案持续了五个年头。当王育才假意要求赵法官干脆给他判个离婚算了时，赵法官说："你才起诉了四回这不算个啥，经我手判的一个离婚案男方起诉了十一回，前后经过十七年。你这四五回只是一般记录。"可见，只要他和当事人一方合谋，会给另一方带来无尽的折磨和痛苦。

小说的写法也很新颖，王育才和秋蝉的离婚案在五年里都被判为不予离婚。秋蝉继续在家里干着这样那样的农活，乡亲们都认为她没必要干，她照样继续。她也很节俭，不用电褥子。但当她得到法庭传票后，她才号啕大哭起来。她的公公和婆婆都不同意他们离婚，但两个老人不知道王育才具体在西安的哪里发大财。于是就委托王育才的好朋友王益民去找王育才。王益民在西安找见王育才后，王育才说他和吕红结婚才是最符合道德的，这话让本想劝王育才不要离婚的王益民都无话可说，连王益民都相信了王育才是铁了心要和秋蝉离婚。王益民回到村给王子杰说了一切后，王子杰来到西安，打了王育才，骂在场的吕红是婊子，大闹王育才的公司。吕红的丈夫找王益民，希望他劝劝王育才和吕红不要来往了，因为吕红已经生了一双儿女。王益民于是去找王育才，但没找着。吕红的父亲也来找王益民，让他劝一下王育才，甭瞎折腾了。但王益民看自己说服不了王育才，不敢答应。吕红来找王益民，告诉了王益民王育才闹离婚的真正目的，就是为了报复她。可见，王益民是小说的串线人物。

附《两个朋友》的故事情节：

王育才和农村媳妇秋蝉的离婚案持续了五个年头。五年里，王育才三次起诉，都被赵法官判为不予离婚。王育才见到赵法官要求干脆给他判个离婚算了。赵法官说："你才起诉了四回这不算个啥，经我手判的一个离婚案男方起诉了十一回，前后经过十七年。你这四五回只是一般记录。"王育才听了就哑了口。秋蝉拉回苞谷秆子后，邻居小媳妇说她没必要拉苞谷秆子。意思是她男人王育才挣大钱了，她何苦还要干这些呢？秋蝉听了笑笑，没有解释。然后，她去鸡场卖小鸡、卖鸡蛋。人们又说她还卖那些货做啥？意思还是她男人挣大钱了，她何苦还要干这些？秋蝉不打算好吃好睡好逛，她继续养鸡卖鸡蛋，拉苞谷秆子。王育才买的电褥子她不用，她怕费电。她的大儿子小强放学回来把桑树镇民事法庭一封传讯信塞到她手里，要她后日去和王育才离婚。她号啕大哭起来。公公王子杰和婆婆都不同意儿子离婚。王育才在西安发了大财，但他们不知道他的具体位置在西安的哪里。他们想王育才的好朋友——本村小学教育主任王益民应该知道。王子杰就去找王益民。王益民知道事情后也很震惊，第二天就去找王育才。

王育才给乡政府写了停薪留职报告后去和一位高中同学搞公司，他当会计。那年寒假，王育才半夜找王益民说秋蝉的妹来了，屋里住不开，他要到学校办公室去住，王益民就给了他钥匙。第二天，王益民到学校，王育才已不见了，钥匙也未留下来。王益民找到王育才家里，秋蝉说她妹子根本没来家里。王益民开始生疑。他砸了锁子进门，看见床单上有男人的排遗物。春节时，王育才才把钥匙交给他，说他第二天去广州出急差，忘了交还钥匙。新学期开始，一位老教师说他看到王育才和吕红在办公室里。王益民和王育才自幼交好，王益民后来上了师范，王育才高中毕业后当了农民。王益民被提拔为教育主任后，举荐王育才到学校当民办教师。公社同意了。王育才性格内向、怕羞，认为自己不适合当老师。但后来不紧张了，成了学校的权威教师。大约不到一年时间，他和刚刚从师范学校毕业的年轻姑娘吕红恋爱。吕红初中一年级未读完就发生了"文革"，后来被推荐上了两年师范，其中有一年多的时间都是在搞革命大批判，所以她给初中班任教，力不从心。她就去找王育才请教，时日一长，就进入热恋。她的父亲是村支书，不同意她和王育才相好。她最终和王育才断了关系。到下一学期，她调到另一个小学，而且结了婚。不久，王育才也和王益民媳妇的一个远房表妹秋蝉结了婚。

王益民在西安找见王育才后，王育才说他要离婚，要和吕红结婚。他和吕红的婚姻才是最符合道德的，和秋蝉的婚姻是一种没有感情的死亡婚姻。尽管他很感谢王益民在他最困难的时候帮他娶下一个女人，但他的感情无法从吕红身上移到秋蝉身上。他在作出离婚决定时首先想到的是王益民，其次才是他的父母。王益民听了王育才追求的是"符合道德的婚姻"，就说离了三个孩子怎么办？他们正处在幼学阶段，既要人抚养，更需要心灵上的温暖。离了婚会把痛苦转嫁到孩子身心上。王育才听了哭着说孩子是无辜的，离了婚他是十恶不赦的罪人。他为离婚伤脑筋就伤在这上头。他只能从财力上保证他们求学读书，从生活上满足他们的一切需求。他希望秋蝉能明白，他会毫不吝啬地给孩子以父爱的。他担心秋蝉不会给他这机会。他与吕红已经没办法分割开了。吕红和丈夫也闹翻了。他没有吕红一天都活不下去。他希望王益民给秋蝉多做点解释工作。

王益民回到村时，王子杰在村口等着他，他说了他找王育才的经过，以及他的无能为力。王子杰问清了王育才的地址，然后就搭末班车进城了。在古都饭店，王子杰看见了儿子王育才，也看见了长沙发上斜倚着的一个女人，他凭感觉知道女人是吕红。他打了儿子一巴掌。女人从沙发上跳起来叫着："大伯有话慢慢说……"他骂道："婊子！"女人一甩手就走出门去。他又揪住儿子的领带，扯着拽着往门外拉。王育才求他坐下说话。他让王育才回家说话。两个服务员威胁他，说再不停手就叫警察。他才坐下来。王育才小声劝他尽管骂自己，但不要胡乱骂服务员。

王育才佯装尿尿出屋叫来出租车把父亲送回家，才从尴尬中解脱出来。

第二天，王育才坐在桑树镇民事法庭向赵法官申诉离婚理由时，王子杰在法庭门口向赶集的男女揭露着儿子离婚的内幕。赵法官问王育才既然和秋蝉没有丝毫感情，三个孩子是怎么出来的？王育才被问得张口结舌、虚汗直流。

王子杰老汉的揭露获得了成功，男女们一齐骂王育才忘恩负义。消息从桑树镇反馈回王子杰家，他的威望空前高涨。王益民听到后，只好任其自然发展。

过了半年，王子杰又给王益民说，王育才又到法院上告了。王子杰说再告也是白告，赵法官还是判下个不准离婚。王育才爱告尽管告，赵法官是个好法官，再告一百次也是白告。于是，这场离婚官司便旷日持久地拖下来，以至王子杰老汉也被磨得发不起火来。王育才和吕红仍然偷偷摸摸来往，他们理想的"符合道德的婚姻"好梦难圆。

不久，吕红的工人丈夫找王益民，希望王益民劝劝王育才和吕红。吕红的丈夫骂王育才太欺侮人了。他讲了自己和吕红成亲的经过。他父母坚决要给他找一个陕西人，吕红是陕西人，于是大得父母欢心。他和吕红结婚后生了一双儿女。

王益民便去找王育才，但没人知道他的下落了。接着，吕红的父亲来找王益民，痛斥女儿的行为不检点，又对自己过去在女儿婚事上的自作主张后悔不及。吕红的父亲说他就是不想让女儿与老保长王子杰的儿子结婚。他让王益民劝一下王育才，甭瞎折腾了。王益民想自己却根本说服不了王育才，所以不敢答应。

吕红也来学校找王益民，老师们知道她停薪留职后跟上王育才去西安挣大钱了，他们之间的桃色事件轰动了全县的教职工。她现在再次走进学校时，王益民发现她的精神不正常。她说自己实在无路可走了才来求王益民，现在只有王益民能救她了。王益民的朋友王育才是个野兽！是个吃人不吐骨头的豺狼！王育才把她害得好苦！但她一直觉察不出给她设了圈套。她说她和丈夫已经离婚了，但王育才突然从法庭抽回了起诉，不离了……王育才这是在报复她。王育才和秋蝉的离婚案闹了四五年，其实全是假的！他虽然一次一次上诉，但又一次一次托人给赵法官塞钱，不要判决离婚。他演这场假戏的目的就是让她离婚。他其实在耍她，他一直记着当初她欺侮他的旧仇。他说君子报仇十年不晚。他说她丈夫欺侮了他，她父亲欺侮了他，使他有了个政治黑疤……现在他全都要报复。

吕红让王益民给王育才说她死了，是她最后的一丝希望了。王益民劝吕红与丈夫复婚，但吕红说那样的路她不能走，那比死艰难十倍！

王育才给王益民打来电话，说吕红说的事是真的。吕红已经离婚了，这是他设的圈套。吕红和她父亲扔掉了他，选择了那个比他家庭出身好的工人。他现在要让她尝一尝痛苦的滋味。

王益民听了骂王育才是个毒虫，是个歹毒的家伙！王育才说他曾经是个羞怯的青年，但那些人先伤害了他，他就要报复。他也不想再挣钱了，要到一个谁也找不到他的地方去。他所在的公司是个骗钱公司，他骗钱骗腻了，他要去一个能使他恢复羞怯的地方。他不想自杀，他想在恢复了人应有的羞怯后，再论死生之事。

三、《舔碗》：批判了传统文化心理中的某些陋习

《舔碗》于1988年写成。小说写黄掌柜真诚地叫长工黑娃把碗舔了。黑娃开始不舔，后来舔了。从此，黑娃一直过着舔碗后呕吐的日子。半月后，他的身体彻底垮下来了。最终，黑娃逃离了黄掌柜家，俩月的工价粮食也不要了。

小说写黄掌柜叫长工黑娃舔碗的发展过程是，黑娃先说他不会舔碗，黄掌柜就教他舔碗，黑娃垂着手低着头不动，黄掌柜说今日不舔了。然后，黄掌柜采取了一系列措施逼迫黑娃舔碗：一是举例子，他说他的家业能发展起来是他舔碗舔下的，是他爸他妈他爷他婆他老爷等五辈人舔出来的；二是讲道理，他说庄稼人过日月就凭勤和俭俩字；三是亮心意，他说他叫黑娃舔碗是好心，不是恶意；四是装病，他说自己心口疼，只有黑娃把碗舔了才能治好病；五是鼓励，他说黑娃只要照着自己的姿势舔碗，舔习惯了就好了；六是奖励，他许诺黑娃只要舔碗，年底不光不扣二斗粮，还要加二斗粮；七是代替黑娃舔碗，他看黑娃不舔碗，就在多日时间里替黑娃舔起饭碗来。

黑娃面对黄掌柜让自己舔碗的事情，言行及心理变化情况是：对黄掌柜的举例子，他先眨眨眼没吱声，最后说自己明白了；对黄掌柜的讲道理，他说洗了碗洗了锅，稠泔水喂牛喂猪还是没糟践嘛！他情愿受穷，情愿出门给人熬活儿，也不舔碗，又说他今后每顿少吃半个馍或者少吃半碗饭，算是赔了自己不舔碗糟践的粮食；对黄掌柜的好心好意，他领受不了，让黄掌柜另换个会舔碗的长工来，但他心里却有一缕违拗主家，伤了主家脸皮的歉疚，于是便用心经管牲畜，主动卖力地干活；对黄掌柜的装病，他大为惊诧，想不到自己不舔碗竟然把主家气下病了，于是照着主家的姿势舔起碗来，舔完后，却把吃进肚里的麻食全部吐了出来；对黄掌柜"吐不要紧，再舔几回就习惯了，习惯了自然也就不吐了"的鼓励，他连着两三天都默不作声地舔碗、呕吐，后来，他强撑着吃了舔，舔了吐的日子，半月后，身体彻底垮下来，无法进食，空着肚子去干活，躺到炕上一动不动；对黄掌柜的奖励，他没动心，打算离去，黄掌柜妥协了，主仆二人终于得到了和解；对黄掌柜代替舔碗，他呕吐不已，身体迅即垮了下来，他便逃走了。

小说绘声绘色地描写了黄掌柜舔碗的习惯，其舔碗动作是先沿着碗沿舔一圈，把碗的内壁舔光后，再舔碗底上的残汤米屑，只见他的舌头在碗底旋转一下，又把舌头伸出来从下唇、左嘴角、上唇、右嘴角扫荡一圈，碗就舔干净了。黄掌柜强迫长工黑娃舔碗是一个漫长过程，他之所以这样固执坚持，源于我们民族长期形成的节俭节约的传统文化对他的深刻影响。小说所写是过去陕西关中农村一个财东舔碗及其让长工舔碗的事情，这种事情实际上很常见，不仅财东，就是穷人吃罢饭基本上都会舔碗，之所以这样，是人们普遍认为粮食太来之不易了，粒粒皆辛苦，于是对其异常珍惜，尤其是经历过年馑的老一代人更是如此。小说对黄掌柜吃罢饭舔碗及他费尽心思地让长工黑娃也拥有这个习惯的做法，是持鲜明的批判态度的，认为舔碗是中国传统文化心理结构中的病态因子。这可能与陈忠实写作这篇小说的那个年代已经是丰衣足食的年代有关。众所周知，从那个年代开始，节俭节约渐渐被人们嘲笑、抛弃，直到现在，铺张浪费，糟蹋粮食已经是一个禁而不绝的普遍现象。陈忠实在1985年以后的文化价值取向是试图剥离传统文化心理结构中的腐朽因子，他追寻和认同的是传统文化的精魂。他在《蓝袍先生》中对传统的儒家礼教文化表现出两难的态度，而在《舔碗》这篇小说中，却对舔碗全力否定。我们认为，对于舔碗这件事情，应该结合时代辩证分析；对于小说在写黄掌柜与黑娃关于舔碗与反舔碗的冲突中体现出来的作者对于这种传统文化心理中的陋习的批判，应该结合时代具体分析。

李遇春认为，《舔碗》让人们看到了人与粮食的关系和感情，看到了积淀很深的传统文化心理。黄掌柜对黑娃曾有一番劝导："庄稼人过日月就凭俩字，一个是勤，一个是俭。勤开财源，俭聚少成多、积小到大。一般人做到勤很容易，俭字上就分开了彼此。"黄掌柜忠厚待人、勤俭持家，他对黑娃可谓厚也，他要求黑娃的只是俭。如果仅仅从这个角度看，黄掌柜似乎没有什么错，而且还很有道理，只是他把他的习惯或者说是丑陋习惯由己推人、强人所难，却令人无法接受。①

邢小利认为，与《轱辘子客》相比，《舔碗》对传统文化心理结构的深度

---

① 李遇春：《陈忠实小说创作流变论——寻找属于自己的叙述》，《文学评论》2010年第1期。

透视显得别出机杼。黄掌柜认为舔碗意味着节俭，节俭比勤劳更不可或缺，舔碗行为其实是黄掌柜内在文化心理结构的外在表征。但黄掌柜舔碗习惯让长工黑娃无法忍受，黑娃一次次地学习舔碗未果，反过来又打破了黄掌柜的固有的文化心理平衡，他因黑娃拒绝舔碗而病倒。可当黑娃迫于无奈接受舔碗后，虽然黄掌柜病愈，但黑娃自己又病倒了，他的心理结构被黄掌柜的癖好所颠覆。就在这一次次的文化心理结构的碰撞、颠覆和平衡的精细叙述中，不管人们对这种文化取向存在何种不同的看法，对于陈忠实而言，他诚然是发出了自己的声音，寻找到了属于自己的句子。①1997年，陈忠实为《延河》的"陕西青年作家小说专号"写寄语文章时，拟的题目是《寻找属于自己的句子》。2007年，陈忠实开始在《小说评论》上连载《〈白鹿原〉写作手记》，总题目依然是《寻找属于自己的句子》。由此可见陈忠实对海明威这句话的信服。

《舔碗》不仅在形象化叙述上体现出叙述的准确、凝练、形象、饱满，亦通过必要的、个性化的人物对话，调节了叙述的节奏。陈忠实说他曾在《害羞》《两个朋友》这两个短篇小说中，演练着叙述语言，他在《舔碗》中"为纯粹的叙述里加入人物对话，意在把握对话的必要性，自然是对对话的内容再三斟酌和锤炼，以个性化的有内涵的对话语言，给大段连接大段的叙述里增添一些变化，避免大段叙述语言阅读过程中可能产生的累"②。

在创作《白鹿原》时，陈忠实还将《舔碗》的内容经过改造后加入了其中。

附《舔碗》的故事情节：

黑娃在黄掌柜家吃头一顿饭时有点拘束，黄掌柜真诚地催促他快吃！黑娃吃完一碗又要了半碗，又掐起一个馍来。黄掌柜吃完了两碗饭，黑娃还有半个馍掐在手里。这样，黑娃就瞅见了黄掌柜舔碗的动作。黄掌柜先沿着碗沿舔了一圈，碗内壁被舔光，只留下碗底上的残汤米屑。黄掌柜的舌头在碗底旋转了一下，然后又把舌头伸出来从下唇到左嘴角再到上唇和右嘴角扫荡了一圈。黑娃吃完馍，也吃光面，站起身来准备去喂牛。黄掌柜叫他把碗舔

① 邢小利：《关中风月：写尽关中的人与事》，中国作家网，2016年5月13日。
② 陈忠实：《仅说一种本能的情感驱使》，见《陈忠实文集》（第10卷），人民文学出版社，2015年版，第5页。

了。黑娃说他不会舔碗。黄掌柜就教他舔碗。黑娃垂着手低着头不动。黄掌柜说今日不舔了。

第二天早饭吃的是苞谷粥，黄掌柜说他的这家业能发起来是舔碗舔下的。黑娃眨眨眼没吱声。黄掌柜说他的三合院、圈里牛、坡上的旱地、川里的水地都是从碗里舔下来的。他又说也不是他一个人舔下来的，是他爸他妈他爷他婆他老爷等五辈人舔出来的。黑娃说明白了。黄掌柜又给黑娃讲解庄稼人过日月就凭勤和俭俩字。黑娃说洗了碗洗了锅，稠泔水喂牛喂猪还是没糟践嘛！黄掌柜说这是一般庄稼汉们的想法。黑娃说他情愿受穷，情愿出门给人熬活儿，也不舔碗。黄掌柜看自己说下的话黑娃不听，就又讲了许多道理，黑娃被逼得没办法就说他今后每顿少吃半个馍或者少吃半碗饭，算是赔了他不舔碗糟践的粮食。黄掌柜说他叫黑娃舔碗是好心，不是恶意。黑娃领受不了黄掌柜的这个好心，就让黄掌柜另换个会舔碗的长工来。黄掌柜看黑娃弓已拉硬，便暂且妥协。连着三天，黄掌柜再没提舔碗的要求。黑娃心里却有一缕违拗主家，伤了主家脸皮的歉疚，于是便用心经管牲畜，主动卖力地干活。黄掌柜也没有苛待和报复黑娃的举动。两人到田地里干活不说一句话。

到第四天晌午，黄掌柜心口疼，说他的病只有黑娃才能治，那就是把碗舔了。黄掌柜说每顿饭后看见黑娃的碗，心里就难受。黑娃大为惊诧，想不到自己不舔碗竟然把主家气下病了，于是说："要是舔了碗能除你的病，那我就……舔。"黄掌柜女人端来麻食，黑娃吃罢后，就照着黄掌柜的姿势舔起碗来。待舔完后，黄掌柜双手一拍说："好！舔得还好！"但黑娃却把吃进肚里的麻食全部吐了出来。黄掌柜说："吐不要紧，再舔几回就习惯了，习惯了自然也就不吐了。"

连着两三天，黑娃都默不作声地舔碗、呕吐，他求饶黄掌柜，黄掌柜却继续鼓励他舔碗，舔习惯了就不吐了。黑娃强撑着吃了舔，舔了吐的日子，半月后，身体彻底垮下来。为了不再舔碗，他只吃馍。但因为顿顿吃馍，他口腔糜烂，舌头生泡了。这使他无法进食了。他空着肚子到地头干活。吃午饭时，他没有去吃饭，径直走进牛圈躺到炕上一动不动。黄掌柜见状说这是一道关，撑过去就没事了。黑娃求黄掌柜不要让他舔碗了，他情愿年底少开二斗粮，权当他不舔碗糟践的粮食。黄掌柜说，"我跟你想的正好相反，只要你舔碗，我不光不扣你二斗，年底给你再加上二斗。你这下明白我的好心了吧？"但黑娃没动心，只好打算离去。黄掌柜说："算咧算咧！从今日起你甭舔碗了。"黑娃不知道，去年黄掌柜雇下了一个长工，因为无法学成舔碗的好习惯就中途辞职了。黄掌柜想如果黑娃再辞职，雇工就会很困难，他便妥协了。主仆二人终于得到了和解。黑娃歇息了两天，口疮稍为收敛之后，他强迫自己多吃饭，以期尽快恢复体力，尽早到田间去干活。

黑娃身体恢复后，突然看见黄掌柜舔起自己的饭碗来。黑娃"呜哇"一声呕吐起来。黄掌柜说下回他舔碗时，黑娃可以离开。黑娃点点头。晌午饭时，黑娃瞧见黄掌柜吃饭时伸出来的舌头又想吐，因为那舌头的边沿有一片黄斑。黑娃抑制不住地感到阵阵恶心，一口饭也咽不下去，就悄然离开了饭桌。随后，只要一瞅见饭碗他就恶心，因为他想到了黄掌柜舌心上那一片尿垢似的黄斑。及至后来，黑娃瞧见黄掌柜又厚又长的下唇也忍不住恶心反胃。他又犯了口疮，身体迅即垮了下来。黄掌柜终于火了，骂道："穷小子穷命，鬼贼毛病倒不少！"是夜，黑娃便逃走了，俩月的工价粮食他也不敢索要了。

第十五章　垫棺做枕大著《白鹿原》

（1988年—1993年）

1988年4月至1989年1月，陈忠实草拟了长篇小说《白鹿原》。1989年4月至1992年3月，《白鹿原》成稿。1992年12月20日，《白鹿原》（上）刊发在《当代》第 6 期。1993年2月20日，《白鹿原》（下）刊发在《当代》第 1 期。1997年，《白鹿原》荣获第四届茅盾文学奖。《白鹿原》是陈忠实运用文化心理结构学说来塑造人物的小说。

一、《白鹿原》的写作缘起

1984年，陈忠实写出了中篇小说《梆子老太》，这篇小说尝试用人物性格来结构故事，此时，国内文学界、学术界在继承鲁迅的"解剖刀"批判国民性时，李泽厚等人提出了"民族文化心理结构"这一概念。李泽厚在《中国古代思想史论》中，探索了中华民族独特的文化心理结构，对孔子、孟子、老子、禅学的思想形态采用"具体问题具体分析"的辩证态度，指出它们渐渐成为中国传统文化心理结构的重要精神遗产，尤其提出孔子思想的精神特征之一是"实践理性"，这一脉的精神特质存续不绝，构筑起了中华民族文化心理结构的根基。①

民族文化心理结构学说认为一个人的思维方式、价值取向、心理素质、日常

① 何新：《中国传统文化——心理结构的新探索》，《人民日报》1985年11月28日，第5版。

行为模式、情感态度等是受家庭环境、社会环境、所受文化教育等因素的综合影响，并在民族传统文化的积淀中形成，它是人的精神形体的骨架。

陈忠实读了李泽厚等人的文化思想著作后，直接或间接地影响了他对中国传统文化的价值选择。[1]他说："当时我觉得对我最有用的就是文化心理结构学说，我就开始实践这个东西。然后就有了一批中短篇小说，包括短篇小说《轱辘子客》和《两个朋友》，它们都是那之后的作品。当然印象最深刻的除了《轱辘子客》之外，还有两个中篇，《蓝袍先生》和《四妹子》，这是我非常清醒的。无论是《四妹子》写的当代生活，还是《蓝袍先生》中的历史生活背景，我都是从文化心理结构的角度去写人物的。我自己感觉人物的深度和厚度比以前要好一些了。"[2]他还说："我懂得了文化心理结构学说，就给我塑造人物打开了一条路子，从肖像、外形描写到对话语言都进入一个新的路径。正是依着这个新的角度，我来探索我的长篇小说中的几个主要人物。为了写好这些人物，我默默给自己定下一条禁忌：不搞形象描写，这个人模样长得咋样、身材如何，基本不作描写，就从心理出发，从心理结构出发，让他或她依自己独有的文化心理结构决定自己的行为。为了把握人物的心理结构和心理活动，我还读了《心理学》《犯罪心理学》《梦的解析》《艺术创造工程》。"[3]

《蓝袍先生》是陈忠实的第七部中篇小说，写于1985年8月至11月，它是陈忠实为了从赵树理、柳青的文学影响中剥离出来而创作的小说，是一部让陈忠实真正脱胎换骨的小说，是陈忠实给人们带来更大惊喜的小说。小说主人公徐慎行活了六十年，但只幸福了二十天，这样的人生状态反映了病态社会对正常人心性的肆意扭曲情况，以及社会生活恢复常态之后，人的心性仍然难以走出萎缩病态状况的真实情况。该小说在陈忠实的整个创作中具有很重要的意义，标志着他在艺术的洞察力和文化的批判力上，都在向着更加深化和强化的层次上过渡着。[4]他曾多次说过《蓝袍先生》引发了他创作长篇小说《白鹿原》的欲念：

① 陈忠实：《陈忠实文集》（第9卷），人民文学出版社，2015年，第372页。
② 陈忠实：《陈忠实文集》（第10卷），人民文学出版社，2015年，第375页。
③ 陈忠实：《我与〈白鹿原〉》，《光明日报》2008年12月25日。
④ 白烨：《不懈的"寻找" 不朽的丰碑——陈忠实写作〈白鹿原〉的前前后后》，《当代》2016年第4期。

"……《蓝袍先生》发表后的反应，诱发了我强烈的创作欲望，鼓舞我进一步在更大的层面上深层次解析民族的文化心理结构，《白鹿原》就是在这样的创作思路下开始构思的。"①

"至今确凿无疑地记得，是中篇小说《蓝袍先生》的写作，引发出长篇小说《白鹿原》的创作欲念的。"②

"1949年前或稍后关中乡村生活的记忆，我有一个库存，从来没有触动过，现在突然感到很珍贵……于是萌生了长篇小说创作的想法……这就是《白鹿原》最早创作欲望的产生，由这个中篇小说（《蓝袍先生》）而突然引发的。""写《蓝袍先生》发生的转折，第一次把眼睛朝背后看过去，我生活的关中的昨天，这里的人是如何生活的。这是1980年代中期发生的事情。""这个中篇（《蓝袍先生》）写完后，写长篇小说的准备就开始了。"③

"这部中篇小说（《蓝袍先生》）与此前的中、短篇小说的区别，我一直紧紧盯着乡村现实生活变化的眼睛转移到1949年以前的原上乡村，神经也由紧绷绷的状态松弛下来；由对新的农业政策和乡村体制在农民世界引发的变化，开始转移到人的心理和人的命运的思考，自以为是一次思想的突破和创作的进步。还有一点始料不及的事，由《蓝袍先生》的写作勾引出长篇小说《白鹿原》的创作欲望。"④

"就我自己所经历的探索过程而言，《蓝袍先生》这部中篇是对此前中短篇小说写作的一次突破。"⑤

"在作为小说主要人物蓝袍先生出台亮相的千把字序幕之后，我的笔刚刚触及他生存的古老的南原，尤其是当笔尖撞开徐家镌刻着'耕读传家'的青砖门楼下的两扇黑漆木门的时候，我的心里瞬间发生了一阵惊悚的战栗，那是一方幽深难透的宅第。也就在这一瞬，我的生活记忆的门板也同时打开，连我自己都惊讶

①　陈忠实：《文学的信念与理想》，见《陈忠实文集》（第7卷），人民文学出版社，2015年版，第332页。
②　陈忠实：《寻找属于自己的句子》，上海文艺出版社，2009年版，第1页。
③　陈忠实：《陈忠实文集》（第9卷），人民文学出版社，2015年版，第483页。
④　陈忠实：《寻找属于自己的句子》，上海文艺出版社，2009年版，第33页。
⑤　陈忠实：《有关我的创作—答〈黄河文学〉和歌问》，见《陈忠实文集》（第10卷），人民文学出版社，2015年，第375页。

有这样丰厚的尚未触摸过的库存。徐家砖门楼里的宅院，和我陈旧又生动的记忆若叠若离。我那时就顿生遗憾，构思里已雏形的蓝袍先生，基本用不上这个宅第和我记忆仓库里的大多数存货，需要一部较大规模的小说充分展示这个青砖门楼里的几代人的生活故事……长篇小说创作的欲念，竟然在这种不经意的状态下发生了。"①也就是陈忠实在《蓝袍先生》里描写乡村私塾先生的四合院时，他朦胧地意识到，这里头有着挖掘不尽的故事。他于是萌生了创作长篇小说的想法，当然它的故事情节、人物都还没有任何想法。

《蓝袍先生》确实是一个界线，是陈忠实此前创作的中短篇小说和此后创作的长篇小说《白鹿原》之间的具有过渡、转型、转向意义的小说，或者说它将陈忠实的创作划分为第一、第二两个阶段，是其对第一个阶段进行第二次"剥离"的一部关键作品。

《蓝袍先生》之后，陈忠实开始了创作长篇小说的准备。当时他一点头绪也没有，但一次不寻常的阅读却启发了他。他在《世界文学》第4期上读到了古巴作家卡彭铁尔的《人间王国》，这使他了解了拉美魔幻现实主义作品的风貌。同时，他阅读了由林一安撰写的《拉丁美洲"神奇的现实"的寻踪者》的评论，该文介绍了拉美作家的创作特点以及卡彭铁尔的创作道路。卡彭铁尔是拉美魔幻现实主义的开山大师。20世纪初，拉美还没有文学，各国写手写的东西是进不了真正艺术殿堂的民间故事。在这种情况下，卡彭铁尔就和一些最早觉悟的学者一样，到欧洲去留学。他到达的是法国，在法国待了四五年，学习了法国文学，接受了欧洲现代派的笔法，写了一批小说。但他的小说发表出来后却没有引起反响。他经过反思，决定离开法国。在轮船上，他面对法国说："在法国现代派的旗帜下，容不得我！"回到古巴后，他又去了海地，在那里待了两年多。其间，他主要研究海地的移民史和黑人在海地的生存状态，最后写出了近十万字的小长篇《人间王国》。该小说1949年出版后，在拉美地区引起很大影响，很多作家纷纷把目光转向到自己的国家和土地上，研究起自己民族的生存现实和历史。《人间王国》是震撼欧洲文坛的第一篇拉美文学作品，法国、德国的一些艺术评论家，试着把它框进欧洲的种种艺术流派，但都不合适，他们最后给它起了一个新

---

① 陈忠实：《寻找属于自己的句子》，上海文艺出版社，2009年版，第3—4页。

的名称——神奇现实主义。

《人间王国》生动地描述了18世纪末19世纪初，在法国殖民者统治下海地的一个庄园里，来自西非的黑奴麦克康达尔的右臂被榨糖机碾碎后，他被庄园主勒诺芒·德梅齐老爷派去照管牲畜。在放牧牲畜时，他用采撷的毒树叶、毒草等毒死了牲畜；毒物随后又散布到很多庄园里。一个黑奴禁不住酷刑，供出了麦克康达尔。庄园主们派出巡逻队四处搜寻麦克康达尔，但他通过变身禽兽鱼虫而逃脱了抓捕。四年后的一个圣诞节前夜，麦克康达尔被庄园主抓住了。当庄园主对他动用火刑的时候，他念起了奇怪的咒语，使捆着他的绳子瞬间落地，然后他腾空飞进奴隶们组成的黑色海洋里，永久地留在了人间王国。接着，来自牙买加的黑人布克芒率领黑奴继续斗争，但最后失败，布克芒本人也牺牲了。庄园主德梅齐老爷斗牌时把黑奴诺埃尔输给了古巴圣地亚哥城的一个地主，他自己也在穷愁潦倒中离开了人间。不久，成为自由人的诺埃尔回到海地，惊奇地发现祖国已发生了剧变：白人统治者已被黑人替代。统治海地的是黑人克里斯托夫。但他的残暴统治激起了黑人们的反抗。克里斯托夫最终举枪自毙。海地由共和派的黑白混血种人控制，但他们的统治和前面的一样残暴。年迈体衰的黑奴诺埃尔变成了鸟、驴、胡蜂、蚂蚁、鹅等各种动物，但生活依然不如意。他终于悟彻：麦克康达尔化作动物是为了给人效力，而不是为了逃离人世。所以他最后也变回了人，带领奴隶向那些得了高官厚禄的黑白混血种人发起了进攻。

陈忠实了解了卡彭铁尔传奇性的艺术探索历程后，觉得自己应该像彭铁尔那样从我们这个民族的生存现实和文化土壤上去"寻找属于自己的句子"。陈忠实说："卡彭铁尔从法国跑到海地，去研究拉美的移民史，这使我突然意识到，我对自己脚下的这片土地的昨天还不甚了解。因为，我在解放后才上学，直接面对的都是解放后的生活，写作也是面对解放后的生活，对它的昨天没有了解。只有在写《蓝袍先生》时，才突然意识到应该了解昨天我脚下的这片土地是怎么一回事。"[①]

也在这个时候，我国文学界热议起拉美魔的幻现实主义，多家媒体都笔谈魔

---

① 2008年4月27日，陈忠实在现代文学馆的演讲《我与〈白鹿原〉》，发表于2008年12月25日的《光明日报》。

幻现实主义。陈忠实随后又读了由郑万隆翻译的发表在《十月》杂志上的马尔克斯的《百年孤独》，他虽然似懂非懂，但他对魔幻现实主义有了进一步了解，兴趣也越来越浓。[①]他对《百年孤独》那网一样的结构感到迷幻时，认为王蒙《活动变人形》的结构自然随意，张炜《古船》的结构设计精心……但他觉得这些小说的结构背后似乎还有更深的东西。他最终发现，不是作家别出心裁地弄出一个新颖骇俗的结构来，而是作家先对人物进行了深刻的体验，只要能寻找到描写人物的生活和生命体验的途径，结构方式自然就出现了。他在读帕斯捷尔纳克的《日瓦戈医生》后，认为在写十月革命的同类作品中，这个作品是进入了人的生命体验的、有深度的作品。《百年孤独》更是来自作者的生命体验。阿连德的《幽灵之家》、昆德拉的《不能承受的生命之轻》，以及中国当代作家张贤亮的《绿化树》也是这样的作品。正是因为有了这样的认识，陈忠实便对自己的创作有了新的思考和新的追求，他对自己以前的作品如1984年的中篇小说《初夏》也有了新的评判，认为它只是写了感人的生活故事而已，它是生活体验而不是生命体验的产物。作家创作文学作品，不仅要熟悉生活、感受生活，还要把感受生活的能力提高到感受生命的高度，这样，创作才会得到一种升华。

与此同时，我国文坛上正在时兴着文化寻根热潮，不少作家在对传统意识、民族文化心理进行挖掘后，创作出了寻根文学。陈忠实对寻根热潮也很关注，但他发现，写寻根文学的人越寻越远，他们脱离现实生活，却去深山老林和荒蛮野人那里去寻根。陈忠实不打算写现实题材，他要写现代历史题材。

另外，陈忠实集中阅读了莫泊桑和契诃夫的短篇小说，还读了《世界短篇小说选集》（上、中、下三册，含上百位作家的佳作）。这些阅读使他关注起了小说的艺术结构。

1985年的最后10天，陈忠实随中国作家代表团第一次走出国门出访泰国，他特意给自己置办了一套质地不错的西装。当他第一次穿上西装打上领带站在穿衣镜前的时候，脑海里浮现出《蓝袍先生》中主人公徐慎行的形象。徐慎行多年以来一直穿着蓝色长袍，受到同学讥笑后在同桌田芳的陪伴下将长袍改成了列宁

---

① 2008年4月27日陈忠实在现代文学馆的演讲《我与〈白鹿原〉》，发表于2008年12月25日的《光明日报》。

装，那是他摆脱封建残余桎梏、获得精神解放的象征。陈忠实在脱下穿了几十年的中山装、换上西装的那一刻，他也切实地意识到自己就是蓝袍先生。1985年的泰国之行让他深受刺激，他联想起家乡人自嘲的称呼，即把那些见识少的人，叫作"乡棒"。在游逛曼谷的超市大楼时，他看着五颜六色、各式各样的服装，觉得眼花缭乱。那一刻，他觉得自己就是个"乡棒"，而且教他观察服装的北京作家郑万隆也是个"乡棒"。面对世界，1985年的中国人大都是"乡棒"。他痛感需要从什么地方去将自己剥离出来，将自己彻底打开，即不仅要在生活上打开自己，而且要在思想上打开自己。在剥离的愿望中，陈忠实认识到必须写一部史诗般的长篇小说，才能在文学上确立自己。

　　1986年8月和1987年，陈忠实在创作第八部中篇小说《四妹子》和第九部也是他的最后一部中篇小说《地窖》期间，穿插构思了长篇小说《白鹿原》。1988年2月13日，他写成了短篇小说《轱辘子客》。2010年4月15日，他写出追忆评论家王愚的文章，谈道："我在 80 年代中期写过一篇短篇小说《轱辘子客》，在《延河》发表。我那时住在乡下老屋，有一日回作协办事或开会，在作协院子里碰见王愚，匆匆地擦肩而过时，他停住脚：'刚看了你发在《延河》上的短篇小说，不像原来的陈忠实了，变得好。'这是这篇短篇小说面世后我听到的第一声评说。仅仅一句话的好评之所以经久不忘，在于我对这篇小说写作的用心非比寻常。我当时正在构思着《白鹿原》，需要用一种叙述语言完成，《轱辘子客》这篇小说的写作纯粹是为着叙述语言的试验而作的，通篇故事和情节都以叙述实现，只在结尾处有几句人物对话。这种叙述语言的艺术效果如何，在我已不仅是这篇短篇小说的成败，而是牵涉到未来长篇小说的写作，能否有自信实现叙述语言的新探索。"①1988年，陈忠实写成短篇小说《两个朋友》《舔碗》。《舔碗》不仅在形象化叙述上，体现出叙述的准确、凝练和形象、饱满，亦通过必要的、个性化的人物对话，调节了叙述的节奏，里面的一些内容经过改造后加入了《白鹿原》中。

　　另外，在20世纪70年代末到80年代初，陕西成长起来了一批在全国有较大影响的作家。但他们写的都是短篇和中篇小说，没有写出来一部长篇小说，因为

---

① 陈忠实：《热情率性与悄没声息——王愚印象》，《美文·上半月》2010年第7期。

这，所以在头两届茅盾文学奖中，陕西连一部长篇小说都推荐不出来。后来，陕西作协的领导对这种情况认真分析、研究，认为这批青年作家中一部分人的思想艺术已经开始趋向成熟，应该促进他们去创作长篇小说。

1986年，37岁的路遥已经完成了第一部长篇小说《平凡的世界》创作，陈忠实这年44岁，他一下子产生了一种强烈的紧迫感，觉得自己虽然写了一些中短篇小说，但却没有一部真正让自己满意的大作品。他于是开始着手为自己满意的小说创作做起了充分的准备。

二、查阅资料

陈忠实为了完成这部能让自己满意的小说，他决定先去查阅蓝田、长安、咸宁（明清时期咸宁县与长安县并到西安府治，民国时期并入长安县）三个县的县志，因为这三个县紧紧包围着西安，"西安是古都，曾是中国政治、经济和文化的中心，他认为，不同时代的文化首先辐射到的，必然是距离它最近的土地，那么这块土地上必然积淀着异常深厚的传统文化。"[1]1986年至1987年，陈忠实去查阅这三个县的县志："他伴着如豆油灯，细心地从一摞摞卷帙浩繁的县志、党史等资料中，打捞宝贵史料。没白天黑夜地埋头抄录了三个月。从浩瀚的史料中，他看到了辛亥革命、军阀混战、抗日战争和解放战争，这些中国历史巨大进程中所发生的惊天动地的事件，在白鹿原留下了生动、深刻的投影。其间霍乱、瘟疫、饥荒、匪祸也给农民带来深重灾难和斑斑血泪。翻着这一页页沉重的历史，审视近一个世纪以来这块土地上发生的一系列重大事件，在他心中，这块土地上的生灵也全都动起来，呼号、挣扎、冲突，碰撞、交叉、沉浮，诉不尽的恩恩怨怨、生生死死，整个白鹿原铺开了一轴恢宏的、动态的、纵深的我们民族灵魂的现实主义画卷。"[2]邢小利在《〈白鹿原〉的创作过程》中写道："查访过程中，（陈忠实）不经意间还获得了大量的民间轶事和传闻。就是在这种踏勘、访谈和读史的过程中，他那新的长篇小说的胚胎渐渐生成，并渐渐发育丰满起

---

① 邢小利：《〈白鹿原〉的创作过程》，《西安晚报》2017年4月29日。
② 汪兆骞：《自掩卷默无声——陈忠实违心修改又再度复原〈白鹿原〉》，《中国老年》2016年第12期。

来，而地理上的白鹿原也进入他的艺术构思之中，并成为未来作品中人物活动中心。"①陈忠实说："我去蓝田县查阅县志和党史文史资料，开始把眼光关注于我脚下这块土地的昨天。我同时也开始读一些非文学书籍，这种阅读持续了两年，直到我开笔起草《白鹿原》初稿，才暂且告一段落。我印象深刻的有两本书，一本是号称日本通的一个美国人赖肖尔写的《日本人》的书，让我颇为惊悚。这部书让我了解了明治维新前后的日本，正好作为我理解中国近代史一个绝好的参照，对于我所正在面对的白鹿原百年变迁的生活史料的理解，大有益处。而那种惊悚之后，让我看取历史、理解生活的姿态进入一种理性境界。我看到，所有发生过的重大事件都是这个民族不可逃避的必须要经历的一个历史过程，这使我从以往的那种为着某个灾难而惋惜的心境或企图不再发生的侥幸心理中跳了出来。另一部《兴起与衰落》，是青年评论家李国平推荐给我读的。这是研究以古长安为中心的关中历史的书，作者对这块土地上的兴盛和衰落的透彻理论，也给我认识近代关中的演变注入了活力和心理上的自信。"②

1987年8月，陈忠实与《长安报》记者朋友李东济（李下叔）在旅馆闲聊甚欢的时候，李东济问陈忠实，你到长安等县花那么多时间去查资料，你到底想弄啥？陈忠实说："我想给我死的时候，有一本垫棺做枕的书。""东济，你知道啥叫老哥一直丢心不下？就是那垫头的东西！但愿——但愿哇但愿，但愿我能给自己弄成个垫得住头的砖头或枕头哟！"③陈忠实后来也证实过这句话："这句话确实是额（我）说过的。当时正在为写作《白鹿原》作准备，到长安县去查县志和文史资料，晚上和一个文学朋友喝酒聊天。这个朋友问：按你在农村的生活经历写一部长篇小说的资料还不够吗？怎么还要下这么大工夫来收集材料？额喝了点酒，就说了，要写一本死后可以当枕头的书。这个朋友记住了这句话，后来就给写出来了。""这句话（写一本死后可以当枕头的书）完全是指向（我）自己的，不是指向别人的。说这句话的时候，额已经四十四五岁了，正为写一部长篇做准备。想到自己从少年时候就喜欢文学，四十多岁了还没写出一部让自己心

---

① 邢小利：《〈白鹿原〉的创作过程》，《西安晚报》2017年4月29日。
② 邢小利：《〈白鹿原〉的创作过程》，《西安晚报》2017年4月29日。
③ 邢小利：《〈白鹿原〉的创作过程》，《西安晚报》2017年4月29日。

灵受到安慰的书，真是一种遗憾，一种悲哀。爱了一辈子文学，要使自己的文学之心得到安慰。"①

陈忠实将资料查完后，就开始构思起这个垫棺做枕的书《白鹿原》。首先，陈忠实的脑海里面冒出一个重要人物朱先生，这个人物的原型是蓝田县华胥镇新街村鸣鹤沟人牛兆濂，与陈忠实家所在的村子西蒋村隔着灞河相望，距离很近。陈忠实还没有上学的时候，他父亲就给他讲过很多牛兆濂的故事。牛兆濂生于1867年，去世于1937年，是清末的关中大儒。他钻研程朱理学，苦修学问，一世为师，为民请命。曾讲学于蓝田芸阁书院、三原清麓书院，被人们尊称为蓝川先生。在关中大饥荒时，他发放赈灾粮饷；他身体力行，查毁烟苗，严禁鸦片；他为避免生灵涂炭，说服升允，使古城西安免遭战火灾难；当得知日寇侵占我山海关时，他急募义勇军500余人，并通电全国，宣言出师前线抗日。1937年7月，卢沟桥事变爆发不久病逝。著有《吕氏遗书辑略》4卷，《芸阁礼记传》16卷，《近思录类编》14卷等，又主撰《续修蓝田县志》。他被尊为"关中大儒"和"横渠以后关中一人"，也是关中民间广泛传诵的"牛才子""牛人"。

陈忠实以牛兆濂为原型，构思了朱先生。他说："牛兆濂先生在关中是一个影响很大的人，一旦把根据他塑造的朱先生写得站立不起来，读者拿真实人物牛兆濂作参照，就会说：哎呀，老陈写的朱先生这个人物不是人家那个牛兆濂先生，不像！这一句话就把你打倒了，把你的作品否定了。所以，对我反而压力更大。正式查牛先生编的《县志》，我始料不及的是，他在编到《民国纪事》卷的时候，关中发生过的很多大事，包括李先念的红军到过蓝田县都有记载。这个老先生编《民国纪事》时，严格恪守史家笔法，即纯粹的客观笔述，我猜测其中当然也压抑了不少个人情感，在客观纪事之后又加了一些相当于我们现在编者按的文字。面对蓝田发生的重大事件，作为老先生的个人观点，作为附记表述出来。正是他加的这些东西，让我把握住了这个老先生的心理结构和心理状态，使我把牛老先生在那个裂变的时代中，面对世事变化的感受，基本上把握住了，一下子

---

① 于国鹏、逄春阶：《陈忠实：写"死后可当枕头的书"》，《大众日报》2011年3月4日。

有了写这个人的信心。"①

　　其次，陈忠实在读牛兆濂主撰的《续修蓝田县志》时，看到在几十卷《县志》中，有五六卷是贞妇烈女卷。第一本里面记载的这些贞妇烈女没有真实的名字，她们只是以夫姓和自家的姓合起来称呼，也就是她们的前头是丈夫的姓，接着才是她的姓，两个姓合在一起就是她们的称谓：比如刘王氏十六岁结婚，十七岁生子，十八岁丧夫，然后抚养孩子，伺候公婆，守节守志，直到终了，族人亲友感念其高风亮节，送烫金大匾牌悬挂于门首。第一本对这些妇女的生命史的介绍文字普遍较少，大概第一个多一些，往后一个比一个少，一页上只记两三个。到第二本的时候，就没有任何事实记载了，仅列一个人名字，然后标明她是某某村、某某氏而已，没有记载她们的任何事迹。这样的贞妇烈女们密密麻麻的。陈忠实说他……突然意识到，这些女性，用她们的整个生命换取了在县志上仅四五厘米长的位置，他的眼前浮现出她们鲜活的生命，以及她们坚守道德规章后给自己赢得的"志"和"节"的情景。……这些女人们活得太委屈了！②

　　陈忠实看了《续修蓝田县志》中的贞妇烈女卷后，他的脑海里浮现出田小娥这么一个人物形象，她是一个节妇烈女，她没有接受现代思潮的影响，也没有受到某种主义的启迪，但她作为一个人，尤其是作为一个女人而去按人的生存需要、人的生命本质去追求着她应该获得的东西。他想这个人物塑造出来后，应该是具有典型意义的。……他想，自己作为一个还没有名气的作家，可以用一部小说向这些屈死鬼们行一个注目礼！在这种心理感受中，他要写田小娥这个女人。他要表现无以数计的贞妇烈女反叛那个腐朽不堪的婚姻制度的声音。让她们为了合理的生存而自我反抗。田小娥这个人物是他意外的收获。③

　　另外，在党史回忆录里，陈忠实也看到白鹿原东南部蓝田县安村乡宋家嘴村一个名叫张景文的女革命者的史料记载。张景文的传奇经历使陈忠实脑海中闪现

①　2008年4月27日，陈忠实在现代文学馆的演讲《我与〈白鹿原〉》，发表于2008年12月25日的《光明日报》。

②　2008年4月27日，陈忠实在现代文学馆的演讲《我与〈白鹿原〉》，发表于2008年12月25日的《光明日报》。

③　2008年4月27日，陈忠实在现代文学馆的演讲《我与〈白鹿原〉》，发表于2008年12月25日的《光明日报》。

出了白灵的形象，他要将白灵塑造成一位有着新思想与新智慧的新时代女性，让她对传统婚姻表现出叛逆性、反抗性来。在国共第一次合作的时候，她与自己的爱人鹿兆海采取抛硬币的方式选择了自己的政治选择，她选择了国民党，鹿兆海选择了共产党。但是国共分裂以后，国民党的部分行为刺激了她，使她认清现实之后，选择了共产党。她在选择共产党的时候不仅展现出了一种政治觉悟，而且没有掺杂个人情感。她是一位双眼透着生机、善良、智慧与勇敢的姑娘，她眼中所散发出的光芒能够震慑人们的心灵；她不甘于被命运屈服，在头脑清醒中逃离家族，参与社会，展现出了大无畏的精神与信仰的力量。她的死并非是偶然的失误，她在囚窖里号叫了三天三夜，这是她在面对死亡时所表现出的大气凛然。

陈忠实在搜集史料期间，曾就如何创作这部小说请教了西北大学中文系的蒙万夫老师，蒙老师说："长篇小说是一个结构的艺术，结构好了小说就立起来了，有骨有肉就立起来了；结构不好，你的小说就像剔了骨头的肉，提起来是一串子，放下去是一摊子。"陈忠实听了这些话，一下子把他吓住了。因为，他是第一次写长篇小说，本来就有畏惧感。他在没有办法的情况下，觉得只能去阅读别人的长篇小说，从而得到一些在结构上的启示。他于是读了王蒙的《活动变人形》和张炜的《古船》，还读了马尔克斯的《霍乱时期的爱情》等，他把它和马尔克斯的《百年孤独》相比较，觉得《百年孤独》属于"生命体验之作"，《霍乱时期的爱情》属于"生活体验的作品"。如果再把《百年孤独》和米兰·昆德拉的《不能承受的生命之轻》相比，尽管它们的风姿各异，但只有《百年孤独》"才是进入一种生命体验的艺术精品"。[①]另外，他读了这些书之后，觉得最大的感受是，世界上根本没有一种现成的结构形式让作家把他思考的内容装进去，结构形式只能由作家自己去创造。这就是创作。创作成功了，你就成功了；创作不成功，你就失败了，就这么简单。

另外，陈忠实还想到了另一个严峻的问题，就是当时已经出现了出书难、卖书难的情况，陈忠实说："面对这种情况，我首先想到的是，必须得有人来买你的小说，出版社有了起印数，小说才能出版。在这个过程中，我反复思考了可读性的事，觉得需从两个方面解决，一个是人物的命运描写，要准确，作家自己

---

① 邢小利：《〈白鹿原〉的创作过程》，《西安晚报》2017年4月29日。

不能在那里任意地去表述什么，而是必须把作品的各色人物把握准确，争取写出那个时代的共性和典型性。再一点是文字叙述。开始我曾想写上下两部，《白鹿原》的内容比较多，时间的跨度也比较长，但最后决定还是写一部，而且不超过40万字。所以，从情节、人物、构思上重新考虑，尤其是文字，解决篇幅太长的一条有效途径，就是把描写、白描式的语言变成文学叙述语言。我那个时候已经意识到，30个字的叙述语言，可以把200—300字的白描语言所表述的内容涵盖了。这个转变过程需要语言功力和语言感觉。"

在写《白鹿原》之前及写作期间，陈忠实不仅在上海文艺出版社出版了第一个中篇小说集《初夏》，还发表了《到老白杨树背后去》《打字机嗒嗒响》《失重》《桥》《兔老汉》《山洪》《石狮子》《窝囊》等短篇小说以及《四妹子》《地窖》等中篇小说。他用这些小说练习叙述语言，并积极了解当时很流行的文化心理结构学说。他意识到，中国人的心理结构就是我们的传统文化的心理结构——儒家，具体到西安这个地方，就是把儒家文化发展成了关中学派，并衍生出了诸如乡约条文等来教化民众，要求长辈、晚辈、夫妻都要遵循各自的行为规范。正是这些东西结构着人的心理和心态。他说："具体到我生存的这块土地——白鹿原，像我写的上世纪的前五十年，原上原下能够接受教育的人可能只有百分之一，大部分都是文盲。文盲的文化心理结构跟乡村的中等知识分子是一致的，他们虽然没有接受正规教育的机会，但却接受一代一代传下来的那些约定俗成的礼仪和审美标准，支撑起一个人的心理结构。……过去，我接受的创作观念是写小说就要写典型人物，到我要写长篇时突然意识到，几种类型的典型人物早就让四大名著写完了，现在再要塑造一个能称得上典型的人物形象，还真不容易。我懂得了文化心理结构学说，就给我塑造人物打开了一条路子，从肖像、外形描写到对话语言都进入一个新的路径。"①

陈忠实还很认真地思考了性描写这个问题。他说："这对我来说也非同小可。我从一开始写小说，在我们西安、陕西青年作者群中，包括有限的读者都认为，陈忠实写老汉写得好，写农村的各种老头形象写得好。……到后来创作发展

---

① 2008年4月27日，陈忠实在现代文学馆的演讲《我与〈白鹿原〉》，发表于2008年12月25日的《光明日报》。

以后，意识到不能光写男性，也探索写女性，结果写了几个短篇，发表出来以后没有什么反应，没什么人觉得好。第一个有反响的是中篇小说《康家小院》，在上海还获得一个奖，使我感到鼓舞。到《白鹿原》……关于性描写问题，在我自己心里也有障碍，怕那些熟悉我作品的读者会说：陈忠实怎么也弄这些乱七八糟的东西！我小时候目睹过一件事，有一个年轻的女性，不满意婚姻而逃婚，被抓回来后捆在一棵树上，全村的男人用刺刷抽打她。……为了这个逃婚的女人，村子里的所有矛盾暂时都化解了，凝聚起来惩罚这个女人，这意味着什么？在封建婚姻的是非认定里，是空前一致的，这是我们民族文化心理结构中的一根很重要的梁或柱。辛亥革命倡导女人放脚，五四运动提倡妇女解放，经历的过程却是十分艰难的。于是，我对写性有了一个基本的把握：如果包含着文化心理的东西，那就写；如果不含这个东西，读者为什么要看你写这些乱七八糟的东西？判断是否属于乱七八糟的东西，或者是人物心理结构中不可或缺的那根梁或柱，关键就在这里。我以这个来判断，并给自己定了三句话、十个字：'不回避，撕开写，不作诱饵。'以前我都是回避的，这部作品不能回避，而且要撕开写。把握的分寸在于，不能把性描写作为吊读者胃口的诱饵，这是写性的必要性和非必要性的标准。我把这十个字写在我的日历板上，时刻提醒。"①

三、写作《白鹿原》

做好资料搜集，厘清一些问题后，陈忠实说，大约经过两年，我完成了从准备，到调查，到构思的过程，1988年清明一过，我就开始写草稿。②具体时间是这年的农历2月15日，陈忠实在草稿上写下了小说的第一行字。这个小说就是《白鹿原》。陈忠实在草稿上写下了《白鹿原》的第一行字时，他说："整个心理感觉已经进入我的父辈爷爷辈老爷爷辈生活过的这座古原的沉重的历史烟云之中了。"眼前出现了《白鹿原》中的人物：白嘉轩醇厚正大，朱先生高古圣达，鹿子麟机巧聪明，鹿三忠厚讲义气，白孝文有着有文化人的底色；鹿兆鹏加入

① 2008年4月27日，陈忠实在现代文学馆的演讲《我与〈白鹿原〉》，发表于2008年12月25日的《光明日报》。
② 2008年4月27日，陈忠实在现代文学馆的演讲《我与〈白鹿原〉》，发表于2008年12月25日的《光明日报》。

共产党的道路也并不那么一帆风顺，白灵个性刚直惨遭活埋，田小娥卑微而妖冶……

白描回忆："我和陈忠实曾经有约，他的长篇写完，《延河》首先选发部分章节。《延河》有选发长篇的传统，'文革'前十七年文学史上的'三红一创'（《红岩》《红日》《红旗谱》《创业史》），有'两红一创'（《红日》《红旗谱》《创业史》），是在《延河》上首发的。我在《延河》主编任上的日子屈指可数，当然希望这部作品首先在我手上与读者见面。这一天重提早前的约定，陈忠实深深吸了口雪茄，埋下的头从弥漫的青色烟雾中抬起来，慢慢地说：'不急，急啥哩，路遥都获奖了，我过去不急，现在更不用着急了。'"①

张艳茜回忆，1988年冬日的某一天下班后，《延河》的同事、作家王观胜约她一同去西蒋村看望陈忠实。他们到了后，天色已经大黑，陈忠实高兴地将他们迎进院子，迎进老屋。老屋里的通道上，灰暗的灯光下有一个案板，上面是手工擀的早已晾干的面条。原下的小院只有陈忠实一个人，他自己开火做饭，洗锅洗碗。陈忠实说他妻了工翠英去西安的时候给他擀下并切好一大堆面条，还留下不少的蒸馍。得着空闲，王翠英又回来给他送蒸馍，同时再擀一些面条。如果妻子太忙，他便赶到城里家中，再背馍回原下。他感慨道，自己与背馍结下了不解之缘：少年时为读书从乡下背馍到城里，中年时为写作又把馍从城里背到乡下。②

2010年11月20日，笔者在西安参加陈忠实文艺创作思想研讨会期间，和与会人员跟随陈忠实去了一趟他的村子西蒋村。西蒋村有五六十户人家。陈忠实的老屋就夹在这些人家的房子中间。村里的所有房子由西北向东南排列而去。陈忠实老屋所在的那一排面向着东北，后面紧靠着白鹿原。这些房子的对面又是许多房子排列着，面向的是西南。陈忠实老屋里有三座房，进入头门后，先看到的是一座大房，陈忠实说："这座房是用我的小说稿费盖的，我只负责出钱，房子具体是我老婆张罗着盖起来的。"陈忠实说完后，有人问是哪年盖的？陈忠实说："是1986年4月，这个时间我记得很牢。"这座大房的中间一间留的是出入的过道，入内可看见左右各一座房子。陈忠实说左边的房子儿女住，右边的是他老两

① 白描：《原上原下》，《当代》2016年第4期。
② 张艳茜：《近看陈忠实》，《北京日报》2016年5月5日。

口住。其中紧靠大房的那间是人们参观的一个重点，因为《白鹿原》的诞生与它有关系。屋里有一个三人沙发，一个茶几。陈忠实就是坐在这个沙发上，然后拿着一个大笔记本在膝盖上创作《白鹿原》。直到1989年1月，他才在一张小桌子上继续创作。刚起笔时，祖屋前十来米处有一棵很小的梧桐树，等到写完时梧桐树已经有胳膊粗，在那伞大的遮阴的地方，他写累了就在树下休息。可以说，这棵梧桐树见证了《白鹿原》的诞生。出了这个屋子，陈忠实领着大家下到位于后院的一个地下室里，他说："夏天的时候，天太热，我写《白鹿原》那阵，就在这里面写，这里面凉快，比开着风扇都嫽（美）。"陈忠实是个说话很风趣的人，有他不停给大家介绍他屋里的情况，大家便一直处在乐呵呵的、笑声不断的状态中。

陈忠实把《白鹿原》第一稿写了三个月，1988年7月和8月的时候，他因故却中断了，直到9月再动笔，一直写到1989年的1月，实际用了八个月时间。他说：第一稿是"一个草拟的框架式的草稿，约40万字"，拉出一个大架子，写出了主要情节走向和人物设置，并给初稿起名《白鹿原》。白鹿原这个名字是他从县志上发现的。县志上记载，古时人民把白色的鹿当作神鹿，是吉祥之物，"鹿"和福禄寿的"禄"同音，代表了人们的一种生存向往。白鹿原位于西安市东南，它的东南是终南山的余脉箕山，西面和南面是浐河；东边和北边是灞河。陈忠实的家就在白鹿原的北坡。[①]

1989年4月，陈忠实开始写《白鹿原》第二稿即正式稿，这一稿他打算用两年完成。他把二稿称为"复稿"或"修改完成"稿。因为有初稿在，他写第二稿写得很认真，心里也很踏实。但二稿写到第十二章的时候，他遇到了一个坎，写不下去了。他说，是"遇到了结构安排上的一个障碍"。再一个原因是那时候形势很严峻。4月中下旬至6月上旬这一段时间，全国很多大中城市发生了"学潮"。他也关注"学潮"，但未参与什么活动，也没去街上看热闹。但他的写作还是停了下来。

已经写出的十一章的内容是这样的：小说的前五章写了白鹿原社会群体的常态，从娶妻生子、土地种植一直写到翻修宗祠和兴办学堂，整个白鹿原被纳入

---

① 邢小利：《〈白鹿原〉的创作过程》，《南方文坛》2017年第7期。

旧生活的常规。从第六章开始，作家着手设置境遇。第一个境遇是改朝换代。白嘉轩在文中说到"没有皇帝了，往后的日子咋过呢"，朱先生为这位群体领袖（族长）拟定了一份乡约，似乎有了群体规范就可以保证稳态。然而，这乡约却约不住外部社会，于是便爆发了"交农事件"。"交农事件"虽说是群体对外界社会的抗争，但这事件中每个人都为自己今后的命运埋下了种因。事件过后，初级群体在内部蕴蓄着，主要是新的一代在新的形势下成长，鹿兆鹏、鹿兆海、白孝文、黑娃、白灵都在与外部社会接触中进一步社会化。从第十一章开始，作家设置了第二个境遇：白腿乌鸦兵围城。在围城事件中，白鹿原社会群体尽管仍作为一体来同外界社会抗争，然而，已经从个人的不同斗争方式上预示了群体的分化。

"学潮"在六月上旬结束，随后，全国开展"清查工作"，陈忠实作为陕西作协党组成员、副主席，必须投入到这场急迫而又重要的清查工作之中。他是单位"双清"（清理和清查在动乱中有错误言行的党员）小组的成员，既要参加"双清"工作，也要就一些问题向组织"说清楚"。因为有人给组织说他参加过游行活动，按他后来的说法，告他的那个居心叵测的人居然把事情说得"有鼻子有眼"。这使得组织上展开了对他的"问题"的调查落实，给他增添了不少的烦恼，他几乎天天开会，整个1989年下半年拿不起笔来，没时间去继续写《白鹿原》，前面写出的也都忘了。

在清查工作的严峻时刻，1989年10月2日，陈忠实给西安市灞桥区文化馆馆长、作家李君利写了封信，说他把正式稿《白鹿原》已经写了一部分，但现在却无法进入写作的心境了："我已经感觉到了许多东西，但仍想按原先的构想继续长篇的宗旨，不作任何改易，弄出来再说，我已活到这年龄了，翻来覆去经历了许多过程，现在就有保全自己一点真实感受的固执了。我现在又记起了前几年在文艺生活出现纷繁现象时说的话：生活不仅可以提供作家创作的素材，生活也纠正作家的某些偏见。那时是有感而发，今天回味更觉是另一种感觉。"[1]

李君利读罢信，便邀请陈忠实到他位于洪庆镇郭李村的老家窑洞中去写作，

---

[1]　2008年4月27日，陈忠实在现代文学馆的演讲《我与〈白鹿原〉》，发表于2008年12月25日的《光明日报》。

窑洞冬暖夏凉，而且清静。陈忠实一听，欣然前往。李君利与夫人周改群把陈忠实的吃住等生活安排好，摒绝一切干扰，留下陈忠实在那里写作。与世隔绝的环境，凉爽的土窑洞，使陈忠实渐渐进入无他也忘我的创作心境。在这里近一月，他先把前面写出的又看了一遍，让白嘉轩们再回来，然后完成了第十二章的创作。

1989年12月，陕西作协对陈忠实的调查结论出来了，它是由四个人实名写出的，里面说陈忠实："当前正在日夜笔耕，赶写一部长篇小说；动乱中该同志住在农村，集中突击完成长篇小说，很少到作协机关来，因此没有什么问题。学潮初期，思想上曾一度对学生提出的'惩治腐败、打倒官倒'等口号有同情，但在言论和行动上，能和党中央保持一致。'双清'以来，认识明确，态度积极，能按时赶来机关参加会议和学习，自觉清理自己思想。作为'双清'小组成员，能积极参与清查工作。"调查材料最后说陈忠实的"主要问题是：作为作协一个领导成员，长期住在农村，埋头创作，对机关工作主动关心不够，过问少"。

在组织上给陈忠实的所谓"问题"做了明确的结论之后，搞了四个月的清查工作基本上结束了。陈忠实认为终于可以静下心来搞创作了。但很快党员登记的事情又开始了，这事情又持续了两个月才结束，加上他家里的一些事情，他在这期间自然难以有静下心来的时候，所以还是没有时间去好好写作。他在1990年10月24日给在人民文学出版社工作的老朋友何启治写了一封信，里面说："关于长篇的内容……作品未成之前，我不想泄露太多，以免松劲……这个作品，我是倾其生活储备的全部，以及艺术能力的全部而为之的。究竟怎样，尚无把握，只能等写完后交您评阅。""此稿87年酝酿，88年拉出初稿，89年计划修改完成……我争取今冬再拼一下。"他表示："待成稿后我即与您联系。您不要惦记，我已给朱（朱盛昌，时任人民文学出版社《当代》杂志主编）应诺过，不会见异变卦的。也不要催，我承受不了催迫，需要平和的心绪做此事。""这个作品的创作，我是倾其生活储备的全部以及艺术的全部能力而为之的。""原计划国庆（指1989年国庆）完稿，未想到党员登记的事，整整开了两个多月的会，加之女儿大学毕业，分配工作干扰，弄得我心神不宁"，"我了过此番心事，坐下来就接着修改工作，争取农历春节前（1990年）修改完毕最后一部分"，"全书约四十五六万字，现剩下不到三分之一，我争取今冬（1990年）拼一下"。

陈忠实说他争取在1990年年底前后完成第二稿，实际上又因诸事耽搁，他并没有完成计划。他在信中还说："朱盛昌同志曾两次来信约稿，我都回复了。他第二次信主要约长篇，大约是从陕西去北京的作家口中得知的消息，我已应诺，希望能在贵刊先与读者见面，然后再作修改，最后出书。关于长篇的内容，我只是说了几句概要的话。作品未成之前，我不想泄露太多，以免松劲。"这些话指的是他所提出的文学创作的一个著名理论，即"蒸馍理论"，意思是文学创作像蒸馍一样，蒸馍是揉好面，做成蒸馍，放到锅里蒸，未蒸熟前不能揭锅盖，一揭锅盖就跑了气，馍就蒸不好或成夹生的了；创作也是这样，心中构思酝酿了一部作品，不要给人说，要憋住气写，这样写出的作品情绪饱满，中途一给人说就跑了气，三说两不说，气泄完，写起来不仅没劲，可能最后也不想再写了。[①]

1991年腊月，陈忠实夫人王翠英又一次从西安回到西蒋村给陈忠实送面条和蒸馍。陈忠实送王翠英返回西安出小院时，他说，你不用再送了，这些面条和馍吃完，就写完了。王翠英突然停住脚，问：要是发表不了咋办？陈忠实没有任何迟疑，仿佛考虑已久地说：我就去养鸡。

1992年1月29日，陈忠实在写完鹿子霖的死亡这一最后结局后，他把笔顺手放在书桌和茶几兼用的小圆桌上，顿时陷入一种无知觉的状态，仿佛从一个漫长而又黑暗的隧道摸着爬着走出来，走到洞口看见光亮，竟然有一种忍受不住光明刺激的眩晕。2月18日，他被任命为《延河》杂志主编。3月，他写成了《白鹿原》。

陈忠实在小说的第十二章之后又写了第三个境遇：农民运动及国共分裂。至此，群体已分化出三种势力：国民党、共产党与土匪。白嘉轩作为族长尽管还在不遗余力地恢复群体的稳定，但已经回天乏力了。接着是第四个境遇：年馑与瘟疫。从第十八章到第二十八章是小说最出色的十章，大自然的参与加剧了社会的变动，已经完全成熟了的年轻一代，以各自的方式投入行动，群体中每一个人，包括此前被置于后景上的妇女都在灾难的旋涡中打转浮沉。自然灾害过后一片死寂，群体的创伤还没来得及恢复，就又被卷入社会灾难的旋涡。第五个境遇是抗日战争。大概由于西部未曾沦陷，作家才没有对此展开描写，只是用反讽手法写

---

① 白烨：《本真为人？本色为文——忆怀陈忠实》，《中国艺术报》2016年5月4日，第8版。

了朱先生投军与兆海之死。第六个境遇是解放战争。这最后的五章写得也很动人，尤其是卖壮丁与策反保安团，写得有声有色。决定整个民族命运的大决战，自然也决定了白鹿原社会群体的命运，每个人物都走向自己的归宿。不难看出，结局中笼罩着悲剧气氛。朱先生的死，黑娃的死，鹿子霖的疯，白嘉轩的残，以及鹿兆鹏的下落不明，共奏出一曲挽歌，似在挽悼旧的白鹿原的终结。

四、《白鹿原》分析

《白鹿原》讲述的故事就是前述的六个境遇。[1]具体而言，小说讲述了白鹿原村两大家族白家和鹿家之间的矛盾纠葛及以白嘉轩为代表的宗法家族制度及儒家伦理道德在时代变迁与政治运动中的坚守与颓败。陈忠实在小说中没有把我国近现代历史简单化地写成阶级斗争的历史，也没有把人物简单地分为革命与反革命两大阵营、仅仅去写这两种力量的对立，而是写了多种力量、多种因素扭结形成合力后的脉动。这些多种力量所牵涉人物都是乡党，有些还是小时的玩伴，只是由于形势的变化，才逐渐分化了：白嘉轩和他的"精神之父"朱先生固守着宗法传统和道德精神；鹿子霖投靠田福贤成了鱼肉乡里的帮凶；鹿兆鹏、白灵背叛家庭走上了革命道路；鹿兆海参加了国民党；黑娃是长工，更是农运骨干、习旅警卫、土匪头子、保安团营长……他的角色的多次变化，使精神也多次出现波折，但最后他归于传统，成了起义的主要策动者、人民的副县长；白孝文被培养成了族长的继承人，但他却堕落成了浪子，在即将饿死的时候被鹿子霖荐到保安团，当了营长后，他被裹挟着起义，然后成了县长。

陈忠实也紧紧抓住白鹿原上白鹿两个家族的族长白嘉轩，在给他赋予了宗法家族的强大道德力量后，让他与鹿子霖、黑娃、白孝文等人在矛盾冲突中，一同走过改朝换代、军阀混战、农民运动、国共分裂、年馑与瘟疫、抗日战争和解放战争等，从而表现了一个家族的命运变迁，让人自觉地认识到无论宗法社会所蕴含的道德力量有多么强大，它都必然走向崩溃。在这个漫长的过程中，白嘉轩的传统理想终成泡影，鹿子霖机关算尽人财两空，鹿兆鹏下落不明，一心革命的白

---

① 《白鹿原》六个境遇说参看武汉音乐学院广播台博库书斋《白鹿原》，作者舒心妍，2021年4月6日。

灵被革命队伍处死，投身抗日的鹿兆海却在进攻红军时战死，黑娃变成好人后却被镇压，白孝文这个不肖子摇身一变成了新中国的县长。这些分化都是由形势，由各自的思想文化状况、性格和各种非理性因素，甚至是偶然的因素复杂作用后带来的结果，其进程难以预料，其结果往往和初衷相反。

《白鹿原》塑造了众多内涵深厚的人物，如白嘉轩、朱先生、白灵、田小娥、黑娃、鹿子霖、田福贤、白孝文、鹿兆鹏、鹿兆海、白孝武等等。这些主要人物大致分属父与子两代人。父辈人物白嘉轩、鹿子霖、鹿三、朱先生都无不以全新的面目出现在文学史画廊中，每个人都具有深刻的历史文化内涵；他们从历史深处走来，身上带有几千年封建社会的精神遗存，总体上沿袭着传统的人生观念和生活方式，是"守"或"守"中有"变"的农民，反映了清末至民国再至解放这一历史时期的生活巨变和人心嬗变。子辈鹿兆鹏、鹿兆海和白灵等人，皆是一个时代的有志青年，他们不愿意依照父辈预设的生活方式去生活，追求着远大理想、忠诚、热情、有献身精神，但鹿兆鹏后来的失踪，鹿兆海的死于内战，白灵的被活埋，既是深刻的个人悲剧，也具有深广的社会内涵；他们多为叛逆者，都在趋时、向新的历史风潮及个人的命运转换中逐步完成了自己的人格形象，黑娃等人即使死了，但他们在这个转变时代所完成的人生命运和所形成的人格态度，却凝聚了一种精神并向着未来延伸，无不体现着鲜明的时代特征。①

小说核心人物白嘉轩是一个真正意义上的中国农民，是农耕社会以血缘关系为纽带的宗法家族制度的代表人物；他继承了几千年来传统中国农民的本质特征，是几千年封建文化所造就的一个典型人物。他是一位刚直的男子汉，一位富有远见的一家之长，仁义的族长；他严于律己、坦荡为人，立得端、行得正，精神坚强，甚至可以说很高尚。他生活的白鹿原的文化氛围和主体意识形态是世代沿袭的儒家思想文化。在这种生存环境中，他耳濡目染的是终生服膺于儒家思想和精神的东西。他的整个人生理想和目标，一是做人，二是治家，即儒家所谓的"修身"和"齐家"。他年轻时虽然不光彩地"智取"了白鹿宝地，也曾以种罂粟起家，但在朱先生的教化下，他犁毁了罂粟。他注重现实的世俗生活，没有

---

① 邢小利：《论陈忠实的创作道路与文学地位》，《西北大学学报》（哲学社会科学版）2014年第3期。

不切实际的空想。他时刻不忘自己是白鹿家族的族长，处处以传统道德规范着自己，约束着别人，以致他从街上走过，喂奶的媳妇们都要纷纷躲避。他以父亲般的胸怀呵护着白鹿原，在白孝文、黑娃各自有了不同程度的悔过之后，他又接纳了逆子白孝文，并让打断过他腰的、伤风败俗、落草为寇的黑娃回来。他营救了和他有矛盾的鹿子霖，体现了他宽容的一面。无论宽还是严，他的出发点只有一个，那就是希望宗法社会稳定，宗法精神得到高扬。他将钢钎穿腮扮马角神祈雨的事情，几近传奇。他始终不忘保护农民的利益，敢与大党棍田福贤抗衡，甚至以"反昏君是大忠"这样的道统观念为出发点带领农民去反抗国民党的横征暴敛；他跪在田福贤面前为被捕的农协骨干求情；四一二政变后田福贤还乡，他又是唯一一个不低头对其问候的人；国民党叫他儿子当甲长，他则以进山躲避来对抗……这一切当然不是他"革命性"的表现，而是他"顺时利世"，"学为好人"，"尊明君是忠，反昏君是大忠"等儒家观念支配的结果。他身上浸透了儒家文化的汁液，修祠堂办学馆，对长工鹿三的兄弟情谊更是真挚动人。这些都是他遵循仁义的生活信条体现。他以正祛邪、以柔克刚、以德报怨，是他对生活信条的自信。①

白嘉轩更是一个传统道德的守护者，他的形象中渗透的传统道德文化的程度是前所未有的，他是传统道德精神的代表，身上具有着中国家族文化的反动与保守。他按照一个族长的标准去培养长子白孝文接班，在发现白孝文被田小娥勾引走了，并变成了一个鹑衣百结的乞丐和大烟鬼后，他"气血蒙心，瞎了一只眼"。然后，他不顾众人的哭劝，在祠堂里当众严厉地惩罚了白孝文，并断绝了父子关系，毫不犹豫地将他赶出家门。他又按照自己的面貌将二儿子白孝武培养成家族文化的忠实奴隶。他以捍卫自己的文化理想为由，残忍地对叛逆者田小娥进行了处罚，先是支持鹿三将黑娃、田小娥的农籍开除，不准他们进祠堂，然后以"前悔容易后悔难"来威逼黑娃尽快抛弃田小娥这个"灾星"，继而又用刺刷先后两次对受人诱惑而失足的田小娥进行毒打。当冤死的田小娥化为蝴蝶想讨回公道时，他让人将蝴蝶统统抓住，火烧其骨骸，然后建造了七级砖塔去镇压她。

---

① 蔡葵：《〈白鹿原〉：史之诗》，见《〈白鹿原〉评论集》，人民文学出版社，2000年版。

他明明喜爱孩子，却从来不抱一下。白灵逃婚闹革命，他就当她死了，不再认这个女儿。他本能地拒斥新学，在教子读书，教族人读书时，要求必须读孔孟儒学，这体现了他对封建文化信条的顽固坚守。他让儿子读书的目的是走耕读传家的道路，并让他们很早就回到自己的身边。而鹿子霖让两个儿子读书的目的是让他们读书识字后到外面去闯世界。可见，他与鹿子霖积极支持儿子求新学形成了鲜明的对比。他瞧不起鹿氏祖辈的手艺出身，认为它根基太浅、德行太薄。他和朱先生一样，对任何政权、政治集团和政治斗争都保持着一种疏离的姿态。尽管政治从来没有放过他，但他却能独守精神情操，不谋取任何职位，也不染指任何政治斗争，一心只想着耕读传家。

李星认为："'耕读传家'从来是农耕文化和家族制度的规范之一，白嘉轩始终把它视为治家、治族的根本方略。先来看'耕'，他早年并不缺乏经济头脑，但他终于退守朱先生的教导：'房要小，地要少，养个黄牛慢慢搞。'坚持只雇一个长工。我国封建社会结构的长期稳定，毫无松动的经济原因在这里可以找到它真正的答案。再来看'读'，白嘉轩一贯重视教子读书，教族人读书，但这必须是孔孟儒学，对于所谓新学，他天然地持怀疑、拒斥态度，这些都足以反映他思想中保守的、封闭的、顽固的一面，表现了我国传统文化结构中的不合理因素是怎样制约和阻碍着社会的进步。"

总之，白嘉轩是家族文化的自觉维护者，他身上包容了中国文化传统中正面的和负面的全部价值。在以血缘关系为纽带的农耕宗法家族社会中，他本身就是传统文化、传统道德、乡规村约。他真诚地恪守着自己信奉的道德律令，既用其律人，更用其律己。因此，他与形形色色的伪道学家形成了对照，与阴毒、淫乱而懦弱的鹿子霖形成了强烈的对比。小说结束时，他的腰被黑娃打折了，他用未瞎的一只眼，凝视着暮霭中的群山，忏悔当年买地换地是自己一辈子干下的唯一一件见不得人的事。在以往的农民形象中，还没有出现过像他这样一个独立、自尊，并且自信的人物。他的出现，不但扭正了过去小说中习惯用政治化去定位人物的简单化倾向，而且创造了一个富有文化底蕴和人格魅力的人物形象。

小说的二号人物鹿子霖是中国传统农民的另外一种典型，他与白嘉轩性格相反，却又构成互补的关系。他是宗法家族制度和思想的维护者和破坏者。他做人行事的原则是依照现实形势，因此他能迅速判断时势，并能很快顺应时势。而白嘉轩行事做人，则是遵循内心已然形成的信念和意志。鹿子霖常常干一些见不得人的事情，但他和蔼平易，内心也常常掠过不安与羞愧，这说明他并不是一个十足的恶棍。在子女求学的问题上，他更表现出了开明，这与白嘉轩的保守形成鲜明对比。他牢记"勺勺客"老太爷"中举放炮""让人侍候你才算荣耀祖宗"的遗训，把出人头地作为自己的奋斗目标，在无缘担任白鹿家族的族长后，强烈的忌妒心使他千方百计地另寻他法去压倒白嘉轩。他通过钻营，终于当上了十个村庄的"乡约"，然后与田福贤沆瀣一气、倚势恃强、鱼肉乡民。因为没有精神力量的支撑，他便在顺利时表现出小人得志，倒霉时却显得心灰意冷。他淫乱成性，使村子里长得像他那"深眼窝长睫毛"的"干娃"可坐三四席。他乘人之危霸占了田小娥，又唆使田小娥勾引、报复白孝文，这暴露了他下流恶毒、不择手段的本性。小说紧紧地抓住他这一隐蔽的思想动机，写了他怎样在修祠堂、办学、修围墙中大显身手从而博得了村民的赞赏，怎样策划让田小娥去勾引白孝文从而给白嘉轩在精神上进行打击，怎样在白嘉轩惩罚白孝文、拒绝为田小娥修庙等事件中向白嘉轩长跪不起，这既收买了人心，又使白嘉轩难堪至极，怎样几次三番投靠田福贤，利用机会中饱私囊。有人指出，鹿子霖阴险狡诈但又为人平易随和，他贪得无厌但又常常能解囊助公。他的结局带有着鲜明的"机关算尽太聪明，反误了卿卿性命"的色彩。①或许正是因为他的根基浅、德行薄的缘故，较之白嘉轩，他更有人情味；或许正是他的不安现状和钻营向上，对新生事物接受起来比白嘉轩要快得多，因而显得较为开明一些。他在丧失了精神力量后，只得去谋取物欲的满足；他一旦再失去这些，将会一无所有。如果说白嘉轩最终还能赢得一些尊重的话，那么，鹿子霖的结局就是人财两空了。在封建社会中能出人头地的人，如果失去了白嘉轩身上的精神力量，那么，就只能沦落为代表着封建正统力量的鹿子霖了。

朱先生的原型是蓝田县清末举人牛兆濂。陈忠实把人们称牛兆濂是"牛人"中的"牛"和"人"二合一后变成了"朱"。小说里所写的发生在朱先生身上的事情与发生在牛兆濂身上的事情很类似。牛兆濂是当时乡里出名的神童，传说很

---

① 赵祖谟：《〈白鹿原〉：多重视角下的历史脉动》，《小说评论》1994年第4期。

多。比如村里谁家的牛丢了、鸡丢了，只要去问他，他准能说出牛在哪儿、鸡在哪儿，一般都是问后随口就答，失主果真能按照他的指点寻到牛或者鸡。他精通天文地理、医卜星相，是诸葛亮式的人物。他因看破红尘而不愿出山，所以在蓝田县过着躬耕生活，人们于是又把他叫作牛布衣。《白鹿原》中的朱先生也被当地村民看作心目中的神，他能预测天象、农作物收成，也能推测出谁家走丢的小孩、谁家丢失的牛去了哪里。他是白鹿原的灵魂人物，是白嘉轩的精神导师，生活指路人；而白嘉轩则是朱先生精神和思想的践行者。朱先生是白鹿原的精神文化象征，他的思想渊源是儒家，具体到白鹿原这块地域，则是儒家思想的变相——理学中的关学一脉。关学是一种实践理性，强调"通经致用""躬行礼教"，这非常契合白嘉轩们的生活实践、生命感受，被白嘉轩这样的农民易于和乐于接受，对白嘉轩这样的族长更具有现实的指导意义。朱先生是作者理想人格的典范，既有飘然出世之想，更有兼济天下苍生的入世之举。每当事关民生疾苦，他总是挺身而出，如只身却敌、禁绝烟土、赈济灾民、投笔从戎、发表宣言、主持抗日英烈鹿兆海的葬礼，突出表现了他的爱国精神和民本思想。就个人生活而言，他绝仕进、弃功名、优游山水、著书立说、编撰县志、手拟乡约。国民党想借他的名声欺骗舆论，威逼利诱他发宣言，他绝不屈从，表现出了他富贵不能淫、威武不能屈的凛凛气节。他又料事如神、未卜先知，将圣人、智者、预言家集于一身。从陈忠实对朱先生的大力肯定可以看出，《白鹿原》的主导思想是倾向于肯定儒家文化中积极的、有生命力的精华部分的。

2015年7月27日，《西安晚报》发表《刘佩琦：〈白鹿原〉中演朱先生，其原型为蓝田牛兆濂》一文，详细介绍了这方面的情况。以下是该文的大部分内容（局部有改写）：

……牛兆濂曾孙牛君实说："陈忠实老师在塑造朱先生这个人物时，……基本上全是按照老先生（牛才子）的事迹来塑造这个人物的，几乎没有任何夸张，只是用了艺术化的手法进行表达，就连'牛''朱'两个字都可以看出来作者的用心。"小说中有一段关于朱先生的逸事，朱先生唯一一次南巡讲学，却乘兴而去扫兴而归，因着土布衣衫而被学人嘲笑，兼之秦地浑重的语音与南方轻柔的声调格格不入，而被人嘲笑。在下寿堂所作的

《走进白鹿原——考证与揭秘》一书中也记述了牛才子这样的遭遇：1917年春，牛兆濂偕同张果斋等友人同道应邀出游各地，赴山东曲阜、邹县，拜谒了孔孟庙祠；接着又南下金陵，东抵上海，此行本意在南方会友讲学，但因道学上的分歧，加之语言不通，服饰违时，被南人讥笑，愤而返家。至华阴时游华山，攀至绝顶，方泻心中不快，并作了《登华山诗》："踏破白云万千冲，仰天池上水溶溶，横空大气排山去，砥柱人间是此峰。"这首诗后来被收录在小说《白鹿原》中，书中为朱先生南巡归来所作。牛君实说："陈老师曾说，其实小说中最难写的就是朱先生这个人物，他压力很大。因为有牛才子这个原型，又在关中大地上颇有盛名，他生怕写不出牛才子的精神和风骨。"

在对比小说《白鹿原》和牛才子的生平时，如果非说有什么不同之处，就在于朱先生辞世之处。小说中说朱先生的关门弟子是黑娃，而他死时立下遗嘱"不蒙蒙脸纸，不用棺材，不要吹鼓手，不向亲友报丧，不接待任何吊孝者，不用砖箍墓，总而言之，不要铺张，不要喧嚷，尽早入土"。当在牛家后人的工作室看到牛才子的遗嘱时，可以看到这和朱先生的遗嘱异曲同工，牛才子弥留之际留下遗嘱，委托儿子手书，内容如下："我生平疚心太多，千万勿请入乡贤以重我之耻。我生平只不敢为非，不可铺张太过以为吾之羞。我一生重力行而未有实得，不可自欺欺人。"即使一生颇有成就，但牛才子依然自谦，不敢"入乡贤"。

在牛家后人的工作室中，还可看到几张牛才子的照片，他着举人服，颇为清瘦，发须皆白，仙风道骨。而小说中对于朱先生外貌的描写是通过白嘉轩的眼睛来写的："才子的模样普普通通，走路的姿势也普普通通，似乎与传说中那个神乎其神的神童才子无法统一起来。"电视剧中，刘佩琦饰演的朱先生看上去年轻些，但同样清瘦，古铜肤色，皱纹纵横，眼神略显凌厉。对此，牛家后人认为："作为一个在民间广为传颂的人物，谁来演朱先生（牛才子）都未必能阐释百姓心目中他的形象。其实长得像不像无关紧要，关键是看塑造出来的人物能不能传达老先生的文化力量，能展现关中人的那种硬骨头。"

在小说《白鹿原》临近结尾的地方，作者透过白嘉轩之口说出了他对朱先生的评价："白鹿原最好的一个先生谢世了……世上再也出不了这样好的先生了。"但牛兆濂的后人又是如何评价他们的先祖呢？在牛家后人的工作室中，可以看到老先生存世的墨宝和家书，"临事三思终有益，让人一着不为愚"等等，阐述了他为人处世的态度。一位牛家后人说："他首先是位优秀的教育家，坚持传统文化传播，让更多的学子学到经典，从孔孟到程朱，据说连日本、朝鲜都有他的学生；其次，他继承关学精神，敢于担当、勇于创新、不慕名利，做学问的同时又不脱离社会、脱离民众，参与了多个重大历史事件，是位优秀的社会活动家。他的一生都在推演乡约，这也是关学中很重要的实践部分。"牛君实的父亲牛象坤退休后，抱病坚持修完了牛家的家谱，他生前说："家谱不仅是血缘的传承记录，更重要的是让家族每个人都找到自己的精神家园和心灵归属感，旨在传承家族历代修身之道、治家之策。"

小说《白鹿原》中，朱先生的墓最后被红卫兵刨了；而现实中，牛才子墓地的命运也不容乐观，他的故居窑洞坍塌，一派荒芜，墓地已被推平，地面是蓝田五里头村小学的所在，好在墓没有被破坏，只是掩埋在地下了。一位牛家后人感慨道："以前这里就是芸阁书院，现在依然是个小学校，也算正本清源了。"

小说中的鹿三是白嘉轩家的长工，他与白嘉轩构成了中国传统社会中一对重要的关系——主子与奴仆的关系。鹿三忠厚、善良，也非常执拗，拗在两个字："忠"与"义"，这也是传统封建社会所强调的奴才对主子的"忠"与"义"。小说有一个贯穿始末的关键词，叫"人"——"做人"。白嘉轩夸赞鹿三说："三哥，你是人！"白嘉轩自己的最高信念也是"做人"，他说，要做人，心上就要插得住刀。田小娥想做人而做不成，泼在她身上的脏水太多了。她对白嘉轩说："你不让我做人，我也不让你做人。"人者，仁也，包含着儒家精神中讲仁义、重人伦、尊礼法、行天命的深刻内涵。"做人"就是要做一个有道德的人、有尊严的人、以仁义为本的人。

黑娃和白孝文是小说中两个性格最为鲜明的叛逆者的形象，前者先由一个淳朴的农家子弟变为土匪，再由一个土匪坯子变为真心向学的儒家门徒，并发誓"学为好人"；后者由族长传人堕落到不知羞耻地步，再变而为残杀异己毫不手软的冷酷之徒。他们性格的发展和变化，都包蕴着丰富而复杂的时代内涵和历史文化内涵。

　　小说中白灵的原型是革命烈士张景文。小说所写的很多发生在白灵身上的事情其实都发生在张景文的身上。白灵出生时，百灵鸟在白家庭院里鸣叫，而远方的辛亥革命正打响第一枪。她一出生，眼睛里就有某种天然的凛凛傲气。这股傲气使得白灵与白鹿原上所有女性划清了界限，让白灵拥有了一段轰轰烈烈而又极富激情的短暂生命。张景文的性格自小就是敢说敢干、直率刚烈。小说写1928年大革命失败后，大批共产党人被国民党反动派投入枯井。张景文就目睹了大批共产党人罹难的过程，激起了她强烈的愤怒，她不惧白色恐怖，勇敢地加入了中国共产主义青年团，同年转为中共正式党员。另外，小说写了白灵和西安学生痛打陶部长（戴季陶）的一段故事，这个事情就发生在张景文身上。张景文当时是女子师范团组织和学生会的负责人，是那次学生革命行动中的骨干之一。具体情况是1932年4月25日，国民党政府考试院院长戴季陶来西安视察，陕西省教育厅在民乐园礼堂召开了各校学生代表参加的欢迎戴季陶的大会。戴季陶向学生兜售了蒋介石的"攘外必先安内"的反动政策，激起了西安高中、西安女师及其他学校两千多学生的愤怒。张景文等学生给戴季陶递上条子质问他一些问题，但戴季陶支吾搪塞，这一下子激起了学生们的愤慨，学生们高呼起"打倒顽固派，打倒戴季陶"的口号声。张景文首先响亮地喊了一声"打"，学生们于是把早已准备好的石头、砖块、瓦片扔向戴季陶。她一砖头砸断了陶部长的鼻梁，被人称为"关中冷娃"。戴季陶衣服被扯烂，在军警的保护下狼狈而逃。愤怒的学生又烧毁了戴季陶的汽车。第二天，西安各界学生发起了"驱陶"游行大会，女师学生在张景文的带领下，同前来镇压的反动军警展开搏斗。张景文冲在最前面，最终被捕。小说里还写了白嘉轩接收女儿白灵被认定为革命烈士的牌子的事情。张景文最终也被认定为革命烈士。小说中的白灵是一位个性鲜明的女革命者，她与白鹿原上坚持儒家文化传统的朱先生和白嘉轩不同，她是一位心地最纯良的革命者。她在私塾发蒙后就以死相逼，早早离家到省城接受新式教育，大革命时组织学生搬运尸体，砸穿院墙逃婚，一封信闹得未婚夫家鸡犬不宁。临死时，她大骂残害革命青年的毕政委是"一个纯粹的蠢货，一个穷凶极恶的无赖，一个狗屁不通的混蛋"。这些基本都来自革命烈士张景文的革命事迹。

陈忠实说："我在密密麻麻的姓氏的阅览过程里头昏眼花，竟然产生了一种完全相背乃至恶毒的意念，田小娥的形象就是在这时候浮上我的心里。在彰显封建道德的无以数计的女性榜样的名册里，我首先感到的是最基本的作为女人本性所受到的摧残，便产生一个纯粹出于人性本能的抗争者叛逆者的人物。""爱之深恨之深"的叛逆性在她身上表现得淋漓尽致。田小娥是《白鹿原》中属于传统女性与新型女性之间的过渡女性。作品对这个淳朴、善良、无助、无辜而又劣迹斑斑的女性进行了浓墨重彩的描述。这个出身于书香门第的女人，从一开始就被父母出售给年龄够得上给她做爷爷的郭举人作为性奴隶而供养着。然而她天性就不是个安分的女人，一种生命的本能使她去"勾引"黑娃，并从此开始了她人生的灾难历程。田小娥受不住压力，在鹿子霖的诱骗下失身于他，并在鹿子霖的唆使下，把白孝文拉下了水。"忙罢会"之前，黑娃带了土匪抢劫了白鹿村，打折了白嘉轩的腰，杀死了鹿泰恒。白灵加入了共产党，而鹿兆海却脱离了共产党加入了国民党。白孝文和田小娥的奸情被揭露出来，白嘉轩在祠堂里用刺刷惩罚了他们，并强行把白孝文分了出去。田小娥晓知事情原委之后，断然与鹿子霖绝了交，而接受了白孝文。这种不同于以往写实的描写，还来自陈忠实倾注于村野的叙事，既沉静淡然又深情款款，描述精准又撒野般的上天入地，显示了独特的艺术创造力和审美意识。这份天马行空，不拘于非虚构纪实性的语言，有着更灵活的结构，野气横生、活力四射。当然，这种野气是北方的，比南方更野更爽朗也更大气。这是想象力的胜利，也是文学的力量。因为无论虚构还是非虚构，都必须以精准为前提。有论者认为，这种美的背后还深藏着陈忠实的悲剧意识，但它又是明亮的、野性的，它忧伤地藏在作者的笔尖，转化为虚构的刀笔。非虚构并非字字真实，其中有非虚构之虚，也有虚构之实。[①]

[①]　魏纯明：《深厚的家族记忆——阅读陈忠实的〈白鹿原〉》，中国作家网，2016年7月12日。

五、《白鹿原》的传播

白烨回忆，《白鹿原》完成之后，陈忠实给他来信说："我有一种预感，我正在吭哧的长篇可能会使你有话可说，……自以为比《蓝袍先生》要深刻，也要冷峻……"[1]后来，看过完成稿的评论家李星也告诉白烨，《白鹿原》绝对不同凡响。白烨仍然一半是兴奋，一半是疑惑。

陈忠实把《白鹿原》稿子寄往北京后，有一天，他回到省作协的家里背馍，在传达室，他收到了人民文学出版社的来信。陈忠实后来回忆说："这是一封足以使我癫狂的信。他俩（高贤均和洪清波）阅读的兴奋是我期待的效果。他俩共同的评价使我战栗，把在他们面前交稿时没有流出的眼泪倾溅出来。"[2]平静之后，陈忠实对妻子王翠英说，可以不去养鸡了。陈忠实还说："回首往事，我唯一值得告慰的就是：在我人生精力最好、思维最敏捷、最活跃的阶段，完成了一部思考我们民族近代以来历史和命运的作品。"[3]

1990年10月24日，陈忠实和《人民文学》编辑何启治的通信（第14封信）写道：

老何：

您好！惠书诵悉，请释念。

今年春天就听说您赴美探亲，始终未得您归来的消息，所以一直未联系。朱盛昌〔1〕同志曾两次来信约稿，我都回复了。他第二次信主要约长篇，大约是从陕西去北京的作家口中得知的消息，我已应诺，希望能在贵刊先与读者见面，然后再作修改，最后出书〔2〕。关于长篇的内容，我只是说了几句概要的话，作品未成之前，我不想泄露太多，以免松劲。所以我想告诉您，这个作品我是倾其生活储备的全部以及艺术的全部能力而为之的〔3〕。究竟怎样，尚无把握，只能等写完后交您评阅。原计划国庆完稿，未想到党员登记的事，整整开了两个多月的会，加之女儿大学毕业（走读），分配工作干扰，弄得我心神不宁。好在分配计划近日已下达，估计下月中旬

---

① 白烨：《白鹿原是他不朽的丰碑》，《人民日报》2016年5月5日。
② 张艳茜：《近看陈忠实》，《北京日报》2016年5月5日。
③ 张艳茜：《近看陈忠实》，《北京日报》2016年5月5日。

即可定绎，我了过此番心事，坐下来就接着修改工作，争取农历春节前修改完毕最后一部分。此书稿87年酝酿，88年拉出初稿，89年计划修改完成，不料学潮之后清查搞了四个月，搁置到今春，修改了一部分，又因登记党员再搁置。全书约四十五六万字，现剩下不到三分之一，我争取今冬拼一下。大致情况如此，待成稿后我即与您联系，您不要惦记，我已给朱应诺过，不会见异变卦的。也不要催，我承受不了催迫，需要平和的心绪做此事。盼常通信息，并予以指导，我毕竟是第一次搞长篇。祝愉快。

致以

敬礼

忠实

90.10.24.

注释

〔1〕朱盛昌时任人民文学出版社副总编辑，兼《当代》杂志副主编，实际主持《当代》工作。

〔2〕此处所说长篇约稿，即对长篇小说《白鹿原》的约稿。《白鹿原》经《当代》洪清波、常振家、何启治、朱盛昌依次审稿后，按我（何启治）的意见连载于《当代》1992年第6期和1993年第1期，又经负责出书的当代文学一编室有关编辑按三审制审稿后，于1993年6月出书。（责任编辑为刘会军、高贤均、何启治，其时我已从《当代》常务副主编调任人民文学出版社副总编辑，主管当代文学出书工作。）

〔3〕这句话很重要。陈忠实为完成《白鹿原》倾注了他的全部生活储备、艺术体验和艺术功力。这是他的自述。而有心的读者也有同样的认识。一位石家庄的医务工作者后来在读了《白鹿原》后写信给陈忠实说："我觉得写《白鹿原》的人不死也得吐血，不知你活着还能看到我的信么？"可见为完成《白鹿原》，陈忠实付出多大牺牲。[①]

《白鹿原》在《当代》1992年第6期与1993年第1期初刊连载后，引起轰动。随后，1993年3月23至24日，中共陕西省委宣传部、中国作家协会陕西分会联合

① 选自《新文学史料》2017年第4期。

召开《白鹿原》研讨会。6月10日，《白鹿原》获陕西省第二届"双五"文学奖最佳作品奖。6月，人民文学出版社按《白鹿原》原稿原貌出版单行本，首印数为14850册，年内共印刷7次，总数达56万多册。香港天地图书公司出版了繁体字版的《白鹿原》。7月16日，人民文学出版社、中共陕西省委宣传部、陕西省作家协会在北京联合召开《白鹿原》研讨会。白烨回忆，当他看到《白鹿原》后："完全被它所饱含的史志意蕴和史诗风格所震惊。深感对这样的作家、这样的作品要刮目相看，因而，以按捺不住的激情撰写了题目就叫《史志意蕴·史诗风格》的评论。在该年7月的《白鹿原》讨论会上，当有人提出评论《白鹿原》要避免用已近乎泛滥的'史诗'提法时，我很不以为然地比喻说，原来老说'狼'来了、'狼'来了，结果到跟前一看，不过是一只'狗'。现在'狼'真的来了，不说'狼'来了怎么行。我真是觉得，不用'史诗'的提法难以准确评价《白鹿原》。""有评论者把注重生活积累的作家和玩弄表述技巧的作家分称为'卖血的'和'卖水的'。这种说法虽过于绝对了一些，但也说出了这些年创作中的某种事实。陈忠实显然属于'卖血的'一类作家，他的作品从早期的《信任》到最近的《白鹿原》，篇篇部部都如同生活的沃野里掏捧出来的沾泥带露的土块，内蕴厚墩墩，分量沉甸甸，很富打动人的气韵和感染人的魅力。这样本色化的创作成果，无愧于时代生活，无愧于广大读者，也无愧于作者自己。本真为人，本色为文，在生活和创作中都毫不讳饰地坦露自我，脚踏实地地奉献自我，尽心竭力地实现自我，这就是我所了解的陈忠实。现在一再提倡作家要'无愧于时代，无愧于人民，无愧于历史'，陈忠实无疑是切切实实地做到了的。"①

1993年12月，《白鹿原》获得人民文学出版社"炎黄杯"人民文学奖。1997年，人民文学出版社按照茅盾文学奖评委的意见对《白鹿原》进行了一定量的改动后出版了修订版。

1997年11月，陈忠实和何启治的通信（第15封信）写道：

老何：

您好。

修改已经完毕。书稿寄上，一览便一目了然，无需（须）我一一说明如

---

① 白烨：《本真为人？本色为文——忆怀陈忠实》，《中国艺术报》2016年5月4日，第8版。

何修改〔1〕。总的是删了不少，有的是重复，有的是罗索（啰唆），有的是多余的"性"，对已经产生误读的某些细节，有的做了删节，有的做了弥补。您看了修改就清楚了。

先将书稿快寄专件寄上，"后记"随之电传给您，不会误事的。接到书稿后，请电话告知。

请代问陈早春〔2〕高贤均〔3〕诸领导好，致意。

祝愉快。

致以敬礼

忠实

我将修改情况同时信告陈昌本〔4〕

注释

〔1〕这是陈忠实通过快递把《白鹿原》修订稿寄到出版社时连同稿件寄给我的信。信末未署时间。按推算应为1997年11月，因为我社是在1997年11月收到长篇小说《白鹿原》的修订稿，12月《白鹿原》（修订版）出书，同时荣获第四届茅盾文学奖。

〔2〕陈早春时任人民文学出版社社长兼总编辑。

〔3〕高贤均时任人民文学出版社副总编辑，《白鹿原》初版责任编辑之一。

〔4〕陈昌本时任文化部副部长，第四届茅盾文学奖评委会实际负责人。他在评委会讨论过程中打电话要求陈忠实修订《白鹿原》。陈忠实答应了。[①]

1997年12月19日，《白鹿原》修订本获得了第四届茅盾文学奖。

1998年4月20日，陈忠实登上北京人民大会堂的颁奖台，领取第四届茅盾文学奖。

1999年12月9日，陈忠实写成散文《千年的告别》。在文中，他较为集中地阐述了他的《白鹿原》发表后，他对自己创作道路的反思，他继续使用了"剥离"一词，他说："剥离是旧的心理秩序被打乱、新的心理秩序重新建构的过程。人的心理秩序决定人的精神世界，而人的价值观道德观又网织着心理秩序；新的观念首先冲击的是旧的观念，也就冲击扰乱旧的心理秩序，重构新的精神世

---

① 选自《新文学史料》2017年第4期。

界。这个过程恰如剥离，完成一次就轻松一次，就新生一回，就跃上一个新的心灵境地。剥离无疑是一个痛苦的过程，经受了这个痛苦完成了这个过程，也就挣脱了心灵的枷锁，获得一次精神的解放和自由；经受不住这个痛苦就可能捂死在旧的秩序的罗网里。剥离不会是一次性完成的，有如蚕之蜕皮，一次又一次剥离的完成，一个民族的精神体魄也就逐步得以复兴复壮了。"在《白鹿原》创作手记中，陈忠实也从文学创作的角度谈道："剥离的实质性意义，在于更新思想，思想决定着对生活的独特理解，思想力度制约着开掘生活素材的深度，也决定着感受生活的敏感度和体验的层次。"①

2001年9月，西安市秦腔一团将《白鹿原》改编为同名秦腔后在陕西蓝田县向阳剧院公演，获得成功。2006年5月31日至7月2日，北京人艺创作的话剧《白鹿原》在北京首都剧场连演29场，剧中用陕西方言表演。7月9日，话剧《白鹿原》在西安易俗大剧院连演4场。2007年6月7日，由首都师范大学音乐学院主创的现代交响舞剧《白鹿原》在北京保利剧院公演。2012年9月15日，电影《白鹿原》在全国首映。2017年4月16日，电视连续剧《白鹿原》在安徽卫视、江苏卫视、乐视视频上映。

附《白鹿原》的故事情节：

第1章：白嘉轩后来引以豪壮的是一生里娶过七房女人。娶的头房媳妇死于难产；二房死于痨病；三房吐血而死；四房死于羊毛疔。连着死了四个女人，白嘉轩怕了，但他父亲白秉德又打算给他娶木匠卫家的三姑娘。当婚事加紧筹办关头，白秉德却病故了。两月后，白嘉轩娶回卫氏。卫氏和白嘉轩行事完毕后，却闭气了。后来一直半疯半癫，最后到涝池洗衣时溺死了。白嘉轩娶了五个姿态各异的女人，最终抬走的却是五具僵硬的尸体。但他母亲继续给他娶了一户姓胡人家的女儿。新婚之夜，胡氏用剪刀逼退了白嘉轩，后来又同意和他纵欲。第四天夜里，胡氏说她看见了白嘉轩前房的五个女人！法官一撮毛作法捉了五个女鬼，但胡氏内心的恐惧犹在，流产不久就

---

① 陈忠实：《千年的告别》，见《陈忠实文集》（第6卷），人民文学出版社，2015年版，第166—167页；转引自王金胜：《陈忠实文学年谱（1986—2000）》，《中国当代文学研究》2020年第1期。

气绝了。

第2章：胡氏死后，白嘉轩母亲说胡氏不过是一张破旧了的糊窗纸而已，撕了就应该尽快重新糊上一张完好的。她还说了白嘉轩叔叔白秉义被人杀害，白嘉轩爷爷从外地赶回时路遭土匪打劫，回家后吐血而死的事情以及她和丈夫白秉德生的七女三男只活了两个女子和白嘉轩一个儿子的事情。白嘉轩听了很焦急，就去请阴阳先生。路上，他无意间看到一道慢坡地里一坨湿土里匍匐着的一株白色秆儿的刺蓟，上面还缀着五片叶片。他把刺蓟填进湿土后回家查看了《秦地药草大全》，却没有查到它的名称。他去问在白鹿镇上开药铺的冷先生，冷先生也不识货。他于是到白鹿书院问一生都在弘扬关中学派正宗思想的姐夫朱先生。朱先生让他画出那白色怪物的形状后，说他画的是一只鹿。白嘉轩回家时看了看那块出现白鹿吉兆的地，但地是鹿子霖家的，他决定一定要把那地买到手。

第3章：白嘉轩希求冷先生出面与鹿家交涉，最后，用一块好地换了鹿子霖的这块地。白嘉轩母亲嫌儿子换地没给她说，气得不省人事。白嘉轩梦见父亲，去坟上看到一个进水的洞穴。他和鹿三堵了洞穴，后来又把墓迁到白鹿精灵所在的地点。然后，他去盘龙镇中药材收购店找店掌柜吴长贵，说想找一个女人。吴长贵料理着白家的药材收购店，最后让白嘉轩把自己的五女儿仙草引走当媳妇。白嘉轩于是和仙草结了婚。晚上，白嘉轩看到仙草的后腰、小腹上系着打鬼的桃木棒槌，就将潮起的欲火熄灭。仙草说戴过百日再解裤带。白嘉轩听罢要去马号跟鹿三睡。仙草撤下小棒槌，脱光衣裤说："哪怕我明早起来就死了也心甘！"

第4章：八月末，仙草怀孕了。白嘉轩把岳父吴长贵给的罂粟种子种到换的地里，结出椭圆果实后，他熬炼出浆液后背到城里去卖。吴长贵说，金子多贵，鸦片就多贵，鸦片的销路不成问题。连续三年，白嘉轩靠种罂粟发了家。在他的影响下，白鹿原及原下河川都成了罂粟的王国。滋水县三任县令连续禁种罂粟，但没禁住。一年春天，朱先生犁了白嘉轩的罂粟苗。这件事情震动了白鹿原，很快，川原上下的罂粟都被犁毁。不久，白鹿原上又开起罂粟花，而且没有被禁绝。仙草生了儿子马驹，一年后又生了二儿子骡驹。白嘉轩把父亲的坟墓用砖砌了，使白鹿精灵安驻。修墓时，一个寡妇把一片六分地既卖给白嘉轩，又用它偿还借鹿子霖的五斗麦子、八块银圆。白嘉轩和鹿子霖为此打了起来，两人又向县府各投了诉。朱先生给两人各写了信，他们才重归于好，地归原主。滋水县令下令凿刻"仁义白鹿村"石碑，亲自送到白鹿村。

第5章：马驹和骡驹长到该读书的年龄了，白嘉轩把白鹿两姓合祭的祠堂修缮后创办了一座学堂，徐家园徐秀才来执教。白嘉轩给马驹起名白孝文，给骡驹起名白孝武。鹿子霖的儿子鹿兆鹏和鹿兆海也从神禾村转回了学堂。白嘉轩让鹿三的儿子黑娃也去念书。黑娃念了三五天，觉得是活受罪，他只想去干给牲口割草的事情。他觉得鹿家兄弟和他们的父亲鹿子霖都使人感到亲切，但白嘉轩却总是挺直腰杆，一副凛然正经的样子。白嘉轩给黑娃取了鹿兆谦的学名。徐先生让黑娃去砍柳树股。黑娃让鹿兆鹏、白孝文也去。徐先生应允了。三人却看了黑驴给马配种的事情，被徐先生惩罚了一顿。家长们也把他们各打了一顿。后来，鹿家兄弟、白家兄弟都到白鹿书院念书去了。黑娃也不念书了。

第6章：仙草又生了三儿子牛犊。隔了一年多，仙草第八次坐月子，生了女儿白灵。白灵满月时，冷先生去了城里，十几天后回来给白嘉轩和鹿子霖说城里革命了，人们反皇帝、反清家了！白鹿原出现了白狼，是从南原山根一带来的，猪被咬死不少。于是，村村点火驱赶白狼。白嘉轩和鹿子霖组织人们把堡子围墙上的豁口全都补齐，并派人晚上轮流守夜。但白狼又来了，好在围墙有效地阻遏了它的侵扰。朱先生凭一句话，就解除了从甘肃反扑过来的二十万清军，他于是被张总督任命为第一高参。朱先生让白嘉轩把自己用楷书写的乡约在白鹿村实践，教民以礼义，以正世风。乡约实行后，白鹿村偷鸡摸狗、打架斗殴的事情不再发生。

第7章：鹿子霖被县府任命为白鹿镇保障所乡约了。上任前，他去县府受训，换上了一色一式制服。鹿兆鹏到县府看他，他说："爸革命咧！"鹿兆鹏想到城里念书，鹿子霖答应了。鹿子霖回到白鹿村，鹿泰恒问他辫子呢？他回答后，老汉就闭嘴闷声了。白鹿村族长白嘉轩发动了一场把农器耕具交给县府的"交农"运动。运动开始后，他要去，却被史县长精心安排的计谋阻止在家里了。鹿三于是和另外三个起事头目领着众人来到县城城墙下。史县长在城墙上宣布收印章税的通令作废。"交农"运动完结后，省府张总督签署命令，撤了史县长的职，同时也逮捕拘押了鹿三等四个闹事主犯、写传帖的徐先生等人。白嘉轩去县府、法院、张总督处奔波后，他们都被释放了。

第8章："交农"运动后，白嘉轩惩罚了两个烟鬼、赌徒白兴儿及另外七个人。从此，赌博、抽吸鸦片的事情就禁住了。冷先生的大女儿被白嘉轩说给了鹿兆鹏，二女儿被鹿子霖说给了白孝文，但最终订给了白孝武。当两宗亲事完成后，白嘉轩受县长何德治聘请出任了本县参议会的议员。正月里，白嘉轩姐姐一家来拜年，受其时髦观念和穿戴的影响，白孝文、白孝武、白灵想进城念新书，白嘉轩没同意。白嘉轩让白灵到徐先生的学堂念书，长大了再去城里念书。十天后，白灵失踪，最后在二姐家找到。白灵以死相逼，白嘉轩同意了。正月十五，黑娃给鹿三说他要去熬活。不足一年，黑娃引回熬活那家主人的小女人田小娥。鹿三让黑娃把这个婊子撵走！黑娃连夜引着田小娥在村东一孔破窑洞安下家来。

第9章：黑娃到渭北郭姓财东家熬活。郭财东及两个女人都喜欢脚快手快的黑娃。晚上，郭家两个长工睡下后开始说女人，王相、李相说的酸话使黑娃浑身潮热。他们说郭财东之所以返老还童，是因为他吃了二房女人田小娥那地方泡的枣。黑娃第二天看见了田小娥。后来，郭财东和大女人搬进后院窑洞去下榻。黑娃和田小娥快乐又痛苦地私会。郭财东知道后，让两个侄儿把黑娃打了一顿。黑娃然后在黄财东家干活。黄财东吃完饭爱舔碗，还要求黑娃舔。黑娃忍受不了，就逃走了。黑娃很思念田小娥，就回到郭财东家，李相说田小娥回北边田家什字的娘家了。黑娃在田秀才家管理棉田，看见了田小娥，才知道她是田秀才的女儿。田秀才正想着把她打发出门。黑娃说他要娶田小娥。田秀才倒贴了两摞银圆，黑娃就引着田小娥出了村。

第10章：白孝文和白孝武在学生们到城里上新学校的情况下背着铺盖回到了白鹿村，白嘉轩让白孝武进山去经营中药材收购店，让白孝文管家，继任族长。他主持白孝文和媳妇进祠堂叩拜了祖宗，但不准黑娃和田小娥进入祠堂。鹿兆鹏要退掉冷先生的大女儿，被鹿子霖打得鼻口流血后，才娶了她。随后他就进城好久不回家。白嘉轩给黑娃说不能要田小娥，黑娃不听从。白孝文和媳妇纵欲不止。白赵氏警告白孝文媳妇后，白孝文还是不改。白赵氏要缝了孙媳妇那地方，白孝文才收敛了。鹿兆鹏进城后一年都不回来，鹿子霖去西安叫他，但他去上海了。春天，鹿兆鹏回来担任白鹿镇新学校的校长，但却不太回家，鹿子霖就打了他一顿。鹿泰恒到学校把他叫回家后，也打得他半天起不来。

第11章：一队士兵开进白鹿仓，人们叫其白腿乌鸦兵。搓麻将的田福贤和属下被吓得钻到了床底下，一阵枪声掠过，他们才走出屋子，高举起双手。镇嵩军的杨排长说，田福贤可以继续当总乡约，不愿意了他另找人。田福贤立即请他到屋里说话。鹿子霖、田福贤叫白嘉轩敲锣召集村民，白嘉轩不敲。杨排长逼着白嘉轩集合起乡民后，要求乡民们三天内交齐军粮。黑娃交粮后，把田小娥反锁在窑里，因为白腿乌鸦兵已经糟践了不少有姿色的女人。鹿兆鹏、黑娃、韩裁缝在一个刮风的夜晚，烧了白鹿仓存放的镇嵩军的粮台。黑娃给田小娥说粮食是"白狼"烧的，自己就是"白狼"。杨排长列出包括白嘉轩、白孝文在内的一串纵火者的名单，但黑娃没被看作重点怀疑对象。杨排长要枪毙白嘉轩，鹿子霖拉着他收回枪。杨排长命令再征军粮，并射杀了三个乞丐顶的"白狼"。

第12章：朱先生关闭了书院，想重修县志。彭县长同意后在晚上弃职逃走了。包围西安的镇嵩军像朱先生预言的"见雪即见开交"那样，初冬仍未占领西安城。镇嵩军刘军长逃走时，下雪了。杨排长也撤走了。田福贤要求九位乡约对灾难户进行照顾，人们于是领到了麦子。白嘉轩要求在城里念书的白灵回家，白灵组织人们抬死人，她给父亲说了一阵革命道理后，又去抬死人了。白灵和鹿兆海通过一枚铜圆来决定参加"国""共"的事情，鹿兆海参加的是"共"，白灵参加的是"国"。白鹿仓办公房竣工后举行庆祝仪式，岳维山宣布鹿兆鹏是共产党员也是国民党员。白嘉轩对鹿兆鹏入"国"又入"共"搞不清，朱先生说他也摸不清。鹿兆鹏发展了黑娃等十个党员参加了"农讲所"培训，他们回来后立即在白鹿原掀起了一场风暴。议论黑娃的人，全部对他刮目相看了。

第13章：白灵回到家，她去鹿兆海家说了鹿兆海被保荐到河北一所军校去学习军事的事情。她和鹿兆海已经热吻了。她在学校见到鹿兆鹏，和他热烈地谈论了一阵时局。她给家人说明天要走，白嘉轩就把她锁在屋里，准备正月初三把她嫁出去。她用屋里的一把镢头把墙挖了一个窟窿后逃走了。从此，白嘉轩一家人再没见过白灵。1950年，白嘉轩才知道白灵是"革命烈士"。黑娃和九个伙伴带领三十几个人在鹿兆鹏的支持下，掀起了农协风暴，铡死了三官庙的和尚，砸碎了白鹿村的祠堂等，还把一个瓷器店老板砸死。鹿三要用长矛去收拾黑娃，被白嘉轩挡住了。白鹿村农协建立后，田福贤及另外九个乡约被押交给县法院。但不久，田福贤又官复原职了。鹿兆鹏和黑娃去找省府，省府撤了胡县长的职，调离了岳维山。黑娃和他的革命弟兄重新去抓田福贤时，田福贤早已闻讯逃跑了。

第14章：四一二政变后，岳维山回到了滋水县，当夜派人抓捕鹿兆鹏。鹿兆鹏在学校机智地逃跑了。他进山使辛龙辛虎兄弟的五六十名土匪成了革命军队。田福贤回原上后，在白鹿村戏楼整治了很多人，先使曾经揭发他的金书手忏悔并被鞋底打嘴，使分了他银圆的几个人还了银圆；然后使十个村的农协主任中的六个人被吊上杆顶，贺老大就是在被反复吊上去放下来时墩死的。白嘉轩让白孝文请来匠人，把被砸碎的碑石拼凑完整，把祠堂复原过来。然后，他召集族人举办了一次祭奠活动，活动由白孝文操持。田福贤让鹿子霖继续担任乡约，并让他对参加农协的所有人进行惩罚，白鹿村的五六个人于是被他下令吊到了杆上。白嘉轩请求田福贤和鹿子霖后，他们才被放下来。但白兴儿和田小娥还是被继续吊到杆上。田福贤提醒鹿子霖，要时刻留心黑娃的影踪！

第15章：鹿兆鹏让黑娃参加了一支国民革命军的加强旅，旅长姓习。习旅长被黑娃救过，所以他待黑娃情同手足，让黑娃回家看望田小娥。田小娥给黑娃哭诉了鹿子霖、田福贤把她吊上杆顶的痛楚。黑娃写了"铡田福贤以祭英灵"几个字贴在了白、鹿两家门口。田福贤见到后，把黑娃三十六弟兄的家属都带到白鹿仓，他给田小娥说黑娃是县上缉捕的大犯。田小娥请求鹿子霖给田福贤求情。鹿子霖给田福贤说了后，田福贤答应了。鹿子霖来到田小娥的窑洞里，把她裹进怀里。他和田小娥的奸情在白鹿村家喻户晓后，白嘉轩便对田小娥进行了严惩。田小娥伤好后，继续和鹿子霖在一起。鹿子霖让她想法子把白孝文的裤子抹下来："那样嘛，就等于尿到族长脸上了！"田小娥答应了。

第16章：贺家坊过"忙罢会"时演戏，白孝文去看戏，下身被田小娥抓住了，田小娥暗示他到一个废弃的砖瓦窑里。到了后，白孝文被迫与田小娥干了那事。白孝文回家后，他媳妇说家里被土匪抢了。原来，白嘉轩在圈场被人捆了。他们拽着他回家后，他看见妻子、母亲、两个儿媳也被绑了。土匪得了银圆后，用顶门杠把白嘉轩的腰击了一下。鹿子霖在戏楼的礼宾席上看戏时，算计着白孝文钻进圈套的过程。他女人也来看戏了。屋里剩下的鹿泰恒也被土匪吊到大梁上殴打、刀刺了一顿，最后又在他的胸口戳了一刀。白嘉轩从危机里缓活下来后，让白孝文继续准备村里过会的事情。他给朱先生说："这是黑娃做的活！""土匪白狼就是黑娃！"黑娃在一次军事暴动中，肩膀受伤，逃走后被土匪绑了，跟他们参与了一次抢劫。他成为土匪的二拇指后，到贺家坊瞧见贺耀祖和鹿子霖坐在戏楼上，却没发现白孝文和田小娥。那阵儿田小娥正牵着白孝文走进了破烂砖瓦窑里。白鹿村的"忙罢会"照常举行了，刚从保定陆军学校毕业、在国民革命军任排长的鹿兆海回来了，他见到了被悬赏缉捕的共产党要犯鹿兆鹏，他说他后天回乡里去看看父母，第二天部队就要开拔了。他又见了白灵，请她回原上看看共产党鹿兆鹏把原上搞成啥样了！俩人最后不欢而散。鹿兆海说他明天要开拔了，白灵流着泪说："兆海哥……我还是等着你回来……"

第17章：白嘉轩重新出现在白鹿村的街巷里时，村民们差点认不出他来，他那挺直如椽的腰杆儿伛偻下去了，和人说话时仰起脸来，活像一只狗的形体。他和鹿三犁了一遭地后，给家人说自己的腰好了，要求家人从明天开始正常过日子！鹿子霖给冷先生说了白孝文跟田小娥的事情，冷先生又给白嘉轩说了。白嘉轩便在晚上来到黑娃窑洞跟前，听见了里头狎昵的声息。

他一脚踏到门板上时，自己也栽倒了。白孝文慌忙穿衣蹬裤，逃回了家。田小娥认出是白嘉轩后，感到了恐惧。鹿子霖把白嘉轩背回家后，给仙草说族长咋么就倒在了黑娃的窑门口？白孝文听到父亲回来，给鹿三说："我做下丢脸事没脸活人了！"鹿三明白了白嘉轩倒在黑娃窑门口的原因后，把白孝文骂了一顿。白嘉轩让白孝武用捆成束的酸枣刺刷惩罚了白孝文。过了几天，白嘉轩把白孝文分了出去。惩罚白孝文那天晚上，鹿子霖来到田小娥的窑里，他与田小娥热热火火地弄了一场！田小娥蹲在他的脸上给他尿了一脸。鹿子霖一巴掌扇到田小娥脸上。田小娥骂道："鹿乡约你记着，我也记着，我尿到你脸上咧，我给乡约尿下一脸！"

第18章：一场异常的饥馑来到了白鹿原上。饥馑由旱灾酿成。白嘉轩和十二岁往上的男人求雨后，干旱还在持续。人们把各种能吃的都吃光了，开始人吃人。白孝文向父亲借粮，被拒绝了。他于是把两亩地卖给鹿子霖。正月初一，他和田小娥一次又一次地缠绵，田小娥让他吸了大烟。此后，他为了吸大烟又给鹿子霖卖了地。鹿子霖诚恳劝他不要再卖地了，但他不听。鹿子霖让白嘉轩管管白孝文，甭让他三番五次地缠住自己买地。白嘉轩反问鹿子霖怎么不管管鹿兆鹏？鹿子霖噎得反不上话来，心里想，你不管了好！我就要你这句话！白孝文卖了地，媳妇向他要银圆，他不给，并冷着脸说媳妇要死就快点死，并指了跳井、跳河、跳崖、上吊等死法。随后就和田小娥继续抽大烟。他媳妇找到后，他一个耳光抽得媳妇跌翻在门槛上。媳妇一把抓到田小娥裆里，抓下一把皮毛来。白孝文揪着媳妇又打了一顿，然后像拖死猪似的拖回家去。媳妇给白嘉轩说自己没想过自己将会饿死……白孝武去找白孝文却找不到。半夜时，白孝文才回来，看见停放在烛光里的媳妇的僵尸，两腿僵住了。他从此早晚都在田小娥那里抽大烟。鹿子霖派人到白家拆房完毕，白嘉轩挡住给鹿子霖拆房的满仓，不让他回去。鹿子霖闪面后，白嘉轩说他叫满仓甭走，因为满仓把四堵墙还没拆！

第19章：鹿子霖走进保障所的小院，冷先生说鹿兆鹏昨晚在学校里被田总乡约逮住了！是他的一个共产党兄弟给田总乡约告的密。冷先生让鹿子霖救鹿兆鹏。鹿子霖表示不救。冷先生给田福贤送了十麻包硬洋后，田福贤便向省府提出将共匪鹿兆鹏押回正法的要求。鹿兆鹏最终被押回了白鹿原。田福贤枪毙鹿兆鹏和六个土匪及贼娃子时，让一个替死鬼换上鹿兆鹏的长袍后被枪毙了。鹿兆鹏随后被送进白鹿书院，朱先生让鹿兆鹏把名字改了离开西安，又转述了冷先生问的话：能否给女人个娃娃。鹿兆鹏听了说干脆让田福贤杀了他，他才痛快！随后就走了。白孝文在田小娥拿不出一颗烟泡后，成了乞丐。鹿三在一个土壕里发现他后，让他到白鹿仓那里去吃舍饭。在白鹿仓，鹿子霖请求田福贤在要扩编的县保安大队给白孝文给个差事。田福贤写下一纸举荐信让白孝文立马就去。一月后，白孝文骑着一匹马，全副武装着走进白鹿镇给田福贤、鹿子霖送感谢礼。鹿子霖招待他时，说田小娥死了。他来到窑院，扒掏开天窗后钻进了窑里，看见了一具白骨，就一下子昏倒在了炕上。他醒来后，从田小娥右臂骨上取下了一只石镯，然后把窑墙的土扒下来，封堵了天窗。

第20章：黑娃给田小娥来送粮食，但看见窑洞坍塌了。他去问白兴儿，白兴儿说田小娥被人杀咧！窑里散出臭气，人们就挖土把窑封了。黑娃去问鹿子霖，鹿子霖反复说自己没杀田小娥。黑娃又去问白嘉轩，白嘉轩说他没杀田小娥，也不会指派旁人去杀。黑娃不信，就把白嘉轩拖到门口。突然，鹿三堵住了门，说田小娥是他杀的，并拿出了一把梭镖，上面的血迹已经变成了黑紫色。黑娃看见物证凶器，才相信了，然后就和父亲诀别了。黑娃进入白鹿村，在祠堂门前及他的窑院各开了三枪，然后，他催马离开白鹿村！鹿三杀死田小娥的准确时间是在土壕里撞见白孝文的那天晚上。鸡叫之后，他拿着梭镖来到田小娥的窑洞里，赤裸着身子的田小娥吓缩成了一团。鹿三喝令她上炕穿衣裳时，就将梭镖刺向了她的后心。田小娥猛然回过头，叫了一声："啊……大呀……"然后两眼的光亮渐渐消失。当她的肉体在窑洞里腐烂散发出臭气时，白孝武才领着白鹿两姓的族人挖下崖上的土封死了窑洞。白嘉轩给鹿三说：你不该杀了黑娃媳妇，把她绑到祠堂光明正大地处治就可以了。你是她的阿公，你杀她做啥？鹿三说他杀了她，也给黑娃交代清白了，不后悔。白嘉轩说：但这不该由你动手。下雨了，鹿三跑到院子里，"哇"的一声哭了，他跪在院子里，让冰冷的雨点打着自己。

第21章：黑娃回山寨后，坐在石凳上站不起来。大拇指让他有啥话就说响！黑娃说媳妇田小娥被父亲鹿三杀了。大拇指说自己曾跟鹿三叔在一个号子里坐了半年哩！原来，大拇指就是那个领着众人"交农"的和尚。他说自己也是因了一个已经订了婚的女人才落草的。他本名郑芒儿，到太平镇车木匠家学手艺，和其大女儿小翠相好。小翠已和杂货铺王家儿子订亲。车木匠辞退了芒儿后，立即让小翠和王家儿子结婚。但女婿骂小翠是个敞口货，那地方敞得能吆进去一挂牛车。车木匠的二徒弟妒忌芒儿和小翠相好，就向人们证实小翠早都成了敞口子货咧。车木匠听说后吐出一股鲜血，跌翻在地上。小翠无法辩解，就上吊了。小翠百日后，她前夫又娶回一位女子。第二天晚上，芒儿用杀猪刀杀了小翠前夫，并放火烧了王家。芒儿又杀了二师兄。然后他到小翠坟前，把杀猪刀扎进地里，并留下了自己的裹肚儿。多日以后，有人发现了这两样东西。县府警官拿着它们找到车木匠，车木匠一看裹肚儿，说是芒儿的。县府立即下令追捕芒儿。芒儿后来上山为匪，将王家娶的那个新媳妇掳到山上叫弟兄们享用了。黑娃提议把王家的老窝端了！大拇指同意了。但这时鹿兆鹏来了……

第22章：黑娃给鹿兆鹏说了自己揣着他写的手条去找习旅长，以及怎么成为习旅长的贴身警卫，怎么参加暴动及至落草山寨的事情。鹿兆鹏说自己参与策划了那场暴动，习旅长死的时候枕着机枪，他们唯一一支能打仗的正规军就此完结了，他现在入伙来了。黑娃让他跟大拇指当面说。大拇指听罢，拒绝了鹿兆鹏。半年后，鹿兆鹏被大拇指俘获上山。鹿兆鹏受省委指派，前去阻止红三十六军企图攻打西安的计划。他把省委意见传达后，姜政委等仍然率领着九百多人从茂钦来到关中平原，却遭到了保安队的偷袭和骚扰。姜政委以向省委汇报情况兼作攻城内应为由离开了，王副政委说："姜要是跑到国民党省党部汇报怎么办？"他建议撤回茂钦。但其他人都不同意。队伍继续前进，最后在秦岭深处的章坪镇被嫡系国军包围了。然后，又被大拇指、黑娃的土匪队伍捉上山。大拇指听了鹿兆鹏的述说，派弟兄下山去寻找被打散的红军士兵。鹿兆鹏也想下山再弄一个军来，黑娃就亲自护送他出了山。鹿兆鹏走到白鹿书院，国民党滋水县党部书记岳维山，县保安队的白孝文也来了，岳维山说姜政委已经进了省党部。姜政委叛变了。鹿兆鹏和岳维山互相讥刺了一阵后，岳维山让白孝文回去给朱先生取"宋词"和湘缎。鹿兆鹏识破他叫白孝文去搬兵，就以去吃点饭的名义撒腿跑出书院。岳维山让白孝文快撵，白孝文拔出手枪开了一枪。岳维山跳出门，吼喊着："后院后院——快后院追——"

第23章：朱先生重新开始赈济灾荒，中断了县志编纂工作。大饥馑随着一场透雨结束了。白灵来看望朱先生，朱先生给白灵相面，让她不要踩到脸部左方的黑洞里，跷过了黑洞，就能一路春风。白灵和从未照面的王家儿子退婚了。她辞别朱先生后，进城去给郝县长送他儿子的信。郝县长告诉她，红三十六军溃散后，他就安排地下党收容红军战士，引渡出山，不少人已经返回茂钦了。白灵又去见大哥白孝文，白孝文说了去看朱先生时，遇到鹿兆鹏的事情。白灵证实了鹿兆鹏已经脱险的消息，就让白孝文铐上自己！白孝文说："你长到这么大还是没正性……"白灵晚上赶回省城，决定去找鹿兆鹏。她坐在牛车上想起鹿兆鹏通知自己被批准入党了的事情，又想起鹿兆海到榆林去之前自己让他退出"国"，他却说：我退"国"可以，你也得退"共"。鹿兆海走时，还让自己不要应允任何求婚者。不久，鹿兆海又说：白灵你可以随意嫁人。但我非你不娶。现在，白灵想自己该到哪儿去寻找鹿兆鹏啊？

第24章：白灵对白孝文剿杀共产党很气愤。组织让她给鹿兆鹏做假太太。鹿兆鹏让白灵在没有外人来时，该咋着就咋着；有人来时就开始演戏，否则两人就得填井。白灵给鹿兆鹏说了白孝文说的遇见他的事情。鹿兆鹏说他从白孝文枪口下逃脱后向西跑去，先在润河上背人过河，后来在东关一家泡馍馆被一位同志认出来，那人扬了扬手里的馍，就有两个人从桌边站起来。他急中生智，跑到润河边继续背人过河。第二天黎明，他走进大王镇高级小学，住在党员校长胡达林的屋子里。由于那个叛徒告密，郝县长被害了。白灵继续把鹿兆鹏交给的纸条送到秘密的地方。一次她取纸条时，鹿兆海出现在她身后。她告诉鹿兆海自己已经成家了。鹿兆海不信。白灵回到家，鹿兆鹏说叛徒姜政委已被毒死。白灵提出和鹿兆鹏做真夫妻，鹿兆鹏猛地战栗了一下，说自己在原上的屋里有媳妇。白灵说："我们做一天真夫妻，我也不亏。"鹿兆鹏说以后再说这事。但最后他还是抱住白灵，吻吮着她。夜半时分，鹿兆鹏回了趟大王镇小学，让胡达林在学校准备召开非常代表大会。十天后，富商大亨、财东、农人等都来开会。会议开得没有出现一丝漏洞。半月后，鹿兆鹏才回到白灵身边，抱起她后让她再去上学，然后发动学生促进当局抗日……

第25章：白鹿原又一次陷入毁灭性的灾难之中，一场空前的大瘟疫在原上所有的村庄里蔓延。瘟疫吞噬的第一个人是鹿三的女人鹿惠氏。鹿惠氏死前，给鹿三说：田小娥说她是被你戳死的。田小娥还让她看了她后心的血窟窿。鹿三听了，头发直竖起来。鹿惠氏死了刚过三天，村里又死了九个人。仙草也染上了瘟疫，她想见白孝文和白灵，但白孝文到汉口接军火去了，白灵连踪影也问不到。仙草听后，说田小娥进院子了，让看她的伤。天亮时，仙草咽了气。一天晌午，鹿三发出一种女人的尖声，叫着白嘉轩，鹿三被田小娥的鬼魂附体了！三个老汉给白嘉轩说田小娥的鬼魂眼下弥漫在原上，瘟疫是她带来的，她提出在窑畔上给她修庙塑身，把她的尸骨重新装殓入棺，族长和鹿子霖来抬棺，原上的生灵才不会灭绝。白嘉轩坚决不答应。白孝武、鹿子霖、冷先生也主张修庙葬尸。白嘉轩把白鹿村人聚集在祠堂里说：你们逼我给婊子塑像修庙，这是逼我钻婊子的胯裆！我今日不给她修庙，而要给她造塔。第二日，白孝武带领族人挖开窑洞，掏出田小娥的骨殖，架火焚烧后按朱先生的建议，把灰末装到瓷缸里封严封死，然后在上面建了一座砖塔。塔建起来后，鹿三再没发疯说鬼话。

第26章：瘟疫过后的白鹿原一片空寂。白嘉轩从二姐那里接回白赵氏，白赵氏对仙草的死亡十分痛心，对鹿三的木木讷讷很奇怪，她还不知道田小娥鬼魂附身的事。白孝武对父亲说他想修填族谱，白嘉轩当即赞成。鹿子霖和田福贤嘲笑白嘉轩父子过来过去爱在祠堂里弄事！共产党员郝县长被县保安队枪毙后，岳维山让鹿子霖设法找到鹿兆鹏。鹿子霖给鹿兆海说了，鹿兆海就和冉团长到岳维山办公房说了几句威胁性的话，岳维山和颜悦色地说纯属误会。半月后，鹿子霖坐着冉团长的车回到白鹿仓门口，冉团长让田福贤多关照鹿子霖。田福贤也从岳维山跟前知道了鹿兆海借助冉团长示威的事，他给鹿子霖说："何必呢？他是个吃粮的粮子，能在这里驻扎一辈子？"鹿子霖听了想鹿兆海确实不会永远驻扎在城里，而岳维山才是继续盘踞在滋水县里的地头蛇。他于是请求田福贤代替自己给岳书记道歉，甭跟二杆子鹿兆海计较。白嘉轩给白孝义娶妻完婚时，鹿子霖是婚礼当然的执事头。朱先生偕夫人也来了，他说了白孝文想回原上的事情，白嘉轩没有应声。朱先生走出白鹿村，为自己的无能感到悲哀。白孝义结婚第二天和兔娃在土壕装土，兔娃问他跟媳妇睡一个被窝害羞不？然后让他回家去，他一人能行。白孝义想，看来自己和兔娃幼年的友谊终结了……

第27章：白孝文从朱先生口里得到父亲允许他回家的允诺，精心准备回家的历史性行程时，土匪头子黑娃被保安团擒获，这是他上任营长后的第一场大捷。他于是推迟了回原上的时日。白嘉轩到县上问白孝文能否把黑娃放了？白孝文跪着说上边已经批示就地枪决，自己没有杀他放他的权力。白嘉轩回家后，白孝文接到鹿兆鹏的一封信，求告他设法留下黑娃的性命。大拇指也掳去了白孝文的妻子高玉凤。白孝文于是给了黑娃一根细钢钎，黑娃成功越狱了。阴历四月中旬，白孝文携着高玉凤回到原上，白嘉轩主持他们在祠堂祭了祖，拜了乡党。白孝文回县城时，眺见黑娃窑顶竖着的高塔，耳边便有蛾子扇动翅膀的声音。白嘉轩屋里来了一帮军统搜查白灵，没搜到，就威胁恐吓了几句窜出门去。天明时，原上几家亲戚说这些人也让他们把共匪白灵快交出来！白孝武说白灵用砖头把中央教育部陶部长打了，二姑父被拉去拷打后交代了咱家的亲戚。其实这时鹿兆鹏让白灵跟着鹿兆海去乡下坐月子了！白灵后来生下一个儿子。白赵氏得知孙女的祸事后，身体骤然垮了，冷先生让白嘉轩准备后事。白嘉轩给母亲说白灵前日到书院看望过她大姑，好好的，谁也抓不住。白赵氏听罢病愈。

第28章：鹿兆鹏的媳妇疯了。她在村巷里说公公鹿子霖跟她好了，众皆惊讶。她在白鹿镇上重复着她公公跟她好了的话，引起赶集者的哄笑。鹿子霖知道后，吓黄了脸。他抽了儿媳妇几个耳光，把她锁了起来。鹿贺氏说鹿子霖在原上的名气越发大了！冷先生给鹿子霖说他给女儿把病治好，让鹿兆鹏写一张休书了事。半年前的一天深夜，鹿子霖喝醉后，儿媳扶他进入庭院。他在儿媳胸脯上揉捏。儿媳便在他吃的饭里埋了一窝麦草，说他是吃草的牲口。他警告儿媳规矩点，还咬破了儿媳的脖颈。儿媳想吊死自己，但最终放弃了，从此不再说话。鹿子霖进城去寻鹿兆鹏，发现他跟白灵过到了一搭！冷先生给他女儿又开了一剂药，服了后就哑了。冬至交九那天夜里，她死在了炕上。白嘉轩做了一个奇异的梦，朱先生听了他的讲述在心里说：白灵昨夜完了。白灵确实是在这一夜走向生命尽头的。为了弄清白灵的死亡过程，白灵的儿子鹿鸣多年后寻找到一位革命老太太，知道了白灵是在根据地清党肃反时被活埋的。当时，毕政委下令逮捕了十一个从西安来的男女学生，然后又逮捕了廖军长。白灵在军部做秘书，与廖军长相识。很快，白灵也被捕。她被关进囚窑后，大骂毕政委是敌人派遣的高级特务，是野心家、阴谋家。毕政委愤怒至极，于是下令把白灵活埋了。白灵是被抓得最迟，但被处死得最快的人。毕政委后来改名换姓，已无从查找……

第29章：朱先生的县志编纂工程已经接近尾期，经费的拮据使他一筹莫展。白孝文来把鹿兆海在中条山阵亡的讣告呈到面前，朱先生双手掩脸哭出声来……前年深秋的一天，一身戎装的鹿兆海给朱先生说他要出潼关打日本去了，朱先生让他回来时带回他亲手打死的倭寇的一撮毛发。现在，鹿兆海阵亡了，他的葬礼举办得很隆重。队伍上的马营长给朱先生给了鹿兆海留下的一个铁盒子，里面装着倭寇的四十三撮毛发。朱先生焚烧了这些野兽的毛发后，回到白鹿书院。编纂县志的先生们吊唁鹿兆海回来后，说明日公祭鹿兆海，主事人让朱先生讲话。朱先生讲话时发表了他和老先生们要上战场去抗击倭寇的宣言。他的讲话被南北报纸发表、转载后，产生很大影响，响应他的同仁者超过千人。当他和另外的先生们要出发时，鹿兆鹏劝他们不要去了，说蒋某人下令十七师已撤离中条山到渭北攻打陕北红军去了，并说鹿兆海不是日本人打死的，而是在进犯边区红军时被红军打死的。朱先生不信，坚决赶往渭河渡口，但渡船已经停止摆渡。随后，他们被三个士兵带到马营长面前，马营长又将他们带到十七师的茹师长面前，茹师长劝他们不要去中条山，也不让打问鹿兆海的死因。他们于是又回到了白鹿书院。一天夜里，黑娃正睡觉，黑牡丹一丝不挂地来给黑娃说大拇指死在了她的炕上。黑娃到后，听郎中说大拇指是被五倍子毒死的。黑牡丹说大拇指喝着酒和她弄那事时，刚进入就死了。黑娃追查内奸后，黑牡丹被打死。黑娃重赏土匪们揭发放毒人时，好多人接二连三地逃离了。白孝文来到山寨后，制止了土匪窝子里的内乱，说凶手是鹿兆鹏安插进来的两个弟兄，已经投了游击队。黑娃认为鹿兆鹏太不仗义了，然后把土匪们召集到山寨议事大厅，白孝文动员他们加入了保安团。这是滋水县境内最大的一股土匪归服保安团，一下子轰动了县城。黑娃的大名鹿兆谦在全县第一次公开飞扬，他被任命为新成立的炮营营长。白孝文因功劳受到县府嘉奖。

第30章：白鹿保公所的保长鹿子霖突然被保安团捆起来。白嘉轩让白孝武去找白孝文搭救鹿子霖。白孝文给鹿子霖说岳维山在省上挨了批评，所以抓你的目的是要鹿兆鹏。岳维山审问鹿子霖是否领着儿媳到城里找过鹿兆鹏。鹿子霖说儿媳有病，就引她到城里去看病。白孝文给黑娃介绍了高秀才的女儿高玉凤。黑娃和高玉凤结婚后，拜朱先生为师读书，言谈开始雅致。高玉凤更加钟爱黑娃。不久后，黑娃和高玉凤回白鹿村祭祖。朱先生、白嘉轩陪着。黑娃叩拜列祖列宗，求祖宗宽恕时，朱先生禁不住泪花盈眶。黑娃把一摞银圆交给白嘉轩。他见到他父亲，泪如泉涌。黑娃弟弟兔娃羞涩地笑着。第二天，黑娃和高玉凤回到县城。白嘉轩让白孝武进山去躲避一段时间，以应对田福贤让他当保长。白嘉轩劝鹿三给兔娃张罗媳妇，鹿三说自己的心劲都跑了。又过了两天，鹿三和白嘉轩喝酒说话时，鹿三跌在炕下闭了气。白嘉轩扑到鹿三身上，涕泪横流："白鹿原上最好的一个长工去世了！"

第31章：黑娃在县保安团干事，妻子高玉凤后来住到了省城西安。高玉凤这时怀孕了，黑娃把她抱了起来。鹿兆鹏给黑娃送来一本毛泽东写的书，让他好好看看。鹿兆鹏要去延安了，走时叮咛黑娃要小心白孝文。鹿子霖女人鹿贺氏为了救鹿子霖，给法官、县长、狱卒等送了钱，最终使坐了两年零八个月监狱的鹿子霖出狱。鹿子霖两个儿子一个死了，一个飞了，连一个后人都没有。但有一天，鹿兆海的媳妇领着儿子回来了，她说她家在北边的金关城，鹿兆海的队伍路过她家时，他们就合婚了。儿媳在家住了三天，然后把孩子、鹿兆海的抚恤金留下后就走了。鹿子霖和鹿贺氏此后就经管起孙子。鹿子霖也被田福贤要求继续到联保所里上班。鹿子霖说他再不想当官了，田福贤拿出他女人送的白货、黄货，他就应承了下来。白嘉轩让白孝武到山里去经营中药收购店了，白孝义也被征兵了。白孝义不久逃回来，在白孝文的保安团喂了半个多月马，被父亲叫回了家。白孝文给田福贤打了招呼后，白嘉轩家再没来过抓壮丁的。兔娃在他哥黑娃的照应下，也是免征户。白孝文想在原宅基地上盖房，白嘉轩不同意，让他另置庄基另立门户盖房。白孝文后来给家里建了四合院。他接走了前妻生育的两个儿子，小儿子在县城继续上学，大儿子不学好，被白孝文暴打了一顿，最终携枪逃走不知下落。白孝文也没寻。白孝义结婚多年，却不能让妻子生养下娃娃。白赵氏祈求神灵也不见孙媳妇怀娃的征兆。冷先生用偏方治疗，依然怀不上。白嘉轩动了休掉她的打算，冷先生说毛病可能出在白孝义身上，建议借种生子。白赵氏叫兔娃帮忙给他三嫂治病，说是神让童男陪她睡觉就好了。兔娃对男女间的隐秘浑然不通，答应陪三嫂睡觉。白赵氏在窗外监听着。三个月后，白孝义媳妇怀孕。白赵氏却对她厌恶不止。三伏天，白赵氏咽了气。白嘉轩给兔娃操办了婚事。第二年春天，白孝义媳妇生下一个儿子。白嘉轩给兔娃拨了二亩坡地。不久，白嘉轩按朱先生的建议辞掉了长工兔娃，然后又给了他二亩地。解放后划成分，白嘉轩因为在解放前三年没有雇用长工，所以没有被划成地主。白嘉轩猛然醒悟过来，朱先生的建议太英明了，不禁感佩万端。

第32章：黑娃见到秦岭游击大队政委韩裁缝，韩裁缝希望黑娃允许游击队通过古关峪口转移到北边。谋杀大拇指芒儿的凶手陈舍娃建议黑娃收拾游击队，黑娃把陈舍娃处死了。韩裁缝领着游击队经过峪口时，黑娃命令只用炮轰一下就行了。黑娃给朱先生给了鹿兆鹏去延安前留下的毛泽东的书。朱先生说他看过，并断然肯定：凭满地皆红的国旗，天下注定是朱毛的。黑娃说他过段时间再来，朱先生不让他来。朱先生让妻子剃头时，叫了她一声"妈——"。剃完头，他说自己该走了。朱白氏和儿媳说话时突然看见前院腾起一只白鹿，掠上房檐后消失了。朱白氏忽然想到了朱先生，叫儿子去看，发现朱先生坐在院里的破旧藤椅上死了。朱先生死了后，朱白氏按他的遗嘱谢绝了前来吊孝的众人。白孝文、白嘉轩、黑娃来后，朱白氏不准他们入内。黑娃得悉先生的遗嘱后，劝众人离开。但许多人冒着雨雪站在门外。朱白氏听从了黑娃的变通办法，向众人公布明天给朱先生搬尸移灵时，可以一睹朱先生的遗容。众人才纷纷离开。朱白氏允许白嘉轩和黑娃到书院歇息。白嘉轩哭着说："白鹿原最好的一个先生谢世了……世上再也出不了这样好的先生了！"第二天搬尸移灵时，书院外聚集了黑压压的人群。牛车拉着朱先生回朱家时，黑娃把一路琢磨好的挽词写在白绸上：自信平生无愧事，死后方敢对青天。朱先生的遗体拉回村后，白嘉轩听着人们说着朱先生禁烟犁毁罂粟、只身赴乾州劝退清兵总督、在门口拴狗咬走乌鸦兵司令、放粮赈灾时用一只褡裢背着干粮、为丢牛遗猪的乡人掐时问卜、只穿土布不着洋线的怪僻脾性等事情。几十年后，白鹿书院在"大跃进"时挂起了种猪场的牌子，场长是白兴儿的后人小白连指。"文革"时期，一群红卫兵把白鹿书院的匾牌烧了。不久，滋水县的一派造反队进住书院。一天深夜，从县城来的一个造反派包围了书院，两派发生了激烈枪战，死了八个男女，朱先生讲学的正殿被烧毁，小白连指和十几个职工被吓跑。过了七八年，鹿兆鹏做第一任校长时的那些学生在班主任的带领下，刨出了朱先生的骨殖想鞭尸。他们惊奇地发现一块砖头上面刻着"天作孽 犹可违 人作孽 不可活"这些字。班主任在得到批判朱先生的证据后，就在墓地召开了批判会。他给学生们说这十二个字是"阶级斗争熄灭论"。一个男生把砖头一摔，中间出现了一对公卯和母卯嵌接在一起的小砖，里面刻着一行字："折腾到何日为止"。学生和围观的村民都惊呼起来……

第33章：鹿子霖祖上有三个兄弟，老三在城里一家饭馆忍受炉头毒打、操尻子眼的屈辱后，学到炒菜的手艺。五年后，老三学成了一个真正的炉头。一位清廷大员吃了他炒的菜，惊呼他为"天下第一勺"，这几个字被做成匾牌后挂在饭店门口，生意兴盛极了。老三让五个要饭的精壮小伙子把炉头的尻子眼操了后使他死在城墙根。他回到原上后，置田买地，修筑房屋，雇用长工，增添牲畜。他发财的事刺激着原上人，人们把他尊称为勺勺爷。

勺勺爷娶妻生子后让孩子们必须念书，然后通过科举考试进入上流社会。但他的五女二男孩子里，只有二儿子中了秀才。他的后代到鹿子霖这一代，也没有出当官的。鹿子霖有一天路过桑村时，遇见一个老相好正从茅厕里出来。老相好把他邀请到屋里后让他必须管他弄出的娃，具体就是不要被抓了壮丁。鹿子霖答应了。然后和女人滚在了床上。鹿子霖在原上的村庄里搜寻了一番自己弄出的娃，并把他们都认成了干娃，使他们逃避了抓壮丁。白鹿联保所遭到了一次洗劫，田福贤幸免被杀。洗劫他的究竟是土匪还是游击队，不得而知。他去问冷先生有没有来买刀箭药的人？冷先生说没有。白嘉轩要刀箭药时，让冷先生不要给谁说自己要过这药。冷先生再次见到白嘉轩，白嘉轩说是一个老亲戚的儿子打劫了联保所，他负了伤，后来随了共产党。俩人随后把话题转移到鹿子霖身上，说原上只有鹿子霖活得滋润。冷先生说鹿子霖不值得说。

第34章：公元1949年5月20日，黑娃与回老家策动滋水保安团起义的十五师联络科科长鹿兆鹏相会。鹿兆鹏建议黑娃起义，黑娃同意后，与二营营长焦振国、一营营长白孝文商量起义的办法！白孝文毙杀了保安团的张团长，黑娃逮捕了滋水县的书记岳维山。保安团起义时，鹿兆鹏没有参加，他随部队去了新疆，杳无音信。滋水县解放后，担任副县长的黑娃被县长白孝文下令逮捕。白嘉轩为黑娃担保，白孝文没有答应。后来，黑娃、岳维山、田福贤被白孝文下令枪毙。白嘉轩悲伤至极，得了重病。鹿子霖疯癫后生活不能自理，晚上和黄狗蜷卧在一起，并吃着狗食。入冬后的一天夜晚，鹿子霖在柴火房里冻死。

1988年4月至1989年1月草拟

1989年4月至1992年3月成稿

1997年11月修订

第十六章　新世纪初期创作的小说

（2000年—2002年）

　　2011年8月9日，陈忠实在谈到《白鹿原》之后的创作状态时，将自己的创作分为两类：一类是"触发式的写作"，"无论散文，无论短篇小说，都是生活事项触及某一根神经，便发生创作欲望，说不吐不快也合实际。《白鹿原》之后的为数不少的散文和为数不多的短篇小说，都是这样写成的"；另一类是"遵命文学"，"是遵文学朋友之命为其著作写序，我比读文学名著还用心，感知他的思想和艺术魅力，溢美是溢他作品所独有的美，不是滥说好话。约略想来，我大约为近百位作家朋友写过序了。写序不仅让我看到作家朋友的情怀和追求，也让我更了解了这位作家立身的品行"。①

　　从小说创作看，《白鹿原》之后的八九年时间里，陈忠实再没有写过一篇小说，他把时间花在了写散文，写言论，接受访谈，参加会议等事情上。2000年至2002年，他重新创作小说，具体是2001年5月12日写成的《日子》；2000年秋写于礼泉，2001年8月20日重写于原下的《作家和他的弟弟》；2001年写成的《一个虚脱症患者的发言片断》；2002年2月12日写成的《关于沙娜》；2002年3月8日写成的《腊月的故事》；2002年7月27日写成的《猫与鼠，也缠绵》。

---

① 陈忠实：《有关我的创作——答〈黄河文学〉和歌问》，见《陈忠实文集》（第10卷），人民文学出版社，2015年版，第381页。

一、《日子》：描写了底层农民的境遇和心情

《日子》2001年5月12日写成，刊发在《人民文学》2001年第8期，这是陈忠实在新世纪写的第一篇小说，描写了"三农"问题。

"三农"问题引起全社会的关注是在2000年。那年的3月2日，中国民间"三农"问题研究者、湖北省监利县棋盘乡前党委书记李昌平上书高层领导，反映当地"三农"面临的问题，发出"现在农民真苦，农村真穷，农业真危险"①的感叹，引起了全社会对"三农"问题的关注。文学界也出现了反映农村生活的底层叙事，成为颇受关注的文学现象。

《日子》写出了底层农民内心的不安和焦虑，展示了普通百姓的生存状态，具有极为深厚的内蕴。李建军分析道，《日子》虽然没有完整地叙写中国的"三农"问题，但将他的这篇小说归入底层叙事，固无不可，他的叙事平静而沉着，描写细微而深入，显得更加成熟和亲切，与那些叙事夸张、描写失实的同类小说比起来，骎骎乎驾而上之，明显高出一大截。

《日子》以"我"的口吻讲述了高中文化程度的男人干不成其他很多事或干了得不到钱的事后，无奈挖沙的事情，他女人也和他一起挖沙，已经十六七年了。女人评价男人是就个"硬熊"，受不得人家的一点白眼。小说又通过男人之口讲述了县委书记卖官、打麻将、找小姐等违法乱纪的事情。书记被"双规"后在号子里背砖拉车失去了自由，男人说自己则可以在河滩里"想多干就多干想少干就少干不想干了就坐下抽烟喝水，运气好时还能碰见一个腰好的女子过河，还能看上两眼"。小麦吐穗扬花的季节，男人的女人在筛着沙石，男人却没来。女人说女儿考试没考好，使男人备受打击。但不久，男人来筛沙了。他说他想开了："大不了给女子在这沙滩上再撑一架罗网咯！"小说也到此结束了。

小说在讲述上面这个故事时，也将农村的凋敝与城市的繁荣对照着写了出来。男人女人是生活在底层的农民，日子艰辛，而县委书记等官员生活在城市，生活腐败；另外，小说将大自然的平静绚丽景观与现实中喧嚣而毁废的情景进行了对照。这些对照揭示了农民生活的艰难和沉重。

① 李昌平：《我向总理说实话》，光明日报出版社，2001年版，第20页。

小说没有曲折离奇的情节，没有惊心动魄的故事，有的只是一对农民夫妻日常生活的描述，作家以现场实录式的叙事结构、个性鲜明的人物勾勒、质朴生动的人物对话，在普通百姓的生存状态的叙写中展示出极为深厚的内蕴，在平实素朴的叙述里表现出炉火纯青的艺术功力，作品在平淡质朴中充满着独特的艺术魅力。小说语言新鲜活泼、俏皮，生动有趣，所用词语能将人带入乡土之中，能让人身临其境。①

　　小说中的男人是个"硬熊"，这是他女人对他的评价。"硬熊"在陕西话里指"憨、犟、固执、硬气"等意思，男人说："中国现时啥都不缺，就缺硬熊"，指很多人为了钱，在赖账的老板面前忍气吞声，接受着他们的盘剥，被他们"当狗使，呼来喝去没个正性"。当"硬熊"是男人在维护自己最后的尊严，他在适应不了城里的打工生活后，就回到农村，在河道里，跟妻子一起挖沙和淘沙。男人其实是现实的清醒者，他知道农民活得最辛苦，知道县委书记那样的官员过得最幸福。为此，他对官员的腐败极其深恶痛绝。他也知道自己无力改变自己的农民身份，无力改变官员的腐败，于是就接受和顺从了命运的安排。他认识到像书记那样的官员，不是卖官，就是钻到三星宾馆，打麻将，找小姐，他们是怎么也不会领着人们奔"小康"的！他们只能"把人领到麻将场里去"。男人对自己"靠掏挖石头过日子"的现状很满意，他说："我早都清白，石头才是咱爷。"男人的话传达了真实的社会情绪，说明官员腐败已经到了非常严重的程度，对他们"逮"或"不逮"他已经无所谓了，因为这些都"与咱不相干"。男人所希望的是女儿不要重复自己的命运。但女儿却没考好试，分在了不好的班里，男人的心理彻底崩溃了。好在他能自我想开，认识到苦日子还要照样过，大不了让女儿继承父业，继续挖沙。

　　小说以现场实录式的叙事结构展开叙写，以早春中午、早春傍晚、麦收暮色三个场景的叙写，展示这对夫妇的人生与心理。小说的景物描写只有不多的一两处，例如"太阳沉到西原头的这一瞬，即将沉落下去的短暂的这一瞬，真是奇妙无比景象绚烂的一瞬。泛着嫩黄的杨柳林带在这一瞬里染成橘红了。河岸边刚

------

①　杨剑龙：《平淡质朴中独特的艺术魅力——读陈忠实的小说日子》，《名作欣赏》2002年第5期。

刚现出绿色的草坨子也被染成橘黄色了。小木桥上的男人和女人被这瞬间的霞光涂抹得模糊了，男女莫辨了"。这样的描写给人留下了深刻的印象，抒发了作者的感情，精微幽隐，也表达了作者对人物的关切和同情，使读者从这混茫的夕阳里，看见了作者"哀民生之多艰"的浩茫意绪。[①]

　　陈忠实很满意《日子》这篇小说，他说："我在《日子》里所表述的那一点对乡村生活的感受和体验，在《人民文学》和《陕西日报》先后发表后，得到了颇为热烈的反响，尤其是《陕西日报》这种更易于接触多个社会层面读者的媒体。我看了《陕西日报》关涉这篇小说的读者来信，回到原下的屋院，对着月亮痛快淋漓地喝了一通啤酒。"[②]2007年，他在与《文汇报》记者对话时说："我在2001年写的五六千字的短篇小说《日子》，前不久还有读者写信给我，说他读到最后忍不住流泪。作为作者，我不仅欣慰，而且感动。"[③]2008年，他在一次对话中继续说："我在《日子》里所表述的是那一点对乡村生活的感受和体验，主人公的生活虽然贫乏、单调，但它却是一种真实的生存状态，所以能引起共鸣。"[④]"《日子》发表已有十多年了，其间被各种短篇小说集收录过，也被评论家多有提及，在我自然是颇感欣慰的事。然而，何锐（《山花》杂志原主编）先生在他编辑的名为经典短篇小说选本中要收入《日子》，初闻此讯竟有点忐忑。"[⑤]他认为读者能否接受一篇好小说的标准是："在我看来，读者对某个作品的冷漠，无非是这作品对生活开掘的深度尚不及读者的眼里功夫，或者是流于偏狭，等等。自然还有艺术表述的新鲜和干净。当下乡村生活题材的各种艺术品不计其数，一个短篇小说《日子》能否引发读者的阅读兴趣，确凿是我刚刚写成

---

① 李建军：《同情与反讽——论陈忠实晚期阶段的小说写作》，《当代作家评论》2018年第1期。

② 陈忠实：《望外的欣慰和感动——〈日子〉获奖感言》（2007年），见《陈忠实文集》（第9卷），人民文学出版社，2015年版，第180页。

③ 陈忠实：《关于真实及其他》，见《陈忠实文集》（第9卷），人民文学出版社，2015年版，第460页。

④ 陈忠实、马平川：《精神维度：短篇小说的空间拓展——陇上对话陈忠实》，《文艺理论与批评》2008年第5期。

⑤ 陈忠实：《不敢妄言经典》，见《陈忠实文集》（第10卷），人民文学出版社，2015年版，第295页。

时的心理疑虑。"①当《日子》获奖，进入选本，受到专业评论家和普通读者的欢迎后，说明它已经成了文学经典。陈忠实却说："拙作《日子》未必能算得上经典，但作为对经典的一种回应，我又有几分自信。几经思量，《日子》总还算得一篇优秀小说吧，不然不会有多种短篇小说选本都相中它。何锐热心至诚地选编《回应经典》这本短篇小说集，自有他的初衷和标准，《日子》有幸入选，我自然高兴，却依然自我定位为较为优秀之作，且不敢妄言经典。"②

附《日子》的故事情节：

男人女人刨挖着沙石。他们重复着这种劳动已经十六七年了。河上架着一道歪歪扭扭的木桥。一个青年男子收取过桥费，每人每次五毛。我常常走过小木桥，走到挖沙夫妇跟前。

我让男人到城里找个营生："你是高中生，该当……"男人说："找过。也干过。干不成。"女人说："换过不下五家主儿，还是干不成。"男人说："有的干了不给钱，白干了。"女人说："那是个硬熊。想挣人家钱，还不受人家白眼。"男人停住了劳作，看着木桥上走着的一位女子说："腰真好。好腰。"女人骂他："流氓！"男人说："我说人家腰好，咋算流氓？""农村太苦太累，再好的腰都给糟践了。"

男人说，他妹子那个县的县委书记卖官得了十万被逮捕了。他给我说："我给你说一件吧。县里开三级干部会，讨论落实全县五年发展规划。书记做报告。报告完了分组讨论，让村、乡、县各部门头头脑脑落实五年计划。书记做完报告没吃饭就坐汽车走了，说是要谈'引资'去了。村上的头头脑脑乡上的头头脑脑县上各部局的头头脑脑都在讨论书记五年计划的报告。谁也没料到，书记钻进城里一家三星宾馆，打麻将。打了三天三夜。第三天后晌回到县里三干会上来做总结报告，眼睛都红了肿了，说是跟外商谈'引资'急得睡不着觉……""你想想，报告念完饭都不吃就去打麻将。住在三星宾馆，打得乏了还有小姐给搓背洗澡按摩。听说'双规'时，从他的

---

① 陈忠实：《望外的欣慰和感动——〈日子〉获奖感言》（2007年），见《陈忠实文集》（第9卷），人民文学出版社，2015年版，第180页。
② 陈忠实：《不敢妄言经典》，见《陈忠实文集》（第10卷），人民文学出版社，2015年版，第295页。

皮包里搜出来的净是安全套儿壮阳药。想指望这号书记搞五年计划，能搞个……"女人说："书记打麻将，你跟我靠捞石头挣钱；书记不打麻将不搞小姐，咱还是靠淘沙子捞石头过日子。你管人家做啥？"男人说："我当然知道，那个书记打麻将与咱不相干，人家就不打麻将还与咱不相干喀！他被逮了与咱不相干，不逮也不相干喀！享惯了福的人呀！前呼后拥的，提包跟脚的，送钱送礼的，洗澡搓背的，问寒问暖的，拉马坠镫的，这会儿全跑得不见人影了。而今在号子里两个蒸馍一碗熬白菜，背砖拉车可怎么受得了？我在这河滩想多干就多干想少干就少干不想干了就坐下抽烟喝水，运气好时还能碰见一个腰好的女子过河，还能看上两眼。他这阵儿可惨了，干不动得干不想干也得干，公安警卫拿着电棍在尻子后头伺候着哩！享惯了福的人再去受苦，那可比没享过福只受过苦的人要难熬得多吧？"没有人回答他的发问。他突然自问自答——"我说嘛人是个贱货！贱——货！"

我在小麦吐穗扬花的季节又看见女人在筛着沙石，但男人却没来。女人说："女子考试没考好。考好可进重点班，考得不好就分到普通班里。分到普通班里就没希望咧。她爸……听了就浑身都软了，……在炕上躺了三天了，……"我也经历过孩子念书的事，能掂出重点班的分量。她说："……直到昨日晚上他才说了一句话：'我现在还捞石头做啥！我还捞这石头做啥……'他高考考大学差一点分数没上成，指望娃儿们能……"我说我去跟他说说话儿。我们正说着，他来筛沙了。女人说："天都快黑咧，你还来做啥！"他说："挖一担算一担嘛。"许久，他都不说话。许久，他直起腰来，平静地说："大不了给女子在这沙滩上再撑一架罗网喀！"我的心里猛然一颤，看见女人缓缓地丢下铁锨，瘫坐在沙坑里，捂住眼睛垂下头，压抑地抽泣着。我的眼睛模糊了。

2001年5月12日于原下

二、《作家和他的弟弟》：讲述了一个抓住一切机会占公家便宜的"伟大的农民弟弟"的故事

《作家和他的弟弟》2000年秋写于礼泉，2001年8月20日重写于原下，发表在

《北京文学》2001年第12期，《小说月报》2002年第2期转载。

小说实际上像题目说的一样，写了作家和他的弟弟两个人的事情。作家因一部小说及由小说改编的电影"爆炸"，所以前来寻访他的热心者好奇者研究者如潮，多了久了，他就有点烦。但他只能烦在心里，外表上不敢马虎也不敢流露出来，怕人说他成名了就拿架子摆臭谱儿脱离群众了。他想写作、读书，或即使不写不读，也想一个人坐下来抽支烟品一杯咖啡。最终，他在白天睡觉的时间里，拔掉电话插头，拉下了门铃的闸刀，在门板上贴了一张粗笔正楷的告示：如若不是发生地震，请手下留情，下午三时后敲门。这告示确实制止了无数只已经举起或蠢蠢欲举的手。这些话写出了名人无尽的苦恼。但当作家十二时深睡时，他二弟来了。接下来，小说写了作家对待他二弟不热不冷的态度，因为他二弟基本上是冲着他的钱来的。作家的兄弟姊妹全都生活在尚未脱贫的山区，依然贫穷。只有作家走出山沟，走进省会城市，是兄弟姊妹中的出类拔萃者，而且是响亮全国文坛的佼佼者。小说然后细腻、真实地写了作家面对二弟时的心理活动，因为作家一直认为二弟是来要钱的，所以他想自己的小说及由小说改编的电影虽然走红了，但稿酬收入却少得羞于启齿。如果二弟要钱，自己怎么去打发这个货出门呢？

但小说笔锋一转，写了作家弟弟说他想贷款搞一个运输公司，要求作家给他的朋友刘县长写个字条儿，然后再让刘县长给银行行长说句话的事情。作家最终给刘县长写了一张字条儿。

小说随后重点写了刘县长给银行行长说了作家弟弟要贷款的事情，但行长提出要用作家的那本"爆炸"的书作为抵押才能贷款。故事情节发展到这里，几乎是所有人都始料不及的。行长毕竟是行长，他长期和金钱打交道，深知作家那本"爆炸"书的增值潜力。而作家弟弟却不懂这些，作家给他解释那本书已经不属于自己，而是属于出版社。但他弟弟怎么也不信。这样的情节似乎也讽刺了当下社会存在的各种套路和陷阱。

很多评论者更关心的是小说最后所写的事情：冬天，作家为了解决弟弟贷款要押自己那本书的问题，他回到了老家。在火车站接站的刘县长却给作家讲述了他弟弟做出的一件更加荒唐的事情，他借走了机关配发给刘县长的一辆新型凤凰自行车，三天后还给刘县长时却把车铃摘了，车头把手也换了一副生锈的把手，前轮后轮被换掉了，后轮外胎上还扎绑了一节皮绳，只是三脚架没有换。

作家为了证实弟弟的偷梁换柱是真的，就去了他的家里，结果发现一切都是真的。作家教训了一番弟弟，但弟弟却说："刘县长根本没把这事当事……权当'扶贫'哩咯……"作家瞅着嘻嘻哈哈的弟弟，想说什么却说不出来了……

显然，小说的笔调是诙谐和讽刺的，作家给刘县长写条子这种事情，是现实中最普遍的事情，尤其在小说故事发生的那个年代，司空见惯，反映了中国社会长期以来是人情社会而不是法治社会、制度社会的现实。刘县长碍于作家的情面利用手中权力给银行行长施压，银行行长却要借作家的"爆炸"书来为贷款之事作担保。

当然，小说更重要的是塑造了作家这个抓住一切机会都要占公家便宜的"伟大的农民弟弟"的形象。陈忠实刻画了作家弟弟的文化心理结构，他身上的国民劣根性和心理惰性是阿Q精神的现代版。①但他又不同于阿Q，也不同于高晓声笔下的陈奂生，更不同于蛤蟆滩的二大能人（柳青《创业史》中的人物），他单纯狡黠，脸皮厚，是市场经济下中国农村中的又一类典型；他大事干不了，小事不愿干，心里只想借作家的关系贷款买车办运输公司，但未果；他脑子活络，爱吹牛，好高骛远，眼高手低，做事不踏实，但脾气却很好，整天嘻嘻哈哈的，使人讨厌不起来。他借走刘县长的自行车后，把人家新自行车上的零件和自己旧自行车上的零件来了个大互换，作家半年后才知道弟弟做的这个龌龊事，这使"作家'噢'地叫了一声，然后把攥在手里的酒杯甩了出来，笑得趴在桌子上直不起腰来：'我的多么……富于心计的……伟大的农民弟弟呀！'"但他弟弟不仅不觉得惭愧，还振振有词地为自己的行为做了一阵"道德合法性"的辩护。"'噢哟哟哟！'弟弟恍然大悟似的倒叹起来，'这算个屁事嘛！也不是刘县长自己掏钱买的，公家给他配发的嘛！公家给他再买一辆就成了嘛！公家干部一年光吃饭不知能吃几百几千辆自行车哩！我掏摸几个自行车零件倒算个屁事！'"自然，这是一个并不正当，但却发人深思的自我辩护，它说明权力腐败、全社会的道德滑

---

① 李清霞：《21世纪以来陈忠实短篇小说的叙事策略》，《延安大学学报》（社会科学版）2010年第5期。

坡已经深深地影响了普通公民的道德意识。陈忠实在对"这个货"进行讽刺批判之余，也有一丝同情和怜悯，表现了对他的无奈。

李建军认为，小说里所写的作家要给弟弟二百元，让他去买辆新车子以及他弟弟所说的"刘县长根本没把这事当事……权当'扶贫'哩喀……"的话是对情节发展的"收煞"处理，但缺乏深刻性，也没有说服力。表面上看，这些话似乎说明腐败纯粹是个人行为，所以，只要解决了个人的道德问题，腐败就可以克服。但事实上，这是一个错觉。因为，腐败与普遍的人性弱点有关，甚至可以说是一个特殊的心理学现象。所以，小说要写腐败的叙事，必须双向去写：既要进入制度的层面进行批判，也要进入人性的层面进行讽刺，否则，任何关于腐败的叙事，都很难深入肯綮，就会停留在浮面上，或者仅仅止步于轻飘飘的呻吟上。[①]

小说在人物安排上体现出较为明显的变化，开篇说"我曾在一部小说里说过，昼伏夜出的几乎是世界上各路盗贼共有的生活习性"，然后说"作家也类同于盗贼"，接着记述"我"所要叙述的是一个作家。但从这以后，"我"却不再露面了，"我"这个第一人称叙述视角不知不觉地换成了第三人称叙述视角，使全知全能的视角占据了小说的叙述主位。也许正是这种人称的替换，才让读者屡屡产生这个"作家"就是陈忠实的错觉；也许正是这种人称替换，才让我们看到了陈忠实本人所具有的那种巨大的表现欲望；也许正是这种欲望，才让陈忠实固执地想介入到小说里去充当叙述者，这在他开篇起笔叙述时所采用的第一人称上就能看到，但当他进入叙述时，人称却转换了，这样的转换对人物心理进行了丰富的表现。

李建军在《陈忠实的晚年境遇与心情》中说2000年秋天，陈忠实在礼泉写了短篇小说《作家和他的弟弟》，这篇小说写了将近一年，直到2001年8月20日才最后修改完竣。小说里的作家"我"遭遇到了"丑恶和龌龊"，就选择了躲回老家。作家"我"的境遇和心情，几乎就是陈忠实的境遇和心情：

> 作家急迫地想回老家去。温暖的南方海滨，他都毫不犹豫地谢绝了。
>
> 他迫切地想回到故乡去，那里已经开始上冻的土地，那里冬天火炕上热烘烘

[①] 李建军：《同情与反讽——论陈忠实晚期阶段的小说写作》，《当代作家评论》2018年第1期。

的气息，那一家和这一家在院墙上交汇混融的柴烟，那一家的母鸡和这一家的母鸡下蛋后此起彼伏的叫声，甚至这一家和那一家因为牛羊因为孩子因为地畔而引起纠纷的吵架骂仗的声音，对他来说都是一首首经典式的诗，常诵常吟，永远也不乏味，每一次重大的写作完成后，每一次遭遇丑恶和龌龊之后，他都会产生回归故土的欲望和需求。在四季变换着色彩的任何一个季节的山梁上或河川里，在牛羊鸡犬的鸣叫声中，在柴烟弥漫的村巷里，他的"大出血"式的写作劳动造成的亏空，便会得到天风地气的补偿；他的被龌龊过的胸脯和血脉也会得到迅速的调节，这是任何异地的风景名胜美味佳肴所无法替代的。他的肚脐眼儿只有在故乡的土地上才汲取营养。他回来了。①

李建军说，这段话，极有可能是作者2001年8月20日修改时加进去的，因为2000年的时候，陈忠实还没有回到乡下，甚至还没有打定回乡的主意。②

附《作家和他的弟弟》的故事情节：

我曾在一部小说里说过，昼伏夜出几乎是世界上各路盗贼共有的生活习性。作家类同于盗贼，只是夜晚工作的性质与之相去甚远罢了。这篇小说记述的作家就是这样的人。他沉静而又疯狂地写作一夜，天色微曙时才躺到床上，直到午后醒来。

在作家睡眠的这段时间里，最恐惧的事就是来人。于是，他拔掉电话插头，拉下了门铃的闸刀，在门板上贴一张告示：如若不是发生地震，请手下留情，下午三时后敲门。

大约十二时许，作家正沉入深睡状态，有人敲门。作家拉开门闩，站在门口的，是二弟。二弟进屋坐到沙发上后顺手从茶几上抽出一支烟点着了，笑嘻嘻地说："哥我想你了。"作家脑子里的反应是：你是想我的钱了。

作家兄弟姊妹全都生活在尚未脱贫的山区，只有他走出山沟走进入省会城市，一步步打进文坛，成为全国文坛的佼佼者。作家现在最揪心的是，兜里没有多少钱，怎么打发这个货出门呢？小说作品走红了，由小说改编的电

---

① 陈忠实：《陈忠实文集》（第7卷），人民文学出版社，2016年版，第18—19页。
② 李建军：《陈忠实的晚年境遇与心情》，《作家》2017年第11期。

影更红火，但稿酬收入却少得羞于启齿，给兄弟姊妹说了，他们也不信。弟弟直言："我想搞一个运输公司。先买一辆公共汽车，搞长途客运，发展到三辆以上就可以申报公司了。"

作家讥讽了一阵弟弟，意思是弟弟在这个事情上别做梦，别吹牛说大话了。弟弟却保持着一张天真的笑嘻嘻的脸为自己辩护了一阵，还说了作家哥哥没成名时，谁把他当过一回事？作家被弟弟堵住了口，想起自己写的小说、散文、诗歌没人看好的情况，当一部小说和由小说改编的电影爆炸之后，自己的生活秩序一下子被打乱了，很多人来看自己。作家想到这里，就松了口，对弟弟说："行啊！你想买一列火车搞运输我都没意见。你搞吧！"弟弟让作家哥哥给刘县长写个字条儿，让县长给银行行长说句话。作家于是给刘县长写了一张字条儿。

几天之后，作家给刘县长打了电话，很内疚地说明了来龙去脉，刘县长说他把作家弟弟已经介绍给农行行长了。随后弟弟来电说农行行长答应给他贷十五万，但要以作家的那本书作抵押。作家不想为贷款而负累，就说那本书的版权在出版社，不属于自己，押不成。但弟弟不死心："你写的书怎么不由你哩？你的娃娃咋能不跟你姓哩？"作家说："这是法律。"弟弟继续让作家想办法。作家说："我有一支好钢笔，永生牌的。你做押吧！"说罢挂断了电话。

冬天到来的时候，作家完成了长篇小说的上部，急迫地回到老家，刘县长把他领进一家餐馆，说了他弟弟贷款的事：你弟弟从我办公室走时，我借给他机关给我配发的一辆新型凤凰车子。他把车子骑走了，两天后还回来时，他把车铃摘掉了，车头把手换了一副生锈的，前轮后轮都被换掉了，后轮外胎上还扎绑着一节皮绳。只剩下三脚架还是原装货。真正是"凤凰"落架不如鸡了……作家笑得趴在桌子上直不起腰来："我的多么……富于心计的……伟大的农民弟弟呀！"后晌，作家回到父母固守的家园，当转悠到弟弟的窑院里时，看见他将县长的自行车零件换在了自己的旧自行车上。作家把弟弟训骂了几句，弟弟说自行车不是刘县长自己掏钱买的，是公家给他配发的，公家再给他买一辆就成了！"公家干部一年光吃饭不知能吃几百几千辆自行车哩！我搗摸几个自行车零件倒算个屁事！"作家说："我现在给你二百元，你去买新车子。你明儿个就把人家的零件送回去。"弟弟说："你这么认真反倒会把事弄糟了。""刘县长根本没把这事当事……权当'扶贫'哩咯……"

作家想说什么也说不出来了，他走出了窑院。但他还是忍不住在心里说，我的亲人们哪……

2000年秋于礼泉，2001年8月20日重写于原下

三、《一个虚脱症患者的发言片断》：揭示了一个作家自恋型的病态人格与精神上的虚脱症病象

《一个虚脱症患者的发言片断》于2001年写成。

小说中的虚脱症患者是一个名作家，他在研讨会上作了一个题为"作家和人民"的报告。他讲自己在开会之前到市场上去买菜，看到一个卖羊肉的女孩在看书，知道了她读的是他的一部长篇小说。女孩说他的小说完全有资格获得诺贝尔文学奖。作家还讲家里的保姆也在他的辅导下读他的小说，背诵他的小说。每背诵一千字，奖励一元。研讨会上的一位领导听了插话说，这个故事真是很感动人的。我给你提个建议，你应该把你主要的作品给那位卖羊肉的姑娘送去。作家说他一定照领导的指示办。后来，一家晚报记者采访了卖羊肉的女孩。女孩其实是一位三十四五岁的妇女，她说她没有细看过放在剁肉墩子旁的作家的长篇小说，那小说是一个男人在她那遗下的，让她包羊肉用。记者打算再去探访保姆，但最后没去。

小说写了患虚脱症作家的自我吹嘘和晚报记者的求证，牵扯到作家、保姆、卖羊肉女孩、领导、晚报记者等五个人物，人物之间形成了有机联系。作家要到市场上去买菜、去体验生活，保姆阻挡作家不能做这样的粗活杂事，但她没挡住；小说顺势写了作家帮保姆学习文化，奖励她背诵自己小说的事情。作家吹嘘自己奖励保姆背诵自己小说的事情，一下子使他崇高伟大起来，因为他说他帮助来自最贫困山区的保姆学文化、挣奖励，是为了给国家减少一个贫困人口。作家去菜市场后，与卖羊肉的女孩的对话虽然是他撒的谎，但却让他在研讨会上飘飘

然起来，博得了与会者对他的敬慕，一位领导就很敬慕他、肯定他，不仅说自己被这个故事感动了，而且建议他给卖羊肉的女孩赠送些他的主要作品。作家欣然遵命，心里的幸福感可想而知，自己的谎言连领导都相信了。而晚报记者的跟踪追寻却使谎言被戳破。记者的采访使卖羊肉女孩的年龄被坐实，更使她阅读作家小说的实际情况等被坐实。原来，作家说的一切都是胡吹冒撂：什么他的小说完全有资格获得诺贝尔文学奖只是他抬高自己的话而已！他借这些莫须有的话就是要给自己的脸上贴金，来抬高自己。记者了解真相后，已经十分厌恶这位患虚脱症的作家了，她也认为自己已经没必要再找保姆去求证了，否则，自己会被虚脱症作家的谎言弄得跌下眼镜。

小说讲的大故事与其间所叙的细节都紧紧围绕着题目，把一个名不副实的末流作家令人厌恶的形象刻画了出来。他那些自我标榜的浮夸话语与晚报记者寻到的真相形成鲜明对比，揭示了作家自恋型的病态人格与精神上的虚脱症病象，创造出很有喜剧意味和讽刺力量的修辞效果。作家是一个典型的自恋狂和自大狂。他缺乏自我认知和评价的能力，所以对自我进行了言过其实的吹捧。他将自己吹嘘成一个成功的作家，说自己常被拉去签名、合影，甚至被崇拜自己的女孩狂热拥抱。他也将自己吹嘘成高尚的作家：他去菜市场是为了体验生活，体验人间烟火，感受买者和卖者的心态，他要和发言题目"作家与人民"一样，与人民保持一种平等的关系，在平等交换中去感受时代的脉搏；他为了给国家减少一个贫困人口，就自觉帮助保姆在物质上脱贫，在精神上学习文化。他为了让与会者相信卖羊肉的女孩是自己这个作家的知音、追慕者、崇拜者等，就虚构她抓住闲暇时间看他小说的情况，又说他几乎被女孩阅读的场景感动得流下泪来，并产生了要写一篇名为《卖肉的小女孩》的小说构想。尤其是他把女孩吹嘘成一个专业评论者的形象，只见她从立意深度、人物刻画、故事情节、细节描写、现实意义、艺术特色等多个方面来讲述、评论自己的小说，而且说女孩评价他的小说完全有资格获得诺贝尔文学奖，起码比那个高什么的法国籍的中国人写得好多了。但记者的采访却推翻了这一切，卖羊肉的青年妇女说她喜欢读琼瑶、金庸，没读过中国当代小说，她只是翻了翻虚脱症作家的长篇小说而已，并没有细看，只记得书里写一个作家和情人正在亲嘴，被保姆撞见了。作家说他给她进行脸部按摩……卖羊肉妇女说，琼瑶、金庸们就不会编"脸部按摩"这样的说法！他们在用写真的方法把一拨一拨的小姑娘老头子哄得迷迷瞪瞪的，那才叫本事……从这些看，这个患虚脱症的作家根本不知道平等为何物，他其实是一个最缺乏平等意识的人。他的自吹自擂发言至少说了五次"尊敬的首长和领导"，其攀爬权力的丑恶嘴脸也被刻画得如在目前。他为了猎名取利，不择手段，其人格已经扭曲，精神已经畸形。该小说讽刺辛辣而尖锐，是陈忠实几篇讽刺小说中的上佳之作。

小说的反讽是与荒诞交织在一起的，陈忠实对该作家使用了极重的反讽，写了他的荒诞：他做着"作家与人民"的演讲时，一会说要与"人民保持一种平等关系"，一会又说"卑贱者最聪明"，他的言行构成了自反讽；他说卖羊肉姑娘很漂亮，实际她是一个并不漂亮的青年妇女，这也构成了自反讽；他说保姆背诵自己的长篇小说，也构成了自反讽。这些自反讽使得整个演讲变得极其荒诞可笑——一个患有欺世盗名之疾的末流作家竟然能登堂高论，其所言所行足以称得上是"挂狗头卖羊肉"。在现实生活中，像这种"挂狗头卖羊肉"的人太多了。陈忠实通过该小说揭示了现实中的这种荒诞现象，使那些"挂狗头卖羊肉"的人的嘴脸被暴露出来，使他们身上存在的精神虚脱疾患被展现出来。[1]

小说前半部分写的是一个谎话连篇的作家在公众场合的独语、吹牛，其讲述自己编造的故事的视角是第一人称叙述视角，但后半部分在讲述记者采访求证的事情时，却采用了全知全能的第三人称叙述视角。这种叙述视角和叙述语态的变化，适应了故事情节发展的需要，也说明了陈忠实高超自如的叙述视角转换能力。

附《一个虚脱症患者的发言片断》的故事情节：

虚脱症患者在研讨会上发言时说，能让他发言，他感到莫大的荣幸。他说他汇报的题目是"作家和人民"。开始后，他讲了一个小故事，就是来开会之前到市场上去买菜。家里保姆被吓了一跳，说他的时间宝贵，怎么能去做这样的粗活杂事呢？他说他想去体验一下蔬菜市场的生活，体验人间烟火。他是一个名作家，常被拉去签名、合影，甚至被崇拜他的女孩狂热拥抱。保姆来自最贫困的山区，他想给国家减少一个贫困人口，于是想不能光

---

[1] 李建军：《同情与反讽——论陈忠实晚期阶段的小说写作》，《当代作家评论》2018年第1期。

帮她经济上脱贫，还需帮她学习文化。他于是辅导她读他的小说，背诵他的小说。每背诵一千字，奖励一元。她现在已经背过十万多字了，有一百块钱收入了，文化也提高了。但她在主动提出要把他的这部长篇全部背下来时却不要他的奖励金了。他在菜市场买完东西后，看到一个卖羊肉的女孩利用闲暇时间看书，他几乎流下泪来，并产生了《卖肉的小女孩》的小说构思。他问女孩读什么书？最后知道她读的是他的那部长篇小说。女孩讲述起这本书的立意深度、人物刻画、故事情节、细节描写、现实意义、艺术特色等，说得头头是道，俨然一位评论家。女孩说他的小说完全有资格获得诺贝尔文学奖，起码比那个高什么的法国籍的中国人写得好多了。

研讨会上的一位领导插话说：这个故事真是很感动人的。我给你提个建议，你应该把你主要的作品给那位卖羊肉的姑娘送去。

他说：请领导放心，我一定照您的指示办。我把我的全部作品都送给她，签上名盖上章。

后来，一家晚报记者跟踪追寻了这个虚脱症患者，果然在他说的食品市场上找到了那位卖羊肉的女孩。女孩其实很难使人产生漂亮的印象。她是一位青年妇女，少说也有三十四五岁了。记者问了她几句话后，知道她年轻时特喜欢读琼瑶，因为这个原因她没能考上大学，现在只能卖肉了。后来又迷上了金庸！但她没读过中国当代小说。记者猛然瞅见剁肉的墩子旁放着患虚脱症的作家的长篇小说，就问妇女读了吗？妇女说她翻了翻，没有细看，只记得一个好玩的情景，就是书里写一个作家和情人正在亲嘴，被保姆撞见了。作家说他给她进行脸部按摩……这作家不管是书里头的，还是写这本书的作家，怎么连谎话都不会编呢？什么"脸部按摩"！你看看琼瑶、金庸，他们竟然把一拨一拨的小姑娘老头子哄得迷迷瞪瞪的，那才叫本事……妇女说，这本小说是昨日一个男人在我这儿买羊排时遗下的，我让他带上他的书，他说不要了送我包羊肉用。我闲着没事就翻了翻……记者原打算去探访作家家里那位正在背诵他的长篇小说的小保姆，写一篇关于这位作家的人物通讯，但现在，她不去了，她向卖羊肉的妇女告辞时，扶了扶眼镜，怕它跌下来。

2001年于原下

四、《关于沙娜》：一篇讽刺、抨击腐败的短篇小说

《关于沙娜》于2002年2月12日写成。

小说一开始先叙述了女作家秦业的日常起居、每天的散步健身以及县委书记对她这个挂职副书记的关心。然后写她在文化馆遇到年轻漂亮的三岔沟乡政府干部沙娜。小说主要通过沙娜的言谈塑造了她的形象。

沙娜外向、直爽、胆大，工作能力强。她一见秦业就说自己能当乡长，而且能当个好乡长，请求秦业在县委书记跟前把她提一下。自然，好乡长就是能给百姓办实事的人才是好乡长。沙娜说她解决了百姓生活的一个基本条件，具体就是解决了三任乡长都解决不了的修建水电站的资金问题，使最僻远的三岔沟乡有了电。这么难解决的问题被沙娜解决了，使秦业都用惯常思维认为沙娜解决问题的方法是她和能批钱的领导上床了。沙娜对此坚决否认，她直率地讲述了自己要来资金后被很多人"臭"的谣言，他们说是她把水电局局长哄到床上后才把钱要来了，局长老婆为此和局长大闹不止。她去局长家给局长老婆展示了自己帅气的丈夫的相片，说："论权论钱，数上你的老汉，论起×来，你看看我家小伙子。"她还说，局长其实只是爱听段子而已，但他从来没有在自己面前动过手动过脚，局长是个好局长。秦业看沙娜直率、诚实，就答应了给书记推荐她。她推荐沙娜后，书记却说："这人你甭再提。"她又在石副县长跟前了解沙娜，但石副县长却说一般女人都不问这人，基本上是男人在问她。

这样的结果使秦业对沙娜的认知也出现了困难，她先认为沙娜确实是一个有能力的、正派的乡镇干部，认可了她自荐当乡长的事情，但县委书记和石副县长对沙娜的极低评价，使她都不知道沙娜究竟是怎么样的一个人了。她想既然沙娜在上级领导眼里的一个"盖难言之矣"的女人，那么沙娜要求当乡长的事情就不再提了。

但一个月后，秦业看到一份干部任免通知上出现了沙娜的名字，沙娜被任命为五里坡乡乡长了。秦业看着沙娜的名字："眼睛凝固在那页简短的文字上，沙娜两个字在纸页上舞蹈，沙字蹦起来娜字落下去，娜字弹起来沙字落下去，沙字娜字一起弹蹦起来又一起落下去又并头弹蹦起来了，那页白纸像杂技场上的弹

床，秦业被那两个弹蹦着的字弄得眼睛都花了，头也有点眩晕，就把眼睛移开，发现拿在左手里的烤红薯已经攥成一把泥，从手指间从后掌下流出来……"[1]沙娜究竟是通过什么方法当上乡长的？秦业疑惑不解。领导对沙娜态度发生180度大转弯的原因是什么，小说没有交代。

小说也写了沙娜的低俗。她请求秦业在书记跟前把她提一下后，竟然毫无羞涩之感地说起了男女生殖器，说着时笑得前仰后合，鼓胀的胸脯悠悠地颤着，身子半天直不起来。秦业却没有笑。她还在陪局长和相关干部吃饭喝酒的酒席上凑热闹说段子，发现水电局局长爱听也爱说。

小说用"拐的""旗袍""烤红薯"等来比喻她，说她像"烤红薯"，是说她能诱发人的食欲；说她像穿着旗袍的女人，是指她露骨性感；说她像"拐的"，是指她便宜方便。但这三个事物究竟要说明沙娜是一个什么样的人，却不很明白。

有评论者认为小说塑造的沙娜是一个具有现代意识、自主意识的乡镇干部。有的评论者认为沙娜是一个为了给自己谋取职位而极力去讨好上级领导的人，一个竭尽所能去跑各种关系的人，一个不惜依靠非正当男女关系去为自己的仕途打开通道的人，但这样的看法在小说里却找不到支撑的依据。

李建军认为，该小说在描写人物的心理反应和动作行为时，体现了陈忠实很多短篇小说的常见的叙事倾向。陈忠实想让读者震惊，但是，效果却是安德烈耶夫式的，而不是契诃夫式的——正像一位作家所说的那样，前者用夸张的方式来描写，努力使人害怕，但人们却不害怕，后者平静地写来，无意使人害怕，却使人读后有毛骨悚然之感。另外，从秦业的角度来写，固然给人一种距离感和若隐若现的神秘感，但是，却无助于读者更深入地走进人物的内心世界。沙娜到底是一个什么样的人，我们读到最后一行字，仍然不甚了了。[2]

附《关于沙娜》的故事情节：

作家秦业是一位工作和生活都十分正常的作家。她出身于一个古典文明

---

① 陈忠实：《陈忠实文集》（第7卷），人民文学出版社，1998年版，第80页。
② 李建军：《同情与反讽——论陈忠实晚期阶段的小说写作》，《当代作家评论》2018年第1期。

很纯正的家庭。她每天骑着自行车去田间小埂上晨练，县委书记让司机接送她这个挂职的县委副书记晨练，保护她的安全，说是上边领导叮咛过了的。她心里想，自己在草地在田埂上伸胳膊踢腿，弯腰仰背撅屁股，让一个小伙子站在旁边是不可思议的。

这天，秦业返回来后进了文化馆的院子，一位年轻漂亮的女人等候她。秦业让客人进屋后，女人说她要当乡长，她在三岔沟乡政府工作，是一般干部，名义上是搞妇女工作，其实啥都干。她说她觉得自己能当乡长，能当上个好乡长。秦业问："你们乡上给县上推荐过你吗？"女人说："不推荐我还臭我。"女人说她也弄不明白原因。秦业说："你叫我老秦吧。别叫官名了。那个官衔是为我下乡方便，没有实际意义，作家兼职的官衔跟一般官衔有区别的。"女人说："我知道你是兼职，我也知道你并不管县上的具体事，我只是让你给书记把我提一下。"秦业说："我不推，我可以提建议的。"女人说："对，这就对，我就是想让你给书记把我推荐一下。我一个普通乡干部，要见县上领导，比见总书记还难。"

随后，女人说着与男女生殖器有关的话，说着时笑得前仰后合，鼓胀的胸脯悠悠地颤着，身子半天直不起来。

秦业反而不笑，在她生活的城市文化人圈子里，以男女生殖器创作的段子层出不穷、花样翻新、繁茂不衰。

秦业说："我除了听你说了一通，啥也不了解呀，你能不能给我说一下你的政绩，只说你。"女人说："我只说修水电站的事吧，我们乡最僻远了，电还不通。三任乡长都想修个小发电站，都没有修成，水电局不给钱。我给乡长说你把这事交给我吧。乡长说我们几个头儿齐上阵了都要不来钱，你能成？我说反正你们已经没诀可招没猴可要了，我来试试。不出两个月，我把钱要来了。现在，有电了。"秦业说："你怎么要来的，上床？"女人说："看看看看看！你看看你看看！连你秦书记都这样说，难怪别人臭我哩！我把钱要来了，却把我搞臭了。都说我把局长哄到床上才把钱要来了。人家编得有鼻子有眼儿，连细节和对话都活灵活现，比小说写的还曲折，比黄片演的还露骨。秦书记你也是个女人，我就给你说一句最难听的……说局长见了我连老命都不要了，一夜弄了八回第九回休克了……你看看他们怎么臭我！局长也惨了，他老婆跟他闹，我倒是替局长难受了，别人乱说是一回事，家里人闹就麻烦了。我就去找局长老婆，那老婆一见我鼻子都歪咧，我一手抓住她打过来的两个手腕儿，她连动都动不了。我真的学过拳道。我听说你也练过。我用另一只手指着她的鼻子：'论权论钱，数上你的老汉，论起×来，你看看我家小伙子。'我把我丈夫的相片支到她眼前让她看，我又说：'你老汉是个好老汉，少有的好老汉。你把这个好老汉的脸抹得五麻六道，你作孽！'我把她的手摆开，我走了。那老婆居然没动静。其实也是我遇上好机会了。前头三个乡长要不来，也该轮到我们乡了，再不给我们就没有说辞了。当然，我也陪局长和相关干部吃饭喝酒，酒席上，我发现局长也爱说爱听×段子，我也就凑热闹说，局长爱听爱说，人家从来也不动手动脚，这是个好局长，现在可真应了一句俗话：'好人落下个赖名誉。'"秦业听到这里，很肯定地说："我给一把手推荐，我肯定会推荐。"女人说："至于人家提不提我当乡长，你也管不了，我只要你推荐一下。"秦业送女干部出门，问她名字，她笑笑说："沙娜。挺洋的吧？"秦业问："你现在回三岔沟？"女人说："还有拨款的尾数没到位，我去水电局催。"

秦业随后给书记打电话推荐了三岔沟乡的女干部沙娜。书记说他认识沙娜，但警告秦业："这人你甭再提。"

秦业没有想到会是这样一个结果。她想起书记毫不犹豫、断然拒绝的态度，说明书记对沙娜很熟悉，沙娜在书记的印象里很糟糕。全县几百名干部中，书记却认识而且熟知普通干部沙娜，可见沙娜用她的漂亮招惹了书记。

秦业没料到山区乡村还会产生这样敏锐的感受和体验，于是一篇篇与漂亮的沙娜有关的小说、散文涌泻出来了。

秦业打算给分管水电工作的石副县长打电话，因为她断定他了解沙娜。打了电话后，她骑上自行车，去听石副县长介绍沙娜。

石副县长正在清理桌子，秦业知道"清理"就是石副县长要"交手"了。秦业笑着问石副县长："去哪儿？"石副县长说到政协去当主席。秦业然后打听起沙娜来。石副县长说："你，怎么问这人？一般女人都不问这人。基本上是男人问她。"

秦业不再问了。她骑上自行车往回走。她买了两个烤红薯后，想到了一次吃红薯的风波。她刚到这个山区县不久，一位办公室的女干部来找她，传达领导指示，说作为县委领导人，不宜在大街上啃烤红薯。她没有给女干部解释。女干部后来又建议她最好不要穿着旗袍上街。她后来知道，她的行为已经被编成段子流传：县委秦副书记穿着开衩很高的旗袍，坐着当地农民开的"拐的"（三轮篷车），手里攥着烤红薯啃着，引得市民争相观赏，交通为之拥塞。她于是买了辆自行车，但还是穿旗袍，仍然买烤红薯。她想如果一个县上或乡上的干部，坐着"拐的"，穿着旗袍，啃着烤红薯，能否被提拔？

秦业回家后想，沙娜肯定提拔不了乡长了，人们说的话里的潜台词可以做多项猜测，但结果却是清楚的。

此后，秦业随一个文化代表团出访了近一月欧洲，回到县上后，买了两块烤红薯，咀嚼着时，通信员送来厚厚一沓传阅文件。

秦业看到一份干部任免通知上出现了沙娜的名字。

沙娜被任命为乡长了，但不在三岔沟乡，而是调派到五里坡乡任乡长。

秦业的眼睛有点花了，头也有点眩晕，她还发现手里的烤红薯已经被自己攥成了一把泥，泥从手指间流了出来……

2003年2月12日于二府庄

五、《腊月的故事》：叙写了下岗工人的艰难生活

《腊月的故事》于2002年3月8日写成，发表在《中国作家》2002年第5期。

小说写郭振谋老汉发现自己家的牛被贼偷了，儿子秤砣去给同窗好友——下岗的工人小卫送羊腿，却听另一个朋友说小卫就是偷他家牛的贼。秤砣没让小卫赔钱，反而给他给了一千元。

如果说《日子》反映了农民困窘的生活境遇，那么，《腊月的故事》则反映了城市里国营工厂工人艰难的生活状况。该小说里的人物有郭振谋、老伴、秤砣、杏花、铁蛋、小卫、局长等。他们有的积极参与故事，有的被作者一笔带

过。从整个故事来看，小说基本上以第一人称叙事，使读者跟随着人物走。小说开篇交代环境时，"我"出现，然后又以郭振谋老汉的视角叙事。但在后面，郭老汉突然消失，他的老伴又出现了。①也就是说，小说的叙述者藏得很深，绝不出来多说一句话，只是很冷静地讲述着事由，展现着生活中的二元逆反现象，这些现象相互对应，相互补衬，形成了反讽性的对照，从而使平实的叙述得到了超越，增加了怪诞因素，解构了我们原本认为合情合理的诸多现象，使我们无奈、悲悯、愤懑，使我们对现实进行反思。

小说以秤砣家丢牛开始，到发现偷牛贼结束。秤砣是农民子弟，小卫是工人子弟，他们是同班同学。秤砣很羡慕工厂里的生活，工厂里的欢乐，这些把他弄得不知所措，因为这些"跟他自小生活的乡村差异太大了"。②但昔日繁荣的工厂很快却成了记忆，成了叹息，"秤砣骑车通过偌大的厂区时，忍不住咂舌了，曾经令他眼热心也热过的景象，已经无可挽回地败落了，曾经在这儿体验过几个美好夜晚的乡村农民秤砣，现在发觉自己竟然对这儿有某些牵挂，忍不住连连咂着嘴，表示着含蓄的痛心"。③小说在写厂领导对公有财产进行侵吞、挥霍、变卖等腐败现象时，言辞尖锐、毫不留情，给人一种震撼效果。比如小卫告诉秤砣："那个刘厂长，还是劳模，当着这个厂子的厂长，在外边给自己还办一个厂，凡是利润大的订单都转到他的小厂去生产。至于把本厂的外购材料弄到他的小厂有多少，谁也说不清。本厂连年亏损，他的小厂却越办越红火。工人告了，上边查了，人家从账面上早都做好了查的准备，结果只查出些鸡毛蒜皮，给了个免职处分。人家早就吃肥了，不指望当厂长挣的那几个工资了，屁股下坐的汽车比省长的汽车还高级。再说今日来的送温暖的局长吧，说是更新产品，进口设备，贷款几千万，结果产品没出厂就捂死了。结论是市场变化神秘莫测，就完了。周游了欧洲，几千万买个'死洋马'，反而从厂长升成主管局的局长了。下边工人议论说，这个局长是拿票子铺的路砌的台阶。可说归说，局长还风风光光当局长，还笑眯眯地给咱送过年的'温暖'哩！现任的厂长你猜干什么呢？准备

<hr>

① 陈鹏宇：《论小说读者的"异我"状态 ——以陈忠实〈腊月的故事〉为例》，《安徽文学》（下半月）2015年第1期。
② 陈忠实：《陈忠实文集》（第7卷），人民文学出版社，1998年版，第46页。
③ 陈忠实：《陈忠实文集》（第7卷），人民文学出版社，1998年版，第41页。

卖地皮。地皮现在可是值钱了。等到这个厂长把地皮卖完，这个工厂就彻底消灭了。国家养了这么一竿子货，咱们小工人还能指靠这一袋米一块肉过年吗？哈哈！咱靠咱自个过日子。日子还过得不错。你让你的弟妹说，咱的日子过得咋样？"①

　　但小说最让人震惊的，不是对权力阶层的腐败和堕落的描写，而是对工人阶层生活的悲惨和无助的描写，是对他们生活上的困窘及在困窘之下铤而走险的偷窃的描写。小卫生活困顿、无着，没办法，走上了偷盗之路。当他偷了好朋友秤砣家的牛后，最终被警察抓走了。小说也写了各级政府互相欺哄的现象。郭振谋老汉在集镇上买灶神画像时，看到上面有几个字："上天报实账，入地细观察。"他问卖画小贩，古人传下来的对联怎么敢胡修乱改？卖画小贩说，镇上那个专门印制灶神画像的老板说，去年全镇人均收入只有九百九十块零几毛几分，镇长给县上报的却是两千块零几毛几分。村哄镇，镇哄县，一路哄到国务院。得了奖，提了干，明年年尾儿再冒算……郭振谋老汉听着，在心里码算着自己的年终总收入，三代六口统共差不多八千块毛收入，人均一千三百多元，在村子里算是个中等偏上的家庭。当郭振谋家的牛被偷后，他儿子秤砣说给派出所报了案，派出所要为这个小案花很多钱，一头牛顶多值两千块钱，不值当管。再说了偷牛偷羊的贼不算啥，是小毛贼，那些揣着枪抢银行，把票子整捆整捆弄走的才是大贼。但这些大贼和那些贪污受贿几千万上亿元的省长、市长比起来，又算不了什么。

　　小说的情节设置曲折，戏剧性较强，最后的矛盾也很突出。从读者反应批评来看，小说让我们想到了文学不在于写什么，而在于怎么写。小说的故事凄凉，人物是一群坏不起来的小人物。作者让铁蛋在两个朋友和法制之间穿梭，他们三个人的内心既痛苦辛酸，又凄凉无奈，作者只用了"压力""冷冰冰"两个词来描写小卫的压力很大，秤砣说话冷冰冰，说明生活的苦难和艰辛使这些朋友之间的情谊正在经受着考验。②

　　该小说和《日子》一样都写得极为耐心和沉着，具有很强的真实感和写实性。就叙事态度来看，都表达了作者对现实的焦虑，内含着他对人物的同情甚至

---

① 陈忠实：《陈忠实文集》（第7卷），人民文学出版社，1998年版，第45页。
② 李清霞：《21世纪以来陈忠实短篇小说的叙事策略》，《延安大学学报》（社会科学版）2010年第5期。

不平。但是，作者似乎对读者如何才能更好地接受该小说，却考虑得不周全。另外，从主题深度看，小说没有给读者带来很多让人深思的思想内容。当代小说叙事迫切需要的，是更加深刻的思考和更加尖锐的反讽。①

2002年7月31日，陈忠实在与李国平的对话《关于45年的答问》中说："我最近的几个短篇《日子》《作家和他的弟弟》《腊月的故事》说责任感也罢，说忧患也罢，关注的是当代生活过程中的弱势群体，不是一般意义上的同情和呼吁，着重写生存状态下的心理状态，透视出一种社会心理信息和意象，为社会前行过程中留下感性印记。关于我的创作我从不做承诺。我的创作忠实于我每一个阶段的体验和感悟。我觉着当代生活最能激发我的心理感受，最能产生创作冲动和表现的欲望。"②李建军认为，陈忠实的这段话，说得很自抑，很低调，显示出一种内敛的甚至被动的写作心态。文学应该致力于改变人们的意识和人格，如果仅仅写出感性的印象，是不够的，因为，它所提供的不单是"社会心理信息和意象"，还应该通过对现实的批判性分析和叙事，为人们的精神生活提供启蒙性的力量。也就是说，对于一个作家来讲，怀着乡愁的冲动，抒发对故土的热爱和眷恋，表达对生活在故土上的人们的赞美，固然是一种正当而美好的情感态度，但是，他同时还要有一个批判的向度，要用启蒙性的叙事来揭示故乡的另一面的生活——它的残缺和丑陋。陈忠实晚年的短篇小说之所以在总体上给人一种力量不足、深度不够的感觉，大概与他写作上的批判性太弱不无关系吧。③

附《腊月的故事》的故事情节：

腊月十九日早晨，郭振谋老汉发现自己家的牛被贼偷了后，给还睡着的儿子秤砣说牛被偷了。秤砣说：我可以百分之一百告诉你——爸，牛在屠宰场里。估计牛已杀，连牛皮都认不出来了。郭老汉让秤砣给派出所报案。秤砣说报也成，不报也没啥。因为这头牛顶多值两千块钱，警察不值当管。郭

① 李建军：《同情与反讽——论陈忠实晚期阶段的小说写作》，《当代作家评论》2018年第1期。
② 陈忠实：《关于45年的答问》，见《陈忠实文集》（第7卷），人民文学出版社，2015年版，第329页；又刊登在2002年7月31日的《陕西日报》。
③ 李建军：《同情与反讽——论陈忠实晚期阶段的小说写作》，《当代作家评论》2018年第1期。

老汉觉得有道理，就听了秤砣的话。

后来，秤砣去给同窗好友——下岗的工人小卫送羊腿时，遇到靠出卖工厂利益而当了局长的原厂长也来给小卫"送温暖"了。秤砣想不明白"天天可以吃白馍肉菜"的工人"还需要靠救济的一袋米一串肉二百元才能过年"？

然后，秤砣的朋友告诉他，是小卫偷了他家的牛。小卫媳妇请求秤砣，牛钱他们缓缓再还。但秤砣没有催着还钱，而是给铁蛋了一千元，让他转交给小卫媳妇。

六、《猫与鼠，也缠绵》：反映了权势者的专横跋扈，强调了反腐败的紧迫性和重要性

《猫与鼠，也缠绵》于2002年7月27日写成，发表在《短篇小说》（选刊版）2003年第1期。

小说写的是一个小偷与公安局局长之间的故事，源于一件真事：原宝鸡市公安局局长范太民受贿十五万元，被判处有期徒刑十年。范太民于1998年4月担任宝鸡市公安局局长，曾以"俭朴清廉"的形象得到"挎包局长"的美誉。2001年7月27日晚，一名窃贼在宝鸡市公安局办公楼内作案时被当场抓获。据小偷供述，三年来他曾在范太民的办公室行窃三十多起，共盗得人民币十一万元及金戒指、金手镯等。陕西省纪委得知此事后大吃一惊，立即组成专案组进行调查，查出了范太民受贿十五万的犯罪事实。范太民平时自称"我视不义之财为粪土"，但一个小偷的偷窃却让他这个公安蛀虫露出了真面目。宝鸡市中院审理查明，1995年初，时任宝鸡市公安局办公室主任的范太民指使下属将公安局的三十万元建房款转入市级机关房地产开发公司占用三年，事后该公司经理李正学除给公安局六万元好处费外，还分三次送给范太民三万元；1996年底，已是宝鸡市公安局副局长的范太民向李正学索要五万元据为己有；1997年，范太民帮助李正学的女儿分配到公安局工作，接受其好处费一万元；1999年5月，范太民在老家韩城为其父母盖房，收受他人提供的建材及现金共三万余元；1999年10月底，范太民办公室被盗后，李正学等人想继续得到范太民关照，于是又给他送了三万元"安慰金"。在庭审辩论时，范太民辩称自己受贿是"工作需要"。宝鸡市中院审理认

定，除范太民认罪态度较好外，其他辩护理由均不成立。最终判处其有期徒刑十年，并处没收财产人民币两万元，没收赃款十五万元。

小说根据这个现实案子写了基本相同的故事，只不过那个小贼的身份是在公安局锅炉房烧了十几年锅炉的工作人员。他天天与警察打交道，内心里对警察没有一点神秘感和恐惧感。他似乎了解局里的每一个人，也知道他们那些放不到台面上的事情。他盯上了公安局局长后，知道了局长的爱好、兴趣、习惯等，尤其很了解局长在自己获得的不义之财被人盗取后不敢利用手中的方便权力去调查的恐惧心理，所以先后十多次进入他的办公室偷钱、偷财物。他偷得得心应手，在次数和数量上越来越多。民警抓获他后，审讯他，却被局长阻止。局长要亲自与他交锋。于是，贼与局长，你来我往、言来语去、旁敲侧击、缠绵争斗。在局长要宽赦小偷的时候，小偷却从局长关于"零用钱"的话语缝隙里，从局长"最后一瞥的目光里"，看见了他的罪孽，看见了他内心的虚弱和恐惧。他明白了："他和我一样其实都是鼠哇！"①小偷想利用自己得到的证据，拿捏住公安局局长，于是就给局长说："局长我偷过你。"然后，"小偷交代说，他偷过局长十二次，累计偷得六位数的赃款。他偷第一次时，局长还是办公室副主任。局长升主任时，他偷过。局长升副局长时，他也偷过。局长升成局长时，他仍然偷。无论偷多偷少，局长都没报过案。局长在'双规'期间交代，这些被偷的钱都是赃款……"②但局长最后宣布：不再追究小贼的责任。民警们听了很疑惑，他们通过暗地调查后，揭开了一个惊天秘密：局长是一个贪官。三天后，局长被"双规"了。小说写了一个体制外的小偷将一个体制内的"大偷"曝光并将他送上审判台的故事。

小说以抓小偷、审小偷、捕大贼等内容来结构全篇，富有戏剧性、妙趣横生、发人深省。小偷和局长斗智斗勇时，他们都揣度着对方的心理。小偷认定局长不会报案，而且会帮他开脱。局长又怕小偷把自己供出来。但本来应该是猫的局长最终却被发现是一只硕鼠，本来是鼠的小偷却成了猫，角色的变化，使他们的地位及说话气势等都迅速发生了转换，显示了局长的道貌岸然，局长的非猫是

---

① 陈忠实：《陈忠实文集》（第7卷），人民文学出版社，1998年版，第64页。

② 陈忠实：《陈忠实文集》（第7卷），人民文学出版社，1998年版，第66页。

鼠的真面目。小说也在反映下层社会平民百姓的生存状态时，揭示了权势者倚仗权势专横跋扈的状况。小说的标题很有反讽意味，极具讽刺性。

但李建军认为，该小说缺乏令人信服的逻辑感，因为它依赖了不大可靠的偶然性，在整体上给人一种夸张甚至失实的感觉。比如小说里的那个锅炉工怎么敢在太岁头上动土？他怎么会在那么长的时间里连偷了十几次，却没有引起公安局长的警惕和注意？被抓以后，他怎么敢那么肆无忌惮地要挟公安局局长？他难道不知道"躲猫猫死"和"喝开水死"等发生在中国的并不传奇的故事吗？另外，"三天之后"，上级就将"公安局局长"给"双规"了，这是不是有点太迅速了呢？是不是有点太不合情理呢？而那个在南方海滨度假的李警官听到局长被"双规"的消息后，认为这是一个"惊天的消息"。作者写他的反应是："极端的震惊之后也是一种疲软。李警察躺在沙滩上，也如同被人抽了筋剔了骨似的疲软。他也开始向温柔之乡移动，在进入梦乡的门槛时尚存的一缕清醒里，眼前像蝴蝶一样飘忽闪动着局长那只黄绿色的帆布挎包。到李警察从沙滩上重新站立起来时，这只黄绿色帆布挎包还历历飞舞在眼前，不过里边不再装着敬重和风度，而是老鼠和蛤蟆以及浸淫的耻辱和肮脏了。"[①]李建军认为这些描写显得很不真实，缺乏事实感和深刻性——难道李警察不知道自己的"局长"本来就是那个样子吗？为此，李建军借三个外国作家构想了这个故事应该具有的别的更高明的，更令人震惊和深思的写法：如果让契诃夫来写，李警官的心理反应应该是羞愧和恐惧。因为，他也曾给局长送过钱，也像局长一样收受过别人送的钱。也就是说，他并不比局长更干净，因而，也就没有资格对他进行道德谴责。他坐在家里的池塘边的醋栗树下，望了望阳光下被风吹皱的水面，又看看在自己脚下打盹的狗，心里十分孤独，竟产生了一种想哭的感觉。如果让果戈理来写，可能会更加不留情面：李警官曾经替别人转手送钱给局长，结果，十五万元钱，他只转过去十万，截留了五万元的回扣。于是，他躺在南方海滨温暖的沙滩上，就仿佛躺在铺满蒺藜的热锅上，心里七上八下，惶惶不安：局长会不会出卖自己？自己所贪污的，可不止那五万元钱呀。唉！局长会不会跳楼自杀呢？他为什么不跳呢？跳楼有什么难的嘛！纵身一跃，万事大吉。哎呀！他到底想没想过跳楼的事呀？换

① 陈忠实：《陈忠实文集》（第7卷），人民文学出版社，1998年版，第65页。

了卡夫卡，他有可能不会让公安局局长被"双规"，因为锅炉工精神失常、语无伦次、前后颠倒，完全不能清楚地说明事情的来龙去脉，最后，虽然经过无数次的审讯，但终于无法搞清楚这样一个问题：公安局局长到底是不是贪污犯？也就是说，公安局局长是不是贪污犯，成了一个既无法证实也无法证伪的"K式问题"。尽管如此，对他的第一千零一次审讯，还将在明天上午9点30分准时进行。最让人难以接受的，是李警官和他的河南同事最后对自己的业已被"双规"的局长的一通诟詈。这简直就是无聊的情绪发泄。看到这样的近乎粗暴的谩骂之词，读者也许会有些微的快意，但不会有太多的美感，更不会获得深刻的思想内容。[1]

但《猫与鼠，也缠绵》在以抓小偷、审小偷、捕大贼等内容来结构全篇时，确实揭示了权势者倚仗权势专横跋扈的状况，强调了反腐败，重法治的紧迫性和重要性。

附《猫与鼠，也缠绵》的故事情节：

小偷给李警察说他要见局长。李警察大大出乎意料了，一个小偷一个小毛贼，怎么敢挑选审讯他的警察呢？而且要局长亲自来，太出格的要求。李警察想，你是个什么货色，你以为你是老几，你是皇上的外甥吗，居然敢叫我们局长来审讯你？小偷早就预料到李警察的反应，局长是不可能去审讯一个小小的小偷的。小偷垂下头，李警察让他把刚才说的话再说一遍。小偷就说他要见局长。李警察让他再说一遍，再说一遍……

小偷不说了。他不敢说了，再说就可能要挨耳光或遭唾沫星。李警察也放弃了，他说："办了十来年案，大贼小贼都交过手了，还没见过哪个贼娃子开口先要局长亲自来。嗨呀呀呀……"

李警察对这个小偷竟然偷到公安局里的案子很惊讶，这是他万万没有想到过的事。这样的案子本身就很滑稽。这样的小偷也更滑稽。想想明天在局机关，在市民中传播开来以后，会是怎样的惊诧和滑稽，会引发怎样的街谈巷议。

李警察本来明日一早要出差，他收拾行李时，突然发现把火车票忘记

① 李建军：《同情与反讽——论陈忠实晚期阶段的小说写作》，《当代作家评论》2018年第1期。

在办公室了，他于是去办公室取。他走到自己的办公室门口，用钥匙扭动了门，门却推不开。他怀疑自己拿错了钥匙，但楼道里灯光下，钥匙对着哩嘛！他又把钥匙捅进去，门还是推不开。他第三次扭动钥匙时，隐隐看到锁子那里和门框有一点错差的位移。他肯定屋里有人顶着门。他便声色俱厉地叫起来："谁在里边？开门！""狗日的不想活咧！"但门依旧死死地关着。他已经隐隐地听到了门里边压抑着的喘气声。他又对着屋子喊："你狗日再不开门我就挖门了。"同时，他也拨动了值班室的电话。值班的刘警察话毕就到了。两人合力推门，门开了。两人冲进门去，看见门后地上蹲着的人双手抱着头。李警察揪住那人的头发失声叫道："怎么是你？你到我办公室来干什么？"刘警察也惊讶地叫起来："怎么是你？"这人是局里烧锅炉的小伙子，在水房里干了十多年了。他从口袋里掏出一沓人民币，说是刚偷的。李警察熟练地把他的双手扭到背后，刘警察搜查着他的每一个衣兜，看有没有凶器。李警察最后给他戴上手铐，把他和一只木椅铐在一起。然后他就和刘警察开始审讯。他们问了很多，但水工只有一句话："我要见局长。"

李警察的妻子打来电话，问他怎么这么久还不回家。他说他跟刘警察说说话儿。他把意外撞上毛贼的事保密起来。妻子开始数落："你这个人出了家门就不知道回家了。你明天要出差要起早你还不知道早点回家，又没有什么正经事。"

李警察应答着马上回家，他对刘警察说："这狗日的死咬着要见局长，该不是咱局长的外甥？"刘警察说："没听说过局长有这门亲戚。这货在局里烧了十多年的锅炉了，没见过跟局长有啥来往喀！不过也许万一有情况，局长有意避亲躲闲话也说不定。"李警察说："这号小毛贼的案子挂都挂不上号儿，怎么向局长开口说这话呢？怕是寻着受夯挨头子呀！"刘警察说："不管局长来不来，得让局长知道这件事。这个案子虽小，跟社会上的偷盗不一样，它发生在市局机关大院里。"李警察说："我给局长报告机关院内发生的偷窃案件，顺便捎带一句小偷要见他才交代问题的话，看局长怎么说就怎么办。"两人商定好之后，就把小偷转移到值班室继续审讯。

局长居然答应亲自来审讯。李警察愣过神儿一边挂手机一边说着。

李、刘两位警察等着局长来，但他俩没意识到，正是他俩的电话，把局长送进了地狱。

　　局长来了后，李警察就从他来办公室拿明日出差的火车票说起，一直说到给局长打电话为止。局长说："公安局被偷，当然不是一般的偷盗案子，你说得很对。我也是从这一点考虑，才亲自来审这个小毛贼。他不提出要叫我来我也要来。贼娃子偷到咱们心脏里来了，闹笑话哩嘛！你明日要出差你就可以回家了，别影响了正经事。"李警察说他得陪着局长，万一有事跟前也得有个帮手。局长还是让李警察回家去。李警察就和局长上到三楼，进入自己的办公室，他对小偷说："我们局长来了，你就老老实实交代你的偷盗事实吧。"然后退出办公室，回家了。

　　李警察办公室里，局长对小偷的审讯正在进行，他对蹲在地上的小偷水工说："嗬！是你呀！"这时，刘警察在门外侍候着。局长然后说后勤处同志说水工最能干最勤快，十多年了，从领导到警察都很信任，怎么能干出这样的事？小偷心里却焦虑的是锅炉肯定烧不成了，工资挣不成了，最要紧的是会不会判刑蹲监狱？局长说："我把你狗东西毙了！"局长说着，"啪"地拍响了桌子。刘警察推门进来，看了一眼局长又看了一眼小偷，弄明白没有意外情况儿，又退出身子拉上门板。局长又说："枪毙你都便宜你了。"小偷低垂着头，心里觉得局长说的话太失法律水准了，自己的偷窃行为和偷得的钱数儿离挨枪子儿还远得很哩！这种吓唬让小偷惊讶局长怎么会说出如此差池的话。局长说："明日这事一传开，看看这些干警把你砸死！你们村子的农民知道你竟敢偷公安局，看看谁还会把你当人看。你爸你妈你媳妇，谁在村里还能抬起头来？"局长的话刺中了小偷的要害穴位，他于是说出了蓄意已久的一句话——"局长，我偷过你"。局长的穴位被刺中了，比他刺中小偷的穴位要致命百倍。局长说："我不记得我丢过钱。说，你还偷过谁？包括你在社会上作的案。"小偷说："我偷过别人，钱数都很少。我偷你偷的次数最多，有两次数字很大。"局长说："你胡说哩嘛！我办公室顶多留一点抽烟和吃饭的零钱，谁拿了也不在乎。我的同事常从我抽屉拿钱让我犒劳他们。"小偷说："我有两次偷你都偷得五位数。你都没有报案。"

局长想起李警察给他打电话的时候，他的脑子里就立即蹦出过这两次被盗的五位数的款子，但自己都没有报案。他说："你可以说你偷我的数字是六位七位数。你说得越大，我越无法解说这些钱的来源。你想反咬一口让我解脱你。我明白。你这点小九九很阴毒，可谁会信呢？你想想你诬陷的后果，比你偷盗的行为要严重得多。你偷了同志们包括我的一些零用钱，算不上什么大事，老老实实交代，争取宽大处理。但——这件事性质恶劣，影响太坏！你居然敢在公安局行窃。我当然得亲自过问了。"小偷判断，局长的后半句话的意思是无论性质多么恶劣，影响坏到怎样的程度，并不以此为据来量刑，真实的用意是想让自己解释局长为这件小案子而出马的因由。小偷于是说："局长，我没偷过你。我连你的'零用钱'也没偷过。打死我我都说这话。"局长拉开门，对刘警察说："就这样，暂时就这样了。太晚了你先把他关起来。明天我安排人正式审讯。"然后，小偷被刘警察带到四楼一间空荡无物的房子。

三天之后，局长被"双规"。

李警察在局长被"双规"的当天，在南方的海滨知道了这个惊天消息。是刘警察告诉他的。李警察妻子也打来电话告诉他局长被"双规"的消息，说事情的起因是被一个小偷给牵扯出来的。局长被省上通知去开会，走进会议室后，发现里面空无一人。这时，门后闪出两个人扭住了他，然后，一位领导向他宣布组织的决定。当天的日报还登着一篇很长的写局长勤政廉洁的通讯。

半个月后，李警察看南方当地的晚报，看到报道：小偷交代他偷过局长十二次，累计偷得六位数的赃款。他偷第一次时，局长还是办公室副主任。局长升主任时，他偷过。局长升副局长时，他也偷过。局长升成局长时，他仍然偷。无论偷多偷少，局长都没报过案。局长在"双规"期间交代，这些被偷的钱都是赃款……

李警察的河南籍同事拍了一巴掌报纸说："我操！"

李警察用土话应和道："我日他妈。"

河南籍同事也说："我日他妈！"

李警察模仿河南籍同事的口音说："操！"

第十七章　书写三位历史名人逸事的"三秦人物摹写"系列纪实小说

（2005年—2007年）

　　陈忠实曾在一篇文章中谈到，"生活在关中的一些令我肃然敬仰的人"引发了"我"的创作兴趣，"譬如柳青，创造过十七年小说艺术高峰的作家；譬如灞河边上的老乡孙蔚如，直接参与西安事变，又在中条山打得日本鬼子过不了潼关，保护古都西安不受鬼子蹂躏的民族英雄；譬如堪称伟大的剧作家李十三，能编成十大本至今还在演着的戏剧，却招架不住嘉庆皇帝一声'捉拿'的断喝，在磨道里推着石磨时吓得吐血……我无力为他们立传，却又淡漠不了他们辐射到我心里的精神之光，便想到一个捷径，抓取他们人生里最富个性的一两个细节，写出他们灵魂不朽精神高蹈的一抹气象来，算作我的祭奠之词，以及我的崇拜之意"①。

　　在这种兴趣和目的的驱使下，2005年至2007年，陈忠实创作了"三秦人物摹写"系列纪实小说：之一是《娃的心，娃的胆》，之二是《一个人的生命体验》，之三是《李十三推磨》。②这些小说分别以孙蔚如将军、著名作家柳青、清代戏剧家李芳桂（李十三）为对象，采取非虚构的方法给他们树了碑立了传，褒赞了他们的"精神气质和心理形态"。《娃的心，娃的胆》先显示了抗战的惨烈，后显示了胜利的辉煌。《一个人的生命体验》写出了柳青在绝境中的绝望和

---

① 陈忠实：《在原下感受关中》，见《陈忠实文集》（第9卷），人民文学出版社，2015年版，第43—44页。

② 为方便阅读，文中省略各小说的副标题。

决绝，也表达了陈忠实对柳青人格和道德精神的敬仰和赞美。《李十三推磨》表现了艺术与权力的冲突，要写戏与不让写戏的冲突，自由与压迫的冲突。

一、《娃的心，娃的胆》：沉郁、慷慨、简劲、传神地刻画了中国民间的风骨与正义

《娃的心，娃的胆》于2005年3月9日写成，刊发在《人民文学》2005年第5期。

小说的主人公是孙蔚如将军。孙蔚如（1896年—1979年），西安市灞桥镇豁口村人，曾追随杨虎城将军多年，参与发动西安事变。抗战期间，任第三十一军团和第四集团军团长和总司令，兼一战区副司令长官，指挥中条山西段战役。1945年接替孙连仲任第六战区司令长官，授上将衔。日寇投降时，任第六战区受降主官，在武汉接受日本第六方面军投降并全权处理六战区受降事宜。1946年春，任武汉行辕副主任，后调任战略顾问委员。1948年秋，蒋介石威逼他去台湾，他决心脱离蒋氏，于是举家避居杭州。1949年春，蒋介石安排好飞机逼令他迁居台湾，他一面派人去台湾购买住所，一面潜居上海，暗中指示国民党二三二师参加湖南和平起义。另外，他又与中共地下工作者取得联系，终于在中共组织的掩护下，安全到达北京，投入了中华人民共和国的怀抱。新中国成立后，任陕西省副省长、国防委员会委员、民革中央常委兼陕西省主委、全国政协委员等职。一生光明磊落，刚正耿直。1979年7月27日病逝。

陈忠实曾说过他写《娃的心，娃的胆》的初衷："我的灞桥乡党孙蔚如将军，他助杨虎城、张学良发动西安事变，之后率领西北军立马中条山，打出了声威，堵死了倭寇西进的途径，让关中父老免遭日本鬼子的蹂躏。诸多的血战姑且不叙，单是八百关中子弟在被逼到黄河边的绝境时，纷纷从悬崖上跳入黄河，没有一人投降，这种惊天地泣鬼神的惨烈场景，闻之便有屏息闭气的压迫。我在获得这个真实的撼人心跳的细节直到写成《娃的心，娃的胆》，八百抗日壮士跳进黄河的画面一直萦绕于脑际，至今也未消弭。"[1]

《娃的心，娃的胆》的叙事由两个重要的事情构成：第一个事情是八百名

---

[1] 陈忠实：《慢说解读　且释摹写》，见《陈忠实文集》（第10卷），人民文学出版社，2015年版，第292—293页。

陕西籍娃娃兵在被日军包围、弹尽粮绝的最后时刻，全部从山顶纵身跳入黄河殉国了。这件事情是通过孙蔚如将军和士兵们在黄河滩上祭拜八百名关中子弟的英灵时倒叙出来的。几天前，八百名关中士兵在没有手榴弹和子弹的情况下，和两倍于自己的日军在黄河岸边的悬崖上进行了一场肉搏，他们的刺刀折了，枪拼丢了，为了不被日军俘虏，他们从悬崖上跳进了黄河。然后，小说又回到现实，写了孙蔚如将军祭拜八百名士兵，昂首注目着崖头山顶时，突然随员发现河里漂着一杆军旗。当三个人把刺着一个日本鬼子的军旗推到岸边后，孙将军看到，军旗杆从日本鬼子的胸膛刺进去，从背脊处穿出；他还紧紧抱着一位中国旗手的后腰。中国旗手是三娃！孙将军认识他。三娃曾说他要像长安的秦岭山一样，压到小倭寇小鬼子的头上。第二个事情是六年之后的1945年9月18日，孙蔚如将军以第六战区司令的身份在武汉市的中山公园参加日本人的投降仪式，当他收取了跪倒在他脚下的日本第六方面军司令官冈部直三郎大将的战刀后，他的眼前又浮现出了六年前三娃那一杆捅穿日军士兵胸膛的军旗的尖矛，他想对跪在自己面前的冈部直三郎说，你知道我带的兵娃们的心有多高，胆有多大吗？他们挫败了你，你都不知道。然后，小说的叙事又转向一个月前，当日本天皇宣布投降的消息传到孙蔚如的老家时，他的母亲喜极而逝。接着，小说将叙事时间又返回到六年前，当孙蔚如要进军中条山时，他向母亲和妻儿告别，他母亲只说了一句："当兵就要打仗。国家遭人欺侮哩。这是尽大孝哩，你要打赢回来。"孙蔚如终于把日本人堵在黄河东岸后，他的母亲却辞世了。紧接着，他被蒋委员长任命为第六战区的主受降官，他于是选定十四年前即1931年9月18日日本人发动侵略中国的战争的日子作为日军在投降书上签字的日子，这既是天道，亦是人道，这可以把对日本人的惩罚和中国人遭受凌辱的日子定格下来。

可以看出，小说所写的第一个事情显示了抗战的惨烈，第二个事情显示了胜利的辉煌。这些情节都说明陕西人为抗战胜利所付出的巨大代价，自然也展现了陕西人的性格，就像孙蔚如司令给所有陕西新兵说的："咱们关中及至整个陕西人，自己都说自己是'冷娃'，什么'关中冷娃''陕西冷娃'。关中娃陕西娃，何止一个'冷'字哇！听见这个灞桥小老乡唱的他婆教给他的口曲了吗？

心——高，脚——远，眼——宽，胆——大。这才是关中娃陕西娃的本色。"①

的确，那八百个16岁至18岁的娃娃士兵，他们在从崖顶上直接跳进黄河时，没有一个人犹豫过，没有一个人被日军俘虏了。他们展现了陕西人"心高，脚远，眼宽，胆大"的性格，这种性格不仅在孙蔚如及八百名跳河壮士身上体现出来，也在像王鼎（陕西蒲城人，清朝中后期政治家）、杨虎城（陕西蒲城人，与张学良发动了西安事变）、孔从洲（西安灞桥人，杨虎城爱将）等将军身上体现出来。他们的这种性格与关中大地水硬土硬，种出来的麦子性硬有关，他们普遍很硬气。他们立马中条后，硬是挡住了日寇的铁蹄。小说通过孙蔚如将军和士兵们在黄河滩上祭拜八百名关中子弟英灵这样一个场景，以及几个细节，硬生生地展现了历时十四年的抗战史，使几个重大的历史事件被贯穿起来后，揭示了抗战胜利的深层文化原因，那就是一个民族的精神决定着战争的胜败。关中大地根植着民族文化的深根，它们深扎在关中子弟的心中。八百个涅槃的凤凰，用自己的生命最终铸造起了我们的民族之魂。②

小说里有一段话令人荡气回肠，它描写了孙蔚如将军在日军投降签字仪式上展现出来的凛然正气，这也是陕西战士英勇顽强精神和视死如归勇气的体现：

> 孙蔚如司令坐在受降官席位上，一派凛然，显然不单是他近一米九的魁梧的身躯，更是他对曾经不可一世的疯狂野兽沉重一击的一身正气。在立马中条山的三年时间里，这个以杂牌军为主的第六战区，死守着陕西和西北的东大门潼关，使日军不仅过不了这个关口，而且死伤惨重，成为中国各大战区里日军死亡数字超过中国军队死亡数字的唯一战区。也许有整个世界反法西斯战争胜利的背景，也许有美国扔到广岛和长崎的两颗原子弹的威力，然而，孙蔚如巍峨生成的躯体里所展现的是自信和自尊，在中条山在我军队的面前，你早已是死伤惨重的败将。③

在当年抗战中，中条山之战是抗日战争进入相持阶段后，国民党军队在山西战场同日军展开的唯一一场大规模作战，战役从1941年5月7日打响，历时一个

---

① 陈忠实：《陈忠实文集》（第8卷），人民文学出版社，2016年版，第12页。

② 李建军：《同情与反讽——论陈忠实晚期阶段的小说写作》，《当代作家评论》2018年第1期。

③ 陈忠实：《陈忠实文集》（第8卷），人民文学出版社，2016年版，第13—14页。

多月。中国军队准备不足、缺乏统一指挥，与受航空兵支持，由东、北、西三个方向向他们发动全面进攻的日军展开了艰苦卓绝的战斗。这次战役被蒋介石称为"抗战史上最大之耻辱"，给北方的抗战带来了极其恶劣的影响。但这次战役也使日军的心理和士气遭受到了致命打击。《娃的心，娃的胆》弘扬了这次战役体现出来的我们民族顽强不屈的战斗精神，比如下黄河要去捞军旗的随员、马夫、卫兵，他们钻进水里时的毫不犹豫，和那八百勇士跳河的壮举一样勇猛。司令看到捞上来的军旗旗杆被自己认识的三娃紧紧握着，就发出了惊叫声，也陷入了噤声默语。他眼前出现了蒲城士兵三娃铿锵有劲地回答自己问话的场面，是他给大家唱了他婆教给他的口曲"心——高，脚——远，眼——宽，胆——大"。小说具有极大的震撼力，在获得人民文学奖时，被授予的获奖词是小说："沉郁、慷慨，简劲传神地刻画了中国民间的风骨与正义。"①

附《娃的心，娃的胆》的故事情节：

司令跪倒在黄河水和沙滩相接的水边。他的眼前是黄河河面，右首是悬崖石壁，身后是十余位师长团长营长和随员，他们都跪倒了。司令叩下头，扬起头，叩下头，扬起头；第三次叩下后，许久都没有扬起来。司令三叩之后，涕泪交流。

新兵团的军旗是八百个娃娃留下的唯一遗物。八百名士兵都是16岁至18岁的娃娃呀！他们是三个月前从关中乡村征召到中条山抗日前线来的农家子弟。可现在他们都跳到黄河里去了。

司令问："谁会凫水？"一个随员说他会，还说他家在渭河滩里！一位马夫说他会，他家在灞河边上，离司令家的村子不过五里，他自小在灞河里耍水。又一个卫兵也站了出来。

三个士兵钻进水里不久，他们接连发出了惊叫声！司令和身旁的人都揪着心等待着。终于三个人推着一具尸体靠近岸边。人们一拥而上，看到军旗旗杆的钢尖从一个日本鬼子的胸膛刺进去后，从背脊处穿出来；鬼子紧紧抱住中国旗手的后腰，中国旗手的双手又死扣着他的脖子；……直接把鬼子压

---

① 获奖词引自李清霞：《21世纪以来陈忠实短篇小说的叙事策略》，《延安大学学报》（社会科学版）2010年第5期。

到水底；旗杆上中国西北军的军旗已经撕裂，暮色里看不出颜色。

　　人们都说不出一句完整的话来。司令发出惊叫声后，也陷入喋声默语。他似乎听到八百个娃娃兵投河的声音。他解开扎腰的皮带、纽扣，脱下上衣，蹲下擦拭着旗手的脸膛。一个随员从衣服上撕下一绺布条点燃后照着亮，旗手眼睛圆睁，眼球鼓出，显示着他用旗杆捅穿鬼子时使用的巨大劲儿。他的眼睛始终不肯闭合。司令擦拭着时突然惊叫起来："三娃！是你呀！"

　　司令给新兵团讲演之后，走下讲台，直接朝列队的新兵团走过去。他随意和一个脸孔瘦削，但眼睛却很机灵的小孩说了一阵话，知道他是岐山人。

　　然后，司令又盯住一个浓眉大眼的方脸士兵，士兵先行一个军礼，铿锵有劲地说："报告孙司令，我是蒲城人。"司令问："你是杨军长（杨虎城）的老乡？"随之提高嗓门说蒲城出忠臣哪！西北军的杨军长，忠肝义胆；清朝的忠臣王鼎，扯住皇帝，非要皇帝答应不签割地赔银的卖国条约，最后悬梁自尽了。蒲城及整个渭北水硬土硬，长出来的麦子，秆儿硬麦芒硬，磨出来的面粉也是性硬，这样的麦子养起来的男人女人能不硬气吗？

　　司令继续问着蒲城籍士兵："家里都有啥人？""俺妈俺爸，俺婆俺爷，俩哥一个妹子。""你妈能舍得你当兵？""俺妈哭哩！俺爸把俺妈训住了。""你爷呢？""俺爷听俺爸的主意。""这不是颠倒了礼教吗？""俺爷说俺爸主意正。""你婆呢？婆跟孙子比儿子还亲嘛！""俺婆心宽，走时还叫我念她教的口曲儿呢！""啥口曲儿？念一念，让我和大伙听听。"士兵清清嗓子，大声诵念起来："啥高？山高，没有娃的心高。啥远？海远，没有娃的脚远。地宽，没有娃的眼宽。啥大？天大，没有娃的胆大。"

　　司令听得情绪激昂，拍起手来，士兵们更热烈地鼓起掌来。司令说："咱们关中及至整个陕西人，自己都说自己是'冷娃'，什么'关中冷娃''陕西冷娃'。关中娃，陕西娃，何止一个'冷'字哇！听见这个蒲城小老乡唱的他婆教给他的口曲儿了吗？心——高，脚——远，眼——宽，胆——大。这才是关中娃陕西娃的本色！"

　　司令又知道蒲城籍士兵会唱秦腔，就让他唱了几句。蒲城籍士兵便吼唱起来："两狼山哎——战胡儿啊——天摇地动——好男儿哎——为国家

412

啊——何惧吮——死啊——生……"

司令听得热泪盈眶，他亲昵地抚着他的后脖颈："你叫啥名字？""三娃。""哪个三字？""一二三的三字。""改成'山'吧。""好。""像山。就像咱们长安的秦岭山一样，压到小倭寇小鬼子的头上。""山娃记下了。"

……

六年之后的1945年9月18日，日本投降仪式举行。陆军上将第六战区司令孙蔚如坐在受降主官的位置上，他的两侧和身后，端坐着包括中共代表董必武等三人在内的八十八人组成的受降团。

冈部直三郎跪倒在受降官孙蔚如的面前，他的双手举着那把制造了杀戮的指挥刀。孙蔚如走过去，收取了战刀。那一刻，他的眼前浮现出三娃用军旗捅穿日军士兵胸膛的画面，响起他唱的口曲儿。他想对跪倒着的战败之将说，你知道我带的兵娃们的心有多高胆有多大吗！

孙蔚如向日本人宣布了第一号命令。冈部直三郎手抖着签了字。他此前一直握着战刀的手大约都没有抖过。耻辱对于野兽似的罪恶制造者来说，也难以承受。

孙蔚如想到了母亲。大约一个月前，当日本天皇宣布投降后，消息传到西安城东豁口村孙家祖居的屋院时，母亲闻讯喜极而泣而逝了。孙将军悲喜交加，决定立即回灞桥老家奔丧，要看母亲遗容一面……

六年前，在即将东出潼关进军中条山之前两日，他驰马回家向母亲和妻儿告别，仍然在距离豁口村前一里路的地方下马，步行回家。

这是母亲的叮嘱，无论官做到多高事干到多大，无论坐车或者骑马回家，务必在村外下车下马步行进村。他跪倒在母亲膝下，说他不能尽孝了。母亲似乎早早知道了儿子出征的事，只说了一句："当兵就要打仗。国家遭人欺侮哩。这是尽大孝哩，你要打赢回来。"

现在他赢了，母亲却在闻得胜利的兴奋里辞世了。他向蒋委员长呈上回乡奔丧的请示报告，却收到蒋委员长任命他为第六战区主受降官的委任状。他接受了，按照母亲的道德规范，为国为民是尽大孝……

孙蔚如瞅着那双在投降书上签字时颤抖着的手，骄傲地自吟，这样伟大的母亲训导成长起来的儿子，你无法构成等量的对手，尽管你手里拥有更残暴的武器。

那张投降书上，印着1945年9月18日。这个时间是孙蔚如选定的。

在他接受中国第六战区主受降官的委任令后，部属征询他关于受降仪式时日的意见，他几乎不假思索地指令：九一八。这是不需要思索的。十四年前的9月18日响起的罪恶的枪声，十四年来日夜都刺痛着孙蔚如的心。孙蔚如对请示他的部属斩钉截铁地说："就放在9月18日。"

1931年9月18日，日本发动侵略中国的战争。1945年9月18日，日本侵略军第六方面军司令冈部直三郎在投降书上签下自己的名字。既是天道，亦是人道，最终把惩罚和耻辱，定格在他们伸出罪恶之手的那一天。

2005年3月9日于二府庄

二、《一个人的生命体验》：写了一个意有所郁结的伤心人在绝境中的绝望和决绝

《一个人的生命体验》2005年5月21日写成，发表在《人民文学》2005年第11期。

小说写了柳青用电击方式消灭自己的事情。具体讲，小说先写了柳青极不自由的处境，不管他干啥，都有人跟着，监视着。他住的屋子断电，他便从电工那里学会了接电，想用触电来消灭自己。他在遗嘱上安排好了一切后，决定用房子里那段裸露的电线结束自己的生命。但他没有把自己消灭得成。一周后，他那烧焦的右手被编过他《创业史》的编辑发现了，……他被"解放"后，由女儿用自行车驮着去治疗多种疾病。

小说在叙述柳青用触电来消灭自己及他那烧焦的右手被编过他《创业史》的编辑发现的事情时，把笔触伸进了"大跃进"和"文革"，写了柳青已经遭受到的迫害与折磨，赞美了他正直的人格与诚实的品性。

柳青在那段时间里，生活得如同囚犯，他被关在停放自行车的车棚里，和一群"牛鬼蛇神"待在一起，没有一点自由，只能阅读毛著，写读书笔记，写交

代罪行的材料来度过一天又一天。他在触电前，先把声明自己无罪的"我不反党不反人民不反社会主义/我的历史是清白的/这是我反抗迫害的最后手段"的遗书按在胸脯上，然后思绪翻滚，想起了自己被多次批斗的情景。他弯着腰被批斗者谩骂着、栽赃着、丑化着，他们打倒了他，踩翻了他，主持人又勒令他摘下无檐帽，使他的光头和前额呈现给了参加斗争会的所有人。他身高一米六，体重只有七十斤。这样的身高和体重，以及这样的穿戴，使主持者认为他肯定会不堪一击，于是让他说"我是反党反人民反社会主义的黑作家柳青"这个定论。但令主持者没想到，柳青说的话是：正在接受审查的共产党员柳青，向革命群众报到……主持者愣住了，大小头目们愣怔住了，台下拥挤的人群愣怔住了。然后，主持者扇了柳青一记耳光，批斗者踢了他几脚。柳青的嘴角流着血时，用一股逼人的冷光平视着他们。主持者心里战栗起来，但他强作胆大地让柳青重报自己是反党反人民反社会主义的三反分子柳青。柳青毅然决然地说着前面的话，丝毫没有妥协。自然，他再一次遭到了他们的毒打，他被打倒在地了。他看见台下妻子马葳的眼睛里射出了惊愕的神光，那光就像一种凝固的冰雕。后来，他看见马葳已经没有力量看他挨打的场面了。

小说又写了柳青的一位既是同志又是战友的人在西安南郊一个高级宾馆和他谈话的事情，这个人是省上的重要领导，谈话的高级宾馆刚召开过文艺界知名写家演家唱家弹奏家耍（魔术）家放"卫星"的大会。领导让柳青也放放"卫星"，柳青说："我放不了'卫星'。别人用水笔写字写得快，能放；我写字跟刻字工一样慢，放不了；我给你实事求是汇报，刻字比不得写字快嘛。"谈话于是停止了。领导从情感上来说喜欢柳青，敬重柳青的创作成就和人品人格。但柳青的"政治态度"却让他担心，他希望柳青通过放"卫星"来避免伤害。但柳青却不放"卫星"。领导看到柳青左手血肉模糊，柳青说这是自己抠的，抠的原因是自己在听大报告或参加小讨论会时，每当听到令他感动和启迪的话语时，他不会抠指头；每当听到套话废话狂话假话胡话昏话时，他就抠指头。领导们上午一个一个做的报告或讲话，他听时，就抠手了；下午各位诗人作家唱家演家弹奏家耍（魔术）家竞放"卫星"时，他把自己左手的食指和中指抠得连皮都没有了。领导看他把手指抠成这个样子了，就不再启发他表态了，放"卫星"了……

一年之后，饥饿笼罩了蛤蟆滩。那些放"卫星"说让粮食亩产可以达到50万斤的人都跑到哪儿去咧？没有人再敢追问这些了。柳青也把心思集中到大面积死亡的牛马身上了，牛马死亡的原因不言自明，那就是人都没有正经的吃食了，牲畜自然早就省去了精料而只有麦草了。柳青于是把正在写作的《创业史》第二部放下来，整天走村串寨，编写出了饲养牲畜的"三字经"，这时，牛马已经占据了他的思维中心……

小说最后写了陈忠实自己在初中毕业那年春天，阅读柳青小说《稻地风波》（1959年4月，《创业史》第一部在《延河》杂志上连载时不叫《创业史》，而叫《稻地风波》，8月号起小说改名为《创业史》）时的情况："梁生宝在饭馆里花两分钱买一碗面汤泡着自家带的风干馍大吃大嚼的时候，我想到父亲每逢赶集进城也是这个消费水平这等消费做派；梁三老汉的好恶和审美的言语和行为，活脱就是我家门族里的八爷；梁生宝母亲在稻棚屋里顺意开心和愁肠百结时的神情，常常与我的母亲重叠……"然后，小说写了20世纪70年代初的一天，陈忠实得知柳青要来作报告，竟然兴奋得等不到开会。他见到柳青后，才从正面看清了柳青的脸是一张青色的圆脸，眼睛是圆圆的，黑白分明的，力可穿壁的。在不过一个小时的讲话中，柳青三次掏出橡皮喷雾器，给自己的喉眼喷雾剂，这时整个会场里鸦雀无声，一声咳嗽都没有，人们都紧紧地盯着心中偶像的动作。两三年后，在文艺界的一次"学习班"上，因为"文革"又掀起了"反潮流"的新浪潮，柳青被请到场讲话，他借着时兴的"反潮流"话题，讲了几句语惊四座的话：在我看来，反潮流有两层意义，首先要有辨认正确潮流和错误潮流的能力，其次是反与不反的问题。认识不到错误潮流不反，是认识水平的问题；认识到错误潮流不反或不敢反，是一个人的品质问题……参会的人听着时鸦雀无息，人们的眼睛都紧紧盯着柳青频繁地从口袋里掏取喷雾器给自己喉眼喷雾剂的那只手，所有耳朵都接受着那哧啦哧啦的响声的折磨……柳青的那几句论述绝不是来自中外古今的哲学经典，也不是来自古代人和现代人的修身修养的规范，而是他从抠指甲和上批斗台的纯个性体验中获得的跨越了生活体验的更深一层的生命体验。

在小说里，陈忠实将自己对柳青的观察和记忆，融入叙事之中，他用极其精细的文字，描写了柳青的长相、衣着、纯净犀利透彻的眼神和非凡的威势，他被关进"牛棚"后，任人打骂羞辱，所过的日子，实在无助至极。他的妻子马葳也被迫害，承受不住后跳井自杀。柳青承受不了痛苦后，也产生了自杀的打算。他想喝毒药自杀，但毒药却无法获得；他想上吊自杀，却找不到可以承载他体重的壁钩；他想割颈、割腕、割主动脉自杀，却没有刀子，再说万一一刀割不死再被抢救过来，他又会得到"自绝于人民"的又一桩罪名。在万般无奈之下，他便选择用电击结束自己的生命。柳青决意自杀是他在绝境中太绝望，陈忠实通过这篇小说书写了对自己的文学教父柳青人格和道德精神的敬仰。尤其是小说写柳青在面对批斗时所表现出来的威势更让人动容："无论斗争场面的大小，无论批斗台的高低，他唯一不变的是走上批斗台时的脚步和姿势，他穿着蛤蟆滩中老年男人普遍穿着的黑色的对襟布棉袄，头上戴着一顶瓜皮似的无檐帽，他的光头圆溜溜的，前额阔大，圆脸通鼻，鼻头下的上唇有一排黑森森的短胡须，最具风景异质的是他的那一双眼睛，泻出的是纯净犀利透彻的光亮，他很单薄，然而他却产生了一种威势……"①身处动乱时代的柳青，是一个意有所郁结的伤心人，也是一个向批斗者毫不低头、毫不屈服的精神意志强者。

李建军曾这样评价《一个人的生命体验》，他认为，陈忠实只从"生命体验"这个角度来叙述柳青的炼狱般的苦难体验，显然是远远不够的，因为，仅仅从这个内在化的视角展开叙述，无法表现柳青与现实的尖锐冲突，无法揭示复杂的生活内容。同样，陈忠实所津津乐道的文化心理结构理论，似乎也无济于事，因为，柳青悲惨的生活和苦难的命运，涉及了多种复杂的社会因素和叙事内容，远非文化心理结构所能概括和解释。②我们觉得，陈忠实采用内在化的视角、文化心理结构理论尽管都是内视角，但也足够地表现了外在复杂原因给柳青命运带来的改写，以及他对这种命运的反抗。

刘可风在《柳青传》中，记录了她父亲柳青晚年力图摆脱之前受时代政治影响而形成的一些僵硬认知模式的情况，说他通过艰难的努力，完成了对自我的启蒙。具体而言，就是他通过阅读当时所能见到的启蒙性读物，关注和思考起民主

---

① 陈忠实：《陈忠实文集》（第8卷），人民文学出版社，2016年版，第19、16—17页。
② 李建军：《同情与反讽——论陈忠实晚期阶段的小说写作》，《当代作家评论》2018年第1期。

和人道等至关重要的大问题，这改变了他的思想和人格，改变了他的心情态度，改变了他对现实和历史的认识。①为此，李建军主张陈忠实在揭示柳青的道德精神和人格力量时，不应该忽略柳青在20世纪70年代出现的人格发展和思想变化，也就是他表现出来的与写《创业史》时完全不一样的独立姿态与清醒意识。陈忠实应该将这样的柳青写出来，将他在思想和人格两方面的升华过程揭示出来。这不仅会使我们认识到一个几乎完全不同的柳青，而且还会给今天的作家提供有价值的精神资源。

陈忠实说《一个人的生命体验》写了柳青用电击自己三次都没死成的事情，他思考过，作家要创作出好作品，恐怕仅有生活体验是不够的，还应该有生命体验。能从生活体验上升到生命体验的作品一般来讲都是不朽的。这种生命体验很难用语言说清楚，是一种只可意会不可言传的精神心理形态，也是一种只属于个人而别人无法复制的心理状态和写作状态。昆德拉早期的作品《玩笑》和晚期作品《不能承受的生命之轻》大旨类似，都指向某些近乎荒唐的专制事项给人带来的心灵伤害，但《玩笑》是生活体验层面的，《不能承受的生命之轻》是进入生命体验层面的作品，两本书的差别说明，生活体验是蚕，生命体验如同破茧而出的蛾。蛾从蚕之结茧，而成蛹，而破茧，而变成蛾，那是一种已经羽化且获得了飞翔的自由……②

陈忠实还说，《一个人的生命体验》及2007年5月写成的《李十三推磨》的主人公都是作家，"一位是陕北籍当代作家柳青，一位是关中籍古典剧作家李十三。且不说他们卓越的艺术创造成就，单是他们面对扭曲人格乃至生命危机时的精神坚守，却一样凛然，也让我发生忐忑不安、心跳加骤久久不能平静的震撼。柳青在'大跃进'年代被逼要放创作'卫星'的声浪里，咬紧牙关对抗着浮夸到疯狂的世风，竟然把自己的手指头抠得鲜血淋漓而浑然不觉得疼痛；李十三这位堪称伟大的剧作家穷困到自己推石磨磨麦子的状态，却被清朝皇帝以'莫须有'的罪名问罪，气得一口又一口鲜血喷吐出来……"③

---

① 刘可风：《柳青传》，人民文学出版社，2015年版，第388—389页。
② 根据孙天才《聆听陈忠实》归纳，华商论坛，2015年8月14日。
③ 陈忠实：《慢说解读 且释摹写》，见《陈忠实文集》（第10卷），人民文学出版社，2015年版，第293页。

附《一个人的生命体验》的故事情节：

当柳青在"牛棚"里被监督着时，他上厕所有人跟着；被单独叫去训话更有人监视着；他想弄一撮老鼠药或农药却因亲属都被隔离了而无法获得；他想上吊，却没绳子，也没拴绳上吊的悬梁或可以承载一个人体重的壁钩；他想刎颈或割断手腕、割断腿上的主动脉却没有刀子；他唯一能够消灭自己的手段就是电击，一触就可以宣告生命结束。

柳青住在自己描写过的蛤蟆滩的南沿，那儿有一幢庙院，他携妻引子住在里面，庙里常常断电。停电是电力不足，他妻子马葳找电工来检修。电工对兼着县委副书记的柳青很尊重，柳青也学会了接电，知道了电会击打死最强壮的生命。

现在，柳青可以用电来消灭自己了。他伸出右手，抓住了一根电线，右腿踏住接电板的另一根电线……但他没有把自己消灭得成，他活下来了。不知是接线板有什么问题，还是他从蛤蟆滩电工那里学到的用电技术不完备，抑或是上天怜惜天才和正派人。他又把右脚踏到地线时，"嘭"的一声打得他把脚缩了回去，直到三次踩踏三次都被打得退回，他于是作罢了。

他电击自己的事竟然没一个人发现，直到一周后，一个同在"牛棚"编过他《创业史》的编辑，一把抓住他那从早到晚都紧攥着的右手，掰开后看到，他的手掌心是一片焦煳的疮疤。

他向这位暗中操心着他的编辑说了原委，那人顿时把眼睛睁翻到眼眶上去了，然后苦不堪言地闭上了……他活下来了，他的那位留给他冰雕般神光的亲爱的妻子马葳，从城里逃回到蛤蟆滩后，却在一口深井里终结了自己……

后来，他终于被"解放"了，回到了韦曲，由长大的女儿用自行车驮着到卫生院去看病和注射，他慢性病缠身。

三、《李十三推磨》：表现了艺术与权力、要写戏与不让写戏、自由与压迫的冲突

《李十三推磨》于2007年5月9日写成，发表在《人民文学》2007年第7期、

《小说月报》第9期，先后获2007年度"茅台杯"人民文学奖、首届中国小说双年奖、《小说月报》第十三届百花奖。

小说主人公李十三，本名李芳桂，生于1748年，渭南县蔺店乡李十三村人。李芳桂一心想科举入仕，但考到52岁还是没有如愿。当一个皮影班社需要好戏本时，头儿便让李芳桂写。李芳桂抱着试笔的心理写了《春秋配》，上演后走红渭北。《春秋配》此后被改编为秦腔、京剧、川剧、豫剧、晋剧、汉剧、湘剧、滇剧、河北梆子等常演不衰，直到现在依然如此。李芳桂声名远播，被人们用他的村名亲切地称作李十三。李芳桂后来又接连创作了《白玉钿》《火焰驹》《万福莲》《如意簪》《香莲口》《紫霞宫》《玉燕钗》七部本戏和《四岔》《锄谷》两个折子戏，加上《春秋配》，他为后世留下了十大戏本。这些戏本自诞生以来一直被中国各大地方剧种改编演出，经历二百多年而不衰。

陈忠实把李芳桂（李十三）作为小说主人公，自然是要延续前面写孙蔚如和柳青这些历史名人的思路。孙蔚如将军带领陕军在中条山和日寇血战到底，成为中条山的"铁柱子"，陕军八百壮士悲壮跳黄河，誓死不当日寇俘虏的铮铮铁骨使陈忠实感慨万千；柳青自"大跃进"开始遭受的满腔屈辱和悲愤以及他宁可自杀也不放"卫星"，不吹牛皮的文人气节使陈忠实由衷地敬佩。而李十三被嘉庆皇帝通缉吓死或气死（民间一说吓死，一说气死，还有说气吓致死）的悲惨结局也使陈忠实义愤填膺。

陈忠实说《李十三推磨》"这个小说写的是一位我原本不知道的陕西地界上的大秦腔编剧家，一个堪称伟大的戏剧编剧李十三。……我是在不经意间读到省剧协主席陈彦就此写的一篇散文，甚是惊异、感动。就打电话给陈彦，说想用其文中两个细节，他欣然应允。于是，就有了《李十三推磨》这篇小说"①。陈彦后来曾以长篇小说《主角》获得了第十届茅盾文学奖（2019年8月16日）。具体而言，《李十三推磨》"这篇小说写的是清代一位堪称伟大的剧作家李十三的两个生活细节，也是被文字狱致死的细节"②。陈忠实还说这篇小说是他"写得最顺

---

① 李晶、张雪莉：《陕西作家出征之即 推出短篇小说集〈李十三推磨〉》，《西安日报》2010年4月15日。

② 陈忠实：《作家都在思考这个时代——答〈江南〉杂志黎峰问》，见《陈忠实文集》（第10卷），人民文学出版社，2015年版，第323页。

手的短篇小说之一"，他当时在创作时有两点感受很深刻，一是"独特的生活细节"，二是"强烈的写作欲望"。他说："到这个时候，我业已形成一种新的写作感觉，尤其是短篇小说，想写一个什么人物，要有至少两个独特的生活细节，即只有这个人物才会发生的生活细节，才能下手，也才有写作的较为强烈的欲望，也才会有写作的信心。此前的作为'三秦人物摹写'系列的短篇小说，就是这样发生写作欲望，再形成构思和叙述的。"①

陈忠实在《李十三推磨》的附记中追忆了自己观看电影《火焰驹》的情况，介绍了李十三的《万福莲》解放后被改编为《女巡按》并大获好评的情况，也介绍了田汉把《女巡按》改编为京剧《谢瑶环》上演后引起的轰动以及他遭到批判的情况。另外，陈忠实还讲述了自己从"陈彦的文章中获得李十三推磨这个细节时，竟毛躁得难以成眠"，想写李十三的情况。

李建军认为，《李十三推磨》表现的是艺术与权力的冲突，要写戏与不让写戏的冲突，或者说，是自由与压迫的冲突。小说潜含着这样一个意义空间：权力可以暂时显示自己的威势，但是，长远来看，它注定是失败者；相反，艺术家似乎无力与它对抗，但是，他们所创造的作品中，却蕴蓄着强大的不可羁縻的力量——它不仅可以赋予自己以长久的生命力，而且还可以使它的作者不朽。压迫的力量，无论它曾经多么强大，最后都无法避免灰飞烟灭的命运，但是，只要李十三的秦腔剧本保存了下来，他自己的精神生命就不会死，他就永远活着。②

小说对出现在李十三身上的一些细微动作写得很详细。当李十三"一边写着戏词，一边唱着、吟诵着"时，"街巷里的人们悄悄爬上他家的墙头听他唱戏"，"他夫人不知多少回劝他爱编爱写就编就写去，但不要再唱了。他每次都保证说不唱了，但在写到得意时却忍不住口了"。这些描写充分显示了李十三对写戏事业的如痴如醉。在写田舍娃背来二斗麦时，李十三隐瞒了自己已经断粮的现实，却说自己有吃的，麦子豌豆谷子苞谷都不缺，说明他从心底里不想麻烦田舍娃。自然，慷慨、仗义的田舍娃对李十三更加敬佩了。当田舍娃看到李十三装

① 陈忠实：《再说李十三》，见《陈忠实文集》（第9卷），人民文学出版社，2015年版，第256页。
② 李建军：《同情与反讽——论陈忠实晚期阶段的小说写作》，《当代作家评论》2018年第1期。

粮食的瓷瓮里空空荡荡时，他那顷刻而下的泪水及一段自责的话语都是发自肺腑的，他没想到一个靠写戏支撑他们戏班子生活的大才子的日子竟然沦落到没有吃喝的地步！他于是对李十三说："只要我这个唱戏的有的吃，咋也不能把编戏的哥饿下！我吃黏（干）面决不让你吃稀汤面。"李十三和夫人磨着面时，李十三又哼唱起戏词，但他由之而想起了自己的悲惨经历，他对夫人说："老婆子哎！你说我本该是当县官的材料，咋的就落脚到磨道里当牛做马使唤？还算不上个快马，连个蔫牛也不抵……哎！怕是祖上先人把香插错了香炉……"这种自嘲令人肝肠寸断，泪眼婆娑。李十三在得到嘉庆皇帝派人抓他的消息（田舍娃奶妈的三娃在县衙当伙夫，听到这事后赶紧叫人把信儿传给田舍娃）后，他"突然猛挺起身子，头往后一仰，又往前一倾，'噢'地叫了一声，从嘴里喷出一股血来"。随后他"再往前用力一倾，又一道血的光焰，血的飞瀑喷洒出去，随之横跌在磨盘上，一只手垂下来"。读到此处，读者也不由得为李十三的悲剧命运扼腕叹息。当李十三踏上逃亡之路后，他"在用力跳过一条渠的时候，又吐出一口血来"。在身体出现严重死兆的情况下，他却没有忘记让田舍娃赶快逃命："咱俩总不能傻到让人家一搭儿抓了，再一窝端了，一锅蒸了嘛！留下一个会唱会耍竿竿儿的（支撑皮影的竹竿）人嘛！咱俩谁都不该死。咱俩谁都不死当然顶好咧！现时死临头了，咱俩分开跑，逃过一个算一个，逃过两个更好。千万不能一锅给人家煮了蒸了。想想，把我杀了不当紧，我把戏写成了。要是把你杀了又抄了家，连戏本子都会给人家烧成灰了……你而今活着比我活着还当紧。"田舍娃听了李十三的这些话，一下子跪在路上，给李十三连磕三个响头，然后站起来又抱拳作揖者三，随后便跑走了。李十三看田舍娃跑了，才一个人挪着脚移着步。突然，他又吐出了两口血，然后仰跌在土路上，就再也看不见渭北高原上空的太阳和云彩了。

小说写了文人李十三推磨的事情，这与自古以来文人在人们心目中形成的形象不一样，因为古代文人大多出身于钟鸣鼎食之家，衣食无忧，但李十三却像唐代杜甫一样，贫穷不堪。他推磨自然是生存需要。本来，在于关中农村，推磨是驴干的营生。李十三推磨，说明他家无驴。小说主要写了三件事情。

第一件，李十三推磨时，继续构思剧本的情况，他不停哼出来的曲调唱词，是他对唱词的精雕细琢，也表现了他对戏曲创作的痴迷和聚精会神。他夫人呵斥他不要唱了，但他还是忘情地唱，以至于把街巷里的人们都吸引过来了，他们悄悄地趴在他家墙头上听他唱戏。

第二件，李十三和夫人为借麦子磨面而起争执时，渭北几家皮影班社里最具名望的一家班主田舍娃来咧！他是来给李十三送麦子的。李十三和夫人激动不已。李十三也从田舍娃跟前听到了人们对他编的戏的喜爱情况，人们看了十遍八遍都看不够，在自家村看了，又到邻村去看，"演到哪里赶到哪里……"李十三听了感到很欣慰。

第三件，田舍娃说嘉庆皇帝派人来抓李十三来了，原因是皇帝说李十三编的戏是淫词秽调。李十三哥听了，两次吐血。他和田舍娃踏上逃亡之路后，他又吐了两口血，然后他再也看不见渭北高原上空的太阳和云彩了。

小说在刻画李十三时，非常注重细节。三件事情里都有细节描写，李十三把戏词写到顺畅得意处，就唱出声来的细节，说明他在戏曲创作上具有的禀赋和对戏曲艺术的高度热爱。他夫人呵斥他不要唱了的细节自然是作为反对、打压他对戏曲的挚爱而出现的反面力量，但这种力量出现的核心原因是他们家揭不开锅盖了。物质已经陷入绝境，哪能让精神去放纵？精神的戏曲是不能解决没有小麦、小米带来的饥饿问题的。这至少是李十三夫人的认识。可能连李十三自己也这么认为。但小说接下来写的第二件事情说明精神的戏曲是可以给李十三遭遇的饥饿带来解决办法的，田舍娃背来的二斗麦是物质的食粮，精神的食粮终于变成了物质的食粮。但李十三竟然问了田舍娃一句："背这粮食弄啥嘛？"田舍娃一句"给你吃嘛"才点醒了李十三这个梦中人，痴迷戏曲的戏痴。田舍娃给李十三粮缸里倒麦时发现盆里空空如也，不由得泪流不止，然后表态："只要我这个唱戏的有得吃，咋也不能把编戏的哥饿下！我吃黏（干）面决不让你吃稀汤面。"这些细节不由得让人潸然泪下。李十三被嘉庆皇帝通缉及他亡命渭北时吐出的四口血，真实描写了他这个文弱书生的异常恐惧。他不想被捕快们缉拿，所以他内心里面既有恐惧，也有强大的反抗力量。他不想束手就擒，于是走上了逃亡之路。但最终，他在逃了二十里路后，又吐出最后一口血，然后就再也没有起来。陈忠实对李十三灵魂高蹈的精神是赞颂的，对其悲惨的遭际是惋惜的。他不仅写出了李十三对戏曲的痴迷，他的忠厚仁义、安贫乐道以及作为民间文人所具有的那种风骨和胆气，也写出了他对封建皇权的胆怯以及灵魂里面的复杂况味。这些描写都栩栩如生、传神动情，勾画了李十三这个乡间穷儒的落魄和无奈形象。小说透视了一个深刻的社会问题：在腐朽的封建社会里，文人的命运注定是可悲的：要么是科举得中，一朝名天下闻；要么像李十三这样，名落孙山、潦倒乡间、穷酸可悲。

小说短小精悍、文字准确，故事推进流畅、结构紧凑、笔法老道。陈忠实操着家乡的方言俚语，深入笔下人物的内心世界，通过故事情节的激烈反转和突变，通过历史典故与乡野传说的有机融合，通过民族风情和英雄情结的交织，诠释了李十三这样的民间文人身上具有的民族精神与气质，描绘了关中人坚韧向上的意志决心，真实展现了近现代中国农村的变化和时代的变迁。李十三在皇家派出捕快缉捕他时，不惜牺牲自己的生命，也要保全剧本，也要让民间艺术代代相传，他的悲壮、凄美故事的背后，是中国乡村文人桀骜不驯的铮铮风骨。他的命运虽然凄苦，但他身上迸发出的温情和豪气，却闪耀着熠熠的人性光辉，读来令人动容。

"三秦人物摹写"系列《娃的心，娃的胆》《一个人的生命体验》《李十三推磨》都是写死亡的，陈忠实写出了秦人的生之意义、死之悲壮的精神文化气质。小说选取的人物皆为历史人物，作者采取以实写虚的方法，对这些历史人物身上发生的事件进行了叙写，他不只在写人物和事件，更重要的是展现出了我们民族的文化和精神，展现了我们的民族魂。对于历史，包括虚构的历史，作者都是持审慎严谨、充满敬畏的态度的。他挖掘我们民族这种文化和精神的历史文化渊源的目的是感怀20世纪末以来现实里出现的道德沦丧、金钱万能、精神颓靡的社会现象和情绪。他在谈到自己创作三篇"三秦人物摹写"时的心态是："完全不同于以往那些小说的写作。以往的小说，多是对生活的发现和体验而谋思成篇，尽管不无感动的激情，然而，面对笔下的男女人物，却很难发生像面对'三秦人物摹写'里的三个人物时的忐忑不安到惶恐的心态。"[1]"面对这三位陕西

---

[1] 陈忠实：《慢说解读　且释摹写》，见《陈忠实文集》（第10卷），人民文学出版社，2015年版，第292页。

人，在忐忑不安、心跳加骤久久不能平静的状态里的写作，是一种前所未有的诚惶诚恐的仰视神圣的心态"，正是怀着这种庄正、崇仰、神圣乃至诚惶诚恐的心态，陈忠实采用了一种还原法，即让真实、切实的细节得到还原，让历史人物的真实情况，尤其是把他们的心理真实、情感真实还原，也把作者自己真实真挚地进行了还原。陈忠实在把"三秦人物摹写"作为小说副题时说："我想到一个切合这种写作心态的词汇：摹写。摹写是一种在我少有的写作姿态，敬仰、崇拜，唯恐不及，更担心传达不出他们高蹈的精神境界和凛然独立的人格。稍感安慰的是，这几篇摹写我敬仰的陕西人的杰出代表的小说，见诸报刊后引起广泛反响，我不仅没有以往某篇作品得到好评的得意，却是那种忐忑不安到诚惶诚恐的心态得以平复，我的笔墨没有玷污他们精诚的鲜血。仅就这三篇短篇小说的人物，不属'解读'，是摹写，是敬仰和崇拜情态下的摹写。"①

陈忠实选择人物、塑造形象、采撷细节时，对陕西人的精神气质、个性特征、文化性格、心理文化结构很了解，他说："作为陕西人，我一直关注和探索这块土地上的今人和前人的精神和气质的共性，以及由前人到今人的演进演变的心路历程。"②他对作家的思想、精神、人格有着深刻的认识，他说："在我理解，作家的人格和情感，不单是自身修养的事，而是影响作家生活体验以至生命体验的敏感和体验的质地，这是容易被忽视的至为重要的一点……作家的思想对于创作的发展具有决定性意义。"③陈忠实认为作家应该把生活体验和生命体验结合起来，有了这样的思想，他就能以真人真事为摹本，去还原像李十三这样的历史人物身上具有的不灭的民族精神；去描写像孙蔚如这样的抗日志士的铮铮铁骨，让人们看到他们用生命铸就的钢铁长城挡住了日寇的铁蹄；去描写像柳青这样的人，让人们看到他宁死不屈的精神。④

---

① 陈忠实：《慢说解读　且释摹写》，见《陈忠实文集》（第10卷），人民文学出版社，2015年版，第293页。
② 陈忠实：《话说陕西人》，见《陈忠实文集》（第10卷），人民文学出版社，2015年版，第209页。
③ 陈忠实：《独立个性的声音》，见《陈忠实文集》（第10卷），人民文学出版社，2015年版，第301—302页。
④ 李清霞：《21世纪以来陈忠实短篇小说的叙事策略》，《延安大学学报》（社会科学版）2010年第5期。

附《李十三推磨》的故事情节：

李十三把戏词写到顺畅得意处，就唱出声来。他夫人呵斥他不要唱了。他忘情的唱声，把街巷里的人们都吸引得悄悄趴在他家墙头听他唱戏。他夫人一吆喝，那些脑袋就消失了。他夫人一走，那些脑袋又冒出来。他夫人骂他时说没面做饭咧！小米也没有了！他才感觉到困境的严重性。正为难处，他夫人说只剩下一盆苞谷糁子了。但他喝不得糁子稀饭，胃撑不住，吐酸水时还隐隐作痛，已经几年了。他夫人抱怨他不去借麦子磨面。他让夫人先去隔壁借一碗面。夫人说她都借过三家三碗咧！他说："再借一回……再把脸抹一回。"

这时，院里突响起一声嘎嘣脆亮的呼叫："十三哥！"来人是渭北几家皮影班社里最具名望的一家的班主田舍娃，李十三的新戏本编写成功，都是先要交给他的戏班去排练演出。田舍娃这次来是给李十三背了二斗麦。李十三问他背这粮食弄啥嘛？"给你吃嘛！"李夫人给田舍娃端来一碗凉开水，李十三让她快去擀面给跑了几十里路的田舍娃吃。夫人转身去借面了。

田舍娃让李十三把新戏本说一段唱几句，让他先享个耳福。李十三拒绝了。田舍娃说他们班社这一向的场子欢得很，他的嗓子有些招架不住了，原因是班社演得好，李十三的戏编得好，比如《春秋配》《火焰驹》一个村接着一个村演，人们看了十遍八遍都看不够，在自家村看了，又到邻村去看，"演到哪里赶到哪里……"李十三听了有一种欣慰。

夫人说把面擀好了，问下不下？田舍娃让只给李十三下面吃，他吃过了，说着把麦袋子往粮缸里倒。但他被齐胸高的瓷瓮吓了一跳，瓮里边竟是空的。他把二斗麦倒下后，扑通跪到地上说自己来迟了，自己万万没想到李十三把光景过到盆干瓮净的地步……说着泪流不止。李十三拉起田舍娃，一脸感动之色里不无羞愧："怪我不会务庄稼，今年又缺雨，麦子长成猴毛，碌碡停了，麦也吃完了……"李夫人说："舍娃你哭啥嘿？你哥从早到晚唱唱呵呵都不愁……"田舍娃抹一把泪脸，瞪着眼说："只要我这个唱戏的有得吃，咋也不能把编戏的哥饿下！我吃黏（干）面决不让你吃稀汤面。嫂子，俺哥爱吃黏（干）的汤的尽由他挑。过几天我再把麦背来。今黑还要赶场子，兄弟得走了。"刚走出门，又说："哥呀！我知道你手里正谋算一本新戏哩！我等着。"

李十三随后和夫人在磨道上磨麦。李十三磨着麦，又哼唱起戏词，但没唱完，他自嘲起来，自己本该是当县官的材料，却落脚到磨道里当牛做马，而且还不是一个快马，连个蔫牛也不抵……怕是先人把香插错了香炉……夫人说是"命"。

李十三19岁考中秀才，39岁考中举人，在陕西全省排在前二十名；52岁进北京会试，当时纪昀是主考官，录完正编名额后，拟录六十四名备用者，李十三也在里面。但在他等待做官的时候，他做官的欲望却断灭了。是他的性情使他的人生发生了重大转折，他写起了戏本。他写的第一本戏是《春秋配》，交给田舍娃的皮影班社后一炮打响，演遍了渭北。现在他已有八本大戏、两本小戏供那些皮影班社轮番演出。

李十三和夫人在磨道里转圈圈时，田舍娃又来了，他说嘉庆皇帝派人抓李十三来了。李十三不信，田舍娃说他奶妈的三娃在县衙当伙夫，听说这事后，就让他赶紧来通风报信。李十三问："说没说我犯了哪条王法？"田舍娃说："皇上爷亲口说你编的戏是'淫词秽调'，如野草般疯长，已经传流到好多省去了。皇上爷很恼火，派专使到渭南，指名要'提李十三进京'，还说连我这一帮演过你的戏的皮影客也不放手……"李十三哥听了，眼神脸色变得很吓人，突然猛地挺起身子，头往后一仰，又往前一倾，"噢"地叫了一声，一股血从嘴里喷出来。接着他又挺起胸来，嘴里喷洒出第二道血，一只手也垂了下来。田舍娃抱起李十三，让他仰躺在地上。夫人早已吓蒙，连声呼叫着："你不能走呀你甭走呀……"许久，李十三才睁开眼睛，舒了口气后，让田舍娃快跑，不能把两人都提走。田舍娃提出两人一起跑。李十三安慰了几句夫人，让她把刚写的戏藏好。

然后，两人出了村子，拐上一条岔道。李十三跳过一条渠，感到一阵眩晕，眼睛黑了一瞬，驻足的同时，又吐出一口血来。在一个岔口，李十三给田舍娃说："咱俩总不能傻到让人家一搭儿抓了，再一窝端了一锅蒸了嘛！留下一个会唱会耍竿竿儿的（支撑皮影的竹竿）人嘛！"田舍娃不同意。李

427

十三说："咱俩谁都不该死。咱俩谁都不死当然顶好咧！现时死临头了，咱俩分开跑，逃过一个算一个，逃过两个更好。千万不能一锅给人家煮了蒸了。"田舍娃同意后，李十三说："你活着就是顶替我活着。"李十三说完，转身走了。田舍娃扑通跪在路上，连磕三个响头，作了三个揖后，跑了。

李十三面朝渭北高原，背对渭河平原挪脚移步时，又吐出一口血。他挣扎到一个塄坎上时，又吐了血。当他走出村子二十里路后，他吐出最后一口血，仰跌在土路上，再也看不见渭北高原上空的太阳和云彩了。

附记

20世纪50年代末，一部第一次把秦腔搬上银幕的电影《火焰驹》风靡关中。《火焰驹》讲述了黄桂英与一个落难公子的爱情故事，它的原始作者就是李十三。李十三本名李芳桂，渭南县蔺店乡人。因为他出生的村子叫李十三村，所以人们把他叫李十三。李十三科举高中后，到52岁才弄到一个没有实质内容的"候补"空额，他灵醒后，就在一个皮影班社头儿的怂恿哄抬下，试着创作剧本。他写的第一部戏《春秋配》以皮影演出后走红渭北，随后在近二百年时间里被改编为秦腔、京剧、川剧、豫剧、晋剧、汉剧、湘剧、滇剧和河北梆子等上演不衰。李芳桂的名字出现在了各级科举的考卷和公布榜上，民间却以他的村名李十三来称呼他。李十三生于1748年。剧作家陈彦证实李十三确实是陕西地方戏剧碗碗腔、秦腔剧本的第一位剧作家，而且是批量生产。自52岁摈弃仕途试笔写戏，到62岁被嘉庆爷通缉吓死或气死，共写出了八部本戏和两部小折子戏，通称十大本：《春秋配》《白玉钿》《火焰驹》《万福莲》《如意簪》《香莲口》《紫霞宫》《玉燕钗》《四岔》《锄谷》，其中《四岔》和《锄谷》是折子戏。这些戏本中的许多剧目，被中国各大地方剧种都改编演出过，经近二百年而不衰。其中《万福莲》被一位秦腔剧作家改编为《女巡按》后，大获好评，热演不衰。著名剧作家田汉又把《女巡按》改编为京剧《谢瑶环》，也引起了不小轰动。在陈彦的文章中，我获得了李十三推磨的这个细节，于是把它写进了这篇小说里。

2007年5月9日于二府庄